李自成

崇祯皇帝之死

姚雪垠 著

第四卷 上册

中国青年出版社

图书在版编目（CIP）数据

李自成.第4卷：全2册/姚雪垠著.—2版.
—北京：中国青年出版社，2013.8（2022.10 重印）
ISBN 978-7-5153-1860-8

Ⅰ.①李… Ⅱ.①姚… Ⅲ.①长篇历史小说 – 中国 – 当代
Ⅳ.① I247.5

中国版本图书馆 CIP 数据核字 (2013) 第 188175 号

本版责任编辑：叶施水
装　帧　设　计：宁成春

出版发行：中国青年出版社
社　　　址：北京市东城区东四十二条 21 号
网　　　址：www.cyp.com.cn
电子邮箱：jdzz@cyp.com.cn
编辑中心：010-57350406
营销中心：010-57350370
经　　　销：新华书店
印　　　刷：三河市君旺印务有限公司
规　　　格：880mm×1230mm　1/32
印　　　张：25.5
插　　　页：4
字　　　数：613 千字
版　　　次：1999 年 8 月北京第 1 版
　　　　　　2013 年 9 月北京第 2 版
印　　　次：2022 年 10 月河北第 8 次印刷
印　　　数：72001-74000 册
定　　　价：60.00 元（全二册）

如有印装质量问题，请凭购书发票与质检部联系调换
联系电话：010-57350337

目　次

上　册
崇祯皇帝之死

甲申初春　（第1—第5章）……………………………………　1–126
梦江南　（第6—第9章）…………………………………………　127–201
北京！北京！　（第10—第16章）………………………………　202–383
崇祯皇帝之死　（第17—第18章）………………………………　384–452

下　册
招降失败

李自成在武英殿　（第19—第23章）……………………………　455–603
招降失败　（第24—第25章）……………………………………　604–657
决计东征　（第26—第30章）……………………………………　658–810

第 一 章①

在李自成去米脂祭祖期间，各种重要朝政和各地重要军情不断地通过驿站或派出专使飞速送往"行在"，而他沿途不管停留在什么地方，都要批阅许多从长安来的文书。凡是需要中央各政府马上遵照他的批示办理的，立刻将批阅过的文书发还。有些照例的公事，他本来可以不用亲自去管，由中央主管衙门以他的名义办理就是了，可是他也要亲自批阅。例如颁布明年的历书，也就是人们所说的"甲申历"，本来由钦天监推算议定，再由政府颁行就可以了，但他也要在颁布前亲自看看。在封建社会，每年

---

① 崇祯十五年秋，洪水淹没开封后，李自成决定另找一个立足地，遂于十二月初攻入襄阳。翌年三月，李自成亲往樊城，杀了罗汝才。从此各路义军远避李自成，不敢再同他合作。五月，他改襄阳为襄京，成立临时中央政府，国号"新顺"。八月，明督师孙传庭在崇祯屡诏切责下，率兵出潼关。义军不断以弱兵诱敌；孙传庭因"胜"而骄，逐渐陷入包围，并被截断粮道。九月，义军于郏县大败明军，孙传庭率残卒逃回潼关。河南总兵陈永福投降。十月初六日，义军攻破潼关，孙传庭死于乱军中。十一日，李自成进入西安。遂定国号为"大顺"，改西安为长安，并健全了中央政府。十一月中旬，李自成回米脂祭祖。以上内容未及详写，有些情节将在以后的章节中以插叙、倒叙的方式出现；而本卷则从十二月中下旬写起，很快进入崇祯十七年春天的场景。

冬季用皇帝的名义颁布历书,俗称皇历。一国之内颁布皇历是皇帝的特权,是皇权的象征。虽然他暂时还未称帝,实际上却是皇帝的身份,只欠正式登极罢了。所以,他十一月下旬在去米脂的路上得到已经刻印好的"甲申历",十分高兴,竟然不顾鞍马劳顿,在灯下从头到尾翻阅一遍。他望着黄纸书笺《大顺钦颁永昌元年甲申岁皇历》一行红字,一种初掌皇权的喜悦和兴奋之情,充满心头,不觉为之陶醉。

各路大规模的和小规模的军事活动仍在积极进行。他离开长安去米脂期间,新朝廷的全部机器依然继续装配部件,依然日夜不停地依照着他的意志运转。人们看见李自成不断筹划军事,所向贺捷,已经称得上武功炽赫,夺取天下的胜利为期不远了。而且也看见他关心朝政,留心文字。单看他到了西安之后,于戎马倥偬之中举行考试,修学校,征逸才,举贤能,定服色,改官制,直到颁布皇历,等等,样样举措无不显得这新朝廷正在锐意除旧布新,要不了几年必将文治彪炳,追踪盛唐。在他进入西安以后的短短两个月中,关中士民除很少数被他严厉惩治的大乡宦、大贪官、大恶霸之家以外,几乎是人人都对他怀着真正的崇敬和期望,认为他果然是创业之君。尤其一般老百姓说他是真命天子。

当他从米脂回到长安时,刘宗敏、牛金星、宋献策,迎接在一百里以外,面奏了军事和朝廷的各种大事。田见秀等大将率领地位较高的文武群臣,都到三十里以外接驾。其余文武官员和士绅,也有千人以上,跪在城外接驾。

李自成骑着乌龙驹,缓辔徐行。前边有仪仗与器乐前导,香炉中烧着檀香,轻烟氤氲,香满通衢。一个武士骑着高头大马,擎着一把黄伞,走在他的前面。通往宫中去的路上,街道都早已扒宽了,整修平了,打扫得干干净净,而且铺了黄沙。因为皇上要从这些街道回宫,沿路都净了街,断了行人。当然也有父老们想看一看他们，就跪在街边，伏下身去，不敢抬起头来。

　　对着这种隆重接驾的情形，李自成在马上忽然想到在商洛山中被围困的日子，有一天他害病还没有完全好，骑马出来，将士们、义勇和穷苦百姓们如何拉着他的马头，密密地围着他。大家看见他大病初愈，围着他欢呼、跳跃，流着眼泪。这情形忽然回到他的心头，可是又分明过去很远了。他又不由地想起进洛阳时的情况，当时也算是很威风的，但怎能和今日的气派相比？今日这般景象，他知道在书中就叫做"出入警跸"，是理所当然的，是从他十几年艰苦转战中得来的。唉！来之不易呀。

　　忽然他的心思又被眼前的景色激动起来，感到很不平静。他不由地考虑到，一部分东征大军已经开始从韩城一带渡过黄河。李过已经过河了，刘宗敏也要很快动身，他自己将随后起程。想到山西空虚，一路会胜利前进，在北京登极的事不会很久。千秋大业，如今分明已经出现在眼前了。虽然北京他没有去过，可是关于北京内城、外城、皇城、紫禁城，各种说法他听得十分熟悉。他认为，将来的长安城，一定要修得比北京更好，要恢复盛唐的规模。这里有山有水，什么样的花园都可以修建得如同天上一般。他在马上留意看着已经扒宽的街道，一种更雄伟的规划浮现在他的心头。

　　到了午门，他从马上下来，命百官各回衙门办事，丞相、军师、汝侯刘宗敏，今晚一更以后入宫议事。

　　一更刚过，刘宗敏、牛金星和宋献策遵旨来到宫中。李自成已经坐在便殿的暖阁中，一边批阅文书，一边等候他们。大家向李自成叩头行礼之后，坐下议事。朝中大事，李自成在回长安的旅途上不断地得到禀奏。尤其是刘宗敏和牛、宋二人，迎接在百里之外，又向他面奏了各种大事，他都十分清楚。所以今晚的会

议一开始,他就向刘宗敏问道:

"你已经决定在近几天动身么?"

刘宗敏回答说:"本月二十日是黄道吉日,已经同军师和牛丞相商定,二十日从长安动身。东征的人马,如今都集中在韩城一带待命。少数部队,已经分三路渡过黄河。补之从米脂护驾回来,到蒲城时,皇上命他不必回到长安,他就从蒲城转路向东,先到韩城。他是先锋主将,想来会连夜赶路,如今说不定已经从韩城一带过河了。"

李自成转向牛金星和宋献策说道:"你们替捷轩拟好的檄文,几天前我已经在路上看了。还需要改动么?"

那檄文稿是宋献策同他的一位幕僚拟就的。听到李自成询问,他赶快恭敬地站起来,回答说:

"那稿子是经臣反复推敲,也请牛丞相与汝侯看过,然后才上奏御前。只是这是第一道东征的檄文,关系极其重大,所以必须等候皇上亲自斟酌,御笔改定,方敢刻版印刷。"

李自成轻轻点头,从御案上拿起文稿,交给军师,说道:

"如今我们在一起斟酌斟酌。好,你坐下慢慢念一遍,我们大家细心地听,看有没有需要改的地方。"

宋献策坐下去,双手捧起缮写工整的檄文稿,用带着豫东口音的腔调,念道:

"大顺倡义提营首总将军为奉命征讨事……"

李自成向大家含笑问道:"给捷轩这样的官衔如何?这官衔要载到史册上的,你们再斟酌一下。启东你熟悉历代典章制度,这官衔有不妥当的地方么?"

牛金星恭敬地站起来说道:"汝侯此次出征,为大顺朝夺取北京,建立万世宏业,至为重要。所以这官衔名号,必将载入史册,垂至千古。臣等遵照皇上离开长安之前的面谕,几经研究,商定这个称号,并经陛下批示同意。虽说前代无此名号,但我朝隆兴,对前代有因有革,前代所无者不妨新创。臣以为这官衔并无不妥,可以不必再改。"说毕坐下,等候李自成说话。

宋献策站起来接着说:"臣以为汝侯这一官衔很好,不需再改。起初臣等商议,用'大顺钦命提营首总将军'这几个字,皇上用朱笔圈去'钦命'二字,改为'倡义'二字,臣等方感到自己识见太浅,深佩皇上天纵英明,识见过人……"

李自成笑着说:"这也算不得多么英明。我只是想着,如今还没有打进北京,诛灭明朝,这'倡义'二字还不能丢掉。等到了北京,举行了登极大典之后,再改用'钦命'二字不迟。好,献策,你继续说下去。"

宋献策接着说道:"汝侯在老八队原有总哨之称,直到近来将士们还习惯地称他为总哨刘爷,表示又尊敬又亲切之意。现在局面变了,倘若仍用总哨二字,一来不雅,二来这气派也太小了。如今捷轩已经封侯,代皇上率领东征的全部人马,用'提营'二字比较恰当,提营的意思就是提督各营。本来应统称作提营大将军,可是皇上说过,几年内不要设大将军这个名号,所以臣等商量用首总将军名号,实际职同大将军。"

刘宗敏说:"罗汝才原来封为大将军,几个月前已经被斩,我们当然不用大将军这个名号。"

李自成点头说:"我的意思也只是说几年之内不要再用。如今虽然决定用提营首总将军这个称号,可是将士们倘若感觉不顺口,不习惯,愿意称捷轩大将军也不要禁止,只是各种文书上不用罢了。关防已经制就了么?"

宋献策说:"今晚在御前决定之后,明日就可以铸成。臣等商量,关防虽是临时凭信,但将军之位甚尊,可以银质。"

李自成点点头,表示同意。然后说道:"你将檄文念一遍,如没有改动之处,就连夜发下去,赶快刻版。要多印一些,务使沿路各府州县,官绅百姓家喻户晓。你坐下念吧,一字一句地念,念清楚一点。"

宋献策坐下去,重新捧起檄文稿子,从头念道:

  大顺倡义提营首总将军为奉命征讨事:自古帝王兴废,民兆于心。嗟尔明朝,大数已终。严刑重敛,民不堪命。诞我圣主,体仁好生。义旗一举,海宇归心。渡河南而削平豫楚,入关西而席卷三秦。安官抚民,设将防边,大业已定。止有晋燕,久困汤火,不忍坐视,故特遣本首总,于本月二十日,自长安领大兵五十万,分路进兵为前锋。我主亲提兵百万于后,所过秋毫无犯。我为先牌谕文武官等,审时度势,献城纳印,早图爵禄。如执迷相拒,许尔绅民缚献,不惟倍赏,且保各处生灵。如官民共抗,兵至城破,玉石不分,悔之何及!

后边日期写道:大顺癸未十二月×日。这稿头日期没有写,等将来印成之后,用朱笔填进去。显然已经不再用崇祯年号,而只用干支纪年。

李自成听了以后,又接过稿子看了看,微笑点头,提起朱笔,在稿子后边的上方,写一个"可"字,交还军师。向牛金星问道:

"那北伐诏书的稿子,可拟好了么?"

牛金星站起来回答说:"陛下的北伐诏书稿子,臣吩咐几个文臣已经拟就。今日与文臣们又讨论了一遍,改动了几个字,明日早晨即可以送进宫来。那诏书将在元旦颁布,尚有二十多天,所以陛下有时间从容斟酌。"

李自成点点头，示意牛金星坐下，又转向宋献策问道："那一通北伐誓师的文告，我已经在路上看了。捷轩从长安出征的时候，这文告也要刻版印出，通告全军上下。"

宋献策说："臣等认为，此次东征是皇上御驾亲征，汝侯只是先行十余日，所以不须行遣将礼。汝侯到了韩城以后，可招集诸将，代皇上行誓师礼，宣布文告，然后大军分路过河。至于已经过了河的将领，不必回到韩城，只要就地举行誓师，向部下宣布皇上的誓师文告即可。"

牛金星接着说："此次皇上出征与往日不同。此是最后一仗，直捣燕京，一举而灭亡明朝。燕京一破，陛下登极，传檄天下，江南可不经大战而次第戡定，所以东征全军誓师，必须隆重举行。"

李自成心中兴奋，自己从御案上拿起了文告的稿子，重新细看。看到一半时候，忽然念出声来：

……不穀以渺渺之身，起自银川，兵威所至，壶浆竞迎。兹者三秦底定，定国关中；兴师东渡，直捣燕京。指日戈归牧野，马放华阳，长安定鼎。与万民同登衽席，岂不休哉！

凡尔将士，共宜各舒忠愤，用集厥功。其有摧锋陷阵，勤劳懋著之士，裂土分茅，锡之带砺。其或奸宄携贰；及傲狠违令者，国有常刑，法将难贷。

凡尔将士，共喻此意，勿焚我庐舍，勿虐我黎民。惟今约誓，其各勉旃。

李自成念毕文告，点点头，用朱笔批一"可"字，随即向刘宗敏说道：

"我本来很想立刻率领大军东征,同你一起渡河。可是长安还有许多事情要办,你先走吧。按照既定方略,你替我提督各营,扫荡三晋。我们在平阳见面,一起从太原北上,从大同往东,入居庸关到北京城下。我们自从起义至今,转战十六年,马上就要攻克北京,大功告成。"

刘宗敏说:"明朝在山西的兵力空虚,到太原不会遇到大战。倘若一路顺利,不耽搁时间,看来三月初十左右,可以到北京城下。我如今担心的只有一件事……"

李自成问道:"你担心的是什么?"

刘宗敏接着说:"会不会崇祯往南京逃跑?这可说不定。要是他逃往南京,事情就有些麻烦。"

宋献策说:"只要我们进军神速,崇祯就来不及逃往江南,下一步收拾江南就迅速多了。"

牛金星说道:"从前朝古代来看,一国皇帝逃往别处,名叫蒙尘。唐朝皇上就两次逃出长安,元顺帝也是逃走的。所以为今之计,只有进军越快越好。崇祯想逃往江南也不是一件容易的事。"

李自成说道:"我想,崇祯顾虑很多,未必会轻易逃出北京。只要我大军进兵迅速,等他决定逃走的时候,已经晚了。"

宋献策紧接着说:"何况我军已经陆续进驻山东,截断了运河。董学礼投降陛下之后,陛下将他由副将升为总兵,正准备护送武愫前往淮阴等处。崇祯听到山东、淮北局势已变,必不敢逃往南京。除非从海上逃走,料他不敢冒这种风波之险。"

李自成问道:"这个武愫如何?"

牛金星回答说:"武愫是进士出身,在明朝虽无显要地位,可是也有一些名气。派他做淮阴一带的防御使,仰赖陛下声威,向地方军民宣布新朝政令,必能收拾那一带的混乱局面。日后下江南的事,并不靠他。只等北京一破,崇祯亡国,陛下命一上将，率军南下，并差一重臣随兵前往，江南可传檄而定。"

李自成笑着说道："平定江南之后，下一步就该派大军出山海关，收拾辽东多年来的混乱局面了。"

从米脂回来以后，李自成在牛金星等大臣的辅佐下，处理军国大事，每日起得很早，睡得很晚。其执事之勤，连一向对他怀有成见的关中士绅，也不能不改变看法，认为他确实像一位开国皇帝。

如今离新年不到一个月了。许多事情都要忖度制定，都要从明年元旦开始实行。所以他在东征之前，留在西安这段时间，特别忙碌。按照战国以来所谓"五德终始"的迷信思想，将大顺朝定为水德王，服色尚蓝。文官的补子以云为饰，一品一朵，直到九品九朵。如今已是腊月，关于建国改元、颁布历书、改易衣服的颜色，都必须由礼政府遵制宣告各地军民，好从甲申元旦起，一起遵行。还有一件大事，是应该由礼政府宣布的。避讳的字，凡是犯了他的三代名讳的字，都得禁止使用，改用其他的字代替，或者改变笔画。他自己的名字"自成"两个字，是十分常用的字，如果都禁止使用，将给天下臣民造成很大的不便。所以他宣布：从甲申年元旦起，将"成"字改为日字头下边带成功的成字，这样成功的"成"字就不必避讳了。总之，凡是封建帝王应该在改朝换代时所必须做的事情，他和大臣们都考虑到了，都做了准备，马上就要颁布。至于文武官制，在襄阳的时候已经制定，如今又加以修订，更加严谨。

改革币制，也是目前一件大事。明朝的钱币虽然还可以继续使用，但必须赶快制造大顺通宝，来代替明朝的钱币。自从天启年间以来，明朝因为国库枯竭，制造了很多又轻、又薄、铜质又坏，带着不少眼的小铜钱，民间称之为麻钱或皮钱。所谓麻钱,是指钱面不光,带有砂眼,像脸上的麻子一样;所谓皮钱,是因为元朝时候币制混乱,缺乏黄铜铸钱,就用羊皮制造钱币,使人们十分反感。所以如今对那些又薄又小的钱,也称为皮钱。由于天启年间中央政府铸造的钱币质量很坏,各地伪造钱币愈来愈不能禁止,银价日趋昂贵,钱价日趋低落,给百姓带来很大的痛苦。江南苏州一带,民间曾经拒绝使用天启钱,酿成很大的风潮。李自成深明此弊,也深深懂得百姓的心愿。所以在商洛山中被围困的时候,有一次他带病到麻澗去,特意叫亲兵们带去许多嘉靖、隆庆和万历三朝铸造的厚墩墩的大方钱,散给麻澗百姓。进入西安之后,他就下令成立宝源局,暂时隶属户政府,专门铸造又大又厚的永昌钱。已经铸出了一部分,只等到甲申改元以后使用。可是铜的来源很困难。李自成从米脂回来以后,看了户政府上疏的奏本,只好决定收集民间铜器,输送宝源局,以便能够日夜加紧铸造。虽然这搜集铜器的事免不了骚扰百姓,但是也只好这么办了。

许多事情诸如开国典章、各种制度、政治措施、派兵遣将、筹措粮饷等,虽然各有衙门的官员分别执掌,上边还有刘宗敏、牛金星、宋献策等作周密筹划和设想,但是最终还得由他做决定。所以从他由米脂回到长安的当天开始,每日的生活既充满了显赫和得意,也充满了忙碌和操心,以至于同皇后高桂英谈心的时候也没有了。

腊月十八日这一天,李自成来到坤宁宫中闲坐片刻。高桂英带着抱怨的口气对他说道:

"皇上,你每日忙着军国大事,还有一些该办的大事竟然全忘了。"

李自成问道:"我忘了什么大事?你怎么不说呢?"

高夫人就说道:"常言说:男大当婚,女大当嫁。能不能在你出征之前,将几对婚事办了,了却我们的一点心愿?"

李自成恍然想起,说道:"啊?你说的可是双喜和小鼐子他们的婚事?"

"是的呀,还要耽搁到什么时候呢?今年春天得了襄阳之后,我本想替这些孩子们完了婚事,你说不用忙,等破西安再说。如今已经来到西安,还不替他们办喜事,难道又往后推,推到进了北京以后,回来办么?"

李自成一时不能决定,仍然觉得目前马上要出征,没有工夫处理这些小事。皇后见他不表示意见,又催促说:

"为这些孩子们完婚的事,当然不如军国大事重要。可是皇上呀,这在这些孩子们的身上就是大事,是他们的终身大事。男孩子年龄长一点不要紧,只要不过三十岁,不能算成亲太迟;可是姑娘们就不然了。俗话说,好花能开几月红。难道要等她们的青春过完了,才打发她们出嫁么?拿慧英来说,今年已经二十三岁了。倘若在官绅庶民家里,前几年就该出嫁了。就因为跟在我的身边,过着戎马生涯,没有太平的日子。再说,我也很需要她在我的身边,所以就把她的婚事耽误了。她嘴里不会说这事,可是我却不能不常常想到。还有慧琼、慧珠几个姑娘,比慧英的年纪都小不了多少,都该打发走了。别的姑娘婚事可以等你从北京回来,晚一年半载出嫁,早晚干系不大,慧琼可是必须赶快出嫁的,最好同慧英一起办了吧。"

自成仍在想着军国大事,有点心不在焉地问:"慧琼出嫁的事也要赶着办么?"

高桂英说:"不仅是为着慧琼已经该出嫁了,也要从小鼐子身上想想。原来是想把慧梅许配给他的。后来,哎,没料到你同军师做主,硬拆散一对好姻缘,将慧梅嫁给了袁时中,活活地送

甲申初春　11

她到死路上，小鼐子能不伤心么？他若如今看着双喜成亲，他不能成亲，他的心中会好过么？"

李自成直到这一刻，才重视皇后同他商量的事。忽然笑起来，摇摇头，说道：

"今天你提起来为双喜和小鼐子完婚的事，要紧是要紧，可是如何能办得及呀？捷轩定于腊月二十，也就是后天，一早就要离开长安出征，决定命张鼐随他一起。双喜等过了破五随我出征，办喜事的事情还来得及，可是张鼐的喜事如何能来得及？我看，出征事大，为张鼐完婚的事缓一缓办吧。"

"皇上，既然你已经决定命张鼐随总哨刘爷东征，我只为张鼐请假数日。二十二是个吉日，双喜和张鼐都在这一天完婚。张鼐的亲兵营随大队先走。张鼐二十二日完婚，二十五日快马追赶，来得及在韩城参加誓师，然后同大军一起渡河。我替张鼐请假数日，不误随大军过黄河。我想，捷轩也是会笑着点头的。皇上，你看这样办行不行？"

"二十二日……只有几天了，准备能来得及么？"

高夫人说："准备的事情不用你操心，只要你点头就是了。"

"好吧。我因大事缠身，顾不上管这些，你愿怎么办就怎么办吧。"

李自成站起来要走，但又笑着说："王四已经与左小姐成了亲，不用操心了。罗虎这孩子有出息，如今也很得力。等我进北京之后，在众多的宫女中选一个美貌又通文墨的宫女，送给他做妻，一定会使他满意的。"

高夫人说："皇上到了北京的紫禁城中，看见有出众的美色，不妨选几个服侍皇上。日后咱们大顺朝的后宫中，同样也需要妃嫔成群。"

李自成不明白高桂英的话是真心还是假意，不好再说话。忽

然看见像是王长顺站在坤宁宫的祯祥门外,便向一个宫女问道:

"那是不是王长顺?"

宫女躬身奏道:"是王长顺。他因为皇上正同皇后娘娘在说话,不敢进来。在祯祥门外已经等候一大阵了。"

"唤他进来,看他有什么事儿。"

听到传唤,王长顺恭敬地走进祯祥门内,从汉白玉甬路的左边来到坤宁宫的台阶下,整整帽子,然后从一边登上台阶,移到坤宁宫殿前。在门槛外边,就赶快跪下叩头。

李自成用亲切的口吻说道:"长顺,站起来吧。你给皇后带什么礼物来了?那蓝缎包袱里沉甸甸的,是什么东西?"

王长顺站起来,小心地跨过门槛,走进坤宁宫正殿,重新跪下,打开蓝缎包袱,露出一对金黄耀眼的崭新马镫。他双手捧起来一只马镫,呈给李自成,又捧起来一只,呈给高桂英。这新马镫,每只两边是两条龙,龙头朝上,合在一起。龙头、龙尾连着马镫,龙口半张,口中噙着珍珠。这珍珠能在口中滚动,却是取不出来。李自成夫妇欣赏着新马镫,十分高兴,连声称赞这新马镫制作精致。李自成问道:

"好哇长顺,你叫谁做的这一对金马镫?这么精致。"

王长顺仍然跪在地上。因为受到夸奖,激动得噙着眼泪,说道:

"皇上,你忘了?攻进潼关之后,有一次我摸着皇上的马镫说:'这马镫呀,原来是别人用的旧东西,从你起义的时候接着使用,到如今又用了差不多十六年,有些地方已经磨寙了。你马上就要当皇上了,这马镫也该换新的了。'皇上那时候笑着说:'你换吧,到长安以后换吧。'我说:'陛下是真龙天子,新马镫不能够那么素净。我想这新马镫上应该有龙才好。'陛下又笑着说:'这是好主意,你看着办吧。'到了长安以后,我就将这事交给工政府,要工政府遵旨主办了。"

李自成笑着说:"哪有旨意呀,我没下旨呀。"
　　王长顺说:"皇上要我看着办,这就是圣旨。皇上说出一个字就是金口玉言,就是圣旨。"
　　李自成看一看他,笑着点点头。
　　王长顺接着说:"等我随皇上从米脂回来,啊,不叫米脂,从天保府回来,工政府主管这事的官员将图样给我看了。我看了很不错,就催他们赶紧日夜铸造,外边加上鎏金。皇上,你看这镫子可中意么?"
　　李自成说:"中意,中意!长顺,进潼关行军的路上,我心中事情很忙。换新马镫的话,你对我说的时候,我实在没有在意,只是随口答应,事后全忘了。不料你倒是认真去办了。"说毕,望着皇后哈哈大笑。
　　王长顺说:"天子无戏言。纵然皇上说出一个字,也是圣旨。小臣到长安后,怎敢忘记呢?"
　　李自成说:"好了,不用你亲自动手。你去吩咐人将乌龙驹的马镫子换了,将旧镫子送给宝源局,做永昌钱吧。"
　　"不!陛下,那一对旧马镫,要在御库中当宝贝珍藏起来,千秋万代传下去,使后代子孙知道陛下在马上血战了十五六年,得天下很不容易呀。"
　　李自成顿时收敛了轻松的笑容,同皇后交换了眼色,不觉点头。皇后对王长顺说:
　　"你说的很是,这一对旧马镫要存入御库,作为咱们大顺朝皇家的传家之宝,让一代代皇帝都莫忘这江山得之不易。"
　　王长顺又说:"臣已经要工政府官员们为娘娘照样铸造一对鎏金马镫,每只马镫上有一对凤凰。"
　　李自成说:"皇后的马镫不要做了。以后天下太平,皇后是一国之母,深居宫中,在紫禁城中要乘凤辇;出紫禁城要乘法驾。再也不用骑着马，随军打仗了。"

王长顺恍然省悟，赶快叩头说："小臣一时糊涂，忘记皇后从今往后再也不用骑马打仗了。我真是糊涂！请陛下恕罪。"

皇后笑着说："你不要害怕。倘若不是皇上提醒，不要说你，连我也没有想到我以后不会再骑马了。长顺，你将皇上的新马镫带下去吧。我同皇上还有话要说哩。"

王长顺将一双新马镫包好，叩头退出。他在心中狠狠地责备自己："唉！我怎么忘记了，往后天下太平，皇后用不着骑马了。"

李自成嘱咐给王长顺重赏。随即离开坤宁宫，召见大臣们商量出征的事去了。

高桂英很快地将慧英和慧琼叫到面前，将婚期告诉她们，嘱咐她们赶快准备。又差人将双喜和张鼐叫来，也将奉旨为他们完婚的事说给他们知道。随即又命人分头为两家婚事赶快准备。既要为男方准备，也要为女方准备，一切务要从丰。于是，向北京进军的事，文武百官和命妇们朝贺正旦的事，两对小侯爷结婚的事，都搅到一起了，从朝廷到宫中，好不热闹。

腊月十九日下午，李自成在宫中召开了半天的御前会议。参加会议的有刘宗敏、牛金星、宋献策、兵政府尚书喻上猷、泽侯田见秀、文水伯陈永福、桃源伯白广恩、制将军李岩，以及原兵政府从事新升任文谕院学士顾君恩等十余人，讨论向北京进兵的事。其时如何向北京进兵的详细方略，早已决定。这次御前会议，只是表示刘宗敏提营出征的事意义重大，看有什么没有想到的遗漏问题没有。降将白广恩和陈永福二人参加会议，又有不同的原因。陈永福为人正派，是个血性男子，深为李自成所敬重。他也要带他原来的两三千人马随刘宗敏出征。他的人马已经开到了韩城附近等候，还有他的儿子副将陈德，如今在怀庆府驻扎，尚未投降大顺。可是已经暗中约好，等磁侯刘芳亮率领一支东征的偏师，从济源与怀庆之间越过太行山时，陈德就在怀庆投降，迎接刘芳亮进入豫北。至于白广恩，他和陈永福的情况不同。陈永福一直在河南，守开封多年，跟外边武将们关系不多。而白广恩在北方将领中是一位资历较深、交游较广的人物，崇祯十四年洪承畴率领八个总兵援救锦州，全师溃败于松山之际，白广恩就是八总兵之一。李自成带他出征，不是因为他手中有兵，可以在战场上为大顺朝建立功勋，而是因为他同明朝的北方将领如姜瓖、唐通以及吴三桂父子，都有或深或浅的交情。在招降这些将领的时候，他是很有用的一个人物。

由于李自成将要亲自率兵去攻占北京，刘宗敏只是先行一步，所以不举行"遣将礼"。二十日清早，卯时整，长安的天色还不很亮，刘宗敏入宫辞行。李自成在便殿赐宴，实际也只是一种礼节，十分简单，很快完毕。李自成亲自送他出了午门，看着他上马。当时牛金星虽然是天佑阁大学士，居于丞相地位，宋献策是军师，但是按照大顺军的传统待遇，刘宗敏的地位却居于文武群臣之上。牛金星和宋献策奉旨率领文武百官，将刘宗敏送出长安城外，行了简单的"相钱礼"，一齐目送着刘宗敏率领着一大群将领和亲兵，在寒冷的晓雾中向灞桥疾驰而去。

刘宗敏走后两天，即腊月二十二日，又是一个喜庆的日子。长安城中有不少人家在这一天娶媳嫁女，为即将来到的新年增加了一层热闹气。然而最引起全城轰动的喜事，并不是庶民百姓家的喜事，也不是官绅大户家的婚事，而是大顺皇上和皇后手下的两员爱将，同皇后身边的立过许多汗马功劳的两位姑娘，由皇上和皇后亲自主持，丞相和军师为媒，今日要拜堂成亲了。

长安城中的官绅士民人人尽知，张鼐已经封了侯爵，李双喜是李自成的养子,目前虽无封爵,可是人们却在私下议论,等攻破北京之后,江山大定,李双喜和李过都可能封为亲王。张鼐自从受封义侯之后,李自成就送给他一处很大的住宅,同他的爵位相称,距离紫禁城不远。虽然侯府还在草创阶段,但是府中已经有许多奴仆、文武官员、侍卫亲兵,经常车马盈门。双喜仍然住在紫禁城中,以备随时在皇帝身边侍候。近两年来,他在李自成身边的地位一天比一天重要,到了长安以后,由于李自成俨然是新天子,双喜的地位也就更加重要。为着双喜成亲,李自成拨给他一处住宅,原是一座郡王府,也在紫禁城的附近。

两个月前,攻破西安以后,李自成曾经大赏功臣。除了加官封爵之外,还赏赐了许多金银珠宝、绫罗绸缎之类。一般将士,纵然战功并不显著,也都得到了不同赏赐。对于双喜和张鼐的婚事,尽管李自成曾经传谕,不许铺张浪费,但是如今的局面同往昔大不相同,喜事还是办得十分风光。李自成夫妇对男女双方自然有许多赏赐;而各位大将和牛、宋等旧臣之家,不用说也都送有厚礼。其余将领当然也各有表示。至于新近在西安投降的明朝文臣和巨绅,谁不想趁这个机会巴结大顺帝后的心腹爱将?他们的礼单上不仅有金银绸缎之类,还有不少人送了双喜和张鼐所不能够欣赏的名贵字画、玉器、宋瓷和各种古玩。

腊月二十二日,两家喜事大大热闹了一整天。第二天,两对新郎和新娘,都来宫中向娘娘叩头。事先传出娘娘懿旨:各家大将的夫人,凡是两对新郎新娘的长辈女眷和平辈年长的女眷,以及后宫内师邓夫人、健妇营主将红娘子,都来宫中赴宴,接受新郎新娘叩头。来宫中赴宴的只有两个男客:一位是老医生尚炯,已经内定为新朝的太医院尹;另一位是预定的牧马苑使老马夫王长顺。他们能够被娘娘召进宫中赴宴,受两对新郎新娘的叩头,这是李自成夫妇给他们的莫大恩荣。连李自成的新从米脂来的封为侯爵的近门叔父，也没有被召进宫中赴宴。高桂英用充满感情的口气对两对新郎新娘说：

"不管你们为大顺朝建立了多大的汗马功劳，做了多大的官，像张鼐已经封了侯，可是你们在他们两位老人面前都是晚辈。今日你们这两对小夫妻，要给他们二位叩三个头，还要好生敬三杯酒。怠慢了他们，我不答应。"

两对新人跪在地上，齐声回答说："谨遵懿旨。"

尽管尚神仙和老马夫不断谦让，两对新人还是在乐声中给他们磕了三个头。大家都要他们对两对新人说几句话，勉励勉励。当着一大群大将和牛、宋等旧臣的夫人，尚神仙起初不肯说话，随即忍不住心情激动，对双喜和慧英说道：

"唉，我今日满心高兴，可是实在不知道说什么话好哇。如今夺取明朝江山的大业快成功了，你们完了婚，国事家事皆大如意。请不要说我这个乡村的郎中倚老卖老，说出话来不知高低……"

牛、宋两位夫人都说道："你有话只管说。他们都是在你的眼皮底下长大的，你该教训就教训。说好说坏他们都得听。你对他们这些晚辈说话，还说什么不知高低哩。"

皇后也笑笑说："他们都是才成亲，都要做夫妻几十年，直到白头到老。你们两位老头子，对他们多说几句有好处。"

尚神仙接着说："我说双喜少帅和慧英姑娘，你们两位从小就知道互相敬重。别人都夸奖你们是皇上和娘娘身旁的金童玉女，如今果然有情人成了眷属，比你们年长的，人人高兴，比你们年轻的，人人羡慕。你们哪，怎么说呢？你们要一辈子恩恩爱爱，要一辈子不忘记皇上和娘娘对你们的抚养和深恩。"

双喜和慧英同时跪下，说道："侄儿侄媳永远不敢忘记。"

"还有你们，"尚神仙转向张鼐夫妇，"我的小张侯哇，你虽然名义上不是咱们皇上的养子，可是，实际上是一样的。慧琼姑娘也是在娘娘身边长大的，人品性情都好，很像慧梅。"他说到这里，忽然感到后悔，但是已经来不及了，"你们要一辈子和睦恩爱、互相体贴。皇上和娘娘对你们恩深似海，亲自玉成你们的美满姻缘……"老医生实际是想到慧梅的不幸，慧梅的影子在他的面前晃动了一下。他心中明白，张鼐并不喜欢慧琼。可是说到这里，竟不知道怎么接下去好。

王长顺怕他再提到慧梅，赶快用胳膊碰他一下，接下去说道：

"他们这对小夫妻也是天生的一对儿，也是皇上和娘娘身边的金童玉女。我会看相，他们这一对儿准是福寿双全，儿孙满堂。在咱们大顺朝功成名就，高爵厚禄，享不尽荣华富贵。"

王长顺的几句话，引得夫人们哄堂大笑。皇后向张鼐和慧琼笑着说：

"快给你们王大伯再磕一个头，快磕！"

当天晚上，家家忙于祭灶，更增添了婚事的喜悦。大顺宫中仍旧遵照民间古老的习俗，由皇后率领宫眷们欢欢喜喜地在御厨房中祭灶。有人对皇后说，灶神职位太低，大顺国的皇后亲自祭灶，会把灶神吓跑或者吓得躲起来。还说，明朝宫中，就没有皇上和娘娘祭灶的事。高桂英笑着说：

"我和皇上都是从农家出身，不能忘记庶民百姓家历年祭灶的旧风俗，也算是贵不忘本哪。今年再祭一次吧，明年就由御膳房差遣什么官员祭灶好了。"

灶爷、灶奶是从街上请到的一张民间彩印画，贴在御厨房的后墙上。灶神画成了白胡子老头；灶奶画得很年轻，圆圆的白脸，黑漆漆的头发，同老头并肩而坐。他们都穿着大红大绿的衣服，灶奶的脸上还染了两块胭脂红。灶神的下边，印有大顺朝的甲申历。在神像的两边，贴着绿纸对联，上联写的是"上天言好事"；下联写的是"下界保平安"。在神像的上边贴一张绿纸横条，写着"一家之主"。神桌上的锡蜡台，插着一对又粗又大的牛油红蜡烛，烛光很亮。中间一只铜香炉，轻烟缭绕，香气扑鼻。香炉前放着一盘麦芽糖，叫做灶糖。用意是叫灶爷吃了后粘住嘴巴，到天上不能随便汇报。神桌下边的青砖地上，靠左边放着一只盘子，里边盛着小谷秆子，拌了麸子，这是为灶神的马匹准备的草料。桌边蹲着一个宫女，抱着一只红公鸡，这是为灶神上天宫时准备的一匹"枣骝马"。高桂英在宫眷簇拥中进入了御厨房。宫女已经为她在地上准备了拜垫，她恭敬地向灶神拜了一拜，随即在拜垫上跪下去，磕了一个头。按照宫中规矩，不管行什么礼，祭什么人，都要奏乐。但是，高桂英今晚祭灶，要按照黎民百姓的老规矩，吩咐不要奏乐，只在院中燃放一串鞭炮，增加热闹气氛。此时，满长安城到处都有鞭炮声。从紫禁城传出的鞭炮声，同全城的鞭炮声混合到一起。

　　在庶民百姓和官宦富豪家，一家主人祭灶的时候，女眷们和孩子们可以站在背后观看。当主人起身后，别人跟着跪下叩头也行，不叩头也可以。由于灶神的官职低微，说一句、两句亲切的玩笑话也不妨事。可是高桂英是娘娘身份，所以当她跪下之后，所有的人都跪下了。大家都以为像千家万户一样，皇后会请灶神上了天宫以后，好话多说，坏话不提。所以都怀着很大的兴趣，等待皇后念诵祝辞。可是刚刚听了两句，人们便不自觉地收敛了笑容。只听皇后对着灶神祷告说：

　　"老灶爷，你虽然在诸神中官小位卑，可是你能够一年一次上到天宫，亲自向玉皇面奏人间各种事情，让玉皇耳聪目明，知道人间苦乐。自从天启年间开始至今，民不聊生，流离失所，血流成河，尸堆如山。眼下大顺国已经占了长安，正在向北京进兵，天下百姓开始有了指望。愿你到了天宫，务必把人间二十年的各种苦情，向玉皇一一奏明，不用隐瞒。恳求玉皇在天上睁开双眼，看看人间，保佑大顺军旗开得胜，顺利攻克北京，拯救天下苍生，早建个清平世界。老灶爷，给你准备的枣骝马已经喂饱了，请你早早地登程吧。"

言毕，她从旁边一个服侍的宫女手中，接过一只小小锡酒壶和一个瓷酒杯，斟满一杯烧酒，浇在地上。随即将酒壶和酒杯交给宫女，又叩了一个头才站起身来。她向左右望望，没有看见慧英，不觉有一丝怅惘的情绪掠过心头，便径自到寝宫中休息去了。

自从崇祯十三年冬天到了河南，一连几年过小年和元旦佳节，高桂英都不再在马上奔波，也不再担心受官军围困。从驻军得胜寨的时候起，每年她都在小年下，按照米脂的风俗祭灶，心情畅快。在她周围的姑娘们也都十分快活。如今这一次祭灶，大概是她最后一次按照民间的风俗办事了，很快她就是真正的皇后了，断不会由她亲身对小小的灶神祭祀。今晚，她一则是一时的高兴；二则由于不能忘记民间生活，才亲自祭灶，向小小的灶神跪下磕头。这件事，实际与礼政府正在拟定的《大顺礼制》不合，所以事先她没有告诉皇上。等她祭了灶神，站起身来向左右望望，原来的满怀高兴突然消逝，想起来身边得力的姑娘已经十去八九：慧梅死了，慧英和慧琼出嫁了，慧珠和慧剑也是她平日喜欢的姑娘，早已经调到健妇营中……特别是慧英的出嫁，好像使她突然失去了一只膀臂。所以，她的心情一下子悲凉起来。

第二天，是腊月二十四。按照米脂县的风俗，家家户户都要将家中各地方打扫干净，屋梁上和椽子都得打扫一遍。民间有言道："二十四扫房子，二十五磨豆腐。"这好像生活中一个固定的程序，年年传了下来。如今是在皇宫中，虽说每日由专管打扫的奴仆和宫女们打扫院子,揩洗家具,到处都是干干净净,但是宫中地方太大,房屋太多,旮旯儿太多,打扫不到的地方还是有的。高桂英忘不掉民间生活习俗,仍然一早就传谕各宫院,打扫房屋院落。

早膳以后,她想着元旦快到了,要准备各家命妇和邓夫人入宫朝贺,还要准备赏赐,等等,各种事项亟待安排。可是,如今大顺朝制度草创,宫中只有少数从秦王宫中留下来的粗使太监。宫女也很少,一部分是秦王宫中留下的宫女,一部分是近一个多月从赃官和不法乡宦之家籍没的丫环。高桂英曾想让吕二嫂在宫中总管这班女仆。可是,吕二嫂一是不认识字,二是她自己有家,儿子、媳妇、孙子需要她照料。所以,要不要命吕二嫂进宫办事,至今仍在犹豫不定。这困难虽是一时现象,却使高桂英感到,慧英的出嫁,使她周围的一切都乱了头绪。

她正想念慧英,慧英就进宫来了。皇后一见,眼梢和嘴角都不由地露出了笑意。慧英到她的面前跪下叩头,用温柔的声音说道:

"向母后请安!"

"你快平身吧,我有话对你说。"

慧英起身,站在皇后面前,等候吩咐。皇后含着微笑,向她通身上下看了一遍。见慧英虽然头上的花儿和首饰戴得不多,出嫁的艳丽衣裙,也换成了一般高门大户中新媳妇的日常绣花衣裙,然而从眼睛里和薄施脂粉的面容上,可以看出来新婚的喜悦和幸福。皇后看着,笑着,点着头。慧英被看得不好意思,低下头去,又用温柔的低声问道:

"母后有什么吩咐?"

皇后笑一笑,先不吩咐正经事,却叫她坐在身旁,问她进宫来是骑马还是坐轿。慧英回答说是坐轿来的,并说从秦王府中没收了十几乘轿子,有好的、新的,也有旧的、次的。赏赐他们新府的轿子有一乘是新轿，听说是郡主乘的。另外还有几乘，是宫女和仆妇们乘的。皇后点头说：

"以后你每日进宫，不必再骑马了。住在这京城中，乘轿进宫，才合你的身份。如今皇上是忙，双喜的封爵还没有定下来。等破了北京，皇上在北京举行了登极大典，就要封双喜一个合适的爵位。到那时候，咱们大顺朝的礼制也颁布了，你每天进宫来，出宫去，该乘什么轿，轿前轿后用什么随从侍候，拿什么执事，要不要敲锣喝道，自然都有一定之规。如今诸事草创，还要乱一阵子，你暂时用秦府中郡主的轿子也好，日后你的轿子一定会比这轿子还好，好得多呢。"

慧英又跪下说："谢母后的恩！"

高桂英拉住慧英的手说："起来。听我说话，不要太讲究宫中礼节，咱们还不习惯。礼节太讲究了，我也感到麻烦。"

等慧英站起身来，她又接着说："从前你和慧梅在我的身边，我把你们都当作女儿看。我为了把你许给双喜，所以没有收你做我的义女。如今你们已经成亲，你果然是我的儿媳了。十几年来，慧英啊！在我的身边，许多姑娘有的死了，有的活下来了，可是只有你的命好。同你比起来，慧梅就太可怜了。"

说到这里，高桂英的心中一酸。停了片刻，随即改换了笑容，又接着说："唉，如今朝廷上，后宫中，一片喜气，咱们不要提慧梅的事了。我刚才说你的命最好，你是最有福的。你同双喜必是福寿双全，白首偕老，儿孙满堂。慧英，我等着抱孙子哩，等着你头一胎就生一个白胖小子。"

慧英羞得满脸通红，赶快低下头去，轻轻唤道："母后。"

皇后快活地笑起来，说："看见你同双喜亲事美满，我真是心中欢喜不尽。"

慧英说："只要母后心中欢喜，做儿女的就心满意足了。不知母后今日有什么重要事情吩咐？"

"有，有。有几件重要事情必须你赶快安排，免得误了。我的身边不能没有你，皇上身边不能没有双喜。从今日起，你每日早膳后，要进宫来，帮我做事，一如往日。双喜也要每日进宫，随时听皇上呼唤。这是我马上要同皇上商量的。慧英，唉，没有别的人了，我只好叫你从今天起，每日白天在宫中办事了。"

"谨遵懿旨。"

"几天后就是大年初一了。这是大顺永昌元年的元旦，不能马虎。朝中和宫中都要朝贺正旦，这事你是知道的。文武百官朝贺正旦的事，有皇上呢，我们不管；可是命妇们，各位将军以上的夫人们，还有后宫内师邓夫人……"

皇后的话刚刚说到这里，忽听祯吉门口有人高声传呼：

"皇上驾到——接驾！"

皇后赶快将慧英一推，小声说："你回避。你吩咐人将慧琼叫进宫来。"她随即走到坤宁宫正殿门外，迎接李自成。而这时宫女们，少数粗使的太监，已经在祯吉门内和院中甬路两旁跪了两行。

第 二 章

李自成将秦王府内庭正中的一个宫殿改名乾清宫，作为他自己的寝宫，也是他办公和召见文臣武将的地方。晚上他办公到深夜，如果不去别的宫中，就传来一位妃子陪宿。他最近有三位妃子。在襄阳称新顺王时选了一位刘妃，出身于书香门第，粗通文墨；进长安后，选了一位陈妃，原系秦王府中的宫女，年纪已十六七岁；最近去米脂县祭祖，因为米脂川中自古出美人，又选了一位新妃，出身小康之家，虽是容貌很俊，却目不识丁，对外边世事也完全不懂。好在姑娘比较聪明，在宫中事事退让，不敢多言多语，因此，别的妃子都对她很好。皇后高桂英一则深深明白，自古皇帝除正宫之外，还有各种名号的妃、嫔同侍后宫，从周公制礼就是如此；二则她也盼望后宫的妃子中有人能为大顺国早生皇子，早生太子。所以刘妃和陈妃，都是她帮助李自成选定的。她知道，昨夜很晚皇上才去刘妃宫中，今早天不明就回乾清宫批阅文书，早膳后又立即分别召见文臣和泽侯田见秀。皇上在紫禁城中的起居生活，随时都有宫女向她禀报。刚才慧英未进宫时，她曾在心中叹息说："唉，国家草创，真不容易呀！"此刻她一边迎接皇上，一边在心中问道：

"他百忙中来坤宁宫有何事情？"

李自成坐下以后，挥退左右侍候的宫女和皇后的女兵，对皇后说：

"我来坤宁宫不能久坐，只是要亲自嘱咐你一件事。昨晚与牛丞相、宋军师等人议定：大年初一卯时正，文武百官入宫，在勤政殿朝贺正旦；巳时正，在午门上颁布北伐幽燕的诏书。这也是一件大事，是我第一次颁诏。初三日一清早，我就上路。留在长安的六品以上文武官员，送至灞桥。泽侯留镇长安，兼主持朝中诸事。他是个忠厚人，倘若遇到有些事他不能做主，会来宫中问你，你同他商量决定。"

高桂英首先在心中感到吃惊，随即笑着说道：

"皇上，咱们从前谈过多次，一旦打下江山，建立新朝，第一不许重用太监，第二避免后宫干政，第三要抑制贵戚。所以自从破了洛阳，你称为奉天倡义文武大元帅之后，有许多事我都不过问了。你在襄阳称新顺王之后，我更不愿过问军国大事。如今陛下如此吩咐，岂不违了我们原先常常谈论的话？"

李自成苦笑一下，说道："事情难办哪！中央政府和六部中央衙门，差不多所有的文臣都是新投降的明朝官吏，有的是现任官吏，有的是卸任的乡宦。咱们老八队原来读书人很少，文官都不是自己人，只有牛丞相、宋军师是咱们自己的人，那是崇祯十三年起义跟咱们一道来的。李岩也是文臣，也算是起义的旧人了，可是他不肯在中央政府里边做官。如今中央政府和中央各衙门的文官，都是几个月之前投顺的，或者近一两个月来投顺的。几个月之前在襄阳投顺的已经算是老资格了。"

他忽然放低了声音："这些文臣未必都同我们一心，其中有许多人是为着他们自家的功名利禄来的。如今朝廷的制度还不完备，加上我离开长安东征，牛金星和宋献策、李岩都随我前去，留在长安的众多文臣，难免不各自营私。我有些放心不下。倘若玉峰是一个严厉的人，朝中的事情就好办得多。可是他是一个有名的老好人，怕有时候人们瞒着他营私舞弊，乱了朝廷规矩。我担心泽侯宽厚有余，威严不足。所以我嘱咐他，有困难的事情，倘若不能决定时，可以进宫来同你商议。这不算后宫干政。"

他又笑了笑，接着说："这是一时的权变，不是长法，等我从北京回来，就不让你过问朝内的事情了。"

"皇上，你原定在初五颁诏，初七启程，为什么忽然决定提前了？"

"怕的是耽误了破北京的时间，夜长梦多。"

"难道事情有新的变化？"

"怕的是有变化。近两天同诸臣不断会议，认为我东征大军最好在三月半末之间赶到北京，以防北京情况有变。所以我应该提前动身，越快越好。"

"你听到了什么意外的风声？"

"如今并没有听到什么意外的风声。不过，有三件事值得我担心，不可大意。"

"皇上，哪三件事令你忧虑？"

"一、我们都担心崇祯会将一部分守宣化和大同的人马调回北京守城，使我军屯兵坚城之下。万一一时不能攻克北京，事情就不顺利了。"

"第二件事情呢？"

"崇祯不惜割地给满鞑子，调回关宁的铁骑救北京。倘若如此，我军一鼓攻破北京，就不是那么容易了。"

"还有第三呢？"

"我怕崇祯万不得已时，留下几个重臣守北京，他自己走山东一条路，逃往南京。"

"要是我们的人马已经截断运河，他还能逃往南京不能？"

"倘若他决计南逃，可以绕道胶东南下，也可以从天津乘海船南下。倘若他逃到南京，既有江南财富，又有长江天险，以后的战事就打不完了。"

高桂英也觉得皇上和诸臣们的担心很有道理。想了片刻，说道："皇上，听说你到北京去，只率领二十几万人，号称五十万，何不多带些人马前去？"

"近半年多来，我们的人马很快占领了河南、湖广、山西，又向东进到山东境内，哪儿不需要兵？原来有几十万人马，不分散很够使用，一分散就力量薄了。像我们离开湖广以后，德天府、承天府、襄阳府不是分散了很多兵力么？现在湖广、河南的许多府、州、县局势都不很稳，有许多人在左顾右盼，伺机而动。能够反叛，他们会反叛的。我心中明白，牛丞相、宋军师他们也很明白，困难就是兵力不够，无钱养兵呀。"

高桂英点点头，说道："是的呀！如今各地城乡残破，灾荒遍地。养兵多了，老百姓负担沉重，更是没办法活下去。"

李自成接着说："你说的很对。这些年户口大减，许多地方生产也没有恢复，多养兵很不容易。所以这一次只带二十几万人出征，也是无可奈何之事，只能如此了。好在取胜不完全靠兵力。主要是靠……"

高桂英接着说："我明白了，是靠皇上的声威，也靠老百姓盼望着你去救他们，好像我们到河南的时候那样。去年春天，我们进入湖广、襄阳、承天、德安、荆州，各地不也是闻风降顺？这一次皇上东征一定也是如此。要是这样，人马带的不多，看来也不会遇到大的困难。就怕在北京城下屯兵太久，也怕崇祯把关宁的兵调回北京。前几天同红娘子谈起这事，她说林泉有此忧虑，不知跟皇上说了没有？"

李自成说："在群臣商议的时候，林泉曾说出他的担忧。不过,大家都不同意他的看法,认为只要我们进兵迅速,路途没有耽误,拿下北京就没有问题。至于大同、阳和各处的明朝边兵,据白广恩他们几位降将看来,是都会沿路投降的。"

高桂英心中放宽了,就说:"既然他们说沿路守将都会投降,我就放心了。"

李自成又说道:"目前,山西明朝的兵力很空虚。山西巡抚蔡茂德,我们第一次进攻开封的时候,他也在开封。那时候他是河南右布政使。这个人是一辈子吃斋念佛,又不懂得打仗的事。所以我军过黄河以后,必然一路无阻,到处迎降。现在,听说山西各府、州、县士民,人心已经瓦解了,都在私下纷纷商议,要迎接我们的大军。所以,一破太原之后,我们的大军走大同、阳和、宣府这一带,进居庸关去攻北京,路上不会遇到大的阻碍。崇祯总想在这条路上阻止我军前进,就不会将这一路的守军调回北京。宋军师是这样看的,牛丞相也是这样看的。喻上猷他们都赞同军师的看法,献策筹划的这一作战方略很好,必可成功。我特意将白广恩、左光先这一些明朝的旧将都带在身边,也正是为的招降沿路的守将。也有人建议,要我出武关,走真定,攻取北京,路途较近。可是那样进兵,崇祯就会把宣府、阳和、居庸关的兵调回北京。看起来路近,攻北京反而不容易了。"

高桂英更觉放心,说道:"这条路我从前都不知道,你说出来我也不很明白,只要大家都是这么看,我就放心了。看来你率领这二十几万人也就够了。"

李自成说道:"实际上到北京城下的时候,大概不会超过十万人马。"

"啊?不会超过十万?"

李自成说道:"过阳和之后还要分兵呀——此刻我没有工夫同你详谈了。"

"万一……"

李自成说:"不妨事,我同几位谋臣议论过了。目前向北京进兵,一举消灭明朝,当然不能全靠兵力,除你刚才说的,靠我的声威招抚沿途官绅军民之外,还有就是明朝已成崩溃瓦解之势,不堪一击。古人常说的摧枯拉朽,就是这种形势。我们预料,崇祯瞻前顾后,加上朝廷每遇大事争论不休,不等他调回关宁精兵,我们就已经破北京城了。北京一破,明朝的江山换了主人,关宁兵就不敢来了。"

高桂英笑着说:"但愿上天看顾,皇上此去旗开得胜,马到成功,一路上势如破竹,赶快攻入北京吧!元旦颁北伐诏书的事,那诏书可已经准备好了?"

"已经准备停当。可是诏书写得太文,老百姓很难读懂。"

"为什么不写得浅显一点,让不识字的人一听都能懂得?像几年前攻破洛阳的时候,李公子写的《九问》、《九劝》,连我也能背下来。"

李自成笑一笑,说道:"这就是人们常说的:'此一时也,彼一时也。'牛启东几个文臣一定要将诏书写得越典雅越好,越古奥越好。有些句子他们说是模仿《尚书》的文笔。他们还说,不能光想着小百姓能读得懂、听得懂,重要的是这诏书要像是大顺开国皇帝的诏书,不能使明朝士大夫耻笑我朝中无人。他们还说,这诏书以后要载到国史上的,要传至万代,非写得十分典雅不可。牛启东他们说这话,也有道理。如今我身为一国之主,建立了新朝,也只能按照朝廷的规矩办事。老百姓听不懂也只好算了。"

"不让百姓都知道皇上出师的宗旨,不是也不妥当么?"

"也有一个补救办法,我已经对他们说了。等到破太原的时候,我再发一道上谕,一定要写得使老百姓都听得懂,像《九问》、《九劝》那样浅显。"

"对，对。皇上虽是真命天子，可是咱们十辈子都是庄稼汉，自己也是穷百姓出身。起义的宗旨是为救天下的黎民，请皇上到山西再补发一道使老百姓都能听得懂的上谕。"

"如今你留在长安，虽然住在皇宫里边，可是朝中无人。你身上的担子很重，身边不可没有得力的人。慧英虽然出嫁了，还是命她每日进宫听你使唤才是。"

"我也是这么想。刚才我正在同她商量宫中如何朝贺元旦的事。听说你来到坤宁宫，我叫她赶快回避了。"

"为什么要回避？有些事也需要她知道哇。"

"皇上，你忘了，她一同双喜成亲，就变成了你的儿媳，岂有儿媳见公公不回避的？"

李自成猛然明白，不觉哈哈大笑。高桂英也笑了起来，随即说：

"在宫中朝贺正旦的事……"

"我很忙，这事情就不必问我了，一切由你同慧英商量，斟酌办吧。如今诸事草创，也不必都按照政府草拟的仪注。"说毕，迅速起身走了。

李自成走了以后，两三个宫女很快进来，在皇后的身边侍候。回避在坤宁宫后边的慧英也进来了。慧英向皇后问道：

"父皇来有什么吩咐？"

皇后说："皇上离长安的日子提前了。如今决定元旦朝贺一毕，稍作休息，就颁布北伐诏书。初三日一早启程，留在长安的文武百官都到灞桥送驾。双喜要随身带的衣物，都赶快替他准备。还有，皇上命你每天进宫办事，像往常一样。我也是这个意思，倒是皇上先说出口了。"

慧英听说皇上提前动身，双喜随驾，不由地心中挺不是滋

味。但是她没有露出来一点形迹,赶快问道:

"母后,宫中朝贺正旦的事,应该如何准备?"

皇后说:"十来天前,礼政府送来朝贺正旦的仪注,还有进宫朝贺的各家夫人的花名册,你都看见了。刚才皇上说,可以由你同我斟酌。按我的意思么……"

慧英望着皇后,等待吩咐。她又不由地想起双喜初三一早就要跟皇上出征了,又一股惆怅情绪涌上心头,暗暗地叹道:

"只有几天的恩爱日子,白天也不能厮守在一起!"

高桂英想了片刻,接着说:"咱们新朝的各家夫人多是穷家小户出身,或者随军多年,或者新从家乡来到长安,谁懂得皇宫中怎样行礼?好比临上轿才去裹小脚,裹也来不及了,反而寸步难行。何况宫中没有女官,鸿胪寺的官儿们又不能来到后宫,谁能教大家演礼呢?如今要大家按照皇家的规矩进宫来朝贺正旦,岂不是故意要婆婆妈妈们、婶子大嫂们来坤宁宫闹笑话?"说到这里,她自己忍不住扑哧笑了,连慧英也笑了。

"到底怎么办呢?"慧英问道。

"怎么办?我们莫去管礼政府拟定的仪注,今年还按民间习惯的老规矩办事。你安排好,初一五更,各家妇女都进西华门,轿子要停在西华门外。只有少数几位夫人可以在西华门内下轿,将她们都带进祯祥门内,坐在屋中烤火。然后,分批带引进坤宁宫正殿,向我朝拜。一概不留下吃饭、吃果子。不管谁对我拜年,她们都跪下磕头,我都不还礼,也不说话。慧英呀,这同往年是大不一样呀!可是已经熬到今天,坐在皇后宝座上,我纵然想还礼,想拉着她们嘻嘻哈哈地坐在一起说说话儿,亲热一番,也不能了。慧英,你说是么?"

"娘娘自然是不能还礼的,要讲究君臣之分嘛。"

皇后接着说:"你今天就要将名单编排出来,看看分几班朝贺。每一班二十个人吧，要有一位领头的，比如说武将们的夫人，头一班就应该由汝侯府的夫人领头；文臣们的夫人，头一班就应由牛丞相府的夫人领头。你编排就绪以后，送上来让我看，然后送往礼政府传谕各部事先通知，好做准备。按说这事应该由内臣司礼监衙门掌管，由司礼监衙门派内臣向各府传谕，才是个道理。可是咱们宫中的内臣班子没有搭起来，没人做事。还有，对各家应该有赏赐，也要拟出一个清单，呈给我过目之后，赶快准备。男的文臣不进后宫来，自然没有赏赐；可是有的是在我眼皮下长大的小伙子，他们请求入宫朝贺，那就来朝贺吧。像罗虎、王四这些小将们，能够说不让他们进宫么？"

"还有来亨。"

"是呀，还有来亨……只要进宫来都得赏赐。这般小将们如今见的多了，眼眶大了，赏赐的东西寒酸了，能够行么？都不能寒酸，这是咱大顺朝第一个元旦佳节呀。"

"母后，健妇营怎么赏赐？"

"你斟酌办吧。不过，你红娘子大姐要同各家夫人一样的赏赐。"

皇后望着慧英走出后宫，忽然又命一宫女将她叫回。高桂英想到，后宫内师邓太妙随着元旦赏赐之外，还要在节前送去几色礼物，以表示尊师之礼。她命慧英，给邓夫人送礼的事，即刻就办。然后再办其他诸事。慧英问道：

"邓夫人虽是后宫内师，毕竟还是臣下，皇后赏赐她东西，能够算是送礼么？"

高桂英对慧英望了一眼，忽然笑着点点头，心里称赞慧英明白事理，不愧是她的好帮手。随即说道：

"你可以请吕二婶速速进宫，命吕二婶随内臣一同前去，由吕二婶传话……"她又想了想，问道："慧英，你吕二婶如何说话合乎体统,你教教她。我不操这个心了。"

慧英略一思索,随即说道:"吕二婶应该说,'皇后懿旨,念邓夫人在后宫讲书辛苦,欣逢元旦佳节,特赐彩缎、古玩、字画、文房四宝等物,略表尊师重道之意,务必入宫谢恩。'母后,这样传娘娘懿旨行么?"

皇后笑着说:"唉,你这姑娘果然习练好了,竟然能出口成章。好,就这样让吕二婶传谕去吧。"

慧英下去不过片刻工夫,慧琼进来了。她向皇后磕了头,跪在地上问道:"奉娘娘呼唤进宫,不知有何吩咐?"

高夫人满脸堆笑,说道:"你起来吧,慧琼。不要跪在地上。来,让我好好看看你。"

慧琼又磕了头,站起来走到皇后的身边。皇后拉着她的手,很有感情地说:"你出嫁了,完了终身大事,也完了我一桩心事。可是我又不能不想你。我想着你出嫁才两天,这两日里,张鼐忙着出征的事,又加上贺客盈门,日日酒宴忙乱,你们一对小夫妻,自然不能亲亲热热厮守洞房。也只有两夜相待,今天天不明张鼐就上路往韩城去了,你难免不心中难过。你们虽然是燕尔新婚,恩爱难舍,可是你也明白,国事为重。张鼐王命在身,你们小夫妻有什么法儿守在一起?我怕你孤单单地留在侯府不是滋味,所以将你唤进宫来散心。慧英像往日一样在西偏院办公,你快去她那里玩吧。"

慧琼被皇后说得低下头去,满面通红,噙着泪珠不敢滚出。她的心情复杂,既感激皇后对她的慈爱和关怀,又感到皇后不知道她心中的苦情。可是,她的苦情是没法对皇后说的。

高桂英望了望慧琼的眼睛,又笑着说:"到底是新婚夫妻,一提到离别的事就眼泪丝丝的。好了,好了,不要伤心了。我叫你进宫来,没有别的事,快到慧英那里散散心吧。"

慧琼又跪下磕了一个头，赶快走了。

过了一阵，慧英带着两个宫女捧着赐给后宫内师邓太妙的礼物进来，请皇后亲自过目。皇后看过后，点点头，将下巴一摆，两个宫女退下，然后向慧英问道：

"慧琼到你那里去了？"

"是的，已经去了。"

"你看见她噙着眼泪么？劝她几句，不要难过。新婚夫妻，乍一离开，难免不有点伤心，以后离别日子多了就习惯了。"

慧英回到自己办公的西偏院，将前去给邓太妙送礼的宫女和吕二婶打发走，然后，拉着慧琼的手，看一看她的眼睛，笑着说："慧琼，听说一提到你同小张侯的暂时离开，你当着皇后的面就眼泪汪汪，真不害臊。"

"英姐……"

"真的舍不得么？是军国大事要紧，还是你和小张侯恩恩爱爱地厮守在一起要紧？"

"英姐，你一点也不知道我心里的痛苦。"

"啊？"

"你和双喜哥相亲相爱，怎知道我的苦处哇？"

慧英猜到八九分，小声说道："难道他不爱你么？论容貌你同慧梅也差不多。"

"不，英姐，你不明白。"

"难道他不爱你么？"

"他至今心里还念着慧梅姐，并没有把我放在心上。可是慧梅姐死去已经一年多了。因为慧梅姐死得太惨，他更不容易忘掉她。"

"唉！我明白了，明白了……"

慧英低下头去，也不觉眼圈儿一红。过了一会儿，她重新抬起头来，对慧琼说："皇后盼望你同小张侯成亲后和睦恩爱，这

甲申初春　35

些话你可不要在皇后面前说出来。你长得还算俊,又聪明细心,所以皇上和皇后才将你许配张鼐。过些时候,小张侯一定会很爱你的。"

"英姐,我怕是命中已经注定了。这话你可不要对皇后说。今后不管他爱不爱我,我已经嫁给他,就是他的妻子,我的心,我的身子,都是他的。倘若以后在两军阵上他有危难的事,让他明白我这个做妻子的……"慧琼没有说下去,鼻尖红了,眼泪不由地流落下来。

"大年下,快别说不吉利的话吧。以后天下太平,你也不会再上阵了。快擦干你的眼泪,让别人看见怎么说呢?为着过年的事,我忙得要命。从今天起,慧琼,你每日进宫来帮我做事,好不好?"

慧琼哽咽说:"我巴不得每日进宫来帮姐姐做事,免得在侯府中心里难过。"

"好,这样我就有个好帮手了。快,擦擦眼泪,别让别人看见。咱们快商量宫里的事吧……"

因为甲申年的元旦是大顺朝开国的第一个元旦,所以长安士民都为着新朝隆兴,太平有望,对过年的事比往年更加重视。除夕前一天,满城家家户户、庙宇、庵观,都贴满了春联。从除夕后半日起,就开始燃放鞭炮,十分热闹。

这一天四更刚到,大顺朝的宫中就燃起了鞭炮。这鞭炮声同全城的鞭炮声混合在一起。李自成在乾清宫院中拜了上天,又在临时改造的奉先殿拜了祖宗的牌位,然后匆匆地转入后宫,在坤宁宫的正殿同皇后一起坐下,接受内宫的朝贺。在细乐声中,首先是公主兰芝,然后是几位妃嫔,跟着是慧英等多年随侍皇后的姑娘(慧英是奉特谕从她的府中进宫来的),最后是新入宫的宫女、仆妇、留用的秦府宫女、宦官，分班向皇帝、皇后行礼。

天色快明的时候，李自成又匆匆地转到前院的同泰殿，接受文武百官朝贺。皇上走后，六品以上文官的夫人，便开始从西华门分批、分班进入祯祥门内。祯祥门内一时花团锦簇，香风满院，环佩叮咚，鼓乐阵阵。

今日向皇后朝贺正旦，按着高桂英的吩咐，不用礼政府的仪注，也不叫朝贺正旦，还是叫做拜年。这样就使礼法的拘束放宽了很多。皇后同刘宗敏、高一功、郝摇旗等大将的夫人们相见，仍然带着多年妯娌或姊妹的旧情，热热闹闹，又说又笑，把事先商定的"不还礼，也不说话"的做法，全忘到脑后了。而这些大将的夫人们之间也更不免拉拉扯扯，说说笑笑，一点儿也不受朝廷礼法拘束。

但是那些新降文臣的夫人们和后宫内师邓夫人行礼的时候，情形就大不相同。她们的丈夫都是明朝的进士出身，都在朝廷做官，加上她们的娘家也多是官宦之家及书香门第，她们自己也多数读过书，比较懂朝廷的礼节，又深深明白她们和高桂英之间是有君臣之分的，礼法必须讲究。所以都怀着肃然敬畏的心情，认真地向皇后行了三跪九叩礼，惟恐有一点"失仪"。红娘子随着这一班夫人行礼，因为事前听了李岩的指点，也是十分小心。

领班行礼的是那位有学问的、才貌双全的邓太妙，她还代表大家向皇后致了颂词。按照礼政府半月前呈进宫中朝贺正旦的仪注，当命妇朝贺时，由领班夫人致了颂词以后，皇后要回答说"历端之庆，本宫与诸夫人共之"。这是一句照例的答词。皇帝答文武百官和娘娘答众位夫人，都是这么一句话。只是皇后自称"本宫"，皇帝称"朕"。这句话高桂英记得很熟，几天前就背烂在胸中。她只要板着面孔说出来就成了。可是她临时没有管礼政府拟就的答词，却笑容满面地望着跪在面前领班行礼的邓夫人回答说：

"今日是新的一年开始，但愿风调雨顺，五谷丰登，国家吉庆，我们大家吉庆。"

众夫人平身以后，高夫人又笑着说道：

"各位下去随便吃茶吧。"

邓太妙感到愕然，望见皇后周围侍立的宫女们也感到愕然。随即她心中明白：原来仪注中没有赐茶一项，皇后出于对大家的亲切盛情，也是习惯了民间的风俗人情，忍不住说出了这一句话。聪明的邓夫人赶快重新跪下，说道：

"皇上明日亲征幽燕，今日皇后诸事很忙，臣妾等不敢多留，就此叩辞出宫。"

果然正如邓夫人所说的，高桂英为着李自成明日一早就要离开长安东征，有许多杂七杂八的事情需要亲自料理。入宫朝贺的夫人们叩头退去以后，高桂英就吩咐慧英，带着宫女们，将皇上需要随身带走的衣服、鞋袜和其他日用物品，收拾齐备，由她亲自过目，然后分别包于不同的包袱。

刚刚把这事交代下去，李岩和双喜进来了。李岩先在同泰殿，同文武百官们一起向皇帝朝贺了正旦，又随着双喜来坤宁宫向皇后朝贺正旦。按一般礼仪来说，他是不必来后宫朝贺的。但因为红娘子是皇后的义女，所以他随着双喜进来。三跪九叩之后，皇后叫他坐下说话。他又叩头谢恩，然后侧身在一把椅子上坐下。双喜不敢坐，在一旁垂手侍立。皇后说道：

"林泉，明日你跟随皇上出征，我盼望着早传捷报，攻破北京，灭亡明朝。这几年你在皇上左右，出了不少主意，帮助皇上决定大计，没有辜负皇上的器重。据你看，攻破北京会有不曾料到的困难么？"

李岩暗暗吃惊，觉得皇后毕竟不同一般。可是目前举朝上

下,都在想着会一切顺利,不肯听不同的话,他不敢将他的担心说出口来。于是稍微迟疑一下,回答说:

"以皇上的声威,沿路必定势如破竹,望风迎降,一路上不会有多少困难。至于破了北京以后的事情,只能到时看情形再说。"

高桂英不明白李岩内心想的是什么,也没有听出来他口气上含着担心,就说道:

"好,你下去休息吧。如果你想到什么话,尽管在路上向皇上随时面奏。皇上会尽量采纳的。"

李岩叩头辞去以后,高桂英望着双喜,正要嘱咐他几句话,忽报尚炯和王长顺来坤宁宫朝贺。她便不再说话,挥手让双喜退出,向身边的宫女说道:

"传他们进来。"

按照礼政府正在修订的《大顺仪注》,文武群臣只可在外廷向皇上贺正旦,不能进后宫向皇后贺正旦。但是这礼制尚未颁布,尚炯和王长顺又与其他臣下不同,所以他们在外边参加贺正旦的大朝贺以后,请求来后宫向皇后朝贺。高桂英也很念旧,不管皇家规矩,满脸堆笑,等候着他们进来。

坤宁宫阶下,细乐吹奏起来。整个宫中都荡漾着乐声,香烟缭绕。宫女们穿戴十分好看,在阶上和阶下左右站了两行。尚炯和王长顺走上台阶(应该叫做丹墀,不过这时人们还不习惯这么叫法),进了坤宁宫正殿。王长顺向后退了一步,让尚炯先向皇后行礼。按官阶尚炯比王长顺高,所以他也不推辞,先向皇后行了三跪九叩的大礼。高桂英接受别人行礼还可以不站起来,但尚炯给她行礼,她很不习惯,也十分不安。她不自觉地从宝座上站起来,向尚炯敛衽复礼。可是尚炯没有看见。尚炯叩拜完毕,仍然跪在地上,高桂英命他站起来,坐下说话。她没有称呼尚炯的名字,也没有称呼尚炯的表字,而仍然按照往日习惯说道:

"尚大哥，你赶快坐下，我们叙叙家常。"

尚炯又躬身作揖，侧身坐在宫女们为他预备的一把椅子上。这时，王长顺也开始叩拜。皇后没有站起来，但心中也感到不忍。王长顺一面叩头，皇后一边对他说：

"长顺，你的腿脚不便，多年有寒气腿，腰部又受过伤，你行一跪三叩头礼好了，不要行大礼了。"

王长顺心中激动，一面叩拜，一面说道："今日是元旦，这三跪九叩礼可不能打折扣，非磕完不行。"

高桂英也不再阻止，望着他把大礼行完，令他站起来说话。王长顺站起来对皇后说道：

"这今年是头一次朝贺正旦，我还能来到后宫，向娘娘拜年……"

高夫人笑着说："是的呀！这是拜年，说起来比'朝贺正旦'还顺畅一些。"

王长顺接着说："等皇上在北京登了极，立完了规矩，以后宫禁森严，小臣王长顺再想进宫来给娘娘拜年就不容易了。"

高桂英笑起来，心中也有点感伤，回答说："长顺，你别担心，到了那个时候，我会面恳皇上，特许你进宫见我。"

长顺落下眼泪，说道："谢娘娘天恩。"扑通又跪下去，磕了三个头。皇后赶快说：

"起来吧，起来吧。坐下去，我同你们叙叙家常。"

王长顺谢了座，在另一把椅子上欠身坐下。高桂英转脸望着尚炯说道：

"尚大哥，咱们这十多年来……"

尚炯立刻站起来，说道："请皇后不要再称微臣'尚大哥'了。今日要讲君臣之礼了。"

高桂英微微一笑，说道："好吧，不叫你尚大哥，我说子明呀，咱们十年来……"

尚炯赶快又接着说："请皇后以后直呼我的名，千万不要再喊我的字了，也不要喊我的绰号。喊我尚炯才是君臣之礼。"

皇后说："什么君臣之礼？我们可是生死患难，在一起转战了十来年，难道叫你的表字就不合规矩了？"

尚炯说："是的，皇家有皇家的礼节。西汉时期，帝王倒有时也向臣下称呼表字。可是唐宋以来君位日尊，君呼臣名而不呼字，就成了制度了。明朝皇上只对内阁辅臣和经筵讲官称'先生'，这是特别尊师重道的礼节。我们都是拥戴皇上打天下，虽然有些功劳、苦劳，也是天经地义的，不能因此就呼我们的表字，也不能有其他称呼。"

高夫人说："唉，过去已经叫惯了，现在要改口，像你们这样的老兄弟，又比我们年长，既不能称你尚大哥，也不能称你表字，我心中也不安哪！我问你，子明，听说你要留在长安，不随皇上去北京？"

尚炯说道："娘娘，你又叫我的表字了。皇上有时也称呼文武大臣的表字，虽是旧情难忘，然而于礼不合。我听说牛丞相和宋军师已经劝过几次，皇上还不肯改变老习惯。我想，在北京登极之后，这老习惯也得改一改。"

高桂英笑起来，轻轻地叹口气，说道："原都是旧日兄弟，生死不离。一旦成为君臣，礼仪森严，我怎么也不习惯。皇上他也不习惯。"

尚炯说："周公制礼，君君臣臣，是五伦之首。虽然皇上和皇后念旧，这以后称呼总得改了才是。"

皇后笑起来，说："唉，不说称呼了。我问你，子明，听说你留在长安，不随皇上去北京，已经决定了么？"

尚炯说："是的，已经决定了。皇上命我留在长安，把太医院建立起来，这事情需要物色太医，并不是那么容易的。关中地区和河南一带投顺的医生中，医术高明、可以在太医院供职的到底有多少人，我们还不完全清楚。再说，还必须挑选忠心耿耿保大顺的，不然如何让他们在太医院供职？"

皇后点点头，转向王长顺："长顺，你要随皇上出征，皇上可允许了么？"

王长顺站起来说："皇上说我快五十了，不想叫我随他出征。可是我怎么能够不去呢？我一再向皇上恳求，也向牛丞相、宋军师恳求，总算答应我随皇上到北京去。唉，娘娘，我只要亲眼看看北京城，看一看北京的皇宫，看一看我们皇上登极的大典，我死也……"说到这里，他觉得说漏了嘴，不好意思地笑了一笑，"我这一辈子也就心满意足了。"

高桂英也笑了，说："好吧，你去随着皇上见识见识。听皇上说，将来我们长安会修得比北京还要好。"

尚炯又站起来，说道："皇后，你今日事忙，臣等叩辞了。"

高桂英点点头说："你既然留在长安，随时都可以进宫来。你要不来，我只要想起，就要派人传你进宫。"

尚炯听了这话，十分感动，赶快跪下，叩了一个头："谢娘娘！"

王长顺也跪下去叩头，然后他们站起来，一起转身退出去。

皇后深情地望着他们，一直望着他们走下台阶，出了祯祥门。然后正想去休息，忽然罗虎、王四和李来亨来了。她看着罗虎和王四已经是英俊的青年将领，小来亨也长到跟大人一样高了。尽管他一脸稚气，可是双目有神，很有礼貌。皇后稳坐在宝座上，笑眯眯地望着他们三个行了三跪九叩礼。这三个小将行过礼以后正要退出，慧英进来了，皇后就向王四和罗虎问道：

"你们向双喜哥拜年了么？"又向来亨问道："你去拜年了么？"

罗虎说："我们知道双喜哥天色不明就到同泰殿，照料文武百官朝贺的事,接着又到午门照料颁布皇上诏书的事,还没有机会给双喜哥和慧英姐姐拜年。此刻正要往双喜哥哥的公馆去。"

来亨接着说:"我也没有机会给双喜叔叔和慧英姑姑拜年。"

皇后说:"慧英,你取出来三锭元宝,给他们每人一锭,作压岁钱。"

罗虎说:"娘娘,我跟王四已经长成大人了,还要赐给我们压岁钱?"

"你才二十岁,还没有娶亲,在我的面前还是小孩子。小四虽然已经成了亲,可比你还小一岁,也是孩子。"

慧英笑着对罗虎说:"别傻了,娘娘赏赐的银子,还能不要?"

慧英随即取出三锭元宝,给他们每人一锭。三个小将在皇后面前跪下,叩头谢恩。站起来以后,罗虎向慧英问道:

"慧英姐,你不回去,我们就在这里给你拜年吧。"

"瞎说,这是皇后的坤宁宫,怎么能在这里给我磕头?快给你们双喜哥拜年去吧。我也快回公馆了。"

罗虎等笑嘻嘻地走了以后,慧英向皇后问道:"赏赐各家夫人的新年礼物都已经派人送出宫了,不知母后还有什么吩咐?"

皇后笑着说:"你快回公馆去吧,双喜在等着你呢。你们小夫妻才成亲几天,后天一早他就要随皇上东征,这也是没有法儿的事。今日是大年初一,你下午不必进宫来了,你们小夫妻厮守一起过年吧。唉,但愿打过这一仗之后,你们再不要分离。赶快回去吧,回去吧。"

慧英恭敬地听母后叮咛,低着头,脸颊泛红,心中充满幸福。辞出以后,在东华门内坐上轿子,心中充满甜蜜,从眼睛和嘴角忍不住流露出悄悄的微笑。忽然想到后天一早就要同夫婿离别了,心中猛一辛酸,幸福的微笑消失了。但是过了一阵,她的心情又恢复了平静,想着这只是暂时的离别,他不久就要从北京回来了。她在心中念出了这个"他"字,感到无限的甜蜜,无限的温柔。

慧英刚走不久,李自成回到了坤宁宫,皇后知道他十分劳累,迎接他到寝室休息。她亲自照料他,帮他脱去行礼的服饰,换上家常便服。对他说道:

"皇上,你要准备出征,又要庆贺元旦,实在辛苦,快休息休息吧。"

李自成笑着说:"如今虽然辛苦,我也是高兴的。"

"已经命御膳房准备好了,今日中午在坤宁宫安排家宴,一为庆贺元旦,一为给皇上饯行。"

"不要传双喜和慧英进宫侍宴,让他们小夫妻在他们公馆中过年好了。"

"我已经吩咐了,不要他们进宫侍候。外边庆贺正旦的大朝贺,听说行礼十分隆重,你觉得还满意吧?"

"还好。文官们很懂得朝贺之礼,武将们差一些。不过,到明年朝贺正旦,就会大不同了。"

皇后笑着说:"明年江山一统,普天同庆,自然是另外一番局面。可是王长顺最担心以后皇家礼制一定,宫禁森严,他想进宫来给我拜年也不能了。"

李自成哈哈一笑,然后打个哈欠,靠在安乐椅上,不再说话。高桂英挥手使宫女们退出,对自成说:

"你趁这个时候休息片刻,等一会儿我来叫你进膳。"她轻轻地走出去,心中暗暗自语:"唉,我的天,明年过年,必定是举国狂欢,这长安城不知有多么热闹哇。"

正月初三早晨,李自成率领牛金星、宋献策、喻上猷、顾君恩和在西安新降的武将,由李友、吴汝义、李双喜、李强等率领的数千精锐骑兵护卫，从长安动身东征。留守长安的文武大臣，由泽侯田见秀率领，一直送到灞桥。李岩的一支人马，由李侔和李俊率领，早到了韩城，已经同东征大军渡过黄河，只是李岩自己留在皇上身边，以备随时咨询。明朝的秦王和几个郡王都带在军中。崇祯十五年在河南破汝宁时捉到的崇王也带在军中。

　　大顺朝东征的先头部队，在去年十二月中旬就踏着坚冰渡过了黄河。主力军兵分两路：一路由韩城和禹门之间的沙涡渡河；一路由韩城向蒲坂渡河。李自成从长安启程的时候，陕西省的许多府、州、县的明朝政权，已经纷纷瓦解，有的地方士民打开城门迎降，有的正在准备迎降。李自成在路上不断接到刘宗敏的飞奏，有时是刘宗敏转来的李过和刘芳亮等大将的禀报，知道到处没有遇到抵抗。果如所料：势如破竹。在路上，每晚驻营以后，倘若没有紧急军情需要他处理，他仍然请牛金星带着新降的文臣，为他讲解经书和《资治通鉴》。离开长安后的第一次经书讲题是《春秋》上的"春王正月"。牛金星认为，目前正是大顺皇上正月出师，所以选取《春秋·鲁尹公元年纪事》开始的这四个字，依照《公羊传》的意见，大加发挥，向李自成宣传做大一统皇帝的思想。李自成也是希望做大一统江山之主。如今形势顺利，只要攻下北京，收拾江南虽然还不能说可以"传檄"而定，但是必不会经过大的战争。所以牛金星讲解《春秋》上的这四个字，很投合他的心意。

　　李自成同他周围的群臣，在一片胜利的欢悦中，策马踏着坚冰渡过黄河，于正月十六日到了蒲州，祭了关公，十八日到猗氏，十九日到闻喜，二十日到绛州，二十一日到曲沃，二十三日到了平阳，在平阳停了五天，同刘宗敏、李过等开了一次军事会议，发表了使一般庶民百姓都能听得懂、读得懂的上谕，便向太原进军了。

东征大军每到一地，就将已经拆掉的驿站恢复，整顿了驿卒，配备了马匹。所以，李自成沿路到长安的信使和公文不断，朝中大事和关中、汉中、河南、湖广等地情况，也都不断地向李自成禀报。倘若有重要军情，则逢站换马，日夜不停，虽相距数百里，一日夜可以到达。这个正月，长安朝廷每日要收到四方许多公文，也发出许多公文，而最重要的是通往太原一路的消息。凡是长安朝廷收到山西方面的公文和消息，都要报进宫中，以免皇后悬念。所以李自成东征后，一路情况，高桂英和慧英都比较清楚。

李自成留在长安的文武群臣，和拥戴李自成坐江山的士绅们和百姓们，不断得到大顺军东征的捷音，心情都十分振奋。皇宫中更是充满着胜利的喜悦。二月初，当李自成到达平阳的消息传来以后，高桂英将牛金星、宋献策和几位大将的夫人招进宫中，摆宴庆贺，噙着眼泪对她们说：

"圣驾已经到了平阳府，明朝在太原的兵力空虚，攻破很容易。宋军师算定在三月半末间破北京，皇上和汝侯都很相信，看来准能办到。唉，我们大家的日子苦尽甜来，天下的百姓从今往后也有太平日子过了。"

按照原来决定：等一接到李自成在北京举行登极大典的消息，长安城中就要举行盛大的庆祝，各个街道都要搭起五彩的牌坊，官绅军民庆贺三天。如今虽然李自成尚在去太原的路上，可是长安宫中和朝廷上下都已经为这事开始准备了。

慧英每日每夜都不免思念丈夫。特别是夜间，她睡在雕花红漆大床上，结婚时用的绣帐、衾被、鸳枕，一切依旧，可是丈夫却不在身边，她便忍不住揪心揪肝地思念新郎，忍不住在心中呼唤"双喜哥"。她轻轻地、含羞地、甜蜜地轻声呼唤，那声音轻飘得只能使她自己听见，甚至连她自己也听不见。就这样，她也

会双颊羞得热辣辣地发红,同时滚出来思念和幸福的眼泪。为着丈夫,她天天早晨烧香祷告:

"老天爷,保佑我父皇马到成功,攻破北京。在北京登了极,就赶快回来吧!"

长安朝廷经常派信使前往军中。每次信使出发之前,泽侯田见秀总要命官员到宫门叩禀皇后,问有没有东西或书信带给皇上。这时高桂英就对儿媳说道:

"慧英,你给双喜修一封书子吧,也是嘱报平安嘛。"

慧英的脸红了。她很想写信,觉得有说不完的话要告诉双喜。但是她回答说:

"回禀母后,我没有什么话要说。"

皇后又说:"虽然没有什么大事,可你们是新婚夫妻,十分恩爱,修一封书子告诉他,你平安如常,也免得他在外边放心不下。"

"唉,母后,我正事都办不完,哪有闲心思坐下去给他修书。"

皇后笑一笑,也不勉强。但在她给皇上的家书中,总要写上一笔,说慧英每日进宫办事,勤谨如常,要双喜不要挂念家中。

自从过了元宵节以后,女诗人邓太妙照例逢三、六、九日来到坤宁宫后院的绿云阁中讲书。所以她对东征大军的消息,知道得较多、较快,当然也就更多地同皇后、慧英等分享了节节胜利的喜悦。

转眼间到了二月中旬,绿云阁的周围,几十株垂柳都已经柔条抽芽,随着东风摇曳,俨然一团绿云。假山下的几块玲珑奇秀的太湖石边,也有两三株碧桃花含苞待放,好一个深宫中妇女们读书的地方!无怪乎十六年戎马生涯的高桂英,一坐到绿云阁中听邓太妙讲授《毛诗》,就觉得这是画中的神仙生活。

这一天,邓夫人讲完了《蒹葭》三章,又讲了唐诗一首,之后休息吃茶，话题转到两天前得到的东征大军消息。大军已经将太原包围，并且将皇上的第一通东征诏书和第二通诏书（又称为《檄谕官绅士民书》）射入城内。邓夫人已经能够将第一通诏书背得很熟，说道：

"娘娘，你曾说牛丞相代皇上拟的东征诏书写得很好，可以流传千古，可惜叫老百姓太难懂了。不过那些骂明朝的话的确切中时弊，令人读着痛快。"

皇后笑着问道："夫人，你最喜欢的是哪几句？"

邓夫人欠身回答说："臣妾最觉得痛快的是这样几句：'公侯均食肉纨袴而倚为腹心；宦官皆龁糠犬豚而借其耳目。狱囚累累，士无报力之心；征敛重重，民有偕亡之恨。'"

皇后命慧英将兵部工楷抄呈进来的一份拿出来摊在面前，一边看一边点头微笑，然后说道：

"这几句话确实骂得痛快，切中时弊。不过，唉，代皇上拟这通诏书稿子的文词，到底还是不能够在心中牢牢地装着小百姓，硬是要使用这些冷字，叫百姓既认不得又听不懂。"

邓夫人说："娘娘指的是……"

皇后问道："你看，宦官皆、皆，皆什么？"

邓夫人回答："启奏娘娘，此字是龁的龁，是吃的意思。"

皇后说道："如果写成'宦官皆吃糠猪狗'，让不识字的小百姓一听就懂不好么？还有'偕亡'这两个字，也不懂，不用典故不行？"

邓夫人心中一惊，赶快站起来说："皇后圣明，臣妾竟然一时糊涂，见不及此。"

皇后笑着说："你是出身于官宦之家，书香门第，不像我是农家出身。小百姓的苦处，你没有我清楚……好，你快坐下，快坐下。皇上东征的第一通诏书，后宫中都不懂。前几天尚神仙进宫来,我要他讲解,他也只能讲个大意。今日,请夫人给我们仔细讲讲。慧英,快将这一通诏书摆在后宫内师面前。"她又转向身后侍立的宫女吩咐:"给邓夫人换一杯热茶。"

邓太妙不敢有丝毫怠慢,赶紧捧起黄纸诏书,先从头到尾读了一遍,正要逐句讲解,忽然一个老太监来到院中,跪在阶下启奏:

"泽侯田见秀到宫门禀报,言说太原城已经在二月初六日午时攻破,明朝山西巡抚蔡茂德不肯投降,业已自缢身亡。晋王全家数百口全被抓到。东征大捷,特为启奏。"

高桂英激动得声音打颤,轻轻说声"知道了"。

太监走后,高桂英对邓夫人说:"今日且不讲了,太原已破了,下一步就是北京。果然是上天看顾,一出征全山西就落入手中。"

少顷,从紫禁城外的大街上,传来了锣鼓声、欢呼声,随即又传来了噼噼啪啪的鞭炮声。这声音愈来愈烈,震撼着整个长安城。

皇后对慧英说:"传我懿旨,各宫院燃放鞭炮。"

第 三 章

刘芳亮率领的十多万人马，作为进攻北京的一支偏师，渡过黄河以后，就同主力分路向晋南前进，一面追赶高杰，一面占领晋南各府、州、县。遵照李自成的命令，从晋南向东，越过太行山，进入河南省的怀庆地方，然后由安阳向北，威胁畿辅。李过率领的先锋骑兵，则沿着从平阳去太原的大道继续前进。

当时是，明朝在山西境内的兵力，十分空虚。

巡抚蔡茂德直接指挥的府标营，大约只有三千人。他原来驻在平阳，可是山西省从河曲城开始，就与陕西相临，只隔着一道黄河，上下一千余里，到冬天全都结冰，随时可以渡过，更不是少数兵力可以防守的。蔡茂德奉崇祯皇帝严旨，不能不布置守河。可是他手中无兵无饷，毫无办法。正准备战死在平阳的时候，晋王却催他赶快回太原，全力保护省城。因为当时不仅是平阳以西黄河危急，而且在河曲附近，也哄传大顺军渡河，那就是说，李自成的人马不仅要从平阳进军，还要从北边走偏关过来，从北边包围太原。所以太原城中，从晋王宗室到达官富绅，都十分害怕，紧催巡抚蔡茂德回去守城。蔡茂德知道，倘若太原失守，他就更不好向皇上谢罪了。所以当大顺军从韩城一带有小部队渡河的时候，他就带着二千标兵匆匆返回太原，而将守黄河的重任，交给了原来驻防在平阳一带的副总兵陈尚智。十二月十八日，大顺军一部分人马从禹门口和韩城之间的沙涡镇过河，陈尚智逃回平阳，又逃到赵城，投降了。太原以南再也没有明朝的军队了。

山西各地百姓从李自成到西安以后，就哄传着李自成如何仁义，人马纪律如何严明，纷纷等待李自成大军一到就要迎降。果然大顺军渡河以后，各地士民不但亲眼看到了李自成的纪律确实很好，而且读到了提营首总将军刘宗敏的布告。所以从十二月二十二日起，就出现了到处迎降的形势。平阳知府张璘然投降了，受到了重用。平阳的大乡绅申家严逃到山中，被家奴们捉到，献给大顺军。刘宗敏因他为富不仁，民愤很大，下令严加拷打，逼他将家中的金银、财宝、粮食全都交出，然后处死。这件事使平阳府的百姓们人心大快。

李自成在到处迎降的情况下进入山西，他的前边有两三千威武的骑兵，然后是一队骑兵打着各种形式的旗帜和仪仗，还有一班乐队在马上奏乐。大顺朝的内阁、六政府、文谕院等衙门的主管大臣，各带奴仆、衙役、骑兵，跟随在后，然后又是二千骑兵。另外还有五百弓弩手，二百火器手。这五六千骑兵，是大顺皇帝的护卫亲军，盔甲整齐，旗帜鲜明，马匹精壮。再后是五百匹骡子和一百匹骆驼，驮运食物和粮草。起义十五年来，李自成第一次以帝王的派头，率领大军出征。他自己和跟随在他身边的文臣武将，在离开长安前，已经料到会一路迎降。如今果然如此，所以尽管距离北京的路程尚远，但是人人都认为胜利已在眼前。几年前，宋献策所献的《谶记》，上边说"十八子主神器"，又诗句中有"李继朱"三个字。如今看来大势已定，这《谶记》完全应验了。那帮在长安新投降或沿路上新投降的文臣们，也都庆幸自己早识天命，变成了从龙之臣。

甲申初春　51

东征大军只顾向前，各地方一般都不留兵驻守。新委派的地方官吏，遵照李自成的严令，搜捕明朝的宗室和各府、州、县的乡宦、富民，以及乡宦的亲属。只要是平日鱼肉地方，积有民愤的人，一概捉拿，严刑拷打，强迫他们献出金银，充作军饷；没收他们的存粮，部分充作军饷，部分散给饥民。凡是已经投降的府、州、县，都迅速委派了大顺朝的县令。当时关中多年战乱，加上天灾不断，既要供应东征大军，还要供应西征西宁和驻守榆林、宁夏等地的人马，所以东征军进入山西以后，搜捕明朝宗室和地方乡宦、大户，严刑拷打，逼迫他们献出金银财宝和粮食，既是为国为民除害，又为了解决大军给养和朝廷开支。新委派的各府、州、县官吏，都把这件事做借口向民间搜索骡马，当做军饷，并不奇怪。可是山西省也是灾荒不断，生产破坏，城乡凋敝。李自成只考虑如何供应东征大军，长驱入燕，赶快攻破北京，至于如何使新委派的官吏采取一些有效的办法，使百姓能够过安定的日子，休养生息，就来不及考虑了。

李自成到平阳的时候，刘宗敏早已先行抵达，率领在平阳的文武群臣和新投降的地方官绅，在郊外恭迎"圣驾"。从城门到行宫，沿大街两边，家家门口摆着香案，士民们或躲入门内，或跪在香案旁边迎驾，没有人敢在街上走动，或互相小声谈话。街道上只有雄壮的马蹄声，走向知府衙门，那里是为皇帝布置的临时行宫。行宫的大门外，用松柏枝和彩绸，搭成东西相对的两座高大牌坊，每一座牌坊上悬挂一个黄缎楷书匾额，左边的匾额上写着"功迈汤武"，右边的写着"德比尧舜"。每一座牌坊上还悬着一副楷书对联，虽然不过是歌功颂德的话，但是这两副对联都编得对仗工整、气派雄浑，字体端庄、圆润，显然是出自大顺军中有学问和善书法的文臣之手。

李自成在平阳停留五天，召见父老，访问疾苦，赈济饥民。刘芳亮的偏师已经过了泽州，即将进入河南。这一支偏师又分出一支人马，从太行以西向北进军，目的是招降晋东州县，然后与取道彰德北进的部队在保定以南会师。李自成因各路进军无阻，在平阳欢宴随征群臣，并让文臣们在席上限韵赋诗。这些诗正如历来的应制诗一样，无非是歌功颂德之作，缺少诗情，只一味追求形式上的典雅、华丽，以及平仄谐调、音节铿锵。

李岩自从参加义军之后，很少做诗，这时也不得不追随牛金星等人之后，吟成七律一首。

李自成看了群臣歌功颂德的诗篇，心中十分欢喜，觉得这才是开国气象。他向几位文臣问道：

"唐诗里有一句'三晋云山皆北向'，读起来很有气派，却不知作何解释？"

新投降的平阳知府张璘然是进士出身，此时赶忙跪下回答说：

"这是唐开元年间崔曙的一句诗。从三晋地势来说，虽然多山，但是愈往北地势愈高，到了恒、代一带皆为北岳，好似全晋群山连绵，都是朝向北岳。这是通常的解说。然而以微臣看来，诗人原来并无深意，只是泛泛地写景而已，却不料正与今日情势暗合。"

李自成忙问："如何暗合？"

张璘然接着说："圣驾自蒲州渡河，一路北来，如今在平阳驻跸，两三天后将继续北上，直捣大同，方转向东面，攻取北京；三晋父老纷纷相迎，面北叩头，注目云天，等候陛下在北京登极。所谓'三晋云山皆北向'者，不期然而与今日人事相合。"

李自成点头笑着说："解得好，解得是。"

刘宗敏因为要亲自指挥攻太原，不使晋王逃走，所以在李自成到平阳后的第三天，就动身到太原去了。李自成在平阳停留了五天之后，分派了各地方府、州、县官，经洪洞、赵城、霍州、灵石、汾州，于二月初六日上午到达太原城外。这时大顺军已经在前一天将太原包围了。

在大顺军来到之前，山西巡抚蔡茂德已经因为不守黄河回到省城，使晋西和晋南各州县不战失陷，受到山西巡按御史汪宗友的严厉弹劾。崇祯皇帝下旨切责，将他撤职，等候问罪；同时命一位叫做郭景昌的官僚，前来接任。正月二十三日，即李自成到达平阳的这一天，蔡茂德在太原召集文武大员，还有阳曲知县和地方官吏以及士民中较有头脸的人物，共二百多人，到巡抚衙门后堂，面对太祖朱洪武以及明室列祖列宗的牌位发誓，决心死保太原。因为形势十分危急，蔡茂德慷慨陈词，不觉痛哭，众人跟着也哭。会议尚未开完，忽然圣旨到，宣布将他撤职，听候勘问。

蔡茂德的亲信幕僚们都知道太原必不可守，同时对朝廷的处置也心中不满，所以劝蔡茂德趁此机会撒手不管，赶快躲出城外，等候新巡抚前来接任。蔡茂德坚决拒绝，说道：

"我已经决定以一死上报君恩，即令郭景昌来到，接了巡抚大印，我也陪着他死在城中。"

刘宗敏二月初五日到达太原城外，初六日上午立马高处，指挥攻城。防守南关的二千阳和兵，几乎没有抵抗，就竖起白旗投降了。大顺军没有继续攻城，等待城中守军投降，以期不战而克太原。到了初七日，天气很阴暗，守城的人心已经瓦解，眼看就会有变，蔡茂德赶快写好遗表，随即调守新南门的将领张雄防守南门。张雄离开新南门时，悄悄地对他的一个心腹小将说道：

"这东南城角的角楼里边藏的是火药、火器。如今大势已经完了，我一下城，你们就放火烧着这个角楼。大家投降了李王，找一条活路吧。"

黄昏时候，大风起来，飞沙走石，有的大树都被刮断了。张雄带着少数亲信，在昏暗的黑夜中缒下城去，向大顺军投降了。少顷，东南角楼起火，守城的人们在大火中各自逃散，守南门的兵士开了南门出降。大顺军一部分靠云梯顺利地登城，一部分从打开的南门和新南门拥进城内，其他的门也都被打开了。大顺军没有经过战斗，顺利地破了太原。

蔡茂德当时正好在西门附近，看见南门已破，慌乱中向北磕头，将遗表交给他的一个朋友贾士璋，请他逃出太原，将遗表送往北京。蔡茂德叹息说：

"我学道多年，早已看破了生死。如今是我为国捐躯的时候了。"

他正要自刎，被左右人拦住，中军副总兵应时盛催他火速下城："请大人上马！"

左右人将他扶上马鞍，应时盛在前开路，到了灯市口，到处是大顺军，不能前进。应时盛叫道：

"快出西门！"

蔡茂德忽然下马，对左右说道："我应当死于此，诸君自己去吧！"

大家不忍将他丢下，又将他推扶上马。到了水西门，他知道万难走出，同时看出来有人想把他拉去投降。他怒目斥责："你们是想陷我于不忠么？"突然滚下马来，坐在地上，不肯动了。

应时盛的家住在水西门外。他一路砍杀回到家中，杀了妻子，回头来不见了巡抚，又杀回水西门内，看见蔡茂德左右的人都逃光了。他对蔡茂德说：

"大人，出不去了，让我同大人一起为朝廷尽忠而死吧！"

蔡茂德颤声说道："三立书院，三立书院，快扶我到三立书院。"

蔡茂德既是王守仁学说的信徒，又是虔诚的佛教徒，不食荤腥，人们常称他"苦行头陀"，其实他是一个十足的迂夫子。他重视讲学，曾重新修建三立书院，所以这时想起来选择这个地方自尽。他们在混乱中转了两条小街，来到三立书院。大门敞开，看门的人逃走了。蔡茂德到了平日讲学的地方，由应时盛帮他在梁上自缢。应时盛看见他的身体过于清瘦，上吊时身体飘荡，担心他不能立刻断气，徒然受罪，便脱掉自己的铁甲，压在他的两肩上，然后应时盛也自缢了。

因为太原城是开门投降，所以大顺军进城后没有枉杀人，也不许随意进入民宅，不许放火、抢劫和奸淫。但是，因为城中妇女并不知道李自成的军纪是什么样，所以当城破之时，还是有不少的人投井、悬梁而死。

李自成和刘宗敏有了破洛阳、襄阳和西安的三次经验，都能够事前做好准备，使大军入城时纪律严明。尤其这一次是建立大顺国以后第一次出师，第一次攻破省会，并且又处在大顺国的全盛时期，人人都一心想着建国创业，所以对军纪特别重视。

当天夜间，大顺军只有李过和李岩率领的几千人马进城，占领了重要的衙门和全部八座城门，对于晋王府和晋宗室各郡王府以及乡宦巨绅的住宅，夜间指派兵士看守，不许乱兵和坏人进去，也不许府中有人进出。李岩因为是奉旨破城后向饥民放赈，所以他的人马大部分开赴晋祠驻扎，他自己只率领了一千人马，随李过进城。整个进入城中的大顺军人马，不到一万人。余者都驻扎在郊外。因为李双喜查抄福王府时有了经验，李自成、刘宗敏都很满意，所以他奉命于黎明时候率领五百将士和几十个能写能算的文职人员进城，查抄晋王府和在城内的晋王宗室，以及各个巨绅豪富之家。

从这夜起就有骑兵沿街巡逻，敲锣传谕提营首总将军的几条禁令。天亮以后,刘宗敏率领一大群文武官员和五百骑兵进城,将布政使衙门作为自己的行辕。这时大街上和十字路口都张贴了以他的名义发布的檄文和大顺国王的两次诏书。这三通极其重要的文告,两天来已经从太原的南边和东边射入城内,但是由于守城官绅们的禁止而被随时焚毁,城市士民们无法读到原件,只是私下里纷纷传说。如今士民们知道,大顺军破城后确实纪律很好,堪称古人所说的"王者之师",又听见巡逻兵丁的沿街传谕,大家的心更安了。起初人们隔着门缝悄悄地向外窥探,随后有平民小户之家或胆子较大的人,开了半扇门,探出头来。随后有人走出,大胆张望,向邻居们互相询问。再后有地方保甲敲锣传呼,说:"大顺皇上将在今天上午巳时整从大南门进城,百姓们要把街道打扫干净,准备香案,迎接圣驾,不可有误。"也有地方要人亲自对那些居住在深宅大院的人家敲门传呼,惟恐这些士绅之家不晓得情况,误了接驾的大事,惹出祸端。于是太原城中恢复了活力,突然间出现了改朝换代的景象。平民振奋,暗觉舒畅;达官贵人们且忧且惧,在等待着命运的安排。

从太原城的南郊开始,穿过南关,进入南门,通到巡抚衙门,家家户户纷纷打扫街道,用干净土填平了坑坑洼洼的街面。能够找到黄沙的,还用黄沙铺地。每家门口都摆了香案,案上供着黄纸牌位,上写着:"大顺皇上万岁!万岁!万万岁!"

凡是粘贴有新朝文告的地方,都围了许多人,识字的人们在看文告、念文告,不识字的人在用心听文告。人们对李自成以皇上的名义发的那一通比较通俗的诏书和刘宗敏的檄文,不管是念是听,都能懂得,总是不断点头,啧啧称赞;至于李自成那一通文词典雅的诏书,却只有少数有学问的人在摇头晃脑地读,有时不自觉地发出由衷赞叹,认为大顺朝中有了不起的人才。有些从前认为李自成不过是一个"流贼"的人,读了这通东征诏书,再也不敢有轻蔑之心了。

在夜间攻破太原的时候，李自成的心情十分激动，他冒着北风，立在黄色的御帐外，遥望太原城，起初看见除东南的角楼在燃烧之外，南门上也有火光。后来火很快就被扑灭了，城中没有喊杀声，知道没有巷战，一切顺利，不出他所预料。

依照军师宋献策择定的最吉入城时间，李自成巳时整从南郊起驾，恰在巳时三刻，进入东边的南门，名为迎泽门，取其方向吉利。牛金星和宋献策率领大批从长安来的和沿路新投降的文臣，已先从西边的南门即承恩门进城，随刘宗敏一起，在迎泽门接驾。来迎泽门接驾的还有李过和李岩。沿路经过的街道，全都警跸，禁绝行人。士民想瞻仰新天子风采的，只能站在关闭的临街门内，隔着门缝屏息偷看。李自成仍旧骑着他的乌龙驹。这匹战马不但依然雄伟，堪称神骏，而且装饰也不同了。鞍鞯和辔头全换了新的，镶嵌着金银和红绿宝石，配着二龙献珠的鎏金马镫。李自成骑在马上，向前看，但见整齐的旗帜、骑兵、鼓乐、仪仗，还有一柄黄伞；向左右看，但见街两旁的房屋，闭着的临街大门，家家门口摆着香案，街两边每隔五丈远，便有一个士兵平执利矛，腰挎宝刀，明盔亮甲，面朝外，肃立不动。不但看不到父老们热烈欢迎的情景，竟然连一个老百姓也不能看见。虽然在长安时候，就已经开始了令街道上的士民们在他经过时肃静、回避，但是倘若有些百姓回避不及，或有心不愿躲开，而希望偷偷地看他的人，只要在街旁跪伏地上，偷偷看他也是常有的事。如今进入太原，警跸的事竟然如此这般气象森严，是李自成所不曾经历过的。他想着，不如传谕下去，让百姓大胆地来到街上同他见面，他自己原本也是穷百姓出身嘛。但随即又一转念，想起这是牛金星等按历代帝王警跸的旧制做的安排，就将闪在心上的念头打消了。他又想到，自古以来，帝王之尊本该如此。有许多帝王是在襁褓中继承祖业，世事不晓，尚且出入警跸，何况他身应图谶奉天倡义，出生入死，血战了十六年才有今天！这么想着，他的心潮就平静了。

到了作为行宫的巡抚衙门，李自成因为有许多事需要处理，便只将刘宗敏、牛金星、宋献策、李过和李岩留下，其余的文武官员们都叩头退出了。虽然太原城中的事情，他进城前已经不断地得到飞骑禀报，但是仍然先向刘宗敏问道：

"城中秩序如何？有抢劫、杀人、强奸的事情么？"

刘宗敏回答说："城破之后，各处都有骑兵巡逻，执法很严，城中秩序很好。该抓起来的那些官绅，就在天明以后，由补之派人将他们抓起来了。"

李自成向李过问："有没有逃走的？"

李过回答："有几个躲起来的。可是不管他们躲得再好，都捉到了。有的是他们的奴仆引路，有的是百姓禀告。"

李自成点点头，吩咐将自缢而死的巡抚蔡茂德及其副总兵应时盛都用棺木装殓，停放在三立书院中。然后转向李岩问道：

"放赈的事，有没有困难？"

李岩回答："晋王府的仓中，存粮并不很多，远不如福王府；其余乡宦大户的粮食大多藏在山中，运进太原的没有多少，所以只能对饥民小作赈济。另外，我大军北上，路途遥远，沿途又均非产粮之地。以臣愚见，放赈虽然要紧，但军需更为要紧，所以，不仅不能大放赈济，还应该在太原及附近州、县火速征集粮食，带往北京，方为万全之策。"

李自成沉默，仿佛在心头浇了一瓢冷水，转头望望军师。宋献策赶紧欠身说道：

"林泉所虑甚是，既然太原城中存粮不多，放赈的事可以从缓。"

李自成继续沉默。多年来,他每到一地,总是打击贪官污吏和地方上的不法乡宦、豪强,开仓放赈,因而被黎民百姓们称做救星。如今他刚刚建立了大顺朝,破了太原,却不向黎民百姓赈济,心中说不过去。可是李岩和军师的意见值得重视。尤其是李岩,一向担任赈济饥民的事,他的话更要斟酌。在他犹豫不决的片刻,忽然想起来崇祯十二年春天在商洛山中的往事。当时军粮十分困难,可以说计日而食,他曾毅然决定,分出一半粮食赈济饥民。难道今日情况不是好得不能相比么?他正要决定放赈,可是又转念一想,如今大军东征,与当年少数人潜藏在商洛山中的情况根本不同,今天要说今天的话。于是他轻轻地对李岩说了一句:

"明日再商议吧。"

这时,吴汝义匆匆进来,递上一封紧急文书。李自成一看,原来是田见秀从长安来的禀报。田见秀报告说,张献忠已经率领全部人马,离开湖南,到了宜昌一带,声言要进入四川,在四川建立大西国。田见秀还禀报了河南、湖广的情况。说已经探明,登封的李际遇确实暗中接受了明朝的"总兵"衔,只是还不敢明着与大顺为敌;又说在遂平和西平一带的刘洪起,被左良玉授予"总兵"衔,正在招兵买马,占领了附近数县地方。汝宁府的情况很乱,委派的地方官吏被当地豪绅赶出了城,无处立脚;还有在均州的王光恩围攻谷城,声言要进军襄阳,气焰十分嚣张……

李自成将田见秀的紧急文书交给大家传阅,然后问道:

"你们各位有何主张?"

牛金星、宋献策和刘宗敏都认为,目前用兵方略已定,不能轻易改变。只有迅速攻破北京,然后才能回过头来,一面进兵江南,一面收拾河南、湖广的乱局。而且,目前山西省十分重要,虽然太原已经攻破,但不能不分兵镇守,例如平阳府、太原府、潞州府、泽州等地，都需要留下人马，特别要保证太原与长安的道路畅通无阻。千万不可以像河南那样，留下后患。如果山西不稳，在大军到了北京以后，就有后顾之忧。李自成很同意这个意见，决定大军在太原不多停留，一两天内就派出一部分人马，由谷英作先锋，从忻州、代州出雁门关，向大同进军。白广恩赶快派密使前去大同，招降大同总兵。同时，也要立刻找可靠的人前往宁武，招降周遇吉。牛金星说：

"山西省只有一支兵力，就是驻在宁武关的周遇吉。这周遇吉虽然人马不多，但在山西将领中举足轻重，必须劝他速降。我们的大军大部分从雁门关出去，直取大同，也要分一部人马，从阳方口出去。阳方口在宁武关的东北边，不必走宁武城。倘若周遇吉不肯投降，就从阳方口进去，围攻宁武，迫使他非投降不可。"

宋献策说："正应该如此，不能留下后顾之忧。"

商议罢，李自成留大家在行宫中用了午饭，然后分头办各自的事情去了。

李岩的三四千人马，原就没有攻太原城的任务，所以五天以前就从清源县分路，由李侔率领，开往太原县城，驻扎在晋祠附近。李岩因被李自成随时咨询，所以带领少数亲兵，随大军来到太原府城下，同李过一起进入省城。他已经离开自己的部队几天，巴不得赶快奔到太原县，看一看部队情况。

既然放赈的事尚未决定，所以他午饭以后就叩辞出宫，准备赶赴晋祠。当他正要上马的时候，被宋献策差人唤住，说军师同首总将军再谈几句话，马上就出来，有事相托，请他稍候片刻。李岩只好等候，却在心中奇怪地问道：

"军师有何事相托？"

晋祠是晋水的一个发源地，在悬瓮山的南麓，离太原县城只有五里。太原县城是上古时候唐尧建都的地方，后来周成王将他的弟弟太叔虞封在这里。这地方从春秋战国到隋唐时候，一直称为晋阳。李岩虽然是大顺朝的制将军，但毕竟是文人出身，面对一些名胜古迹最能引发诗兴，唤起思古之幽情。他巴不得赶快到太原县，最好能够趁着日头未落，逛逛晋祠。宋献策嘱托他寻找的那位朋友，倘若在晋祠能找到，更为所愿。

太原县距太原府城大约四十里，道路比较好走。李岩一行数十骑，扬鞭奔驰，申末时候就赶到了太原县城，被李侔迎进老营。稍作休息，听李侔禀报了到太原县以后安民和征集粮食、骡马的情况。李岩告诉李侔，皇上因为太原府存粮不多，对于是否放赈的事，尚未决定。随后又把宋军师嘱他去找一位朋友，并劝说这位朋友出山做官的事情也说了。李侔听罢，笑着说：

"献策半生江湖，结交草野豪杰，不料他在这晋祠地方也有朋友。此人姓甚名谁，做何营生？"

李岩说："宋献策之所以是宋献策，就是在江湖上交游甚广，非你我所能及。他让找的人姓刘，名同尘，字和光，自号晋阳山人。此人熟读兵书，精通六壬遁甲，兼明医道，平生淡于名利，不事帖括。因见天下大乱，更不愿与官绅往来，隐居晋祠，徜徉于山水之间……"

李侔接着说："此人正在城内。"

"现在城内？你见过他？"

"他本来隐居晋祠附近一处小山村中。可是他的母亲、他的一个弟弟和一位寡嫂，都住在城内。城内宅子是他的祖业。十天前，他因老母患病，来到城内侍候。母病至今未愈，所以他也没有再回乡下。我来到这里以后，因为本地人都称赞他很有学问，人品也高，所以曾去拜访过他，他也回拜过我。可是，哥，他从来没有提过他同宋军师是朋友呀，怎么献策说同他是朋友？"

李岩笑着说:"这正是刘和光的高风啊!与那般汲汲于富贵的趋炎附势之辈,有天壤之别。既然这位刘先生现在城内,我们赶快去找他一谈如何?"

"好,此刻就去,回来再吃晚饭。"

刘和光住在一条僻巷之中,黑漆楼门,两进院落。李岩兄弟二人来到此处,被主人让进前院西屋坐下。书童献茶以后,李岩说道:

"宋军师与足下原是故人,今日特嘱咐弟代他向足下问候起居,并说足下高风亮节,令人钦慕。目前大顺龙兴,我主思贤若渴,深望足下即便出山,共襄大业。宋军师因为今日初进省城,百事缠身,不能亲自相请,嘱弟先为致意,待一二日后必当亲来相聚。"

刘和光说:"前几年经朋友引荐,得识献策先生。如今献策先生为新朝开国军师,功名烜赫,仍不忘布衣之交,实甚感激。但相邀出山之事,弟不敢奉命。"

李岩问:"目前大势已定,先生尚有何顾虑?"

"弟非有所顾虑。且不说弟毫无实际本领,庸碌平生,已是望五之年,两鬓苍苍,还有两项不能奉命苦衷:一是老母在堂,病体未愈;二是弟有小恙之疾,不能鞍马劳累,故此只宜做山林散淡之人,如何能够追随骥尾,为新朝以尽绵力?请将军回告献策,弟无他求,但望天下早日太平,得沐新朝雨露,优游于晋阳山水之间,于愿足矣。"

李侔说:"目前国家草创,急需人才,既然宋军师诚意相邀,足下岂能坚不出山?"

刘和光说:"现有一位人才,学问、阅历胜弟百倍,何不请他为大顺做事?"

李岩问:"先生说的是什么人?"

"此人是个和尚，法名不空，于去年十二月中旬，由五台山来到此地，挂单晋祠。听说因近日天气转暖，要回五台山去，大概尚未离开。"

李侔问："先生可同他相识？"

"弟与晋祠中几位道士很熟，所以得识不空和尚。几次深谈之后，对他十分敬佩，可以说五体投地。此人非一般所谓智谋之士，如肯为大顺所聘，必有极大用处。"

李岩赶快问道："若如先生所言，此人有非凡之才，何以遁入空门？莫非是慷慨磊落之士，饱经忧患，有大哀于心乎？"

刘和光笑着点头说："将军不愧是河南李公子，非一般武将所及。不过，古人云：哀莫过于心死。而不空和尚之哀正在于他不能心死，不能超脱世外，像一般出家人那样。他是愤而出家，常常感念时势，拍案顿足，悲歌流涕。"

李岩说："你越说越使我恨不得马上同他相见。请问，他到底是怎样一个人物？"

刘和光告诉他这位不空和尚在出家之前的姓名和身份，接着说出来此人如何半生戎马，后来当了和尚的经过。李岩听了以后，又问道：

"去年十二月间，我大顺先头部队开始渡河入晋，全晋人心惊慌。太原府绅宦富豪之家，纷纷奔往山中避乱，他为何反在此时离开五台山清净佛地？"

"所以我说他并不愿超脱世外。"刘和光笑一笑，沉默片刻，接着说道，"实话告你说，他虽然平易，一谈到明朝的朝政腐败，便扼腕叹息，认为明朝必亡，不可救药。而且为此遁入空门。可是奇怪，他又不忍心看见明朝如此迅速灭亡。他来太原是想设法向当道建议，使太原能固守两三个月，阻止大顺军前进，以便北京城得到各地勤王之师。他到了太原以后，看到蔡茂德是一个迂腐无用的文人，其他地方大吏也都不足与谋，十分失望，所以根本没有露面，便来到晋祠住下。将军，你说他这个人怪也不怪？"

李岩点头说："像他这样的情况我能够懂得。仔细想一想，并不感到奇怪。"

刘和光又说："将军不妨明天上午找找他。倘若将军能够说动他为大顺效力，必有大用。以弟看来，新朝中正缺乏像他这样的人。"

一个十四五岁的、蓬头敝衣的小丫头进来，对刘和光说，老奶奶的药已经煎好了，等他亲自服侍老奶奶吃药。李岩见刘和光有事，不便久留，赶紧站起来说：

"我明天一早便到晋祠拜访不空和尚。至于先生出山之事，万望不要峻拒。宋军师一二日内会亲来奉邀，劝足下出山，以展抱负，共襄大顺朝开国宏业。弟等就此告辞了。"

刘和光为母亲治病，每次更换药剂，煎好以后，必要他自己先尝一尝，方才捧给母亲吃下。这已是家中多年习惯，所以，他并不挽留李岩兄弟，将他们送出大门，拱手而别。

李岩兄弟回到营中，一面吃晚饭，一面商量明日上午去拜访不空和尚的事。忽然吴汝义差一急使，飞马来到，传下皇上口谕：

"请李公子明日巳时以前赶到太原府中入宫议事。"

李岩大为诧异，不知皇上叫他去所议何事。他害怕不空和尚离开晋祠，回五台山去，当即决定今晚就往晋祠，决不耽误。匆匆地吃过晚饭，李岩嘱咐李侔留在城中，自己带着几十名亲兵驰往晋祠。

不空和尚因见大顺军纪律很好，买卖公平，确实像是得天下的气派，略觉安慰。今天太原府城已破，明白李自成此去北京，一路上必然势如破竹。他原来心存的一线希望渐渐落空,所以不胜感慨。心中充满忧愁,勉强在床上打坐,却仍旧不能静下心来。他索性下床,准备填一首词,临走前题在壁上。恰恰才想出两句,李岩来了。

李岩在晋祠小镇上驻扎着一千人马,由李俊统领。李俊同晋祠当家的老道士已经熟了,知道有一位挂单的老和尚,是一位颇有学问的人。只是他忙于向山中大户征集粮食和骡马,还没有找过这位从五台山来的和尚谈话。李俊陪着李岩来到一个僻静的小院里,在一间道房门上轻叩了几下。门开处,不空和尚双手合十,神态安详地问道:

"是来找贫僧么?"

李俊叉手说:"正是来拜见法师。我名李俊,是本处驻军首领。这位是本营主将,大顺国制将军……"

和尚笑着说:"是河南李公子,久仰久仰。请进来坐下谈话。"

李岩向和尚合十行礼,问道:"法师何以知道我是李岩?"

和尚说:"贵部将士已经来到晋祠三日,贫僧岂能不闻?门外风寒,请进里边说话。"

李岩对李俊说:"你去办你的事吧。我一个人同法师谈谈话,只留下打灯笼的亲兵在院中等候好了。"

李俊和一群亲兵走后,和尚将李岩让进道房坐下,笑着问道:"将军来访贫僧何事?莫非将军与佛法有缘,一向所关心乎?"

李岩笑道:"实话相告,岩与佛法缘分很浅,虽无功名富贵之念,却有济世安邦之心。待天下大定之后,岩既不入佛,亦不归道,但求解甲释兵,隐居山林,长与白云麋鹿为友,与农夫樵子为伍,于愿足矣。"

"将军胸怀高朗,令人钦敬。但恐天下事未可预料,谁知何时太平?将军既然已经出山,欲脱身怕不容易。今晚将军下访,究竟有何见教？"

李岩暗自琢磨着和尚的话，决定暂不说明来意，不妨先问问他对当今大局有何看法。于是说道：

"以法师看来，大顺军此去北京，是否能马到功成？"

不空和尚说道："贫僧是方外之人，诵经礼佛之外，不知其他。军国大事何必向我垂问？"

李岩笑着说："请法师不必瞒我，师父岂非当年洪承畴军中的赞画刘子政先生乎？"

"将军何以知道？"

"请法师不必问我何以知道。正因为我知道法师原是刘子政先生，胸富韬略，故来求教。"

"啊！"

"法师以为大局前途如何？"

不空和尚闭目沉吟，似乎在思考李岩的询问。其实，他是在思索另外一个问题，就是如何使大顺军缓到北京一步，使崇祯皇帝能等到勤王之师。停了片刻，他抬起头来，说道：

"崇祯并非亡国之君，只是从万历、天启以来病入膏肓，加上朝中无人，才落到今日地步。大顺军前去北京，看来一路上不会有大的阻碍。只是到北京城下之后，能否迅速破城，未敢预料；纵然攻下北京，能否就算大功告成，更为难说。以李王所率的东征兵力，恐怕未必能一战成功。"

李岩说："北京兵力空虚，所谓三大营名存实亡，不堪一击，各地纵有勤王之师，但远水不解近渴。眼下我大顺朝有五十万大军东征，还怕不能一战成功么？"

和尚笑而不语。李岩又忍不住问道：

"法师为何笑而不言？"

和尚慢慢抬起头来说道："倘若果然大顺朝兵力雄厚，有五十万大军东征，自然无须为成败挂心。但恐兵力患少，万一有意外之变，仓促之间，何以应付？请恕我直言，李王左右用事之人，都以为胜利已在手中，又自以为兵力强大，无敌于天下。其实，可以说殷忧者正在此处。他人因不断胜利，如醉如狂，将军是远见卓识之人，难道亦同众人一样么？"

李岩暗暗吃惊。几个月来，他第一次听到这样的话，他看见和尚的脸上仍然挂着微笑，但笑得有些冷峻，便不觉将椅子向前移动，低声说道：

"请法师不必顾虑，一切话但说无妨。"

和尚点点头，接着说道："用兵之道，虚虚实实。我看刘宗敏将军的檄文，讲他率大军五十万渡河，李王亲提百万之众于后；刚才将军也说大顺军有五十万大军东征，这都是虚，实的并非这样。所以，我笑而不言。以贫僧看来，如今渡河兵力，不会有三十万人，分兵两路，一路从晋南入豫北，一路来到太原，将来到北京城下的，不过十余万人，战兵大约不足十万。李王连年征战，占地虽广，却没有站稳脚跟，如同吃东西一般，只知道狼吞虎咽，全无消化，此是最大可忧之事。你们进兵北京，实际是孤军深入，一旦事出意外，不惟不能争胜于疆场，固守北京，而且退无可守之地。彼时将见畿辅、河北、山西、山东，以及中原各地，无处不纷纷与大顺为敌。何以言之？盖大顺对各地既无理事之深仁厚泽，又无强兵之守。秦灭六国，其势胜今日李王十倍百倍，一旦陈涉发难，六国豪杰并起，立至不可收拾。今日李王左右文武，只求赶快破了北京。以为破了北京，李王登极，便可定了大局，江南可传檄而定，从此可高枕无忧。但恐怕天下事未必如此容易。将军可曾深思乎？"

不空和尚的直言，使李岩更加动心，探身问道："全晋一如掌握，北京遥遥在望，断无不破北京之理。然则以法师高见，如何才是上策？"

不空和尚又一阵沉默，暗想如何救崇祯不亡国，也许还有一线希望。于是说道：

"若是既能夺取北京，又能不受意外挫折，才算是上策。请将军再一次恕我冒昧直言：今日你们所行者不过是中策啊，实非上策。"

李岩问道："何以就是中策？"

不空和尚说："大顺兵两千里迢迢远征，悬军深入民情生疏之地，可以攻破北京，但不能应付意外挫折，这是你们出师之前，庙算不周。庙堂之上只想着几日能到北京，何日登极，其他则都非思虑所及。新朝君臣人人都认为这是一着好棋，以我所看，这却是一着险棋，或祸或福尚难预料。老子说：祸兮福所倚，福兮祸所伏。安知攻破北京就是胜利？"

李岩又猛然一惊，问道："法师的意思，莫非是东虏会向北京进攻么？"

和尚说："难道新朝君臣都没有想到此事？"

李岩轻轻叹了口气，说道："不是没人想到，不过不甚重视罢了。"

和尚说："满洲人早已虎视眈眈，伺机南犯。你们新朝中衮衮诸公，为什么不甚重视？"

李岩听出来和尚的口气含着讥讽，甚至教训的意味。但是他的心中只觉佩服，毫不生气。他态度谦逊地微微一笑，老实地解释说：

"不瞒法师说，大家都想着如何顺利成功，倒不曾想到会遇到意外挫折。我与牛丞相、宋军师在私下闲谈时候，也谈到过东虏之事，但是都不及法师谋虑深远。"

"此话怎讲？"

"牛丞相和许多文武大臣，都认为满洲人只敢侵犯明朝，未必敢与我大顺为敌。"

"你们可是没有知己知彼呀……还有什么想法？"

"我们听说，虏酋皇太极于去秋突然病故，多尔衮拥立幼主登极，自居摄政，诸王多有不服。东虏正是国有新丧，朝政不稳，决不会出兵南犯。"

和尚冷笑一下，说道："你们的判断差矣！"

李岩问："如何判断错了？"

和尚说："多尔衮这个人，在满洲诸王之中，年岁最轻，却颇有雄才大略。皇太极死后，按说应该由皇太极的长子豪格继承皇位。当时也有一些亲王、郡王拥护豪格。在差不多势均力敌的情况下，豪格最终还是被多尔衮斗败了。就凭这一点，对多尔衮就确实不能轻视。如今虽然满洲国有新丧，朝廷有皇位之争，可是大局已经粗定，多尔衮无疑想慑服诸王贝勒，所以他就必须对内统一一切，使别人没有反抗的机会；对外要替满洲建立大功，使别人不能不服他。如今大顺要进攻北京，不管是大顺军屯兵于北京城下，鹬蚌相持，或者是攻破了北京，立脚尚未巩固，都是多尔衮进兵南犯的大好机会。他岂能够坐守？所以我看，十之七八虏骑要南下，这是大顺军真正的劲敌，其力量远非明朝可比。"

李岩问道："有何办法能防备东虏进犯？"

不空和尚暗中认为，他拖延大顺军东征的计策，该说出来了。但又想着是说，还是不说，因为他明白，李岩并不是当权的人。如果说出来以后，李岩上奏了李自成，李自成认为这是阻挠大计，追问起来，岂不要将它破坏？或者李自成还有一个办法，改变了路线，不再走大同这条路，而是迅速地出固关，由真定向北，路途好走，也比较近，先破了北京，以逸待劳。到那时候，崇祯也亡国了，满洲兵进来也未必就能将李自成打败。到最后，兵连祸结，人民更加遭殃。他在反复思考。因为李岩一直用眼睛望着他，等着他说出办法来，于是他终于回答说：

"以贫僧之见，大顺兵不必急于北上，应该停在山区，再调集二十万精兵，然后去攻北京，方是万全之策。但这话无人敢说，请将军也只放在心中，不要出口。"

李岩觉得很有道理。但他又想：要调集二十万人马，还要筹集粮草，非有半年以上的准备不可，恐怕李自成不会同意。和尚让他不要说出来，也有道理。于是他说道：

"目前满朝上下，都在等待我主到北京登极，这样的建议他不会采纳。我也确实不敢作此建议。不知法师可另有良策？"

和尚摇头说："并无良策。如今以这样的人马到北京，满洲人不来则已，倘若前来，是抵挡不住的。而且北京不能久驻，粮食如何办？没有粮食，大军不战自散。所以只有请将军将这个意思悄悄地告诉宋军师，也许还能够有办法。"

李岩摇摇头，心里说：这岂不是阻挠我主的登极大计么？但他没有说出口，又向和尚问道：

"万一虏兵入塞，我大顺凭城池与彼作战，能够打胜么？"

和尚摇摇头："用兵之事，千变万化，贫僧何敢妄加预料。不过有一点可以明白，今日大顺锐气方盛，正是一鼓作气的时候。如果一时攻不开北京，屯兵坚城之下，这一股锐气也就完了；幸而攻进北京，女子玉帛，取之不尽，住不了多久，锐气也会变了。到那时候，大顺军的锐气变成暮气，变成惰气，而满洲兵却是一股锐气。以满洲兵之锐气击大顺军之惰气，我看，大顺兵很难取胜。"

李岩的心中不得不佩服和尚的论断，就劝和尚出山，为大顺朝建立功业。而且说李王谦恭下士，必能以礼相待，言听议从。和尚正色说道：

"将军是读书之人,难道不知道我是不再入世的?自从辽阳失败以后,我全家都死了。本来我无意用事,只求闭户读书,将《孙子兵法》详细注释。不意三年前洪总督奉旨出关,率八总兵之兵力去救锦州,一定要贫僧赞画军务,结果你是清楚的。朝廷一意孤行,催促作战,八总兵之师溃于松山。幸而贫僧事前离开,不曾战死或者被俘。从此以后,忿而出家。如今已是垂暮之年,万念俱灰,岂能重作冯妇?何况我虽对大明朝政腐败十分愤恨,但我毕竟曾为大明之臣,岂能身事二主?功名利禄,我已无所求;脱掉袈裟,非我素愿。请将军再不要说这话了。因为我知道将军原是读书之人,所以才不揣冒昧,谈论时势,毫无隐讳。如果将军要我随李王做官,建立功名,就误解了贫僧的素来为人。"

李岩又说:"明日我回到太原,介绍法师与我主一谈如何?"

和尚冷笑说:"此事万万不能!请你不要说出世上有我这个人好了。我们今晚的谈话,到此为止。倘若有缘,后会有期。"

李岩看见和尚神色转为冷淡,知道不好再说别的话,便起身告辞。

李岩回到太原县城,不敢将不空和尚的全部谈话告诉李侔。怕的是万一李侔不小心,给李俊等人露出几句,流传开来,会招惹大祸。所以,他只泛泛地谈了一点和尚的意见,便倒头睡下。这一夜,李岩辗转反侧,寝席不安。第二天四更时候,他起身唤起从人,匆匆上路。天色刚刚明亮,他就到了宋献策住的地方。他屏退左右,将经过悄悄向宋献策禀明,特别是报告了不空和尚的话。宋献策脸色严峻,对他说:

"这话,你我也曾想到,只是还没有和尚说得透彻。今日朝中,上下一片欢乐胜利之情,皇上也急于到北京登极,文臣们更是盼望着这一天赶快来到。不空和尚的话,你千万不要对人说出。你知道我知道就算了。一旦传出,你我必然有不测之祸。"

李岩问道:"献策,你是不是同和尚见见面,亲自谈一谈?"

宋献策摇摇头,说道:"今日情况非往年可比。我身为当朝军师,行动必有许多护从,而且也不能不让皇上知道。皇上知道我去晋祠见一个五台山的和尚,必将问我何事。我说出实话没有好事,不说实话对皇上不忠,所以我不必见他了。何况……林泉,你聪明一世,糊涂一时,你以为不空和尚会留在晋祠,等待我们再去找他么?"

李岩问道:"为何他不会等我们再谈一次?"

宋献策微微一笑说:"这个和尚之智谋,也许非你我所能及。他同你谈这一番话,既为着向我们大顺朝进忠言,也为着他对崇祯尚有君臣之义,不忍见崇祯迅速亡国。"

李岩问:"何以见得?"

宋献策说:"他希望我们在太原停留几个月,准备更多的人马。这看起来对我们是很有利的呀,既可以巩固三晋,也可以抽调更多的人马前往北京,使我们立于不败之地。从这一点看,是对我们进了忠言。可是他也明白,如果有几个月我们不进兵,南方的史可法、左良玉的兵可以北上勤王。还有,我们已经得到密探禀报,崇祯准备调吴三桂的兵进关。只要北京有十万或者五万军队守城,我们攻破北京就困难了。所以他既是为我们打算,也是为崇祯打算。"

李岩感到吃惊:"哎呀,不空和尚用心至深哪!"

宋献策接着说:"所以我断定,今天五更,他必然离开晋祠,回五台山去,决不会继续在晋祠逗留。"

李岩说:"如果皇上要用他,可以派人追赶他回来。"

宋献策说:"你毕竟是书生之见。好,这一点你不要再操心了。如今倒是要吃了早饭,一同进宫议事。"

李岩问道:"不知皇上要我们商议什么?"

宋献策说:"昨天下午,我们又得到从北京来的密探禀报,说朝廷之上,有人主张崇祯皇帝往南京逃,也有人反对。从正月间到现在,议论不决。还有调吴三桂的兵来北京守城之事,也是议而不决。所以我同皇上,还有汝侯刘爷、牛丞相,匆匆忙忙商量了一下,决定两三天内就赶快向大同进兵。今日就是要商量进兵之事。皇上可以晚走一步,以汝侯为首统帅前敌人马,你我跟随前去,你的人马也要派去。还有补之的人马,比较精锐,都先动身。至于如何动身,大同投降的消息还没有回来,宁武关投降不投降也不知道,可能要准备一战。今日皇上召集进宫会议,就是商议此事。"

随即宋献策吩咐开饭。吃过饭以后,稍事休息,他们就进宫去了。

第 四 章

　　进入甲申年，多尔衮每天都在注视着关内的局势变化。他获得关内的各种消息，主要依靠派许多细作在北京打探。对探到特别重要消息的细作，不惜重赏。关于北京朝廷上的忙乱举措和纷争，以及"陕西流贼"的重要活动，几乎是每天或每隔三两天就有潜伏在北京的细作报到盛京，先密报到兵部衙门，随即火速禀报到睿亲王府。住在沈阳城内的多尔衮，天天都在考虑如何率大军进入中原，而明朝当局却因自顾不暇，没有时间考虑满洲敌人的动静。至于李自成，一则被一年多来军事上的不断胜利冲昏了头脑，二则目光短浅，不懂得他东征幽燕进入北京以后的强敌，并不是一筹莫展的崇祯皇帝和好比日落西山的大明朝廷，而是崛起于辽东的、对关内虎视眈眈的所谓"东房"，所以对关外的情况知之甚少甚或全然不知。

　　大约在正月下旬，多尔衮连得探报，说那个名叫李自成的"流贼"首领已经在西安建立了大顺朝，改元永昌，并且从去年十二月底到今年正月初，派遣了五十万人马分批从韩城附近渡过黄河，进入山西境内，所向无敌，正在向太原进兵，声言要进犯北京，夺取明朝江山。这一消息不仅来自朝野惊慌的北京，也来自吴三桂驻守的宁远城中。当时宁远已经是明朝留在山海关外的一座孤城，但是由于吴三桂的父母和一家三十余口都住在北京城中，而吴三桂与驻节永平的蓟辽总督王永吉也常有密使往来，所以从宁远城中也可以知道北京的重大消息。从北京、永平和宁远城中探听到的"流贼"正在向北京进犯的消息大致相同，使多尔衮不能不焦急了。

在爱新觉罗皇族中，最有雄才大略的年轻领袖莫过于多尔衮这位亲王。他从十八岁就带兵打仗，不仅勇敢，而且富于智谋，后来成了皇太极政权圈子中的重要亲王。去年八月间，皇太极突然去世之后，皇族中有人愿意拥戴他继承皇位，他自己也有一部分可靠的兵力，然而他为着安定清国大局，避免皇室诸王为皇位继承问题发生纷争，削弱国力，他坚决不继承皇位，也打退了别人觊觎皇位的野心，严厉惩罚了几个人，同时他紧紧拉着比他年长的、且有一部分兵力的郑亲王济尔哈朗，同心拥戴皇太极的六岁幼子福临登极，由他和郑亲王共同辅政，被称为辅政亲王。

他自幼就以他的聪明和勇敢，在诸王贝勒中表现非凡，受到父亲努尔哈赤的宠爱，也受到同父异母的哥哥皇太极的特别看重。他自己虽然口中不说，然而环顾同辈，不能不自认为是爱新觉罗皇族中的不世英雄。由于他在二十岁左右的时候就有进兵中原，灭亡明朝，迁都北京，以"大清"国号统治中国的抱负，所以在皇太极突然病逝之后，在举朝震惊失措、陷于皇位纷争，满洲的兴衰决于一旦之际，他能够以其出众的智谋和应变才能，使不懂事的小福临登上皇位，为他以后实现统兵进入中原的大计准备了条件。然而，像多尔衮这样具有巨大政治野心的人物，对与济尔哈朗共同辅政这件事并不甘心，他必须在统兵南下之前实现两件大事：一是将大清国的朝政大权和军权牢牢地拿到他一个人手中；二是再对心怀不满的肃亲王豪格搞一次惩罚，除掉日后的祸患。

多尔衮在与济尔哈朗共同辅政之初，利用济尔哈朗思想上的弱点，不失时机地建立他的专政体制。济尔哈朗的父亲名叫舒尔哈赤，是努尔哈赤的同母兄弟，协助努尔哈赤起兵，反抗明朝，吞并建州各部，战功卓著，声名不下于努尔哈赤。大概是由于疑忌心理，努尔哈赤忽然摘去了舒尔哈赤的兵权，将他禁锢起来，随后又秘密杀掉，又杀了舒尔哈赤的两个儿子。这一件努尔哈赤杀弟的惨案并没有冠冕堂皇的理由，所以在努尔哈赤生前不允许随便谈论，他死后在皇室和群臣中也不许谈论。当父兄们被杀害的时候，济尔哈朗尚在幼年，由伯父努尔哈赤养大，也受皇太极的恩眷，初封为贝勒，后封为亲王。这一件家庭悲剧在他长大后从来不敢打听，更不敢对伯父努尔哈赤有怀恨之心，从小养成了一种谨慎畏祸的性格，只希望保住亲王的禄位，在功业上并无多的奢望。多尔衮平日看透了济尔哈朗性格上这些弱点，所以拉住他共同辅政，为自己实现独专国政的野心做一块垫脚石，以后不需要的时候就一脚踢开。

  大清国的武装力量分为满洲八旗、汉军八旗、蒙古八旗。基本武装是满洲八旗。满洲八旗分为上三旗和下五旗。原来上三旗是正黄旗、镶黄旗和正蓝旗。两黄旗的旗主是皇太极，而正蓝旗的旗主是努尔哈赤的第五子爱新觉罗·莽古尔泰，天命元年时被封为和硕贝勒，是满族开国时的核心人物之一。这上三旗等于皇帝的亲军，平时也由上三旗拱卫盛京。天聪五年（公元1631年），莽古尔泰参加围攻大凌河城的战役，他因本旗人员伤亡较重，要求调回沈阳休息，同皇太极发生争吵。莽古尔泰一时激动，不由地紧握刀柄，但刚刚将腰刀拔出一点，被皇太极身边的戈什哈扑上前去，夺下腰刀。莽古尔泰因此犯了"御前露刃"的罪，革掉大贝勒封号，夺去五牛录[①]，人员拨归两黄旗，又罚了

---

  ① 牛录——清八旗组织的基层单位。一牛录为三百人。

一万两银子。又过了一年多，莽古尔泰暴病而亡，他这一旗的力量便大大衰弱，内部也分化了。多尔衮担任辅政之后，就同济尔哈朗一商量，将正蓝旗降入下五旗，而将他的同母弟多铎所率领的正白旗升入上三旗。原来属于皇帝亲自率领的两黄旗，如今就归幼主福临继承。但福临尚在幼年，两旗的重大问题都由多尔衮代为决定。有时多尔衮也通过两宫皇太后加以控制。这样，上三旗的指挥权就完全落在他的手中。

满洲政权的多年传统是各部中央衙门分别由亲王、贝勒管理，称之为"十王议政"。多尔衮与济尔哈朗一商量，于崇德八年十二月十五日召集诸王、贝勒、贝子、公、大臣会议，当众宣布停止这一传统制度。大家听了以后，小声议论一阵，慑于多尔衮的威势，不得不表示同意。自从努尔哈赤于明万历四十四年（公元1616年）建立后金政权，定年号为天命元年开始，由爱新觉罗皇族的贵族共同听政，改为各职官分管朝政，听命于皇帝。这一次的政治体制改革，是满洲政权的一大改革，也是多尔衮走向个人独裁的重要一步。

多尔衮在个人独裁的道路上步步前进，而济尔哈朗却步步退让。凡有重大决定，都是多尔衮自己决定之后，告诉郑亲王济尔哈朗，由郑亲王向朝中大臣们宣布，命大家遵行不误。郑亲王虽然对多尔衮的步步进逼很不甘心，但是事实上多尔衮在朝臣中的威望日隆，又掌握着拱卫盛京的上三旗兵力，许多朝中趋炎附势的大臣都向睿亲王靠拢，他在不很甘心的情况下被迫做着多尔衮手中的一个工具。他已经通过他自己的一些亲信知道多尔衮与肃亲王豪格势不两立，其间必将有一次严重的斗争。虽然豪格是先皇帝的长子，又是一旗之主，但是一则他的智谋和威望不如多尔衮，二则多尔衮身居辅政亲王的崇高地位，又有顺治皇帝的母亲在宫中给他支持，济尔哈朗看出来豪格必然会大祸临头。他是皇室斗争中的惊弓之鸟，密嘱他手下的亲信官员们千万不要同肃王府的人员有任何来往，只可暗中探听消息，不可在人前露出风声。同时他知道睿亲王身有暗疾，经常服药，而且在朝臣中招来不少人的暗中忌恨。他预料到将来迟早会有一天，睿亲王也会有倒运的时候，所以他在表面上忍气吞声，而在心中恨恨地说：

"有些话，到那时再说！"

甲申正月的一天，济尔哈朗按照多尔衮的意思，召集内三院、六部、都察院、理藩院全部堂官，用下命令的口气说道：

"我今日召见各位大臣，不为别事，只是要面谕各位记住：嗣后各衙门办理事务，或有需要禀白我们两位辅政亲王的，都要先启禀睿亲王；档子书名，也应该先书睿亲王的名字，将本王的名字写在后边。坐立朝班和行礼的时候，都是睿亲王在我的上边，不可乱了。你们都听清了么？"

众大臣都明白这不是一件平常的事，而是预示今后的朝政会有大的变化。大家在心中凛凛畏惧，互相交换了一个眼色，一齐躬身回答：

"喳！"

经过这件事情以后，多尔衮在大清国独裁专政的体制上又向前跨进一步，原来议定的他与郑亲王共同辅政的体制变了，郑亲王的地位突然下降，成了他的助手。多尔衮瞒着济尔哈朗，从一开始就将实现他的专政野心同亲自率清兵南下占领北京这一扩张野心联系在一起考虑。如今他向独专朝政的目标日益接近，只有两件事等待实现：一是给肃亲王豪格一次致命的打击，拔掉他在爱新觉罗皇族中的心腹之患；二是在出兵之前将他的称号改称摄政王，而不是辅政王。其时，在大清国的文武大臣中，有汉文化修养的人较少，所以有时不能将摄政与辅政的真正性质分清，在称谓上常常混乱。多尔衮遇事留心，勤于思考，又常同像范文程这样较有学问的汉大臣谈论，长了知识，所以他明白摄政虽然也是辅政，但真正含义绝不同于辅政。他也知道当皇帝尚在幼小年纪，不能治理国家时，有一位亲族大臣代皇帝全权处理朝政，没有皇帝之名，而有皇帝之实，这就叫做摄政，如周公辅成王的故事。在拥立福临登极之初，他已经有此野心，但当时他如果提出来这一想法，必会招致激烈反对。他考虑再三，不敢提出这个意见，而是暗中授意他的一派人物拥护他与郑亲王共同辅政。经过几个月的酝酿，条件愈来愈对他有利，郑亲王对他步步退让，甘居下风。到了这时，他要做摄政王，独揽朝纲的各种条件差不多都接近成熟。一旦他亲自率领大军向中原进兵，将大清国的满、蒙、汉三股人马和征伐之权掌握到手中，就理所当然地高居摄政王之位了。

满洲君臣经过清太宗皇太极的国丧，内部一度为继承皇位的斗争发生较大风波，但因多尔衮处置得当，没有使国家损伤元气。事平之后，这割据中国东北一隅的新兴王国依然是朝气蓬勃，对长城内虎视眈眈，准备着随时趁明朝危亡之机进入中原，占领北京，恢复四百年前金朝的盛世局面。由于出重赏收买探报，有关李自成向北京进军以至明朝束手无策的各种消息，纷纷而来。到了甲申年的正月下旬，多尔衮口谕盛京的文武大臣讨论向中原进兵之策。许多人平素知道多尔衮的开国雄心，纷纷建议趁"流贼"尚在北来途中，先去攻破北京，以逸待劳，迎击"流贼"。

多尔衮虽然遇到这开国机运，感到心情振奋，然而他平日考虑事情比别人冷静，不肯匆忙就决定南下进兵大计。到了正月下旬，李自成率领的大军已经破了平阳，一路无阻，直奔太原，并且知道李自成另有一支人马也准备渡过黄河，作为一支偏师，走上党，破怀庆，再破卫辉，北上彰德，横扫豫北三府，然后北进，占领保定，从南路逼近北京。眼看明朝亡在旦夕，多尔衮连日亲自主持在睿王府召开秘密会议，讨论决策。

却说洪承畴投降以后，生活上备受优待，但没正式官职，直到此时，多尔衮才以顺治皇帝的名义任用他为内院学士，使他与范文程同样为他的帷幄之臣，时时参与对南朝的用兵密议。

今天在睿王府举行的是一次高层次重要密议，除多尔衮本人外，只有郑亲王济尔哈朗、范文程和洪承畴。他们讨论的最重要问题是要判断李自成的实际兵力。从北京来的探报是说李自成率领五十万大军从韩城渡河入晋，尚有百万大军在后。如果李自成确有这么多的人马北上，清国满、蒙、汉全部人马不会超过二十万，就决不能贸然南下，以免败于人数众多而士气方盛的"流贼"。考虑着李自成兵力的强大，多尔衮不能不心中踌躇。

在多尔衮亲自主持的前两次密议中，洪承畴的看法都是与众不同，使多尔衮不能不刮目相看。洪承畴认为李自成入晋东犯的全部人马绝不会有五十万人。他认为，自古"兵不厌诈"，兵强可以示弱，借以欺骗和麻痹敌人，孙膑对庞涓进行的马陵道之战是"以多示寡"的用兵范例。至于曹操的赤壁之战，苻坚的淝水之战，则是以弱示强，大大夸大了自己人马的数量。洪承畴用十分自信的口气说道：

"以臣愚见，李贼自称有五十万人马渡河入晋，东犯幽燕，也是虚夸之词，实际兵力决无此数。兵将人数大概在二十万至三十万之间，不会更多。姑且以三十万计，到北京城下能够作战的兵力将不会超过二十万。"

多尔衮问道："你为何估计得这样少？"

范文程插言说："洪大人，我估计李自成来到北京的人马大概在三十万以上。"

郑亲王接着说："我们的八旗兵还没有同流贼交过手，千万不能轻敌。宁可将敌人的兵力估计强一点,不可失之大意。"

洪承畴思索片刻,含笑说道:"两位辅政王爷和范学士从用兵方面慎重考虑,愿意将东犯的流贼兵力看得强大一些,以便事先调集更多人马,一战全歼流贼,这自然不错。但是兵法云:'知己知彼,百战百胜。'此古今不易之理。臣在南朝,与流贼作战多年,对贼中实情,略有所知。贼惯用虚声恫吓,且利用朝廷与各省官军弱点,才能迅速壮大,不断胜利而有今日。近几年贼势最盛,号称有百万之众,然而以臣看来,最盛时不超过五十万人。郧阳、均州均为王光恩兄弟所据,为襄阳肘腋之患,李自成竟不能攻破郧、均。汝南府多么重要,李自成竟无重兵驻守,任地方绅士与土匪窃据。所以臣说李自成虽有大约五十万人,还得分兵驻守各处,有许多重要之处竟无力驻守。这样看来,流贼渡河入晋,东犯幽燕的兵员实数绝不会超过三十万人。何况此次流贼东犯,与往日行军大不相同。李自成本是流贼,长于流动。如今在西安建立伪号,又渡河东犯,妄图在北京正位称帝,所以他必将文武百官等许多重要的人物带在身边,每一官僚必有一群奴仆相从,还得有兵马保护。试想这三十万众,数千里远征,谈何容易!单说粮秣辎重的运送,也得一两万人。如此看来,李贼如以三十万众渡河东来,沿途留兵驻守,到北京城下时不会有二十万人。"

范文程认为洪承畴说出的这个见解有道理,但仍然不敢完全相信,怕犯了轻敌的错误。他望望睿亲王脸上疑惑不定的神色,随即向洪承畴问道:

"洪大人熟于南朝情况,果然见解不凡。但是文程尚不解者是,你说李贼的兵力不多,多依恃虚声恫吓,但是他近三年驰骋中原,所向无敌,席卷湖广,长驱入陕,轻易占领西安,横扫西北各地,使明朝穷于应付,已临亡国危局。这情况你如何解释?"

济尔哈朗先向范文程笑着点头，然后向洪承畴逼问一句：

"对，近三年来李自成所向无敌，难道都是假的？"

多尔衮不等洪承畴说话，已经猜到洪承畴如何回答，在铁火盆的边上磕去烟灰，哈哈大笑，说道：

"有趣！有趣！现在不必谈了。我已经命王府厨房预备了午膳，走吧，我们去午膳桌上，边吃边谈！"刚从火盆边站起来，多尔衮又说道："还有一件事，我也要同你们商量一下，看是否可行。如果可行，当然是越快越好，要在李自成尚在半路上就见到他，得到他的回书才好。"

"王爷有何妙棋？"范文程站着问道。

多尔衮胸有成竹地含笑回答："我想派人带着我大清国的一封书子，在山西境内的路上迎见李自成，一则探听他对我大清国是敌是友，二则亲去看看流贼的实力如何。你们觉得此计如何？"

范文程平日细心，接着问道："用何人名义给流贼头目写信？用辅政王你的名义？"

多尔衮颇有深意地一笑，随即轻轻地将右手一挥，说道：

"走，边用膳边商量大事！"

睿王府正殿的建筑规模不大，虽然也是明三暗五，五脊六兽，五层台阶，但如果放在关内，不过像富家地主的厅堂。午膳的红漆描金八仙桌摆在正殿的东暖阁，房间中温暖如春，陈设简单。多尔衮同济尔哈朗并坐在八仙桌北边的铺有红毡的两把太师椅上，面向正南，多尔衮在左，济尔哈朗在右。八仙桌的左边是洪承畴的座位，右边是范文程的座位。这是睿亲王指定的位置，不允许洪承畴谦让。范文程知道睿亲王在进兵灭亡明朝的大事上要重用洪承畴，对洪拱拱手，欣然在八仙桌右边坐下。

济尔哈朗对多尔衮指示洪承畴坐在左边，虽不说话，但心

甲申初春　83

中暗觉奇怪。他认为范文程在太祖艰难创业时就来投效，忠心不贰。到了太宗朝，更是倚为心腹，大小事由范章京一言而决。他根本不理解睿亲王的用心。虽然洪承畴与范文程同样是内院学士，但是在多尔衮眼中，洪承畴不仅是朝中大臣，而且在今后不久进兵中原的时候更要依靠洪承畴出谋献策。另一方面，洪承畴在投降前是明朝的蓟辽总督，挂兵部尚书衔，二品大员，这一点优于在满洲土生土长的范文程。多尔衮既然要锐意进取中原，不能不尊重汉族的这一习惯。然而他没有将这种思想同济尔哈朗谈过，也不曾同范文程谈过。倒是范文程心中明白，也知道洪承畴曾经决意不做引着清兵夺取崇祯皇帝江山的千古罪人。此时范文程在心中含笑想道：

"你洪九老①已入睿王爷的彀中，很快就会引着八旗大军前去攻破北京，想不做大清兵的带路人，不可得矣！"

因为有睿王府的两个包衣在暖阁中伺候午膳，所以多尔衮根本不提军事问题，也不谈清国朝政。郑亲王和范文程等都明白睿王府的规矩，所以都不提军情消息。不过他们都急于想知道李自成的实际兵力，好决定大清兵的南下方略。洪承畴虽然已经投降满洲两年，但是南朝毕竟是他的父母之邦，崇祯是他的故君，所以他也忘不下山西军情，神色忧郁地低头不语。

自从济尔哈朗退后一步，拥护多尔衮主持朝政以来，多尔衮就吩咐在西偏院中腾出来五间房屋，警卫严密，由内三院的学士们加上满汉笔帖式数人，日夜轮流值班，以免误了公事。多尔衮在王位上坐下以后，忽然想到给李自成下书子的事颇为紧急，立即命一包衣去西偏院叫一位值班的内秘书院学士前来。满族包衣答了声"喳"，转身退出。多尔衮向右边的郑亲王拿起筷子略微

---

① 九老——洪承畴字亨九。

示意，于是两位辅政王与两位内院学士开始用膳。过了片刻，在西偏院值班的内秘书院学士来到面前，向两位辅政屈膝请安。多尔衮将向李自成下书的事告诉了他，命他在午膳后赶快起个稿子送来，并把要写的内容也告诉了他。值班的学士问道：

"请问王爷，听说李自成已经在西安僭了伪号，国号大顺，年号永昌，这封书子是写给李自成么？"

"当然要给他。不给他给谁？"

"用什么人的名义写这封信？就用两位辅政王爷的名义？"

郑亲王刚从暖锅中夹起来一大块白肉，还没有夹稳，听了这句话，筷子一动，那一块肥厚的白肉落进暖锅。他害怕日后万一朝局有变，有谁追究他伙同多尔衮与流贼暗通声气，而足智多谋的多尔衮将罪责推到他一人身上。他暂停再动筷子，眼睛转向左边，望了多尔衮一眼，在心中称赞恭候桌边的值班学士：

"问得好，是要请示清楚！"

多尔衮对这个问题从一开始就胸有成竹，此时不假思索，满可以随口回答，但是他故意向范文程问道：

"从前，太宗爷主持朝政，有事就问范章京，听范章京一言而定。范学士，你说，我大清国应该由谁具名为妥？"

范文程回答说："此事在我国并无先例，恐怕只得用两位辅政王爷的名义了。"

多尔衮摇摇头，向济尔哈朗问道："郑亲王，你有什么主张？"

济尔哈朗说："我朝已有定制：虽然设有两位辅政，但朝政以睿亲王为主。睿亲王虽无摄政之名，却有摄政之实。这一封给李自成的书信十分重要，当然应该用我朝辅政睿亲王的名义发出，收信的是大顺国王。"

多尔衮面带微笑，在肚里骂道："狡猾！愚而诈！"随即他不动声色，向肃立恭候的值班学士说道："李自成已经占有数省土地，在西安建立伪号，非一般土贼、流寇可比。为着使他对这封书信重视，对前去下书的使者以礼相待，以便查看李自成的实际兵力如何，也弄清楚他对我国有何看法，这封书信必须堂堂正正，用我国皇帝的名义致书于他。不可用我国辅政亲王的名义。这是我大清国皇帝致书于大顺国王！"

由于辅政睿亲王的面谕十分明确，口气也很果决，这位值班学士没有再问，赶快退出去了。

多尔衮等人继续用膳。睿亲王府的午膳只有一个较大的什锦火锅，另有四盘荤素菜肴。在午膳的时候，大家都不再谈论国事，东暖阁中肃静无声。郑亲王济尔哈朗一边吃一边心中嘀咕：以大清国皇帝名义致书李自成这样的大事，多尔衮事前竟没有商量，甚至连招呼都不打一声。洪承畴对睿亲王竟然用大清国皇帝的名义给流贼头目李自成致送"国书"，合谋灭亡明朝，心中实不赞成。他不敢说出自己的意见，只好低头用膳。在这件事情上，他更加看出来多尔衮正在步步向独专朝政的道路上走去，利用顺治的幼小，正如古语所云："挟天子以令诸侯。"他更加明白多尔衮与皇太极的性格大不相同，今后倘若不谨慎触怒了多尔衮，必将有杀身之祸。

很快地用完午膳，大家随着睿亲王回到西暖阁，漱过了口，重新围着火盆坐下。王府的奴仆们悄悄地退了出去。多尔衮点着烟袋，吸了两三口，向洪承畴问道：

"洪学士，常听说李自成有百万之众，所向无敌，使明朝无力应付，才有今日亡国之危，你为什么说李自成的人马并不很多？是不是有点儿轻敌？"看见洪承畴要站起来，多尔衮用手势阻止，又说道："在一起议论贼情，可以坐下说话。你是不是因为原是明朝大臣，与流贼有不共戴天之仇，惯于轻视流贼，所以不愿说他的兵马强盛？"

"不然。臣今日为辅政王谋，为大清国谋，惟求竭智尽忠，以利辅政王的千秋功业。今日李自成是明朝的死敌，人人清楚。然而一旦李自成破了北京，明朝亡了，他就是我大清国的劲敌。臣估计，李自成到达北京城下，大概在三月中旬……"

多尔衮感到吃惊，问道："只有两个月左右……难道沿途没有拦阻？"

"秦晋之间一条黄河，流贼踏冰渡河，竟未遇到阻拦，足见山西十分空虚、无兵防守。流贼过河之后，第一步是攻占平阳。平阳瓦解，太原必难坚守，破了太原之后，山西全省人心瓦解，流贼就可以长驱东进，所以臣估计大约三月中旬即可到北京城下。"

范文程说道："太原自古是兵家必争之地，流贼如何能轻易攻破？"

洪承畴说："山西全省空虚，太原虽是省会，却无重兵防守。况巡抚蔡茂德是个文人，素不知兵，手无缚鸡之力。臣敢断言，太原必不能守；蔡茂德如欲为忠臣，惟有城破后自尽而已，别无善策。"

多尔衮又问："你说李自成到北京的人马只有——"

"十万，顶多二十万。"

郑亲王插了一句："老洪啊，南边的事你最清楚。要是你把流贼到北京的兵力估计错了，估计少了，我们在战场上是会吃亏的！"

"臣估计，假若流贼以三十万人渡河入晋，实际可战之兵不会超过二十五万。入晋以后，凡是重要地方，必须留兵驻守，弹压变乱。例如平阳为晋中重镇，绾毂南北，必须留兵驻守。上党一带背靠太行，东连河内，在全晋居高临下，自古为兵家必争之地，失上党则全晋动摇，且断入豫之路，故李贼必将派重兵前去。太原为三晋省会，又是明朝晋王封地。太原及其周围数县，明朝乡宦大户，到处皆是。流贼攻占太原不难，难在治理，故

甲申初春

必须留下大将与重兵驻守。太原至北京，按通常进兵道路，应该东出固关，沿真定大道北上，进入畿辅。从太原至北京共有一千二百里，有些重要地方，必须留兵驻守。臣粗略估计，李贼到达北京城下兵力，只有十几万人，甚至不足十万之数。但李贼破太原后向北京进犯路途，目前尚不清楚。等到流贼破了太原之后，方能知道流贼进犯北京的路途，那时更好判断流贼会有多少人马到达北京城下。"

郑亲王问道："从太原来犯北京，出固关，破真定往北，路途最近也最顺。流贼不走这条路，难道能走别处？"

洪承畴说："明朝在大同、宁武、宣府等处都有大将镇守，且有重兵，都是所谓九边重镇。如留下这些地方不管，万一这些地方的武将率领边兵捣太原之虚，不惟全晋大乱，且使李自成隔断了关中之路，在北京腹背受敌。由此看来，李贼攻破太原之后，稍事休息，不一定马上就东出固关，进攻真定，直向北京。说不定逆贼会先从太原北犯，一支人马由他亲自率领，破忻州，出雁门，攻占大同，而另由一员大将率领偏师，从忻州趋宁武。大同与宁武如被攻陷，即清除了太原与三晋的后顾之忧。依臣看来，倘若李贼破太原后仍有二十万之众，他会自率十万人东出固关，经真定进犯北京。倘若他亲自率大军自太原北出忻州，攻占大同、宁武，不敢自太原分兵，即证明他的人马不多。"

"有道理！有道理！"多尔衮在心中称赞洪承畴非同一般，随即又问道："李贼破了大同与宁武之后，仍然回师太原，出固关走真定北犯么？"

"不会。那样绕道很远，且费时日。"

"李贼从大同如何进犯北京？绕出塞外，岂不路程很远？"

"其实也远不了多少。自太原向北，走忻州、代州，出雁门关，到大同，大约是七百里路。自大同走塞外入居庸关到北京，约有九百里路。从大同经宣府，直抵居庸关，并无险阻，也无重兵阻拦，可以利用骑兵长驱而进。"

济尔哈朗说："可是八达岭与居庸关号称天险，明军不能不守。"

"若以常理而言，王爷所论极是。然而目前明朝亡在旦夕，变局事出非常。太原如陷贼手，必然举国震动，人心离散，有险而不能固守。流贼攻下大同与宣府之后，居庸关可能闻风瓦解，不攻自破。纵然有兵将效忠明朝，死守关门，但自古作战，地是死的，人是活的。善用兵者可以乘暇捣隙，避实就虚，攻其所不备，趋其所不守，攻北京非仅有居庸关一途。明正统十四年秋天，英宗在土木堡兵溃，被也先所俘。十月间，也先乘北京空虚，朝野惊惶之际，长驱至北京城外，就避开居庸关，而是下太行，出紫荆关，循易州大道东来，如入无人之境。此是二百年前旧事，说明居庸关并不可恃。再看近十五年来，我大清兵几次南下，威胁北京，马踏畿辅，进入冀南，横扫山东，破济南、德州，大胜而还，都是避开山海关。所以依臣愚见，倘若逆贼走塞外东来，在此非常时期，明朝上下解体，士无斗志，居庸关的守将会开门迎降，流贼也可以绕道而过。说不定流贼尚在几百里外，而劝降的使者早已进入居庸关了。"

济尔哈朗称赞说："老洪，你说得好，说得好，不怪先皇帝对你十分看重，说你是我大清兵进入中原时最好的一个带路人！"

范文程对洪承畴的这一番谈论军事的话也很佩服，接着说道："不日我大清兵进入中原，占领北京，扫除流贼，洪学士得展经略，建立大功，名垂青史，定不负先皇帝知遇之恩。"

听了郑亲王和范文程的称赞，洪承畴丝毫不感到高兴，反而有一股辛酸滋味涌上心头。他明白，从前的皇太极和目前的多尔衮都对他十分看重，但是两年来他没有一天忘记他的故国，也没有忘记他的故君。这种心情他没有对任何人流露过，只能深深

甲申初春　89

地埋在心中。最近他知道李自成已经在西安建号改元，正在向北京进军，心中暗暗忧愁。他十分清楚，自从杨嗣昌被排挤离开中枢，督师无功，在沙市自尽之后，崇祯周围的大臣中已经没有一个胸有韬略的人。后来的兵部尚书陈新甲，还算是小有聪明，勤于治事，可惜也被崇祯杀了。崇祯左右再无一个真正有用之人。勋臣皆纨袴之辈，大僚多昏庸之徒，纵有二三骨鲠老臣，也苦于门户纷争，主上多疑，眼见国势有累卵之急，却不能有所作为。想到这里，他不禁在心中暗暗叹道：

"呜呼苍天！奈何奈何！"

近来洪承畴不但知道李自成已经率大军自韩城附近渡河入晋，指向太原，声称将东征幽燕，攻破北京，而且知道大清朝廷上也在纷纷议论，有些人主张趁流贼到达幽燕之前，八旗兵应该迅速南下，抢先占领北京及其周围要地，以逸待劳，准备好迎击陕西流贼。看来清朝正在加紧准备，已经在征调人马，加紧操练，同时也从各地征调粮草向盛京附近运送。近几年大清国的八旗兵已经会使用火器，除从明军手中夺取了许多火器之外，也学会自己制造火器，甚至连红衣大炮也会造了。白天，洪承畴常常听到盛京附近有炮声传来，有时隆隆的炮声震耳，当然是操演红衣大炮。他心中明白，这是为进攻做准备。每日黎明，当鸡叫二遍时候，他便听见盛京城内，远近角声、海螺声、鸡啼声，成队的马蹄声，接续不断。他明白这是驻守盛京城内的上三旗开始出城操练，也断定多尔衮必有率兵南下的重大决策。于是他赶快披衣起床，在娈童兼侍仆白如玉的照料下穿好衣服，戴好貂皮便帽，登上皮靴，来到严霜铺地的小小庭院。天上有残月疏星，东南方才露出熹微晨光，他开始舞剑。按说，他是科举出身，二十三岁中进士，进入仕途，逐步晋升，直至挂兵部尚书衔，实任蓟辽总督，为明朝功名烜赫的二品大员，但是他从少年时代起就怀有"经邦济世"之志，所以读书和学作八股文之外，也于闲暇时候练习骑射，又学剑术。往往在校场观操时候，他身穿二品补服，腰系玉带，斜挂宝剑，更显得大帅威严和儒将风流。前年二月间在慌乱中出松山堡西门突围时候，不意所骑的瘦马没有力气，猛下陡坡，连人栽倒。埋伏在附近的清兵呐喊而出。洪承畴想拔剑自刎，措手不及，成了俘虏，宝剑也被清兵抢去。他在盛京投降后过了很久，皇太极下令将这把宝剑找到，归还给他。

在庭院中舞剑以后，天色已经明了，身上也有点汗津津的。他在仆人们和白如玉的服侍下洗了脸，梳了头，然后用餐。早餐时他还在想着目前北京的危急形势，暗恨两年前兵溃松山，如今对大明的亡国只能够袖手旁观。他习惯上不能把松山兵溃的责任归罪于崇祯皇帝，而心中深恨监军御史张若麒的不懂军事，一味催战，致遭惨败。

此刻，济尔哈朗、洪承畴和范文程三人又在多尔衮面前议论李自成的兵力实情，这个问题对确定清兵下一步的作战方略十分重要。洪承畴再没插言，他所想的是北京的危急形势和朝野的恐慌情况。他想着北京的兵力十分空虚，又无粮饷，并且朝廷上尽是些无用官僚，没有一个有胆识的知兵大臣，缓急之际不能够真正为皇帝分忧。但是他的心事绝不能在人前流露出来，害怕英明过人的多尔衮会怪罪他不忘故君，对大清并无忠心。他想着南朝的朝野旧友，不论认识的或不认识的，两年来没人不骂他是一个背叛朝廷、背叛祖宗、背叛君父的无耻汉奸，谁也不会想到他直到今日仍然每夜魂绕神京，心系"魏阙"①！想到这里，他的心中酸痛，几乎要发出长叹，眼珠湿了。

---

① 魏阙——古代宫门外的建筑，是发布政令的地方，后用为朝廷的代称。

多尔衮忽然叫道:"洪学士!"

洪承畴蓦然一惊,没有机会擦去眼泪,只好抬起头来,心中说:"糟了!"多尔衮看见了他的脸上的忧郁神情和似乎湿润的眼睛,觉得奇怪,马上问道:

"流贼将要攻破北京,你是怎样想法?"

洪承畴迅速回答:"自古国家兴亡,既关人事,也在历数。自从臣松山被俘,来到盛京,幸蒙先皇帝待以殊恩,使罪臣顽石感化,投降圣朝,明清兴亡之理洞悉于胸。今日见流贼倾巢东犯,北京必将陷落,虽有故国将亡之悲,也只是人之常情。臣心中十分明白,流贼决不能夺取天下,不过是天使流贼为我大清平定中原扫除道路耳。"

多尔衮含笑点头,语气温和地说道:"刚才你忽然抬起头来,我看见你面带愁容,双眼含泪,还以为心念故君,所以才问你对流贼将要攻破北京有何想法。既然你明白我大清应运龙兴,南朝历数已尽,必将亡国,就不负先皇帝待你的厚恩了。我八旗兵不日南下,剿灭流贼,戡定中原,正是你建功立业的时候到了。"

"臣定当鞠躬尽瘁,以效犬马之劳。"

"倘若流贼攻破北京,明朝灭亡,崇祯与皇后不能逃走,身殉社稷,你一时难免伤心,也是人之常情。只要你肯帮助大清平定中原,就是大清的功臣了。"

洪承畴听出来多尔衮的话虽然表示宽厚,但实际对他并不放心。他虽然投降清国日浅,但读书较多,阅世较深,知道努尔哈赤和皇太极都是不世的开国英雄,而皇太极的识见尤为宽广,可惜死得太早,不能完成其胸中抱负。多尔衮也是满洲少有的开国英雄,其聪明睿智过于皇太极,只是容量不及,为众人所畏,可以算作一代枭雄。其他诸王,只是战将之材,可以在多尔衮指挥下建功立业,均无过人之处。至于郑亲王济尔哈朗,虽以因缘巧合，得居辅政高位，在洪承畴的眼中是属于庸碌之辈。洪承畴对满洲皇室诸王的这些评价，只是他自己的"皮里阳秋"，从不流露一字。因为他对多尔衮的性格认识较深，生怕多尔衮刚才看见了他的愁容和泪痕迟早会疑心他对即将亡国的崇祯皇帝仍怀有故君之情，于是他又对多尔衮说道：

"目前流贼已入晋境，大约三月间到北京城下，破北京并不困难。臣老母与臣之妻妾、仆婢等三十余口都在北京居住。前年臣降顺圣朝之后，崇祯一反常态，不曾杀戮臣的家人。刚才因北京难守，想到臣老母已经七十余岁，遭此大故，生死难保，不禁心中难过……"

多尔衮安慰说："我现在正在思虑，我是否可以赶快亲率满、蒙、汉八旗精兵进入长城，先破北京，然后以逸待劳，在北京近郊大破流贼。近来朝臣中许多人有此议论，范学士也有此建议。倘若如此，你的老母和一家人就可以平安无事。向北京进兵的时候，你当然同范学士都在我的身边；一破北京，专派一队骑兵去保护你家住宅，不会有乱兵骚扰，何必担心！"

洪承畴的心中打个寒战。他千百次地想过，由于他绝食不终，降了满洲，必将留千古骂名，倘若由他跟随多尔衮攻破北京，使崇祯帝后于城破时身殉社稷，他更要招万世唾骂。他自幼读孔孟之书，在母亲怀抱中便认识"忠孝"二字，身为大明朝二品文臣，深知由他带领清兵进入北京一事的可怕，不觉在心中叹道："今生欲为王景略①不可得矣！"然而此时此刻，以不使多尔衮怀疑他投降后对大清的忠心要紧。他带着感恩的神情对多尔衮说：

---

① 王景略——王猛的字，前秦宰相，曾劝苻坚不要向东晋兴兵，后世传为美谈。

"只求破北京时得保家母无恙,臣纵然粉身碎骨,也要为大清效犬马之劳,以报先皇与王爷隆恩!"

多尔衮笑着说:"你空有一肚子学问本事,在南朝没有用上,今日在我大清做官,正是你建功立业,扬名后世的时运到了。"

范文程也对洪承畴说道:"睿王爷说的很是,九老,你空有满腹韬略,在南朝好比是明珠投暗,太可惜了!古人云:'良臣择主而事,良禽择木而栖。'睿王爷马上要去攻破北京,夺取明朝天下,你不可失此立功良机。"

洪承畴正欲回答,恰好睿王府的一名亲信包衣带领在睿王府值班的一位内秘书院的章京进来。值班章京先向睿亲王行屈膝礼,再向郑亲王行礼,然后将一个红绫封皮的文书夹子用双手呈给睿亲王。多尔衮轻声说:

"你下去休息吧,等我们看了以后叫你。"

值班的章京退出以后,多尔衮打开文书夹,取出用汉文小楷缮写清楚的文书,就是以大清国顺治皇帝的名义写给李自成的书信,从头到尾仔细看了一遍。特别是对书信开头推敲片刻,觉着似乎有什么问题,但一时又说不出来,便将这书信转递给济尔哈朗。郑亲王不像睿亲王那样天资颖悟,记忆力强,又读过许多汉文书籍,但是近几年在皇太极的督责之下,他也能看明白一般的汉字文书,能说一般汉语。他将给李自成的书信看完之后,明白全是按照睿亲王在午膳时吩咐的意思写的,看不出有什么毛病,便遵照往日习惯,将缮写的书信转给范文程看。

范文程将书稿看了以后,在对李自成应该如何称呼这个问题上产生犹豫。但是他话到口边咽下去了,不敢贸然提出自己的意见。他记得睿亲王在午膳时面谕值班学士,这封书子是写给大顺国王李自成的,并且将书子的主要意思都面谕明白。如果他现在反对这封书子的某些关键地方，不是给睿亲王难堪么？他的犹豫只是刹那间的事，立刻将书信稿递给洪承畴，态度谦逊地说道：

"九老，你最洞悉南朝的事，胜弟十倍。请你说，这封书子可以这样写么？"

洪承畴对李自成的态度与清朝的王公大臣们完全不同。清朝的掌权人物同李自成、张献忠等所谓"流贼"的关系多年来是井水不犯河水，素无冤仇，只是近日李自成要攻占北京，才与清政权发生利害冲突。洪承畴在几十年中一直站在大明朝廷方面，成为"流贼"的死敌，最有政治敏感。当洪承畴开始看这封书信稿子的第一行时就频频摇头，引起了两位辅政亲王和内院大学士的注意，大家都注视着他的神情，等待他说出意见。

洪承畴看完稿子，对两位亲王说道："请恕臣冒昧直言，李自成只是一个乱世流贼，不应该称他为大顺国王。我国很快要进兵中原，迁都北京，戡定四海。这书信中将李自成称为大顺国王，我大清兵去剿灭流贼，就显得名不正，言不顺。天下士民将何以看待我朝皇帝？"

济尔哈朗一半是不明白洪承畴的深意，一半带有开玩笑的意思，故意说道：

"可是李自成已经在西安建立国号大顺，改元永昌，难道他还是流贼么？"

洪承畴回答说："莫说他占领了西安，建号改元，他就不是一个乱世流贼。纵然他攻占了北京，在臣的眼中他也还是流贼。"

"那是何故？"

洪承畴说："李自成自从攻破洛阳以后，不断打仗，不肯设官理民，不肯爱养百姓，令士民大失所望，岂不是贼性不改？自古有这样建国立业的么？"

济尔哈朗说："可是听说他在三四年前打了许多败仗，几乎被明朝官兵剿灭。从崇祯十三年秋天奔入河南，此后便一帆风顺，大走红运，直到前几个月破了西安，在西安建立伪号，确非一般流贼可比。你说，这是何故？"

洪承畴说："臣知道，流贼如今已经占领了河南全省，又占领了半个湖广，整个陕西全省，西到西宁、甘肃，北到榆林，又派人进入山东境内，传檄所至，纷纷归顺。在此形势之下，人人都以为流贼的气焰很盛，必得天下，然而依臣看来，此正是逆贼灭亡之道，其必败之弱点已经显露。目前议论中国大势，不应该再是流贼与明朝之战，而是我大清兵与流贼逐鹿中原。中国气运不决于流贼气焰高涨，狼奔豕突，一路势如破竹，将会攻破北京，而在于我大清兵如何善用时机，善用中国民心，善用兵力。目今中国前途，以我大清为主，成败决定在我，不在流贼。简言之，即决定于我将如何在北京与流贼一战。"

济尔哈朗认为大清兵的人数不过十余万，连蒙、汉八旗兵一次能够进入中原的不会超过二十万，感到对战胜消灭李自成没有信心，正想说话，尚未开口，忽然睿王府的一个包衣进来，向多尔衮屈膝启禀：

"启禀王爷，皇太后差人前来，有事要问王爷，叫他进来么？"

多尔衮问："哪位皇太后？"

"是永福宫圣母皇太后。听他说，是询问皇上开春后读书的事。"

"啊，这倒是一件大事！"多尔衮的心头立刻浮现了一位年轻美貌的妇女面影：两眼熠熠生辉，充满灵秀神色。他含笑说：

"你叫他回奏圣母皇太后：说皇上开春后读书的事，我已经命礼部大臣加紧准备，请皇太后不必操心。一二日内，我亲自率礼部尚书侍郎和秘书院大学士去皇上读书的地方察看，然后进宫去向圣母皇太后当面奏明。"

"喳！"

禀事的王府包衣退出以后，多尔衮将眼光转到了洪承畴的脸上，济尔哈朗和范文程也不约而同地注视着洪承畴。可是就在这片刻之间，多尔衮的思想变了。首先，他也不相信李自成的兵力有所传的强大；其次，他认为不要多久，对李自成的兵力就会清楚；第三，他在率兵南征之前有几样大事要做，这些事目前正横在他的心中。哪些事呢？他此时不肯说出，也不想跟济尔哈朗一起讨论。于是他慢吞吞地抽了两口旱烟，向洪承畴说道：

"给李自成的那封书子，你有什么意见？"

"以臣愚见……"

满洲人对"流贼"与明朝的多年战争不惟一向漠不关心，反而常认为"流贼"的叛乱，使明朝穷于应付，正是给满洲兵进入中原造成了大好机会。多尔衮在午膳时口授给李自成的书信以礼相称，一则因为大清国对李自成并无宿怨，二则多尔衮不能不考虑到倘若李自成确实率领五十万大军北来，在北京建立了大顺朝，必然与偏处辽东的大清国成为劲敌，过早地触怒李自成对大清国没有好处。此刻重新思索，开始觉得用大清皇帝的名义写信称流贼首领李自成为"大顺国王"似乎不妥，但是到底为什么不妥，他没有来得及深思，看见洪承畴正在犹豫，多尔衮说道：

"南朝的事你最熟悉，对李自成应该怎样称呼呢？"

洪承畴在心中极不同意称李自成为"大顺国王"，对此简直有点愤慨，但是他不敢直率地对多尔衮说出他的意见，稍一迟疑，向多尔衮恭敬地回答说：

"这书信是内院学士遵照王爷的面谕草拟的，臣不敢妄言可否。"他转向范文程问道："范学士，南朝的情况你也清楚，你看目前对李自成应该如何称呼为宜？"

范文程说:"目前明朝臣民视李自成为流贼,我朝皇帝在书信中过早地称他为'大顺国王',恐非所宜,会失去南朝臣民之心。"

"应该如何称呼为妥?"多尔衮又问。

范文程说:"臣以为应称'李自成将军',不必予以'国王'尊称。"

多尔衮沉吟说:"那么这书信的开头就改为'大清国皇帝致书于西安府李自成将军',是这样么?"

范文程不敢贸然回答,向洪承畴问道:"请你斟酌,书信用这样开头如何?"

洪承畴感到这封用大清国皇帝具名发出的极为重要的书信,对李自成不称国王,只称将军,仅使他稍觉满意,但不是完全满意。在这个称呼上,他比一般人有更为深刻的用心,但是他不想马上说出。为着尊重睿亲王的时候不冷落另一位辅政亲王济尔哈朗,他转望着济尔哈朗问道:

"王爷,尊意如何?"

郑亲王笑着说:"操这样的心是你们文臣的事,何必问我?"

多尔衮猜到洪承畴必有高明主意,对洪承畴说道:"有好意见你就说出来,赶快说吧!"

洪承畴说:"以臣愚昧之见,流贼中渠魁甚多,原是饥饿所迫,聚众劫掠,本无忠义可言。一旦受挫,必将互相火并,自取灭亡。故今日我皇帝向流贼致书,不当以李自成为主,增其威望。书中措辞,应当隐含离间伙党之意,以便日后除罪大恶极之元凶外,可以分别招降。又听说逆贼已经在西安僭号,恢复长安旧名,定为伪京,故书信不必提到西安这个地方,以示我之蔑视。臣以待罪之身,效忠圣朝,才疏学浅,所言未必有当。请两位辅政亲王钧裁。"

济尔哈朗赶快说:"我同睿亲王都是辅政亲王,不能称君。"

汉文化程度较高的多尔衮知道郑亲王听不懂"钧裁"二字,但是不暇纠正,赶快向范文程问道:

"你认为洪学士的意见如何?"

"洪学士所见极高,用意甚深,其韬略胜臣十倍,果然不负先皇帝知人之明。"

多尔衮向洪承畴含笑说道:"你就在这里亲自修改吧,修改好交值班的官员誊清。"

洪承畴立刻遵谕来到靠南窗的桌子旁边,不敢坐在睿亲王平日常坐的蒙着虎皮的朱漆雕花太师椅上,而是另外拉来一把有垫子的普通椅子,放在桌子的侧边。他坐下以后,打开北京出产的大铜墨盒,将笔在墨盒中膏一膏,然后迅速地修改了书信的称谓,又修改了信中的几个地方,自己再看一遍,然后回到原来在火盆旁边的矮椅上,用带有浓重福建土音的官话将改好的稿子读了出来。在他读过以后,多尔衮接了稿子,自己一字一字地看了一遍,点点头,随即转给坐在右边的郑亲王。郑亲王见多尔衮已经含笑点头,不愿再操心推敲,随手转给隔火盆坐在对面矮椅上的范文程,笑着说:

"老范,睿亲王已经点头,你再看一看,如没有大的毛病,就交下去誊抄干净,由兵部衙门另行缮写,盖上皇帝玉玺,趁李自成在进犯北京的路上,不要耽搁时间,马上差使者送给李自成好啦。"等范文程刚看了第一句,郑亲王又接着说:"老范,你读出声,让我听听。我认识的汉字不多,你念出来我一听就更明白啦。"

范文程一则有一个看文件喜欢读出声来的习惯,二则他不愿拂了郑亲王的心意,随即一字一句地读道:

大清国皇帝致书于西据明地之诸帅:朕与公等山河远

隔，但闻战胜攻取之名，不能悉知称号，故书中不及，幸毋以此而介意也。兹者致书，欲与诸公协谋同力，并取中原。倘混一区宇，富贵共之矣，不知尊意如何耳。惟望速驰书使，倾怀以告，是诚至愿也。

范文程将书信的正文念完以后，又念最后的单独一行：
"顺治元年正月二十六日。"
"完了？"郑亲王问道。
"完了，殿下。"
"你觉得怎样？"

范文程既有丰富学识，也有多年的从政经验；既是开国能臣，也是深懂世故的官僚。他很容易看出来这篇书稿漏洞很多，作为大清皇帝的国书，简直不合情理，十分可笑。例如李自成率领数十万"流贼"与明朝作战多年，占有数省之地，并且已经在西安建号改元，怎能说不知道他是众多"流贼"之首？怎能说对于众多"流贼"的渠魁不知名号？怎能说不知李自成早已经占领西安，改称长安，定为京城，而笼统地说成是"西据明地之诸帅"呢？然而他一则知道洪承畴这样修改有蔑视和离间"贼首"的深刻用心，二则睿亲王已经点头，所以他对于书信的一些矛盾之处撇开不谈，略微沉吟片刻，采用"王顾左右而言他"的办法对两位辅政亲王说道：

"这封书子由我朝皇帝出名，加盖玉玺，虽无国书之名，实有国书之实。自然不能交密探携带前去，而应该堂堂正正地差遣官员前往赍送，务必在流贼东来的路上送到他手中。"

多尔衮也急于摸清楚李自成的人马实力和对大清的真实态度，当即唤来一名包衣，命他将书稿送交在偏院值班的内秘书院学士，嘱咐数语。

这件事办完以后，又略谈片刻，因多尔衮感到身体不适，今天的会议就结束了。

过了一天，用大清皇帝名义写给李自成的书子用黄纸誊写清楚，盖好玉玺，由兵部衙门派遣使者星夜送出盛京。范文程一时没事，来找洪承畴下棋闲谈。刚刚摆好棋盘，提到给李自成的书子，范文程笑着说道：

"九老，春秋时有'二桃杀三士'的故事，足见晏婴的智谋过人。你将昨日写给李自成的书子改为给'西据明地之诸帅'，也是智虑过人。据你看，睿王爷想试探与李自成等渠贼'协谋同力，并取中原'，能做到么？"

洪承畴十分明白，目前李自成已经在西安建号改元，而这封书子是写给"西据明地之诸帅"的，对李自成极不尊重，李自成必然十分恼火，必无回书，更不会与满洲人合力灭明。但是洪承畴不敢说出他的用心，只是淡然一笑，说道：

"今日形势，干戈重于玉帛，他非愚弟所知。"

范文程没再说话，回答一笑，开始下棋。

但这封"国书"最终还是被多尔衮压下，没有送出。他毕竟是个聪明人，过后冷静想一想，也觉察到这封书子的不少漏洞，如果贸然发出，反而会弄巧成拙。他在心中对自己说：

"一动不如一静，且看局势如何变化！"

第 五 章

进入二月以后，多尔衮经过与大臣们多次商议，已经确定了重要方略，即打消了抢先占领北京的建议，加紧安排由他率兵南下的各项准备工作。有的准备工作是公开进行，有的是极其秘密的暗中活动，只有他的极少的最亲信的党羽知道。对于这件事，范文程以其同满洲人的特殊关系，略有觉察，但不敢过多打听，装作毫无所知，只等待在多尔衮出兵前这件事如何分晓。

这一天，盛京气候温和，阳光明媚，开始显出大地回春的景色。早饭以后，多尔衮在大政殿接见了蒙古和朝鲜的进贡使者，又同户、兵二部大臣商议了辽河一带的春耕和练兵事务。退朝之后，他率领范文程、洪承畴和另外两位内院学士到三官庙察看。

关于幼主福临从今年春天起开始入学读书的问题，在大清朝廷上成了一件大事。四位御前老师已经选定，有三位是汉族文臣，一位是满族文臣。皇宫内不能随便进出，也没有清静院落和宽敞房屋，所以决定将三官庙的院落改造，重新粉刷，已经基本上修缮完毕。开学的吉日已经择定，开学时的一些仪注也由礼部大臣们参考明朝制度详细拟定，已在前几天呈报两位辅政亲王批示遵行。多尔衮自认为在教育小皇帝读书成人这样的事情上，他比济尔哈朗负有更大责任，所以他要趁今天上午有暇，亲自去三官庙察看一遍，以便进宫去向圣母皇太后当面禀报。一想到圣母皇太后，他的心头上立刻荡漾着一片春意。

洪承畴和范文程紧跟在两位辅政亲王的背后，以备垂询。范文程虽然生在辽东，却是世代书香宦门之后，自幼在私塾读书，直到考中秀才。他看三官庙处处焕然一新，连院中的土地也换成了砖地，大门也重新改建，轿子可以一直抬进院中，大门外还有警卫的小亭和拴马的石猴。他很满意，在心中叹道：

"好，好，这才像幼主读书的地方！辅政睿亲王只有一句口谕，工部衙门不到一个月就将三官庙修缮得这样焕然一新，很不容易，这也是大清的兴旺之象！"

范文程又想起两年前他奉先皇之命来三官庙对洪承畴劝降的事，不觉心中一笑，偷眼向洪承畴看了一眼。

洪承畴这是第二次进三官庙，他不能不回忆自己的许多往事和难以告人的感慨，所以只是跟随在两位辅政王的身后，一言不发。他和范文程的背后还跟着礼部和工部的两个官员。有时多尔衮回头向他询问意见，他虽然马上恭敬地回答，但实际上他在想着别的心事，不能不敷衍地表示同意或称赞。他一进三官庙的大门，就想起两年前的春天，他在松山被俘的时候，与他同守弹丸孤城的巡抚邱民仰被清兵杀了，总兵曹变蛟也被杀了，被俘的几百名饥饿不堪的下级将校和士兵全被杀了，惟独将他留下，用马车押回沈阳。他虽然在松山堡中断粮多日，勉强未死，但在被俘之后，也不进食，立志绝食尽节。到三官庙门前，他已经十分无力，被押解他的清兵扶着走进大门，然后走进三官庙正殿西边两间坐北朝南的空屋，那就是给他准备的囚室。现在他随着两位辅政亲王走进一看，才知道完全变样了：墙壁变得雪白，新砖铺地，下有地炕，温暖如春，上边扎了顶棚，再不会从梁上落下灰尘。窗棂漆成朱红，窗棂外糊着新纱，窗子的上半可以开合。对窗子摆着一张红漆描金矮长桌，上边放着考究的文房四宝，长桌后是一张铺有黄缎绣龙厚椅垫的椅子。砖地上铺着红毡。靠山墙有一个空书架。多尔衮频频点头，向洪承畴含笑问道：

"洪学士，你可还记得这个地方？"

洪承畴的脸上一红，赶快笑着回答："两年前此处是罪臣的囚室，而今是幼年皇上读书之地。仍然是一个地方，情景却大不相同了。惭愧，惭愧！"

多尔衮安慰他说："松山之败，为明朝灭亡关键，但是责不在你。先皇帝心中十分清楚，我大清朝重要的文武大臣也都清楚。所以在松山堡城破之前，先皇帝严令大清将士对你不准伤害，保护你平安来到盛京，劝你降顺我朝，建立大功。崇祯事后也知道明军十三万在松山溃败，责不在你，所以没有杀你住在北京的老母和妻妾家人。比之他杀袁崇焕，杀其他许多重臣，对你宽厚多了。我知道，崇祯待你颇为有恩，非同一般。"

洪承畴虽然投降了清朝，深受优待，但他毕竟是自幼读孔孟之书，进士出身，然后入仕，多年为朝廷所倚信，受钦命统兵作战，在国家艰难的时候，身任蓟辽总督挂兵部尚书衔，率八位总兵去解锦州之围，不幸兵溃，被俘降清，贻辱祖宗，愧见师友和故国山河。每次想到此事，他就暗暗伤神。此刻听辅政王多尔衮提到此事，特别是提到崇祯对他的"君恩"深厚，他猛然控制不住，滚出眼泪，但立刻遮掩说：

"因北京局势危急，臣又想起老母来了。"

聪明过人的多尔衮淡然一笑，随即向洪承畴问道：

"你看，幼主在此读书写字，还有什么不足的地方？"

洪承畴恭敬地说："似乎应该在墙角摆一个宫廷用的茶几，上边摆一香炉。"

多尔衮点点头，向跟在后边的一位官员望了一眼。在退出的时候，他向济尔哈朗说道：

"这是我大清幼主读书的地方，一切布置，不能稍有马虎。你看如何？"

"我看很好。"郑亲王转向跟在后边的两个官员们问道："为御前蒙师们安排的休息地方，为随驾前来的宫女们安排的休息地方，供应茶水和点心的小膳房，都准备好了么？"

一位官员回答："请王爷放心，一切都准备妥当了。"

多尔衮对郑亲王说："要紧的是皇上读书的这个地方，其余的地方我们都不必看了。我今天下午就进宫去向圣母皇太后当面奏明三官庙的修缮情况，也请皇太后亲来看看，届时应有礼部大臣在此恭迎。"

郑亲王说："这样好，这样好。听说清宁宫太后近日身体不适，就不必请清宁宫太后费心来了。"

出了三官庙以后，两位辅政亲王上马，由各自王府侍卫前后护拥着回府。其他官员也都走了。

多尔衮走了一箭之地，勒转马头，招手让洪承畴和范文程前去。当洪、范二人到了他的面前时，他挥退随从的王府官员与包衣，用温和的眼神望着洪承畴说道：

"刚才正说话间，你忽然心中难过，几乎流出眼泪。不管你是为老母和妻妾一家人身居危城，还是不忘故主崇祯皇帝对你的旧恩，这都是人之常情。何况你自幼读孔孟之书，进士出身，当然有忠孝之心。先皇帝只望你降顺我朝，并不急于向你问伐明之策。你是崇德七年二月来到盛京的。这年十一月我大清兵由密云境内分道进入长城，纵横数千里，破府州县数十座，俘虏男女人口将近四十万，所得金银财物无数，直到去年四月间才退出长城。这次清军数路伐明，关系重大，可是太宗先皇帝因知道你对明朝有故国之情，从不向你问计。有一个文件，可以证明崇祯对你很有恩情。可是先皇帝得到密探从北京送来这一抄录的密件之后,一则不愿意扰乱你的心情,二则不愿使盛京的大臣们传些闲话,所以只有我看了,范学士看了,存入密档,不许泄露。"

洪承畴心中大惊,不知将来会有什么大祸,恳求说:"王爷,臣已与明朝斩断了君臣之谊,誓为大清效犬马之劳。如此重要文件,可否让臣一阅?"

多尔衮含笑说:"快了。到了时候,我会叫人拿出来给你看的。"

多尔衮将手一招,立马在十丈外的随从们都回到他的身边,一阵风地去了。

洪、范今日既未骑马,也没带仆人。洪承畴尽管在官场中混了多年,颇为聪明,但今天听了辅政睿亲王的话,却依然摸不着头脑。他向范文程问道:

"范大人,到底是什么文件?"

范文程回答:"和硕睿亲王既然说不到时候,我怎么敢说出来呢?还是等一等吧!"

洪承畴同范文程拱手相别,各回自己公馆。范文程猜到睿亲王的用心,一定是等李自成攻破北京之后,才让洪承畴看两年前一个潜伏在北京城内的细作抄回的这份文件,更觉得睿亲王真是智谋、聪明过人,不禁在心中绽开了一股微笑。

洪承畴回到公馆,被男女奴仆接着,送进干净雅致的书房。仆人们知道他的最大特点是喜好男色,有空时不免要搂一搂如玉的腰身,捏一捏如玉的脸蛋,所以等老爷坐定以后,都赶快退出了。那个中年女仆临退出时还回过头来看着如玉撇嘴一笑。如玉倒了一杯热茶,捧到他的面前,放在桌上,故意娇气地斜靠桌边,微微含笑,似乎有所等待。洪承畴轻轻挥手,让他退出。玉儿一惊,又看了老爷一眼,娇娆地腰身一扭,不敢说一句话。

退出书房，他走到窗外，有意暂不远去，停住脚听听动静，果然听见老爷沉重地叹一口气，心情烦闷地说：

"这真是丈二和尚，令人摸不着头脑！"

在大清国中和硕睿亲王是最忙碌的人，是大权独揽的人，因而也是令人嫉妒，令人害怕，令人佩服的人。

到睿王府大门前下马之后，他匆匆向里走去，恰好他的福晋带着几个妇女送肃王的福晋走出二门，正下台阶。肃王福晋看见睿亲王，赶快避在路边，恭敬而含笑地行屈膝礼，说道：

"向九叔王爷请安！"

"啊？你来了？"多尔衮略显惊诧，望着肃王福晋又问，"留下用午膳嘛，怎么要走了？"

"谢谢九叔王爷。我来了一大阵，该回去了。我来的时候，肃王嘱咐我代他向九叔请安。"

"他在肃王府中做些什么事呀？"

"不敢承辅政叔王垂问。自从他几个月前受了九叔王爷和郑亲王的责备，每日在家中闭门思过，特别小心谨慎，不敢多与外边来往。闷的时候也只在王府后院中练习骑射。他只等一旦辅政叔王率兵南伐，进攻北京，他随时跟着前去，立功赎罪。"

多尔衮目不转睛地在肃王福晋的面上看了片刻，一边猜想她的来意，一边贪婪地欣赏她的美貌和装束。她只有二十四五岁年纪，肤色白皙，明眸大眼，戴着一顶貂皮围边、顶上绣花、缀着两根下有银铃的绣花长飘带的"坤秋"。多尔衮看着，心头不觉跳了几下，笑着说道：

"如今盛京臣民都知道流贼李自成率领数十万人马正在向北京进犯，已经到了山西境内。有不少大臣建议我率领大清兵要赶在流贼前边，先去攻破北京，灭了明朝，再迎头杀败流贼。至于我大清兵何时从盛京出动,尚未决定。我同郑亲王一旦商定启程的日期,自然要让肃亲王随我出征,建功立业。我虽是叔父,又受群臣推戴,与郑亲王同任辅政,可是我的身上有病,不能过分操劳。肃亲王是先皇帝的长子,又自幼随先皇帝带兵打仗,屡立战功。一旦兴兵南下,我是要倚靠肃亲王的。你怎么不在我的府中用膳?"

"谢谢叔王。我已经坐了很久,敝府中还有不少杂事,该回去了。"

肃王福晋又向多尔衮行了一个屈膝礼,随即别了辅政睿亲王和送她的睿王福晋等一群妇女,在她自己的仆婢们服侍下出睿王府了。

多尔衮从前也见过几次豪格的福晋,但今天却对她的美貌感到动心。他走进寝宫,在温暖的铺着貂皮褥子的炕上坐下去,命一个面目清秀的、十六七岁的婢女跪在炕上替他捶腿。另一个女仆端来了一碗燕窝汤,放在炕桌上。他向自己的福晋问道:

"肃王的福晋来有什么事?"

"她说新近得到了几颗大的东珠,特意送来献给辅政叔王镶在帽子上用。我不肯要,说我们府中也不缺少这种东西,要她拿回去给肃亲王用。她执意不肯拿回,我只好留下了。"睿王福晋随即取来一个锦盒,打开盒盖,送到睿亲王眼前,又说道:"你看,这一串东珠中有四颗果然不小!"

多尔衮随便向锦盒中瞄了一眼,问道:"她都谈了些什么话?"

"她除谈到肃亲王每日闭门思过,闷时练习骑射的话以外,并没谈别的事儿。"

"她是不是来探听国家大事的?"

福晋一惊,回答说:"噢!她果然是来打听国家大事的!她对我说,朝野间都在谈论我大清要出兵伐明,攻破北京,先灭了明朝,再消灭流贼。她问我,是不是辅政叔王亲自率兵南下?是不是最近就要出兵?"

"你怎么回答?"

"我对她说,我们睿王府有一个规矩,凡是国家机密大事,王爷自来不在后宫谈论,也不许宫眷打听。你问的这些事儿我一概不知。"

"你回答得好,好!"

多尔衮赶快命宫婢停止捶腿,虎地坐起,将剩下的半杯已经凉了的燕窝汤一口喝尽,匆匆地离开后宫。

他回到正殿的西暖阁,在火盆旁边的圈椅中坐下,想着豪格如此急于打听他率兵南下的消息,必是要趁他离开盛京期间有什么阴谋诡计。然而又不像有什么阴谋诡计,因为他不会将豪格留在盛京,豪格也不会有此想法。到底豪格命他的福晋来睿王府送东珠是不是为了探听消息?……很难说,也许不是。忽然,肃亲王福晋的影子出现在他的眼前。那发光的、秀美的一双眼睛!那弯弯的细长蛾眉!那红润的小口!那说话时露出的整齐而洁白的牙齿!他有点动心,正如他近来常想到福临的母亲时一样动心。不过对庄妃(如今的皇太后)他只是怀着极其秘密的一点情欲,而想着肃亲王的福晋,他却忍不住在心中说道:

"豪格怎么会有这么好的老婆!"

在他的眼前,既出现了肃亲王府中的福晋,也同时出现了年轻的圣母皇太后,两个美貌妇女在眼前忽而轮流出现,忽而重叠,忽而他的爱欲略为冷静,将两人的美貌加以比较,再比较……啊,在心上比较了片刻之后,他更爱皇太后小博尔济吉特氏!这位从前的永福宫庄妃,不仅貌美,而且是过人的聪慧,美貌中有雍容华贵和很有修养的气派,为所有满洲的贵夫人不能相比。她十四岁嫁给皇太极,皇太极见她异常聪明,鼓励她识字读书。她认识满文和汉文，读了不少汉字的书。所以透过她的眼神，她的言语，都流露出她是一位很不一般的女子。可惜，她是皇太后，好比是高悬在天上的一轮明月，不可能揽在怀中！

胡思乱想一阵，他的思想回到了小皇帝福临春季上学的事上，离择定的日子只有几天了。他命睿王府的一名官员去凤凰门（后宫的大门）向专管宫中传事的官员说明辅政睿亲王要在午膳以后，未申之间进宫，当面向圣母皇太后禀明皇上上学的各种事项。望着这名官员退出以后，他想着午膳后就要进宫去面见美貌的年轻太后，心中不由怦怦地跳了几下。

睿亲王打开一个锁得很严的红漆描金立柜，里边分隔成许多档子，摆放着各种机要文书。他先把吏部和兵部呈报的名册取出，仔细地看了一遍。尽管他的记性很好，平素熟于朝政，对满汉八旗人物、朝中文武臣僚，各人的情况，他都一清二楚。但是近来大清国正在兴旺发达，家大业大，难免有记不清的。考虑到不日他就要率兵南下，应该将什么人带在身边，将什么人留在盛京，他必须心中有数，由他自己决定，不必同济尔哈朗商量。

仔细看了文武官员的名册以后，他将要带走什么官员和留守盛京什么官员，大体都考虑好了。总之他有一个想法，盛京不但是大清国的龙兴之地，也是统驭满洲、蒙古和朝鲜的根本重地，因此在他统兵南下之后，需要一批对他忠诚可靠的文武官员在盛京治理国事，巩固根本。

午膳以后，多尔衮在暖炕上休息一阵，坐起来批阅了一阵文件，便由宫女们服侍他换好衣帽，带着护卫们骑马往永福宫去。

圣母皇太后小博尔济吉特氏尚在为丈夫服孝期间，知道多尔衮将在未末申初的时候进宫来见，便早早地由成群的宫女们侍候，重新梳洗打扮，朴素的衣服用上等香料熏过，头上没有多的金银珠宝首饰，除几颗较大的东珠外，只插着朝鲜进贡的绢制白玫瑰花。尽管她在服孝期间屏除脂粉，但白里透红的细嫩皮肤依然呈现着出众的青春之美，而一双大眼睛并没有一般年轻寡妇常有的哀伤神情，倒是在高贵、端庄的眼神中闪耀着聪慧的灵光。

等多尔衮行了简单的朝见礼以后，小博尔济吉特氏命他在对面的一把椅子上坐下，首先问道：

"辅政亲王，有什么重要国事？"

多尔衮权倾朝野，此时对着寡嫂，心情莫名其妙地竟有点慌乱。他望了小博尔济吉特氏一眼，赶快回避开使他动心的目光，说道：

"臣有要事奏明太后，请左右暂时回避。"

小博尔济吉特氏流露出一丝不安的眼神，向左右轻轻一挥手。站在她身边服侍的四个体态轻盈的宫女不敢迟误，立刻从屋中退出。

圣母皇太后原来知道多尔衮进宫只是为着幼主福临开始上学的事，没想到多尔衮要她屏退左右，以为必有重要军国大事，不宜使宫女闻知，不由地暗暗吃惊，心中问道："难道就要出兵了么？"等身边没有别人，皇太后顿觉心中不安。她同多尔衮既是君臣关系，又是叔嫂关系，而且最使她感到不安的是她同多尔衮年岁一样，只差数月。二人近在咫尺，相对而坐，更使她的心中很不自在。她听说朝臣中有许多人都害怕多尔衮的炯炯目光，她也害怕。她不是害怕他的权势，而是害怕同多尔衮四目相对。每当她见多尔衮在看她时，她禁不住赶快回避了他的目光，脸颊微红，心头突突直跳。不等多尔衮说话，她首先打破这难耐的沉默场面，用银铃一般的声音问道：

"九王爷，要出兵伐明么？听说朝廷上多主张我大清兵先破北京，再一战杀败流贼。可是这样决定了？"

多尔衮在片刻间没有说话。他原来打算先奏明幼主福临如何开始上学的事，到最后提几句眼前的军国大计。他自从执掌朝政以来，既要利用小博尔济吉特氏的聪明才干和圣母皇太后的崇高地位，以及她和清宁宫皇太后在先皇帝留下的上三旗中所具有的别人不能代替的影响，帮助他巩固权力，也要防止她插手国事，日后对他不利。他没有想到，这位美貌的年轻皇太后竟然先问他南下伐明的大事，不觉在心中暗自说道：

"皇太后真了不起，绝非一般的女流之辈！"

他看见圣母皇太后面含微笑，目不转睛地望着他，等待回答。他欠身答道：

"皇太后身居深宫，抚育幼主，会想到我国应该趁目前这个时机，派兵南下，进入中原，足见太后不忘先皇上的遗志，肯为重大国事操心。不过臣今日进宫，不是为此事……"

"我知道你进宫来是为奏明幼主开春后上学读书的事。只是左右并无别人，所以我才问你。虽然朝廷一切军国大事全托付九叔亲王经营，另有郑亲王帮你办理，可是自从我十四岁入宫，先皇帝平日没甚病症，睡到夜间，好端端地归天了，没有看见进入中原的大功告成。在那大丧无主的几天里，要不是你九王爷有力量，有主张，谁晓得这江山落在谁手？还谈什么进入中原，灭亡明朝，剿灭流贼！"说到这里，年轻的皇太后忽然忍不住叹了口气，眼睛红了。

多尔衮以为皇太后是因为想起了先皇帝，寡妇想起亡夫而伤心是人之常情。他劝慰道：

"幸而臣当时不想使我大清为继承皇位事动了刀兵，伤了元气，所以拉着郑亲王共同拥戴五岁的幼主登极，杀了几个人，痛斥了几个人，安定了大局，才能有今日的太平兴盛局面。要不然，纵然今日机会来到，要想统兵南下，平定中原，谈何容易！"

皇太后回想到去年八月间争夺皇位的事，又不觉深深地叹了一声。她知道太祖爷的大妃纳喇氏，十二岁就侍奉努尔哈赤，到十七八岁的时候，长得品貌出众，又极聪明能干，深得太祖欢心，封为大妃，生下了阿济格、多尔衮、多铎三个儿子。太祖死后，皇太极继承皇位，说太祖临死前留下遗言，要大妃纳喇氏殉葬。纳喇氏舍不得三个儿子，哭着不肯从命，拖延一天多，胳膊扭不过大腿，只好自尽。在去年皇太极刚死的两三天内，她只怕豪格继承皇位，诡称奉有父皇密谕，要她殉葬。所以在争夺皇位的宫廷斗争中，她不但在宫中为多尔衮祈祷，也暗中利用平日同自己的姑母，即中宫皇后的亲密感情以及相同的利害，利用平时在皇太极身边为两黄旗将领们说好话结下的恩信，使这两旗都愿意拥戴幼主，这自然使多尔衮在斗争中得了大益。直到小福临在大政殿登了皇位，受了文武百官朝拜，年轻的圣母皇太后才解脱了为先皇帝殉葬的恐惧。

然而她当时的害怕心情，不曾对任何人流露丝毫，更不愿多尔衮知道。事后，当身边的一位心腹宫女提到那一段艰难日子的时候，圣母皇太后十分坦然地含笑说：

"去年皇上虽然只有五岁，我倒并不担心。他能做大清国的皇帝，原是出自天意，就是大家常说的真命天子。你忘了么？我生他的时候，忽然满屋红光，你曾看见，一条龙盘绕在我的身上，你怎么忘了？"

"是，是。奴婢没有忘记。"这位聪明的心腹宫女，仅不敢否认曾有此事，而且有意将这编造的故事在宫中传扬开了。

此刻小博尔济吉特氏的心中很不自然，不愿意多尔衮在她的宫中逗留太久，打算赶快同多尔衮谈谈小福临开春后读书的事便让他离开后宫，然而一种想知道军国大事的强烈兴趣迫使她不由地问道：

"听说流贼正在向东来,声言要攻占北京。九王爷何时出兵南下,抢在流贼前边先灭明朝?"

多尔衮本来不想同圣母皇太后多谈论军国大计,防备她渐渐地干预国政。但是一则皇太后所询问的事正是他作为辅政王应该回答的,二则皇太后的年轻貌美使他暗中动心,三则他极欲在率兵出征前将他的辅政王的名义改称摄政王,而今日正是试探圣母皇太后意见的时候。以上这三种心思混合成一种奇妙的力量,使他直视着皇太后的一双眼睛,决定将他新近的决策告诉皇太后。正在这刹那之间,小博尔济吉特氏装作听一听室外是不是有人声,稍稍地回避了他的眼睛。小博尔济吉特氏的这一着若有意若无意地回避,使她的庄严、高贵的神态中含有妩媚。多尔衮对她不敢有亵渎之想,但同时不能不有点动情。他欠身说道:

"太后,自从正月间流贼渡过黄河,到了山西境内以后,我朝大臣纷纷议论,建议应该赶快出兵南下,当时臣也拿不定主意,一时不敢贸然决定。目前我朝大臣中最有深谋远虑的莫过于范文程与洪承畴二人,最熟悉流贼情况的莫过于洪承畴……"

皇太后想起来她在两年前往三官庙送人参汤的旧事,嘴角流露出一丝微笑:

"洪承畴有何建议?"

"经过臣与洪承畴多次在睿王府秘商大计,臣看出来洪承畴胸有韬略,非一般文臣可比,勿怪先皇帝对他那么重视!先皇帝当时想尽一切办法使洪承畴投降,曾说我国要进入中原需要像洪承畴这样一个引路人。臣近来才相信先皇帝说的很是,很是。"

圣母皇太后在心中说:"只要他忠心降顺,不枉我佯装宫女,亲去三官庙的囚室一趟!"但这话她没有说出口来,只是用轻轻的声音问道:"洪承畴可赞成我大清兵趁流贼尚在远处,先去攻破北京城么?"

"他一开始就不赞成。"

"噢,我明白他的心思!"

"太后如何明白?"

"洪承畴虽然投降我朝,但是他与范文程毕竟不同。范文程虽是汉人,却是世居辽东,土生土长的辽东人,也没有吃过明朝俸禄。洪承畴是福建人,二十几岁就中了进士,步入仕途,一步一步升迁,直到任蓟辽总督,挂兵部尚书衔,成为明朝的二品大臣。所以纵然他降顺我朝,也不会干干净净地忘记故国,忘记故君,所以他不肯亲自带引大清兵攻破北京,灭亡明朝,一则他良心不忍,二则他也不愿留下千古骂名。九王爷,你说是这个道理么?"

多尔衮暗暗吃惊,没有马上回答,心中想道:"皇太后真是聪明过人呀!以后既不能将朝中大事一概瞒她,但也不能让她干预朝政!"

圣母皇太后见多尔衮没有立刻回答她所关心的问题,也就不急于再往下问,另外找一个题目,含笑说道:

"我虽是女人,也略知中国故事。目前皇上幼小,不能亲自治理朝政。九王爷今日地位,如同周公辅成王。在我们大清国中,辅政王与摄政王只是称呼不同,说到底,都是代皇上处理军国大事,所以辅政也就是摄政。是这样不是?"

多尔衮近来心中明白,中国历史上所谓摄政与辅政大不相同。辅政同时有两位或两位以上;摄政只有一位,有天子之权而不居天子名。多尔衮听了圣母皇太后的这几句话,很合自己心意,尤其将他的辅幼主比为"周公辅成王",最使他满意。在这之前,群臣中时常将辅政和摄政两种称号混叫,而且也没有人提到"周公辅成王"这个典故。不料现在竟从圣母皇太后的口中说出!

如果换一个人,听到皇太后说睿亲王的辅政好比"周公辅成王",他一定会忍不住趁机说出来自己改称摄政王的意见。但多尔衮既是一个心怀智谋的非凡之辈，又习惯于深沉不露。他认为称摄政的事在出兵前一定要办妥，但目前还不到时候。他再一次望着年轻皇太后的眼睛，含笑说道：

"皇太后说洪承畴虽然投降了我朝，心中对崇祯仍存有故君之情，可算是看人看事入木三分。其实，先皇帝在世时，何尝不明白洪承畴不忘故君的一些心思？"

"你如何知道先皇帝也明白洪承畴怀着不敢告人的心思？"

"自从洪承畴投降以后，先皇帝赐予各种赏赐，独迟迟不给他正式官职，就因为知道他不忘旧主。直到先皇帝病故，臣与郑亲王辅政，才让他任内院大学士之职。还有，前年冬天，我国派精兵伐明，占领蓟州，深入冀南，横扫山东，到去年春末夏初始班师回来。这一次出兵十分重要，可是先皇帝并不向洪承畴问计，为的是知道洪承畴尚有故国之情，不引起他心中难过。"

"我朝这样处处体谅洪承畴，什么时候才能使他的学问为我朝所用？"

多尔衮笑着说："我朝使用洪承畴不是只为眼前一时之计，是为长远之计，为日后夺取中原之计。"

"可是我八旗精兵不趁此时南下，把北京城白白地让给流贼攻占，岂不失计？"

"许多年来，先皇帝心心念念是占领中原，恢复金朝盛世局面，不是仅仅占领北京。不占领中原数省之地，单有一座北京城也不能国基巩固。臣经过反复思忖，同意了洪承畴的意见，将北京让给流贼，然后再杀败流贼，从流贼的手中夺得北京，进而平定中原数省之地，重建大金盛世的局面。"

皇太后的心中仍不服帖，想了片刻，又慢慢地小声说道：

"我世代都是蒙古科尔沁人，没有去过北京。可是自幼听说，北京是辽、金、元、明四朝建都的地方，单说明朝在北京建都也有两百四五十年。全国的财富都集中在北京，一旦落入贼手，遭到洗劫，岂不可惜？"

多尔衮说道："皇太后想得很是。但目前在臣的眼中，最大的事情是如何夺取江山，不是北京城的金银财富。只要江山到了我大清手中，北京成为我大清朝在关内的建都之地，何患各地的财货不输往北京。"

"啊，到底是看事情眼光不同！"

小博尔济吉特氏的心中一亮，想着多尔衮果然不凡，但没有说出口来。她又一次打量多尔衮的脸上神情，同多尔衮四目相对，不觉心中一动，赶快略微低头，回避了对方的炯炯逼人的目光。她平日风闻多尔衮身有暗疾，甚至有人说他不是长寿之人，但是她从多尔衮的外表上看不出他有什么病症，倒是体格魁梧，精力饱满，双目有神，使她不敢正视，遂把自己的眼光移向别处。

多尔衮因为年轻的皇太后回避了他的眼睛，也只得将眼光移向别处，落到他同太后中间的黄铜火盆上，又移到太后的出风透花紫红浅腰的小皮鞋上。他今日进宫本来是为着面奏幼主福临开春如何上学读书的事，但是他无意将简单的事情谈完就离开后宫，不知有一种什么力量吸引着他不能马上辞去。他想从腰间取出来别着的旱烟袋抽一袋烟，但是他仅仅动了一下抽烟的念头，随后就打消了。尽管他目前权倾朝野，却不能不在皇太后面前保持君臣礼节，为文武百官作表率。永福宫中极其静谧，只偶尔从铜火盆中发出木炭的轻微爆裂声。就在这静谧之中，从年轻皇太后的绣花银狐长袍上散发出的清雅香气，越发使他不能取出烟袋，也使他不愿告辞。

他知道皇太后此刻很关心北京城将会落入贼手的事。虽然他谨防皇太后干预朝政，但是他想到，她既然是圣母皇太后，在一定限度内关心国家大事也是应该的，完全不使她知道反而会产生不好后果。等到不久他居于摄政王地位，权力更大、地位更加稳固以后，皇太后干预大政的机会就不会有了。这样在心中盘算以后，多尔衮抬起头来向皇太后说道：

"臣原先也打算抢在流贼之前去攻破北京，可是随后也改变了想法。先让流贼攻占北京，然后去杀败流贼，从流贼的手中夺得北京也好。"

"从流贼的手中……九王爷，这是为何？"

多尔衮回答："太后，首先一条，流贼东犯的真正兵力，到今天尚不清楚。李自成自称是亲率五十万精兵来攻北京，尚有大军在后。据洪承畴判断这是虚夸之词，流贼的实际兵力不会很多，渡河入晋的最多不会超过三十万。沿途有许多重要地方不能不分兵驻守，免除后顾之忧，又要与西安信使往还，血脉畅通，所以纵然有三十万人马，断不能全部东来。假若有二十万来到北京城外，这兵力也不可轻视。我大清在辽东建国，地旷人稀，与中原不能相比。从此往北，虽然远至黑龙江流域，长白山一带，直到那些靠渔猎为生，使犬使鹿的地方，都归我国治理，但是越往北，人烟越稀。我大清的人口主要在辽河流域，兵源粮草都依靠这里。近十多年我国几次越过长城，威逼北京，马踏畿辅，深入冀南，横扫山东，如入无人之境，俘虏众多人口，获得粮食财物，全师而归。其实，我国每次出兵，人马都不很多。我们的长处是以骑兵为主，官兵自幼就练习骑射；不管是亲王、郡王、贝勒、贝子、各旗旗主，一旦奉命出征，必须勇猛向前，不许畏怯后退，军纪很严。回来以后，凡是畏怯的人，一经别人举发，都是从严处治。明朝不是这样，上下暮气沉沉，军纪败坏，士兵从来不练，见敌即溃，加上文武不和，各自一心，既不能战，也不能守。如有一二城池，官民同心固守，我军为避免死伤，也就舍而不攻。这是我大清十几年来的用兵经验。因为今日东犯流贼，情势非明朝官军可比,所以臣反复思忖,也不打算抢在流贼之前攻占北京。"

"九王爷想的很是。流贼是我大清兵多年来未曾遇过的强敌,经九王爷一说,我心中明白了。"

多尔衮接着说:"倘若流贼来到北京的有二十万人马,我八旗兵也没有这么多。何况对敌作战,必须看准时机,不可盲目用兵。看准时机,就是要避其锐气,击其惰气。流贼目前锐气正盛,对北京志在必得,所以我以数万八旗兵在北京城下迎击二十万锐气强盛之敌,很是不智。争天下何必先占北京?我国必须做好准备,看好时机,一战杀败强敌,才是上策。"

皇太后在心中点头,轻轻说道:"皇上年幼,九王爷身居周公地位,一切用兵的大事全靠你了。"

听到圣母皇太后又提到"周公"的典故,多尔衮心中一动,又接着说道:

"臣不急于率兵南下,还有一层意思,也应该向太后奏明。"

"还有一层什么意思?"

"十几年来,我国每次派兵南下都在秋末冬初,不在春耕时节。我国的八旗制度不仅是兵农合一,而且军、政、农、百工都合在一起,最重要的是兵农。汉人所说的寓兵于农,在汉人早已是一句空话,在我国却不是空话。凡我大清臣民都编入八旗。开始只有满八旗,后来有了汉八旗和蒙古八旗。多数八旗的人,出征打仗时是兵,不出征就务农。所以每次派兵南下伐明,不在春天,不在夏天,都在秋冬之间,场光地净的时候。倘若误了春耕,夏秋再遇旱涝之灾,就会动摇了立国之本。所以我已下谕全国,一面搞好春耕,一面抓紧操练,单等时机来到,立刻出征。"

小博尔济吉特氏听多尔衮面奏了眼下她最关心的军国大事,一则释去了她对战争胜败的担心,二则也增添了她的见识,三则她对多尔衮的满腹韬略更加钦佩。当皇太极活着的时候，她在十五位妻子中的地位并不很高。地位最高的是她的姑母，也是科尔沁博尔济吉特氏人。建立后金朝以后，皇太极尊称后金汗，姑母被封为中宫大福晋；崇德元年，皇太极改称皇帝，姑母随着晋封为清宁宫皇后。在皇太极的十五位妻子中，最受皇太极宠爱的也是博尔济吉特氏家族人，受封为关雎宫宸妃，是永福宫庄妃的同族姐姐。皇太极同宸妃的感情最好，用封建时代的话说可算是"宠冠后宫"。所以在皇太极的众多妻子中，论尊贵莫过于清宁宫皇后，论受宠爱莫过于关雎宫宸妃，而圣母皇太后原称永福宫庄妃，居于中等偏上地位，对于国家大事从来不敢打听，也不怎么关心。自从皇太极突然病故，她的儿子小福临被多尔衮等拥立为大清皇帝，她在一夜之间突然地位大变，上升为皇太后之尊。这样一来，顺治朝就同时有两位太后，都姓博尔济吉特氏。不过汉人大臣，按照汉人习惯，在小博尔济吉特氏皇太后的称谓前边加上"圣母"二字，以表示她是皇上的生母。

圣母皇太后听多尔衮面奏了军国大计以后，又询问了三官庙作为学堂的修缮情况，以及开学的仪注，以后每日上学和下学的时间，沿途护驾安排等等，多尔衮一一奏明。小博尔济吉特氏听后十分满意，不禁笑容满面。这笑容更增添了她的青春美丽，使多尔衮不敢正视。

多尔衮辞出以后，圣母皇太后立刻前往清宁宫去，将多尔衮面奏的军国大计和小皇上读书的安排都向正宫皇太后谈了。她十分明白，她的姑母，即正宫皇太后，在两黄旗将士们的眼中地位很高，她要巩固小福临的皇位，不能不依靠正宫皇太后的力量。另外，她毕竟是一位年轻寡妇，同多尔衮的来往应该随时让清宁宫皇太后清楚才好。

在一群宫女的围绕中，圣母皇太后体态轻盈地向清宁宫走去的时候，忽然想起来多尔衮曾经目不转睛地望着她的神情，在心中想道：

"他忘了我今日是皇太后的身份！"

福临因为已经继承了大清皇位，所以他的发蒙读书在盛京成了一件颇受臣民关注的重大新闻。开学的日期是礼部衙门有学问的大臣择定的，连同仪注及警卫办法，都得呈请辅政睿亲王批准，还得报到宫中，使两位太后知道。因为小博尔济吉特氏不仅认识蒙古字和国字（即满文），还认识许多汉字，所以在宫中教育福临的责任主要落在了她的身上。

在开始上学的前两天，圣母皇太后就几次将小皇上抱在膝上，反复地告诉他启蒙读书的重要道理以及有关的礼节和规矩。她想着她同小皇上原是无权无势的孤儿寡妇，依靠睿亲王对福临全力拥戴，争到皇位，才有今日；她是母以子贵，得以享受太后之尊。于是她忍不住又一次对不很懂事的幼子嘱咐说：

"儿呀，你明天就要启蒙读书了。庶民百姓之家，聘请老师，让孩子启蒙读书，也是一件大事。何况你是大清国的皇上，等破了北京之后你就是大清进关后的开国皇帝，是天下万民之主。中国可不比辽东这个地方，儿呀，中国才是天下，地方广大，人口众多，又是几千年的文明古国，你不读书怎能做中国的一代贤君！"

圣母皇太后在嘱咐这几句话的时候，想着不能对不懂事的六岁儿子吐出心中的千言万语，禁不住落下泪来。她一方面感激多尔衮对她儿子的拥戴之功，佩服多尔衮是大清国的少有人才；另一方面也明白他是一个不好驾驭的权臣，在福临长大亲政之前，可能会有许多可怕的事情出现在她的面前。她的心中常怀着深深的忧虑，既不能对不懂事的福临吐露，也不能使任何人知道，甚至也不能向她的姑母清宁宫皇太后透露半句。

到了福临上学的这一天,福临由乳母和宫女们打扮整齐,在凤凰门内坐上绣有几条龙的黄缎暖轿,被抬往相距不远的三官庙去。轿子前后有侍卫保护。乳母和几个宫女跟随在后。因为今天是开学之日,福临在三官庙的大门内下了轿子之后,有礼部和鸿胪寺的几位满汉官员在院中跪接。然后他被单独带进北房正间,乳母和宫女们到另外一个房屋中休息。福临在一张较矮的案子后南向而坐,小椅上铺有绣龙黄缎垫子,背有黄缎椅搭。院子里简单奏乐。鸿胪寺官员和礼部官员进来,在皇上面前叩头,然后两位礼部官员在左右侍立,鸿胪寺官员出去将候立在学堂门外的四位御前蒙师带引进来。师傅们在乐声中向皇上行了一个叩头礼。乐声停止。一位汉人礼部官员朗读诵词:

> 我大清国应运龙兴,开疆拓土,统一辽东,抚绥蒙古诸部,臣服朝鲜半岛,国基永固,物阜民康。诞育我皇,天资过人,值此天暖日长、春和景明,钦遵两宫太后懿旨,为皇上择师授读,使皇上进德修业,成为尧舜之主,上达天心,下符臣民之望。

福临虽然在宫中已经学会简单的汉语,对于礼部汉人官员所朗读的这几句开学颂词却连一句也听不懂。但是他记着母后的嘱咐:只是端坐不动,不要说话。

礼部官员朗读了颂词以后,退到一旁肃立。鸿胪寺官员引导四位满、汉御前蒙师,在福临的面前叩头。礼部官员在旁一一介绍,使福临知道这都是他的师傅,从今天起将有两位师傅教他读汉字的书,一位教他读写"国字"(满文),还有一位专教他用毛笔学写汉字。尽管这四位老师中有两位都有花白头发和胡须,但福临惊奇地望着他们在毕恭毕敬地叩头行礼，他却稳坐不动。他牢记着母后的叮嘱：他是大清皇帝，是满、蒙、汉和朝鲜的臣民之主，不能对任何人还礼。

师傅们行礼之后，礼部官员、鸿胪寺官员、皇帝的师傅们，肃静退出。

进来两个宫女，侍候小皇帝从正间受朝拜的座位上下来，走到内间，也就是福临日后天天读书写字的地方。靠南窗有一张红漆描金小长桌，上铺猩红细毡，毡上摆放着文房四宝。一个宫女将小皇帝抱起来放在铺有黄缎绣龙厚垫的椅子上，又放了一个脚踏，使他的两脚不会悬空。等小皇帝坐稳以后，一个宫女打开了一件长方砚台，开始研墨。另一个宫女将一个燃了木炭、擦得明亮耀眼的黄铜小手炉放在书案的右端，然后将墙角茶几上的铜香炉点着，转眼间细烟缭绕，满屋清香。

专教写汉字的师傅恭恭敬敬地进来，向皇上深深一躬，站在书案一端，取出准备好的一张寸字正楷仿纸，上边写道：

上大人，孔乙己。化三千，七十士。圣天子，一土宇。

这几句话大概起于唐代，经过宋、元、明三朝。乡间蒙师教儿童写字，习惯上写这几句话，取其笔画简单，容易书写。真正意义，没人能完全说清。按照大体偕韵，习惯上读成三字一句。"七十士"之后，本有"尔小生，八九子"等句，因为是教皇上写字，所以都删去了，改成"圣天子，一土宇"二句。虽然是泛泛的颂圣之词，但是也反映出当时清国朝廷志欲吞灭整个中国的梦想。尤其添上这最后二句，曾经得到辅政睿亲王的微笑点头。

教写字的师傅跪在长桌右首的矮几上，将仿纸摊在小皇上面前的红毡上，按照三字一句，念了一遍，只对最后二句解释一下。又将一张大小同样的略带米黄色的素纸蒙在上边，又拿起一件雕有双龙吐珠的碧玉镇尺压在纸的上端，然后教皇上如何执笔，如何膏笔。下一步是告诉皇上每个字的"笔顺"，他自己一边讲一边写个样儿。这一道程序讲完以后，他将他那半透明的米黄色的素纸换了一张，请皇上试写。

　　福临第一次执笔写字，感到新鲜有趣，又感到胆怯。虽是描仿，那柔软的笔毛却很不听话。师傅有时不得不站立起来，走到他的背后，拿着他的小手，帮他写一笔两笔。福临将一篇仿纸写了一半，赶快停下来在黄铜手炉上暖一阵手，然后接着描仿。等到写完以后，老师用宫女准备好的朱笔判仿。凡是笔画比较顺当的地方都画圆圈，有的地方画了双圈。然后将判过的仿纸恭敬地放进黄缎的护书匣中，由宫女捧放在靠墙壁的红漆架上。到一定时候，这些用朱笔判过的仿纸，不但要送给辅政睿亲王看，也要呈给圣母皇太后亲阅。

　　专教写字的师傅退出以后，乳母带着两个宫女进来，将福临抱下椅子，让他同宫女们玩耍片刻，吃了一点儿点心，喝了两三口热茶。教识汉字的老师进来了。乳母带着一部分宫女肃然退出，只留下两个宫女在室内侍候。福临又被抱起来坐到椅子上。一个宫女遵照事前嘱咐，从书架上取下来一本木版印刷的大字本《三字经》放在皇上面前。另一个宫女将书本展开。老师向皇上行了一个简单的屈膝礼，在书案右端的矮几上跪下来，花白长须有一部分垂到猩红毡上。他望着玉雕笔筒，向侍立的宫女使个眼色。宫女取出来一把象牙尺子，放到他的面前。他拿着象牙尺子，开始从"人之初"读起，读了四句便停住了。他恭敬地告诉皇上，这是汉人儿童启蒙必读的一本书，书名《三字经》。简单介绍以后，他就用象牙尺子，一个字一个字指着教皇帝认字、诵读。使他大为惊奇的是：他只教了一遍，小皇帝竟然全能记住，可以用稚嫩的奶音背诵出来。他风闻圣母皇太后十分聪慧，粗通汉文，猜想到必是太后教皇上读过《三字经》。但是宫中事他不敢打听，只称颂皇帝是天生开国治世之主，聪明过人。本来预定每天只教四句，现在索性又教四句，共教了八句，而且每个字都认识清楚。

读过了《三字经》以后，开学第一天上午的功课就算完了。小皇上休息片刻，乘小轿返回宫中。他先到清宁宫，向年长的清宁宫皇太后报告他放学回来了；随即奔进永福宫，扑进母亲的怀里，告诉母亲他今天如何写字，如何读书。又说老师们都是老头儿，如何向他叩头，他坐着不动。礼部和鸿胪寺的官儿们也向他叩头。他母亲搂住他，十分激动。想到他读了书，将来亲政，成为中国之主，不辜负她年轻守寡，教育幼主的万般苦心，不觉滚出眼泪。她吻了吻儿子的脸颊，用淡淡的口吻说：

"我的儿呀，他们都在你面前叩头是应该的，你是天生的满、蒙、汉各族的臣民之主！"

这天中午，在三官庙中，以两宫太后的名义，向为皇上启蒙的四位满汉师傅赐宴，礼部和鸿胪寺各有一位官员作陪。虽然只有简单的几样荤素菜肴，一瓶薄酒，但这是皇恩，也就是官员们的无限荣耀，所以开宴之前，蒙师们都在乐声中向北行了三叩头礼。酒宴开始不久，又一次乐声大作。满汉官员们赶快肃立。一位鸿胪寺官员朗朗宣布：

"钦奉两宫皇太后懿旨，赏赐御前蒙师银两。跪下，叩头，山呼谢恩！"

四位蒙师立刻向北跪下。一位礼部官员进来，双手捧着一个朱漆盘子，上边放着四个黄布小包，喊道："四位御前蒙师接赏！"一位鸿胪寺官将四个黄布小包分给四位御前蒙师，随后高声赞礼：

甲申初春　125

"叩头！再叩头！三叩头！……谢恩！"

四位御前蒙师感激涕零，颤声齐呼："谢恩！"

其实，每个黄布小包中只有十两银子。当时大清国制度草创，一切学习明朝。对文臣正经恩赏，数目照例很少，其意义不在金银实惠，而在荣耀。

从此以后，福临每日上下午都到三官庙上学，从不间断。上午写仿，读汉文书；下午学写满洲的拼音字，读汉文书。福临本来就相当聪明，加上他母亲在宫中用心教育，入学前他已经认识了三四百字，所以入学后的进步特别迅速。这种情况，首先使朝野各派人物增加了对幼主的向心力，把他看成了大清国的希望所在，同时也增加了圣母皇太后的政治分量。福临虽然尚在幼年，但是在传统的思想和感情上他不仅是大清皇帝，也是两黄旗的旗主。从三官庙中传出了幼主读书聪慧的消息，使两黄旗上下人等大为欣慰。

甲申年的初春，盛京城中，大清国的朝廷之上，就这样始终保持着难得的宁静气氛。可是到了三月下旬，由北京传来的一连串紧急探报，突然间将盛京的宁静气氛打破，中国关内外的历史也由此翻开了新的一页。

第　六　章

崇祯十六年十二月间，李自成的先头部队开始由韩城渡过黄河。入晋不久，崇祯就得到山西封疆大吏的十万火急奏报。近几年他常有亡国的预感，而自从李自成人马开始渡河的消息来到之后，一种国亡家破、宗族灭绝的惨痛结局已经来到眼前。

他吃不下饭，睡不好觉，在乾清宫中除召对大臣之外，便是坐立不安，有时绕着柱子彷徨，仰天叹息，滚下热泪。夜间他常常被噩梦惊醒。有一次他在梦中惊叫：

"朕非亡国之君！十七载宵衣旰食，惨淡经营，不敢懈怠。天地鬼神，做亡国之君我不甘心！"

随即在枕上痛哭失声。乾清宫管家婆魏清慧慌忙奔到他的御榻旁边，叫道：

"皇爷醒醒！皇爷醒醒！"

崇祯乍一醒来，知道自己是做了噩梦，并在梦中痛哭。他泪眼望望魏清慧，问如今是什么时候。魏清慧告他说，是三更三点，劝他安心睡觉，不要为国事伤了御体。崇祯感到养德斋中十分寒冷，听一听外边，风卷着雪，扑打窗棂；树枝在风中摇晃，发出呜呜悲声。他说：

"我起来吧。叫内臣侍候，随朕到奉先殿去。"

梦江南　127

魏宫人劝阻他，说如今正是半夜子时，风雪交加，十分寒冷，易受风寒，不如等天明以后再往奉先殿不迟。崇祯心急如焚，哪里肯依，很快地就在魏清慧的照料下穿好了衣服，来到乾清宫正殿，等候太监们将步辇抬到乾清宫的丹墀上边。

他在风雪中走出乾清宫正殿，坐上步辇，在十几个太监和宫女的簇拥中出了日精门，往奉先殿去。夜色漆黑，几盏宫灯在黑暗中飘动，光色昏黄。永巷中也有稀疏路灯，同样光色昏黄。整个紫禁城沉沉入睡，巍峨的宫殿影子黑森森十分瘆人。魏清慧等宫女还没有在这样的风雪之夜随皇帝往奉先殿去过。脚下又滑，身上又冷，特别是风雪刮来，使她们脸上的皮肉好像被刀割一般疼痛。魏清慧是第一次遇到这样的事，在心里说道：

"皇上心神已经乱了，难道果真要亡国么？我的天啊！"

她暗中差一个宫女速往坤宁宫启奏皇后。

奉先殿中今夜特别地寒冷，阴气逼人，竹影摇晃。近几个月来，宫中传说，更深夜静时候，奉先殿中常有脚步声轻轻走动，并且有叹息声，有时还有哭泣声。宫中一向害怕闹鬼，近来好像奉先殿中确实又闹鬼了。此刻太监们和宫女们既冷又怕，不敢向黑暗处看。

崇祯跪在太祖朱元璋的神主前默默祈祷，有时也不由地发出悲痛的声音。魏清慧因是服侍皇上的贴身宫女，又是乾清宫的管家婆，准许她进入殿门，跪在门后的地上。地上没有为她准备的拜垫，砖头冰得她的两条小腿和膝盖疼痛麻木。她屏息地听皇上如何祷告，忽然仿佛听出来皇上哽咽的声音，说是万一江山不守，他一定"身殉社稷"，宫眷们也都不能落入"贼手"，以免有辱祖宗，有损国体。魏清慧听到"身殉社稷"四个字，猛然间脸色如土，浑身颤栗，几乎不能支持。崇祯在太祖的神主前祷告之后，又跪到成祖的神主前作了同样的祷告。他站起来时，误踏着龙袍的一角,打个趔趄。魏清慧赶快站起,去搀扶皇上。皇上已经站稳了,转过身来看她一眼,挥手让她退后。崇祯走出殿门,轻轻吩咐:"回宫。"又瞟了魏清慧一眼。魏清慧这时才看清楚皇上悲愁的脸孔上带有泪痕,不禁在心中叫道:

"啊,皇爷哭了!皇爷的脸色发青!"

魏清慧打个冷颤,眼前出现了幻觉:皇上披散头发,脖子上带着自尽时的绳子……她恐怖得几乎要大叫出声。但随即幻觉消失,她随着一群太监和宫女踏着碎雪,在步辇后边奔跑。

周皇后被值夜班的宫女叫醒,知道皇上心情很坏,在风雪中往奉先殿去了。她匆匆地起床,在宫女的侍候下净了脸,穿好了衣服,并吩咐宫女们为皇上准备了消夜的食物,便步行往乾清宫来。因为风雪很大,又来不及乘辇,只好由宫女搀扶着。她的脚缠得小,路上的雪虽是干的,地也很平,到底行走还是艰难。但是她一点也没有考虑到风雪寒冷,只是想着皇上的心情,想着国家的局势,心中十分害怕和绝望。

崇祯刚回到乾清宫,皇后就带着吴婉容等一群宫女来到乾清宫东暖阁。一个宫女捧着一个雕漆食盒,内有一碗银耳燕窝汤。另一个宫女打开食盒,将银耳燕窝汤摆在御案上。还有一个宫女捧着一个食盒,内里有一盘皇上平日喜欢吃的虎眼窝丝糖,也摆在御案上。崇祯对皇后的突然来到,心中很不忍,叹口气说:

"朕因为睡不着觉,到奉先殿向祖宗祈祷。雪夜天寒,你何必起来?"

"皇上因为国事不好,如此忧心,妾何能睡得安稳。"

"朕已经传旨:明年元旦,命妇们都免去进宫朝贺。你母亲也不能来了。"

皇后不觉落泪,说道:"国事如此不幸,皇上夜不成寐,还朝贺什么正旦！"

崇祯低下头去叹气，心中刺痛，不觉落泪。往年他总是对皇后说，等到天下太平，要给你热热闹闹地做一次千秋节。或者说，倘若明年局势见好，命妇们到正月入宫朝贺，你又可以见到你的母亲了。可是现在一切好听的话都不能再提了。谁知道明年正旦怎么过法？正旦以后的日子是什么样子？北京的情形到底如何？

崇祯与周后相对落泪，魏清慧与吴婉容等也陪着落泪。过了一阵，皇后看着皇上吃下去银耳燕窝汤，虎眼窝丝糖却没有动一动。她也没有劝皇上吃糖，只是劝他回养德斋躺下去再休息一阵。

崇祯说："你也回坤宁宫休息去吧。"

周后知道崇祯因国事揪心，很久没有到坤宁宫住宿了，没有"临幸"袁妃和别的妃嫔宫中，也没有任何女子奉召前来养德斋中。她想着做一名皇帝，真是够苦。她望望皇上的泪眼，想着她十六岁选为信王妃，结发夫妻十八年恩爱，又想着几十万"流贼"已经过了黄河往北京而来，她在心中动念：谁知道夫妻间还能够厮守几日？她很想陪皇上到养德斋去，今夜不回坤宁宫了。可是转念一想，她是皇后身份，从来没有在养德斋中陪宿的道理，不仅她没有，连田妃、袁妃也没有到养德斋中陪宿过。这样办法，只对那些名号低的或还没有名号的女子才能使用。所以对于她自己想留在这里陪伴丈夫，也只是动了下念头就不去想了。她站起身来告辞，回头看看魏清慧说：

"魏清慧，宫中虽有不少值夜的太监和都人，可是我无法信任。魏清慧啊，你是皇上身边最得力的都人，一向做事又细心又谨慎，所以才命你做乾清宫的管家婆。今夜皇上的心情很不好，你要格外小心服侍，有什么事儿你明日一早亲自去坤宁宫向我禀奏。"

皇后离开不久，崇祯也回养德斋了。他在魏清慧和另一个宫女的服侍下，脱掉外边衣服，重新睡下，也叫宫女们都去休息，不必侍候。魏清慧知道宫女们都很困倦，叫她们都退下去，自己留下值夜。这是皇后娘娘的吩咐，她必须遵从。另外也只有她自己能够更好地体察皇上的心情，侍候皇上睡觉，所以她就留下了。

崇祯的心思很乱，没法入睡。往日像这样不眠之夜，他会命值夜的宫女去将乾清宫御案上的许多文书取来，靠在枕上借省阅文书打发掉不眠之夜。可是今夜他无心再看那一封封令他焦急绝望和心惊胆战的紧急文书。他认为看也无用，今夜索性抛下不管了。

他闭上眼睛很久很久，仍然睡不着，于是重新睁开眼睛，望望魏清慧，看见她用皇后赏赐的那件红缎貂绒被裹着全身，坐在一把矮椅子上，靠着柱子睡熟了。他不想惊动魏清慧，自己从被窝中探出身来，从茶几上取了一本《资治通鉴》，随意翻看，恰好翻到第二百一十八卷，而且恰好无意中看到唐玄宗出延秋门离开长安的一段。他连着看了几页，心中一烦，将书抛下，闭起眼睛胡思乱想一阵。忽然想到万不得已的时候他是否也可以离开北京。想到这里，仿佛心中一亮，随即又想到南京是当年太祖爷建都的地方，号称"龙蟠虎踞"，且有长江之险；到了成祖爷迁都北京，将南京改称陪都，仍保留着中央各衙门、国子监、锦衣卫等。如此这般安排，必有深意，此刻他才似乎有些明白。他又想到，虽然中原和北方糜烂不堪，可是江南仍然安定，物阜民殷。赶快到江南去，岂不是一条国家中兴之路么……

他反复想了很久，越想越认为此计可行，只可惜大臣们还没有一个人想到这一步好棋。他想着到南京去的困难确实很多，不由地心中冷了半截。过了一阵，又想到非去不可，如今差不多已经到了山穷水尽的地步，留在北京只是死棋。倘若迁往南京，一着棋走对，全盘棋都活了。他又想着自从登极以来，十七年中总是一方面要应付满洲人的侵犯，一方面要应付各地"流贼"，内外作战，穷于应付，才有今日这种局面。倘若到了南京，再也不会两面作战了。如今两淮地区，仍然为朝廷固守；中原和北方的许多地方也仍然是大明的土地。他到了南京，利用江南的财富和兵源，整军经武，不用多久，派一重臣，譬如像史可法这样的人，督师北上，势必平定中原和北方，扑灭大小"流贼"。十年之后，再派兵北伐辽东，根除满洲的祸患，恢复二祖经营的天下，这并不是不可能办到的事。

他又想起来去年冬天，当李自成进入西安不久，有一个名叫梁以樟的人，原是商丘知县，从刑部狱中上了一封密疏，请求速派太子抚军南京，以维系天下人心，同时将二王（永王、定王）分封浙、闽。当时因辅臣们都不同意，这件事就不再提了。可是过了没多久，大臣中礼部尚书倪元璐也上了一封密疏，作了大体相同的建议。崇祯将密疏留在宫中，没有发出去。后来在单独召对倪元璐时，他嘱咐说，要秘密，不可泄露一字。倪元璐也明白此议关系很大，不敢再提，回家后随即将疏稿烧了。如今崇祯想道，那时候把太子派往南京也许太早，可是而今若再因循下去，事情就迟了。想着想着，他眼前仿佛出现滚滚东流的长江天堑、"龙蟠虎踞"的南京城、太祖孝陵所在的巍峨钟山、十分富裕的江南……他越想心情越激动，不由地叫出声来：

"江南！江南！"

魏清慧猛然抬起头来，睁开睡眼，从矮椅上跳起来，走到御榻旁边，惊慌地叫道：

"皇爷！皇爷！你醒一醒，醒一醒！"

崇祯回答："朕在醒着。"

"不，皇爷，你在做梦，在梦中大叫两声。"

"是叫了两声，难道是做梦么？"

"是，皇爷，你确实在做梦。我听见你在梦中叫道：'江南！江南！'皇爷，近处的事，你还操不完的圣心，天天寝食不安，两颊都清瘦多了，请不要再操心江南的事吧。皇爷，你且安心地睡一阵吧。"

在这万籁俱寂的深宫寒夜，烛光荧荧，炉中香烟袅袅，铜火盆中偶尔发出来木炭炸裂的微声。崇祯听着魏清慧十分温柔的低声劝解，又看见她的一双明亮的大眼睛似乎含着泪水，不由地受了感动。他对她点点头，伸出一只手，看着她的眼睛，又似乎在端详着她的脸孔。魏清慧以为崇祯想坐起身子，要她拉他一把，便伸出右手，让皇上抓住。可是崇祯并没有坐起来的意思，将她的手紧紧握着，轻轻往自己的身边拉去，仍然目不转睛地注视着她的眼睛。魏清慧被看得不好意思，只好探身向前，心想：莫非皇上有体己话告我知么？

崇祯面露微笑，轻声说："坐下去，坐在榻上。"

"奴婢不敢。"魏清慧在脚踏板上跪下，小声问道，"皇上有什么话吩咐奴婢？"

崇祯本来想诉说他是世界上最孤独的人，只有魏清慧对他有一颗真正的忠心，可是话到口边，他不说了。他没有忘记他是皇上，不应该随便将真心话说出口来。他看见魏清慧平日那端庄、聪慧而温柔的面孔此刻流露出紧张、胆怯和不安的神色，分明想回避他的眼睛，反而更增加了她的可爱。她脸上散发出淡淡的脂粉香，撩逗得他几乎不能自持。可是在这刹那之间他突然心中感伤地自问：

"谁知道几个月之后，她会到哪儿去呢？到那时天地惨变，她是死是活？"

魏清慧看见皇上的神色突然起了变化：若有若无的微笑消失了，脸上掠过了一片悲惨的阴云，随即有两行清泪从眼中流出。她小声惊叫：

"皇爷！皇爷！"

她因为右手仍然握在皇上手中，便伸出左手，揩去崇祯颊上的泪珠，伤心地说道：

"皇爷，你要宽心！"

崇祯搂住魏清慧的双肩，忽然从枕上抬起头来，在她的颊上重重地吻了一下。魏清慧双颊绯红，心头狂跳，正在不知如何是好，崇祯忽然将她放开，长叹了一声。恰在这时，玄武门城楼上敲响了更声。崇祯无可奈何地说：

"五更了，朕该起床了，该拜天了，又该上早朝了。"

魏清慧从脚踏板上站起来，温柔地说："但愿今天朝廷上有好的消息。请皇爷再睡片刻，奴婢去唤都人们来侍候皇爷梳洗穿戴。"

当魏清慧正要走出养德斋时，被皇上叫回，嘱咐她不要将夜间无意中叫出"江南"的话，说给别人知道。魏清慧问道：

"要是皇后娘娘问起来，也不许向她禀奏么？"

"对谁都不许说出！"

魏清慧暗暗吃惊，不明白皇上为何如此严禁泄露。但她知道皇上遇事多疑，不许后妃娘娘们多问国事，于是不敢再说二话，胆怯地躬身说道：

"奴婢遵旨，对谁也不敢说出'江南'二字。"

崇祯十七年元旦，大风扬沙，天气阴霾，日色无光。大白天，大街上十丈远看不见人的面孔。北京的人心本来就十分灰暗，人人都有大明将要亡国之感。恰好元旦佳节，遇到这样天气，更叫人心头沉重，无心过年。崇祯因为精神已经乱了，昨夜几乎整夜不能入睡，四更刚过不久就急着起床，由宫女们侍候梳洗，吃了点心和燕窝汤，然后换上大朝贺的服饰，乘辇到了交泰殿。依照往例，他应该坐在交泰殿，等候文武百官在皇极殿丹墀上排班完毕，静鞭三响之后，有四位御史官前来导驾，他再重新上辇往皇极殿受朝贺。然而今天早晨他心情混乱已极，只是着急，不肯等待，离五更还有两刻钟，他便吩咐起驾往皇极殿去。太监们虽都知道时间不到，但是大家提心吊胆，无人谏阻。果然皇极殿前除有一些太监前来侍候外，丹墀下的寒风中肃立着担任仪仗的锦衣力士，还有两对仗马相对站在内金水桥边。皇极殿前的院子本来很大，四周都有高大的建筑。如今因为进来的人很少，夜色浓重，天空阴暗，更显得空虚和阴森。

因为群臣尚未进来，午门上也没有敲钟，丹墀上也没有响静鞭，没有鸿胪官赞礼、御史纠仪，当然也没有人吩咐奏乐。崇祯冷清清地进了皇极殿，步入宝座。这情况是从来不曾有的。谁也没有想到在这亡国前的最后一个元旦，却出现了这样从来没有过的怪事。

午门上的太监知道皇上已经升殿，虽然离五更还有两刻，却不能不赶快提前鸣钟。钟声响后，仍无百官进入午门。皇极殿前除侍卫外没有人影。崇祯向左右问道：

"朝臣们为何还不进来？"

没有人敢说他不应该上朝过早。锦衣卫使吴孟明跪下启奏：

"朝臣没有听见钟鼓声。因为圣驾早出，加上风霾天暗，来得更迟。如今可以再次鸣钟，远近闻之，自然会赶快入朝。"

崇祯点点头。他心中十分着急，但是明白了，原因在于自己提前上朝，所以他没有生气，只是心中感慨：

"唉，大年节，上朝就这么不顺！"

过了片刻，午门上再次敲响了钟声。按照常例，第一次鸣钟之后，百官进入午门。第二次鸣钟之后，午门关闭。迟到的文武官员不许进来。如今钟声一直不停，午门一直大开，完全反常。

又等候许久，百官仍然无人来到。崇祯越发焦急，忽然生出一个主意,决定先去拜庙,回来再受朝贺。可是往年都是先受朝贺,休息之后再去拜庙,所以卤簿和銮舆在昨天都准备好了,放在午门外边,却没有牵来马匹。临时去御马监牵马匹得耽搁很多时间。吴孟明怕皇上震怒,知道有许多官员已经到了东西长安门外,急中生智,命锦衣旗校赶快去将百官的马匹牵来使用。锦衣旗校奔到东西长安门外,借口皇上有用,不管三七二十一,见马就抢,将一二百匹好坏不等的马牵进了端门。后来的官员侥幸免了。端门里边顿时马匹纷乱,有的马翘起尾巴拉屎,有的在御道旁近处撒尿,有的牡马踢别的牡马,全无秩序。锦衣旗校挑选一匹高大的马为皇上的銮舆驾辕,又挑选了左骖和右骖。其余的马备作仗马,供锦衣力士乘骑。但是这些马匹不仅肥瘦高低很不一律,而且鞍鞯辔头新旧不齐,又不是一样颜色。吴孟明一看害怕了,将司礼监掌印太监王德化引来看看。王德化骇了一跳,说:

"这可不是闹着玩的。圣上怪罪,你我都吃罪不起。"

王德化赶紧走进皇极殿。崇祯正在催促赶快驾好銮舆,王承恩跪下奏道:

"皇爷,奴婢前去看了,从外边临时拉来的马匹,没有经过教练,并不驯顺,恐怕有时会惊跳狂奔,不适合驾銮舆。眼下文武朝臣已经赶到,还是请皇爷先受朝贺,然后再去拜庙为好。"

他刚刚说完,从玄武门上传来了五更鼓声。崇祯心中恍然,是自己来得太早了,于是他点点头:

"传百官进来朝贺。"

晚明时候,文官多住在西城,武官多住在东城。可是朝贺的时候,文官跪在丹墀上的东边,武官跪在丹墀上的西边,文武班不相混乱。今天皇上上朝过早,从皇极门、午门、端门到承天门,全都打开,一部分住在东边的武官和住在西边的文臣都不能横过中间御道,走入班中。因为在皇上面前,不管离得多远,如果东西乱走，就叫做"不敬"，有碍"天颜正视"。横过中间的御道，要被御史弹劾，受到惩罚。平日因在午门未开前到达，文武班已经分开，文臣从阙左门进，武臣从阙右门进，各不相犯。可是今天乱了，一直到丹陛前面，文武臣才有机会从螭头下边蹲伏着各归各班，登上丹墀。

朝贺完毕，锦衣卫已经将需要的马匹准备好了。随即崇祯乘步辇出午门，换乘銮舆。卤簿前导，六品以上百官扈从，往太庙行拜庙礼。这是崇祯所过的最后一个元旦，他自己感到很不顺心，而文武百官也认为这天"大风霾"和朝贺的混乱是大大的不祥之兆，竟有人在心中压着可怕的亡国预感。

眼下，山西的消息一天紧似一天。崇祯天天上朝，有时在宫中召见大臣，询问救国之计，可是没有人能说出一个好的办法。曾有人建议，联络西北地方的蒙古人和回人，从河套一带起兵牵制李自成，使李自成不能全师向东。又有人说，官军不管用，遇贼即溃，不如赶快征调云贵和湖南西部的苗族丁壮，组成勤王之师，使他们与李自成作战。这些建议在崇祯听来都是些莫名其妙的话。他不禁很想念杨嗣昌，也想念陈新甲，很伤心地对自己叹息说：

"这班文臣，尽是庸碌无用之辈。假若杨嗣昌、陈新甲有一人活着，何至于像今日举朝上下，坐等亡国，束手无策！"

他常常在上朝的时候呜咽落泪，在召对大臣的时候痛哭失声，但他对于是否往南京去的主意仍然没有打定。有人从收缩兵力着眼，建议他赶快将大同、阳和、宣化等处的步兵调回，一部分守北京，一部分守居庸关、倒马关、紫荆关和固关。崇祯想了想，没有采纳。因为这就要把全晋让给李自成，使李自成毫无阻拦地长驱进兵。万一居庸关、倒马关、紫荆关、固关有一处失守，敌人就到了北京城下。他希望太原能够固守一两个月。只要太原坚守一两个月，北京就可以等到勤王之师了。于是他答应了蔡茂德的请求，下旨从阳和抽调三千精兵，星夜驰援太原。又将山西副总兵周遇吉升为总兵，加都督衔，希望他守住宁武，作为大同的屏障。然而他对于太原的固守并没有多少信心。在束手无策的日子里他并不甘心亡国，要不要趁早逃往南京的问题更加频繁地缠绕着他的心头。

正月上旬的一天，左中允李明睿上了一封密疏，请求单独召见。崇祯通过东厂和锦衣卫两条渠道已经风闻朝臣中有人在私议南迁的事，但是谁都不敢首先建议。他听说李明睿就是一个力主南迁的人。李明睿是江西南昌人，原是一介布衣，颇有操守，去年由左都御史李邦华和江西总督吕大器推荐，来到北京，授为左中允的官职，他是一个对国事热衷敢言的人。去年夏天他曾建议皇帝亲自到西安去鼓舞士气，号召西北军民与李自成作战，使李自成不能进入潼关。崇祯认为他不明军旅事情，不曾理会，但是对于他敢说话、有进取心这些优点，心中大为欣赏。如今看了他的密奏，知道必为南迁的事，于是在感伤与绝望中觉得心中一喜：这件大事到底由文臣中首先提出来了。

第二天上朝，崇祯照例向群臣问计，照例没有人说出一个有用的主张。崇祯也看出来大臣中如左都御史李邦华等分明想说话，但终究没有说出。也看出来李明睿也有所顾虑，不敢在朝堂上说出来要说的话。下朝以后，他命太监传旨左中允李明睿于即日上午巳时三刻在文华殿单独召对。

李明睿由太监引至文华殿后殿东暖阁，皇上已经在那里等候。等李明睿行礼之后，崇祯命李明睿在他的对面坐下，心事沉重地问道：

"卿请求单独召见，有何重要面奏？"

李明睿起立说:"此事重大,请屏退左右,容臣为皇上细奏。"

崇祯轻轻挥手,使在旁侍候的几个太监退出去,又将下颏轻轻一点,示意李明睿坐下,并且坐近一点。李明睿小心地将椅子略为移动,挨近御案。他的朝服的宽大下摆几乎擦着皇帝龙袍的下摆。臣下如此接近皇上,历来是极少有的。李明睿认为这是难得的"殊恩",用微微打颤的声音说道:

"陛下,据闻贼已入山西,眼看逼近京畿,此诚危急存亡之秋,不可不速作准备,以防万一。依臣愚见,只有南迁一策,可以缓目前之急,徐图征剿之功。陛下可曾思之?"

崇祯轻轻叹了一口气,说道:"此事重大,说来并不容易!"沉默片刻,他用右手食指向头顶上指了一指,问道:"如此大事,谁知道上天的意思如何?"

李明睿回答说:"陛下,惟命不于常,善者得之,不善者失之。天命几微,全在人事。人定胜天。皇上此举,正合天心。差之毫厘,谬以千里。知几其神!况时势已至此极,讵可轻忽因循。一不速决,异日有噬脐之忧,悔之何及!当局者迷,旁观者清。望陛下内断圣心,外度时势,不可一刻迟延。若不断自圣衷,与群臣讨论,犹如道旁筑舍,不能速决,以后虽欲有为,恐怕也来不及了!"

李明睿很清楚,亡国之祸已在眼前,所以他说这些话的时候几乎要流出眼泪,口气十分痛切。

皇帝很受感动,看看文华殿确实无人,窗外也没有人窃听,低声说道:"你奏的这件事,朕早就想过,只因无人赞襄,拖至今日。你的意见与朕相合,朕意决矣!"稍停片刻,又不免踌躇,轻轻问道:"倘若诸臣不从,奈何?尔且秘之!秘之!"

李明睿说:"此等事,臣不敢泄露一字。请皇上断自圣心,万不可因循误国!"

崇祯问道:"途中如何接济?"

李明睿说:"沿途接济当然不可少。依臣愚见,莫若四路设兵,以策万全。"

"哪四路?"

"东一路是山东,为皇上必经之地。西一路是河南,使'流贼'不能肆意东下。这是旱路。另外,在登莱准备开船,在通州也准备船只。这是水路。水旱共为四路,所以说需要四路设兵。然而皇上离京以后,却应从山东小路走,轻车南行,沿途不停,二十日可到淮安。文王柔顺,孔子微服,此之谓也。"

皇帝点头说:"说的是。然而此事重大,不可轻易泄露;泄露出去,就要坐罪你了。"

李明睿说:"是臣谋划,臣岂敢自己泄露。但求皇上圣断!皇上一出国门,便可龙腾虎跃,一切自由,不旋踵而天下云集掌上。若是兀坐北京,困守危城,于国何益!"

崇祯点头说:"朕知道了。"

这次谈话,暂时告一段落。崇祯因为突然做了重大的决策,心中很不平静。他需要一个人冷静地多想一想,就命太监将李明睿带到文昭阁休息,不要出宫。中午在文昭阁赐宴,等候再次召对。吩咐毕他便乘辇回乾清宫去了。

午膳刚毕,崇祯便将李明睿叫到乾清宫的便殿也就是宏德殿中。李明睿见皇上如此焦急,越发心中感动,巴不得皇上能立刻下定决心,乘李自成未过太原,就离开北京,急去南京。他没有料到皇上竟然没有再问往南京去的事,却问他如何任用辅臣和大考的利弊。李明睿感到意外。他素知皇上多疑善变,担心他的建议不被采纳,不禁心中一凉。他想道:"国亡无日,皇上还不能拿定主意,竟然垂询这些不急之务!"但他毕竟是一个正直敢言的忠臣,趁此机会,不避个人利害,痛陈用枚卜的办法决定辅臣和用考选的办法决定官吏升迁这两件事的种种积弊。他请皇上另行新法,建议大臣不立边功,不许参与枚卜,州县官不立边功,不许参与考选。崇祯认为这建议是行不通的,但是他没有说话,只是轻轻地叹了口气。李明睿趁此机会问道:

"区区枚卜、考选之事,皇上为何叹气?"

崇祯忧愁地说:"我是想到兵饷无着,离开北京将寸步难行。"

李明睿说:"皇上离开北京,必有人马扈从。目前兵饷缺乏,民穷财尽。一时间别无筹措良策,只有速发内帑,以救燃眉之急。"

崇祯含着眼泪说:"内帑如洗,一分钱也没法措办。"

李明睿说:"祖宗三百年的积蓄,想来不至于到此地步。"

崇祯脸色惨然,说:"其实无有!"随即滚出眼泪,呜咽出声。

李明睿低下头去,不知说什么话好。想着国家将亡而国库如洗,心中十分焦急和难过,但是一时间想不出有什么救急之策,回心又想,大库中内库中断不会如此空虚,怎么说呢?

过了片刻,崇祯命李明睿暂去文昭阁休息,赐茶,但嘱他不必出宫,等候再一次召见。

李明睿叩头退出之后,崇祯坐在椅子上想了很久,忽然恨恨地在御案上捶了一拳,一跃而起,绕柱彷徨。过了很久,他命一个太监去文昭阁传旨:

"李明睿可以暂回家中休息,但今晚仍将召对。所谈主事,不许泄露一字。"

一更时候,崇祯又在乾清宫的偏殿中召见李明睿,命他挨近御案坐下。这是崇祯一天之内第三次召见一个文臣。自从他登极以来,十七年中还没有第二例。对于迁往南京的事,他已反反复复地想了千百遍,所以李明睿坐下以后,他就说道:

"所奏的事,就打算照行了。一路上谁可接济?用什么官员

梦江南 141

领兵、措饷？驻扎在何等地方？"

李明睿回答说："济宁、淮安，俱是紧要地方，不可不特为此事设官。务须选择重臣领兵接应。皇上虽是间道微行，但二处十分扼要，务要预防。"

"需要用何等官衔？"

"需要户、兵二部堂上官。"

"此时兵马俱在关门，大将俱在各边，调遣甚难，奈何？"

李明睿想了一下，说道："近京八府，尚可招募。皇上此行，京城仍然需人料理，关门兵不可尽撤，各边大将不可轻调。唯在内公、侯、伯及阁部文武大臣，皇上不妨召至御前，面试其才能，推毂而遣之。"

"对，对。"

李明睿又说："内帑不可不发。如今一离京城，皇上除必须用的衣物之外，一毫俱是长物，应当发出来犒赏军士。万一行至中途时赏赐不足，区处甚难。留之大内，不过是朽蠹。先事发出，一钱可当二钱之用；急时予人，万钱不抵一钱之费。"

崇祯不再声明内库实际空虚，只是说："然而户部也应该措置才是。"

李明睿说："如今三空四尽，户部决难凑手。皇上自为宗庙社稷计，决计而行之，万勿拖延。路途赏钱，也望从速准备，无待临渴掘井！"

崇祯无可奈何，只好点头，接着长叹一声。又密谈一阵，已经交了二更。李明睿叩头辞出之后，崇祯回到养德斋，本想休息，却再也睡不着觉。他又想起来李明睿所说的话，"皇上一出国门，便可龙腾虎跃"，觉得国事大有可为，浑身有劲。但是想着后妃们和宫眷们既不能留在北京，带走也有很大风险和困难；又想到太庙、祖宗的神主和昌平十二陵都要抛给"流贼"，他的心顿时沉重了。这一夜他几乎不曾睡觉。值夜的宫女几次听见他在枕上叹气，也有一次听见他呼唤：

"江南啊，江南！"

第二天，李明睿担心皇上的决心不坚固，补了一封密疏，重申他的迫切建议。

其实敢于面对现实、对时局较有识见的朝臣不止李明睿一个。有的人早就在私下议论，有的人也开始忍不住上密疏作大胆的建议。所有建议崇祯逃往南京的奏疏，都被崇祯"留中"，不向朝臣泄露。他害怕的是三件事：第一，他害怕一旦泄露，北京城马上会人心瓦解，不待李自成人马到来就乱了起来。第二，他知道李自成的细作遍布京师，害怕李自成一旦得到这个消息必会派出一支精锐骑兵向山东星夜进兵，截断他的南下之路。第三，他料想朝廷上必会有人为着各种自己的打算，反对这一决策，进行阻挠，使他欲行不能，反而闹得满城风雨，臣民离心。崇祯虽然很快就要成为亡国之君，但他决不是一个昏庸糊涂的人。所以他一再告诫李明睿，不可泄露一字，又将诸臣的密疏"留中"，都是他应有的考虑。然而这事情太大了，他虽然贵为皇帝，仍然一个人决定不了。当他接到左都御史李邦华的密疏之后，竟然由他自己将这个问题泄露了。

李邦华今年七十一岁，万历三十二年中了进士，开始做官，由于他为人耿直，敢于说话，多次遭到排斥和打击。在魏忠贤乱政时候，他被诬为东林党人，几乎丢掉性命。从开始走入仕途至今四十年，却有二十年被迫离官住在家乡。他越是受挫折，声望越高，越受朝野敬重。连崇祯也对他很敬重，所以在前年刘宗周回绍兴原籍之后，崇祯便将他召来北京，接任都察院左都御史。李明睿是他推荐的，性格上有共同的地方。李明睿对他十分尊敬，而他对李明睿也十分器重，他们都有一颗对明朝无限忠诚的心。近来他们时常密商救明朝不要亡国的办法，意见却很不相同。李明睿主张请皇上迅速离开北京，从山东逃往南京。李邦华主张皇帝应该死守北京，反对皇上做周平王和宋高宗那样的人。他认为目前需要的是赶快派最可靠的大臣送太子往南京，同时将永王和定王也分封到南方。万一北京不守，皇上殉了社稷，太子可以在南方维持大明的江山。他们各持己见，不能统一。李明睿害怕耽误了皇上逃往南方的机会，上密疏请求召对。李邦华知道李明睿已蒙皇上召对，生怕李明睿的意见会误了皇上，误了救亡大计，第二天也赶快上一密疏。

　　崇祯皇帝读了李邦华的密疏。疏中的口气与李明睿的口气完全不同，所提的建议几乎相反。一天多来，崇祯要逃往南方的好梦突然被打碎了。到底应该怎么办，他没有主意了。李邦华的白须飘胸、刚正果断的影子出现在密疏上，也仿佛就跪在他的面前。崇祯将密疏读了一遍，再读一遍，不觉从御座上站起来，将奏本放在袖中，在乾清宫暖阁中走来走去，有时发出沉重的叹息。走了一阵，他突然站住，从袖中取出奏疏，重读一遍，不觉说道：

　　"说的是！说的好！很有道理！"

　　但是未过片刻，他回心一想，忽然摇头，对自己问道："到底应该怎么办？就按照李邦华的建议行么？难啊！难啊！我实在拿不定一个主意！"

　　乾清宫的太监们纵然是那些较有面子的，看见皇上的反常情况，都吓得不敢走进殿中，不敢发出一点声音。乾清宫管家婆魏清慧被皇后叫到坤宁宫中问话，刚刚回来，得到一个前来乾清宫添香的宫女报告，知道皇上脸色阴暗，精神反常，已经在殿中走动了很久，有时叹气，有时自言自语，她赶快轻脚轻手地走进乾

清宫,提心吊胆地走到崇祯身边跪下说道:

"皇爷,你昨晚就不曾睡好觉,请到后边御榻上躺下休息一阵吧,国事还要靠皇爷一人支撑!"

崇祯停止走动,回头看了魏清慧一眼,说道:"退下,不要跪在朕身边。"

魏清慧含泪说:"是,奴婢遵旨,可是请皇爷为国家爱惜圣躬!"

魏清慧叩头退出以后,崇祯回到他日常批阅文书的御案旁边,颓然坐下,竭力使自己的心情冷静下来。他想了一阵,将李邦华的密疏重读一遍,仍然没有主意,立刻命太监去内阁传谕首辅陈演即来文华殿召对。随即他在宫女们的服侍下迅速换了袍服,乘辇去文华殿了。临坐上步辇时候,他的心中万分沉重和焦急,暗暗地悲声叹道:

"皇明国运,必须立刻决定!"

第 七 章

陈演虽然身为首辅，处此国事不能支撑之日，却是一筹莫展，只是每日上朝下朝，到内阁办公，在私宅接受贿赂而已。来到文华殿东暖阁向崇祯叩头以后，崇祯命他坐下，从袖中取出李邦华的奏疏，交给他看，说道：

"卿是首辅，在此国家危亡之际，请卿为朕拿定主意。"

陈演近两三天也知道群臣纷纷在私下议论皇上是否应该赶快往南京去，也有人主张将太子送往南京。大臣中有人悄悄地征询他的意见，他都不置可否。他曾经暗中盘算，不管是皇上亲往南京，或是送太子往南京，路途遥远，"流贼"嚣张，难免没有风险。他作为首辅，只要说出赞同的话，一遇风险，就有罪责，也要受朝野责骂。何况他受贿甚多，所积蓄的金银宝物数量可观，全在北京。不管是他扈从皇帝出京，或者辅佐太子南行，这积蓄如何处置？……出于以上种种顾虑，他在奉旨进宫的时候已经打定主意，如果皇上是为这件事询问他的主张，他决不作明确回答。

将李邦华的奏疏看完，陈演明白了李邦华是建议立即将太子送往南京而皇上留在北京，语气十分坚决。他眉头深锁，对着奏疏思虑，不敢马上说话。崇祯不愿等候，问道：

"先生有何主张？"

陈演抬起头说:"此事关乎国家根本,十分重大。陛下亲去江南,或者太子抚军陪都,各有利弊,最好与朝臣共同讨论,以策万全。"

崇祯脸色不快,说:"这样事如何可以在朝堂上公然议论?"

"至少也应该与几位辅臣共同密商。"

"好吧,你下去与辅臣们共同商量,但不准泄露出去。"

陈演辞出以后,崇祯在心中骂道:"伴食宰相!"

崇祯立刻命内臣传李明睿进宫,等李明睿叩头以后,他焦急地向李明睿问道:

"你同李邦华商量过么?"

"微臣与李邦华是江西同乡,臣又为李邦华所荐,且平日敬佩李邦华忧国忧君,忠贞无私,学问道德俱为臣工楷模,所以数日前臣与邦华曾数次密议此事,各有主张。前日蒙陛下召对之后,因遵旨不敢泄露一字,并未与邦华晤面。"

崇祯说:"李邦华不同意卿的主张,他另有建议,言辞恳切。你与邦华的建议,究竟何者为便,朕难决断,你看看他的密疏吧。"

李明睿跪在地上,捧起皇上交给他的密疏,读过之后,抬起头来说道:

"邦华三朝老臣,世受国恩,这封密疏,情辞恳切,足见谋国忠心,读之令人感动。他建议皇上死守北京……"

崇祯说:"是呀,他的疏上说:'方今逆贼猖獗,国势危急,臣以为根本大计,皇上唯有坚持勿去之意。为中国主,当守中国;为兆民主,当守兆民;为陵庙主,当守陵庙。周平、宋高之陋计,非所宜闻。'看他的口气多么坚决,毫不犹疑。他担心平王东迁和康王南渡的偏安局面再见于今日!卿与邦华都是出于谋国忠心,可是主张如此不同,各有道理。唉!使朕无所适从。

梦江南 147

平心而论,你对邦华的这几句话,如何评说?"

李明睿明白李邦华的这几句话是担心皇上移到南方,北方会落入满洲人之手,南方变成了偏安之局,所以用了"守中国"和"守兆民"的话,并且用了周平王、宋高宗的典故,斥为"陋计",这都是对他的建议的斥责。但他并不介意,只是认为事到如今,李邦华只知经而不知权。他坚信只有皇上赶快迁到南京,才不至于亡国,中原的恢复才有指望。崇祯见李明睿沉思不语,并不催促回答。他自己又将李邦华关于送太子往南京去的几句话看了一遍,说道:

"李邦华主张速送太子往南京,你看他疏中说:'东南旷远,贼氛渐延齐鲁,南北声息中断,殚虑东南涣散,收拾无人,而神京孤注,变起不测。臣窥见太子仁敏英武,正宜莅视江南,躬亲戎事,请即仿仁庙故事,抚军陪都。即日临遣,亲简亲信大臣,忠诚智勇者,扈从辅导,特许便宜行事,勿从中制。太子一到南京,必能振国威,通声援,安祖陵,巩固江淮。此宗社安危所系,万不能顷刻缓者。'邦华的这几句话,卿以为如何?"

李明睿回答说:"太子年少,值此天下扰攘之时,遇事禀命而行则不威,专命而行则不孝。以臣愚见,不如皇上亲行!"

崇祯注目看了李明睿一眼。当李明睿以为触了圣怒,正在暗中准备受责备时,崇祯却低下头去不说话了。他原来对李邦华的建议已经动心,想着如果东宫到了南京,号召江南义士,北向豫鲁,就可以牵制"流贼",使"流贼"不能全力围困京师。但李明睿的话像一瓢冷水将他的希望浇灭了。他想着太子是一个十六岁的孩子,懂什么治国安邦?多年来朝廷上门户纷争,使他一筹莫展,致有今日之祸。太子纵然能够平安到了南京,也只能被玩弄于奸臣宦寺之手,决无好的结果。想了片刻,还是觉得他自己往南京去,才能救今日之危。然而困难如此之多,让他不能立刻

决定,于是在片刻沉默之后,抬起头来说:

"卿先下去,待朕再仔细想想。"

自从崇祯召对李明睿和首辅陈演之后,关于皇上是否亲往南京或护送太子往南京去的事已经不再能保守秘密。朝廷上继续有人上疏,或者劝皇上亲行,或者赞成太子南行。李邦华又上一疏,除建议送太子往南京去外,又建议将永王、定王分封浙江和江西,以为南京羽翼。朝臣中还有人建议将太子送往天津抚军。也有人弹劾李明睿,认为劝皇上南迁是犯了可斩之罪。崇祯心中很希望逃往南京,借江南的财富和兵源振作一番,收拾中原和北方的糜烂之局。于是他在正月初八日上午,召见一部分文臣开御前商议。

崇祯经常或单独或成群地召见臣工,地点多在平台、文华殿、乾清宫的便殿即宏德殿,或乾清宫的东西暖阁,偶尔也在武英殿。但今天却是在乾清宫的正殿。虽然他未必有特别用意,但是不能不使参加召对的群臣有一种特别严重的感觉。

崇祯坐在正中、离地面大约有三尺高的宝座上,群臣分批向他叩头之后,分左右两班肃立无声,大家心中七上八下,等候问话。崇祯向群臣扫了一眼,神情忧虑地说道:

"近接山西塘报,'流贼'数十万已经过了黄河,声言东犯京师。太原空虚,晋王与山西巡抚蔡茂德连续告急。山西为北京的右臂,太原尤为重要,朕不得已只得命宣府巡抚卫景瑗火速抽调三千精兵,星夜增援太原。万一太原不能固守,敌人或出固关,或走大同、阳和东来,畿辅不堪设想。近日朝臣们议论纷纷,或建议护送太子抚军南京,或建议朕御驾亲征,莫衷一是。今日召见卿等,请卿等忠诚为国,代朕一决。"说到这里,他从御案上拿起李邦华的一封奏疏,打开来念道:"'辅臣知而未敢言,其试问之。'"随即向左侧望着首辅陈演问道:"此话所指何事?辅臣们何以知而不言?"

陈演出班奏道:"近日贼势嚣张,群臣中或劝皇上亲征,或劝命太子抚军南京。辅臣们也都知道此事重大,然而尚未得出成议,不敢上奏。至于左中允李明睿疏中的建议,少詹事项煜也有此意。"

崇祯瞟了项煜一眼。想起有一次在经筵讲书时候,项煜曾委婉地流露出希望他往南京去的意思。他几次看阁臣们有何动静。当时在场的阁臣以次辅魏藻德地位最高,却始终一言不发。崇祯的心中很生气,但不好在经筵上发脾气。平时在经筵上他总是神态庄重,做出尊师重道的模样。现在他却心烦意乱,有时忍不住耸动身子,有时忍不住猛然将腿一伸,有时甚至顿足,或者仰起头来叹气。参与经筵的一群大臣十分惶恐,不知如何是好。侍立在离御座大约一丈远的王德化看见皇上的心情太坏,恭敬地走到他的身边,小声说道:"皇爷昨夜又是通宵未眠,今日御体困倦,不宜久坐,请回宫歇息吧。"崇祯微微点头,站起来说:"今日经筵停止,下次再讲。"随即回乾清宫了。如今回想起这件事,仍然使他的心中不快。但是他没有看陈演和魏藻德几位辅臣,眼睛却向着李邦华,问道:

"卿还有什么话说?"

李邦华对此事的态度和李明睿大不相同。李明睿究竟在朝中日子太浅,对国家大事多凭着一股忠君的热情说话。如去年夏天他建议崇祯前往西安,指挥人马,守住潼关,全是幻想。如今他的建议虽非幻想,但是他把困难估计得太少了。李邦华不是这样。他对这件事思虑很深,始终不赞成皇帝离开京城,只希望赶快将太子送往南京,可是他心中的顾虑不但不能当着群臣说出,也不能在疏中完全说出,怕的是使皇上感到绝望,又怕他的密疏万一泄露出去，对国家十分不利。他现在认为，只要皇帝不离开北京，李自成就不会舍北京而追赶太子。只要有少数人马护送太子，太子就能平安到达南京。如果皇上轻举妄动，仓皇奔逃，六宫女眷、内臣百官随行，京营兵马扈从，人马杂沓，拖泥带水，全无秩序，路上接济困难，李自成定会以轻骑拦截，或重兵追赶。到那时迎战则不能，欲退则来不及。群臣从骑，必然鸟惊兽骇，各自逃命，皇上与六宫岂不落入"流贼"之手？何况李明睿的建议是请主上出狩，太子居守。也就是长君共主，轻车潜遁，而以抚军监国之虚名委东宫于虎口，虽至愚者不为，皇上岂可采此下策？片刻间这些想法又在李邦华脑海里重复一遍，决定仍以不说出来为宜，于是跪下去叩了一个头，哽咽说道：

"事急矣！请皇上决计死守，死守以系京师人心。赶快调吴三桂关宁之兵回救京师，迎击贼锋。命李国桢简选京营精锐，出城驻守要地，以为犄角。守城之事，臣等任之。望皇上下诏罪己，悉发内库积蓄，供给将士，不要锁起来留给贼人。倘能如此，何怕不能够将李自成捕获，斩首西市？"

崇祯不愿听从要他死守北京的建议。自从他登极以来，至今十七年了，外有满洲，内有"流贼"，使他两面作战，陷于今日这种将要亡国的地步。他如今巴不得立即奔往南京，永远摆脱这种困境。但是李邦华提到赶快调吴三桂的关宁兵马回救北京，却使他的心中猛然一动。不过他没有谈调吴三桂的事，命李邦华站起来，转向李明睿问道：

"卿主张朕速去南京，疏中言之甚详，是否另外还有话面奏？"

李明睿赶紧由班中走出，跪下说道："臣以为最急者莫如皇上亲征。京营现有甲兵不下十万，近畿招募可得十万。圣驾一出，四方忠义之师必有闻风响应者，所以不患无兵无人。"

崇祯瞟了李邦华一眼，看见李邦华的神色沉重，显然是不同意李明睿的话。他自己也不同意，心中想道："什么招募十万，饷从何来？"但是因为他很想离开北京，所以并不指出李明睿的不顾实际，只是轻声说道：

"说下去，说下去。"

李明睿接着说道："昔日太祖高皇帝不是曾经大战于鄱阳湖么？成祖文皇帝不是曾与蒙古人战于漠北么？祖宗创业艰难，常需要栉风沐雨。皇上欲安坐而享有天下，如何能行？今日时势紧迫，欲皇上端坐而治理天下，岂非迂阔而不切实际之论？"

"说下去，说下去。"

"难得而易失者，时也。今日之事刻不容缓，失去时机，后悔无及。"李明睿害怕有人反对皇上逃往南京，于是改变了口气说："山东诸王府，皆有宫殿，不妨暂时驻跸，等待勤王之师齐集之后，徐议西征。贼人素闻天子神武，先声夺人，挫其狡谋，到那时贼中必有人倒戈相向。凤阳祖陵，号称中都，也可以驻跸。山东、河南向西并进，而江淮之间又无后顾之忧。陛下亲征之举，用意在号召忠义，不必皇上亲冒矢石。况且南京有史可法、刘孔昭辈，都是忠良之臣，晓畅军务，可以寄托大事。召他们到皇上左右，一同谋划，必能摧折敌焰，廓清疆域，建立中兴大业。时不可失。请皇上决意亲征！"

崇祯听了李明睿的这些陈奏，虽然知道其中有一半虚浮之辞，但一则这些话为他指出了一条活路，二则李明睿的神情和声音完全出自忠诚，所以他深为动心，频频点头，随即问道：

"朕亲征之后，京师如何坚守？"

李明睿说道："听说昌平与居庸关等用兵重地，无兵控制防守，容易被贼人窥伺。依恃中官在两处绸缪军事，实非完善之策。伏乞陛下调度诸将，从皇陵山外自西向东，围绕巩华城，俱戍重兵。命东宫居守，入则监国，出则抚军，此实皇太子之责。

皇上启行之后，留下魏藻德、方岳贡辅导东宫，料理兵事。畿辅重地，只要皇上亲征，必然百姓雷动，士气鼓舞。倘如此，则真定以东，顺天以西，可以不再担忧贼氛充斥。目前贼已渡河东来，其势甚锐，全晋空虚，料难固守。若朝廷优柔不断，日复一日，天下大事尚可为乎？一旦贼至国门，君臣束手，噬脐何及！"

崇祯比许多朝臣更感到情况危急，亡国之祸已迫在眼前，深恨多数大臣仍然糊糊涂涂，各讲门户，营私牟利，对国家事当一天和尚撞一天钟，心中感到恼恨。他忽然向群臣扫了一眼，含着怒意说：

"退朝！今日六部九卿下去速议，明日决定！"

崇祯回到乾清宫以后，思想十分纷乱。一方面他确实明白，如今只有往江南去才是上策，倘若这一步棋能够走活，全盘棋都会活了。可是李邦华不同意他离开北京，只同意将太子送往南京，将永王和定王也送往江南。李邦华是一位德高望重为朝野所钦敬的老臣，他的意见应当重视。还有辅臣们和六部九卿等满朝文武大臣都没有说出来明白主张，使他的思想中增加了忧虑。可是他没有在乾清宫坐等六部九卿会议结果，而是急不可待地命一太监将《皇明舆图》找来，放在御案上，细看从山东到南京的山川形势、重要城镇位置，斟酌南逃路线。

在他治理天下的十七年间，这一巨册用黄绫做封面的地图他不知看过多少次了。有时为着平定冀南、山东、江北和各地"土寇"、"流贼"的猖獗活动，他怀着万分焦急和忧虑的心情看过多次。有时为某处十万火急的军情塘报，查阅地图。有两次清兵入犯，深入畿辅、冀南和山东境内，他在那些日子里也是经常查阅地图。所以有许多府、州、县的方位和道路远近，他大体上心中清楚。可是今天他的注意点与往日不同。今天像德州、济南、临清这些重要地方，沿运河南去的路线、要经过的城镇，他虽然详细看了，但是他最注意的是山东东部，希望从德州转路，绕过济南以东，然后从什么地方向南，奔往淮阴，再去扬州。他担心走临清南下的这条路可能会被李自成的骑兵抢先截断，所以要事先考虑好，走一条比较安全的道路南下。对着地图研究了很久，他又怕倘若"贼兵"得到消息，大军进入山东，一部分轻骑截断胶东的道路，在万不得已的情况下，他只好由天津登船，从塘沽入海，到海州登岸。想着海上风涛之险，又想着自己敬天法祖，经营天下十七年并无失德，竟落到这步田地，不觉流出热泪。于是他推开地图，长叹一声，愤愤地哽咽说道：

"诸臣误朕误国，致有今日！"

对于皇上要不要速往南京，或送太子去江南这两个方案，因为崇祯亲自吩咐六部九卿大臣们商议，当天就有不同意见的密疏送进乾清宫来。其中有兵科给事中光时亨的一封奏本，反对皇帝南迁之议，也反对将太子送往南京，措辞最为激烈。认为李明睿妄言南迁，扰乱人心，应该立即问斩。他提到皇上只应该固守京师，以待天下勤王之师。十二陵寝、九庙神主、祖宗经营二百数十年的神京万不可弃。他在奏疏中引用了"春秋大义"，使崇祯在心中感到惭愧。他又看一看赞成他往南京去的奏疏，却没有一封是辅臣或六部堂上官的。其他朝臣虽也有奏本，多是口气游移，反不如光时亨的振振有辞，理直气壮。他又看看李明睿今日新上的奏本，虽然字字句句都可以看出来是一片忠心，万分焦急，却也作一些托辞，不敢直接说迁往南京，只说"皇上可以驻跸临清"，又说"可以驻跸凤阳，便于亲自主持剿贼"。而且李明睿引证的故实也有不伦不类的，如说世宗嘉靖皇帝也曾经驾幸奉天，更为可笑。倘若在平时，他会为这件引用故实不当，大为恼火，对李明睿降旨切责，甚至治罪。然而今日他变得非常通情达理，完全明白李明睿的苦心。想着朝廷上人各一心，像李明睿这样能为他尽忠谋划大事的并无几人，不由地长叹一声。

崇祯在众多皇亲中最看重和最亲密的只有两人，一个是新乐侯刘文炳，是他的舅家表哥；一个是驸马都尉巩永固，是他的同父异母妹妹的丈夫。巩永固年轻有为，只因为他是皇亲，限于朝廷制度，只能够白吃俸禄，接受赏赐，不能做实际掌权的官吏。今天遇到这样重大的疑难问题，崇祯密召巩永固进宫，询问他对于南迁的意见。巩永固劝崇祯赶快往南京去，千万不可误了时机。崇祯皱着眉头说：

"朕也认为如今空言无益，只有南迁一策，方能拯救社稷之危，再图中兴。可是离开北京，必须兵马扈从。京营兵很不可恃，如何是好？"

巩永固说："祖宗三百年江山，民间不乏忠义之士，一见皇上决意南迁，号召畿辅豪杰，起兵护驾，立可得义兵数万，稍加编制，分别部伍，明定奖罚，就可以成一支可用的人马。至于京营兵，挑选精锐，随皇上南迁，其余留守北京。"

"义兵……召集起来谈何容易？"

"是的，皇上，召集义兵甚易。如果用臣之策，皇上决计南下，莫说数万义兵，数十万也可召集。望皇上速决！"

崇祯想到军饷无法措办，低头不语。

巩永固又说："若是只想死守，而京师人心疲沓，积弊难回，各地勤王之师又不能指望，只能坐困，对大局毫无裨益。请皇上速速决断，万勿迟误！"

崇祯站起来，心中很乱，在屋中不停走动。巩永固见皇上离开御座，自己也只好站起来，一边等候皇上决断，一边在心中说：

"千万不要因循误国！"

梦江南　155

过了一阵，他正要催促皇上当机立断，忽然看见崇祯在他面前停住脚步，望着他叹口气说：

"朝中无一个有用的大臣，诸事难办！你回去吧，等以后紧急的时候我再召你进宫。唉，我此刻心乱如麻！"

巩永固不敢再说话，只好叩头辞出。当他走出乾清宫的东暖阁时不觉心中一酸，赶快用袍袖揩去了眼泪。

巩永固刚走出去，司礼监掌印太监王德化和秉笔太监王承恩一同进来，送来了由内阁辅臣们代拟的《罪己诏》稿子。这是几天前崇祯命内阁代拟的重要文件，已反复审阅退回修改多次，都不能使崇祯满意。最后崇祯自己修改了许多地方，命司礼监重新誊抄一遍。如今王承恩虽然仍任秉笔太监，但由于办事勤谨，深得皇帝赏识，地位提升在众秉笔太监之上，名次只在掌印太监之下。他们向皇上叩头之后，先由王德化将皇上拟派往大同、宣府、居庸关等军事重镇和畿辅等地担任监军的十名太监名单呈上，而最重要的是派往前边三个地方的监军太监。崇祯有着两手打算。一手是南逃；一手是在以上地方加强防守，阻止李自成的大军前进。他将名单看了一眼，说道：

"文臣们没用，武将们不可靠，但愿差往大同、宣府和居庸关的这三个内臣们能够在缓急时为朕出力。"

王德化说道："内臣是皇上的家奴，自然生死都是皇上的人。"

崇祯说："王德化啊，这个杜勋出自你的门下，平时办事还有忠心，曾蒙朕另眼看待。前两年举办内操，朕也是靠他办事。这次你推荐他赴大同监军，朕想他是能够胜任的。大同是过太原往北京来的第一道门户，你得嘱咐他不要辜负朕的厚恩。"

王德化说："奴婢已经郑重嘱咐过了。"

崇祯提起朱笔在名单后边批道："诸内臣务须星夜驰赴本镇，监军剿贼，为国建功，钦此！"

然后他从王承恩手中接过《罪己诏》稿子，心中酸痛，略加浏览，不忍细读。这《罪己诏》，他无意马上发出，向御案上一扔，随即问道：

"近几日朝臣中议论南迁的事，你们在司礼监中应该清楚。为何大臣们多是模棱两可，言官小臣如光时亨辈竭力反对？"

王德化说道："大臣们一则怕担责任，二则年纪较大，不肯奔波风尘，三则多是在北京家口众多，财产也多，不愿离开，所以持观望态度，不肯有什么主张。"

崇祯愤怒地说："这岂不是坐等亡国么？"

王德化不敢回答。崇祯又问：

"言官们为何反对？"

王承恩回答说："启奏皇爷：他们反对，何尝不是一个'私'字！"

"嗯？"

"他们一做言官，都想博取一个'敢言'的美名；至于国家根本大计，未必放在心上。从前反对杨嗣昌，反对陈新甲，何尝将国家大计放在心上？今日言官们害怕皇上一离北京，他们不能跟随南去，只能留在北京城内。他们认为，只要皇上固守京师，必会有勤王之师来为北京解围。只要北京解围，他们照样吃朝廷俸禄，也不会抛离妻子，扈驾南行，吉凶难料。所以他们找各种理由，死死地阻止皇上不要南下。"

崇祯用鼻孔"哼"了一声，说道："想得挺美，全不想勤王之师不能指望！要是京城不能固守呢？他们到那时难道都要投降贼人，甘心在新朝做官么！"

王德化和王承恩都不敢回答，低下头去。崇祯愤怒地一挥袍袖，使王德化和王承恩退了出去。有一句话在他的心中闷了一个多月，如今不觉小声地喃喃说出：

"君非亡国之君，臣尽亡国之臣！"

随即望着御案上的《罪己诏》悄悄流泪。

知道镇守大同的总兵朱三乐手中兵少，恐怕指望不住，崇祯希望官军能死守宣府一些日子，使他有调集勤王兵马的喘息时间。镇守宣府的总兵是姜瓖，久历戎事，不是泛泛之辈。他决定派亲信太监杜勋星夜奔赴宣府，监视姜瓖一军，免有意外变故。当天下午，他在乾清宫东暖阁召见杜勋，一则要亲自当面嘱咐，二则表示他的特殊恩宠。当杜勋跪在他的面前叩头以后，他带着忧郁神色，用亲切的口气说道：

"杜勋啊，目前国家有难，朕知道你一向很有忠心，也懂得军旅之事，所以派你去宣府监军。宣府十分重要，能保住宣府才能保住居庸关。你可得为朕尽力守住宣府，使'流贼'不能东进啊！"

杜勋伏在地上说："杜勋是皇上家奴，生死都是皇上的人。只要有杜勋在，宣府必不能失，'流贼'必不能东进一步！"

"宣府不会失陷？"

"宣府若失，必是奴婢为皇爷战死沙场之日。"

崇祯很感动，点头说："好，好。听汝如此说，朕对宣府的事就放下心了。"

"奴婢多年受陛下豢养之恩，宁愿战死沙场，为皇爷分忧，决不辜负皇爷付托！"

"好，好。如今正需要像你这样的忠臣！"

崇祯对杜勋又是嘱咐，又是慰勉，又赏赐了许多东西，特别破例示恩，命杜勋向御马监挑选二十匹骏马，以壮行色。作为一位皇帝，对待一个家奴太监，为着指望这个家奴能够替他出死力挡住敌人，他能够说的话全说了。杜勋对皇上的倚重十分感激，一再流着眼泪表示他自己感激皇恩，誓死守住宣府，那神情，那声音，表现得忠勇感人。召见之后，崇祯的心中久久不能平静，默默地想道：

"还是自己的家奴可靠！倘若武臣们有一半能够像杜勋一样，'流贼'何能猖獗至此！"

第二天崇祯在平台召见内阁辅臣、六部九卿大臣、十三道御史、六科给事中，询问关于南迁的事的会议结果。大臣们仍无主张。李邦华仍然坚持说，应速送太子和二王前往江南。李明睿仍主张皇上亲往南京，留下太子在北京。少詹事项煜支持李明睿。崇祯向言官们严厉地扫了一眼，问道：

"尔等言官们有何主张？"

光时亨看见皇帝的眼神有点害怕。但同时有几个同僚向他使眼色，怂恿他出来说话。身旁有人用肘弯轻轻地碰他一下。他忽然鼓起勇气，但还是禁不住脸色苍白，两腿打颤，从班中走出，在御案前六尺远的地方跪下，说道：

"陛下，值此国家万分危急之时，大小臣工都应该竭智尽虑，矢忠矢勇，保大明江山不坠。凡劝陛下往南京去的都是妖言惑众，将神京拱手资敌，弃祖宗神主与十二陵寝于不顾。明为南迁，实为南逃。陛下十七年敬天法祖，惨淡经营，所为何事？岂可做仓皇出逃的皇帝么？将何以对列祖列宗在天之灵？将何以对天下万民？将何以对京师百万臣民？请陛下速斩李明睿之头，悬之国门，以为倡言南逃者戒！"

李明睿赶快从班中走出，跪下说道："臣建议皇上暂时南去，驻跸陪都，以便重整军旅，恢复中原，廓清北方，建立中兴大业。皇上只要到了南京，便可龙腾虎跃，运天下于股掌之上。坐困北京，有何益乎？况且像这样不得已采取权变之计，往代不乏先例可鉴：唐代再迁而再复，宋代一迁而国脉延续一百五十年之久……"

崇祯做个手势,命李明睿停止说话,随即将御案一拍,对光时亨厉声说道:

"朕只是思虑是否应该御驾亲征,扫荡流贼,并非逃走,亦非南迁。朕岂能弃九庙神主与十二陵寝于贼手,委京师百万臣民与宗室生死而不顾?建议朕南下亲征的并非李明睿一人,汝何以单独攻讦明睿?显系朋党,本应处斩,姑饶这遭……下去!"

诸臣见皇帝震怒,个个面无人色,有的禁不住浑身颤栗。甚至像李邦华这位四朝老臣,素负骨鲠之名,也不敢再提送太子往南京去的话。

崇祯立即乘辇回乾清宫中,坐在堆放着许多军情文书的御案前,闷闷地想了一阵,突然忍不住痛哭起来。

这时王承恩正从司礼监衙门同王德化谈过话,前往值房,带着两名长随,走在乾清宫附近东一长街①上。在他前边不远处走着一个身材不高的宫女。他心中有事,走得较快,很快就追上了这个宫女。宫女听见脚步声,向后望一眼,赶快躲在路边,躬身行礼。王承恩向她打量一眼,认出来这是寿宁宫中的宫女费珍娥,陪伴长平公主读书。她原在乾清宫中服侍皇帝,为人十分聪明,粗通文墨,深得皇上和皇后的喜欢。他看见费珍娥捧着一个锦缎方盒,便向她问道:

"珍娥,你捧的是什么东西?"

"回公公,皇后娘娘命我将公主这十天来写的仿书捧到乾清

---

① 东一长街——从御花园的东边起,经过坤宁宫、交泰殿,到乾清宫东南角的龙光门止,有一条笔直的长巷,叫做东一长街。在坤宁宫和乾清宫的右边,和东一长街平行的也是一条长巷,叫西一长街。另外有东二长街,西二长街。

宫敬呈皇爷御览。"

王承恩"哦"了一声，说道："听说公主临的是赵孟頫，长进很快。你捧去吧，今日皇爷的心情不佳，看了公主的仿书说不定能替他解解愁闷。"

费珍娥见王承恩抬脚要走，忍耐不住大胆地抬起头来，福了福①，跟着问道："王公公，我有一句藏在心中的体己话，不知该问不该。"

王承恩感到奇怪，打量这位宫女的神情，见她十分惶恐，呼吸紧张，含着眼泪，马上猜想到她同千万个宫女一样，思念父母，无人可问，只是知道他的脾气比较好，才向他打听。他含笑问道：

"你要问什么话，嗯？"

"请问公公，如今'流贼'李自成到了何处？他是否要来北京？"

费珍娥问这句话时声音打颤，低得仅仅能够使对方听见。她不敢看王承恩，低着头准备受严厉责备。

王承恩的笑容顿时消失了，用温和的责备的口吻说："你住在深宫之中，这样事何必打听？"

"不，公公，正因为住在深宫中，这样事更不能不挂在心上。"

"你是一个都人，纵然你知道了，有何用处，岂不是操的闲心？"

"正因为我是都人，又受皇上和皇后深恩，才不能不打听。知道以后，我好在心中有个准备。"

王承恩又向费珍娥打量一眼，心中称赞这小宫女很不寻常，倒是个有心的人。但是他的脸色更加严厉，说道：

---

① 福——妇女行的拜礼，即明清书面语所说的敛衽。

梦江南 161

"我朝家法，后宫任何人不准随便谈论国事，也不准打听。不要说做都人的不许打听，连皇后和贵妃也不许多问一句。你幸而问到我，倘若问到别人，不是要立刻获罪么？在宫中要事事小心谨慎，不可打听宫外之事，不可妄语，切切记住！"

王承恩说完便匆匆带着长随们走了。

尽管费珍娥受了责备，她所关心的问题也没有从王承恩口中得到回答，但是她已经心中明白：局势十分严重，李自成正在率大军前来北京。她怀着特别沉重的心情，从后门走进了乾清宫的院子。

听说管家婆魏清慧正在乾清宫东暖阁侍候皇上，她便从正殿西边绕过去，到了正殿前边。她突然吓了一跳：从东暖阁传出来皇上的痛哭声。一些太监和宫女站在乾清宫的廊檐下，没有人敢发出一点声音，也没有人敢进去劝解皇上。她踮着脚尖走进正殿，向右一转，去找魏清慧。她轻轻掀开东暖阁的绵帘一角，魏清慧就望见她了，使眼色叫她止步。正在这时，她听见皇上在东暖阁的内间里极其伤心和绝望地问道：

"天呀，下一步怎么好呢？下一步怎么好呢？"说毕继续痛哭。

魏清慧噙着热泪走出来，拉着她走出乾清宫正殿，转过西山墙，见左右无人，才站住问道：

"是公主写的仿书么？"

费珍娥轻轻点一下头，悄声问道："皇爷为了何事？"

魏清慧使个眼色，小声说："不许问。公主的仿书留下来吧，我替你呈给皇爷。你回去以后千万不要将皇爷痛哭的事启禀皇后，也不许对公主说一个字，只当你什么也不知道。记住，这是宫中的规矩。"

费珍娥见魏清慧的脸色很沉重，不住流泪，她也忍不住流出了眼泪。她将盛公主仿书的锦缎盒子交给魏清慧之后，便怀着莫名其妙的恐惧和悲凉，赶快从后门走了。

正月中旬快过完了。近些天来，每天都有很坏的消息来到北京。崇祯已经将《罪己诏》颁发全国。他认为他那样责备自己，把国家弄到这个地步的责任都归到自己身上，按道理一定可以感动天下臣民。然而这次《罪己诏》发出以后他就明白，事到如今，什么办法都晚了，天下百姓不再听这些话了。

崇祯知道李自成和刘宗敏确实已经从韩城附近渡过黄河，率领大军号称五十万，直趋太原，声言要来北京。另外还有后续部队，可能会有百万之众。他还知道山西省的各府州县不是望风迎降，便是官绅弃城逃走，不战瓦解。又哄传李自成已经破了平阳，而实际当时李自成人马还没到平阳，平阳是正月二十三日破的，报到京城已经二月初了。在那样的日子里，谣言和真实消息混在一起，纷至沓来，传入北京，耸人听闻。崇祯在乾清宫中默默流泪和失声痛哭的时候更多了。他仍然梦想着往南京去，但经过以光时亨为首的言官们反对，他不再明白提出，害怕最后落下个逃跑的名声，在青史上很不光彩。一日上朝时候，他用绝望的眼神环顾群臣，哽咽地说：

"唉，朕非亡国之君，事皆亡国之象。祖宗栉风沐雨之天下，一朝失之，将有何面目见祖宗于地下！朕愿亲自督师，与贼决一死战，即令身死沙场，亦所不顾。只是国家三百年养士，居然满朝泄泄沓沓，竟无一个得力的人，使朕孤掌难鸣，死不瞑目！"说罢痛哭起来。

辅臣们都赶快跪下，劝皇上不要伤心并且说目前"贼势"方张，军民离心，皇上亲征，实非上策，不如固守待援，较为安全。

崇祯非常讨厌这些空洞敷衍的话，连看也不看他们一眼。他只是向李邦华和李明睿瞟了一眼，尽管因为哭泣，视力模糊，却仍看出他们的神情不同一般。李邦华傲然挺立，神态庄严，眼中含泪，深锁白眉，紧闭嘴唇。崇祯忽然想道：倘若国亡，他会尽节的！李明睿也是眼中含泪，神情中还带有不平之气。崇祯又在心中说："朝中多有几个这样的人就好了。"他忽然想起来杨嗣昌，哭得更痛。大小近臣可以听得出来在皇上的哭声中既有悲痛，也有怨恨，所以人人都怀有恐怖之感。

陈演明白自己身为首辅，责无旁贷，又看见内阁同僚们都向他使眼色，不得已从班中走出，脸色苍白，在御案前跪下，颤声说道：

"臣虽驽钝，情愿代皇上督师剿贼。"

崇祯摇摇头，说道："卿是南方人，不行。"

陈演不再请求，叩头退回班中。接着魏藻德、蒋德璟、丘瑜、范景文、方岳贡五位辅臣，按照名次前后，一个个跪下去请求代皇上督师。崇祯都不同意。再下去轮到了李建泰，也照例跪下叩头，请求代皇上督师。崇祯知道他平时很负重名，秉性慷慨，而且是山西人，不像南方文臣体质柔弱，想着此人不妨一试，所以没有马上摇头，用袍袖揩揩眼泪，望着他说：

"卿愿意前去？"

李建泰希望皇上照例会不同意，不料崇祯如此问话，只好横下一条心，慷慨回答说：

"臣是曲沃人。值此寇氛猖獗，自度在中央无以为主上分忧，不如驰往太原，出家财招募兵马，倡率乡里杀贼。不用国家钱财，十万之众可以召集。"

崇祯正苦于国库空虚，军饷无法筹措，听到李建泰的话，大为高兴。当时山西人以善于经商出名，崇祯也风闻李建泰家中开设商号当铺，遍于各地，所以对李建泰用私财募兵十万的话十分相信。他的脸上刚才还堆满绝望和愤懑，现在开始流露出一丝激

动与欣慰的微笑,好像阴沉欲雨的天空中出现了一丝亮色。他望着李建泰说:

"好,好啊,卿是山西人,代朕驰赴山西平贼,正合朕心。目前贼行甚急,如火燎原,稍迟扑灭,恐怕就来不及了。卿何时可以成行?"

李建泰回答说:"从今日起就赶快准备,数日后便可成行。"

"卿若速行,朕所切望。候卿动身之日,朕将仿古人'推毂'礼,以示宠荣,且为卿一壮行色。"

李建泰伏地叩头谢恩,热泪纵横,用哽咽声山呼万岁。崇祯在此时此刻面对此情此景,也是热泪盈眶,小声称赞:

"忠臣!忠臣!"

梦江南 165

第 八 章

下朝以后,关于大学士李建泰代皇上赴晋督师的一切准备工作,火速进行。这一重大新闻立刻传遍了京师,引起了轰动,也引起臣民们纷纷地私下议论。多数人不相信李建泰回山西能够有什么作为,认为皇上是病急乱投医。但也有人怀着一线希望,巴不得李建泰能够使李自成向北京的进兵受到拦阻,以便京城有时间等待救兵。

李建泰推荐了几位文武人才,随他前往山西。崇祯全都照准,予以任命。李建泰原是以户部右侍郎兼东阁大学士衔为内阁辅臣,现在加上兵部尚书衔,赐尚方剑,听其便宜行事,并颁给他一颗督师辅臣银印和一道敕书。那敕书上写道:

> 朕仰承天命,继祖宏图,自戊辰至今甲申,十有七年矣。兵荒连岁,民罹干戈,流毒直省。今卿代朕亲征,鼓励忠勇,选拔雄杰;其骄怯逗玩之将,贪酷倡逃之吏,当以尚方剑从事。行间调遣赏罚,俱不中制。卿宜临事而惧,好谋而成,真剿真抚,扫荡妖氛。旋斾奏凯,勒铭钟鼎。须将代朕之意,遍行示谕!

依照钦天监择定的吉日良辰和礼部衙门参照旧例拟定的仪注，正月二十六日一清早，已经七十多岁的、须发尽白的驸马都尉万炜代替崇祯皇帝前往太庙献上整只公牛，祭祀皇家列祖列宗的神主，将派遣李建泰代替皇帝去山西督师的大事禀告祖宗。这叫做告庙礼。

将近中午时候，从午门到正阳门前，旌旗数千，卫士如林，各种仪仗齐全。午门上三声炮响之后，崇祯乘三十六人抬的龙辇出了午门，卤簿前导，在鼓乐声中来到正阳门里边下辇，从一侧登上正阳门的城楼，在京的勋臣、内阁、五府、六部、都察院等中央衙门的全体掌印官以及科、道、詹、翰各官，都预先在城门上挑班侍立。鸿胪赞礼，御史纠仪。

李建泰几天来一则由于准备出京的事，二则对前途吉凶难料，睡眠很少，脸上失去了平时由于养尊处优而焕发的红润，白眼球网满了血丝，下眼皮虚肿下垂。他在音乐声中从文臣班中走出，依照鸿胪寺官员的高声鸣赞，向皇帝行了三跪九叩头礼，然后抬起头来，用略带颤抖的声音面奏，说他蒙皇上厚恩，此去山西，一定矢忠杀贼，为皇上分忧。崇祯原来对李建泰并不抱很大期望，但在此极其庄严肃穆的气氛中听了李建泰的慷慨陈词，不免心情激动，说了几句勉励和慰劳的话。李建泰本来就心情沉重，听了皇上几句慰勉的话，不禁哽咽流泪。

随即在正阳门城楼上赐宴。皇上的座位自然是居中向南。李建泰的一席坐南朝北，桌椅较矮，对着皇上，相距约在五尺以外。其他诸臣并不陪宴，分两行走下城楼，在城楼外肃立等候。在乐声中，内臣为李建泰斟过三杯酒。然后崇祯手执金杯，向李建泰亲自赐酒。都是由太监接住金杯，放入很精致的镂花银盘中，端到李建泰的面前。李建泰早已跪在地上，叩头谢恩，山呼万岁，然后双手捧起金杯，喝光了酒。这样重复了三次，都有鸿胪官站在一旁赞礼。乐声停止，撤去了简单的酒席。崇祯对继续跪在面前的李建泰说：

"国家有难，先生不辞辛苦，代朕亲征，但愿仰仗祖宗威灵，此行成功，奠安社稷，不负朕殷切之望！"

李建泰又说了几句情辞慷慨的话，表示他坚决效命沙场，不负皇恩，然后叩头起身。这时一个内臣捧出一个朱漆描金云龙盘，上边放着一个用黄缎包着的什么东西，到了李建泰面前。李建泰正在发愣，忽听另一个太监尖声叫道：

"李建泰跪下，捧接万岁爷钦赐手敕！"

乐声又响了，李建泰慌忙重新跪下，双手打颤，从朱漆描金云龙盘中，捧起来皇上手敕。一个内臣走来，替他打开了黄缎包裹，又打开裱好的手卷，上边写着四个大字："代朕亲征"。前边一行小字："赐辅臣李建泰"。后边一行小字："崇祯十七年甲申正月吉日"。上边正中盖着一颗阳文朱印，四个篆字是"崇祯御笔"。李建泰双手捧着，看过以后赶快交给太监，伏地叩头谢恩，山呼万岁，眼泪纵横，泣不成声。

崇祯仿上古的"推毂"礼，为李建泰饯行的全部仪注快要完毕。最后，一部分大臣重新登上城楼，在皇帝面前分两行侍立。在鼓乐声中有一个太监为李建泰披红，另一个为他簪花，还有一个捧出尚方宝剑。李建泰跪下去叩头谢恩，山呼万岁，接了尚方宝剑。大臣们在乐声中陪他下了城楼，出了正阳门。等候在下边的文武百官，一齐向李建泰作揖送别，望着他坐进八抬大轿，在鼓乐声中起程。

忽然一阵狂风吹来，李建泰一行人马旗帜翻卷，队伍凌乱。李建泰在轿中听见什么地方"咔嚓"一声，他吓了一跳，以为轿杆折断，其实仅仅是一场虚惊，但也吓得他面无人色。

崇祯冒着风沙和寒冷，继续留在正阳门上，凭着女墙，望着李建泰在数百名文武官员和兵丁的护卫中向南走去。他目送了很久。就在这目送李建泰启程的时候，他忽然想起四年以前，他也是在这同一个地方送杨嗣昌往襄阳去，又想着李建泰的本领和威望都远远比不上杨嗣昌，而今日形势也大大坏于当年。他对李建泰的处境不敢存什么希望，在心中说道："唉，试一试吧！"直到李建泰一行人马向广宁门的方向转去，看不见了，他才怀着渺茫的希望走下城楼，返回宫中。文武群臣在崇祯走后，才敢散去。

李建泰出京以后，同杨嗣昌当年的情况完全不同。杨嗣昌出京后星夜赶路，巴不得一步就能到达襄阳。李建泰出京后，行路迟迟，不久就听到山西消息，知道平阳府于正月二十三日失陷，他的家乡曲沃也失陷了，他的家财被李自成全部抄没。这可怕的消息对他的打击非同小可，山西是不能去了，用私财养兵的梦想破灭了，他现在往哪儿去呢？如何向皇上交差呢？他自己明白，名义上他仍是督师大臣，实际上已成了丧家之犬！

受到这一惊吓，李建泰有整整一天没有吃东西，随即病了。他一天只走三十里，尽量拖延时间。崇祯对李建泰的行路迟缓完全清楚，但是他一反常态，对于这样贻误戎机的事，既不下旨切责，催促火速前进，也不对朝臣提起此事。他本来就不指望李建泰对大局能有所作为，如今完全绝望了。

李建泰出京时只带了五百人马，由于不断地开小差，到定兴县城时只剩下三百多人了。定兴城中的官绅士民害怕受官兵苦害，坚闭城门，不让李建泰进城。李建泰急需到城中治病，补充给养。可是以他的督师辅臣之尊，加上尚方宝剑之威，竟然莫可奈何。李建泰因为没有给养，不能继续前进，在城外驻兵三日，声言要调兵攻城。后来讲好进城以后决不骚扰士民，守城百姓才将城门打开。

梦江南

李建泰在城中停留两天，弄到一些给养，病情稍有好转，只因为王命在身，不得不继续上路。到了保定之后，听说刘芳亮的人马已经出了河南境，向保定前来，相距只有三百多里。还有一支人马，已经到了固关，听说也要从固关出来。李建泰不能再向前去，又不敢退回北京，只好停留在保定城内，坐等大顺军前来攻城。他知道保定必不能守，给皇帝呈了一封十万火急的密奏，劝皇帝速往南京，或送太子南行。这时已经是二月中旬了。

崇祯知道太原已经失守，保定也很危急，一方面考虑是否应该赶快逃往南京，一方面考虑调吴三桂率关宁人马回救北京。关于调吴三桂来京勤王的事，原来在正月下旬，蓟辽总督王永吉已经秘密地向他建议，随后山永巡抚黎玉田也有同样建议，他一直将他们的密疏"留中"，不肯叫群臣知道。二月初二日，又收到王永吉的第二次十万火急密奏，重新提出这个建议。他拿着密疏思索很久，仍然将该疏"留中"。他明白，倘若吴三桂率关宁精兵来北京勤王，势必要放弃宁远等几座重要城镇和一大片土地，使满洲人直逼关门。不战而放弃土地人民，要成为祖宗的不肖子孙，要受举国上下的责备，成为千古罪人。他不到万不得已，不考虑调吴三桂率兵勤王。现在他还不能下决定放弃关外的土地人民。

他对逃往南京的事考虑的时候较多，可是他很明白，带着后妃宫眷们往南方逃走有很多困难。例如路途上会不会遇到李自成的人马拦截或追赶？对扈从的人马倘若缺少赏赐和给养，会不会鼓噪兵变？兵变会不会将他一家人杀害或献给李自成，使他和后妃们在"流贼"手中受辱而死？忽然他想到田妃在前年死了，不觉在心中感叹说："唉，她死得好，死得好啊！"他接着又想，当然沿路也会有不少忠诚义士起兵勤王，护卫他奔往南京。而且江淮间的文武大臣们也会有人率兵北上迎接。在思想极其矛盾中他曾打算将一些大臣差往天津、德州、济南、临清等地，为他的南行作准备,但是他拖着没有办,只暗中密谕天津巡抚冯元飏,准备海船,而对准备海船的用意也没有明白指示。总之他心中已经失去章法了,不知道究竟如何才好。

在接到李建泰的密疏之后,崇祯召集部分文臣到平台"面对"。他先将李建泰的密疏交给辅臣们传阅,又感到传阅耽误了时间,就命身边侍立的一个秉笔太监慢慢地读给大家听,然后问诸臣有何意见。以李明睿和项煜为首的几位文臣主张崇祯应该立刻亲往南京。以李邦华为首的几位大臣主张皇帝应该固守北京,速送太子抚军南京,同时送永定二王到江南去,分封在太平和兴国两处,以为南京的羽翼。这还是前些日子的意见,只是重复提出而已。以光时亨为首的几位言官知道战事十分不利,皇上走不走决定于这一次的御前会议。皇上出走,他们这班官位不高、又无钱财的小官必被抛下,所以反对更为激烈。他们也反对将太子送走,认为太子若被送走,皇上很可能乘机出京。原来光时亨对四朝老臣、素负刚正之名的左都御史李邦华还存有相当的敬意,所以只攻讦李明睿。现在他态度一变,连李邦华也猛烈攻讦。他跪在崇祯面前,大声说道:

"大臣们不思如何调兵措饷,固守神京,而一味建议送太子往南京抚军,是何居心?难道要使唐肃宗灵武的故事再见于今日么?"

崇祯猛吃一惊,心中自语:"我竟没有想到!"

沉默片刻,他怒目扫了群臣一眼,说了声:"退朝!"恨恨地一顿足,起身回乾清宫了。

回宫以后,经过犹豫彷徨,反复斟酌,他的主意已经拿定。当天下午,他将辅臣们召到乾清宫的西暖阁,向他们说道:

"南迁的事,多次讨论,群臣各执一说,莫衷一是,殊失朕望。如今太原失守,保定吃紧,似此讨论下去,何以救国?我国家三百年养士,深恩厚泽,无负于臣工,而当今日国家危在旦夕之际,竟无一个可用之臣!当年朕用了一个杨嗣昌,娴于韬略,办事敏捷,立身清廉,仓促间战事失利,责任并不在他,可是他生前死后备受攻讦。今日大臣中像杨嗣昌这样的人才在哪里?倘朝中有半个杨嗣昌,何至今日!朝廷上为南迁事发言盈庭,争吵不休,有何用处,全是亡国之象!"

辅臣们跪在地上,不敢抬头,等候受皇帝的严厉责备。崇祯继续说:

"国家危亡时候,迁都是为了重建中兴大业。殷之盘庚,因迁都而中兴。唐代也曾两次迁都。可是我们今日一谈南迁,竟如此之难,竟看不见大小臣工风雨同舟,和衷共济!"

蒋德璟抬起头来说:"诸臣所言皆出自忠君爱国之心,并无他意,请陛下息怒!"

崇祯又说:"天宝十四年,安禄山何等猖狂,连陷东西二都,可是唐朝还有郭子仪、李光弼这样人物为朝廷统兵打仗。今日郭子仪、李光弼在哪里?当时文臣中也有坚不投降的,颜杲卿死守常山,张巡死守睢阳。两年来'流贼'占了湖广、河南、陕西,如今又入了晋省。只听说地方官有的投贼,有的倡逃,却不闻有半个颜杲卿,半个张巡!当年唐明皇往成都去,尚有陈玄礼率御林军护驾,如今可有半个陈玄礼一样人么?……"

崇祯越说越悲愤,声音打颤,泪随声下,随即放声痛哭。

众辅臣将身子俯得更低,不敢仰视,也不敢说出一句空话劝慰。崇祯哭了一阵,用袍袖揩去眼泪,恨恨地说:

"朕意已决。古人云:'国君死社稷。'又《春秋》之义:'国灭君死之,正也。'倘若天意亡我,朕不惜以一死殉国,但恨身死国灭,无面目见列祖列宗于地下耳!"

众辅臣稍稍抬起头来,说些劝慰的话,认为"流贼"虽然入了晋境,但距京师尚远,应赶快征调勤王之师,北京可以为无忧。倘若援师云集,在北京城外一举而重创"流贼",未尝不能。

崇祯心中一动,想到了调吴三桂勤王的事。但是他没有做声,在心中说:"王永吉的建议是可行的。如今看来,只能指望吴三桂了。"

辅臣中有人希望,借护送太子和永定二王的机会逃往江南,用委婉的口气说道:"护送太子往南京也是救国一策,请皇上不妨再为斟酌。"

崇祯望了他们一眼,暂时沉默不语。他已经将这事考虑了多遍。他的多疑的本性对送太子逃往南京也忽然很不放心。他认为如果有少数精锐人马赶来勤王,纵然不能在北京城外将"流贼"打败,北京也将会坚守下去,以待四方勤王之师。倘若北京被围困很久,或者他从北京突围,转战南下期间,有人在南京拥立太子建国,继而拥戴太子继位,真的国中出现了灵武故事,他纵然能到南方,但木已成舟,他就变成一位无权的太上皇,听人摆布。这样的命运同唐玄宗晚年一样,他死也不能甘心。于是他含着怒意,望着辅臣们说道:

"朕宵衣旰食,经营天下十七年,尚不能振刷朝纲,消灭叛乱,致有今日。太子是个孩儿家,他懂得什么?他纵然侥幸能到南京,只不过玩弄于权臣之手,恐怕连唐肃宗也不会做。"

辅臣们知道皇上有疑心,不敢再说话了,等候皇上吩咐。崇祯心中激动,手指打颤,从御案上捡起来蓟辽总督王永吉和山永巡抚黎玉田的两封奏疏,交给首辅陈演,说道:

"这两封密疏,阁臣们先看一看,然后与六部九卿科道官一起讨论,不可延误,我明天叫你们进宫回话。"

辅臣们回到内阁,共同阅读王永吉和黎玉田的密疏,尤其重要的是蓟辽总督王永吉的疏。王永吉在疏中说，原来关外有八城，都依靠宁远支撑，所以宁远十分重要。如今关外只剩下四座城，而宁远孤悬在离山海关二百里外，已经失去了重要地位。数万精兵留在宁远，无补于辽东局势，反而要耗费国家粮饷，迟早还要被敌人围攻，不如撤回关门，随时可以驰援京师。

首辅陈演和次辅魏藻德读罢密疏，都不同意。别的辅臣如范景文和丘瑜，只是沉吟，不置可否。从大局着想，只有调吴三桂星夜勤王，才能够保住北京，救国家不亡。可是阁臣们没有一个敢说出赞成的话。他们深知道崇祯的秉性脾气。事后一旦北京无恙，有人追究抛弃土地人民的责任，崇祯决不会自己承担，一定会杀一两个大臣以谢国人。前年屈杀陈新甲的事情，至今大家还记得很清，谈起来仍觉十分可怕。陈演私下问魏藻德应如何回答皇上，魏藻德悄悄地说道：

"上有急，故行王永吉、黎玉田二人之计。倘若事定之后，上以欺帝之名杀我辈，且奈何？"

陈演点点头，认为魏藻德的顾虑十分有道理，就对众辅臣同僚说："以国家一寸土地一寸金，全都是从祖宗朝浴血苦战得来，何故一旦弃地？弃地又弃百姓，书文史册，作何名目？岂非辅臣之罪？"

虽然有人心中考虑：处此千钧一发之际，救国要紧，不必顾虑自身后患。可是谁也不敢争执，都同意了首辅和次辅二位辅臣的意见，对这件事不作任何决定，恭请皇上召集文武百官会议，或者断自"宸衷"。

当天夜间，崇祯见到了首辅陈演所上的秘密揭帖，看透了这班辅臣的心思，恨恨地骂了一句："无用的东西！"决定明天召集百官之后，再作决定。

也就是当天夜间，崇祯在养德斋中被魏清慧叫醒，呈给他一封十万火急的军情塘报。崇祯一看是禀报宁武关和大同失守，李自成大军正向东来。他一阵心头狂跳，面色如土，顿时吓得出了一身冷汗，从被窝中猛地坐起，不觉叫道：

"天哪！……"

魏清慧赶快将一件银狐袍子披到他的身上。崇祯重新将塘报看了一遍，想到亡国灭族的惨祸不可避免，他竟会成一个亡国之君，忍不住放声痛哭。他的哭声将另外一个值夜的宫女惊醒，惊慌地掀帘进来，看见魏清慧使的眼色，赶快悄悄地退了出去。魏清慧虽然从来不敢看呈给皇上的各种文书，对国家事不敢打听半句，但是刚才司礼监的值夜太监匆匆来到乾清宫后边养德斋门外，嘱咐她叫醒圣驾，将这封火急文书立即呈给皇上，她猜到必是禀报了十分可怕的坏消息。崇祯坐在床上痛哭，魏清慧也禁不住落泪。为着不使皇上看见她落泪，她背过脸去，俯下身子，将铜火盆中的木炭重新架好，使炭火燃得更旺，驱赶深夜的寒气。

第二天上午，崇祯在平台召集百官会议，连平日不多过问朝政的勋臣们也都来了。关于弃关外土地人民，调吴三桂来京勤王的事，虽然也有人表示反对，有人不敢表态，但多数人因为情况紧急，都表示赞成。勋臣中较有地位的成国公朱纯臣也主张调吴三桂勤王。言官中没有反对。都给事中孙承泽主张调吴三桂，而另一个都给事中吴麟征更为坚决，慷慨力争。

会议之后，虽然没有取得一致意见，而且重要辅臣们仍持观望态度，但是崇祯已经下定决心，准备下密诏弃地撤兵。回到宫中以后，他忽然想到：吴三桂的父亲吴襄现在北京，何不召见他问一问宁远兵马的实际情况！

当天下午，崇祯在平台单独召见前宁远总兵、现中军都督府都督吴襄，向他问道：

"吴襄，群臣们连日讨论，建议朝廷弃宁远等关外四城，将宁远镇人马撤回来守山海关，随时回救北京。你看如何？"

吴襄只是挂一个中军都督府都督的虚衔，实际并不问事，与朝臣也少往来，所以这两天廷臣们所争论的事他不清楚。听了皇帝的问话，他吓了一跳，赶快回答说：

"陛下，臣只知道祖宗之地尺寸不可弃。"

崇祯的心中一凉，勉强笑着说："此是朕为国家大局着想，不是责备卿父子弃关外土地。"

吴襄听清楚了，不再心跳，从喉咙里"哦"了一声。

崇祯接着问道："眼下贼势甚为紧迫，卿料想卿子吴三桂的方略能够制服敌人么？"

吴襄说："以臣揣度，贼据秦晋以后，未必会来北京。纵然会来，也必定派遣先驱少数人马前来试探，闯贼不会自己前来。倘若闯贼自来送死，臣子吴三桂必能将他生擒，献于陛下面前。"

"逆闯已有百万之众，卿如何说得这样容易？"

"贼声言有百万之众，实际上不过数万。中原乌合之众，没有同边兵打过交手战。往时诸将手下都是无节制、少训练的兵，遇见贼就要溃降。用五千人去，替贼增加五千；用一万人去，替贼增加一万。这样剿贼，只能使贼势一天比一天壮大，我兵一天比一天衰弱。逆贼因胜而骄，压根儿没有见过大敌。朱仙镇之战，左帅可以算是大敌，败在我们官兵有很多降了敌人。郏县之战，秦督孙传庭算得是闯贼的大敌。可惜秦督部下多是陕西人，所以也败了。若以臣子吴三桂剿贼，没说的，逆贼就会乖乖地被擒了。"

崇祯看出来吴襄是一个老于世故、有点狡猾的人，抱着姑妄听之的态度，听吴襄信口吹牛。内臣们看见他许多天来第一次面带笑容。他又问道：

"卿父子究竟有多少人马？"

吴襄看出来皇上在笑他将剿贼说得太容易，忽然对如何回答兵员人数有点害怕，不由地先伏身叩了一个头，然后回答说：

"臣罪万死！"

崇祯诧异："卿有何罪？"

吴襄又一次叩头，接着说道："臣父子的兵，按图册是八万人，实数只有三万人。非几个人的粮饷不足养一个兵，此系各镇通病，不是宁远镇一处如此。"

崇祯对宁远兵只有三万人感到意外，赶快问道："这三万人皆骁勇敢战吗？"

吴襄说："若三万人都是战士，成功何待今日？臣兵不过三千人可用耳！"

崇祯又吃一惊，问道："三千人如何能当贼兵百万？"

吴襄说："这三千人并不是兵，都是臣襄之子、臣子之兄弟。臣自受国恩以来，自己吃的是粗米粗面，这三千人吃的是美酒肥羊，臣穿的是粗衣粗布，这三千人穿的是绫罗绸缎，所以在缓急时臣能得其死力。"

崇祯问道："需要多少饷银？"

吴襄说："需要一百万两。"

崇祯大吃一惊，问："即拿三万人说，何用这么多的饷银？"同时在心中骂道："可恶！你看见国家有难，漫天要价！"

吴襄满不在乎地回答说："陛下，百万两银子，还是臣少说了呢！这三千人在关外边，每人都有数百两银子的庄田，如今叫他们舍去庄田进关，给他们何处土地屯种？还有，已经欠了十四个月的额饷，作何法补清？关外尚有六百万生灵，不能抛给敌人。如今将他们迁入关内，如何安插？从这些方面看来，恐怕一百万还不够用，臣怎敢妄言！"

崇祯明白吴襄的话有一部分是胡说八道，趁机要钱，但是他没有生气,一则害怕吴襄会暗中阻止他的儿子星夜撤军关内,来京勤王,另外他也明白,吴襄的话中有一部分确是实情,欠饷的事确实很严重。至于他说有三千人吃得好,穿得好,像他的儿子一样,像吴三桂的兄弟一样受优待,这也不完全是假的。他常听说,有些能够打仗的大将,有一部分亲兵或家丁待遇非常优厚,所以在紧急的时候能够替他拼命。他是一位为治理国家用心读书的皇帝,曾读过《资治通鉴》,知道安禄山也有一部分亲兵,待遇非常优厚,打仗的时候能够替他出死力。这一部分亲兵称之为"曳落河"。吴襄所说的三千人,也正是"曳落河"一类的亲兵。他向吴襄点点头,说道:

"卿说的是。但目前内库中只有七万两银子。搜罗一切金银饰物,补凑一起,不过得二三十万两,够多了。可是不管如何困难,朕马上就要调吴三桂来京,卿下去休息吧。"

当天晚上,崇祯给兵部尚书写了一通手谕,写道:

> 谕兵部尚书张缙彦:飞檄宁远镇总兵吴三桂,全师撤回山海关,速率关宁精兵来京讨贼,不可迟误。宁远一带士民,均属朕之赤子,忠爱素著,不可轻弃,凡愿归关内者,该总兵妥为料理,携归关内,暂在临榆境内及附近地方安置。此谕!

给兵部下过密诏之后,崇祯担心吴三桂会拖延时日,贻误大事,随即又给蓟辽总督王永吉下了一道手谕,命他亲自驰赴宁远,督催吴三桂弃地入关,星夜来京勤王。

时间已经是深夜了。崇祯的心情略微轻松,认为保北京有了指望。但想到祖宗百战经营的关外土地竟然从他的手中全失了,不禁突然伏到御案上痛哭起来。

崇祯怀着凄伤的心情回到养德斋，在宫女们的服侍下脱衣就寝。当他准备上床就寝时候，想着有吴三桂数万精兵，北京可以平安无事，李自成受挫后就会退走，至于以后怎么办，暂不必管，只好走一步说一步吧。他望着魏清慧有点憔悴的脸孔，关心地说：

"你今夜不必留在养德斋，叫别的都人值夜，你好生休息去吧！"

看见魏宫人无意离开他的身边，他想到她是遵从皇后的吩咐，便不再说了。他决定就寝，以便明日有精神处理军国大事，勉强闭上眼睛。但是忽然想到李自成的大军正从宣府杀来，如今商议调吴来京勤王怕来不及了，猛然出了一身热汗，睁开眼睛，在心中说：

"倘若在一个月前调吴三桂该有多好！"

他再也不能入睡，越想越觉得局势可怕，关于逃往南京的事情又一次浮上心头。如今李自成向大同东来，宣府甚危，他对于究竟应该留北京死守待援或是赶快奔往南京，不能决断。他明白吴三桂如果来迟一步，北京大概不能固守，并且又一次想到他要为社稷而死，不免有国亡族灭的下场，十分害怕，禁不住在枕上悲声叫道：

"北京，北京！……"

魏清慧突然惊醒，慌忙靸着绣靴，来到御榻前。他不等魏开口，赶快装做若无其事的样子，微笑着（笑得多么惨然！）说：

"没什么，朕是想着北京可以无忧了。"

崇祯最后下决心命吴三桂弃地撤军，是在二月二十日。倘若吴三桂不携带宁远一带士民进关，只带数万步骑兵星夜勤王，时间并不算晚，但是要将几十万士民也撤退到山海关内安插，无论

梦江南 179

如何比不上李自成向北京进军的速度。虽然崇祯在宫中对救兵望穿秋水，没料到急惊风遇着慢郎中，吴三桂的宁远兵竟迁延着不能进关！

从二月下旬到三月初，每日京城内谣言纷纷，都是不好的消息，局势一天比一天险恶。最可怕的千真万确的消息是有人从山西逃来，看见刘宗敏的一通檄文，声言大顺兵马数十万，将于三月十五日来到北京，特布檄文，明白与崇祯约战。崇祯若不能战，就赶快让位，将江山交给李王。还有一个可怕的消息说，山东境内的运河已经被李自成人马截断，北京粮食来源断了，粮价已经开始涨价。还有一件想象不到的消息：二月二十日，离京城只有三百里的真定府失守了。起初都不相信，所以没有人谈论。到二月尾忽然有了确凿消息，使崇祯大吃一惊。原来真定知府邱茂华听到有一支大顺军占领榆次、平定，快到了娘子关和固关，赶快将家属送出城去。巡抚徐标遵照圣旨将他逮捕下狱，不料徐标手下的中军官趁他登城部署如何守城的时候，将他绑了起来，拉出城外杀掉，投尸水中，随即砸开监狱，将邱茂华请出。邱茂华以现任知府身份，檄所属州县投降大顺。过了几天，才有很少数的大顺军出固关东来，进入真定府城，收了各衙门的印信、府库中的银钱，以及各种图册籍，不费一刀一矢将真定府和附近属县占领了。北京的南边发生这种意外变化，而北京的西北边是李自成和刘宗敏的主要进兵路线，除大同、阳和两军事重地已经向李自成投降之外，宣府的情况也不清楚，传说纷纷。

虽然崇祯皇帝严厉禁止官绅富户出城，但是由于局势一日比一日险恶，谁不怕死？那些有钱的达官巨绅都打算逃出北京，只是由于畿辅处处不平静，才使许多人想逃而无处可逃。

朝廷上又有人酝酿着劝崇祯逃往南京。崇祯将希望寄托在派兵据守居庸关，以待吴三桂的精锐边兵。他害怕朝廷上再一次讨论去南京的事,京师的人心会进一步瓦解,想守居庸关都不可能了。有一次上朝的时候,崇祯忍不住痛哭流涕,一再向群臣询问良策。可是没有人能说出来什么办法。有人又提南迁的事,请皇上再作斟酌。崇祯这时候很害怕在青史上留一个抛弃宗庙陵寝逃跑的丑名,也害怕会因为再论南迁的事会瓦解京师臣民固守待援的心,所以他怀着沉痛的心情,用十分坚决的口气说道:

"国君死社稷,义之正也。朕将安往?若说护送太子二王往南方去,以备非常之变,哼,哥儿们孩子家,做得甚事!目前唯有上下一心,一守居庸关,二守京师,其他俱不须说。官绅富户不许擅离京城,有敢逃出京城的严惩不贷!"

前两三天他还在梦想南逃,曾经下手谕,对辅臣蒋德璟,加兵部尚书兼工部尚书衔,晋封文渊阁大学士,总督河道、屯田、练兵诸事,驻节天津。封另外一位辅臣方岳贡为户部尚书兼兵部尚书、文渊阁大学士,总督漕运、屯兵诸事,驻节临清。后来有人密奏:不应使大臣离京,说他们一离京城就会潜遁,所以他今天当着群臣再一次面谕官绅富户不许离京的话,对蒋德璟和方岳贡的新任命只是"拟议",并未颁发关防、敕书,自然不再提了。

第二天,三月初四日,钦天监奏帝星下移,给崇祯又一次很大的精神打击。他在心中悲呼:"难道我果真要失去江山么?"他为着禳除祸殃,完全吃素,禁止鼓乐,素衣临朝,也传谕后妃们和朝廷百官一体沐浴斋戒,虔诚修省。他除在乾清宫丹墀上虔诚跪拜,祷告苍天之外,又一次到奉先殿向祖宗的神主痛哭。

然而崇祯皇帝并没有等待亡国。在没有一个朝臣替他贡献救国良策,使他陷于孤立无援的情况下,他一个人苦心筹划,决定立刻晋封吴三桂为平西伯,左良玉为宁南伯,唐通为定西伯,黄得功为靖南伯。晋封吴三桂和唐通为伯,是为着鼓舞他二人出死力保卫北京。晋封左良玉和黄得功为伯,是因为他在心里并没有完全放弃逃往南京的打算,只是他一字不肯吐露。他决定之后,立刻颁给敕、印,不许稍误。另外,他下诏征天下兵马勤王,除催促吴三桂火速率兵入关之外,尤其指望驻在密云的总兵唐通和驻临清的总兵刘泽清火速率兵来京。

初五日,崇祯命勋臣、世袭襄城伯李国桢督练京营,由襄城伯府移驻西直门,准备率三大营兵出城作战。又命太监王承恩总督守城诸事。王承恩接到上谕之后,赶快来乾清宫谢恩。崇祯向跪在面前的王承恩说道:

"朕深知你怀着一颗忠心,平日办事谨慎,所以命你总督守城大事。你可不要辜负朕辜负国家!"

王承恩哽咽说:"奴婢情愿以一死报答皇恩,可是目前无兵无饷……"

"你不用说了,守城的困难朕全明白。你先去尽力部署,缺饷事朕另有安排。下去吧!"

王承恩刚刚退出,司礼监值班太监送来一封六百里飞递的火急文书。这文书是从宁远来的,用火漆封牢。崇祯天天盼望着宁远消息,但拿着这封军情文书不知吉凶,两手轻轻打颤。拆封之前,他在心中说道:

"天呀,又出了什么变故?莫非是东虏又进犯了,使吴三桂必须应付,没法儿离开宁远?"

等他拆封一看,放下心来,猛然一喜。原来这是王永吉和吴三桂联名的火急奏报,内言五十万士民需要携入关内,其中老弱妇女很多,还有很多什物,很多粮食、牲口和家畜,运输十分困难。加上百姓安土重迁,使撤兵事遇到了很多阻碍,所以耽搁了一些日子。现在一切准备就绪,让妇女老弱先行,军粮和其他笨重军资已经上船,将由海上运到榆关海滨。为防备满虏轻骑袭击,掳掠人口,王永吉与吴三桂亲率精兵断后,准于初六日放弃宁远。崇祯看看宁远发文日期，到北京只走了两天！当然，他明白，这是六百里飞递，日夜不停地赶路，几十万军民撤入关内不能期望很快。但是七八日总可以来到关内吧？他在心中欣慰地说道：

"唉，已经有指望了！北京不要紧啦！"

初七日，才晋封为定西伯、驻兵密云的蓟镇西协总兵唐通奉诏勤王，率所部八千人来到，驻兵彰义门①外。他一来到就要求陛见，一则要当面向皇上谢恩，一则是请训，也就是请皇上面授方略。崇祯没有想到唐通如此迅速率兵入卫，颇见忠心，使他十分高兴。他在武英殿召见唐通，说了些慰劳和奖励的话，赏赐大红蟒衣一袭，纻丝表里两件，黄金四十两，又犒赏全营官兵白银四千两。因为得到塘报说李自成亲率五十万大军将从大同往北京来，大同早已告急，如今情况不明，所以崇祯命唐通率所部八千人马火速开赴居庸关，固守长城，并且当面告诉唐通，他要命太监杜之秩随唐通前去监军。唐通是松山溃逃的八总兵之一，虽无韬略和勇敢，却有口辩，也善交游，平日与杜之秩颇有来往，所以对杜之秩去居庸关监军十分高兴。

唐通从武英殿辞出后，崇祯立刻将杜之秩叫来，当面将派去居庸关监视唐通军的事告诉了他，并且叮嘱说：

"杜之秩，你从前在别处做过监军，也帮助杜勋办过内操，也是朕素所倚重的一个内臣。居庸关是北京的最后一道门户，你可得同唐通为朕固守！"

杜之秩叩头说："请皇爷放心。居庸关是天险，原有三四百人马驻守，如今又有唐通的八千人马前去，且有大将唐通坐镇，

---

① 彰义门——北京在金朝称为中都，城周七十五里。中都西城有三门，中间一门名彰义，大体上在广宁门正西，相距约十里，明朝习惯上沿袭金朝称广宁门为彰义门。

必可坚守。奴婢前去监军,宁可肝脑涂地,决不使一个贼兵进入居庸关内。"

"好,好。但愿你能像杜勋一样!"

唐通的镇守居庸关和杜之秩的保证使崇祯固守北京的事有了希望,感到几分安慰,决定放心睡一觉,便回到养德斋了。

不料深夜时候,他被一位宫女的轻柔而带着紧张的声音叫醒。他疲倦地睁开眼睛,看见是魏清慧,想着不会有重要事,便又将眼皮合上。听见魏清慧又呼唤一声,他第二次睁开眼睛,脑子有点清爽了,问道:

"什么事?"

"刚刚送来的塘报。"

"是紧急的么?"

"十万火急的,皇爷。"

崇祯的睡意全消了,虎地从被窝中抽出身子,靠在枕上,将魏清慧手中的装塘报的匣子接过来,打开一看,原来一共五封。他未及细看发来塘报的地方和衙门,先拆开放在上边的一份,然后第二份、第三份……他吓出了一身汗,脸色惨白,两手打颤。看完以后,他深深地叹了口气,又猛然想起来近来朝廷上的争论,在自己心中问道:

"到底怎么才好?是死守待援,还是速往南京?"

他的心绪慌乱,想不出好的主意。他同时心中明白,在朝臣中只有纷纷争辩,没有可以问计,他真正是孤立在上,对大局束手无策。他侧着头,似乎是用询问的眼光望着魏清慧。魏宫人害怕得怦怦心跳,低下头去。但是崇祯实际上无意望她,而是伤心地想着祖宗的江山不保,禁不住两行泪从憔悴的脸颊上静静地滚落下来。魏清慧心中悲楚,不敢抬起头正视皇上。她知道那些密封外粘有鸡毛的、十万火急的塘报中所报告的都是十分可怕的军情,但是皇宫中规矩森严,她不打听一个字,所以也没法劝慰皇上。

怀着恐惧和凄怆的心情,魏宫人轻脚轻手地将放在矮架上的大铜盆中的木炭弄旺,然后从放在门后高几上的朱漆描金包壶中倒了半盏温茶,放在堆漆雕花(又称剔红)圆盘中,双手端到御榻旁边,温柔地轻声说:

"请皇爷用茶。"

崇祯用眼色命她将果园厂精制的剔红圆盘放在床头边紫檀木雕花茶几上。停了片刻,他轻叹一声,从榻上坐起来,将他平日喜爱使用的成化窑青底斗彩鸳鸯莲花小茶碗看了一眼,继续想着心事。魏清慧赶快取一件貂皮黄缎暗龙袍披在崇祯的背上,将茶碗揭开,放在雕漆圆盘上,轻声说:

"请皇爷用茶。"

崇祯端起茶碗饮了半口,继续想着心事。忽然感到大局绝望,并想到群臣可恨,心中一急,猛然将手中的名贵茶碗投掷地上,摔个粉碎。魏宫人惊叫一声:"皇爷!"立刻跪到地上,不敢抬头,也不知皇上为何如此动怒。

和衣睡在养德斋外间的两个值夜宫女被突然惊醒,赶快穿好绣鞋,掀帘进来。崇祯向宫女们望了一眼,吩咐说:

"朕要起床,到乾清宫去!"

魏清慧从地上抬起头来劝道:"刚刚打了四更,请皇爷再睡一阵!"

"哼,江山比睡觉要紧!"

魏清慧看见劝不住皇上起床,赶快命两个宫女侍候皇上穿衣梳洗。她自己将砖地上的碎茶碗打扫干净,然后到外间抓到自己的貂绒绣花斗篷披到身上,向乾清宫正殿跑去。她担心那两个在乾清宫正殿中值夜的太监睡熟了,要赶前去将他们叫醒,免惹皇爷生气。平日,从乾清宫后院到正殿去的东西山墙内的长夹道都彻夜点着宫灯,不知怎么,今夜后半夜宫灯全熄了。魏清慧刚进西夹道,面前黑洞洞的,似乎有什么东西走动。近来传闻宫中经常闹鬼,魏清慧本来晚上走路就怕,此刻不禁毛骨悚然。忽然,一股冷风从夹道迎面吹来,她猛地打个冷战,回头踉跄地奔回养德斋外间,取了一盏宫灯,重新往乾清宫去。近来她也常想着大明朝可能亡国的事,心中十分害怕和悲哀。今夜,皇上看了那些十万火急的塘报后十分反常,是不是处处兵败,真格地要亡国了?那些塘报中到底报告了一些什么坏消息?……

"唉,又是一个令人可怕的夜!"

第 九 章

　　崇祯所看的十万火急的塘报有一封是说关于李自成的大将刘芳亮率一支人马进入畿南,所到之处官绅纷纷迎降,已经逼近保定。但是崇祯明白刘芳亮率领的只是一支偏师,人数不多,不是来进攻北京的,所以使他最害怕的是李自成和刘宗敏所率领的、由太原向北京来的大军。哄传这支人马有五十万,究竟有多少,朝廷不清楚,但是北京的存亡要看李自成这支大军来的快慢。倘若吴三桂的勤王兵先到北京城下,北京就可以有救。要是李自成的大军来得快,北京就完了。

　　有两封塘报是报告宁武失守的情况,一封是报告大同失守,一封是宣府告急。

　　崇祯原以为宁武和大同都是军事重镇,都能够坚守一阵,使敌兵不能够顺利东来,没料到宁武只守了三天,而大同根本没有作战,敌人未到就派人迎降。崇祯对如何看军情塘报有丰富经验,轻易哄不住他。关于宁武失陷的两封塘报,有不少互相牴牾之处,也多浮夸的话,但是有一点是千真万确的:宁武已经于二月二十五日失陷了,镇守宁武的山西总兵周遇吉拒绝劝降,血战捐躯,他的夫人刘氏率领奴仆们凭借宅子射死了许多敌人,然后举火自焚。

大同是三月初一失陷的。镇守大同的总督王继谟事先逃走，大同镇总兵姜瓖避敌宣府，他的手下将领献城迎降。大同巡抚卫景瑗于城破后被李自成捉去，不肯投降，自缢尽节。由于大同城不战而降，姜瓖已经怀有二心，宣府危在旦夕。倘若宣府失守，李自成的大军就可以长驱东来，几天内可到居庸关。虽然居庸关有唐通镇守，但是他只有八千人马，加上原有守兵，不足万人，如何对抗李自成的数十万人？

崇祯于深夜从养德斋来到乾清宫东暖阁以后，立刻提起朱笔写了一道手谕：

> 谕杜勋：宁武、大同失陷，宣府势危。宣府为居庸屏障，汝务必与姜瓖同心协力，固守杀敌，勿负朕望。切切此谕！

他命乾清宫的值班答应，传来司礼监值班的秉笔太监，连夜将他的手谕发交兵部衙门，以六百里快递送往宣府。这是他为解宣府之危所唯一可做的事情，做完以后，他看在身边侍候的魏清慧和另外两个宫女尚未梳洗，都是鬓发蓬松，面有倦容，而魏的脸色更显得憔悴。他明白连日来她比别的都人们陪着他睡眠更少，操劳更甚，不觉在心中凄然一酸，暗暗叹道：

"谁晓得她能在我的身边服侍多久！"

一个宫女送来了一个彩绘精致的朱漆梅花食盒，另一个宫女前去揭开黄缎绵帘，魏清慧一眼看见，忙去双手接过食盒，端到御案上放下，并将盒盖揭开，躬身说道：

"请皇爷用点心！"

崇祯望一眼食盒中的一碗燕窝汤和四色点心，向魏问道：

"天明是初几了？"

"回皇爷，天明是三月初八了。"

崇祯叹道："三月初八！……"

他没有再说别的话。按照王永吉和吴三桂的密奏，宁远兵动身才两天，由于携带五十万百姓，每日最快只能走五十里，他担心未必能来得及了。拿起银匙在燕窝中搅了一下，又是一声长叹。

就在崇祯对杜勋发出最后一道手谕送到宣府的这一天，即三月十二日上午，从宣府城内走出大约一百人的小队骑兵，盔甲整齐，绣旗飘扬。前边是一对同样毛色深红的高大骏马，并辔而行，骑在马上的武士每人手中擎着一个官衔牌子，上书："钦命宣府镇监军内臣"。接着是同样甘草黄色的八匹骏马，也是并辔而行。这八匹马古人称为"八骆"，从汉朝以来只有很高级的文官才能使用，代替了仪仗。"八骆"的后边是一匹嘴唇和眼圈略呈淡红的纯白马，辔头和雕鞍上用白银装饰，镀金镂花铜镫，白丝缰绳，马胸前垂着雪白护胸，上罩朱红流苏。骑在这匹白马上的是一位中等身材、白净面皮、不长胡须的中年汉子，他就是崇祯视为心腹的太监杜勋。其余的骑兵跟在他的背后，队形很整，匆匆向西。

大约在巳时左右，这支小队走到离宣府三十里的地方，见大顺朝的人马来了，他们赶快下马，站立路的南边迎接。虽然今日塞外有三级寒冷的北风，夹着尘沙，扑在脸上很不舒服，但是他们按照近几百年来以左为上的礼俗，只能站立在道路右边，面对风沙。

大顺军到了。这一队有两千骑兵，分为两行，匆匆赶路。刘宗敏走在队伍的中间，面前有一面大旗，上绣一个两尺见方的"刘"字。杜勋向随从使个眼色。那随从赶快抢上一步，将杜勋的手本递给一位中军将领。刘宗敏从中军手中接住红纸手本，驻马一看，心中明白了。从大同启程之前，姜瓖和杜勋派人送给李自成的投降书信，他已看过，所以此时他不觉意外，向杜勋打量一眼，含笑问道：

"姜将军现在何处？"

杜勋躬身抱拳回答："总兵官姜瓖率宣府文武官员及绅民在城外恭迎。"

刘宗敏说："圣驾在后，你们在此等候跪迎，不必往前去了。"

杜勋又等候了半个时辰，望着过去的许多部队，又过了两三千御营亲军，才看见李自成骑着有名的乌龙驹，由一大群文臣武将扈从，威风凛凛地来近了。杜勋和他的随从将士赶快跪下，向李自成前边的一位护驾武将递上手本。李自成向吴汝义示意命后边的大军停止前进，他带着一群文臣武将勒马离开大道，在附近一个背风向阳的小山坡下马，站在那里稍候。吴汝义将杜勋带到李自成面前。杜勋心中害怕，重新跪下去叩了三个头，说道：

"降臣杜勋，恭叩新主圣安！"

李自成本来对太监这类人没有一丝好感，加上杜勋是背主投降，更使他感到讨厌。然而他目前还要利用杜勋这样人物，不免含笑说道：

"你知道天命已改，投顺新朝，颇堪嘉奖。只要真心效忠新朝，不愁没有富贵。"

杜勋叩头说："叩谢圣上鸿恩！万岁，万岁，万万岁！"

李自成简单地询问了北京的守城情况。杜勋如实回答，并说北京决难固守，连太监们也已离心。

李自成又问："有没有勤王兵来救北京？"

"微臣离开北京时，听说朝廷上正在商议调吴三桂弃关外土地，入关勤王。后来情况，臣不清楚。"

李自成心中一惊，问道："吴三桂可离开了宁远么？"

"臣不知道。不过，只要圣上迅速进兵，早到北京城下，北京就是陛下的了。"

李自成含笑点头，吩咐赏赐杜勋及其手下人二十匹绸缎和五百两银子，命杜勋先回宣府，与姜瓖一起在城外等候迎接。李自成继续同亲信文武们站在向阳的山坡下谈了一阵。他首先说道：

"我担心吴三桂的关宁兵先到北京。倘若关宁兵先到北京，破北京就不容易啦。"

牛金星说："据我方细作探报，朝廷上要不要召吴三桂回救北京，所争论不决者乃是否弃关外土地人民耳。崇祯虽然颇有燃眉之急，也因此举棋不定。看来吴三桂必携带宁远一带数十万士民入关，行军甚慢。我军已得大同、宣府，倘能急速进居庸关，数日内即到北京城下，北京城唾手可得。吴三桂纵然率数万精兵入关，想救北京也迟了。"

李自成望着降将白光恩问道："白将军，唐通在居庸关投降的话不会变卦吧？"

白光恩躬身回答："唐通系臣老友，崇祯十五年同在松山作战。他既然在答书中情意诚恳，同意献出居庸关迎降，必无变卦之理。请陛下不必担心。"

李自成又说："据探报，崇祯新派一个心腹太监杜之秩到唐通那里监军，会不会使唐将军不能自由行事？"

"不会，不会。杜勋原来也是司礼监中一位大太监，地位在杜之秩之上。杜勋既然已经纳降，杜之秩决无二话。何况他手中无兵，不像从前高起潜亲率重兵，他如何能监视唐通？"

李自成点头微笑说："倘若照白将军说的，我，孤，孤就放下心了。"

今年元旦前在西安议定，李自成从永昌元年正月元旦起开始称孤，到北京举行登极大典后开始称朕，但是他对称孤一直不习

梦江南 191

惯,每次说的时候总是感到别扭。他又对白光恩说:

"崇祯临时抱佛脚,匆匆忙忙加封唐将军为定西伯。你可告诉唐将军,只要为新朝出力报效,孤将不吝爵赏,岂但是伯!"

"微臣明白,上次写给唐通的密书中已经将陛下此意说知了。"

李自成向大家扫了一眼,略带感慨地说:"十余年戎马辛苦,出生入死,方有今日。数日之内就要到北京城下。倘若上天眷顾,吴三桂迟来一步,估计不需大战,北京就可攻破。你们诸位想想,有没有为我们预料不到的什么困难?"

没人做声,都觉得大功告成已经是定局了。

李自成满面春风,又一次望望大家,轻轻地问:"嗯?"

李岩躬身说:"臣所担心者二事:一是东虏情况不明,二是崇祯会逃往江南。"

"啊?!"李自成不觉愕然。

李岩接着说:"在太原时候,臣访刘子政于晋祠。虽然未得深谈,但刘子政一面向臣提醒,颇以满洲趁机入塞为忧。刘子政熟悉辽东情况,其言似非无据。"

李自成问:"就是你在太原时对孤说的,这位刘先生就是随洪承畴做赞画的?"

"正是此人。"

李自成向牛金星和宋献策问道:"据你们看,满洲人会趁这个时机入塞么?"

牛金星摇摇头,回答说:"以臣看来,目前可虑者不是东虏入塞,而是崇祯南逃。臣也曾留心东事,听说满洲于数月前新遇国丧,皇太极一夕无疾而卒。皇太极死后,诸王为争夺大位,几乎互相残杀。后来由皇太极之弟多尔衮主张,共立皇太极的五岁幼子登极,设四位辅政王,共理朝政。此时满洲自顾不暇,岂有力量兴兵南犯?况且满洲僻处辽东,只有欺凌明朝的力量,未必敢与我大顺抗衡。所以臣所顾虑者不是东虏入塞，而是崇祯南逃。"

李自成将眼转向军师，问："献策，你说崇祯会逃往南京么？"

宋献策略微沉吟，恭敬地回答："满洲人会不会趁机入塞，颇难预料。只能在攻破北京之后，多派细作深入辽东侦探，不要疏忽大意。崇祯会不会逃往南京，此话也很难说。倘若他逃往南京，在南京号召天下勤王，会使我朝统一江南增添许多困难。但崇祯这个人遇事猜疑多端，对于这样大事，更不会说走就走，如唐玄宗奔往西川。所以我大军只能利用他对此事不能决定的时候，急速到达北京城下。只要我大军一入居庸关，崇祯就无机逃走了。"

李自成又问："如今我军偏师已入山东境内，倘若崇祯南逃，这条路他能走得通么？"

宋献策又想了片刻，说道："倘若崇祯是唐玄宗、宋高宗，决心一逃，就能逃走。山东走不通，可以只携带少数宫眷和亲信，轻装离京，疾趋天津，由天津乘船，浮海而南，走赣榆附近登陆，由陆路南去淮阴，即交运河。或者海船直到南通，由南通登陆，或趋扬州，或趋镇江，都很方便。但是崇祯决不敢冒海上风波之险。其实，三月间海上尚无飓风。天津的海船很大，不一定就会翻船。只要不翻船，冒海上风波之险总比留在北京等国亡族灭强似百倍。"

李自成完全没想到崇祯可以由天津海道逃往南京，听了宋献策的话以后，不免有些担忧地向李岩问道：

"林泉，从天津去南方的海路你知道么？"

李岩回答说："献策所言不错，确实是一位满腹经纶的好军师。以微臣所知，盛唐以江南大米和绸缎供给安禄山，也多由海运。如今从江都到通州的这条南北大运河在唐朝还没有，那时只有从开封到江都的一段。通到通州的运河到元、明两朝才有。元代漕运，有时也利用海道。但是目前明朝朝中并无真正有担当的人，所以崇祯很难下决心逃往南方。为着防备万一，我大军必须在数日内进居庸关，使崇祯欲逃不能。"

李自成不再问下去，立刻率领文武群臣上马，扬鞭向宣府进发。他们一动身，后边的数万大军也跟着动身。

这时，刘宗敏已经到了宣府城外，受到姜瓖的恭迎。跟随刘宗敏的两千骑兵驻扎在宣府南门外休息，等候"圣驾"。姜瓖和一大群文武官员以及绅民等也在南门外等候恭迎。姜瓖的人马也如明末各镇的情况一样，平日空额很大，实数只有两千多人，大部分在大同投降，随他在宣府的不足千人，现在也在城外列队，等候"迎驾"。宣府巡抚朱之冯听说刘宗敏已经率领骑兵来到城外，李自成随后将到，而姜瓖出城迎降，他慌忙登城，部署对敌，看见左右人一哄四散，禁止不住，只剩下七八个人守在他的身边，神情对他不好，好像是对他监视。过了一阵，他看见李自成已经来到，从南门进城。满城结彩，或用绸子，或用红布，没有布和绸子的就用彩纸。百姓胸前都贴有"顺民"二字，在街边焚香跪接，同时大顺的骑兵充满大街。朱之冯命令左右将城上大炮转向城中，没人听从。他不得已，自己去转动炮身，看见近炮尾处的药线孔已经被铁钉钉死了。他向南大哭，自己解下丝绦，在城楼屋檐下上吊自尽，没人劝阻。死后，人们将他的尸体投进城壕。

李自成在宣府驻跸半日，大军也稍微休息。第二天（三月十三日）一早，李自成率领着大军又启程了。

当大同失守的消息传到北京，北京朝野对宣府和居庸关两处坚守阻敌的信心已经丧失了，朝廷上又有人建议崇祯速往南京，重新引起争论。由于情况万分紧急，皇上能不能逃出北京只剩下最后机会，连深宫中也有后妃窃窃议论，并且引起了天启的寡妇懿安皇后与崇祯皇帝间的一场风波。

在深宫中,只有那些年幼的宫女们对国事不大清楚,懵懵懂懂地过日子,但稍微年长一点的没有不为国事发愁。尽管崇祯的规矩,不许后妃们过问国家大事,也不许打听,但像这样事怎么能够使大家不关心不打听呢?而且每个宫中都有掌事太监,他们同司礼监关系密切,同外边也有关系,自然消息都很灵通。后妃们对于朝中的消息和北京的谣言,都是从她们本宫的亲信太监处得到的。懿安皇后虽是年轻寡妇,住在深宫,一向不打听外边事情,可是外边的消息她已经听到了。她的慈宁宫的掌事太监名叫王永寿,在太监中班辈在前,就是王德化等对他也有几分敬意,比王德化班辈低的太监如王承恩等就更不用说了。所以朝中和京师以及军事方面的情况,都是由他暗中启奏懿安皇后。懿安皇后平时很少说话,也很少走出慈宁宫。成天读书礼佛,可是她也很关心目前的局势,因为倘若国家亡了,她也是皇后身份,只有自尽一条路。何况她的丈夫天启皇帝虽然并不爱她,但毕竟是她的丈夫。国家有难,祖宗江山断送,十二陵寝遭到破坏,她作为一个皇后,天启皇帝的正宫娘娘当然不能甘心。所以她几乎天天背着宫女和一班太监,向王永寿询问消息,然后一个人默默地唉声叹气,伤心流泪,夜间做着凶梦,寝食不安。一日在深夜诵经祈祷受了风寒,竟然病了。

懿安皇后的病并不沉重,由御医们为她会诊,商量药方,尽心医治。慈宁宫的掌事太监遵照宫体制,每日两次将她的病情禀报皇帝和皇后。崇祯知道懿安皇后有病,也很挂心。他对懿安皇后深有敬意,每年逢着元旦或懿安生日,他总要到慈宁宫去一趟,当然限于礼法森严,只是隔着帘子向懿安皇后拜上四拜。本来拜三拜就可以了,因为田妃死后,留下的儿女都交给懿安皇后抚养，所以又多拜了一拜。隔着帘子，懿安向他回拜两拜。现在知道懿安患病，尽管他为着国事心情如焚，仍然要皇后赶快去慈宁宫向懿安问安。他自己也准备前去。周后同懿安感情一向很好，她尊敬懿安有一股正气，而且同情懿安自从进宫以后就受魏忠贤的迫害。魏忠贤将他一个姓任的养女献给了天启皇帝，使懿安皇后更加孤立。可是懿安并不服气。那时她住在坤宁宫。有一次天启皇帝来到坤宁宫，看见她案上正摊着书，就问是什么书。她冷静地回答说：

"我读的是《史记·赵高列传》。"

天启是不大读书的，只晓得玩耍，就问她："《赵高列传》是说的什么事？"

"请陛下也不妨读一读。秦朝那么大江山，被一个宦官赵高专权，给断送了。所以这《赵高列传》读起来很有意思。"

天启知道娘娘话中有话，不再做声，走出去了。

当天启晏驾的时候，由谁来继承皇位，魏忠贤不能不问一问懿安皇后。她毫不犹豫地说：

"皇上没有儿子，当然是亲弟弟信王继承大统，全国臣民没有话说。你们速同大臣们到信王府中迎接信王进宫，不可耽误！"

懿安对魏忠贤说了这话之后，悄悄地派王永寿到信王邸，把这事告诉信王知道。

因为有这一段重要历史，所以崇祯夫妇对懿安皇后一直抱着感恩的心情，也特别尊敬这位年轻的寡嫂。在天启朝，她没有别的尊号，只是皇后。崇祯登极之后，才给她上了"懿安"两个字的尊号，后来又增加了几个颂美的字眼，被尊称为懿安皇后。如今既然她有了病，崇祯和周后当然应该前去问安，特别是周后应该赶快前去。

懿安皇后在她的寝宫中同周后见面，亲热地拉着周后的手，让她坐在自己身边。周后发现十几天不见懿安皇后，竟然憔悴多了，眼睛里含着泪花，便赶忙问她的病情。懿安挥手使宫女们退了出去，对周后说道：

"我一向把娘娘当做妹妹看待，实不瞒你说，我本来没有多大的病，仅仅是偶感风寒。慈宁宫中就有一些治这种病的药，我自己也略通药理，已经吃了一点药。太医们又开了药方，服了一剂，烧已经退了，没有别的毛病。我是想见见你，说几句心里的话，所以才派宫女告诉皇上，告诉娘娘，说我有病。我断定皇上事忙，不一定马上就来，况且叔嫂之间也没有多的话好谈。你是必会来的，来了以后我好把我要说的话都对你说了。"

周后一听，心中已经有些明白，就问道："皇嫂，是不是为着国事放心不下，想同我谈一谈心中的想法？"

懿安微微点头，滚出了眼泪，叹口气说道："你猜对了。虽然我朝家法很严，后妃们不准过问国事，可是眼下大祸临头，我们纵想装聋装傻，看来也不行啊，所以我有话要同你商量一下。"

周后也是满心的话想同懿安皇后说一说，赶快将身子靠得更近，小声问道："战事消息，皇嫂可都知道？"

懿安轻轻点头："我完全知道。'流贼'已经过了大同，说不定已经到了阳和，很快就会来到居庸关。居庸关只有几千人防守，如何能防守得住？一到北京城下，就十分危急啦。祖宗三百年江山，存亡就在旦夕。你是当今皇后，我是前朝皇后，我们虽是深居宫中，可不能不为祖宗江山操心，也不能不为十二陵寝操心，为皇上的安危以及太子和一群儿女们操心。北京城无兵固守，娘娘，你比我还清楚。如今到底怎么办，你可想过了么？"

周后说："皇嫂，你知道皇上的秉性脾气。我嫁他十八年，国家事从来不敢打听一句。我有什么话敢同他说呢？"

懿安说道："虽然祖宗家法：后妃不许干政，可是也并不

梦江南　197

是没有过问朝政的人。太祖爷在世时，马皇后有时就替太祖爷分了心。当太祖爷考虑不到时，马皇后就提醒他。有时太祖爷要杀人，马皇后几句话就打消了太祖爷的决定。不说二三百年前的事，万历皇爷年幼的时候，孝定太后也曾当半个朝廷的家。如果不是孝定太后过问朝政，替张居正撑腰，张居正能做那么多的大事么？这些前朝的事情你我都清楚，皇上何尝不清楚。只是多年来你一味地做贤妻良母，已经习惯了。我是前朝皇后，年轻轻地守寡，当然不便说话。如今眼看着到了国破家亡的时候，再不说话就晚了。我今天等着你来，就是希望你在皇上面前说句话，帮他拿定主意。"

周后的神色凄惨，噙着眼泪，颤声问道："皇嫂，你要我说什么话呢？你有什么好主意？"

懿安叹了口气，说道："娘娘，你要提醒他：我们在南方还有一个家呀！"

周后猛然心中一动。她也听说从上个月起，就有人建议皇上到南京去，也有人建议把太子送往南京，朝中讨论了多次。而这事情也一直在她心头盘旋：万不得已，何必坐守北京，全家都在北京死去？此刻听了懿安的话，她点点头说：

"是啊，我们南京还有一个家！当年永乐皇帝迁都北京，南京改称留都，又叫陪都，仍然有文武百官，各衙门齐全。如今倘若皇上带着太子奔往南京，北京能够固守当然很好。万一守不住，我们明朝的江山还不是延续下去么？用江南的财富，江南的兵源，仍然可以恢复中原，扫荡'流贼'，恢复大明的一统江山！"

懿安流着眼泪说："娘娘，我是把你当做亲妹妹看待，如今一刻值千金哪，一天也不能耽误。你赶快在皇上面前提醒他，南方还有个家呀，不要死守北京。我已下决心：我哪儿也不去，免得给皇上多一个累赘。倘若皇上愿意往南京去，我愿意在宫中为国尽节,不等他走我就自尽。你跟六宫其他的娘娘们随皇上走吧,不要挂念我了。"

说到这里,她忽然泣不成声,周后也哭了起来。两个人在一起小声地痛哭一阵。哭声传到院中,宫女们猜到八九,一个个默默流泪。周后决意按照懿安皇后的吩咐,在皇上面前大胆地劝他携太子出狩南京。

周后回到坤宁宫。没有多久,崇祯就来了,询问懿安皇后的病情如何。周后告他说,懿安皇嫂只是偶感风寒,病情不重,已经服了药,烧也退了,不必操心。倒是国家大事,懿安放不下去。

崇祯说:"国家大事,自有朕来操心,皇嫂不必操心。"

周后问道:"如今贼兵究竟到了何处?朝廷上有何决策?"

崇祯不高兴地说:"外边事你们不要打听吧,这不是你们应该知道的。"

周后叹了口气,说道:"皇上,我们南方还有个家呀!"

崇祯把眼睛一瞪,狠狠地翻了她一眼。周后本来鼓足了很大勇气,如今看见崇祯严厉的眼色,勇气顿然消失了。她又叹一口气,滚出了眼泪,不再说话。

崇祯问道:"你说我们,南方还有个家,是要我南迁哪!是谁告你这主意的?近来朝廷上为此事争论不休,是谁告你说的?"

周后吓得脸色苍白,鼓起勇气说道:"是懿安皇嫂提醒我,我们在南方还有一个家!皇上,难道这话不对么?"

崇祯又狠狠地看她一眼,心中想道:这宫中的祖宗规矩竟然也变了!他不再说话,带着一脸怒意离开了坤宁宫。

回到乾清宫以后,他将魏清慧叫到面前,吩咐说:"你去到慈宁宫,启禀懿安娘娘,就说朕知道皇后玉体违和,本来要前去问安,只因国事纷忙,不能马上前去,特命你前去看一看。你看过以后,顺便问一问懿安娘娘,朝廷上讨论南迁的事情是谁传到宫中，她怎么知道的。"

魏清慧遵旨去到慈宁宫中，向懿安皇后启奏了崇祯的话，又按照崇祯的吩咐询问懿安皇后。懿安完全没有料到崇祯会这样询问她，她知道如果说出王永寿，这位老太监就吃罪不起。于是她很沉着地对魏清慧说：

"你回去启奏皇上：往南京去的事，朝廷上如何讨论，本宫一概不知；可是我们南方还有个家，这件事人人皆知。这是我想到的，皇上听不听，由皇上自己做主，其他不用问了。"

魏清慧看见天启娘娘面带怒容，含着两包眼泪，似有无限悲痛藏在心中，不敢多问。关于朝廷曾经讨论前往南京的事，她现在才知道。她自己心中也十分悲痛，不觉跪在天启娘娘面前呜咽出声。懿安皇后挥挥手说：

"你回乾清宫吧，照我的话回禀皇上得了。"

魏清慧回到乾清宫中，一五一十回禀了崇祯。本来在任何人看来这都是非常小的事情。周后也好，懿安皇后也好，她们问到外边情形，没有什么不妥当的。她们希望皇上到南京去，也没有什么坏意。如果是别的皇上，可以坦率地同皇后商量。然而崇祯这个人多年来独断专行，猜忌多端。他说不让后宫过问国事，就不能过问国事，绝不松动的。而且他总疑惑娘娘们与外边互通消息。所以他想了很久，吩咐魏清慧再去问一问懿安皇后：到底是怎么说出来南方还有个家？是谁把朝中的事情传进宫来，告诉了她？魏清慧心中也很不高兴，何必这样呢？但她只好又来到慈宁宫中，跪在懿安皇后面前，将皇上要询问的话重新复述一遍。

懿安已经横下了心，觉得崇祯当年继承大统，是出自她的决断。十几年来她不问外事，连宫中事也不打听。而今天竟然这样逼她，是何意思？她想了一想，对魏清慧冷冷地说：

"你回禀皇上，不要再追问了。国家若亡，我一定尽节。如果他再追问这件事,我就先一步尽节好了。别的话用不着问了。"

魏清慧吓了一跳,脚步踉跄地奔回乾清宫中,跪在崇祯面前,哽哽咽咽地把懿安皇后的话重复了一遍。崇祯虽然脾气很坏,但他知道懿安皇后不是懦弱之辈,万一因此自尽,他将受天下万民责备,也对不起祖宗"在天之灵",所以就不再做声了。

过了三四天,到了三月初十以后,天津巡抚冯元飏派他的儿子冯恺章携带一封密疏到了北京,要求皇上赶快赴津乘海船逃往南京。只因无法递上这本密疏,冯恺章彷徨无计,哭着走了。他走后第四天,还没有到天津,北京城就失陷了。

过了若干年,人们还在谈论这件事,仍然有不同的意见!更多的人由于明朝灭亡之后,李自成也不曾站住脚步,很快地由满洲人通过战争和残酷的屠杀,统治了全中国,这种民族的悲剧反而使人对崇祯的亡国产生了无限同情,感叹他因循不决,没有逃往南京。清初人有诗为证:

虎踞龙蟠锁旧京,六宫拟从翠华行。
君王也道江南好,只是因循计不成[1]。

---

[1] 吴梅村《鹿樵纪闻·明亡杂咏》。

第 十 章

在崇祯十七年的三月中旬,明朝存亡的关键时刻临近了,全国人民的眼睛都注视着北京。

自从永乐十八年到现在,明朝将京城从南京迁来北京,已经二百四十四年了。不仅整个中国,也包括无数外番,都把北京看成是中国的心脏。如今的北京城如何不引动全国人民的关心呢?人们怀着各种各样的心情,操心着北京的前途。从北方到南方,人们都在挂心:北京是否保得住?倘若北京保不住,大明的江山也就完了。那时不要说北京的千家万户,甚至全国的官宦人家、富豪大族以及小百姓的生活都要受到影响,有许多人要随着朝代的变化倾家荡产,以至家破人亡,可同时又会有许多人在朝代更换之际突然发了迹,成为新贵,成为王侯。所以举国上下如今都关心着北京。

在辽东和蒙古,人们的目光也注视着北京。特别是沈阳,而今是新兴的满洲政权的京城。那里的朝廷已经决定要进兵中原,实现先皇帝皇太极的凤愿。自从得到了李自成正向北京进兵的报告,也是不断地商议,不断地派人打探,关心着北京是否会落入"流贼"手中。倘若北京不落"流贼"之手,清国应当如何向长城以内进兵?倘若北京落在"流贼"之手,清国又应当如何进兵？这便是他们考虑的中心问题。尤其是年轻的辅政王多尔衮，刚刚夺得了政权，他本来就野心勃勃，一直想进兵长城以内，现在为了巩固自己的统治地位，使反对他的满洲贵族不得不听命于他，更要乘此机会建立不世功勋，把别人踏在脚下。所以他不断地考虑着北京的事情，甚至连做梦都在想着如何夺取北京。

至于住在北京的人们，更是天天关心着北京的命运。米价近来已经上涨，柴火煤炭也在涨价。万一北京被围，粮源断了，煤炭木柴断了，北京的千家万户会经历一场浩劫。同时人们开始纷纷议论李自成的为人。有人说李自成十分仁义，有人说李自成毕竟是个"流贼"。倘若李自成进了北京，那么多的皇亲贵族、官宦大户岂不要破家灭门？小百姓虽然不受皇家俸禄，情况不同，可是万一发生奸掳烧杀，又怎么好呢？所以这些日子来，上至公侯之家，下至庶民百姓，凡是懂事的人，没有不为北京操心的。有些老头子，尽管早晨仍然提着鸟笼到空旷地方散步，但是熟人相见，不觉互相叹息。常常有人低声叹道："唉，北京啊！北京啊！……"随即摇头，下面的话就不再说了。

就在这时，从宁远到山海关的路上，草木略微有点发青，气候还带着残冬的寒冷，天气阴沉，春光迟迟地没有来到关外。大约有二三万骑兵和步兵，保护着文武官绅的家属，也保护着号称五十万而实际只有二十万左右的汉族百姓，向着山海关前进。还有两三万人马走在最后，防备满洲兵从北边追来，抢夺人口和辎重。这是一支大撤退的洪流，但见无数的马车、牛车、小车和可以载重的骆驼、骡马，沿着黄尘滚滚的大道向前移动。前头是一支精兵，大约有五六千骑兵和两三千步兵，已经离长城很近了。长城在山海关北边转了一个弯，由北向南直到海边。而这一支先头部队现在也正是向着近海的山海关前进。海边水中的姜女庙已经望得十分清楚，一切运粮的船只都出现在视线之内。

在这一支精锐队伍的中间,有一支特别精锐的骑兵,保护着平西伯吴三桂和他的眷属。这平西伯的爵位是最近受封的,鼓励他火速去援救京城。他离开宁远已经六天了。倘若他能够像昔年袁崇焕那样,从宁远率轻骑日夜兼程前进,此时应该已经到了北京城下,在德胜门外立好营寨,等待迎战闯兵。然而他行军缓慢,每日行军不到五十里,如今还在开赴山海关的路上。纵然皇帝不断来手诏催促,兵部来羽檄催促,蓟辽总督亲自催促,都不能使他改变行军速度。当然,携带几十万辽东百姓,路途堵塞,运输困难,也是行军迟缓的借口,然而,为什么不抽出两万精兵,由吴三桂亲自率领,离开大军,奔救北京?

崇祯不完全明白吴三桂行军迟缓的原因,又不敢下旨切责,只能催促蓟辽总督王永吉。他日夜盼望着吴三桂的救兵,常常在乾清宫唉声叹气,真所谓望眼欲穿。

这时,在北京的西北方向,也有一支队伍正在迅速前进。他们大约有六七万人马,其中包括许多沿路投降的明军和文官。骑兵看去有三四万人,步兵约有二三万人。走在前边的都是精锐部队,约有四五万人。前队已经到了延庆州境内,正向柳沟堡进发。后队还在土木堡和怀来驿。李自成本人已经过了怀来驿。这时天色刚明,可是气候仍像两三天前一样,刮着大风,黄沙扑面,天昏地暗。然而这支队伍军容整肃,人人脸上都带着胜利的神气,好像寒风、黄沙在他们面前都不存在。李自成穿着毡马靴,骑着乌龙驹,身穿黄袍,前边有一柄黄伞。周围是他的亲信将领。军师宋献策、大学士牛金星以及在西安投降的大批文臣都骑着马紧随在他的后边。明朝的秦王、晋王等投降的亲王也跟在后边。约有两三千骑兵,骑着经过挑选的高头大马,盔甲整齐,前后左右护卫着李自成和大批文臣前进。这支骑兵由一员青年将领率领,就是李自成的近族侄儿李强,三年前他是亲兵头目,而今天已是一位果毅将军。在护驾的亲军后边,还跟着投降的明朝总兵官白光恩、姜瓖和太监杜勋等一班人和他们的亲兵与奴仆。

李自成连日马上奔波,虽不免感到劳累,但他从来没有像目前这样得意。因为在西安时尽管改国号大顺,年号"永昌",并将西安改称长安,定为京城,但是不拿下北京,总觉得放心不下,全国人民也不会认为他已经夺得了江山。而如今距离北京已经越来越近了,也许明天就可以兵临城下。十几年的辛苦,流血,终于有了结果,北京马上就要拿到手了。因为心中不断地想着胜利在望,所以身上的疲劳也就差不多完全忘了。

他不但想着进北京,而且还想着下江南、统一全国的事。关于下江南,他和牛、宋等一班文臣商量过多次,大家都认为只要拿下北京,正式登了皇位,江南可以传檄而定,纵然有一些不识时务的人,还会为明朝作战,但大势所趋,决不会有大的战争。他又想到满洲。李岩曾经几次向他进言,说满洲是北方大患,也许会趁着兵戈扰攘之际,进兵长城以内,不可不预为防范。但许多人都认为这是过虑。李自成也认为这是过虑。他想,满洲毕竟是新起的小小的暴发户,他之所以能向明朝进兵骚扰,是因为明朝的江山已像一棵大树被虫子蛀朽了,又好比一个破败人家,谁都可以对它欺负。满洲未必敢碰一碰大顺。即使它竟敢派兵入塞,只要人数不多,也不足为患。过去满洲几次入塞,人马都并不多,只是明朝官军和地方官吏畏敌如虎,闻风瓦解,才使少数房兵如入无人之境。今日他率领大顺军前来北京,这是百战百胜之师,东房决不敢轻举妄动。

如今他担心的是吴三桂的人马。他已经得到探报,知道吴三桂在几天前离开宁远,率兵勤王,目前恐怕已经进了山海关。吴三桂究竟有多少人马,他不清楚,他只是很重视这一支兵力。他想,倘若吴三桂有两三万人马,抢先一步到了北京,北京城就很难攻破。倘若北京城在几天内不能攻破，他也不能在城下久留。自古以来，这么大的城市，从来没有用几万人马进行围攻的。而屯兵坚城之下，时间稍长，各路勤王人马陆续到来，他就不能不退兵。而一旦退兵，难免军威受损，军心动摇。张献忠可以乘机闹事，各地明朝的封疆大吏以及土豪劣绅也会起事。所以他在得意之中又不免有一点担心。不过他又转念一想，他在两天之内就可到达北京城下，大概会抢在吴三桂之前进攻北京。倘若一二天内破了北京，吴三桂就不敢往北京来了；纵然来了也晚了一步，救不了崇祯的命，也救不了大明的江山。想到这里，他又得意起来。原来在二月间，他听说北京城中哄传崇祯将向江南逃去。那时他同牛、宋等人都很担心崇祯会走这一着棋，认为倘有此事，要一举灭亡明朝就很麻烦了。幸而后来知道崇祯无意逃走，已经决定死守北京。于是他感到放心了，料想不出几日，就可活捉崇祯，或者崇祯自尽，总而言之，大明的江山算是完了。

　　这时，李自成左右的文臣武将也都在高兴地想着进北京的事，只是因为走在他的近边，没有人敢随便大声说话。不过那种即将大功告成的喜悦心情不可遏止地透露在各人的脸色和眼神上。

　　老马夫王长顺走在后边，离闯王大约有半里远，那儿的将领们可以小声说话。有人便同王长顺开玩笑，称他为"弼马温"，又称"牧马院使"。也有人劝他到北京以后找一个漂亮的老婆，以免他这个老头子的生活没人照料。大家你一言我一语说得王长顺哈哈大笑。不过在大笑之余，王长顺的心中总有点放心不下。他想，万一北京攻不下，退到西安还能稳坐天下么？他还听说，胡人的骑兵很强，如果胡人进来，闯王住在北京，难道就没有风险么？不管怎么说，他的心中总觉得不很踏实，只是在左右前后将领们的一片欢快气氛中他只能将自己的忧虑深深埋藏心中。倒是在西安的时候，他偶尔去探望田见秀，两人还能说一点心里话。以后就没有一个人能够听进去他的话，他也再不敢说出口了。

又走了一段路，刘宗敏从前队差人来向李自成禀报，说是前队已经过了柳沟，那里没有敌兵防守，留下一个官员等候，说总兵官唐通在八达岭恭迎圣驾。李自成听了十分高兴。虽然事前已有白光恩和姜瓖给唐通下了书子，劝他迎降，他也表示愿意归顺，可是李自成总有点担心已经被崇祯封为定西伯的唐通万一在八达岭、居庸关一带率兵抵抗，就会耽误了进攻北京的日期。即令只抵抗三天，也会使吴三桂乘机先到北京，增加了攻破北京的困难。如今既然唐通在八达岭迎降，这就使他大大地放心了。李自成骑在马上，纵目山川形胜，想着这一片雄伟的江山马上就要更换主人，一种英雄的心情不觉充满胸怀，于是他扬鞭催马，传谕人马要加速前进。本来每天的行程他都清清楚楚，这时却不自觉地向左右问道："啊，今天是不是三月十六？"按照预计的日程，他们在十八日或十九日可以到达北京，而根据宋献策的占卦，这两天内就要攻进北京，夺取明朝的江山。所以当他听左右回禀今日确是三月十六时，又不觉得意地笑了一笑。

李自成到了柳沟，没有停留。有几位从延庆州城中来的官绅，跪在路边迎接。因为知州已经逃走，由同知献上了官印。牛金星代替李自成传谕众官绅，要他们照常理事，使城中百姓各安生业，等待新官前来。李自成对这些官绅只是望了一眼，既没有说话，也没有停下马来多看一看。如今他是大顺朝皇帝身份，不再把一般的投降官绅放在眼里了。

到了青龙桥，明朝的定西伯兼总兵官唐通和镇守太监杜之秩派人在这里跪接，并向李自成启禀：他们二人率文武官员在八达岭长城外接驾。李自成事前已经知道唐通和杜之秩投降，这时不觉在马上对宋献策、牛金星点头微笑。过了不多久，他们到了长城八达岭口外,果然看见大群的投降将领以唐通为首都在跪迎。他微笑下马,态度安闲地走到唐通面前,让他站起。又分别对唐通和杜之秩说了一些奖励的话。随即他看见刘宗敏也率领着将领们从长城里边出来,下马向他叉手行礼。他对刘宗敏说:

"快往北京要紧,你不必在这里耽误,到城中打了尖以后,你就率前队人马往北京走吧。"

刘宗敏答应了一声,赶紧率领将领们上马,向着八达岭城门扬鞭而去。

白光恩与唐通见面,站在大路上寒暄一阵。白光恩极力夸赞唐通和杜之秩是识时务的人,知道天命攸归,弃暗投明。牛金星和宋献策也夸赞唐通的效忠诚意,能够赞襄开国鸿业,必被重用,永享富贵。唐通和杜之秩说他们早已看到明朝气数已尽,大顺国运隆兴,只是到今天方能投顺新朝,今后一定矢忠矢勇,为大顺皇上效犬马之劳,不敢稍有二心。李自成点头微笑,说道:

"新朝正须用人,孤也久思你们效劳,如今得你们前来,心中十分高兴。今后一统天下,传之万世。你们也都是开国功臣,名垂青史,荫及后人。"

听了这番话,唐通和杜之秩赶快重新跪下,磕头谢恩,山呼万岁。

进了长城,转了两个弯,居庸关城就在眼前。这时城上大明的旗帜已经匆匆忙忙换了大顺的旗帜。全军进了居庸关后,一部分继续前进,一律青衣白帽,部伍整肃。唐通的军队虽然仍旧穿着明军号衣,但匆忙中也用白布缠在臂上,白布上写着一个"顺"字。城中百姓都在门口路边摆着香案,香案上竖着黄纸牌位,上书"大顺皇帝万岁"。家家门头上都贴着一个"顺"字。城中官绅和一些父老都跪在城门外边迎接。唐通、杜之秩率领地方官绅用鼓乐前导,将李自成迎进居庸关城中,在一座宅子里休息。这宅子虽然不算很大，但在居庸关城中已经很难得，一夜之间已经整理得十分干净。

李自成坐下以后，唐通率领地方官绅们重新行一跪三叩头礼，随即命人将准备好的酒宴摆出来。李自成在乐声中用膳，单独一席，众官绅退出大厅，不敢相陪。李自成很想同牛、宋和唐通留在一起用膳，以便谈话，但是碍于皇家体制，不可能像从前一样随心如意了。尤其是临时在居庸关城中驻跸，由唐通和杜之秩接驾，敬献御膳，而唐通更不敢有丝毫疏忽。 李自成用膳以后，牛金星和宋献策率领降将白光恩、唐通、新降监军太监杜勋、杜之秩以及众随驾文武要员重新来到大厅，行礼后分为两班肃立。倘若在往日，李自成会起身相迎，同大家亲切招呼，谦恭回礼，和蔼让座，然而如今身份大变，尤其是在唐通和杜勋、杜之秩面前，生怕他们会背后讥笑仍是"流贼"，所以他神态肃穆，毫无笑容，向吴汝义望一眼，轻声吩咐：

"给唐营将士颁赏！"

唐通虽然是明朝大将，受封为定西伯，但是手下将士只有数千，连从柳沟和延庆州撤回的人马合起来不足一万，虚报一万五千，李自成心中明白，佯装不知。颁发赏银三万两，另外对唐通和一些重要武将及幕僚都特别赏了金银和绸缎。对杜之秩及其亲随们也有许多赏赐。颁赏和谢恩之后，乐声停止，李自成只将牛金星、宋献策、唐通和杜之秩留下谈话，示意其他众文武鱼贯退出。他先向唐、杜二人询问北京的守城情况。他们都说北京城兵力空虚，三大营只是一个残破的架子。在沙河一带防守的三万人根本不能作战，统兵大臣李国桢是一个纨袴子弟，只要大军一到，这三万人会不战自溃。至于北京城中，是既没有兵，也没有钱，老百姓也不肯为大明皇上守城。只要大军到了北京城下，那些守城的太监就会瓦解。李自成听了以后，心中十分高兴。宋献策在一旁问道：

"据你们看，吴三桂是不是这一两天内会来到北京？"

唐通说："我看吴三桂并不是傻子，他不会很快来到北京。如果他实心勤王，前几天就会来到。"

牛金星说："据说他带了五十万百姓向关内来，每天只能走四五十里路，所以来得慢了。"

唐通说："倘若他真心勤王，可以选一部分精锐骑兵日夜赶路。从宁远到北京也不过三四天的路程。崇祯二年，袁崇焕从宁远来北京勤王，日夜行军，只走了三天时间。吴三桂说他率领老百姓入关，这话只是一个幌子，不能成为他耽误时间的理由。"

李自成觉得唐通的话很有道理，点点头问道："既然吴三桂对勤王之事三心二意，我们当如何应付？"

唐通说："倘若万岁许他高官厚禄，他纵然进了山海关，也会停下来观望风向。我大军进了北京城后，对吴襄全家要妥为保护，给予种种优待，然后命吴襄给他儿子写信。末将也愿写封书子，不愁吴三桂不欣然归顺。"

李自成很高兴，说道："破了北京后，对吴襄全家自然要好生优待，只要吴三桂愿意投顺，决不会亏待了他。孤一定封以显爵，带砺山河，与国同休。这件事还要多指望唐将军和白将军你们从中出力。"

唐通和白光恩同时恭敬地说："臣等理应为陛下效犬马之劳。"

牛金星问道："唐将军前年曾经在松山对虏兵作战，据你看，眼前东虏会不会有什么动作？"

唐通说："这一点很难料就，东虏确实兵力很强，时时想进入中原。"

牛金星说："不过虏酋皇太极才死不久，内部纷争，辅政王共有四位，互相猜忌。听说在辅政王中有一个叫多尔衮，年少揽权,颇有进犯中原之心,但他为人跋扈,未必能使别人心服,所以可能眼下没有力量进入长城骚扰。"

唐通赶快说道:"大学士所言甚是,尽管满兵也很强盛,可是它不会贸然与大顺为敌。我刚才只是就几年来明军对满军作战而言,总觉得满军比明军强盛。至于皇太极死后,多尔衮敢不敢进兵骚扰,我倒不能预料,看来他大概不敢吧。"

正说话间,从前队头来了禀报,说是前队已经过了昌平,望圣驾不要在居庸关耽搁过久。李自成同白光恩、唐通等又稍谈片刻,随即起身,率领众人出居庸关城向北京前进。

在居庸关与南口之间还有一些曲曲折折的山路。这地方因为北边有大山,又有长城,寒风吹不到,半山坡上迎春花、梨花、桃花正在开放。一些小小的村落,每个村落三家五家,顶多十来家,点缀着荒凉的山坡和沟岸。如今老百姓扶老携幼,走出村庄,走近大军经过的山路旁观看。当李自成的简单仪仗来到近处时,大家赶紧摆了香案,跪在地上。唐通对李自成说:

"陛下请看,这山中百姓知道陛下是真命天子,军纪严明,都远远地跪下迎接。"

李自成微微一笑,点头说:"你们传谕百姓,各安生业,等候赈济。等我进了北京,天下就大定了,以后再不会受兵戎之苦。"

这时刘宗敏已经快到昌平。昌平知州已经逃走。一些官绅父老在昌平城外道路旁摆着香案,恭候迎接大顺皇帝,在远处还有二三百人也摆着香案。大顺军人马从大路上不停地前进,也没有理会这些迎驾的人。但见黄尘滚滚,军容整肃。每个将领骑马走过,绅士们和父老们都躬身肃迎。将领们都没有停留,略为望一望,继续前进。如今大顺军已是接连得胜,相信锦绣江山已经十拿九稳地夺到手了,每人的心中都充满着得意和骄傲,所以纪律仍然很好,只是从前见百姓问寒问暖的情形日渐少了。

刘宗敏率领着一群将领在亲兵护卫中来到了昌平州的郊外。官绅父老看到他那样威武，周围将领们是那样紧紧地维护着他，以为他就是李自成。大家赶紧跪下，不敢抬头，只有一个绅士偷偷地抬眼一望，心中觉得奇怪，向旁边一个绅士悄声说道：

"果然器宇不凡，可是没有穿黄龙袍！"

旁边那个绅士身体微微颤动，悄声说："要到北京登极以后才穿黄龙袍呢！"

说话间，刘宗敏已来到面前，跪着的人们将身子完全伏到地上，有一个洪亮的声音叫道：

"昌平州投顺臣民恭接圣驾！"

刘宗敏向路旁扫了一眼，将大手一挥，说道："圣驾在后。"随即在众将的簇拥中奔驰前去。

今日不费一矢而进入居庸关，使新兴的大顺朝文武群臣和三军将士兴高采烈，认为北京城在二三日内必定不攻自破，然后传檄而定江南，千秋大业从此奠定。刘宗敏只留下两千人，代替投降明军驻守居庸关和八达岭。七八万大军继续前进，像潮水般向北京涌去。李自成与丞相府、军师府、六政府等中央各衙门不必同大军一起赶路，暂到昌平城中休息。因有要事相商，刘宗敏也被皇上留下。

昌平州衙还比较宽敞，作为大顺皇帝的临时行宫。军师府驻在昌平总兵的镇台衙门，丞相府驻在学宫，六政府和文谕院分别挤在别处衙门和民宅，而御营亲军等部队都分驻兵营，又在空地上搭起了许多帐篷。晚膳以后，李自成同刘宗敏稍谈数语，便命传宣官分头传知丞相、正副军师、六政府尚书、侍郎以及文谕院学士等中央大臣，来行宫开御前会议。

自从渡河①入晋以来，在行军途中已经开过多次御前会议。今晚的这次会议，将讨论攻破北京后的许多重大措施，包括大顺皇帝在北京城外将驻跸何处，破城后由何处入北京内城，由何处进入皇城与紫禁城，进入紫禁城以后将居住何宫，这些在路上非正式议论过几次的重大问题，也要在今晚的御前会议上讨论决定，以免临时慌张。也就在今晚的御前会议开始时，李自成问宋献策何时可以破城。一时，同僚们都将目光转到军师的脸上，等待他向皇上明白回答。

自从大顺军不战而进入长城天险居庸关，又越过昌平，宋献策即得到前锋将领禀报，知道明朝的李国桢率领三大营②兵防守沙河。襄城伯李国桢本是纨袴子弟，毫无军事经验，只会夸夸其谈。三月十七日率领数千新招募的三大营兵——大部分是市井之徒，开到沙河布防，望见大顺军来到，不战自溃，李国桢逃回北京。宋献策在心中认真分析了攻守形势，断定大军只须围城二日，城中瓦解，必可轻易破城。他平日留心气象变化，特别是他在青年时骑马摔伤的左腿，每逢阴雨天气就感到疼痛。但是他毕竟是江湖术士出身，又依仗此术深得李自成和闯王部下的将士信任，三年来身任军师，飞黄腾达，所以他不用最简单的话说出来他的分析，而是略微伸出左手，手掌朝上，用拇指掐着食指、中指的关节，口中喃喃说道："甲辰、乙巳、丙午、丁未，啊啊，依臣看来③，倘若十八日有微雨，十九日黎明破城。倘若十八日无雨，尚须等二三日破城。"

---

① 渡河——指渡过黄河，这是古人的习惯说法。
② 三大营——见第一卷上册第一章注。
③ 甲辰、乙巳……依臣看来——中国古人卜卦有各种方法，宋献策现在所用的卜卦办法是按照干支推算事情的吉凶祸福和变化，即所谓"掐指一算"。这里是从阴历三月十六日至十九日的干支。

李自成面露喜色，说道："看来这天气不会马上转晴，按照十九日破城部署诸事好啦。我朝定都长安，北京只是行在，事定后将改称幽州府，这事在长安时已经商定。孤在北京行在，进紫禁城后将居住何宫为宜？"

牛金星早已知道宋献策的意思，李岩当然也知道，但他们都笑而不言。李自成平素对金星十分尊重，依靠他和宋献策决定大计，此时见他不言，不知何故，偏要望着他问道：

"牛先生先说，孤在紫禁城中应居住何宫？"

牛金星近来竭力养成雍容沉着的宰相气度，既不与同僚争功，也要一切重大决策都归自皇上乾断①，所以他恭敬地向李自成欠身回答：

"今晚奉召前来御前议事大臣之中，多有在崇祯朝出入宫廷，对紫禁城中主要宫殿所知较多者，请他们为陛下各陈所见，再请宋军师按五行之理，以抒良谋，然后请陛下斟酌可否，断自宸衷②，必将万无一失。"

李自成点点头，对新降的文臣们说道："丞相说的很是，你们可以各抒己见，不必顾忌。"

那班从襄阳和西安以及在山西境内投降的，被认为是识时务的，知道"天命攸归"的降臣，如今被说成是大顺开国的"从龙之臣"，遇此进言机会，恰是个可以锦上添花的好题目，谁肯落后？多数人都认为新朝皇上到北京后理所当然地应该入居乾清宫，毋庸讨论。礼政府尚书巩焴站起来说道：

---

① 乾断——封建社会，以乾卦代表男、天、君主，以坤卦代表女、地、皇后。事由君主决断叫做乾断。

② 宸衷——宸，北极星所在之处，后借指帝王的居所，又代称帝王。宸衷即指帝王的心意。

"陛下应运龙兴，吊民伐罪，天与人归，成此鸿业，德比尧舜，功迈汤武。攻克北京，诚如军师所料，只是指顾间事。臣以为，陛下进城之后，当入居乾清宫，名正言顺，不必更择别处。"

李自成问道："孤常听说乾清宫之名，究竟在紫禁城什么地方？这宫可是很大？"

巩焴回答："紫禁城中，宫殿甚多，外臣很难详知。臣自释褐①以后，十年间先为工部给事中，随后供职礼部与翰林院，数同其他朝臣蒙崇祯皇帝召对，其召对之处，或为平台，或为文华殿，或为乾清宫，故臣幸有机会去乾清宫两次。紫禁城中宫殿建置，分为前朝后宫，这是就中间主要布局而言。所谓前朝，是指皇极殿、中极殿、建极殿而言，统称为三大殿②。后宫乾清、坤宁二宫之间，有一殿，名曰交泰殿，取乾坤交泰之义。陛下进入紫禁城之后，当然应居住乾清宫中，处理国事。明朝自永乐十九年迁都北京，至今二百二十余年，只有正德与嘉靖二帝，不理朝政，不喜欢居住乾清宫，不足为训。陛下应运而兴，以水德代火德③而主天下，不住在乾清宫何以表大顺得天下之正？"

李自成觉得巩焴的这番话颇有道理，但看宋献策、牛金星和李岩都没有赞成表示，便心中产生怀疑，遂向别的文臣问道："你们各位有何主张？"

文谕院学士顾君恩说道："《易经》上说'大哉乾元'，又说乾为天，为君；坤为地，为后。故明朝修建皇宫，皇帝所居之宫取

---

① 释褐——褐是普通平民所穿的粗布衣服，所以读书人中了进士，开始做官，称为释褐。
② 三大殿——清代改名为：太和殿、中和殿、保和殿。
③ 以水德代火德——适应古人大一统政治哲学思想的发展成熟，在战国末期到秦汉之际，产生了以五行生克解释朝代嬗递的道理，称为"五德终始"。所谓"应运而兴"，就是五行之运。

名为乾清宫，皇后所居取名为坤宁宫。'清'与'宁'均是平安亨通之义，故两宫之间为交泰殿，盖取《易经》泰①卦之义，象②曰：'天地交，泰。'刚才巩尚书建议陛下入居乾清宫，颇合正理。然而臣别有担心，不妨另考虑一处宫殿。"

李自成问："你担心什么？"

顾君恩说："以臣看来，崇祯虽是亡国之君，然与历代亡国之君不同。崇祯性情刚烈，人所尽知。城破之时，他既不肯投降，也不愿被俘受辱，必将自尽于乾清宫中，或自缢，或服毒，或自焚，甚至他会将后妃们都召到乾清宫中，一起死于火中，轰轰烈烈殉国。所以臣请陛下考虑另一座宫殿为驻跸之处，方免临时忙乱。"

李自成不觉动容，轻轻点头，向群臣问道：

"还有什么宫殿可以驻跸？"

兵政府尚书喻上猷回答说："臣在明朝，曾备位言官③，除参与早朝之外，又数蒙召对，或在平台，或在文华殿，故对文华殿略知一二。文华殿为紫禁城内一处重要宫殿，在左顺门之东，东华门内不远。文华殿……"

李自成点头："这文华殿很有名气，孤也常听人说起。你说下去，说下去。"

喻上猷接着说："文华殿建于永乐年间，原来不常临御。嘉靖践祚，将文华殿重新修建，换成黄瓦，此后为春秋经筵所在

---

① 泰——《易经》中的一个卦名，称为泰卦。
② 象——《易经》的所谓"十翼"之一。"十翼"都是解释卦理的，是《易经》一书的重要组成部分，相传为孔子所著。科举时代，《易经》为知识分子必读书，对"十翼"多能背诵，所以文臣们能够随口引用。
③ 言官——六科给事中和十三道御史都是言官。喻上猷在崇祯朝曾任兵科给事中。

地，也往往在此处召见大臣。殿之正中设有臣工朝见的宝座，宫中习称金台①，一般召见是在东西暖阁。殿中横悬一匾，上写'学二帝三王②治天下大经大法'十二个字，为神宗御笔。这文华殿和后边的谨身殿，加上文华门及其他房屋，成为一个完整的宫院，十分严密。而且文华殿与内阁很近。内阁在午门内向东拐，是从文渊阁划出来的几间房屋，为辅臣们值班之地。我大顺朝虽然恢复唐宋以来的宰相制，称为天佑阁大学士，不用辅臣组成内阁，但是丞相府人员众多，不能都在紫禁城内。午门内向东的内阁仍将为牛丞相在紫禁城内的值房，便于皇上随时召见，商议军国大事。倘若陛下以文华殿为宫中临时驻跸之处，则内阁可以说近在咫尺。故微臣无知，冒昧建议，请陛下进紫禁城后驻跸文华殿，不必考虑其他。"

李自成含笑点头，在心中称赞喻上猷说得有道理，但没有马上说话，等候别的文臣各抒所见。

文臣们看见皇上的神色愉快，而牛丞相也在用眼色鼓励大家说话，所以继续围绕着这个题目发言，除牛、宋和李岩三人外，几乎都说话了。但人们并没有新的建议，只是就乾清宫和文华殿发表意见，一般意见是如崇祯不焚毁乾清宫，也不在乾清宫中自尽，李自成就理所当然入居乾清宫，否则就驻跸文华殿。文臣们看着李自成的脸色，对主张文华殿的建议锦上添花，例如有人说倘若皇上进东华门，驻跸文华殿，正符合古人所说的"紫气东来"之义，而紫气就是祥瑞之气。又有人想趁机会迎合牛金星的心意，向李自成说道：

---

① 金台——乾清宫、文华殿、武英殿中都设有皇帝受朝拜的宝座，俗称金台。
② 二帝三王——二帝指尧、舜，三王指三代开国帝王，即夏禹、商汤、周文王和武王。

"陛下，我朝虽然定鼎长安①，北京将改称幽州府，目前只是行在。然行在之期，可长可短。驻跸数月，亦是行在。以臣愚见，皇上驻跸文华殿之后，丞相以内阁为值房，不妨将文渊阁改名天佑阁，名正言顺，以新天下耳目。此事易办，只是换一新匾而已。"

李自成见群臣已经没有更重要的意见，又望着牛、宋和李岩三人问道：

"卿等三人，有何主张？"

牛金星说道："关于此事，臣与宋、李二位军师因忝列陛下近臣，参与密勿②，自然要私下商议，不敢疏忽。但如此大事，不到北京城下，秘密奏闻，断自宸衷，臣等不敢泄露一字。今晚既然在御前议论此事，就请献策面奏臣等所议，谨供皇上乾断。"

李自成在心中说："啊，原来你们已经讨论过！"他望着宋军师问道："献策精通阴阳五行，必有高见，你快说吧。"

参加御前会议的全体大臣都将眼光集中在宋献策的脸上，等待他说出主张。

好像为着表示郑重，宋献策恭敬地站起身来。

"陛下，微臣认为明日圣驾就要到北京城下，临时驻跸何处，必须今晚决定，以便做妥当准备。"

李自成说："是呀，马上就要到北京城外，驻跸何处为宜，这事要赶快商定！"

"陛下，"宋献策说，"虽未举行登极大典，但在长安已经建国大顺，改元永昌，故陛下实已登九五之尊，非昔日冲锋决

---

① 定鼎长安——定鼎就是建都。崇祯十六年秋，李自成进西安后，牛金星亲自在华阴主持科举考试，有一试题是《定鼎长安赋》。

② 密勿——古人常用词儿，本有二义，此处作"机密"解。

战时可比。窃以为圣驾到北京城下之后,临时驻跸何处;破城之后,圣驾由何处进城,何时启驾进城;进入紫禁城后,居住何宫……凡此诸项大事,皆关国运。小民搬家、动土、上梁,样样事都不能马虎从事,何况圣驾初到北京,一切行止,岂能悖于五行望气之理。微臣虽有管见,但仍须诸臣讨论,断自圣衷。且眼下亟待决定的是城外驻跸何处为宜,深望大家详议。"

李自成含笑说:"你是正军师,在这些事情上你多拿出自己的主张也是应该的。"

宋献策接着说:"当大军距居庸关尚有一日路程,得到居庸关守将唐通降表,我军将不战而至北京城下之势已定。当日陛下在马上向臣垂询:'到达北京城下之日,应以驻跸何处为宜?'臣在心中默思片刻,向陛下回奏:'请陛下稍候。唐通偕文武官员出居庸关三十里来迎圣驾,已经望见旌旗,等唐通等来到,臣方可向陛下奏明愚见,供陛下圣衷裁夺。'可见,臣幸蒙知遇,寄以腹心之任,唯恐思虑不周,贸然建言,贻误戎机。其实,关于陛下到北京城外应驻跸何处,早在两天前,臣之愚见已与启东、林泉二位谈过,颇得他们同意,只是在见到唐通之前,臣尚有情况不明,不敢向陛下言之过早耳。"

李自成问:"为何必须见了唐通之后才敢说出你的建议?"

宋献策说:"过宣府后,即闻吴三桂已奉崇祯密诏,舍宁远入关勤王,但不知关宁兵已到何处。倘我军到达北京城下之日,吴三桂已过永平西来,行军甚速,陛下当驻跸东郊,一方面督促义军攻城,一方面在通州部署兵力,痛击吴三桂勤王之师,一举将其消灭,至少将其击溃,迫其投降。迨见到唐通之后,知吴三桂因携来辽东百姓甚多,不能轻装勤王,尚在山海关一带。所以当日陛下又一次在马上向臣垂询,臣即迅速回答,圣驾以驻跸城西钓鱼台与玉渊潭一带为宜,盖不必担心吴三桂来救北京了。"

喻上猷问道:"军师除洞悉兵法战阵之外,又深明《易》理,兼谙奇门、遁甲、风角、六壬之术,为上猷深深敬佩。但不知为何选择钓鱼台与玉渊潭一带为皇上在城外驻跸之地,请说明其中奥妙之理,以开茅塞。"

李自成同刘宗敏都知道宋献策选择钓鱼台的道理,十分同意,并已命令有关将领火速去驻跸地做妥善准备,但是他此时听了喻上猷的话,向军师点点头说:

"献策,你讲出这个道理让大家听听。"

宋献策说:"遵旨!"又转向众位部院同僚,接着说道:"往年献策未遇真主,混迹江湖,卖卜京师。偶于春秋佳日,云淡风清,偕一书童,策蹇①出游,或近至钓鱼台一带,远至玉泉山与西山,如卧佛寺、碧云寺、香山红叶,均曾饱览胜境,与方外之交②品茗闲话。以献策看来,八百里太行山至北京西山结穴,故西山郁郁苍苍,王气很盛,特明朝国运已尽,不能守此天赐王气耳。我皇上奉天承运,龙兴西土,故《谶记》云'十八孩儿兑上坐'。如今定鼎长安,不仅是因为陕西乃皇上桑梓之地,山河险固,亦应了'兑上坐'之谶。钓鱼台与玉渊潭地理相连,恰在京师的兑方,圣驾驻跸此处,亦是'兑上坐'之意。且西山王气甚盛,明朝运衰,不能享有,而大顺义师自西而来,此郁郁苍苍之西山王气遂归我大顺所有。"

牛金星含笑插言:"军师所言极是。其实,我义师渡河之后,一路北进,处处迎降,势如破竹,如此胜利进军,不期然也有唐人诗句为谶。"

李自成更加喜悦,忙问:"如何唐人诗句为谶?"

---

① 策蹇——意为骑驴。蹇是跛驴,谦词。

② 方外之交——意为世外之交,指僧人道士朋友,但此处专指和尚。

牛金星："唐诗云：'三晋云山皆北向，二陵风雨自东来。'这前一句诗可不是为陛下亲率大军北进之谶么？"

在御前议事的从龙之臣，一个个在恭敬谨慎中面露微笑，纷纷点头。

李自成满面春风，频频点头，遍顾群臣，共享快乐。不料就在他十分高兴时刻，无意中看出来，唯有李岩，虽然也面带微笑，但笑中又带着勉强，分明是另有心思。李自成想起来四个月前，在西安商议向北京进兵的决策时，虽然主张从缓兴师北伐，不同意马上就远征幽燕的文武大臣并非李岩一人，但是当时李岩的谏阻最为坚决，曾经很使他心中不快，也使他在西安建国时不肯将李岩重用，不任用他为兵政府尚书，只任命他在新建立的军师府担任宋献策的副职。此刻他的脑海中像闪电般地又想起来这件不愉快的往事，在心中说道：

"奇怪！我大顺军一路胜利，已经到了北京城外，满朝文武欢腾，为什么唯独你李岩一个人另有心思，不高兴我早日登极！"

李自成的性格深沉，丝毫没有将心中对李岩的不高兴流露出来，随即望着军师说：

"献策，你的好意见还没有说完哩，再说下去，说下去。"

宋献策接着说道："况且，钓鱼台和玉渊潭一带，不仅有泉水从地下涌出，故名玉渊，还有玉泉山和来自别处的水也汇流于此，碧波荡漾，草木丰茂，为近城处所少有。我朝以水德应运①，圣驾驻跸此地，最为合宜。"

李自成又点点头，向李岩含笑问道："林泉，你有何意见？"

---

① 水德应运——战国末年，适应中国大一统的历史要求，出现了以驺衍为代表的以五行生克论证朝代兴替的道理。五德就是五行之德。按照这一迷信，李自成是水德，明朝是火德。

李岩虽然像当时讲究经世之学的读书人一样，也略懂阴阳五行之理，但是他并不深信，也不愿谈术数①小道，所以他同宋献策虽是好友，往往在重大问题上见识相同，但所学道路各异，处世态度也不尽同。大概由于这种不同，他们同在李自成身边，宋献策愈来愈受信任，而他却不能受同样信任。他正在思考进北京后的几桩大事，而宋献策劝他暂且不要向皇上奏明，所以在一片欢快中他独有不少忧虑。听见皇上询问，他赶快欠身回答：

　　"宋军师方才所言，陛下在北京城外以驻跸钓鱼台地方为宜，臣十分赞同。献策说，钓鱼台在阜成门外，驻跸钓鱼台有三利：一是迎来西山王气，二是符合'兑上坐'之谶，三是正合水德之运。所论都甚精辟，敬请陛下采纳。臣从驻军方便着想，亦觉御营驻在此地最好不过。"

　　李自成问："何以最好？"

　　李岩回答说："御营骑兵三千，加上驮运辎重什物，又有五百骡马。中央各衙门合起来有一千二百骡马。臣闻钓鱼台与玉渊潭一带不单地方空旷，而且水草丰茂，将近五千骡马在此驻扎，最为方便。"

　　李自成高兴地说："好，你补充的这一条也很重要！我们今晚还有许多事情要讨论，驻跸钓鱼台的事不用再议了。"他转向大家，接着说道："刚才得到禀报，崇祯派襄城伯李国桢率领三大营兵数千人在沙河布防，妄图阻我大军前进。两个时辰前，三大营兵望见我义军前队旗帜，不战自溃，多数逃散，也有的举着白旗投降。那个李国桢，一看军心瓦解，不可收拾，赶快带着一群亲兵和奴仆奔回北京了。哈哈，毕竟是常说的纨袴子弟，真是

---

① 术数——用阴阳与五行生克学说推演吉凶祸福，古人称为术数，为《易经》之学的一个支流，起于秦汉之际，在两千多年的封建社会中盛行不衰。

勋臣①！勋臣！"

李自成不觉笑了起来，是出自内心的真正喜悦，同时也想着此系"天命攸归"，他进北京就在眼前了。在众新降文臣的颂扬声中，他忽然望着汝侯刘宗敏说道：

"捷轩，你要赶快去指挥大军，今夜一定要包围北京。孤只问你，献策主张驻跸在钓鱼台这个地方，你有何意见？"

刘宗敏说："陛下，我只管统兵打仗，什么阴阳五行，观星望气，我是外行。宋军师的话我相信，没错，就照他说的办吧。皇上，我先走啦。"

李自成说："你顺便告诉吴汝义和李强，命他们率领两千御营亲军随你前去，在钓鱼台一带布置行宫，小心警戒，准备明日迎驾。"

刘宗敏匆匆走后，李自成因满意宋献策的这次建议，向他微笑点头，随即想起来另一个问题，赶快问道：

"献策，刚才谈孤进入紫禁城后，居住何宫为宜，有人主张皇帝居住乾清宫是理所当然，有人建议居住在东华门内的文华殿，应紫气东来之兆，你有何主张？"

刚才宋献策故意撇开了圣驾进紫禁城后居住乾清宫或文华殿的问题，直接建议圣驾到北京城下时应驻跸钓鱼台。其实，不但皇上在宫中应住何处，连进城时应从哪座城门进城，选择什么路线，他都根据阴阳术数之理已经想过多次，成竹在胸，但是他认为这样的事情不必在御前会议讨论，落一个发言盈庭，各执一端，耽误时间，不如皇上只询问军师和丞相二三大臣，断自宸

---

① 勋臣——此处是嘲笑意思。明代有功武将获得公、侯、伯等封爵的称做勋臣。勋臣子孙可以世袭封爵，成了"纨袴子弟"，毫无实际本领。至今南阳一带口语中仍称空有其表的人物为"勋臣"。

衷，然后以钦谕行事。此刻皇上问起，他恭敬地站起来说：

"陛下，皇上与群臣鞍马劳顿，今日只决定圣驾到北京城下后应驻跸何处，圣上与大家可以早点安歇。昌平州距北京九十里。明日四更早膳，五更启程，中午在清河打尖，申酉之间到达德胜门外，黄昏前可到钓鱼台行宫休息。预计明日下午，我军可以将北京内外城合围。圣驾驻跸钓鱼台行宫之后，将有许多军国大事等待皇上处理。至于皇上如何进城，进紫禁城后居住何宫，微臣将于另外时间与丞相研究后详细奏闻。"

李自成觉得很有道理，点了点头。

第 十 一 章

今天是崇祯十七年（大顺永昌元年）三月十七日，也就是李自成驻跸北京阜成门外钓鱼台的日子。

早膳以后，李双喜率领一千御营骑兵带着驮运辎重什物的大队骡马向北京进发。中央各衙门大小官员及随从人员接着出发。李自成因为皇帝身份，由牛金星、宋献策和李岩三人护驾，鸣炮启程，鼓乐仪仗前导。李自成骑在乌龙驹上，前边是一柄黄伞，银鞍金镫闪光。他在马上左手揽着杏黄丝缰，右手用马鞭对牛、宋指点山川，谈论着取北京如此容易，笑容满面。

如今李自成的行军和驻营完全不同于往日。何时启驾，何时驻跸，都由宋献策望气和卜卦决定，趋吉避凶。因为今天不需要他亲自指挥攻战，所以按照军师意见，他应于申酉之间到达德胜门外，然后转路，于酉时稍过到达阜成门外。至于在钓鱼台和玉渊潭一带方圆三里之内，如何清扫行宫，如何严密警跸，如何指定中央各衙门临时驻地，已经有吴汝义和李强前去安排，不但用不着他操心，连动动嘴也不需要。

到了清河地方，护驾的御营停下休息，打尖之后，继续缓辔前进。等隐约望见北京城头时，他回头望一眼在身后扈从的正副军师，欲有所言，但没有说出。他看见副军师李岩仍旧像昨晚一样怀着什么心事，使他更加不快，在心中对李岩说道：

"林泉，孤待你夫妻不薄，为何在此文武欢呼胜利之时你偏不高兴？你在西安时坚主持重，谏阻孤率师北征。幸而孤不听谏阻，锐意踏冰渡河。果不出孤之所料，我大顺应运龙兴，天与人归，取明朝江山如摧枯拉朽，今日顺利到达北京城下。倘若听了你的谏阻，岂不误了孤的大事！"

又走不久，眼前出现一带土丘，中间有一豁口，贯通南北大道，而土丘上下林木茂密，烟云缭绕，气象不凡。李自成正在马上遥望，忽见许多兵将簇拥一员大将策马出了豁口，在几通高大石碑处下马，列队大道两旁。李自成向宋献策问道：

"此是何地？"

宋献策恭敬回答："此处俗称土城关①，为元朝大都的北门。距德胜门数里之遥。陛下请看，是汝侯率领众将领前来恭迎圣驾！"

李自成猛然一喜，不觉"啊"了一声。

刘宗敏的驻地在阜成门外，他不断地派将校奔往沙河路上，探听圣驾消息，以便恭迎。后来得到禀报，知道圣驾离土城关只有几里远了，他立刻率领驻扎在西直门、德胜门和安定门以外的果毅将军以上的将领，在土城关外，列队道旁。因为是在作战时候，免去大礼，武将们只随着刘宗敏在马上躬身抱拳，齐声说道：

"恭迎圣驾！"

---

① 土城关——北京在元朝称为大都，东西城墙与明清两代的城墙地址相同，但南城墙在今东西长安大街，北城向北退后八里。正对明清德胜门的是元大都的建德门，明朝改建北京后，将大都的北城墙拆去，土城关就是建德门的遗址。清代将土城关作为京师八景之一，美称为"蓟门烟树"。

李自成向刘宗敏问到包围北京的情况,刘宗敏回答说:

"北京内外城有数十里,内城最为重要。我军已将内外城的东、西、北面包围,不使崇祯逃跑。南城是外城,只将外城的各城门派兵包围,另外派骑兵不断巡逻,使外城与外地断绝消息。攻城的大炮都已经架设齐备,所需登城云梯,统限今夜准备停当。"

李自成满意地点头,说道:"大家辛苦几天,破了北京之后,将士们都为国立了大功,孤不吝从优升赏。"

众将领在马上又一次抱拳躬身,齐声说道:"恭谢陛下鸿恩!"

随即,刘宗敏率领一批武将护卫圣驾前进。驻德胜门和安定门外的将领们恭送皇上启驾后,分路驰回驻地。

李自成的御营骑兵进土城关以后约走一里多路便向西转,数里后遇大道再向南转,然后从西直门外万驸马别墅①白石桥附近继续向南,向钓鱼台方向走去。守城的人们望见城外走过的两千多军容整齐的骑兵,中间有一柄黄伞和简单的仪仗,还有一群穿文官衣服的人都骑马追随在黄伞的后边,猜到必是李自成来到了北京城外。许多守城的太监和市井百姓从城垛的缺口间露出头来,纷纷观看。尽管城头上架设有许多大炮,特别是在西直门到阜成门的几处敌台上架设着威力很大的红衣大炮,但是没有人敢对李自成和他的御营骑兵开放一炮。守城的太监和百姓都认为明朝的大势已去,害怕激怒了李闯王,城破之后会遭到屠戮。当然,刘宗敏不是一个粗心人,他命张鼐驻扎在阜成门外月坛内,从西直门的北边到阜成门的南边,面对城墙,用沙包堆成了许多炮台,安放大炮,只要城头上敢放一炮,张鼐就将红旗一挥,马上会有许多大炮接连向城上打去。

正在这时,分明是乌龙驹也明白北京已经到了,兴奋地萧

---

① 万驸马别墅——在今白石桥和动物园一带。

萧长嘶。李自成驻马西望，但见夕阳衔山，西山一带山势重叠，郁郁苍苍，确如宋献策所言，西山王气很盛。他含笑点头，在心中说道："占了北京，江山就算定了！"随即勒住马缰，停止前进。他一停止，他身后的队伍全停止了，而在前边的扈从亲军也立刻由李双喜传令停止了。他回头一望，对身边的传宣官轻声说："请丞相和两位军师！"一个传宣官向后大声传呼：

"丞相和军师们见驾！"

牛金星、宋献策和李岩听到传呼，立即将丝缰一提，赶到圣驾旁边，听候谕旨。李自成面带踌躇满志的微笑，说道：

"一年前，我们此时正在襄阳，那时还没料到如今能够来到北京！"

牛金星回答说："可见陛下今日夺取明朝天下既是顺天应人，亦是水到渠成。"

李自成问道："献策，你昨夜曾说，如十八日有微雨，十九日黎明可以破城。我看，现在天气似乎要晴，倘若明日无雨，破城还得数日，还需要一次恶战么？"

"以臣看来，只等城内有变，不需流血强攻。"

李自成望望城头，说道："今晚要做好攻城准备，能够不用猛攻，逼迫城中投降才好。"

牛金星在马上躬身说："今日在沙河镇休息时，杜勋曾对臣言，他愿意明日缒入城去，面见崇祯，苦劝崇祯让位，但请陛下对崇祯及其宫眷一人不杀，优礼相待。"

李自成向宋献策问道："此事军师知道么？"

宋献策说："丞相对臣说过，臣当时也问了杜勋，看杜勋确实是出于为新朝立功献忠之心，并无欺骗陛下之意。"

"崇祯会不会将他杀掉？"

"臣也以此为虑，但杜勋说他愿冒杀身之祸，也要进宫去苦劝崇祯让位。"

"启东，此事是否可行？"

"臣以为不妨一试。如杜勋被杀，不过死一个投顺太监耳，于我无损。如杜勋见崇祯劝说成功，则陛下能于成功之后，以禅让得天下，亦是千古美名。"

"好，叫杜勋今夜见我！"

李自成将鞭子轻轻一扬，同时将左手中的杏黄丝缰轻轻一提，乌龙驹缓缓前进。不需他说出一句话，整个护驾的官员、骑兵、黄伞和仪仗，都在斜阳的照射下，肃静地向钓鱼台方向走去。西城上的守城军民用吃惊的眼光向城外观望，不敢放炮，不敢叫骂，甚至没有喧哗之声。

自从今年元旦李自成在长安宣布建立大顺朝，改元永昌，将在襄阳建立的中央政府大加充实之后，虽然他还没有正式登极，为着表示谦逊，暂时自称为"孤"，不肯称"朕"，但是文武群臣在实际上都把他当皇上看待。现在他暂时落脚在阜成门外钓鱼台这个地方，等候进入北京，建立他的"不朽大业"。他手下的旧人，大家记忆犹新：最初他不管在什么地方暂时停留，都称做"盘"，是豫陕一带杆子口头称"盘驻"一词的省略，后来人马众多，称做驻扎或驻兵。从西安建国以后，他自己暂驻的地方不再叫做驻扎，而称做驻跸。从前他同高夫人和亲兵们驻扎的院落叫做老营，部下将领们和相随日久的老兵可以较随便地出入老营；后来称了大元帅，老营的戒备严了许多；称了新顺王，居住的地方戒备更严了，并且将襄王府改为新顺王府，不再称老营了。到了西安以后，改西安为长安，改新顺为大顺，以秦王府为大顺王宫，一般将领想进王宫见皇上可不容易。今年正月，他以大顺皇帝身份离开西安，向北京进兵，一路之上，驻的房屋称做行宫，军帐称做御帐，而驻扎叫做驻跸，对他的特殊警卫工作叫做警跸。虽然这"驻跸"和"警跸"两个词儿都是从上古传下来的，在当今人们的口头上，"跸"字早已没人使用，大顺将士们在说到这两个词儿时都不习惯，然而这是国家礼制攸关的事，不能不命令将士们逐渐遵行。

如今以钓鱼台和玉渊潭为中心，东以三里河西岸为界，向南去也以小河的北岸为界，在大约方圆三四里内，都成了大顺皇上驻跸的禁地，将许多居民强行赶往别处，实在无处可去的人都不许随便出门，还必须用黄纸写"顺民"二字贴在门额上。倘若是居住在大路旁边的人家，还得在门口摆一张方桌，桌上供一个黄纸牌位，上写"永昌皇帝万岁"。牌位前放着香炉。御营有三千骑兵，跟随御营一起的一部分大顺朝中央各衙门的文武官员（一部分留在长安），以及众多的亲兵、奴仆和厮役之类，步骑合计约有五千人之众。钓鱼台和玉渊潭一带的房屋远不够用，所以李强和吴汝义率前队骑兵和骡驮子来到以后，除立刻派将士们占领公私房舍，驱赶居民和闲人，进行清扫之外，又在较空旷的地方搭起了许多军帐，清扫和整治了通往行宫的道路。凡是要紧的路口和"行宫"的周围，都派了兵士警戒。一座最大的宅子，算作大顺皇帝的行宫，其余一处较好的宅子，作为牛丞相和丞相府官员们的驻地。另外，在三里河河岸上有一处叫做李皇亲花园的地方，作为正副军师和军师府官员们的驻地。

李自成来到了钓鱼台"驻跸"的地方，吴汝义同李强跪在道旁恭迎。然后，大顺朝中央各衙门的官员们都由吴汝义派人分别带到各自驻地休息，只留下刘宗敏、牛金星、宋献策、李岩护送李自成进入行宫。这地方在金朝是皇帝常来游玩钓鱼的地方，金亡后此地荒废。到了元朝中叶，被一姓丁的达官买去，重加修缮，增加了许多亭台楼阁，曲径回廊，假山池塘，水榭船坞，成为有名的丁家花园，所以又名花园村。明朝两百多年中，此地几次更换主人，丁家花园的旧名依然保存。经过两进院落，到了第三进院落，正中坐北朝南有五间大厅，前有卷棚，左右各有五间东庑和西庑，大厅正中安设有临时御座，是一张雕花檀木太师椅，上蒙黄缎绣花椅披。前有一张八仙桌，挂黄缎围幛。稍前一点，左右摆着两行较小的太师椅，带有蓝缎绣花椅垫和椅披，以备文武重臣在御前会议时使用。因为按"五德终始"学说，大顺是"水德王"，色尚蓝，所以除黄色为皇家专用服色之外，官民应该以蓝色为上。

　　李自成在御座上坐下以后，牛金星等正要叩头行礼，被他用手势拦住。他命大家坐下，随即向吴汝义问道：

　　"杜勋在哪里？"

　　吴汝义躬身回答："臣为他准备了五座军帐，在会城门[①]那个方向，离此不过三里多路，旁边有一小街，还有一片松林可以系马，也可避风。文谕院诸臣也暂时在那儿宿营。"

　　"速命人前去，叫杜勋赶快休息用膳，等候孤召见他有话要问！"

　　"遵旨！"

　　李自成又望着牛金星等人说："诸位今日鞍马劳累，风尘满身，现在各回驻地休息。既然杜勋愿意进城去劝说崇祯让位，孤认为这是一件大事，不妨一试。你们先回驻地，等候孤在一更后传谕你们前来，商议大事。"

　　牛金星等行礼退出以后，李自成由随驾奴仆替他打去身上

---

① 会城门——金朝迁都北京，改称中都。金主亮扩大城垣，周七十五里，大部分在元、明、清北京的西南。会城门是金中都三座北门之一，今只留下一个街道名称，位于复兴门外大街西面。

尘土，濯洗梳头，然后用膳。晚膳后，他在双喜和一群亲将的护卫下，在行宫大院中各处走走。他走上行宫西南角的钓鱼台，向开阔的荒池①中望了一阵。月亮已在东边冉冉地上升了，照在碧波荡漾的水面上。这正是北京一带青蛙出土后开始求偶繁殖的季节。不论是池中池边，到处蛙鸣不断，互相应答；不时还有鱼在水面泼剌一跳，同时白光一闪。李自成命双喜差几个传宣官分头传谕几位重要大臣速来议事，同时也传谕杜勋前来。对双喜吩咐之后，他在心中兴奋地说道：

"到北京城下'驻跸'在这个好地方，果然是'水德'应运，并非偶然！"

将到二更时候，李自成知道刘宗敏、牛金星、宋献策和李岩已经来到，正在行宫前院的东庑等候召见，他吩咐双喜派人宣召杜勋前来，随即回到行宫大厅（此时称为行宫正殿），在正中御座上坐下。刘宗敏等鱼贯进殿，向他行叩头礼。他命他们在旁边椅子上坐下。刘宗敏直接往一张椅子上一坐，但牛、宋和李岩三人却恭敬地躬身谢座之后，才敢落座。李自成问道：

"杜勋说他愿意进城劝崇祯……"

李自成的话未说完，忽然从阜成门附近的城头上传来一连三响大炮声音。大家不觉诧异，侧耳谛听一阵，却又寂然。宋献策笑着说道：

"这是三响空炮，只装火药，不装炮弹。"

李自成问道："城上知道孤的御营在此，放空炮是何意思？"

宋献策正要起身回答，忽然刘宗敏向帘外叫道："来人！"立刻有一将领掀帘而入，到他的面前垂手肃立，等候吩

---

① 荒池——钓鱼台和玉渊潭地方，到清朝乾隆年间才受到皇家重视，利用它的水源充足，将港汊纷乱的荒池浚为小湖，增加了建筑。

附。刘宗敏说：

"速去三里河东岸，向我军炮兵传令：要回敬城上三炮，着实地打，叫守城的太监和百姓尝一尝我们的炮兵厉害！"

"遵令！"

李自成重新向军师问道："献策，城上放空炮是何意思？"

宋献策恭敬地起身回答："必是守城太监看见有大官奉旨来阜成门一带巡城，太监们故意施放三响空炮，以为敷衍，并非实意守城，也不敢与我为敌，唯恐伤了城外义军。"

牛金星也站起来说："古人说，国家存亡，视乎民心。崇祯到了今日，不仅民心失尽，连他豢养的家奴①也变心了。自从我义师过了大同，沿途重镇②的守将和监军太监无不望风迎降。方才守城太监放空炮三响，实是守城太监已经变心，有了献城之兆。"

李自成笑着说："原来也想到北伐幽燕，必会马到成功，却没有料到夺取北京竟是如此容易！"

牛金星说："此所谓天命攸归。倘不战而克北京，声威所及，江南定可传檄而定。"

李自成点头说："你说的是。据孤看来，破了北京之后，江南定可传檄而定，虽有战争，但可以不烦血战。"他停一停，忽然问道："杜勋进宫去向崇祯劝降，倘若所谋不成，会遭杀身之祸，连他一家人也将被斩。他为何要冒这样大险？"

牛金星回答说："也许他算计崇祯不会杀他。"

说话之间，架设在三里河东岸的大炮响了。大家谛听，每隔片刻一炮，连续放了三炮，不但声震大地，而且炮弹声在天空隆

---

① 家奴——明朝皇帝和藩王都有太监，视太监为家奴。
② 镇——明代的军事名词，驻重兵防守的地方叫做镇，略如现代的所谓军区。一镇的军事长官一般是总兵或副总兵（又称副将），称为镇将。

隆地向远处响去。

宋献策笑着说:"这才是真正放大炮,炮弹越过城头,落入城内很远,足以震慑敌胆。"

李双喜进来,跪下向皇上禀奏:"杜勋已经来到,等候召见。"李自成点点头,轻声吩咐:

"传他立刻进殿!"

李双喜到门口对侍卫吩咐一句,随即有两个传宣官齐声高呼:"传杜勋进殿!"过了片刻,杜勋小心翼翼地躬身进殿,在李自成的面前跪下,叩了三个头,尖声说道:

"奴婢臣杜勋叩见皇上!"

明朝太监在皇帝面前本来都是自称奴婢,但今天杜勋对李自成自称"奴婢臣",加了一个"臣"字,事前在心中费了一些斟酌。他依恃自己在宣府重镇的监军身份迎降,又写信劝居庸关镇守太监杜之秩出关迎降,对新朝是立了大功之人,将来理应受新朝重用,所以在"奴婢"后加以"臣"字,如果大顺皇上默然同意,以后就会使大太监们在皇上面前的地位提高一步。李自成对杜勋的这种细微用心完全不懂,但是在一个要紧问题上他并不含糊。他没有叫杜勋平身,也没有叫他坐下,更没有亲切地称他一个"卿"字。他问道:

"杜勋,孤刚才听牛丞相说,你愿意进宫去面劝崇祯让位,可是真的?"

"是的,皇爷。如若崇祯愿意让位,一则皇爷有因揖让而得天下之美名,二则京师臣民可以免遭战火之苦。"

"你看崇祯愿意让位么?如他情愿让位,孤不惟将保其不死,还将优礼相待,仍然世世富贵。你想他能够让位么?"

"如今崇祯困守空城,孤立无援,朝野上下无一可用之人,不让位则有亡国灭族之祸,让位则虽然亡国,却能使一家性命保全，安享富贵。奴婢臣原是崇祯皇帝的亲信内臣，只要能够进宫，面见旧主，痛陈利害，流涕苦劝，使崇祯皇爷知陛下神武宽仁，四海归心。他能听劝说很好，如不听从，也不误陛下攻城。而且奴婢臣进城一趟，还可以对守城太监说知情况，动之以祸福，劝他们开门献城，迎接陛下。"

李自成心里想道："这厮真会说话！"随即又望着杜勋问道：

"孤听说崇祯平生刚愎自用，性情暴烈，随意诛戮大臣。你去劝他让位，不害怕他会杀你？"

"奴婢臣有弟弟和侄儿全家在京居住。崇祯皇爷一怒之下，不仅会将奴婢臣杀死，而且会杀奴婢臣全家十口。不过古人有言：'不入虎穴，焉得虎子。'奴婢臣一心要为陛下效犬马之劳，成陛下得天下于揖让之美名，甘冒粉身碎骨与全家诛戮之祸，在所不辞。"

"你打算何时进城？"

"明日上午巳时进宫，不论劝说结果如何，下午一定回来。倘若明日下午奴婢臣没有消息，必是被崇祯皇爷杀了，请陛下大举攻城。"

"好吧，你进城去吧。明日下午，孤等候你的回话。"

杜勋叩头退出以后，李自成对杜勋为何如此甘冒杀身之祸，心中终觉纳罕，便向牛、宋等人问道：

"明日杜勋进宫去劝说崇祯让位，有几分成功希望？"

宋献策回答说："以微臣看来，崇祯不是个软弱之人，倘不能逃出北京，便无路恢复江山，他必会以自尽身殉社稷，断无怕死让位之理。"

李自成又问："崇祯的秉性脾气，杜勋完全知道。他献出冒死入宫劝降之计，用意何在？"

宋献策没有回答，李岩也没有做声。牛金星恭敬地起身说道：

"杜勋为何甘冒杀身之祸，臣亦不得其解。然我军一二日内必克北京，杜勋入宫不成，无碍大计，我们明日只准备好进城诸事可矣。"

李自成又说："捷轩，北京无人肯替崇祯守城，众心已散，破城后应行诸事，你可准备好了？如何先破外城，再破内城，进城后各营分驻何处，都得事先决定，免得临时纷扰。还有，如何逮捕明朝六品以上官员，严厉追赃，你也得准备好啊！"

刘宗敏还不习惯在李自成面前每次说话都赶快起立，躬身垂手。他坐在椅子上大声说道：

"请皇上放心。臣已经与军师准备好啦，明日是三月十八，先破外城，三月十九日再破内城。几个月前我军已有许多细作进入外城，扮做各色江湖中人，小商小贩，小手艺的，钉盘子钉碗的，骨路锅的①，他们同城内的穷苦百姓多有暗中接头，同住在广宁门②内的回回也有串连，原来已经说就，只等大军围城，住在广宁门内的穷人们就打开城门，放我们大军入城。先破外城，内城人人胆寒，守城的太监们也会献出城门。杜勋愿意去劝说崇祯让位，让他去吧，其实，这好比大年初一逮兔子，有它过年，无它也过年。"

李自成哈哈大笑，几位大臣也陪着他绽开笑颜，但是除刘宗敏外，大臣们都没有敢笑出声来。刘宗敏突然说道：

"皇上，今天下午我一到阜成门外军营，就听将领们禀报，广宁门的守城军民前两天已经同我们的细作接头，有意等大

---

① 骨路锅的——专业补铁锅的手艺人。用焊接法补锅，在豫陕一带叫做骨路锅。宋时的江南一带也有这个词儿（见陆游的《老学庵笔记》），大概是从中原传去的。"骨路"作为两个音素，反切就是"锢"字。

② 广宁门——北京的外城修建于明代中叶，西门称广宁门。清代中叶后，改名广安门。

军围城之后开门迎降。"

李自成问:"何时开门迎降?"

"只说十八日开门迎降,时间未定。昨天城门已闭,内外不通,没有继续接头。"

李自成沉吟说:"献策原来占了一卦,十八日如有微雨,外城可破;破了外城之后,十九日黎明可破内城。要设法催促守城军民早点开门迎降才好,献策,有办法么?"

宋献策回答说:"数月以来我军进入北京的各色各样细作,均由刘体纯亲自派遣,有的就住在广宁门内,早已同居民混在一起,那回回中也有我们的人,以卖羊肉串儿为幌子,已经有半年多了。只因满洲和山海关两方面情况不明,使臣与林泉放心不下,已经命刘体纯率他小刘营前往通州,刺探满洲和山海关消息。臣马上差飞骑追刘体纯回来,同他连夜商量,必须想办法与城内互通声气,催促广宁门守城军民,务必在明日打开城门,放我大军进城。"

刘宗敏忽然大声说:"有了!有了!不用叫二虎回来,我有办法叫广宁门的守城军民人心瓦解,赶快开门迎降,不劳我军攻城。"

李自成心中一喜:"捷轩你有何办法?"

"我自然有办法,暂不说出。"刘宗敏转望两位军师,说道:"献策、林泉,走,跟我到广宁门外看看!……陛下,你安心休息。我同两位军师到广宁门外看过之后,连夜准备,明天一早进宫向你禀奏!"

宋献策吃惊地问道:"捷轩,你有好计,先在御前说出来,商量一下不好么?"

"眼下快三更了,我们到广宁门外看了地势,连夜火速准备,片刻也不能耽误。快走,把李强和吴汝义都带去!"

刘宗敏不容迟疑,叫宋献策和李岩随着离开行宫。李自成心中奇怪，望着刘宗敏的背影微微一笑，然后对群臣们说：

"捷轩这个人，明军只知他作战勇猛，所向无敌。其实，在紧急时候，他很能拿出智谋，确有大将之才。他此去广宁门外察看地势和城上守御情况，一定又有了新鲜主意！"

牛金星说道："汝侯一定有令人意料不到的好主意，请皇上等候佳音。"

李自成点头，随即命群臣各回驻地休息。当大家行礼退出以后，李自成走到院里，向城上望了一阵，但见城头上灯光稀疏，不打一炮，也没有守城人们的吆喝声，只从几处传来孤孤单单的梆子声。他想着汝侯今夜必有良策，破北京就在眼前，登极也在眼前，脸上露出笑容，在心中轻轻地说：

"大顺万世江山从此定了！"

三月十八日。

虽然连日来李自成十分劳累，但今日很早就起来了。五更以前，他已经醒来，将养子双喜叫到榻前，询问昨夜刘宗敏和两位军师到广宁门外察看后商定了什么计谋，夜间如何准备。双喜将昨夜的事情详细奏明。李自成明白之后，点头微笑，轻声说：

"此计可行！"

等他在奴仆们服侍下梳洗之后，宋献策进宫来了。他详细向他奏明一夜的准备工作，今日上午请皇上驾临彰义门外，坐在御帐前，晓谕守城军民速降。李自成问道：

"不是广宁门？怎么又成了彰义门了？"

宋献策说："虽然北京外城的西门名叫广宁门，可北京人习惯上叫它彰义门，往往在公私文件中也是如此。臣往年卖卜京师，住在宣武门外，距广宁门较近，所以也叫惯彰义门了。"

"御帐距城多远？"

"远了城上人看不清楚,所以御帐距城门只有一里多路,好使守城军民得瞻皇上风采与御营军容。"

"离城门只有一里远,不担心城上打炮?"

"昨夜捷轩在彰义门看了地势,说出这一建议时,臣与林泉也担心城上打炮。但我们仔细研究,连夜作了部署,认为守城军民瞻望圣驾,必将更加夺气,决不敢向御营开放一炮。昨日下午,圣驾过西直门南来,离城不过二里,仪仗黄伞前导,百官扈从,御营部伍整齐,按辔雍容徐行。有一次陛下中途驻马,东望北京城头,西望西山王气,扬鞭指点,何其从容!此时城上军民,偷偷观望,寂然无声,竟无人敢放一炮,也无人敢高声叫骂,足证人心离散,不敢与我为敌。昨日情况已经如此,何况从昨夜以来,内外城完全合围,攻城准备就绪,守城军民更加解体,但求各保性命,谁肯惹是生非?再说,经过臣等连夜部署,使守城军民更加胆战心惊。所以汝侯出的这个主意,乍然看好似一着险棋,实际毫无险情,只是借陛下神威,但使城上城内百姓从速开门投降耳。"

李自成笑着问道:"孤将几时前去?"

"以臣推算,定于辰时二刻自行宫启驾最吉,过桥后绕白云观大门前向东,巳时一刻圣驾至彰义门外,在御帐升入御座。明朝秦、晋二王[①]坐于左右地上,护驾大臣侍立御座两侧。随后有一声音洪亮武将对城上军民宣示皇上钦谕,晓以大义,促其从速开门投降,迎接大军进城,秋毫无犯。陛下只在彰义门外停留两刻,启驾返回行宫。"

李自成问道:"杜勋何时进宫去劝说崇祯让出江山?"

"皇上驾幸彰义门时,杜勋侍立一侧,使守城军民看见。俟

---

① 秦、晋二王——明朝宗室,封在西安的秦王、封在太原的晋王。

陛下启驾返回行宫，杜勋就可以从彰义门缒进城去。"

李自成对宋献策的陈奏点头同意，随即命军师回驻地休息，又命传宣官分头传谕刘宗敏、牛金星和中央各衙门大臣，以及投降太监杜勋等，务于卯时三刻前来行宫早朝，护驾去彰义门外。

早朝以后，按照宋献策推算的吉利时刻，李自成由双喜率领的两百名御营亲军严密保护，从钓鱼台行宫启驾，黄伞前导，一部分文武大臣扈从。李强指挥众多御营亲军除在彰义门外保卫御帐之外，还有一部分沿路警跸，严禁闲杂人闯入御道。李自成一队人马在人声肃静中出钓鱼台向南行走大约两里，在旷野的大路上转向东行，又走了两里之遥，从一座石桥上过了小河，向南走一阵又转向东行，不久便进入一片茂盛的松柏林，走到一座道观的山门前边。白须垂胸的方丈事先得到通知，率领全体两百多老少道众，面带惊恐之色，跪在山门外边迎接，伏地叩头，然后抬起头来说道：

"白云观全体道众，恭迎永昌皇爷圣驾！"

李自成向方丈轻轻点头，随即将眼光转向山门，看见山门上边有一青石匾额，上刻"敕建白云观"五个大字，不觉面露微笑，在心中说道：

"听说这是北京有名的一座道观，从前邱处机[①]在此修炼！"

一过白云观，便看见了彰义门和离城壕一里多远、连夜搭好的一座很大的黄色毡帐，上有黄铜宝顶，闪着金光。这一在西安为他特别制作的军帐，称为行军御帐，也称帐殿。御帐东南角竖一根三丈高的旗杆，上悬绣龙蓝旗，中有用红绒缝上的"大顺"二字；御帐前，面向城门，设有御座，上有绣龙黄缎椅披。

---

① 邱处机——元时山东栖霞人，字通密，号长春子，金元时道教北派首领，曾被成吉思汗派人迎至西域军中，后放还，居白云观以终。

御帐左右，各筑成两座炮台，各炮台相距十丈，共是四尊红衣大炮。另外，还有四尊普通攻城大炮，也是相隔十丈一尊，架设在红衣大炮左右，每一尊大炮的红绸炮衣都已卸掉，并且有掌炮军官在每一尊大炮前焚了香表，每一尊大炮的后边站立十名炮手，穿着蓝色的过膝裲裆，前后心上各缝有一块圆形白布，上写一个"炮"字。

城头上的守城军民，以为大顺军马上要开炮攻城，一个个惊慌得心头狂跳，两腿瘫软，脸无血色，向天叩头。有的人准备滚下城去逃命……

当李自成尚未走到白云观山门前时，有一位年轻将领，骑着一匹白马，疾驰而来，背后跟随着十几个骑马的随从，他们一直到城壕岸边勒马，向城头上放一响箭，然后用自然合韵的语言向城头高声晓谕：

守城的军民人等听清！我大顺军兵将如云，大炮千尊，已经将京城团团围定，水泄不通。进城之后，只杀贪官，不伤百姓，平买平卖，四民①安生。我永昌万岁爷马上驾到，观看外城。明朝的秦、晋二王，已经投降，左右陪从。尔等不许放箭，不许打炮，不许出声。倘若放箭打炮，惊动圣驾，我城下众炮齐鸣，必将尔等严惩，决不宽容！

当立马于城壕边的大顺将领向城上高声晓谕的时候，守城的太监和百姓纷纷地从城垛间站起来，向城下观看。他们的恐慌心情略微好了一点，相诫千万不要向城下放箭打炮。当城下的大顺

---

① 四民——明、清时代，人们习惯于将社会人群分为士、农、工、商四类，称为四民。这种分类方法一直延续到民国年间。

将领向城头高声晓谕之后，守城的太监和百姓们的眼光被白云观山门前的景象吸引去了。人们纷纷地向白云观的山门外指着，惊奇地小声说：

"看！看！那是干什么的？"

"看！有两个道士在山门前摆了香案！"

"方丈带着全观中的老少道士都出来了！都出来了！"

"啊，啊，来了！来了！"

人们看见，李自成是一位魁梧大汉，由一柄黄伞前导，骑在一匹黄辔头、黄鞍鞯的深灰色马上，毡笠，缥衣①，气宇不凡。事前人们已经将御座移于帐前，并在御座前三尺外左右地上摆好两个矮凳，上有红色坐垫。李自成来到以后，在小松林外下马，由官员照料，大踏步来到御帐前边，昂然在御座坐下，举目向城头观看。秦、晋二王在御座左右稍前的矮凳上坐下。刘宗敏、牛金星、宋献策、李岩、六政府尚书和左右侍郎、文谕院学士等一批新朝重臣，分立御座左右。侍郎以下官员也立在左右的后排。杜勋也站在后排。吴汝义和李双喜因为要随时听皇上呼唤，站在御座背后。李强率领五百神箭手，站在城壕外边，对城头控弦引矢。倘若城头上有打算向御帐放炮的可疑动作或发出叫骂恶言，只要李强一声令下，这五百神箭手在瞬息之间，将连续向城上射出利箭，使守城的人们没法抬头，而站在一处土丘上的张鼐手中的红旗一挥，所有的北从西便门南到天宁寺的、对准城头的各种大炮将都跟着一齐点燃药线，顷刻之间将使城楼和雉堞多处崩塌。当时各种大炮尤其是红衣大炮的威力，北京人是知道的。所以不惟李自成的出现在彰义门外，秦、晋二王坐于李自成脚下这

---

① 缥衣——缥（piǎo）是淡青色，即蓝色。按照五行思想，大顺是水德王，服色尚蓝，所以李自成称帝后，不穿黄袍，但用黄伞表示他的皇位。

件事使守城军民十分惊骇,而且大顺军在夜间突然用沙包堆成了许多炮台,架好了攻城大炮,更使守城的太监和军民望之心跳腿软,面如土色。此时,城上太监中已经有人认出来杜勋站立在李自成右边第二排,但不敢用手指点,只敢悄悄地互相告诉。杜勋的出现,使守城太监们的精神更加瓦解。

宋献策按照昨夜与刘宗敏等商定的计划,抬头向东南望一望藏在微云中的太阳,躬身向李自成道:

"陛下,此时大概有巳时二刻,可以向城上宣布汝侯刘爷的奉旨晓谕了。"

李自成点点头。

一切都准备得十分周密。随即那位骑白马的将领又来到城壕边上,先向城头上空放一响箭,然后收弓在臂,双手捧着刘宗敏的一张文告,用浓重的关中口音,一字一字地高声念道:

　　大顺倡义提营首总将军汝侯刘谕:

　　谨奉永昌皇帝圣旨,晓谕城上军民与内臣。明朝气数已尽,尔等均我臣民。义师进入北京,定在今日黄昏。只听炮声一响,尔等速开城门。大军吊民伐罪,纪律一向严明。入城之后,百业照旧,市井无惊;布新除旧,共享太平。倘敢闭门抗拒,不肯立即献城,定遭屠戮,以示严惩。切切此谕,务须凛遵!

刘宗敏的这一通文告,由声音洪亮的将领重复宣读三遍,城头上鸦雀无声。

李自成起身,在群臣的扈从下离开御帐,仍从白云观山门前返回行宫。到白云观山门外时,李自成下旨刘宗敏同文武官员们都回驻地休息,他一时高兴,留下牛金星、宋献策和李岩同他进

白云观中看看。下马以后,李自成环顾不见了杜勋,想起了杜勋要进宫去劝崇祯让位的事,向宋献策问道:

"杜勋哪儿去了?"

宋献策躬身回答:"刚才杜勋请微臣转奏陛下,他已经往平则门①去,想从平则门缒上城,进宫去劝说崇祯。"

"为什么他不叫守彰义门的太监缒他上城?"

"他怕宣武和正阳门都已关闭,内外城已经不通,所以决定从平则门缒上城去。"

"崇祯不是一般亡国之君,秉性刚烈,动辄诛戮大臣,何况太监是他的家奴!你说,杜勋能够活着回来么?"

"臣不敢逆料,等下午看吧。"

白云观是全国闻名的道观,所以李自成回头经过白云观时,叫御林亲军停留在山门以外,只让丞相、军师、李岩三位大臣跟随,由方丈引路,进到观内,各处看看。本来吴汝义和李双喜按照定制,请他暂缓入内,要率领二百御营亲军先进入观中警跸,但被李自成阻止,对他们笑着说:

"不用那样。吴汝义你留在山门外等候,双喜带几名亲兵跟着侍候就行啦。"

这座道观,创建于金朝,元朝改称太极宫,后来改名长春宫,经过重建,又改名白云观。虽然经过两次较大火灾,两次重建殿宇,但有些古树都是金元旧物,所以进入院内,但见许多苍松翠柏,虬枝相接,绿荫森森。大顺君臣刚走到"玉历长春"殿前,忽然落了零星微雨。李自成抬头一望,乌云不重,雨点落在脸上,颇觉清凉。他高兴地望一望牛、宋等人说:

"好,好,果然下了小雨!"

---

① 平则门——阜成门在元朝叫平则门,明朝人习称它的旧名。

牛金星笑着说:"已应吉兆,可喜可贺!"

李岩接着说:"果然可贺,军师卜卦如神!"

老方丈看见李自成君臣为天降微雨竟然如此高兴,赶快躬身说道:

"皇上见几点微雨即喜形于色,君臣盛称可贺,足见陛下关心民瘼,真乃少有的尧舜之君。"

李自成正在想如何破城的事,随便问道:"北京一带旱情如何?"

方丈说道:"回奏万岁,一冬少雪,今春又是久旱,此时正是麦苗要雨时候,如无甘霖普降,必将夏粮无望,饿殍载道。"

李自成继续想着杜勋入宫的结果和即将破城之事,心不在焉地向方丈望了一眼,并未做声。方丈见李自成面有笑容,赶快跪下,接着说道:

"方外臣今日得遇圣主,愿冒死为民请命。恳皇上于底定幽燕之后,早日驾幸白云观为万民祈雨,或于白云观敕建普天大醮,必有春雨沛降,利国福民。"

牛金星明白皇上急于回行宫商量大事,无心再听方丈说话,便向宋献策使个眼色。宋献策向李自成躬身说道:

"请陛下驾返行宫,与群臣商议入城大事要紧。"

"好,回行宫去!"

第 十 二 章

当大顺军过昌平这一天，吴三桂率领的宁远人马也到了山海关。从宁远到山海关只有二百多里地，可是吴三桂的人马竟然走了五六天。他们启程之前已经耽误了一些日子，启程之后又走得很慢，一方面是因为宁远一带的汉人男女老幼随着内迁，困难很大，另外也因为吴三桂及将士们不肯离开本土，所以每天顶多走五十里路，有时还因为老百姓拥挤在路上，互相搅扰，使路途不能畅通，一耽搁就是一两天。幸好清兵并没有追赶。其实当时清兵已经占领了长城外围的一些重要军事重地，如果清方派一支人马追赶，会使吴三桂的人马和内迁百姓发生混乱。可是满洲朝廷正在向盛京集结兵力，在锦州和松山堡等地的驻兵不多，所以让吴三桂的人马和百姓缓缓地平安撤走，只是在吴三桂离开宁远三天之后，才派一小股骑兵进入宁远城。

吴三桂按他原来的日程安排，明天才能到达山海关，可是昨天蓟辽总督王永吉奉崇祯皇上十万火急密诏，要他同吴三桂赶快到北京勤王，并说"流贼"已经过了宣府。王永吉亲自到路上迎接吴三桂，将密旨给他看了。这样吴三桂只得抽出二万精兵，亲自率领，加速前进，其余的数万步骑兵护送眷属、百姓以及大批粮草跟在后边。

约摸中午时分，吴三桂到了山海关。王永吉已于早晨进了关。山海关原来也有一个总兵官，率领着几千人马。还驻有镇守太监高起潜。高起潜因为看见吴三桂的宁远人马快到，而皇上并没有下旨命他担任吴三桂的监军，朝廷事已经乱了阵脚，所以他在昨天晚上就率领一千多亲信将士离开了山海关，越过北京的南边，向山西河北交界的太行山中逃去了。

吴三桂现在已是伯爵地位，自然这山海关的驻军都得归他统率。当他来到关外时，当地的官绅、守关的总兵官以及副、参、游将领都到关外恭迎。榆关县知县早已为他准备了行辕。他住进去后重新接见了地方官绅，说了几句闲话，就要地方官绅准备粮饷，务必使大军供应不缺，才能作战。地方官绅自然是唯唯答应，不敢怠慢。他稍事休息后，出来巡视了山海关的地理形势，吩咐手下人将一部分人马驻在榆关城内，一部分开到山海关以西，并按照他的事前指示，在山海关以西三十里以内和关外附近一带为他的驻军和关外来的百姓寻找驻地。关外百姓究竟有多少，他心里也不完全清楚。临离开宁远时，他向朝廷上报共有五十万人。实际这是经过夸大的一个数目，为的是让朝廷知道他的行军不易，给养困难。真正跟随大军南迁的百姓大约只有二十万人，沿途又有许多人不愿再走，偷偷地离开，重返宁远一带。所以如今剩下的大约只有十多万军民。

他巡视完毕，就回到行辕休息，既不愿接见部下，也不愿接见另外的官绅。一则路途疲倦，二则他有许多心事需要独自清清静静地盘算盘算。尽管他知道澄海楼一带比较清静，但他不能前去，因为目前军事十分吃紧，按照王永吉告他说的情况，今天李自成的人马应该已经到了昌平，甚至可能过了昌平，到了北京城下。可是他才到了山海关。要不要立刻向北京进兵呢？他仍在犹豫。

离开宁远以后，他因为很明白他的将士和携带的二十万百姓都不愿抛离故土，情绪很坏，怨言很多，所以他不敢离开大军，也不敢将人马分作两队，一队保护百姓，一队由他率领着驰援北京。他害怕满洲人只须派遣两三千骑兵追来，部队无心死战，一部分百姓就会被清兵掳去，或者散归宁远。这二十万随军内迁百姓都是将士族人和乡亲，一旦发生这种情况，军心就散了。可是如今大军同百姓已经到山海关近郊，马上就全部进关，大部辎重和军粮也已经用船从海路运到山海关附近，泊在姜女庙到澄海楼之间的海边，不再担心满洲人派骑兵追赶了。北京是如此危在旦夕，皇上是如此急盼救兵，而他父子都受朝廷厚恩，并非没有忠心，不应该逗留关门，不去勤王。何况他的父母和一家主仆三十口都在北京！如果立刻向北京进兵，他可以命人安顿入关百姓，布置山海关守御，而他率领两三万骑兵一天一夜就可到达北京城外，然后步兵赶到。要不要去救北京，不仅关乎北京的存亡，而且也关乎他自己和宁远将士们的存亡。昨天夜间他召集少数亲信密议了很久。多数人因震于李自成声势强大，仍旧持观望态度。只有一两个人赞成选两万精锐骑兵火速去救北京。如今他不愿再召集会议，只是一个人坐在屋里思前想后，拿不定主意。想着想着，他不由地自言自语：

"北京！北京！……"

吴三桂从二十岁左右带兵作战，年轻轻的就成为将军，几年前又升为总兵官，最近又封为平西伯，在武臣中也可谓位极人臣。尽管他在战场上也受过许多挫折，但从来没有像今天这样处境困难，使他心乱如麻，举棋不定。过去不管如何艰难，总还有一个立足之地。崇祯十五年，松山溃败，别的将领都没有办法，甚至像王朴那样的总兵官，最后落得在北京斩首，可是他吴三桂逃回宁远，仍然镇守一方，为朝廷所倚赖。兵源和粮饷，不管朝廷多么困难，都得想办法接济。可是如今宁远放弃了，以后再也没有这样一个两代经营的立足之地了。到北京还有几天路程，会不会在他到北京以前"流贼"就破了北京？纵然北京可以支持几天，可是到处哄传李自成有数十万精兵，这力量不能小看。他原来只有三万多人马，临时又将一些丁壮百姓编入队伍，再加上山海关的驻军，一起也不超过五六万，如何能够对付数十万的强敌？如果在北京城下打不了胜仗，皇上是那样多疑，他会不会被皇上治罪？一旦治罪，他的关宁数万将士以及十几万将士家口和百姓下一步如何生存？如果不赶快到北京去，现有皇上的十万火急手诏，又有总督王永吉在此催促，如何可以逗留观望？如不火速驰救北京，一旦北京失陷，他将受千秋万世责骂，说他为臣不忠，为子不孝。然而救又没有力量，没有胜利的把握，万一败了就不堪收拾，再也没有退脚的地方。想到这里，他深深地叹口气，正要往下想去，一个老妈子蹑脚蹑手地进来，对他说：

"伯爷，所有的马车、轿子都已经到了。"

吴三桂看了女管家一眼，问道："大小都安排好了么？"

女管家答道："都安排好了。这左右两边腾出的空宅子都住满了。"

他又问道："陈夫人如何？"

女管家说："路上她不惯辛苦，昨天受了风寒，有点发烧。刚才服了药，已经睡下休息了。别人都还好。"

吴三桂说："让郎中小心给看看，不要耽误了。我们在这里不能多停，病了可不好。"

女管家说："别说陈夫人是从江南来的，从来没有辛苦过，就是我们宁远一带土生土长的人，也轻易没有这样辛苦。我们伯府上还算好，妇女孩子都有轿子坐，随从人也都有马车坐。老百姓可够苦的了，有的坐在牛车上，有的坐在敞篷马车上，还有的只好骑着牛，骑着驴，顶风冒雪，忍饥挨饿。唉，伯爷呀，这是哪一世造孽积下了罪，让大家抛弃家乡，抛弃祖坟，活像一群乱世难民！"

吴三桂不愿听这话，也不愿这个忠心耿耿的女管家说出这种话来影响军心，但他没有责怪她，挥手使她出去，只是又叮嘱一句：

"让丫环仆妇们小心照料陈夫人，赶快将病治好，说不定明天还要进军。"

去年五月，吴三桂曾经奉崇祯皇帝密旨，到北京向皇上密陈对付满洲方略。

那次进京，恰逢皇亲田宏遇已在几个月前的时疫中病故。吴三桂听说陈圆圆很美，就用一千两银子从田家买来做妾。那时宁远虽然受清兵的严重威胁，附近重要的军事据点一个一个被清兵侵占，但是吴三桂在宁远城尚有三万精兵，补给粮食的海上航道依然畅通，海边的补给总站觉华岛牢牢地在他手中，所以清朝皇帝只期望招他投降，无意用兵力攻占宁远，损兵折将。在这样情形之下，宁远虽是一座对清兵的前线城市，却实际并无战争：明军无力出击，清军啃不动这块骨头，短期间是一种对峙状态。明朝方面，认为自锦州失陷以后，宁远是大明朝在关外保留的最后一座军事重镇，万万不能丢失。崇祯因为吴三桂的舅父祖大寿已经投降了满洲，满洲方面又不断向吴三桂招降，又风闻吴三桂有投降满洲之意，很是害怕，便下一手谕，由蓟辽总督亲自送往宁远，要吴三桂秘密来京述职，同时将他的父母和一家人护送来京居住。为使满洲方面不知道他离开宁远，他的父母和一家人先离开宁远，由数百名精锐骑兵护送入关，然后改由数十名亲兵和亲信办事人员送到京城，居住在朝廷为吴襄安排的一处巨大的住宅中。崇祯给吴襄的官职不小，名义是京营提督，但实际是一种空衔，让他在北京做一位体面的寓公，实际性质是由朝廷控制的人质，使吴三桂不能够投降满洲。

吴三桂先派郭云龙带领几名仆人先行进京，做好安排，然后派他的亲信将领杨珅护送他的父母妻妾等一家三十余口起程。杨珅虽是武将，作战勇敢，立过战功，但是他的特别长处不在带兵打仗，而在为人机警，眨眼就是见识，善于应付场面。如何安顿北京的吴公馆，如何将公家拨给的一处旧宅子包括花园在内，短期内修缮得面貌一新，符合京营提督的身份，必须派杨珅进京一趟。还有，老总兵这次进京，皇上必然召见，应该向司礼监掌印太监和乾清宫掌事太监分别送去厚礼，打通关节，临时对老总兵进宫的事好有照顾。老总兵吴襄这次进京，不管在京城是否实际管事，表面上毕竟是荣升京营提督，要拜见和宴请一些京师同僚，由杨珅陪同，分别拜谒。

杨珅动身的时候，吴三桂除嘱咐他各种应办的事务之外，还悄悄地叮嘱杨珅为他在北京物色一个美妾，不管花多少银子都不心疼。杨珅笑着满口答应，请他的主帅只管放心。

特别使杨珅心中高兴的是，田妃的父亲在大病中死去，留下的一群美妾需要处理。杨珅听说有一位名叫陈沅，小字圆圆的女子，原来是江南名妓，今年才十九岁。一年前田宏遇到江南游了一趟，强行买来做妾。没有多久田宏遇就染上重病，医药无效，很快去世。

杨珅听说陈圆圆生得很美，略通文墨，风度娴雅。现在田府准备将陈沅卖出，但是一因索价太高，二因陈沅自认为是江南名妓，一般的官宦人家她不愿去，年纪大的她也不嫁，所以尚未离开田府。杨珅听到以后，赶快辗转托人与田府总管商量，请田府暂缓将陈圆圆嫁出。

杨珅护送吴襄来京之后，才明白关于皇上秘密召见吴三桂的事，只与兵部衙门的官员大人有关，司礼监掌印太监也很重要，他就用力向这两处活动。很快得到确实消息：兵部有关大臣即将密奏皇上，请皇上速召宁远总兵吴三桂来京，面奏确保宁远，防御东虏，屏障山海的方略。

崇祯召吴三桂秘密进京述职，在吴三桂及其左右亲信中是一件令人惊喜的大事。不到十天，他秘密地到了北京。按照事前安排，他将一百八十人留在朝阳门外，他同杨珅只带领二十个亲兵和几位文武官员进城，进入轩敞富丽的吴公馆。

由于兵部衙门和司礼监在事先都已打点妥当，吴三桂到北京的第三天晚上就蒙皇上在武英殿单独召见。崇祯首先问了与满洲对峙的军事形势，对吴三桂作了些重要指示，答应他不管内地如何困难，粮饷将会源源供应。吴三桂最担心的事是满洲兵从一些地方进入长城，然后在冀东占领一地，再从西边攻取山海卫。所以山海卫城中必须设一大将，并有重兵驻守。崇祯轻轻点头，答应以后再议。虽然崇祯已经猜到吴三桂希望兼任山海关总兵，将原来的宁远总兵改称关宁总兵，但是他目前不能同意，召见的时间不长，吴三桂叩头辞出。他有重要军务在身，召见后必须赶快返回宁远防地。如今剩下的一件事，就是如何买来陈圆圆为妾，带回关外。

田宏遇已经死去，不能由田皇亲设宴请吴三桂，这就没办法使吴三桂亲自与陈圆圆见面。还有，北京朝野，都知道在田皇贵妃病故之前，曾经决定将田妃的妹妹选进宫中，作为妃子，只是因军事日紧，国库空虚，将此事拖了下来。但因为有了此事，田皇亲府门禁森严，甚于往日。正如老百姓俗话说的："田府大门外的一对铁狮子上连一个苍蝇也不能停留。"

吴三桂在北京不能多留，必须在两三天内返回他的关外驻地，怎么办呢？

突然，杨珅说出了一个办法，把困难解决了。吴三桂一听杨珅说出的办法，大为高兴，笑着说：

"你不愧是我的心腹副将，办法真多！好吧，你立即到周皇亲府中走一趟，务必将此事办成。"

原来，一个月前，杨珅曾经陪同新任京营提督的吴襄去拜见当今皇后的父亲、嘉定伯周奎，因而同周府总管李子春相识。今日杨珅决定利用这一关系，使吴三桂同陈圆圆在周府的酒宴上见面。而且酒宴必须在明日中午举行，不误后日一早离京。吴三桂是山海关外防御满洲的主将，如今宁远成了孤城，他身系国家安危，所以必须星夜返回防地，而且今日就应该将行期禀报兵部，由兵部密奏皇上。

明朝选后妃的制度与前朝不同，为避免外戚干政之祸，后妃只在清白良家的姑娘中选取，禁止选取勋臣外戚家的姑娘，也不许选取大官豪门家的姑娘。而且后妃的父兄只许赏赐金银庄园，封为侯伯，不许任以实职。处此乱世年头，周奎虽贵为皇后之父，也愿意在无伤朝廷制度的情况下与武将来往，说不定日后会有用到的时候。经过杨珅与周府总管李子春一商量，嘉定伯府立刻向吴三桂发出请帖，订于转天中午宴请宁远总兵大人。另一方，李子春与田府联系，明日上午接陈夫人（因为她是田宏遇的妾了）来周府"闲坐"。

次日中午，吴三桂只带着副将杨珅和四名亲兵，骑马来到嘉定伯府。宴席摆在大厅正间，随从亲兵都在别处坐席。在大厅中，主人是嘉定伯周奎，还有两位周府官员作陪。主客是吴三桂，杨珅陪同。

酒宴开始不久，周府中的两位乐师领着四五位浓妆艳抹的十七八岁的女子进来，先向席上行礼请安，然后两位乐师退到大厅一角的小方桌边坐下，四五位姑娘向席上老爷大人们福了一福,娇声请安。因为周奎原籍是江南宜兴,所以买来的这几个女子都是江南人,皮肤白嫩,腰身婀娜。为首的姑娘手执檀板,轻敲一下,坐在小方桌边。笛子和三弦声起,姑娘们唱了《西厢记》中的一支曲子。

吴三桂生长关外,世为武将,京城富贵人家的情况根本不懂。他在这一群女子中看来看去,猜不透谁是陈沅。而这几位漂亮歌妓向席上福了一福,退转到所坐的桌边。吴三桂正在瞎猜,忽听屏风后有叮咚之声。周奎正在举杯向他劝酒,他也端起杯来,随即停杯不饮,等候进来的人。等到第一个美丽的少女出现,吴三桂心中一惊,将酒杯放回桌上,心中暗说:"这是陈沅,果然不错!"

然而周奎并没有特殊表情,所以他也稳坐不动。不过此刻,又一位女子出现,身后跟着一位丫环。这位美人儿服饰淡雅,也不像一般女子过多地涂脂抹粉。她一进厅中,使大家蓦然一惊,好像一股灵秀之气扑面而来,白嫩的脸孔竟然使人们顿时感到满庭生辉。她的一双眼睛,顾盼中流光溢彩,饱含温柔与聪慧,使吴三桂心荡神摇,不能正视。周奎微笑着让她在一张留着的空椅上坐下,恰在首席贵宾吴三桂的对面。吴三桂不由地想到他在关外所见的许多女子,惘然若失,心中叹道:

"那些人枉施脂粉,比起这个如花似玉的人儿尽如粪土!"

陈圆圆稍坐片刻,站起来先给吴三桂斟酒,再给周奎斟酒。当她来到吴三桂的身边斟酒时候,吴三桂才看见陈沅的手上很少首饰,只戴了一只嵌红宝石的戒指,衬托得她纤纤手指洁白如玉。而就在这时,吴三桂闻到了一股淡淡的、似有若无的芳香。因为吴三桂既要看手,又要看酒,又要看美人露出来的一段皓腕,又一次心荡神摇,简直不明白那芳香是出自手上的脂粉还是美人的衣袖。

陈沅为吴三桂斟酒以后，又给周奎斟酒，随即回到自己的原位坐下，并不为别的陪宴的官员斟酒。周奎因为陈沅早已是田皇亲的一位爱妾，称她为陈夫人，所以他决不要她为别人斟酒。但是他对陈沅笑着说道：

"吴总兵少年元戎，驻军关外，国家干城。他后天一早就要离开京城，返回辽东。他素闻夫人色艺双绝，名满江南，可否请夫人清唱几句，以助今雅兴？"

陈圆圆并不推辞，回头向站在身后的一个丫环使个眼色，那丫环会意，立即向屏风后走去。她还没有走到，从屏风后走出一位中年妇女，服饰雅洁，神态大方，迎面将一副大约七寸长的象牙拍板递给丫环。她趁机会含笑向酒席上扫了一眼，特别向吴三桂看了一眼。吴打算起身，请她坐下，但被周奎的眼色阻止。他正在猜想这是何人，这人又退回屏风后了。这时有人告诉吴三桂，这位妇女是陈夫人的母亲。

陈沅站立起来，离开酒宴，接过象牙拍板，对身边丫环小声吩咐一句，立刻转告乐师。于是客厅中顿时寂静，杯箸全停，上菜的仆人捧着盘子停在门外。陈圆圆以象牙拍板按节，由乐师们以琵琶、箫、笛伴奏，唱了《牡丹亭·惊梦》一出中的《皂罗袍》数句。吴三桂生长军旅之中，只在关外活动，他听着陈圆圆的美妙歌声，看见她唱曲时的樱唇小口，齿如编贝，睛似点漆，不禁在心中暗问："这可是真的么？活在世上，得此美人，不虚此生也！"

陈沅稍坐片刻，再一次起身为吴三桂和周奎斟酒，随后告辞，转入屏风，到了后宅，别了周奎夫人，就从后门乘轿车走了。

大厅中继续弹唱，继续饮酒。仆人们不断送来山珍海味，各种佳肴。但在吴三桂的眼中，大厅中突然空了，光与色突然暗了。

陈沅的养母看见了吴三桂之后，心中满意了。陈沅还是三四岁的时候，亲生母亲亡故，父亲没法在家乡生活，又不能带她讨饭。养母将她买下，待她如掌上明珠。等她长到五六岁时，聘请名师，教她读书，教她琴棋书画，教她弹唱，按照当时名妓的标准培养她的养女。陈沅本来小名圆圆，取幸福圆满之意，后来从师读书，老师为她起名陈沅，字圆圆，更像是大家闺秀。她的养母本来还有三个养女，都是中上人品，也会弹唱。养母靠那三个养女挣钱，维持用度，不使圆圆随便接客，愈来愈抬高了圆圆的芳名和地位。

　　圆圆有一个女友姓董名小宛，比圆圆只大一岁，也是当时的江南名妓。董小宛嫁给了如皋冒公子，年岁相当，颇为当时江南诸名妓所羡。陈沅的养母本来也希望给圆圆找一位像冒公子那样的丈夫，不意田皇亲这个五十多岁的色狼，前年来游江南，闻知圆圆芳名，一定要娶圆圆为妾。而地方官对田皇亲趋炎附势，助纣为虐，简直是用抢劫的办法将圆圆抢到船上，带来北京。

　　如今田宏遇已死，但江南路途遥远，处处兵荒马乱，归去不易。幸遇宁远总兵吴三桂来京，也许正是圆圆遇到了托身之人。所以她的养母随她来嘉定伯府，先站屏风后边偷看，苦于看不见面孔，后来利用递送象牙拍板机会，看了个清楚。

　　在轿车上，陈沅倚着养母，悄悄问道："妈妈，你看如何？"

　　养母心中高兴，回想往事，不觉对女儿动了感情，将女儿搂在怀里，并且将女儿的一只手用力攥紧，悄声说道：

　　"孩子，上月听田府总管说，这位吴总兵只三十二岁，可以说少年元戎，这亲事十分难得。俗话说的，过了这个村，就没有这个庙。依妈看，这门亲事就答应了吧。你说呢？"

　　陈沅故意撒娇地问："田家总管怎么知道他今年三十二岁？"

　　"那还不是听吴总兵的手下副将杨珅说的？"

　　陈沅因为心中高兴，又故意问道："妈妈，你知道的多，副将是什么官儿?"

养母将陈沅从怀中推出，又用食指向她的前额上轻轻一戳，含笑说道：

"听说吴总兵后天一早就起身离京，我们快回去整理行李吧!"

有几个将领想来禀事，看见吴三桂脸色阴沉，望一望不敢进来。吴三桂也不愿在这个时候多听烦恼的事情，他用眼色使他们退去，自己在屋里走来走去。过了一会儿，他轻轻地叫了一声"来人"，马上就有一个年轻的面目姣好的仆人走了进来，向他屈膝行礼。他说："拿烟袋。"当时烟袋只在广东、福建、浙江等沿海地带流行，关内各省还没有传开。倒是关外不仅男人吸烟，连许多妇女也吸烟。于是仆人赶快将一个烟袋锅装好烟叶末，双手递了过来。吴三桂接着，将玛瑙烟嘴噙在口内。仆人用纸煤将烟锅点燃，看看没有别的吩咐，悄悄地退了出去。在吴三桂身边的奴仆都知道他有一个脾气：当他正在不愉快的时候，最好离开他，不要随便到他面前，免得惹他生气。平常他对奴仆和戈什哈们有情有恩，不吝赏赐，可是一旦恼火了，会一脚将人踢翻，或者动不动就要责罚。所以在他心情烦闷的时候，大家都不向他禀报事情，连他的亲信也都站在走廊下边不敢发出一点声音。

吴三桂一边抽着烟袋，一边不由地想起了近来的许多事情。当他不得不离开宁远的时候，将领们曾纷纷找他，提出许多困难。将领们的眷属和准备迁入关内的百姓更是一个个愁眉不展，伤心掉泪。常言道，有家难舍。何况这些人几代都住在宁远一带，也有的原在铁岭、辽阳、沈阳、锦州一带，后因满洲强盛了，打败了明军，他们逃到宁远落户，不料如今又从宁远往关内流浪。宁远城郊和四乡有他们的田地房屋，有他们亲手种的树，还有他们的祖宗坟墓。所以纵然有皇帝的圣旨，大家仍然哭哭啼啼，不愿意抛开这片土地。启程的日子到了，许多人去上坟，去祠堂向祖宗告别，向地下的父母告别。野地里凡是有坟墓的地方，到处焚化着纸钱，到处是一片哭声。人们都知道，这次离开以后，满洲兵会很快到来，再想看见祖宗坟墓，恐怕不可能了，再想回到自己家乡也不可能了。年轻男子的心胸还比较开阔，老人们不知道自己这一把骨头会扔在关内什么地方，反正不能埋在父母的坟墓旁边，就更加伤心。这些情况吴三桂都亲眼看到，亲耳听到，也感到难过。何况他吴家的祖坟也在宁远城外，今后想再回来为祖坟添一把土，烧一张纸钱，也不容易了。这时候离开宁远的种种情景又浮现在他的眼前，他感到一阵心酸。他想，万一救北京打了败仗，这些将士们的家眷和流落关内的百姓们如何存身？

想来想去，他觉得目前赶快往北京勤王是重要的，但更重要的是如何保存从宁远带来的这一支子弟兵和老百姓。刚想到这里，忽然有一亲将前来禀报：

"制台大人驾到！"

吴三桂猛然从沉思中醒来，放下烟袋，说道："赶快请。"一边站起来迎接。外边一阵传呼：

"制台大人驾到！"

吴三桂一面走一面在心中说："八成是来了皇上的十万火急……"

没有说完，总督王永吉已经走进了二门。

三四天来，崇祯皇帝已经知道宣化和阳和相继失守，巡抚卫景瑗为国尽节，还哄传监军太监杜之秩也尽节了。如今"流贼"正在向居庸关前来。他感到北京存亡的关头到了，大势很是不好,亡国的惨祸就在眼前。他每日寝食不安。虽然御膳桌上仍然像往日一样珍馐罗列,但是他很少吃东西。不管什么菜,所谓御馔,出自御膳房最有名的厨师之手,到了他的口中活像是泥土滋味。

当崇祯感到北京城局势危急时,便将守北京城的重任交给了亲信太监王承恩,命他提督京营守城。可是王承恩也没有什么办法。京营兵多少年来都没有核实过,大部分都是空额。 兵饷被三大营的将领或执掌京营的勋臣和各级官员们下了私囊。仅仅靠这些兵没法守城,加上昨天又抽了几千人马,交给李国桢率领去沙河布防。守城的兵更缺了,不得不让一部分太监上城,又将一部分老百姓驱赶上城。

当王承恩被召到乾清宫,禀奏兵少粮缺的情况时,崇祯不住落泪。王承恩跪在他的面前,也是挥泪不止,想不出什么好的办法。

崇祯问道:"吴三桂的救兵为什么迟迟不来?"

王承恩回答说:"皇爷,如今局势如此,有几个实心为皇上出力的人!"

崇祯说:"我对他父子不薄,又封他为平西伯,这也是难得的特殊恩宠,难道就不能鼓励他的忠心?"

王承恩回答说:"皇上对吴家确是皇恩优渥,可是他像许多武将一样,知道自己不是闯贼的对手,不敢来京勤王,故意迟迟启行。"

崇祯恨恨地说:"武将怕死,文官爱钱,叫朕如何撑持这个局面!"

说了以后,他不禁哽咽起来。王承恩只能空洞地安慰了崇祯几句,说是:"各门都有勋臣和太监把守,京城能够守到援兵前来,请皇上不必过于担忧。"

王承恩刚走,一个太监送来了兵部的一封密奏。崇祯拆开一看，里边是禀报"流贼"刘宗敏送来的揭帖。这所谓揭帖，实际是刘宗敏晓谕京城官民的文告，上面写道：

> 大顺倡义提营首总将军刘宗敏为晓谕事：崇祯无道，天怒人怨。我皇上起兵北伐，所到之处，百姓夹道欢迎。预定本月十八日攻克幽州，仰全城官绅士庶，恭迎大兵入城，不必惊恐。特此晓谕！

下边注明：限十八日破城之前送到幽州会同馆。日期写的是"永昌元年三月十五日"。晓谕上边还盖了一个朱色关防。上面是"大顺北伐提营首总将军关防"几个字。崇祯拿着这份晓谕，脸色灰白，两手颤抖得非常厉害，身上出了冷汗，脸色如土。他想：这"流贼"的晓谕如何竟然送到京城？难道真的十八日京城就要失守吗？为什么写幽州，不写北京？他又将晓谕看了一遍，随即将它撕毁，在烛上点燃烧掉。一面烧，一面心中忽然恍悟：噢，传闻"贼人"要建都西安，已经将西安改为长安，所以它不愿意再称北京，要用幽州的旧名来代替。噢，原来如此！他越发害怕，半天没有再说一句话。

当黄昏来到的时候，他到了奉先殿，跪在祖宗的神主前，放声大哭。殿内殿外伺候的太监都跪在地上，不敢劝说一句，都感到亡国的惨祸临头了。他们有的伏在地上静静地流着泪，有的忍不住哽咽出声。崇祯哭了一阵，走出奉先殿，他已经觉得腿脚没有力气，一天来很少吃东西，身体几乎要垮了。加上亡国的危险就在眼前，更使他打不起精神。他上了步辇，吩咐回乾清宫去。

一到乾清宫，晚饭摆上来了。管家婆魏清慧跪下请他用膳。他走到御膳的朱漆大案北边，面向南颓然落座。乐工们照例奏起细乐。他摇摇头，轻轻说了两个字：

"撤乐!"

乐工们很快地从前廊下退走了。他稍稍吃了几口,将筷子往案上一放,进入东暖阁,徘徊了很久。他想:难道十八日果然要破城?吴三桂能不能赶在十八日以前来到?他叫进来一个太监,问道:

"兵部还有何奏报?"

太监跪下说:"不曾有何奏报。"

崇祯问:"给'流贼'送来揭帖的人现在何处?"

太监回答:"兵部的密奏已经言明,那人已经斩了。"

崇祯重新从御案上拿起兵部密奏,才看清楚,原来是一个农民将揭帖带进城中,兵部问了以后,将农民斩首。崇祯不再说话,又颓然坐在椅子上。魏清慧端着一个盘子进来,将一个青花双龙盖碗放在案上,跪下去说:

"皇爷晚膳没有吃一点,如今这燕窝汤请皇爷用了吧。"

崇祯没有说话,扬扬手让她退出。他稍微停了一阵,感到心中十分焦灼,就起身往坤宁宫去。

周后迎接崇祯坐下以后,看见他脸色比往日更加愁苦,低头不做一声,便小声问道:

"皇上有何吩咐么?"

崇祯停一停,叹口气说:"我来看看你,没有什么吩咐。往后见面的时候不多了。"

周后不觉涌出热泪。一个月前,在议论是不是要往南京去的时候,崇祯将眼睛一瞪,她不敢再说下去。现在她明白,目前再不走就没有走脱的机会了,所以她壮着胆说道:

"臣妾不敢过问朝廷大事,可是皇上如此愁苦,要是到南边去……"

话没有说完,就被崇祯用眼色阻止。她不敢再说下去,两

行眼泪忽然涌出来,心里像刀割一般难受。崇祯站起来向她望一望,说道:

"朕自有主张,目前只有死守京城以待天下勤王之师。吴三桂的精锐之师,旦夕可至,必可战胜'流贼'。此是何时,你不要扰乱朕心!"

周后送他走出院子。他也没有回头望一眼,也不乘辇,径自回乾清宫了。

在乾清宫的东暖阁略坐片刻,心中不宁,又走到西暖阁,刚一坐下,一个太监匆匆进来,呈给他一份紧急塘报。这是蓟辽总督王永吉的塘报,说吴三桂的人马十六日可到山海关,当星夜驰往京城。崇祯的心中猛然有了希望,问道:

"今天是十几了?"

太监回答:"今天是三月十五。"

崇祯问了以后,心中更加落实,想着吴三桂十六日可达山海关,十七、十八两天,骑兵月夜赶路,总可以到达北京城下。果然如此,北京就十分有救了。但是片刻过后,他又感到有些渺茫:吴三桂的人马会不会到了山海关不停顿,星夜赶来北京呢?这些年来,武将怯阵,特别是对"闯贼"畏之如虎,他肯不肯立即前来呢?他越想越感到没有把握。于是他又想起了杨嗣昌:倘若杨嗣昌不死,集中调度,不会有今日困难,更不怕"流贼"攻破京师。一会儿他又想起袁崇焕:倘若吴三桂能像袁崇焕那样,星夜奔驰勤王,几天之前就会来到北京城下,何惧"流贼"?他回到养德斋,想躺下去休息一阵。但一进房中,他就伏在案上痛哭起来。外边开始下起零星细雨,夹着雪花。寒风阵阵,吹着窗棂。

不知哪一个小宫女在内书房受了责罚,今夜打更。在飘着雪花的寒风中,从月华门的长巷中传过来小铜锣声和悲哀颤栗的叫声:

"天下～～太平！……天下～～太平！……"

三更过后,崇祯才在御榻上矇眬入睡,魏清慧轻轻地在博山炉中添了沉香和衣睡在养德斋的门里边,以便皇上随时呼唤。

崇祯刚刚睡熟,就梦见他在文华殿召见杨嗣昌。他向杨嗣昌问道:

"如今京师危在旦夕,以卿看来,朕御驾亲征,先到南京,是否可行?"

杨嗣昌说道:"二月上旬,倘若皇上往南边去,还不失机会。如今已经迟了。误国者就是那些阻止陛下往南去的臣工。这些人徒尚空谈,置陛下的江山和安危于不顾,总想在青史上留个好名。"

崇祯说:"难道京城失守以后,他们就能不受'流贼'之害吗?"

杨嗣昌说:"此事臣不好预度,但以臣猜想,许多人今日谏阻陛下南去,慷慨激昂,颇似忠于社稷。一旦京城不守,首先投贼者难免不是这些人!"

崇祯叹口气,说:"朝廷养这班文臣,平时只晓得各立门户,互相攻讦,争权夺利。一旦朝廷有事,徒尚空论,不能纾君父之忧,反而败坏大事。可恨!可恨!"

停了一停,崇祯又用恳求的口气说:"事到如今,卿难道不能救朕度过大难?"

杨嗣昌叩头说:"臣已经无能为力了。皇上往年宠信微臣,畀以剿贼重任,可是朝廷上纷纷空论,百方掣肘,众口攻讦,使臣一筹莫展,终致败事。往事历历,今日更难效力。难道陛下尚不清楚?"

说了以后,他跪在地上呜咽痛哭。崇祯也哭了起来。

杨嗣昌叩首辞出，一面走一面痛哭不止。忽而又有一个太监进来，向崇祯启奏：

"启奏皇爷，袁崇焕求见，已经等候多时。"

崇祯大惊，心中狂跳，吓出一身冷汗。他以为袁崇焕的鬼魂来见他决无好事，对跪在地上的太监问道：

"袁崇焕在十几年前已经被朕杀了，他的鬼魂见朕何事？难道是来向朕索命不成？"

太监回奏："自古以来，君要臣死臣不得不死，断无臣向君索命之理。恳皇爷不必多疑，召他进来。说不定袁崇焕在九泉之下，不忍心见皇爷有亡国之祸，前来献计。"

崇祯犹豫片刻，说道："传他进来吧！"

袁崇焕像影子飘然进来，带进来一股寒冷之气。他跪下行了常朝礼，抬起头来。别的大臣见他常常带有十分畏惧的神色，而袁崇焕却没有这种神色，倒是满脸肃杀不平之气。

崇祯很害怕，问道："卿来有何要事，向朕面奏？"

袁崇焕抬起头来说："皇上到了今天，已经山穷水尽，日子十分危急，所以臣不忍不前来向皇上说几句话。"

崇祯说道："倘有救国之策，不妨照实说来。"

袁崇焕说："倘在十五年以前，臣确有救国之策，可惜陛下中了敌人反间之计，误杀了臣。从此对东虏的事情，一步一步错下去。错杀臣是陛下自毁长城，坏了陛下江山。东虏之事愈来愈不堪收拾，剿贼的事也跟着不堪收拾。这都是皇上多疑专断，任性行事，致有今日！"

崇祯也风闻袁崇焕的投敌并无其事，是他听了太监的误奏。可是多年来他对这事讳莫如深，别人也不敢在他面前提一个字。现在听了袁崇焕这几句话，不觉出了一身冷汗。但他故作镇静地说：

"朕并没有错杀你。如果你还有为国忠心,过去的事情不必再提了。目前国家有难,正是你效忠朝廷的时候。你有何救国善策?"

袁崇焕冷冷地说:"陛下误杀了臣。臣只有一条性命,一颗脑袋。杀了之后又叫臣不必念着往日的事,还要臣继续为陛下效力。陛下为什么不替臣想一想,不替国家想一想?杀了臣,误了国,也误了陛下自己。都因为陛下多疑专断,妄杀忠臣,才有今日这样的艰难处境!"

崇祯不觉大怒,说道:"误国者是臣工。诸臣专事门户之争,朕虽是英明之主,也没有办法。"

袁崇焕并不让步,说:"陛下虽自认英明,然而倚信太监,不信忠贞之臣。"

崇祯说:"文武臣都不可信,朕不得不以内臣为心腹,以内臣为耳目。"

袁崇焕说:"陛下就是误信了内臣的话,枉杀了臣,才使东虏势力日盛。"

崇祯说:"你暗通东虏,所以朕才杀了你,何枉之有!"

袁崇焕冷冷一笑,说:"陛下自以为明察秋毫,事事比别人高明。实际是受周围群小哄骗,如在梦中。当日那两个内臣中了敌人的反间计,陛下误信了他们的胡言。臣为之一再申辩,陛下执意不听臣言,将臣屈杀。倘若臣不被屈杀,东虏不会如此猖獗,使陛下顾东不能顾西,顾外不能顾内,两面受敌,民穷财尽兵竭,落到今日这步田地。想当年臣奉命勤王,从宁远到京师,日夜兼程,不要三四天就到了。如今陛下等着吴三桂,望眼欲穿。恐怕吴三桂未至,京师已经失陷。两相比较,谁是陛下忠臣?"

崇祯又出了一身冷汗,身上和四肢瑟瑟发抖。他既生气袁崇焕的毫无顾忌的直言,又觉得袁崇焕所说都是实话,可叹他听到这样的实话已经晚了。他一反刚愎自用的常态，自己也承认江山确实没法保了，用悲哀的口气问道：

"流贼声言将于十八日破城，卿以为确否？"

袁崇焕说："破城的日子……"

崇祯说："你说得慢一点，你的广东乡音很重，说快了朕听不分明。"

袁崇焕说："是的，臣的东莞乡音很重。臣刚才说的是：破城的日子，臣没法料定，臣只能料定，北京必不能久守，失陷只是数日内的事了。"

崇祯几乎不能自持，浑身颤栗，问道："亡国之事果然不能免么？"

袁崇焕含泪说："半系天数，半系人谋不臧，致有亡国之祸。"

崇祯说："卿既是忠臣，难道不能救朕？"

袁崇焕说："臣纵欲救陛下，为时已晚，惟有为陛下痛哭于九泉，何济人间之急！"

崇祯哽咽说："朕经营天下十七年，兢兢业业，朝乾夕惕，敬天法祖，勤政爱民，亲理万机，不敢怠忽，总想后人称朕为尧舜之主。不意竟成了亡国之君……"说到这里，再也说不下去，不住呜咽痛哭。

袁崇焕说："陛下初登极的时候，杀了客魏，清阉党，亲正臣，举国盛称陛下英明，人人望治。倘若照此下去，即不能称为尧舜之君，也可称为中兴之主。误陛下者非他人，乃陛下自误耳。"

崇祯不高兴地说："诸臣误朕，非朕之过也。"

袁崇焕说："诸臣误陛下，陛下误苍生！"

崇祯说："朕无失德。诸臣误国，致有今日。"

袁崇焕说："陛下一生多疑专断，刚愎自用，爱听颂扬之话，忌听忠贞之谏，稍有拂意，动辄逐戮大臣，或廷杖，或下诏狱……"

崇祯大怒，喝道："给我拿了！"

袁崇焕从容不迫，叩头起身，面带冷笑，向外走去。两个力士上前拦住，要将他捉拿。可是他的身体轻飘飘的，好像并无实体，谁也抓不到，出了文华门。

崇祯大叫："拿了！拿了！"

魏清慧惊惶地进来，一边推他，一边叫道："皇爷醒醒！皇爷醒醒！"

崇祯半梦半醒，恨恨地说："你竟然面责君父之过，成何体统！"

魏清慧又叫："皇爷！皇爷！"

崇祯睁开眼睛，望望魏清慧，说道："我做了一个凶梦，魇着了。近几日朕在梦中也是心神不宁！"

"请皇爷宽心，不要损伤御体。"

"今日十几了？"

"过了子时，已经交十六了。"

"'流贼'说是十八日……"

"皇爷，十八日什么事儿？"

"你出去休息吧。我头昏，还要再睡一阵。"

魏清慧出去不久，崇祯又矇眬入睡。不料这三春之夜竟成了恐怖之夜，崇祯随即又陷入更大的恐怖之中。

崇祯梦见北京被"流贼"攻破，在仓皇中王承恩率领二三百名太监保护他逃出京城。在路上被李自成的一支骑兵追上，杀散了太监，杀死了王承恩，他藏身很深的枯草中，幸免于死。后来他一个人继续逃跑，不知逃到什么地方，只记着要逃往南京。晚上投宿三家村旅店中，幸而单住一间小屋，连着门面房屋，窗对小院,但已没有窗棂,仅剩一个大的方洞。他身边无人护送,十分害怕,特别怕店中的人们会知道他是皇帝。约摸二更时候,又来一投宿农民,推着一辆小车,在铺板门外叫门。崇祯听见这投宿的农民与店小二的问答,十分可怕:

"谁呀?从哪来的?"

"我是北京来的,回涿州去。天晚了,请你开开门,让我住一宿,多谢多谢。"

"嗨,路上不平静,你真胆大,这么晚才来投宿!"

店小二懒洋洋打个哈欠,将铺板门打开,随即问道:

"小车上推的是什么货?"

"不瞒老哥,这小车上不是货物,是一具死尸。"

"啊?!……什么死尸?你走!你走!不要进来!我们店里只住活人,不住死人!"

"老哥,我给你作揖,我给你跪下。你行行好,积积阴德,留我住一晚,多拿店钱,千万不要赶我走。老哥,你听我说,千万听我说!……"

店小二的口气分明缓和一点,问道:"到底是怎么一回事儿?你不说清楚我决不留你!"

农民说:"这死的是我的同村的人,是我的叔伯兄弟。他有事进京,路遇一个不相识的人,同路走了半天。那个不相识的人对他说:'兄弟,你既然也是进京去的,我这有二两银子,请你拿去,有一封书子请你替我送进京城,老娘有病多日,卧床不起,我就不进京了。'我的叔伯兄弟说:'这是什么书子?谁写的?送给谁?'那人说:'书子是一位乡绅写的,投给北京会同馆,只是写些问候话,没别的什么要紧事。'我的这个叔伯兄弟不识字,人又老实,不晓得那要命的书子里边写的什么东西,他又很穷,二两银子可以买些粮食,救活家口,所以他就顺便把这书子带进北京。不想还没有投下书子,在城门口就被搜出来,这样就把他杀了。你看多冤枉呀!一家大小还等着他回去。要不是遇着我在北京卖山货,又推着一个小车子,顺便收了他的尸首,推回家去……"

店小二说:"啊,原来是他!……上午有人从北京来,哄传北京兵部衙门提了一个庄稼人,替'流贼'给会同馆带封书子,被斩首了。他是乡下愚民,不识字,死得很冤枉。那封书子是李闯王的大将刘宗敏给当今圣上下的战表,声言三月十八日要破北京城。可是他一点也不知道,糊糊涂涂送了一条小命!要不是遇着你推小车在北京卖山货,别说没有人替他收尸,连他家里人也别想知道消息!"

推小车的农民又向店家恳求投宿,允许将尸首推进院中,免得被狗吃掉。别的客人也帮助说好话,终于得到了店家同意。小车推进院中以后,农民回到铺板门临街屋中,吃了东西,同别的客人挤在麦秸地铺上睡下。又过一阵,语言全止,惟有一些不同的鼾声继续。春夜寒气逼人,崇祯冷得发抖,没有一丝睡意,注视院中。院中月色皎洁,照着装载尸体的小车。

崇祯现在知道,放在小车上的尸首,原来就是那个替刘宗敏送揭帖的农民。他越想越怕。正怕之际,忽然听见车上的芦席有些响动。他早已下床,站在窗洞里边,目不转睛地向小车上注视,不禁毛骨悚然。过了片刻,只见从芦席里边慢慢伸出来两只手,解开绳子,芦席包绽开了,从车上滚下一个尸体,却没有头。这个尸体扶着小车站起来,走到另一边,又解开另一个芦席包上的绳子。这个芦席包也绽开了,尸体用双手捧出一颗血淋淋的人头。崇祯几乎吓死。他看见这个死人头的双目紧闭,嘴唇微微动了几下,发出一声很轻的然而愤恨的叹息。于是那尸体用左手握着发辫,提起头颅,用右手将紧闭的眼睛一个一个地撑开。

那一双眼睛睁得挺大，充满愤恨，充满血丝。尸体提着头颅，好像提着灯笼，用眼睛各处寻找。忽然，那双眼看见了崇祯，从嘴里发出恨恨的声音。尸体向小车上放下头颅，向崇祯的窗洞走来。崇祯知道这是来向他索命，吓得大叫："杀你的是兵部，朕无错！朕无错！"但是他的喉咙好像被什么东西堵塞，不能够发出声音。

那无头尸体继续向他走来，眼看就要从窗洞爬进来，崇祯可以看清楚那扒在窗洞的双手是那样粗糙、肮脏，他从来没有见过。尸体的脖颈是砍断的，十分怕人。当尸体快要爬进窗洞时，崇祯从连着门面房间的小门逃了出去。他听见尸体在窗洞里边双脚沉重落地的声音，又听见猛扑在空床上的声音，向床下一摸，碰到了什么东西。崇祯害怕它从背后追来，赶快穿过门面房，转回小院，站月光下边。那睡在门面房中地铺上的客人们有的扯着鼾声，有的用冷眼望着他从身边惊恐逃过，毫无相救之意。那尸体扑了个空，又从窗洞爬出，回到小车旁边，重新摸到头颅，重新用左手握住发辫，将头颅提起，重新用右手将眼皮撑开，重新提着头颅像提着灯笼似的寻找。忽然，那愤怒的眼睛看见了崇祯逃在墙角阴影中的烂砖堆上。尸体放下头颅，径直向砖堆走来。崇祯背顶高墙，无处可逃，大声呼叫，无人理会。尸体马上就来到砖堆旁边，已经向他伸出可怕的双手，几乎要抓到他的袍子，正在这万分危急时刻，他忽然看见魏清慧站在远处，竟没有看见他的遇难。他用全力大声呼喊：

"魏清慧！魏清慧！快来救朕！"

魏清慧仓皇奔入，叫醒皇爷。因为她从来没有听见过皇上有这样的恐怖叫喊，她吓得脸色灰白，浑身打颤，两腿发软，一边呼唤"皇爷"，一边摇着崇祯的肩膀。崇祯从恐怖中醒来，望着魏清慧，愣了一阵，神志方才清醒，随即紧抓住魏清慧的手，握着不放,想着这个荒唐离奇的噩梦也是亡国之相,又想着满朝的文臣武将都不济事,只有一个宫女救他,不禁滚出了眼泪。魏清慧虽然不敢询问,但是心中明白必是皇上做了很凶的梦,魇着这么厉害。 她想近几天又是宫中闹鬼,又是太庙鬼哭,今夜又见皇上如此,不禁在心中自问:"难道真要亡国么?"她一阵心中酸痛,一言不发,唯有陪着崇祯流泪。

已经四更四点,离五更不远了。因为崇祯照例五更拜天,然后上早朝,所以不再睡了。他在心中叹息说:

"天明就是三月十六了,吴三桂勤王之师何时可以来到?唉,唉!"

十六日这天,早朝时候,知道"贼兵"已近居庸关,群臣无计,崇祯痛哭退朝。这天上午,他在乾清宫东暖阁召见了几个大臣,商量筹饷、守城的事。大家仍然是苦无良策,只是说:"京师万无一失。"下午,他为了故意表示镇定,以安臣民之心,在平台召见了考选各官。 他询问筹饷、安民的办法,这叫做"对策"。问了一些问题,他自己觉得不着边际,被考选的官员也答得不着边际。尽管他心中十分焦躁,没有片刻的宁静,两只脚在地上踏来踏去,两只手也在御案上不住地动着,可是他还是耐着性子继续问下去。当他向一个被考选的知县问如何使军饷充裕、如何安民的问题时,这个知县回答说:

"裕饷不在搜括,在节俭。安民系于圣心,圣心安则民心安矣。"

崇祯听了这话,虽然认为空洞,但也点了点头,当时就批了几个字,授他为给事中。他还在继续考选,忽然一个太监将一密封送到他的御案上。他以为是吴三桂到北京的机密塘报,赶快拆开密封,匆匆一看,突然面如土灰,一句话不说,起身进宫去。

被考选的几十个官员不敢退走，以为皇上临时有事，马上还会出来，继续考问。执事太监和锦衣卫也没有离开，照样站班。过了很长一阵，崇祯仍没有出来。又过了一阵，才有一个太监出来，向大家传谕退朝。

官员们开始退出。可是为什么事情，大家一点也不清楚。

今天是三月十七日。

大顺军昨天上午过了昌平以后，在沙河防守的襄城侯李国桢得到探报，立刻督率将士，把红衣大炮的炮衣去掉，一边准备拼死抵御，一边火速密奏皇帝。昨天下午崇祯正在考选官员的时候，接到的那封密奏，就是李国桢派飞骑送进京的。可是当刘宗敏率领的大顺军到了沙河镇附近，三大营的人马望见骑兵的尘土自北而来，立时惊慌失措，将大炮一扔，一哄溃散，各自逃生。有些没有逃得及的，大顺军一到，都跪下投降了。有的没有决定投降，也被大顺军的骑兵包围，成了俘虏。然后大顺军就带着夺来的大炮继续向北京进发。

李国桢在沙河镇一见军心已散、不战自溃，纷纷倒戈，便带着少数随从左右的亲兵和奴仆逃回北京，立刻到宫门求见皇帝。崇祯在武英殿召见。李国桢面奏了兵溃经过，伏地痛哭，请求对他治罪。倘在往年，崇祯准会将他拿问，斩首。李国桢不仅在沙河全军自溃，师徒倒戈，大炮辎重尽资敌人，也该死罪。然而崇祯现在变了。他没杀李国桢，甚至也没有动怒。他只问有没有人马到德胜门外布防。李国桢回答说："陛下，无兵无将，不要再指望出城作战啦！"崇祯想着亡国已不可免，呜咽流泪，挥手要李国桢退出。

第 十 三 章

崇祯十七年三月十七日上午,当李自成的一部分骑兵到达北京城外的时候,首先被包围的是北边的德胜门和安定门,西边的西直门和阜成门,内城的东边城门和外城各门是直到十七日下午才被大顺军包围的,并有骑兵在外城的近郊巡逻。从此,北京城与外边的消息完全隔断。

当大顺军由李过和李友率领的两三万先锋步骑兵毫不费力气击溃了在沙河布防的数千京营兵,长驱来到德胜门外时,驻节永平的蓟辽总督王永吉派人送来的十万火急的军情密奏侥幸送进正待关闭的朝阳门,直送到通政司。通政司堂上官一看是六百里①塘马送来的军情密奏,不敢拆封,不敢耽误,立刻送进宫中。据王永吉密奏,吴三桂已于十六日到达山海关,随同进关来的二十万宁远各地百姓和将士眷属暂时安置在关内附近各地,他本人将率领数万精锐边兵星夜驰援京师,恳求皇上务必使北京坚守数日,以待吴三桂的援兵到来。王永吉的这一密奏,使崇祯觉得

---

① 六百里——限每日六百里的速度,这是塘马(驿马)用接力的办法传送公文。下一站,听传来的铃声,立马马上等候,接到公文立即策马奔去,如此一站一站接力传递,每日可达六百里。

是绝处逢生,一时不禁狂喜,以掌拍案,大声说道:

"吴三桂果是忠臣!"

恰好魏清慧前来添香,听见皇上用力以掌拍案,心中大惊,但皇上接着说的一句话她没有听清。她赶快掀帘进来,看见皇上喜形于色,顿感放心,柔声说道:

"皇爷,为何事手拍御案?"

崇祯说道:"吴三桂已率领数万精兵从山海关前来勤王,北京城不要紧了!"

魏清慧说:"我朝三百年江山,国基永固。从英宗皇爷以来,北京几次被围,都能逢凶化吉,这次也是一样。请皇爷从今不必过于焦急,损伤御体。请下手诏,催吴三桂的救兵速来好啦。"

崇祯点头:"叫司礼监来人!"

魏清慧立刻退出暖阁,传旨在殿外侍候的太监,速传司礼监太监前来。趁这时候,崇祯用朱笔给吴三桂写了一道手谕:

> 谕平西伯吴三桂,速率大军来京,痛剿逆贼,以解京师之危!

司礼监太监将这一皇上手谕拿去之后,在黄纸上端盖一颗"崇祯御笔"便玺,封好,封套上加注"六百里飞递"五个字,登记发文的月、日和时间,不经内阁,直接送交兵部,要立即派塘马送出京城。

魏清慧在成化年制宝鼎式铜香炉中添完香,又送来一杯香茶,放在御案上。她看见皇帝正在默想心事,想着他连日饮食失常,夜不安寝,憔悴已甚,难得此刻心情略好,便向他柔声劝道:

"皇爷,既然有了天大的好消息,吴三桂即将率关宁精兵来解北京之围,请皇爷稍宽圣心,到养德斋御榻上休息一阵。"

崇祯望望她,没有做声,继续在思索着蓟辽总督王永吉的军情密奏。他知道王永吉曾经亲驰赴宁远,敦促吴三桂迅速率兵勤王。后来又接到王永吉的飞奏,说吴三桂正在向山海关走来,三月十六日可到关门,而他先驰回永平,部署进关辽民的安置事宜,以后就没有消息了。现在崇祯正在绝望之中,忽接王永吉的这一密奏,如同绝处看见救星,自然不免心中狂喜。崇祯把密奏拿起来重看一遍,连连点头,似乎是对着站立在面前的宫女魏清慧,又似乎是自言自语地说:

"吴三桂果然是一个难得的忠臣,已经从山海关率领数万精兵来救北京!"

魏清慧望着皇帝,激动得两眼眶充满热泪,嘴唇欲张又止。遵照崇祯朝的宫中规矩,关于一切朝中大事,宫女们连一句话也不许说,不许问,所以魏清慧装做去整理香炉,悄悄地揩去了激动的热泪,同时在心中叹道:

"谢天谢地!谢天谢地!"然后悄悄地走出去了。

倘若在往年,崇祯如此狂喜,一定会立刻将王永吉的飞奏宣示内阁,然后由主管衙门将这一消息布告京师臣民周知,以安人心。然而,近来的经验使他变得慎重了。已经有许多次,他的希望变成了绝望,他的"庙谋"无救于大局瓦解。崇祯十四年督催洪承畴率领八总兵去救锦州,去年督催孙传庭出潼关入豫剿贼,两次战争结果,与他的预期恰恰相反。援救锦州之役,八总兵全军崩溃,洪承畴被围松山,继而降虏,锦州守将祖大寿也只得献城出降。孙传庭在汝州剿闯,全军溃败,闯贼进入潼关,又不战而进西安,大局从此不可挽回。想着这两次痛苦经验,他对吴三桂救北京的事也不敢抱十分希望。如今他担心吴三桂害怕"闯贼"兵势强大,在山海关一带畏缩观望,不能星夜前来,或李自成一面分兵东去阻挡关宁兵西来，一面加紧攻城，使吴兵救援不及。自从昨天三大营在沙河溃散以来，他的心头压着亡国的恐惧，只恨满朝文武没有一个人能够为他分忧。由于这种绝望心情，他不肯贸然将吴三桂来救京师的消息向臣民宣布，独自在乾清宫绕屋彷徨多时，重新坐下愁思，忽然深深地叹息一声，没有注意到魏清慧进来送茶。

魏清慧实际上十分辛苦，这时本来她可以坐在乾清宫后边自己舒适的、散着香气的小房间里休息，命别的宫女为皇上送茶。为皇上按时送茶，这活儿十分简单，用不着她这个做乾清宫"管家婆"的、最有头面的宫女亲自前来。

魏清慧之所以亲自前来送茶，是因为她对眼下的国家大事十分放心不下。国家亡在旦夕，不惟她放心不下，她知道所有的宫人们没有谁能够放心。可是内宫中规矩森严，别人都没法得到消息，只有她常在皇帝身边，有可能知道一些情况，所以不但乾清宫的人们都向她打听，连坤宁宫中的吴婉容也是如此。她在自己的房间里坐不安，躺不下，想来想去，决定亲自来给皇帝送茶，看有没有机会打听一点消息。既然国家亡在旦夕，纵然受皇帝责备她也不怕。国家一亡，皇帝也罢，奴婢也罢，反正要同归于尽！她于是对着铜镜整理一下鬓发，净净纤手，来给皇帝送茶来了。

在送茶时听见皇上深深地叹息一声，她吃了一惊，随即用温柔的小声说道：

"皇爷，已经来了大好消息，为何还要如此忧愁？"

倘若在平日，崇祯会挥手使魏宫人退出；尽管他知道她的忠心，他也决不肯对她谈一句心里的话。然而亡国之祸到了眼前，崇祯对宫女的态度也变了。他恼恨文武群臣都是混蛋，一定有不少人在等待向"流贼"投降，有的人在等待逃出城去。他痛恨平时每遇一事，朝臣们争论不休，可是今天竟没有一个人进宫来向他献救急之策！他望一眼面容憔悴，眼睛含泪的魏宫人，心中叹道："患难之际，倒只有面前的这个弱女子还对朕怀着同往日一样的忠心！"他深为魏宫人的忠心感动，几乎要涌出热泪，轻轻点头，示意她走近一步。魏宫人走近一步，站在他的面前。崇祯又伤心地叹气，低声说道：

"吴三桂虽然正在从山海关来京勤王，但怕是远水不救近火。贼兵已到北京城下，必将猛攻不止。三大营已经溃散，北京靠数千太监与市民百姓守城，何济于事！"

魏宫人大胆地小声问道："满朝文武难道就没有一个肯为皇上尽忠报国的人？"

崇祯摇头不答，禁不住滚出热泪。魏宫人此刻才更加明白亡国的惨祸确实已经临头，也落下眼泪，小声哽咽说：

"但愿上天和祖宗眷佑，国家逢凶化吉。"

崇祯不由地握住魏的一只手，语调真挚地说道："倘若蒙上天与祖宗保佑，北京平安无事，事定之后，朕将封你为贵人，使你永享富贵。"魏宫人当崇祯握住她的一只手时，由于事出意外，不觉浑身一战，又听皇上说出了这样的话，赶快挣脱皇上的手，跪地叩头，颤声说道："叩谢皇恩！"此时此刻，她一方面感激"天语恩深"，一方面也明白已经晚了，认为是命中注定她不能受封，只能以宫女身份为皇上殉节。所以在照例叩头谢恩之后，小声地呜咽痛哭。崇祯明白魏宫人的伏地呜咽包含着即将亡国之痛，也跟着叹息洒泪。但是他不愿使太监看见，有失皇家体统，便将魏宫人拉了一下，小声说：

"起来！起来！"

魏宫人又叩了一个头，从地上起来，以袖揩泪，仍在断续哽咽。正在这时，新承钦命任京营提督、总管守城诸事的司礼监秉笔太监王承恩进来。他先向魏宫人使个眼色，使魏回避，然后将崇祯给吴三桂的手诏放到御案上，跪下奏道：

"皇爷，如今各城门全被逆贼围困，且有众多贼骑在四郊巡逻，还听说有众多贼兵往通州前去，给吴三桂的手诏送不出去了。"

崇祯大惊："东直门和齐化门都包围了？"

"连外城的东便门和广渠门也被逆贼的大军包围。奴婢去齐化门巡视，遇到本兵张缙彦，他将皇爷给吴三桂的手诏退还奴婢，带回宫中。"

崇祯脸色凄惨，默然片刻，然后问道："崇祯二年，东虏进犯，来到北京近郊，何等危急。可是袁崇焕一接到勤王诏书，留下一部分人马守宁远，他自己率领满桂、祖大寿等大将与两三万精兵，火速入关，日夜行军，迅速来到京师，扎营于广渠门外，使北京城转危为安。以袁崇焕为例，吴三桂知道京师危急，他率领关宁骑兵，从山海关两日夜可到朝阳门外，一部分守城，一部分驻扎城外与逆贼作战，北京可以万无一失。你想，吴三桂在两天之内会来到么？"

提到袁崇焕，王承恩伏地不敢回答。近十年来，由于东事①日坏，北京朝野中私下议论袁崇焕的人多了起来，都说袁崇焕是一位少有的人才，崇祯先听了朝臣中的诽谤之言，随后又中了敌人的反间计，枉杀了他，自毁长城。他知道皇上近几年也从厂臣②密奏朝野私下议论，略闻中了敌人的反间计，心中反悔，但不肯承认自己错杀了袁崇焕，所以一直无意对袁的冤案昭雪。崇祯看见王承恩俯首不语，问道：

"你也听说袁崇焕死得冤枉？"

---

① 东事——指辽东问题、满洲问题。
② 厂臣——指东厂的掌印太监，即东厂提督。

王承恩叩头说："奴婢不敢妄言,风闻朝野间早已有此议论。吴三桂只是一员武将,论忠贞、论谋略,都不能同袁崇焕相比。皇上,眼下十余万逆贼已把北京城四面合围,吴三桂的救兵不会来了!"

崇祯摇头,流下眼泪,痛心地叹息一声,命王承恩站起来,问道:

"城上的守御情况,你可去察看了么?"

王承恩哭着说道:"皇爷!事到如今,奴婢只好冒死实奏。城上太监只有三千人,老百姓和三大营的老弱残兵上城的也不多,大概三个城垛才摊到一个人。守城百姓每天只发几个制钱,只能买几个烧饼充饥。城上很冷,大家又饥又冷,口出怨言,无心守城。"

"逆贼今夜是否会攻城?倘若攻城,如何应付?"

"逆贼远来,今日陆续来到城下,将城包围,尚在部署兵力。以奴婢忖度,逆贼要攻城是在明天。今夜可以平安无事,但须谨防城中有变。"

崇祯问道:"城内派兵巡逻,查拿奸细,难道就没有兵了?"

"三大营的数千人在沙河御敌,不战而溃。留在城内的三大营虽然按册尚有五六万人,但是前两天经戎政侍郎王家彦按册点名,始知十之八九都是缺额,实有官兵人数不足五千。这不足五千官兵也是老弱无用之人,充数支饷罢了。王家彦同奴婢商议,从中挑出一千人上城,余下的分在内外城轮班巡逻。内外城中巡逻弹压,就靠这一些不管用的老弱残兵。"

崇祯明白吴三桂的救兵已经没有指望,守城兵力空虚,亡国灭族的惨祸已经来到眼前,蓦然出了一身冷汗,浑身颤栗,几乎不能自持。但是他毕竟是一位秉性刚烈的皇帝,霎时过去,他恢复了常态,叹气说:

"土木之变①，英宗皇爷陷敌。也先兵势甚盛，挟英宗皇爷来到北京城下，认为北京唾手可得。那时国家何等危急，可是朝中有一个兵部尚书于谦，指挥京营迎敌，打退也先，使京城转危为安。如今朕非亡国之君，可是十七年来，满朝文武泄泄沓沓②，徒尚门户之争，无一忠心谋国之臣，倘若朝中有半个于谦，何至会有今日！"说毕，随即痛哭。

王承恩又跪下说："这是气数，也是国运，请皇爷不必伤心。"

崇祯哽咽说："虽是国运，可是倘非诸臣误朕，国运何竟至此！只说从天启至今二十年中，国家何尝没有人才，没有边才③。皆因朝廷上多是妒功害能之臣，蒙蔽主上，阻挠大计，陷害忠良，使人才不但往往不得其用，而且不得其死。从天启朝的熊廷弼、孙承宗算起，到本朝的杨嗣昌等人，都是未展抱负就群起攻讦，使朝廷自毁长城，而有今日之祸。朕非亡国之君，而遇亡国之事，死不瞑目！"说毕，又一阵泪如泉涌，掩面呜咽。

王承恩知道亡国惨祸已经临头，城陷只在一二日内，也忍不住伏地悲哭，却不知拿什么话安慰皇上。几个乾清宫中较有头面的太监都因为亡国惨祸已经来到眼前，十分关心王承恩和皇上的谈话，屏息立在窗外。这时听见主奴二人一个坐在龙椅上，一个跪在地上，相对呜咽，他们有的偷偷揩泪，有的轻轻走开，到别处哭出声来。

过了一阵，崇祯命王承恩起来，问道："没有办法给吴三桂送去手诏，催他火速率骑兵来救京师？"

---

① 土木之变——明英宗于正统十四年（1449年）率大军在土木堡遇到也先所率蒙古族瓦剌部军队，明军溃败，英宗被俘。
② 泄泄沓沓——空言乱政。
③ 边才——边防人才。

王承恩犹豫片刻，躬身说道："兵部已无办法送出皇爷手诏，请容奴婢此刻再去同厂臣密商，厚给赏银，无论如何，今夜派遣一个忠心敢死之人，缒出城去，前往永平和山海关方面，将皇上手诏送到吴三桂军中。"

崇祯明知他的手诏纵然能够送出，也已经是缓不济急。但是哪怕只有一线希望，他也决不肯放弃。他望着王承恩，滚出眼泪，哽咽说道：

"你赶快去吧！"

自从得到李自成的大军越过宣府消息以后，乾清宫每日中午和晚上都遵照崇祯谕旨，皇帝用膳时不再奏乐，菜肴减少到只剩下十几样，这叫做"撤乐减膳"。今日北京已经被围，西直门和阜成门方面曾经有几阵炮声传入大内，所以今日崇祯的晚膳更是食不下咽。但是他担心今夜李自成的人马会开始猛烈攻城，他需要勉强吃点东西，保持体力，好应付紧急情况。

宫中有两位年老的太妃，曾抚育过幼年的崇祯。皇后为了不使她们受到惊骇，不许宫女和太监将李自成包围北京的消息禀奏她们。按照往日习惯，每日皇上晚膳时候，这两位太妃从各自的宫中派遣两名宫女，共捧着两个朱漆描龙食盒，每个食盒装着两样皇上喜爱吃的精美小菜，送到乾清宫，以表示她们关心皇上饮食的心意。这两位太妃住在相邻的两座宫院，所以每日两宫的四个宫女总是相约一同将小菜送来。

由于皇上钦谕"减膳"，今晚由御膳房送来的菜肴不及平日的三分之一，但也算是"色、香、味"俱全了。无奈崇祯只想着亡国灭族的惨祸已经临头，正如俗话所说的"愁肠百结"，不管什么样人间美馔，到口中都只有泥土滋味。当两位太妃的食盒送来时，他照例从御椅上站起来说道："谢两位太妃慈怀！"为设法使太妃们感到安慰，将送来的四样小菜都尝了半口，不觉滚出热泪。四个送菜的宫女蓦然一惊，相顾失色。魏清慧赶快向她们使个眼色，按照惯例，魏清慧命两个侍膳的宫女将太妃们的小菜倒在别的盖碗中，将原来的四个成窑瓷盖碗放回食盒。魏清慧亲自将四个宫女送出日精门外，小声叮嘱：

"四位姐妹，今晚乾清宫中事忙，我不能离开皇上身边，请你们代我回奏两位太妃：皇上今日食量很好；两位太妃送来的四样美味，皇上吃了大半，余下的赐给都人们吃了。乾清宫的都人们叩谢两位太妃的慈恩。"

一个宫女问道："清慧姐姐，贼兵围城，吴三桂的救兵能够来么？"

"听说吴三桂的勤王兵前天已经过了永平，正在向北京前来。皇爷又下了手诏，催吴三桂火速赶到。两位太妃可知道贼兵围城么？"

"我们两宫的都人和太监，奉了皇后娘娘懿旨，不许将贼兵围城之事，在太妃们面前透露一丝风声，所以太妃们至今不知。"

魏清慧含泪点头，又问："今日响了两阵大炮，难道两位太妃没有听见？"

一宫女回答说："两位太妃正在下棋，吃了一惊，问是怎么回事儿。我们正不知如何回奏，恰好坤宁宫的吴婉容姐姐奉皇后懿旨来向两位太妃问安，说那是神机营在西城外举行操演，试放火器。两位太妃放了心，继续下棋。"

魏清慧哽咽说："两位太妃年近花甲，几十年深居宫中，怎么也不会料到国运会如此凶险！"

一个宫女拉着魏清慧的手，用颤栗的悄声问道："清慧姐，万一大事不好……"

魏清慧说："到那时，有志气的都人姐妹跟我一起，宁死不能受辱！"

崇祯皇帝草草地用了晚膳，漱了口，回到乾清宫背后的养德斋休息，等候太监和宫女们用膳后随他去奉先殿哭拜祖宗神灵。他今天又听见身边的太监禀报：两三天来宫女和太监们又在纷纷传说，在深夜曾听见太庙中巨大响声，又似乎有脚步声走出太庙。他还听说，奉先殿连日来在深夜有恨恨的叹息声，有时还传出顿足声。他很留心这一类不吉利的迷信消息，所以乾清宫的掌事太监和左右长随，也常把这类消息向他禀奏。每次听到太监的禀奏，都使他的心灵发生震撼。他虽然口中不言，但是有时在心中绝望地叹道：

"这是亡国之象！亡国之象！"

崇祯十七岁继承皇位。在即位后的几年中，他每日兢兢业业，立志中兴明室，做一位"千古英主"。作为受命于天，代天理民的天子，他照例每日五更起床，在宫女们的服侍下梳洗穿戴，在乾清宫的丹墀上焚香拜天，祝祷国泰民安，然后乘辇上朝，一天的忙碌生活就开始了。

在刚即位的第二年，他命一位有学问兼善书法的太监高时明写一"敬天法祖"的匾额，悬挂在乾清宫正殿中间。这四个字，从前没有别的皇帝用过，是他经过反复斟酌，想出这四个字，表明他的"为君之道"。在他看来，天生万物，天道无私，能敬天即能爱民，所以作一位"尧舜之君"，敬天是理所当然。至于"法祖"，是表明他要效法大明的开国皇帝太祖和成祖。这两位皇帝被称为"二祖"，是他立志效法的榜样。成祖以后的历代皇帝，都称为"列宗"，他并不打算效法，只是出于伦理思想，对他们尊敬罢了。

近几年来，由于国运日坏，他的锐气日减，而迷信鬼神的思想与日俱增，每年到奉先殿跪在"二祖"的神主前痛哭祷告的次数也增多了。愈是国事挫折,愈是悲观绝望,愈是愤懑愁苦,他愈是想到奉先殿,跪在太祖和成祖的神主前痛哭一场。他不是一个性格软弱的人,到奉先殿去不全是求祖宗保佑,如古语所说的"乞灵于枯骨"。他有无限苦恼和说不尽的伤心话,既不能对朝臣明言,也不能对后妃吐露,而只能对两位开国祖先的神灵痛哭。他在痛哭时虽然不说话,避免被宫女和太监听见,但是他奔涌的眼泪和感人的呜咽就是他发自心灵深处的倾诉。自从前天居庸关守将和监军太监向李自成开关迎降,昌平兵变和官绅迎降,好几千京营兵在沙河不战溃散,而吴三桂救兵不至,崇祯就明白亡国局势已成,表面上故作镇静,而心中十分害怕。今日李自成已将北京合围,他知道城破只在旦夕,更加陷入绝望,在心中对自己说:

"朕朝乾夕惕①,苦撑了十七年,竟落到今日下场!"

在这样国家将亡时候,即令奉先殿没有异常情况,他也要到奉先殿痛哭一场,何况一连数夜,侍候在奉先殿的太监们都听见正殿中在半夜三更时候,常有叹气声,顿脚声;还有一位老年太监看见烛光下有高大的人影走动,使老太监猛一惊骇,大叫一声,跌坐在殿外地上。崇祯认为祖宗传下来的江山要亡在他的手中,他死后无面目拜见祖宗,这种多日来压在心头的自愧心情,今日特别强烈,使他坐立不安。他忽然在暖阁中狂乱走动,连连发出恨声,并且喃喃地自言自语:

"朕无面目见祖宗!无面目见祖宗!……"

这时,太监和宫女们都已经匆匆用毕晚膳。因为他们都知道局势十分紧急,皇上心情很坏,所以大家都是面带愁容,心中恐慌。几个常在皇帝身边服侍的太监和宫女都来到乾清宫正殿外

---

① 朝乾夕惕——语出《易经》,意谓终日兢兢业业,不敢懈怠。

边,屏息等候,不敢走进暖阁。

崇祯颓然坐进龙椅,拿起茶杯,喝了一口温茶,打算使自己的心思冷静一下,但忽然想到了无用的大小朝臣,不禁满腔愤恨。在往日,大小臣工,每日除在上朝时面陈各种国事之外,还要请求召对①,还要上疏言事。今日京师被围,国家亡在旦夕,满朝文武为何没有一个人要求召对,献上一策?

他忽然又想到吴三桂来京勤王的事,更觉恼恨。当朝廷得知李自成破了太原的时候,就有人建议下诏吴三桂进关,回救北京。蓟辽总督王永吉也从永平府来了密奏,力主调吴三桂回救京师,以固国家根本。他当时已经同意,加封吴三桂为平西伯,指望吴三桂平定西来之贼。可是朝臣中有不少人激烈阻挠,说祖宗疆土一寸也不能丢掉,责备放弃关外土地为非计。朝中为应否调吴三桂勤王的事争论不休,白白地耽搁了时间。后来因局势日见紧迫,朝臣们才同意召吴三桂勤王,但又说辽东百姓均皇上子民,必须将宁远这一带百姓全部带进关内,这样就必然误了"戎机"。他痛恨朝廷上都是庸庸碌碌之臣,竟没有一个有识有胆、肯为国家担当是非的人!……想到这里,他怒不可遏,将端在手中的一只茶杯用力往地上摔得粉碎,骂了一句:

"诸臣误国误朕,个个该死!"

乾清宫掌事太监吴祥正在殿前,闻声大惊,赶快进来,跪到地上,不敢询问,只是等候吩咐。恰在此时,魏清慧也跟着进来,跪到地上。

崇祯望望他们,小声说:"传旨,马上往奉先殿去!"

掌事太监问:"要备辇么?"

"不用备辇,步行前去!"

---

① 召对——明代政治术语,指皇上在宫中召见臣工,有时是出于臣工的请求。

掌事太监赶快出了乾清宫正殿，安排一部分太监随驾去奉先殿，一部分留在宫内，另外差一名小答应速去通知奉先殿掌事太监，恭候接驾。魏清慧也离开皇帝，赶快去将宫女们召集在一起，吩咐一部分宫女留下，一部分赶快准备随驾侍候。

当太监和宫女们正在准备时候，崇祯默默垂泪，在心中对自己说道："城破就在旦夕，这分明是最后一次去奉先殿了！"他一想到亡国惨祸，不由地想到了皇后和袁妃，还有几个未成年的子女，心中一阵凄楚，鼻子一酸，热泪奔涌而出。

周皇后十六岁被选为信王妃。那时主持为信王选妃这件大事是天启皇后张氏，即现在的懿安皇后。在许多备选的良家姑娘①中，信王同张皇后都看中了姓周的姑娘，真是玉貌花容，光彩照人，而且仪态端庄，温柔大方。张皇后小声问他：

"信王，你看这位姓周的姑娘如何？"

信王不好意思地小声回答："请皇嫂决定。她容貌很美，只是瘦了一点。"

张皇后微微一笑，说道："她才十六岁，还没有长成大人，再过两三年就不会嫌瘦了。"为信王选妃的大事就这样定了。

又过了半年，天启皇帝病故，得力于张皇后的主张，当夜将信王迎进宫中继承皇位。那时客、魏②擅权，朝政紊乱。为防备信王进宫去会被客魏奸党暗害，由信王妃亲自同宫女烙了一张饼子，给信王带进宫中。信王在庭院中上轿时候，周妃走到轿边，用颤栗的小声嘱咐：

"王爷，你今夜若是饿了……请你牢牢记住，只吃从家中

---

① 良家姑娘——明代为防止外戚干政，不许从贵戚和官宦之家选妃，只选身家清白的平民百姓姑娘。
② 客、魏——天启皇帝的乳母客氏和魏忠贤。

带去的饼子,切莫吃宫中的东西。等到明日清早,你在皇极殿即了皇位,受了文武百官的朝贺,才算是万事大吉。"看见信王点头,她又噙着热泪嘱咐:"王爷去吧,请今夜不要睡觉,随身带去的宝剑就放在面前桌上。妾已经吩咐随王爷进宫的四个太监,今夜就在王爷身边服侍,……王爷进宫以后,妾整夜在神前祈祷,求上天保佑王爷平安登极!"

这几句颤声叮咛的话,还有他当时望见周妃明亮凤眼中闪着的泪光,深深地震撼着他的心灵,经过十七年记忆犹新,如今又在他的心上出现。

崇祯登极以后,信王妃周氏就被迎进宫中,尊为皇后,住在坤宁宫。接着,按照皇家礼制,由皇后主持,陆续选了一些貌美端庄的良家姑娘充实六宫,总称为妃嫔,实际上名称和等级很多。崇祯登极后最重要和最早的一次选妃是选了田妃和袁妃。由礼部拟定晋封仪注,皇帝颁赐册文,昭告天下。田妃住在承乾宫,称为东宫娘娘;袁妃住在翊坤宫,称为西宫娘娘。后来田妃逐步晋封为贵妃,皇贵妃,于崇祯十五年七月病故。田妃死后,袁妃晋封为皇贵妃。袁氏本应该移到承乾宫住,但她不愿皇帝为田妃伤心,坚决留在翊坤宫。崇祯本来就爱她容貌很美,颀长身材,肥瘦适中,面如皎月,唇红齿白,不傅脂粉而自有美色,加上她的秉性温柔贤慧,遇事谦逊退让,在宫眷中从不争风吃醋,受到所有妃嫔的称赞,也受到她身边的宫女爱戴。去年她晋封皇贵妃后,不肯移居承乾宫,使崇祯深受感动,更加爱她。

近来他为局势日非,很少到坤宁宫去,同翊坤宫的皇贵妃更少见面。此刻他准备往奉先殿时,想着由于不能保住江山,皇后和袁妃将惨死于"逆贼"之手,忍不住暗暗流泪。这时乾清宫掌事太监吴祥进来,到他的面前躬身问道:

"皇爷何时启驾?"

崇祯害怕呜咽出声,没有回答,立即从龙椅上站起身来。吴祥赶快退出,在乾清宫丹墀上刚传呼太监们"侍候启驾",崇祯已从殿内走出来了。他在一群太监和宫女打着十几盏灯笼的前后簇拥中走下丹陛,到了乾清宫院中,恰好王承恩进来了。

崇祯一见王承恩,便立刻止步,急忙问道:

"王承恩,朕的手诏送出城了么?"

王承恩躬身回答:"回皇爷,奴婢找到厂臣曹化淳,商量一下,又找锦衣卫使吴孟明密商。锦衣卫的打事件番子中,三教九流、各色人物都有,就由他们中挑选了两个特别精明强健的冀东人,道路最熟,要他们将皇上手诏送到吴三桂军中。每人给他们五十两纹银,作为安家费,对他们讲说明白:只要他们将皇上的手诏送到吴三桂手中,他们就是为朝廷立了大功,国家要破格重赏,使他们世世富贵。"

崇祯对王承恩在眼下困难时刻能够如此忠心办事,颇为感动,但是他没有说别的话,只是吩咐王承恩速去城上,督促太监和军民认真守城。他在心中叹息说:

"纵然手诏能够送到吴三桂军中,也来不及了!"

从乾清宫去奉先殿是从日精门出去,顺着东一长街往南走,再从内东裕库的前边往东,便到奉先殿院落的正门。但是出了日精门顺永巷正向南走,崇祯忽然转念,吩咐往坤宁宫去,并吩咐魏清慧往翊坤宫向皇贵妃传旨:速到坤宁宫来。魏清慧回答说:

"刚才吴婉容奉皇后懿旨来问皇爷晚膳情形,听她说,皇贵妃娘娘下午陪皇后相对流泪,然后一起去英华殿[①]祈祷,又回到坤宁宫用晚膳,此刻尚未回翊坤宫。"

---

① 英华殿——在紫禁城内最西北角的一座宫院,神宗的母亲孝定太后晚年居住、礼佛、静修的地方。宫中传说孝定太后成了九莲菩萨。

宫女和太监们听见皇帝边走边自言自语地说:"好,好。"但是崇祯还有一句要紧的话没有说出,所以连魏清慧也一时不明白皇上说的这"好,好"二字是什么意思。

愁眉不展的周后,正在坤宁宫中与袁妃相对而坐,听到太监禀报说圣驾马上就到,吃了一惊,不禁心中狂跳,想道:"我的天,一定是大事不好!"她赶快率领袁妃、宫女和太监到院中接驾,一切都按照皇后宫中的素日礼节,只是不免显得草率罢了。

崇祯被迎进坤宁宫正殿,坐下以后,半天没有说话。他几天来寝不安枕,食不下咽,已经显得面色灰暗,眼窝深陷,刚刚三十四岁的年轻天子却两鬓上新添了几根白发,和他的年纪很不相称;尤其是皇后和皇贵妃最熟悉的一双眼睛,本来是炯炯有神,充满着刚毅之气。如今那逼人的光芒没有了,不但神采暗淡,白眼球上网着血丝,而且显得目光迟钝和绝望。皇后看见了皇上这种异乎寻常的神情,心中酸楚,不敢细看,回头向皇贵妃瞟了一眼。袁妃眼中含泪,低下头去。皇后在心中问道:"难道国家真要亡么?"她想放声大哭,但竭力忍耐住了。

崇祯觉得对皇后和皇贵妃有很多话要说,但是又觉得无话可说。皇后今年才三十三岁,袁妃三十二岁,原来都是花容玉貌,不施脂粉而面如桃花。今晚,崇祯看见她们都变得十分憔悴,好像在几天之内就老了十年。他不敢多看皇后,皇后的忧戚神情使他十分心痛,甚至深恨自己对不起皇后,使皇后有今日下场。十七年来,他同皇后之间有许多恩爱往事使他永难忘怀,特别是二十天前的一件事,使他现在痛悔莫及,不敢再看皇后,低下头深深地叹息一声,并且在地上跺了一脚,在心中说道:

"唉!那时听皇后一句话,何至今日!……"

周后听皇上顿脚,吃了一惊,抬头望望皇上,但不见皇上说话。十七年来，她很少看见皇上像这样失去常态。自从听说"逆贼"过了宣府以来，她在心中已经考虑过上千遍，万一城破国亡，她身为"国母"，断无忍辱苟活之理，所以她随时准备着为国殉身。看见皇上突然来坤宁宫，如此神态失常，心中猜想：莫非皇上要告诉她殉国的时候已经到了？又等了片刻，她再也忍耐不住，向崇祯颤声问道：

"皇上，对臣妾等倘若有话吩咐，就请吩咐吧！"

崇祯知道皇后问这句话是什么意思，但是他低着头没有说话，只是悔恨关于逃往南京的事不肯听皇后一句劝告，到今日欲逃不能，等待着城破国亡，一家人同归于尽。二十天前，朝中有大臣建议他离开北京，逃往南京，然后利用江南的财富和人民，整军经武，平定中原，重回北京。当时懿安皇后和周后都有此意。当李自成率十余万大军从太原向北京前来的时候，也正是朝廷上关于他应否往南京去争论最激烈的时候。懿安皇后和周皇后从两宫掌事太监的口中知道了两派朝臣争论不休，而朝廷上没一个真正能够担当重任的大臣，所以皇上一直举棋不定。懿安皇后暗嘱皇后，遇方便的时候，劝皇上早拿主意，免得临时仓皇无计。有一天，崇祯因为心情苦闷，来到坤宁宫闲坐，不觉长叹一声。周后趁机说道："我们南方还有一个家……"崇祯不等她将这句话说完，对她严厉地将眼睛一瞪，使她不敢再往下说。自从他登极以后，鉴于前代后妃干政之弊，绝不许后妃们打听朝廷大事，更不许随便说话，所以在是否"南迁"的大事上对周后作出这样的严厉态度。此刻他望见周后的面容憔悴异常，神情愁惨，又听了她的询问，使他深感悔恨，几乎想放声痛哭。他竭力忍住，同时也不能开口说话，因为他要一开口便会忍不住呜咽起来，紧接着放声大哭。

皇后虽然对自己应该为国殉节，早已拿定主意，认为是

"天经地义",但是如今在等待皇上说话时候,她却不由地浑身打颤。她忽然想到她的两个儿子太子和定王,又想到她的两个女儿长平公主和昭仁公主①,浑身颤栗得更加厉害。吴婉容悄悄地走到皇后身边,以便随时将皇后搀扶一下。

正在这时,从阜成门方面传过来一阵炮声,起初有三声炮响得没有力量,随后的几炮特别有力,震天动地。崇祯和宫眷们都吓了一跳,侧耳谛听,随后却寂然无声。大家知道这并非李自成的大军攻城,才略微放下心来。

北京四郊村庄的乌鸦、麻雀,依照一代代的生活习惯,每日黄昏,成群结队,肃肃地飞进北京城内,寄宿在各处的树枝上和屋脊上;黎明醒来,纷纷啼叫,然后又成群结队地起飞,盘旋,飞回乡下。这后边特别震耳的大炮声惊起了寄宿在西城各处的上万只乌鸦,一群一群地向东飞逃,其中有一部分飞到中南海和北海,一部分飞进紫禁城内,散落在各个宫院的树枝上。还有一小部分飞到坤宁宫背后的御花园中,落在高大的白皮松和连理柏上;另有十几只落在坤宁宫院中的古槐上。来到坤宁宫院中的乌鸦,虽然已经听不见炮声,但仍然惊疑不定,落下又起飞,飞起来又落下,方才安静。

当乌鸦安静以后,紫禁城中又回到可怕的寂静。因为天上有云,月光不明,到处是昏暗的宫殿阴影,使皇宫中更显得阴森森地骇人。

坤宁宫中,从皇后、皇贵妃,到宫女和太监,都将视线移到皇帝身上。由于刚才的一阵炮声,皇后明白李自成不久就要攻城,她同袁妃尽节的时候也快到了,忍不住又向崇祯颤声问道:

---

① 昭仁公主——周后所生的小女儿,年仅六岁,尚无封号,因为同奶母住在昭仁殿故宫中,称为昭仁公主。

"皇上,您到底有何吩咐?"

崇祯尚未抬头,从东长街传来了打二更的木梆声。每敲两下,便有一个老太监用苍哑的声音叫一句:"天下~~太平!"打更的太监从北向南,过了极化门,又过了永祥门,渐渐远了。崇祯深深地叹了一口气,对皇后说道:

"朕本来是要去奉先殿,出日精门刚走几丈远,忽然想到你同袁妃……"

周后说道:"皇爷,事已至此,臣妾等并不害怕一死。您有话请直说吧,臣妾等遵旨殉节!"

崇祯打个哽咽,接着说道:"朕本是要去奉先殿哭别祖宗神主,只是忽然想到你们,转到坤宁宫来。我们夫妻,十七年忧患与共,再见面的时候不多了!……"

他说不下去,首先呜咽。皇后和皇贵妃都忍不住痛哭起来。宫女和太监们有的流泪,有的呜咽出声。崇祯不忍看宫眷伤心哭泣,忽然起立,走出正殿,向恭候在坤宁宫丹墀上的宫女和太监们吩咐:

"启驾!"

皇后率宫眷们将皇上送到院中,随即拉着袁妃的手,回到作为寝宫的坤宁宫西暖阁坐下,揩去眼泪,向跟着进来的"管家婆"哽咽吩咐:

"婉容,今晚皇爷的精神有点儿反常,我很不放心,你带几个都人去奉先殿随驾侍候,有什么事儿随时来向我禀奏!"

吴婉容率领几个宫女打着灯笼追赶皇帝去后,皇后又吩咐另外的宫女在丹墀上摆好香案,说道:

"我要同皇贵妃对天祈祷!"

从坤宁宫出来,崇祯命乾清宫掌事太监吴祥直接横过东一长街,先到承乾宫去。承乾宫中大部分原来侍候田皇贵妃的太监和宫女还都留着,为着皇上有时前来看看田妃的旧居,他们每天照例打扫各处,浇花除草,小心饲养鹦鹉。今晚北京被围,情况很坏,皇上突然到承乾宫来,实出大家意外。在太监和宫女们纷纷奔出,跪在甬路旁接驾时候,挂在廊下的白鹦鹉虽然隔着黑绒笼罩,也已经感觉是皇帝驾到,在笼中兴奋地叫道:

"接驾!接驾!……万岁驾到!"

崇祯走进承乾宫的正殿,停了片刻,看了看由一位翰林院待诏、擅长肖像的江南名画师去年春天凭着宫女们的口头描述,为田妃画的一幅"幽篁琵琶图"遗容,仿佛田妃又活现在他的眼前。随后,他走进作为田妃寝宫的东暖阁,用泪眼看了一遍,一切陈设依旧,整洁犹如田妃在日。临南窗的长案上放着田妃的遗物:文房四宝和一本宋拓《洛神赋》。金鱼缸和江南盆景仍在几上。墙壁上挂着一张用锦囊装着的古琴和四幅田妃所画的花卉草虫条幅。崇祯又走进里边一间,桌椅和床上陈设,仍保持往年原样。崇祯在椅子上坐下去,眼光呆滞地望到床上,心头浮现出许多夫妻间恩爱往事,随后又仿佛看见正在生病的田妃,病体虚弱,靠在床上。她知道自己不久于人世,双目含泪,分明心中有许多话,欲言又止。崇祯揩去自己的眼泪,再向床上看去,却只是一张空床。他对着空床点点头,伤心地小声说道:

"你死得早,死得好。你幸而早死一年多,朕不用为你操心了。你在陵寝中等着吧,朕快要同你相见了!……"

崇祯的话没有说完,已经泣不成声,跟在他身边的有承乾宫的原在田妃身边的贴身宫女王瑞芬和四个宫女,乾清宫的魏清慧和另外两个宫女,还有从坤宁宫追来侍候的吴婉容和两个宫女,其余的宫女们和太监们有的停留在田妃寝宫的外间,有的恭候在窗外廊下。此时大家听见了皇上的话,都不由地哽咽流泪。

每年春季,北京多风,现在又起风了。虽然风不很大,却使承乾宫院中树影摇晃,正殿檐下的铃声叮咚,更增加了宫女们的悲哀。

魏清慧首先在皇帝的面前跪下,吴婉容等众宫女也纷纷跪下。魏清慧在皇帝脚下悲声说道:

"请皇爷宽心!请皇爷宽心!"

又过了一阵,崇祯揩去脸上泪痕,对着田妃的空床在心中说:"爱妃啊,古人说,睹物思人,朕再来承乾宫的时候怕没有了!"说毕便挥泪起身,脚步跟跄地往奉先殿去。

奉先殿的太监们看见皇上来到,一齐跪到地上迎驾。奉先殿因是皇帝在紫禁城中的家庙,所以院落较大,古树较多。今夜有十几只乌鸦原在西城寄宿,受到大炮声的惊吓,从西城惊慌飞来,落在奉先殿的古柏枝上,因为有西北风,都将头朝着西北方向,缩着脖子,刚刚入睡。忽然有一大群宫女和太监打着十几盏灯笼,随侍着皇帝走进院中,那惊魂才定的宿鸦,乍然被脚步声和灯光惊醒,侧首下望,哑哑地惊叫几声,不敢再叫,等待动静。有的惊慌地飞离树梢,在低空中盘旋一阵,但见夜色昏暗,北风凄紧,无处可以去,又陆续落回原处。

崇祯进入奉先殿,先在太祖皇帝的神主前行了三跪九叩头礼,又在成祖皇帝的神主前行三跪九叩头礼,随即伏地痛哭,一边哭一边断断续续地诉说:

"二位皇祖,你们身经百战,平定僭窃,驱逐胡元,而有大明天下。到了不肖孙子,无德无能,承继正德①以来的历代弊政,虽也尽力振作,志在中兴,可怜国运日非。孙子苦苦挣扎十七年,有心中兴,无力回天,眼看就要城破国亡,家族屠灭,

---

① 正德——明武宗的年号(1506—1521年)。以后的皇帝年号是嘉靖、隆庆、万历、泰昌;天启、崇祯。

陵寝与宗庙任贼焚毁，不肖孙子纵然死志已决，甘愿身殉社稷，但恨无面目见二祖列宗于地下！在孙子手中失了祖宗江山，不孝之罪，上通于天！……"

崇祯说不下去，以头触地，号啕痛哭之声，震动大殿，惨痛更加动人，不仅进到殿内的乾清宫掌事太监吴祥、两宫"管家婆"魏清慧、吴婉容和其他四个宫女随皇帝伏地痛哭，那跪在殿外的众多太监和宫女也都泣不成声。

那些常在皇上身边侍候的太监和宫女虽然有多次看见皇上因为国事艰难，或默默流泪，或呜咽痛哭，但是像今夜这样当着许多宫女和太监号啕痛哭，倾诉衷肠的情形还是第一次。他们既出自忠君思想，也深感即将亡国之痛，又想着自己的眼前大祸，所以都只顾随着皇上伏地悲哭，竟无人劝解皇上。

忽然，从院中的高树枝上发出了一声奇特的鸟叫，好像是古怪的笑声。魏清慧有一夜曾经在御花园听见过这种鸟叫声，一位照料钦安殿①的老太监告她说这是猫头鹰的叫声。如今魏清慧听到这声音，不觉毛骨悚然。她担心"逆贼"随时都可能攻城，如皇上在此时哭坏了身体将无法应付变故。她膝行而前，到了崇祯背后，哽咽劝道：

"皇爷，时候不早了，请圣驾回宫去吧！"

崇祯没有听见她的话，又抬头望着成祖的神主哭着诉说：

"自万历末年以来，内政不修，辽事日棘，至天启末年，朝政更坏，内地天灾不断，民不聊生，盗贼蜂起。辽东方面，虏势日盛，朝廷用兵屡挫，土地日削，不肖孙子登极以后，欲对关外用兵就不能专力剿贼，欲剿贼就无力平定辽东。内外交困，国运日坏，一直没有转机，以至有今日之祸！用武将则将骄兵惰，

---

① 钦安殿——在坤宁宫的背后，旁边是御花园。

不能实心剿贼，徒会扰害百姓，驱民为乱。用文臣则几乎无官不贪，在朝中各树门户，互相攻讦，却没有一个人能够为朝廷实心做事，敢在国家困难时担当重任。孙子并非亡国之君，偏有今日亡国之祸，都因为文臣误国，武将误国！……"

崇祯又一次放声大哭，感动得殿内殿外的太监和宫女们都放声大哭。自从永乐年间由南京迁都北京，在紫禁城外修建了太庙，在紫禁城内后宫中修建了奉先殿之后，二百多年从来没像今夜有皇帝和一大群宫女、太监在奉先殿正殿内外一片放声痛哭的事。由于哭声很大，又一次惊醒了树枝上的乌鸦，纷纷惊叫，飞往别处。

皇上在奉先殿伏地大哭的事，一开始就由吴婉容差遣两个宫女结伴，打着一盏纱灯，奔回坤宁宫，启奏皇后。周后知道皇帝这次去奉先殿痛哭并不是再去乞求祖宗保佑，而是前去"辞庙"，所以得到宫女禀奏后，立刻同袁妃在坤宁宫大哭起来。坤宁宫中众多的宫女和太监，还有一些女子，原是宫女身份，却已经有了女官职称，大家都随皇后和皇贵妃大哭起来。

深夜，月色昏暗，北风凄紧，树影摇动，檐际铁马叮咚……这一切更增加了坤宁宫中的悲凉和绝望气氛。

崇祯在奉先殿又伏地痛哭一阵，经魏清慧和吴婉容的苦劝，才向太祖和成祖的神主分别叩了头，从拜垫上站起身来。但是他今夜来奉先殿的目的是因为他清醒地明白国家亡在旦夕，他自己将要遵照"国君死社稷"的《春秋》古训，以死殉国，如今是前来"辞庙"，所以他又到每个前代皇帝即所谓列宗的神主前叩三个头，只是在熹宗皇帝的神主前拜了一拜，没叩头。从正殿出来，他又到偏殿去，在有的神主前拜一拜，有的神主前只是走过，连拜也没拜。走到他母亲的神主前，他在拜垫上跪下去，叩了三个头，热泪纵横，但是他竭力忍耐住，没有放声痛哭。在偏殿的一个角落，他看见放着三个黑漆大立柜，用大铜锁锁着。他知道有两个柜子里存放着备用的祭器,第三个大立柜子中存放着永乐皇帝的盔甲、宝剑和其他遗物,从来不许打开。他幼年时候,曾听奉先殿的一个老太监说,这个大立柜有神灵守护,随便打开,会有灾祸降临。当他走到这个大立柜的前边时,忽然想到一个关于建文帝"逊国"①的神秘故事,不觉心中一动,他不敢多想,便从殿中走出来了。

在返回乾清宫的路上,他禁不住又想起那个巨大的黑立柜和建文帝的神秘故事。相传当永乐皇帝率领人马进入南京金川门时,建文皇帝虽然在宫中纵火,烧毁宫殿,他自己却没有死在火中。太祖爷晏驾前知道他将有亡国之祸,给他留下一只小箱,遗命好好保藏,到万不得已时才可以打开。建文皇帝在南京乾清宫起火之后,正要投身烈火,忽然想起太祖爷留下的小箱,一向藏在奉先殿,他赶快命太监将小箱取来,锁孔被铁汁灌死,无法将小箱打开。他同几个准备从死烈火中的忠臣用斧头将小箱劈开,看见里边有剃刀一把,袈裟数袭,还有一张黄纸,上面写着从亡诸臣姓名。建文帝随即由从臣帮他剃了头发,从臣们也互相剃去头发,大家换了袈裟,从水西门逃出南京,从此就在云贵、广西、湘西各处过云游不定的生活,逃避了永乐皇爷的侦捕,得到善终。崇祯暗想,永乐爷是十分英明的皇帝,手下有不少奇异之臣,是不是预知子孙有亡国之祸,也给他留下一只小箱,就放在那第三个黑立柜中?……

他想返回奉先殿,命太监将那第三个黑立柜打开,看有没有永乐皇爷留下的一只小箱。但是他对吴三桂的救兵仍怀着一线希

---

① 逊国——意思是让国。朱元璋的太子早死,他的孙子朱允炆继承皇位,年号建文。燕王朱棣举兵叛乱,打进南京,篡夺了皇位。在明朝为避免永乐篡位的恶名,称建文帝的亡国为逊国。

望,加上实在困乏,就不再去奉先殿了。

回到乾清宫院,他已经十分疲惫,便遣散众人,由魏清慧等宫女侍候,绕过乾清宫正殿,回到养德斋休息。留在乾清宫中的宫女将温水端来,服侍他洗了脸,又端来了一小碗人参银耳汤,一杯香茶。他一边喝人参银耳汤,一边想着那个神秘的黑立柜,心中害怕,向自己问道:

"难道逆贼进来之时,朕将在乾清宫举火自焚么?"

魏清慧服侍他漱口以后,躬身请他到御榻上休息。他问道:

"今晚是哪个都人在养德斋值夜?"

"奴婢值夜。"

"啊?连日来你日夜劳累,今晚为什么不叫别的都人值夜?"

"国家不幸,处此时候,别人值夜,奴婢不能放心。"

"唉,你这样辛苦,朕也不忍。好吧,你去净净手来。"

魏清慧不知皇上是何用意,赶快出去净净手,重新进来,恭候吩咐。崇祯叫她随便写一个字,由他拆字,以卜吉凶。魏清慧是一个极其聪明的人,她要写一个吉利的字,而目前最吉利的事莫过于救兵有望,北京有救,于是跪在凳上,从御案上取了一支笔,写出一个"有"字。崇祯将这个字顺看横看,忽然摇摇头长叹一声。魏清慧大吃一惊,赶快跪到地上问道:

"皇爷为何叹气?"

崇祯说:"你站起来,朕来给你看。"

魏清慧从地上站起来,看着皇帝提起朱笔将"有"字拆开写,成了"月"二字,忽然说道:

"你看,'大'不成'大','明'不成'明',大明已经完了。"

魏清慧听了皇上这样对"有"字作拆字解释,吓得面如土色,赶快跪下叩头,颤声说道:

"奴婢死罪！奴婢死罪！奴婢不该写这个字！"

崇祯虽然神色悲愁，却没有流泪，也没有再叹一口气，他将象牙管狼毫朱笔放在玛瑙山子笔架上，用平静的声音说道：

"这是天意，不干你写字的事。朕非亡国之君，但天意若此，无可奈何。夜已经很深啦，朕要休息了。"

这时从玄武门楼上传来云板三响，魏清慧刚才仿佛曾听到三声鼓声，因为大家正在奉先殿痛哭，没有特别注意。现在听见这云板三响，才恍然明白，已经是三更三点了。她服侍皇上脱去衣服，在御榻上就寝之后，自己退到外间，和衣睡下。正在这时，打更的木梆声从乾清宫月华门外的西一长街自南向北而去，同时传来打更老太监的苍哑声音：

"天下～～太平！……天下～～太平！……"

崇祯睡到枕上以后，冷静地想着倘若明日城破，他应该如何殉国，最好是在"逆贼"进宫之前举火自焚，以免落入"逆贼"之手。他又想，最好的办法是，他应该传旨，命皇后率妃嫔们都在坤宁宫举火自焚，他在乾清宫举火自焚，都不将尸体留给贼人，以免死后受辱。但他又想到许多宫女本来可以不死，让她们在两宫的烈火中号呼而死，他又感到不忍。忽然又想起来建文皇帝的故事，想起奉先殿偏殿中那一排黑漆立柜……

魏清慧本来很疲倦，但因为刚才皇上测字使她受了新的震动，久久地不能入睡。她十一岁被选进宫来，起初分在坤宁宫中服侍皇后，并在内书堂读书识字。后因皇帝身边需要一个聪明细心的都人，将她拨到乾清宫，十七岁就升为"管家婆"，成为皇帝身边一个得力的宫人。她生得不算十分美貌，但也眉目俊秀，唇红齿白，举止娴雅，体态轻盈。原来她希望倘若在宫中有出头之日，就可以奏明皇上，派人到静海县乡下将她的父母接来北京居住。虽然宫禁森严，不能够经常同父母见面，但只要父母能不受饥寒之苦，她这一生孝敬父母的心愿就满足了。如今不但她孝亲之心不能如愿，连她自身也要为皇家尽节了。魏清慧害怕惊动皇上，竭力忍耐着不哭出声来，但是那不住奔流的热泪很快就将她的绣花枕头湿了一大片。

她不知暗暗哭了多久才倦极入睡。快到五更时候，她忽然被痛哭的声音惊醒。睁开眼睛一听，明白这哭声不是来自别处，正是来自皇上！她赶快披好衣服，趿着绣鞋，跑进里间，站在御榻旁连推皇上，连声呼唤：

"皇爷醒醒！皇爷醒醒！皇爷醒醒！"

崇祯仍在痛哭，但已半睁眼睛，对魏清慧哭着说道：

"你看看画像！看看画像！"

魏宫人恐怖地说："皇爷，什么画像？……没有画像！……你醒醒！醒醒！"

崇祯的眼睛全睁开了，轻轻叹道："原来是……朕又做了一个凶梦！"

"皇爷不要怕……皇爷做了什么凶梦？"

崇祯梦见他亲自率领王承恩等几个亲信太监，到奉先殿的偏殿中将几个黑漆立柜打开，果然找到了一个箱子，锁得很牢，上有封条，盖着"永乐皇帝之玺"。另外贴着一张纸条，上写"不遇大变，不可轻启"。他立刻命太监们将铜锁砸开，从小箱中取出一个纸卷，展开一看，是画着一位穿着龙袍的帝王，没戴帽子，披头散发，悬梁自尽，样子十分可怕。他一看画像，忍不住大哭起来。如今被叫醒了，犹自感到害怕。魏清慧又问他做了什么凶梦，他不肯说明，只是沉重地长叹一声。恰在这时，从玄武门上传来五更的鼓声。他听了鼓声，想了片刻，对魏宫人吩咐：

"叫别的都人也来，服侍朕赶快起床，按时到乾清宫前边拜天！"

第 十 四 章

崇祯在宫女们的服侍下梳洗以后，换上了常朝服，在宫女和太监的簇拥中来到乾清宫的东暖阁，稍坐片刻，喝了宫女献上的半杯香茶，然后到丹墀上拜天。

每日黎明时皇帝拜天，照例不奏乐，只是丹墀上的仙鹤等古铜香炉全都点燃沉香，喷出来袅袅香烟。乾清宫的太监和宫女们一部分跪在丹墀两边，一部分跪在丹墀下边。整个宫院中没人敢随便走动，没人敢小声言语，没人敢发出一点声音，一片肃穆。

当崇祯在香烟氤氲的丹墀上向上天三跪九叩的时候，表面上同往日一样虔敬，但是心情却大不相同。自从他十七岁登极以来，不论春夏秋冬，他每日黎明都要拜天。如逢大风或下雨雪，不能在丹墀上拜，他就在乾清宫的正殿中拜。他认为天意合乎民心，敬天才能爱民，他立志要做一个中兴大明的英明圣君，所以十七年来，他每日辛辛苦苦地治理国事，纵然晚上为着省阅文书，批答奏章，直到深夜就寝，但是照例黎明起床，第一件大事就是拜天。往日拜天，他或是默祷"剿贼"胜利，或是默祷"东房"无警，总之都为着一个心愿祈祷：国泰民安。从今年一月间李自成的大军过河入晋以来，他在黎明拜天时的祝祷内容已经有了几次变化：他先是默祷上天保佑，使太原能够固守，阻止"流贼"东来；当太原失守之后，他默祷宁武和大同能够固守，宣府能够固守，居庸关能够固守……到了李自成的大军不但进入居庸关，而且毫无阻拦地越过昌平和沙河以后，他的心绪全乱了，默祷的唯一内容是吴三桂的数万勤王铁骑赶快来到，杀退"逆贼"，使北京转危为安。今早，他一面虔敬地三跪九叩，一面祷告上苍使吴三桂能够在今日来到。拜天之后，他没有马上起身，在黄缎绣龙拜垫上继续低着头停了片刻，忽然想着这大概是他最后一次拜天了，心中一阵酸痛，暗暗流下热泪。

有几位站得较近的老太监，想着皇上在这样快要亡国的日子还不忘黎明拜天，又想着皇上十七年辛勤治国，竟有今日，不禁悄悄流泪；那位乾清宫的掌事太监吴祥几乎禁不住哽咽出声。

魏清慧是乾清宫的众多宫女中最贴近崇祯身边的人，埋藏在皇上心中的忧愁和痛苦，她不仅比一般的宫女和太监清楚，甚至皇后有时想知道皇上的饮食起居和皇上对国事有什么新的想法，也命吴婉容来悄悄地向她询问。昨天下午，因为袁皇贵妃在坤宁宫中同皇后相对流泪，皇后又命吴婉容来乾清宫向魏清慧询问情况，吴婉容跪下奏道：

"命魏清慧亲自来坤宁宫向二位娘娘当面禀奏好么？"

皇后摇头说道："不用魏清慧亲自前来，如今到了这样时候，皇帝身边需要有一个知冷知暖的人儿！"

吴婉容来到乾清宫背后的宫人住处，悄悄地将皇后和皇贵妃在坤宁宫相对流泪的事告诉了魏清慧，并说明皇后娘娘命她来问问皇上的情况。魏清慧将她所知道的事情都告诉了吴婉容，但是当她将吴婉容送到交泰殿旁边要分手时，悄悄叮咛说：

"吴姐，有些话我只是让你知道，可不要都向皇后娘娘奏明。倘若都叫皇后知道，她不知会怎样忧愁呢！"

吴婉容含泪点头："我明白。真不料会有今日！娘娘身为国母,读书明理,十分圣德,可是皇帝为严禁后妃干政,不管什么朝政大事从来不告诉皇后知道,也不许皇后打听,反不如民间贫寒夫妻,遇事一同商量!"

吴婉容从交泰殿旁边向坤宁宫走了几步,忽然回来,重新拉住魏清慧的手,悄悄问道:

"清慧妹,你日夜在皇爷身边服侍,据你看,还能够撑持几天?"

魏宫人凑近吴婉容的耳根说:"如今众心已散,无人守城,吴三桂的救兵又不能及时赶到,恐怕这一两天就要……"

魏清慧忽然喉咙堵塞,不禁哽咽,没有将话说完。吴婉容浑身微微打颤,将魏清慧的手握得更紧,哽咽说:

"到了那时,娘娘必然自尽殉国,我们也要按照几天前的约定,为主子自尽,决不活着受辱!"

魏清慧态度坚定地说:"我们虽不是须眉男儿,不能杀贼报国,血染沙场,可是身为清白女子,断无蒙羞受辱、贪生苟活之理。到了那个时候,你来找我,咱们一同尽节。"

"还有费珍娥,虽然年纪小,倒很有志气。她告诉我说,她决意到时候为帝后尽节,决不贪生怕死。"

魏清慧又说:"我知道各宫院中,有志气的人很多,我要招呼姐妹们都跟我来,跑出西华门不远,护城河就是我们的葬身之地!"

吴婉容一向十分信任和尊敬这位乾清宫的"管家婆",到这快要亡国的时候,更将她们的死生大事连结到一起了。她向女伴的网着血丝的一双凤眼和显得苍白憔悴的脸上注视片刻,忽然松开了魏清慧的手,揩去自己眼中和颊上的泪痕,转身向坤宁宫走去。

这是昨天下午的事,到了现在,即三月十八日的黎明,吴三桂的救兵没有消息,亡国的大祸更近了。经过昨夜几乎是一夜的折腾,魏清慧更加憔悴了。她跪在地上,等待着皇上拜过天以后赶快进暖阁休息,她好命宫女们献上银耳燕窝汤。但是过了一阵,皇上仍不起身,似乎在继续向上天默祷。她知道昨夜皇上哭过多次,甚至放声痛哭,还做了可怕的凶梦,一夜不曾安寝,再这样跪下去,御体是没法支撑的。她也明白,在这样时候,众多的太监们和宫女们肃静跪地,没人敢做声,只有她可以劝皇上起身,于是她膝行向前,到了皇上背后,柔声说道:

"皇上,已经拜过了天,请到暖阁中休息吧!"

崇祯好像没有听见,仍在心中默祷上天鉴怜他十七年敬天法祖,宵衣旰食,唯恐陨越,保佑他渡过目前难关。他还呼吁上天保佑吴三桂的人马一路无阻,今日能赶来北京城外……

魏清慧又一次柔声说道:"皇爷连日寝食失常,今日还要应付不测大事,请赶快回暖阁休息吧!"

崇祯一惊,想着魏宫人的话很有道理,便从拜垫上起来,走进暖阁休息。吃过了银耳燕窝汤和两样点心,随即有两个宫女进来,一个用银托盘捧来一杯温茶,跪在他的面前,另外跪着一个宫女,用银托盘捧着一个官窑粉彩仕女漱盂。崇祯用温茶漱了口,吐进漱盂,然后向龙椅上一靠,深深地叹了口气。

他向御案上望了一眼,御案的右端堆放着许多军情文书,都是在围城以前送来的。前天,他正在批阅文书,忽然得到禀报,知道李自成的人马已经到了德胜门和西直门外,他大惊失色,投下朱笔,突然站起,在暖阁中不住彷徨,小声叫道:"苍天!苍天!"现在他重新向未曾批阅的一堆文书上投了一眼,轻轻摇头,又一次想着十七年的宵衣旰食都不能挽救国运,竟然亡国,不禁一阵心酸,滚出热泪,随即在心中问道:

"今日如何应付?如何应付啊?……"

一个太监进来,跪下说:"请皇爷用早膳!"

崇祯正在想着今日李自成可能大举攻城,可能城破……所以

不但没有听见御前牌子请用早膳的话,甚至没注意这个太监跪在他的面前。等太监第二次请他去用早膳,他才心中明白,摇头说:

"免了!"

太监一惊,怕自己没有听清,正想再一次请皇上去正殿用膳,但见皇上心情极其烦躁地挥手说:

"早膳免了,下去!"

御前牌子不敢言语,叩头退出。等候在乾清宫正殿门外的本宫掌事太监吴祥,知道皇上不肯用早膳,不觉在心中叹了口气,正在没有办法,恰好魏清慧从乾清宫后边来了。

魏清慧出于女子的爱美本性,已经匆匆地回到自己的住室中,洗去泪痕,对着铜镜,重新薄施脂粉以掩饰脸上的憔悴神色,又在鬓边插一朵苏州进贡的深红色玫瑰绢花,然后带着两个宫女,脚步轻盈地来到乾清宫侍候早膳。到了正殿门外,掌事太监拦住她,将皇上不用早膳的事悄悄地对她说了,并且说道:

"你看,今日京城最为吃紧,皇上不用早膳,如何处置大事?别人不敢多劝,劝也无用。姑娘,你的话皇上听,请劝劝皇上用膳吧!"

魏清慧猛然一惊,对着吴公公目瞪口呆,说不出一句话来。但是她没有失去理智,不禁在心中叹道:

"天呀,不料皇爷对大事已经灰心到如此地步!"

她噙着泪对吴祥点点头,表示她心中明白,随即将随来侍膳的两个宫女留在殿外,她自己跨过朱漆高门槛,转身向东暖阁走去。

从前天以来,魏宫人由于明白了亡国之祸已经来到眼前,心中产生了一个不可告人的幻想。她幻想,倘若"逆贼"破城,皇帝能够脱下龙袍,换上民间便服,由王承恩等几位忠心不二的太监们用心服侍,逃出紫禁城和皇城,藏匿在事先安排好的僻静去处的小户民家，过几天再逃出京城，辗转南逃，必会有办法逃到江南。如今当她轻脚轻手地向最里边一间的暖阁走去时候，这一个幻想又浮上她的心头。这一幻想，在昨天又有了发展。她想，既然吴三桂的关宁兵已经进入关内，只要皇上能够逃到吴三桂军中或逃到天津，圣驾就可以平安逃往南京。由于怀着这一幻想，她一定要劝说皇上进膳，使皇上能保持着较好的身体，以防不测之变。当她跪到皇帝面前，劝请皇上用早膳时，崇祯望望她，没有说话。他想着今天李自成可能猛力攻城，可能破城，他自己和大明三百年江山，还有他的一家人和众多皇亲、大臣，都要同归于尽。自从拜天以后，他一直反复地想着这一即将来到眼前的惨祸，心中焦急烦乱，不思饮食。现在他看一看魏宫人，看见她的眼窝下陷，神情愁苦，眼睛发红，使他感动，在心中叹道："这几天，你也够苦了！"魏宫人又一次恳求皇上用膳，禁不住在声音中带着哽咽。崇祯的心中更觉难过，轻声说：

"你起去吧，朕的心中很闷，不想用膳了。"

魏清慧灵机一动，随即说道："皇帝应该为天下臣民勉强进膳。奴婢刚才沐手焚香，祷告神灵，用金钱卜了一卦，询问吴三桂的救兵今日是否能够来到。两个金钱落在桌上，一反一正，正是青龙吉卦。奴婢私自忖度，吴三桂知道北京被围，必定率领骑兵在前，步兵在后，日夜赶路，一定会在今日来到北京城外。请皇爷宽心用膳，莫要愁坏了圣体。"

崇祯问道："你的金钱卜卦可灵么？"

"启奏皇爷，俗话说'诚则灵'。自从三年前蒙皇爷恩赏这两枚金钱，奴婢用黄绫包好，放入锦盒，敬谨珍藏，只在有疑难事不能决断时才沐手焚香，将金钱请出，虔诚祝祷，然后虚虚地握在手中，摇动三下，抛在一干二净的梳妆桌上。每次卜卦都灵，全因为这金钱原是宫中前朝旧物，蒙皇爷钦赐奴婢玩耍，奴婢不敢以玩物看待，敬谨珍藏，在每次卜卦时，又十分虔诚，所以卜卦总是很灵。"

崇祯望着魏宫人没有说话，但在心中想道："倘若吴三桂的救兵能够今日赶到，北京城就可以转危为安。"他因心头上稍微宽松，忽然闪过了一个念头：这魏清慧如此忠贞，深明事理，时时为国事操心，在宫中并不多见，倘若北京转危为安，朕将封她"贵人"，再过一年晋封"选侍"。崇祯的这一刹那间的心思，魏宫人全没料到，她只是觉得皇上的愁容略微轻了一些，必须继续劝皇上去用早膳，于是她接着柔声说道：

"皇爷，今日关宁精兵来到，更需要皇爷努力加餐。奴婢虽然幼年进宫，对外边事丝毫不懂，可是以奴婢想，关宁兵到时，必然在东直门和朝阳门外有一次恶战。到那时，皇爷乘辇登上城头。关宁数万将士遥见城头上一柄黄伞，皇上坐在黄伞前边观战，必会欢声雷动，勇气倍增。皇爷，不用膳，伤了圣体，如何能够登城？"

听了魏清慧的这几句话，崇祯的脸上微露笑意，点头说：

"好吧，用膳好啦！"

虽然已经尽量"减膳"，但是御膳房依然捧来了十几样小菜和点心。崇祯只吃了一小碗龙眼莲子粥和一个小小的夹肉糜的芝麻饼，忽然想到吴三桂的救兵可能又是一次空想，今日李自成必将猛力攻城，便不再吃下去，立刻神色惨暗，投箸而起，对吴祥说道：

"辰时一刻，御门①早朝，不得有误！"

魏清慧和御前太监们都吃了一惊，望望吴祥。吴祥本来应该

---

① 御门——崇祯平日上朝（"常朝"）和召见臣工的地方，多在建极殿右边的右后门，俗称"平台"。

提醒皇上今日不是常朝的日子，但看见皇上的方寸已乱，便不敢说话，只得赶快准备。

过了不久，午门上的钟声响了。又过了一阵，崇祯乘辇上朝。吴祥和乾清宫中的一部分太监随驾去了。

魏清慧知道朝廷规矩，不在上朝的日子，只有出特别大事，才由午门鸣钟，召集文武百官进宫。她害怕全宫惊疑，在皇上乘辇走后，赶快差遣宫女分头去坤宁宫、翊坤宫、慈庆宫等处，向各位娘娘奏明如今午门敲钟并没有紧急大事。随后她回到自己的闺房，关起房门，坐下休息。别的宫女因知她连日来操劳过度，都不敢惊动她，只有两个粗使的宫女推开她的房门，为她捧来了早点。但是她什么也不想吃，默默地挥挥手，使两个宫女把早点端走。

她想着此时皇上该到平台了。仓促敲钟，决不会有群臣上朝，皇上岂不震怒？岂不伤心？她又忽然想到她今早为着使皇上用膳，灵机一动，编了个金钱卜卦的谎言宽慰圣心。虽然她跪在皇上脚前编造的事已经过去了，但是她在良心上责备自己的欺君，暗暗地叹了口气。过了片刻，她又想通了，倘若她不编出这个金钱卜卦的谎言宽解圣心，皇上一点早膳不吃，难道就是她对皇上的忠心么？她随即又想，在皇宫中，故意骗取主子高兴的大小事儿随时可见。田娘娘活着时最受宠爱，正是因为她聪明过人，懂得皇上的心事，随时哄得皇上高兴。宫人们都说袁娘娘比较老实，可是袁娘娘哄骗皇上高兴的时候还少么？……

这么一想，她不再为自己编瞎话感到内疚了，忽然决定，何妨趁着此刻没事，诚心地用金钱卜一卦，向神灵问一问吴三桂的救兵是否能来，北京城的吉凶如何。于是她关好房门，在银盆中倒进温水，重新净了手，在北墙上悬挂的观世音像轴前点了三炷香，然后从一个雕花红漆樟木箱子中取出一个黄绫包儿，恭敬地打开，露出锦盒，她忽然迟疑了，不敢取出金钱卜卦。想了片刻，终于下了决心，将锦盒放在观世音像前的方桌上，小心地将两枚金钱"请出"，放在锦盒前边，不让碰出一点声音。她跪到拜垫上，虔诚地叩了三个头，默然片刻，然后平身，拣起金钱，握在手中，摇了三下，却又迟疑了，不敢将金钱从手中倒出。她重新向观世音的神像默祷，仿佛看见了这出自前朝宫中名画师焚香恭绘的白描神像的衣纹在微微飘动。她不禁热泪盈眶，又哽咽地祷告一句：

"请菩萨赐一吉卦！"

两枚金钱倒在桌面上，有一枚先俯在桌上，分明是钱镘①朝上，另一枚还在摇动。她小声祈求："钱镘朝下！朝下！"然而这一枚又是镘朝上！她几乎想哭，但是胆子一壮，立刻将两枚金钱拣起，握在手中，重新祷告，重新摇了三下，撒到桌上，竟然又是"黑卦"！魏清慧大为绝望，不敢卜第三次了。她抬头望着观世音，虽然观世音依旧用一只纤纤的素手持宝瓶，一只纤纤的素手持杨柳枝，依旧神态娴静地侧首下望，然而魏宫人忽然看见她不再像往日一样带着若有若无的慈祥微笑，而是带着满面愁容。魏清慧忽然想到城破之后，皇上的殉国和她的殉节，不由地一阵惊恐，在心中悲声叫道：

"救苦救难的南海观世音啊！"

崇祯以前的几代皇帝，很少临朝听政，甚至很少同群臣见面。崇祯登极以后，竭力矫正自明朝中叶以来导致"皇纲"不振的积弊，每日宵衣旰食，黎明即起，焚香拜天，然后上朝。像他

---

① 钱镘——即金属钱币的背面，一般是没有字的一面。两枚钱币都是背面朝上，俗称"黑卦"，表示不吉或大凶。

这样每日上朝的情形，历朝少有，只是从李自成的大军过了宣府以后，他为军事紧急，许多问题需要他随时处理，也需要随时召见少数臣工密商，才将每日早朝的办法停止，改为逢三六九日御门听政。今日不是三六九日，忽然决定上朝，前一日并未传谕，群臣如何能够赶来？

当崇祯乘辇离开乾清宫不远，到了建极殿时候，忽然想到自己错了。他后悔自己的"方寸已乱"，在心中叹道："难道这也是亡国之象？"但是午门上的钟声已经响过一阵，要取消上朝已经晚了。他转念一想，在目前这样时候，纵然在平台只看见几个臣工也是好的，也许会有人想出应急办法，今天倘若吴三桂的救兵不到，"逆贼"破城，这就是他最后一次御门听政了……

一阵伤心，使他几乎痛哭。但是平台的丹墀上静鞭已响，他也在右后门的里边落辇了。

平日常朝，虽然不设卤簿，也不奏乐，但是在丹墀上有鸿胪寺官员和负责纠正朝仪的御史，还有一大批锦衣力士在丹墀旁肃立侍候。至于十三道御史和六科给事中，都是天子近臣，称为"言官"，都必须提前来到。今天，崇祯突然决定临朝，午门上的钟声虽然敲响一阵，但分散住在东西城和北城的官员们多数没有听见，少数听见钟声的也不能赶到。锦衣卫衙门虽然较近，但锦衣卫使吴孟明借口守东直门，正在曹化淳的公馆里密商他们自己的今后"大事"，锦衣力士等都奉命分班在皇城各处巡逻。十七年来，崇祯每次常朝，从来没有像这般朝仪失常，冷冷清清，只有少数太监侍候，而跪在平台上接驾的只有二位大臣：一是都察院左都御史李邦华，二是兵部侍郎协理戎政大臣（又称戎政侍郎）王家彦。李邦华今年七十一岁，白须如银，飘在胸前，王家彦今年五十七岁。崇祯看见离御案几尺外只跪着两个老臣，除这两位老臣外，便只有十几个从乾清宫随驾来侍候的内臣，显得宫院中空空荡荡，不觉落下眼泪。在往日，举行大朝会的热闹和隆重场面不用提了，就以平时常朝来说，一般也有一两百人，按部就班，在面前跪一大片。他不考虑今天是临时鸣钟上朝，所以没有多的朝臣前来，他只想着同往日的常朝情况相比，在心中伤心地叹息说：

"唉！亡国之象！"

他没法忍受这种不成体统的现象，突然吩咐"退朝"，使左右的太监们和跪在面前的两位大臣吃了一惊。大家的思想上还没有转过弯儿，崇祯已经站起来向后走去。但是刚刚上辇，他就后悔不该突然退朝回宫，心思竟然如此慌乱！他想着王家彦是戎政（兵部）侍郎，职掌守城之责，如今赶来上朝，必有紧要事情陈奏。他应该在平台上当面问明城上守御情况，可是他因为不忍看见上朝时"亡国之象"，什么话也不问就退朝了！他又想到须鬓如银的李邦华是四朝老臣，平生有学问、有操守，刚正不阿，为举朝臣僚所推重；接着想到本月初四日，李邦华同工部尚书兼东宫大学士范景文都建议护送太子去南京。这是个很好的建议，只因当时有言官反对，他一时拿不定主意，此计未被采纳，可恨！可恨！另外的朝臣建议他自己迁往南京，也未采纳，因循至今，后悔无及！这两件争议，如今像闪电般地出现在他的心头。难道李邦华今日又有什么新的建议不成？……

"传谕李邦华、王家彦到乾清门等候召对！"崇祯向吴祥吩咐一句，声音中带着哽咽。

崇祯回到乾清宫东暖阁坐下，等待着李邦华和王家彦来到。他在心里恨恨地说："往日，大小臣工，这个请求召对，那个请求召对，为何自从北京被围以来，国家将亡，反而没有人请求召对？往日，不但从各地每日送来许多文书，而且京城大小臣工，每日也有许多奏本，可是三天来竟无一封奏本，无人为救此危亡之局献一策,建一议!可恨!可恨!"刚想到这里,魏清慧轻轻地掀帘进来,用永乐年间果园厂制造的雕漆龙凤托盘捧来了一杯香茶。她跪到崇祯面前,说道:

"请皇爷用茶!"

崇祯正在等待李邦华和王家彦来到,同时又奇怪提督京营的心腹太监王承恩何以不见影儿,心绪纷乱如麻,突然向魏清慧问道:

"城上有什么消息?"

魏清慧答道:"宫外事奴婢一概不知,请皇爷趁热用茶。"

崇祯猛然清醒,才注意是魏宫人跪在面前。他命魏宫人将茶杯放在御座旁边的茶几上,又命她退去。这时他忽然看见御案上放着一个四方漆盒,上有四个恭楷金字"东宫仿书"。他向魏宫人问道:

"太子的仿书又送来了?"

魏宫人回答说:"是的,皇爷,刚才钟粹宫的一个宫人将太子近几天的仿书送来了。奴婢告她说皇上怕没有工夫为太子判仿①,叫她带回去,等局势平定以后,再将仿书送来不迟。她说这是皇爷定的规矩,将仿书盒子交给奴婢就走了。"

"唉,此是何时,尚讲此不急之务!"

崇祯的话刚刚落音,吴祥进来,躬身禀奏:"李邦华和王家彦已经来到乾清门,候旨召见。"

崇祯说道:

"叫他们赶快进来!"

吴祥恭敬退出。魏清慧赶快跟着退出了。随即在正殿的丹墀

---

① 判仿——童蒙学生写完仿书(俗称写仿),由师长用红笔画圈,或改正笔画,叫做判仿。

上有一个尖尖的声音传呼：

"左都御史李邦华与协理戎政侍郎王家彦速进东暖阁召对！"

过了片刻，一个太监掀开帘子，李邦华在前，王家彦在后，进入里间暖阁，在崇祯的面前叩头。崇祯问道：

"王家彦，城上守御如何？逆贼有何动静？"

王家彦奏道："陛下，城上兵力单薄，众心已散。前日在沙河和土城关外防守的三大营兵遇敌即溃，一部分降了敌人，如今在西直门和阜成门外攻城的多是三大营的降兵，真正贼兵反而在后边休息。三大营降兵同守城的军民不断说话，称说逆贼兵力如何强大，包围北京的有二十万精兵，随时可以破城，劝城上人识时务，早一点开门投降，免遭屠戮。城上人听了他们的说话，众心更加瓦解。"

"为何不严令禁止城上城下说话？"

王家彦痛心地说："陛下！自从逆贼来到城下，城上人心瓦解，还说什么令行禁止！微臣身为兵部侍郎兼协理戎政大臣，分守安定门，从十六日到昨日上午，竟不能登城巡视，几次登城，都被守城内臣挡回；张缙彦是兵部尚书，为朝廷枢密重臣，值大敌围城之日，竟然亦不能登城视察。自古以来，无此怪事！……"

王家彦说不下去，伏地泣不成声。李邦华也默默流泪，悔恨自己一生空有刚正敢言之名，却对南迁之议不敢有坚决主张，遂有今日之祸。崇祯见两位大臣哭，也不禁流泪，恨恨地说：

"内臣本是皇家的家奴，不料竟然对守城事如此儿戏！"

王家彦接着说："臣几次不能登城，只好回至戎政府抱头痛哭。戎政府的官员们认为这是亡国之象，看见臣哭，大家也哭。前日下午，臣去兵部衙门找张缙彦商议，张缙彦也正在束手无计。我们商量之后，当时由张缙彦将此情况具疏，紧急陈奏。幸蒙陛下立即下一手敕：'张缙彦登城视察，内臣不得阻挠'。从十六日下午申时以后，本兵始获登城，微臣亦随同缙彦登城。局势如此，臣为社稷忧！蒙陛下恩眷，命臣协理戎政。臣奉命于危难之际，纵然决心以一死报陛下，但恨死不蔽辜！"说毕又哭。

崇祯看了李邦华一眼，想着还有重要话要同他密谈，挥泪向家彦问道：

"卿自入仕以来，已是三朝老臣，如今是第二次为北京守城事鞠躬尽瘁，君臣患难与共……"

王家彦听到皇上的这一句话，禁不住痛哭失声。崇祯也哭了。李邦华流着泪插言说："国家到此地步，文武百官都不能辞其咎。老臣当言不言，深负陛下，死有余辜！"

崇祯对李邦华的这两句话的真正含义不很清楚，顾不得去想，又接着对王家彦说道：

"朕清楚记得，十五年冬天，你由太仆寺卿①刚升任户部侍郎，忽然边事告急，特授你为兵部右侍郎，协理京营戎政。你拜命之日，即从正阳门开始，沿城头骑马巡视了内城九门；第二天又从西便门开始，巡视了外城七门，你察看内外城一万九千多个垛口，整顿了一切守御器具，使京师的防务壁垒一新。你曾经在雪夜中不带一人，步上城头，自己提一灯笼，巡视一些要紧地方。城上官兵和百姓丁壮，谁也不知道你是兵部侍郎。第二天，你该奖励的奖励，该处罚的处罚，将士们无不惊服。家彦，朕虽深居九重，日理万机，可是你如何治事勤谨，朕全知道！"

王家彦呜咽说："皇上如此明察，千古少有。今日大局之坏，全在文武群臣！"

崇祯又接着说："不久，东虏进犯京畿，京师戒严。卿受命

---

① 太仆寺卿——掌管全国军用马政。首脑官称太仆寺卿，从三品。

分守阜成门,又移守安定门。自前年闰十一月至去年五月,前后七个月,卿躬冒寒暑,鼓励将士各用所长。狂虏退出长城之后,朕赐宴午门外,晋封你为太子太保,世袭锦衣指挥。卿一再谦退,上表力辞。朕不得已答应卿的请求,只加卿一级,袭正千户三世。今年开春以后,廷推①卿为户部尚书,朕向内阁批示说:'王家彦勤劳王事,且清慎不爱钱,理财最好,宜任户部尚书。但目前逆贼已渡河入晋,军情吃紧。王家彦在戎政上已有经验,临敌不便更易,应继续留在京营!'家彦,卿是朕的股肱之臣。事到如今,难道你就没有一点办法么?"

王家彦哽咽说:"皇上,人心已散,臣力已竭,臣唯有以一死报陛下知遇之恩!"

崇祯又一次陷于绝望,呜咽出声。王家彦也呜咽不止。李邦华虽然不哭,却是不断流泪,在心中又暗暗悔恨自己没有对南迁事作有力主张。君臣们相对哭了一阵,崇祯对王家彦说道:

"卿速去城上巡视,尽力防守,以待吴三桂的救兵赶来!"

王家彦叩头,站起身来,挥泪退出暖阁。

王家彦退出以后,崇祯望着李邦华说道:

"先生平身。赐坐!"

一个站在窗外侍候的太监,立即进来,在崇祯的斜对面摆好一把椅子。李邦华躬身谢恩,然后侧身落座,等待皇上问话。崇祯对待李邦华这样有学问、有操守的老臣一向尊重,照例称先生而不呼名。但是他明白,如今京师被围,戎马倥偬,不是从容论道时候,李邦华年事已高,纵有四朝老臣威望,对挽救大局也无济于事。崇祯心中难过,叹一口气,随便问道:

---

① 廷推——由朝臣会议,共同推举。

"先生,今日朕因心中已乱,临时上朝,文武百官事前都不知道。先生已是古稀之年,如何赶来上朝?不知有何重要陈奏?"

李邦华在椅子上欠身说道:"启奏陛下,自十六日贼越过昌平以后,老臣知大事已不可为,即移住文丞相祠①,不再回家,决意到逆贼破城之日,臣即自缢于文丞相之侧。两天来……"

崇祯的心头猛一震动,挥手使邦华不要说下去。他忽然想起昨夜的一个凶梦,想到自己也要自缢,不禁掩面呜咽。李邦华见皇上哭,自己也哭,同时悔恨自己身为大臣对来到眼前的"天崩地坼"之祸负有罪责。崇祯不知道李邦华的悔恨心情,呜咽片刻之后,揩泪问道:

"先生刚才说到'两天来',两天来怎么了?"

"老臣两天来每至五更,命仆人牵马,到东华门外,再从紫禁城外来到阙左门②外下马,进阙左门来到午门之外,望一阵,然后回去。臣以为再无见君之日了,在死前多望望午门也是为臣的一片愚忠。不料今日来到午门前边,听见钟声,恰逢陛下御门上朝,使老臣有幸再睹天颜。"

崇祯又感动又深有感慨地说:"倘若大臣每③都似先生居官清正,忠心耿耿,国事何能坏到今日地步!"

李邦华突然离开椅子,跪下叩头,颤声说道:"陛下!国家到此地步,老臣死不蔽辜!"

崇祯猛然一惊,愣了片刻,问道:

"先生何出此言?"

---

① 文丞相祠——在府学胡同。
② 阙左门——午门外向东的一门。明清时代,阙左、阙右两门外大约一丈远都立有下马碑,文武百官于此下马。
③ 每——同"们"。自宋元以来,口语都用"每"字。"们"是后来才有的新字。

"臣有误君误国之罪。"

"先生何事误国？"

"此事陛下不知，但臣心中明白，如今后悔已无及矣！"

崇祯听出来李邦华的话中含有很深的痛悔意思，但是他一时尚不明白，一边胡乱猜想，一边叫邦华坐下说话。等邦华重新叩头起身，坐下以后，崇祯问道：

"先生所指何事？"

李邦华欠身说："正月初，贼方渡河入晋，太原尚未失陷，然全晋空虚，京师守御亦弱，识者已知京师将不能坚守。李明睿建议陛下乘敌兵尚远，迅速驾幸南京，然后凭借江南财赋与兵源，整军经武，对逆贼大张挞伐，先定楚、豫，次第扫荡陕、晋，此是谋国上策……"

"当时有些言官如光时亨辈竭力反对，乱了朕意。此计未行，朕如今也很后悔。可恨言官与一般文官无知，惟尚空谈，十七年来许多事都坏在这帮乌鸦身上，殊为可恨！"

"虽然当时有些文臣知经而不知权，阻挠陛下南巡①大计，误君误国，但臣是四朝老臣，身为都宪②，当时也顾虑重重，未能披肝沥胆，执奏南巡，也同样有误君误国之罪。"

"卿当时建议择重臣护送太子抚军南京，也不失为一个救国良策。"

"臣本意也是要建议皇上往南京去，因见李明睿的建议遭多人反对，所以臣就改为请送太子抚军南京了。"

"啊？！"

"确实如此，故臣也有负国之罪。"

---

① 南巡——讳言逃往南京，用大舜南巡的典故。

② 都宪——都察院左都御史的简称。

崇祯如梦初醒,但他对李邦华没有抱怨,摇头说道:"此是气数、气数。"停了片刻,崇祯又说:"据先生看来,当时如若朕去南京,路途如何?"

"当时李贼大军刚刚渡河入晋,欲拦截圣驾南巡,根本无此可能。欲从后追赶,尚隔两千余里。况且到处有军民守城,关河阻隔,使贼骑不能长驱而进。"

"可是当时河南已失,已有贼进入山东境内,运河水路中断。"

"贼进山东省只是零星小股,倚恃虚声恫吓,并以'剿兵安民'与'开仓放赈'之词煽惑百姓,遂使无知小民,闻风响应,驱逐官吏,开门迎降。这都是癣疥之患,并非流贼之强兵劲旅已入山东。翠华①经过之处,乱民震于天威,谁人还敢犯驾?不久以前,倪元璐疏请送太子抚军南京,陛下不肯,将元璐的密疏留中。元璐见局势紧迫,又密疏建议用六十金招募一个壮士,共招募五百个敢死之士,可以溃围而出,召来勤王之师。元璐的这一密疏陛下可还记得?"

"此疏也留中了。当时逆贼尚在居庸关外,说什么募五百敢死之士溃围而出?"

"陛下!元璐因朝廷上商议应变急务如同道旁筑舍,必将因循误国,所以他建议招五百敢死之士,以备护卫皇上到不得已时离开北京。这是倪元璐的一番苦心,事先同臣密谈过,但在密疏中不敢明言,恐触犯皇上的忌讳。今日事已至此,臣不能不代为言之。元璐请以重金招募五百死士,非为溃围计,为陛下南幸时护驾计!"

"道路纷扰,纵然募到五百死士,能济何事?"

"倘若陛下南幸,当然要计出万全。凡请陛下南幸诸臣,

---

① 翠华——皇帝仪仗的一种旌旗,上边装饰着翠鸟羽毛,这种旌旗在古人诗文中称为翠华,往往代指旅途中的皇帝。

决无鲁莽从事之心。此五百死士，交一忠贞知兵文臣统带，不离圣驾前后。京师距天津只有二百余里，沿路平稳。陛下留二三重臣率京营兵固守北京待援，圣驾轻装简从，于夜间突然离京，直趋天津，只须二三日即可赶到。天津巡抚冯元飏预想陛下将有南幸之举，已准备派兵迎驾。倘若命冯元飏派兵迎至中途，亦甚容易。陛下一到天津，召吴三桂以二千精骑速到天津护驾，宁远军民可以缓缓撤入关内。"

"宫眷如何？"

"正二月间，逆贼距北京尚远，直到三月上旬，逆贼亦未临近。当时如陛下决计南幸，六宫娘娘和懿安皇后，均可平安离京。皇上只要到了天津，就如同龙归大海，腾云致雨，惟在圣心。陛下一离北京，即不再坐困愁城，可以制贼而不制于贼。如将吴三桂封为侯爵，他必感恩图报，亲率关宁铁骑护驾。陛下一面密诏史可法率大军北上迎驾，一面敕左良玉进剿襄郑之贼，使贼有后顾之忧。"

"倘若盘踞中原之贼，倾巢入鲁，占据济宁与临清各地，为之奈何？"

"倘不得已，可以走海道南幸。"

"海道！"

"是的，陛下。当逆贼到达宣大后，天津巡抚冯元飏连有密疏，力陈寇至门庭，宜早布置，防患未然。后见情势已急，遣其子冯恺章飞章入奏，内言：'京城兵力单虚，战守无一可恃。臣谨备海船二百艘，率劲卒千人，身抵通州，候圣驾旦夕南幸。'本月初七日，恺章从天津飞骑来京，遍谒阁僚。因朝中有人攻讦南迁，陛下亦讳言南幸，阁僚及大臣中竟无人敢有所主张，通政司也不肯将冯元飏的密疏转呈，冯恺章一直等候到十五日下午，因其父的密疏不能奏闻陛下，而贼兵即将来到，只好洒泪奔回天津。倘能采纳津抚之议,何有今日!冯恺章来京八天,就住在其伯父冯元飙家中,故臣亦尽知其事。值国家危亡之日,臣竟然在两件事上不能尽忠执奏,因循误国,辜负君恩,死有遗恨!"李邦华老泪纵横,银色长须在胸前索索颤抖。

崇祯临到此亡国之前,对这位老臣的忠心十分感动,不禁又一次涌出热泪,哽咽说:"冯元飙的密奏,朕毫不知道。但这事责在内阁与通政司,与卿无干。"

"不,陛下!臣为总宪,可以为津抚代奏;况巡抚例兼佥都御史衔,为都察院属僚,臣有责为他代奏。只因臣见陛下讳言南迁,始而只请送东宫抚军南京,不敢直言请陛下南幸,继而明知冯元飙密疏为救国良策,不敢代他上奏。臣两误陛下,决计为君殉节,缢死于文丞相之旁,但恨死不蔽辜耳!"

崇祯叹息说:"不意君臣壅隔,一至于此!"

"此系我朝累世积弊,如今说也晚了!"

崇祯此刻心情只求活命,不愿就这个问题谈下去。因为李邦华提到由海道南逃的话,忽然使他产生一线幻想,低声问道:

"先生,冯元飙建议朕从海道南幸,你以为此计如何?"

"此计定能成功。"

"怎么说定能成功?"

"在元朝时候,江南漕运,自扬州沿运河北上,至淮安府顺淮河往东,二百多里即到海边,然后漕运由海路北上,从直沽入海河、到天津,接通惠河①,到达通州之张家湾。自淮安府至张家湾,海程共三千三百九十里。我朝洪武至永乐初年,运河未通,漕运均由海运,所以先后有海运立功者受封为镇海侯,

---

① 通惠河——元代郭守敬主持开挖的一段运河,由通州注入白河,至天津汇入海河。

航海侯，舳舻侯。永乐十年以后，开通了会通河①，南北运河贯通，漕运才改以运河为主，然海运并未全废。崇祯十二年，崇明人沈廷扬为内阁中书，复陈海运之便，且辑《海运书》五卷进呈……"

崇祯似乎记起来有这么一件事，微微点头，听李邦华再说下去。

李邦华接着说道："当时陛下命廷扬造海船试试。廷扬造了两艘海船，载米数百石，于十三年六月朔日由淮安出发，望日抵天津，途中停留五日等候顺风，共用了十天，在海上扬帆，飞驶三千余里。陛下闻之甚喜，加廷扬户部郎中。陛下本来可以率六宫前往南京，津抚冯元飏已备好二百艘海船，足敷御驾南巡之用。淮安为江北重镇，驻有重兵。圣上只要到达淮安，何患逆贼猖獗！"

崇祯顿脚说："如今后悔已迟，可恨！可恨！"

忽然，王承恩不管皇上正在同大臣谈话，神色仓皇地掀帘进来，跪到皇上面前，奏道：

"皇爷！奴婢有紧急军情奏闻！"

崇祯的脸色突然煞白，一阵心跳，问道："何事？何事？……快说！"

李邦华赶快起身，伏地叩头，说道："老臣叩辞出宫，在文丞相祠等候消息，为君尽节。"

崇祯目送李邦华出了暖阁，跟着从御座上突然站起，浑身打颤，又向王承恩惊慌问道：

"快说！是不是城上有变？"

---

① 会通河——从山东临清至东平之间的数百里运河，为明朝永乐年间所开。

第 十 五 章

昨夜整整通宵，王承恩没有睡眠，在城上各处巡视。他已经十分明白，守城的三大营残兵、太监和少数百姓们都没有心思守城，准备随时献出城门投降。虽然他在内臣中地位较高，是司礼监的秉笔太监，又受皇帝钦命，负着提督京营守城的重任，但是他在城上说话已经没人听了。

昨夜二更，当皇上在坤宁宫中，快要往奉先殿的时候，王承恩巡视到阜成门，听说李自成的老营驻扎在武清侯李皇亲别墅，距阜成门只有数里。他站在城头上向西南林木茂密的地方观看一阵，但见李自成的老营一带，灯火很稠，并且不断有成群的战马嘶鸣。他认为如果用城头上的两尊红衣大炮对着灯火最稠的地方打去，再加上其他大炮同时燃放，定可以将钓鱼台一带打得墙倒屋塌，人马死伤成片。倘若能将李自成和刘宗敏等人打死或打成重伤，京师就有救了。他站在一处城垛口观望一阵，命令来到他面前的几个守城的内臣头儿立刻将两尊红衣大炮对钓鱼台一带瞄准，准备燃放，另外三尊射程较近的大炮也对准二三里外的人声和灯火瞄准，准备与红衣大炮同时施放。但是他面前的几个太监小头儿都不听话了。大家都说大炮不一定能够打准，反而会惹恼敌人，城上和城内会受到猛烈还击，白白使城中许多无辜百姓在炮火中丧生。王承恩又气又急，夺过来火香要自己点炮。但几个守城太监小头目都跪到他的面前，有的人拉住他的袍袖，苦劝他要为城上和城内的无辜性命着想，千万不要点炮。王承恩虽然受钦命提督守城军事，可以命他的随从们将违抗命令的几个内臣立刻逮捕，严加惩处，但是他看出来城上的人心已经变了，万一处事不慎，就会激出变故，不仅他的性命难保，而且守城的内臣和百姓会马上开门迎贼，所以他不敢发怒，只能向众人苦口劝说，恳求众人让他亲自点放一炮。正在纷争不休，一个太监匆匆来到他的身边，向他恭敬地说道：

"请王老爷转步到城门楼中，宗主爷①有话相谈。"

王承恩问道："宗主爷现在此地？"

"是的，他在同东主爷②饮酒谈话，已经谈了很久，也快要往别处巡视去了。"

王承恩又问："内臣中何人也在这儿？"

"没有别人。"

王承恩不觉心中发疑：曹化淳分守朝阳门，为何来此地与王德化密谈？

由于王德化和曹化淳比王承恩在太监中的班辈高，地位尊，尤其他出自曹化淳门下，所以王承恩不得不停止了城头上的纷争，赶快去城门楼中。当他跨进门槛的时候，两位受皇上倚信的大太监都向他微笑拱手，要他坐下。王承恩因敌情紧急，心急如焚，不肯落座。他一眼看见桌上的酒菜已残，两位深沐皇恩的老太监脸上都带有二分酒意，并无愁容，更增加他的疑心。不等

---

① 宗主爷——明朝太监们对司礼监掌印太监的尊称。司礼监有秉笔太监数人，习惯上比为"内相"，而掌印太监比为宫内"首相"。

② 东主爷——太监们习惯上对东厂提督太监的尊称。

他开口，王德化先呼着他的表字说道：

"之心，你辛苦啦。"

王承恩谦恭地说："不敢，宗主爷和东主爷都是望五之年，连日为守城操心，才是辛苦哩。"

曹化淳说道："只要能保住北京城有惊无险，我们大家比这更辛苦十倍，也是分所应该。"

王德化紧接着说："之心，我刚才同东主爷正是为守城事商量办法。刚刚商量完，听说你在城上吩咐向钓鱼台燃放红衣大炮，守城的内臣们不肯听话，你很生气。我害怕激出变故，所以差一个答应①去请你来。之心，你虽然不是我的门下出身②，可是我同曹爷情如兄弟，一向把你当自己门下子弟看待。我已经快满五十，精力大不如前。几年之后，这司礼监掌印一职就落在你的身上……"

王承恩心中焦急，而且有点愤怒，赶快说道："宗主爷，您老资深望重，阅历丰富，圣上倚信方殷，何出此言？承恩虽不肖，亦从无此念，况今夕何时，京师且将不保，遑论此与大局无干之事！"

王德化笑一笑，说："我说的全是肺腑之言，日后你自然明白。好，日后我将保你晋升掌印之事，此刻不必谈。"

他喝了一口温茶，接着说道："刚才你在城头上为向钓鱼台打炮事，同几个内臣头目争执，请你不必为此事动怒。你是奉钦命提督守城重任，在城头上有内臣和军民拒不听命，当然可以从严处置，或打或斩都可。可是之心啊，无奈此时城上人心涣散，十分可怕，纵然是圣上亲自来城上下旨，也未必能雷厉风行，何况你我！"

王承恩伤心地问："宗主爷，话虽如此，可是我明知逆贼

---

① 答应——太监中的一种名目。
② 门下出身——小太监进宫后，都要拜一年长太监为师。司礼监太监多出自较有学问、有地位的老太监名下。

的老营盘踞在钓鱼台内，倘若用红衣大炮瞄准打去，定能使众渠魁不死即伤，大杀逆贼狂焰。承恩在此时机，不敢对逆贼巢穴开炮，上无以对皇上，下无以对京师百万士民！"

王德化点头说："你的意见很是。对钓鱼台打炮事由我吩咐，不过片时，城头上即会众炮齐鸣，使钓鱼台一带墙倒屋塌，血肉乱飞。"王德化向立在身后的答应说："去，唤一个守城的内臣头儿进来！"他又对王承恩说："之心，刚才我听说安定、东直、朝阳各门的情况都很紧急，你赶快去安定门瞧一瞧，这里的事情你不用操心啦。"

曹化淳起身说："皇上命我分守朝阳门，我现在就飞马前去。宗主爷，失陪了。"随即向王德化和王承恩拱拱手，提着马鞭子下城了。

王承恩不好再说别的话，也向王德化作揖告辞。他是从德胜门一路沿城头巡视来的，他的几名随从太监和家奴有的跟随他上城，有的牵着马从城内靠近城墙的街道和胡同追随。他从阜成门旁边的砖阶上下来以后，曹化淳已经带领着众人走远了。他猜不透王德化和曹化淳密谈何事，但觉得十分可疑：如今大势已去，难道他们也怀有别的打算？他越想越感到愤慨的是，王德化和曹化淳多年中依靠皇上的恩宠，得到了高官厚禄，在京城中有几家大商号，在畿辅有多处庄田。他最清楚的是逢年过节和王德化生日，他都去拜节庆寿，看见王的公馆在厚载门附近的鼓楼两边，房屋成片，十分壮观。而且院中不仅有亭台楼阁，还有很大的花园、假山池沼、翠竹苍松。奴仆成群，一呼百应。王德化年轻时在宫中同一位姓贾的宫女相好，宫中习惯称为"菜户"，又称"对食"。有一年皇后千秋节，把一批年长的宫女放出宫来。贾宫人出宫后既未回父母家中，也不嫁人，住到王德化公馆中主持家务，俨然是王公馆中的女主人身份，也很受王德化的侄子们和奴仆们的尊敬，呼为太太。……王承恩在马上暗想，像王德化这样的人沐浴皇恩，位极内臣，如今也心思不稳，可见大明朝的大势已经去了。他的心中非常难过，几乎要为皇上痛哭。

当王承恩带着随从骑马奔到西长安街的时候，突然从阜成门和西直门之间的城头上传过连续三响炮声，分明是向城外打去。王承恩和他的从人们立刻在街心驻马，回首倾听。不过片刻，连续几响炮声，声震大地，并听见炮弹在空中隆隆飞近，打塌了附近房屋。王承恩一起人大为惊骇，本能地慌忙下马，闪到街边的屋檐之下。这一阵炮声停后，他们惊魂未定，赶快上马，向东驰去。过了西单牌楼以后，王承恩在马上恍然大悟，明白原来先从城头上放的三炮，只装火药，没有炮弹，所以响声无力，也无炮弹向空中飞去的隆隆巨声，同随后从城外打来的大炮声大不一样。他对大势更加绝望，在心中愤恨地说：

"果然，城上的人心已变，王德化和曹化淳也不可靠。皇爷孤立在上，这情况他如何知晓！"

王承恩策马穿过西单牌楼，本来可以不进皇城，直接奔往安定门，但是他临时改变主意：他必须立刻进宫去将危险的局势奏明皇帝。他已经十分清楚：人心已变，京城的局势不会再支持多久了，城上的守御等于儿戏，不但"贼兵"可以毫无抵抗地靠云梯上城，而且更可能的是守城的内臣和军民们开门迎降。倘若皇上不能够立刻筹措数十万银子，重赏守城人员，重新征召忠义之士上城，恐怕北京失守只是旦夕间的事了。

他率领从人们策马到了长安右门①，翻身下马。因为承天门

---

① 长安右门——又称西长安门，同它相对的是长安左门（东长安门），都是三阙，称东西三座门，这两座门均在民国年间拆除，在明代紫禁城的南门是承天门，而大明门（今中华门）是皇城南门，所以东西长安门之内也是禁地。

前边正对皇宫，遵照明朝礼制，任何人不许骑马和乘轿子横过御道，所以王承恩命从人们绕道大明门，也就是今天的中华门前走过去，在长安左门外边等候。他自己只带着一个十几岁的小答应，打着灯笼，匆匆地从侧门走进承天门，穿过端门，来到午门前边。午门早已关闭，午门的城头上有两三只红纱灯笼在风中飘动。他以司礼监秉笔太监的身份，叫开了午门，急速往乾清宫走去。刚过皇极殿东侧的中左门，迎面遇着两位在三大殿一带值夜的熟识太监，告诉他皇上在坤宁宫同皇后和袁娘娘一起哭过后，又到承乾宫对田娘娘的遗像哭了一阵，又到奉先殿去了。这两位值夜的太监还悄悄告诉他，皇上在奉先殿已经痛哭很久，如今还在痛哭；随在皇上身边的众多太监和宫女也都跟着皇上伏地痛哭，没有人能劝慰皇上。一个年长的太监说毕，摇头叹息，又流着泪说了一句：

"王老爷，像这样事是从来没有过的。看来皇上也知道大事不妙，只是无法可想！"

王承恩不去见皇上了，赶快哭着出宫。因为不知道安定门的情况如何，他在东长安门外上马，挥了一鞭，向东单牌楼驰去，打算从东单牌楼往北转，直奔安定门。在马上经寒冷的北风一吹，他开始明白，皇上今夜去奉先殿痛哭和往日的痛哭不同：今夜是皇上已知国亡在即，决计身殉社稷，哭辞祖庙。大约在二十天前，当朝廷上出现了请皇上南迁之议以后，他希望皇上能够拿定主意，排除阻挠，毅然驾幸南京。他虽然是深受皇上宠信的司礼监秉笔太监，在宫中有"内相"地位，但是他一向在皇帝前小心谨慎，不忘记自己是皇帝家奴，对南迁事他不敢妄言一句，不触犯皇上忌讳。事到今日，他不能不愤恨一部分反对南迁的大小文臣。他在心中咬牙切齿地骂道：

"皇帝的江山都坏在你们手里！"

王承恩来到安定门城上时,知道自从黄昏以后,守城的人和城外敌人不断互相呼喊,互相说话。而城下的敌人夸称他们的永昌皇帝如何仁义和如何兵力强盛、天下无敌,大明的江山已经完了。王承恩以钦命提督守城诸事的身份严禁守城的内臣和兵民与城外敌人说话,又来回巡视了从安定门到东北城角的城防情况,天已经大亮了。

两天来王承恩日夜不得休息,昨夜又通宵不曾合眼,也忙得没吃东西。他本来想去德胜门和东直门等处巡视,但是头昏,疲惫,腹中饥饿,感到不能支持。于是他下了城墙,带着从人们骑马奔回家中。

王承恩的公馆在灯市大街附近的椿树胡同,公馆中有他的母亲、侄儿、侄媳,和一群男女奴仆。吃过早饭以后,他向家人们和从人们嘱咐了几句话,倒头便睡。后来他被家人叫醒,听了心腹从人对他悄悄地禀报以后,他骇得脸色苍白。匆匆梳洗之后,向母亲磕了三个头,哽咽说道:

"儿此刻要进宫去,今生不能再在娘的面前尽孝了。但等局势稍定,您老人家带着一家人仍回天津居住,不必再留在北京城中。"

他母亲不知道出了何事,但是猜想到城破就在眼前,浑身颤栗,流着泪说:

"我的儿,你快进宫去吧。自古尽忠不能尽孝。家务事我有安排,你快走吧!"

王承恩立刻到大门外带着从人上马,进了东安门,直向东华门外的护城河桥头奔去。

今日早晨,李自成命手下将士面对彰义门搭了一座巨大的黄色毡帐,端坐在毡帐前边,命秦、晋二王坐在左右地上,然后晓谕守城的军民赶快打开城门投降。像这样大事,竟没有人向崇祯禀报。当听了王承恩的禀奏以后,崇祯浑身一震,登时脸色煞白,两手打颤,心头怦怦乱跳,乍然间竟说不出一句话来。为着使自己稍微镇定,他从御案上端起一杯温茶,喝了一口。由于手打颤,放下茶杯时杯底在御案上碰了一下,将温茶溅了出来。他愤怒地问道:

"闯贼的毡帐离彰义门有多远?"

"听说只有一里多远,不到两里。"

"城头上为何不放大炮?为何不放大炮?"

"奴婢并不在彰义门,详情不知。奴婢听到这一意外消息,赶快进宫向皇帝禀奏。"

"你速去彰义门,传朕严旨,所有大炮一齐对逆贼打去!快去!"

"听说城上不放炮,是怕伤了秦、晋二王。"

"胡说!既然秦晋二王不能死社稷,降了逆贼,死也应该!你快去,亲自指挥,必使彰义门城头上众炮齐发,将逆贼及其首要文武贼伙打成肉酱!"

王承恩颤声说道:"皇爷,已经晚了!"

崇祯厉声问道:"怎么已经晚了?!"

王承恩说:"闯贼在彰义门外并没有停留多久。在奴婢得到消息时,闯贼早已回钓鱼台了。"

崇祯恨恨地叹一口气,顿脚说道:"想不到守城的内臣和军民竟如此不肯为国家效力,白白地放过闯贼!"

王承恩说道:"皇爷,城头上人心已变,大势十分不妙,如今皇爷生气也是无用。俗话说,'重赏之下,必有勇夫。'要想鼓舞守城人心,恐怕非立刻用银子厚赏不可。"

"唉,国库如洗,从哪儿筹措银子!"

北京!北京!

崇祯没有主意，默默流泪。王承恩也知道确实国库如洗，跪地上不敢仰视，陪主子默默流泪。过了一阵，崇祯忽然生出了一线希望，说：

"承恩，你速去传旨，传公、侯、伯都到朝阳门楼上会商救急之策，有力出力，有钱出钱。倘若他们能率领家丁守城，再献出几万两银子作奖励士气之用，既是保国，也是保家。一旦国不能保，他们的富贵也就完了。你去，火速传旨，不可有误！"

王承恩心中明白，要公、侯、伯们为国家出钱出力，等于妄想，但又不能不遵旨去办，也许会有一线希望。于是磕了个头，站起来说道："奴婢遵旨！"赶快退出去了。

崇祯发呆地坐在御案旁边，很明白大势已去，守城的内臣和军民随时可能打开城门，迎接"贼兵"进城，而没有人能挽救他的亡国。他知道城上的红衣大炮可以打到十里以外，一种炮弹可以将城墙打开缺口，另一种是开花弹，炸开来可以使一亩地范围内的人畜不死即伤。至于一般大炮，也可以打三四里远。他伤心地暗暗叹道："我大明三百年深仁厚泽，这些守城军民和内臣都受我大明养育之恩，为什么不对钓鱼台地方打炮？为什么不对坐在彰义门外的闯贼打炮？……"他忽然重复说道：

"咄咄怪事！咄咄怪事！"

他想到转眼间就要身殉社稷，全家惨死，祖宗江山亡在他的手中，不觉出了一身冷汗，连呼三声"苍天！"猛然在御案上捶了一拳，震得茶杯子跳了起来，溅湿了御案。随即他站了起来，在暖阁中狂乱走动，又连连说：

"我不应该是亡国之君！不应该是亡国之君！"

魏清慧和两个太监站在窗外，屏息地听皇上在暖阁中的动静，觉得皇上快要发疯了，但是大家平日震慑于崇祯的威严，只是互相望望，没人敢进暖阁中去劝解皇上。虽然魏清慧也惊慌失

色,但是她不忍心皇上这样独自痛苦悲叹,于是她不顾一切地快步走进暖阁,到了皇上面前,用打颤的柔声说道:

"请皇爷宽心,请皇爷宽心。奴婢已经用金钱卜了卦,北京城有惊无险。请皇上宽心,珍重御体要紧!"

崇祯没有看她,也没有听见她的话,继续绕室乱走,极度悲愤地哽咽说道:

"苍天啊!我十七年敬天法祖,勤政爱民,宵衣旰食,孜孜求治,不应该落到这个下场!苍天!苍天!你怎么不回答我啊!……我不是荒淫之主,不是昏聩之君,也不是年老多病之人……我正是年富力强的时候,只要我任用得人,严于罪己,惩前毖后,改弦更张,我可以使国家得到治理,使百姓能够安享太平。天呀,你为何不听我的祷告?不听我的控诉?不俯察我的困难?不给我一点慈悲?"他用右拳捶打着朱漆描金盘龙柱,放声痛哭,随即又以头碰到柱上,碰得咚咚响。

魏清慧吓坏了,以为皇上要疯了,又以为他要触柱而死,扑通跪到他的脚边,牵住龙袍一角,哭着恳求:

"皇爷呀皇爷!千万不要如此伤心!值此时候,千万不要损伤了龙体!皇上,皇上!"

经过以头碰柱,崇祯的狂乱心态稍微冷静,才注意到魏宫人跪在脚边,愤怒地问道:

"魏清慧,我应该有今日之祸么?"他回避了"亡国"二字。

"皇上圣明,皆群臣误国之罪!"

提到群臣误国,崇祯立刻火冒三丈。他不仅深恨自从万历以来,文臣们只讲门户,互相攻讦,不顾国家安危,不顾人民疾苦,加上无官不贪,无吏不劣,他尤其恨一些人既阻挠他南迁大计,又阻挠他调吴三桂来京勤王……越想他越怒不可遏,一脚将魏宫人踢倒在地,迅速地走到御案旁边,在龙椅上一坐,双眼射出凶光，忿恨地说：

"我要杀人！我要杀人！"

乾清宫执事太监吴祥进来，骇了一跳，但已经进来了，只好大着胆子向皇帝躬身说道：

"启奏皇爷，王德化有要事要面奏陛下。"

崇祯没注意吴祥的话，仍在继续刚才的思路，忿恨地说：

"朕要杀人，要杀人……可惜已经晚了！晚了！"

吴祥赶快跪下，说道："请皇爷息怒，王德化在司礼监服侍皇上多年，并无大罪。"

崇祯没有听清楚吴祥的话，定睛看着俯伏地上的吴祥，又看见魏清慧也从被踢倒的地方膝行来到面前，跪在吴祥身后。他问道：

"有什么事？城上的情况如何？"

吴祥说："回皇爷，城上的情况奴才不知。王德化有事要面奏皇爷。"

"王德化？……"崇祯感到奇怪，又问道："你说是王德化么？他是司礼监掌印太监，自来有事面奏，不需要别人传报，为什么不自己进来呀？真是怪事！"

吴祥回道："王德化登上丹墀以后，听说皇上正在生气，不敢贸然进来，所以叫奴婢来启禀皇爷。"

崇祯又问："他在守城，有什么好的消息禀奏？"

吴祥已经问过了王德化，但是他不敢说出实话，吞吞吐吐地说道：

"王德化要当面奏明皇上，他，他，他正在丹墀上恭候圣旨。"

"叫他进来！"

吴祥起身退出。魏清慧也赶快退出去了。

当王德化走进乾清宫的时候，两腿禁不住索索打颤。皇上的脾气他很清楚,他想着十成有八成杜勋会立时被杀,他也会以带进叛监之罪连累被杀。在宣武门一时糊涂,相信了杜勋的花言巧语,同意将杜勋带来面见皇上,如今后悔也迟了。

原来当李自成坐在彰义门外时候,王德化在阜成门上。这时曹化淳因听说阜成门和西直门面对李自成的钓鱼台老营,情况最紧,也来到阜成门察看并同他密商。他们本应指示守彰义门和西便门的太监和兵民对李自成的毡帐开炮,但因为眼见明朝的大势已去,正考虑如何投降,保住自己的性命和家产,所以他们只是来到靠近西便门不远的内城转角处观看,却不下命令向城外开炮。后来他们看见李自成同一群文武要员走后,有一个人从彰义门缒上城头,并且传说是宣府监军太监杜勋进城。他们大为吃惊,立刻下城,带领一群随从骑马奔往宣武门等候。

因为外城未失,内城的三座南门,即正阳、崇文、宣武,仍未完全关闭,可以单人进出。杜勋一到彰义门城上,立刻被守城的太监们围了起来,向他打听城外消息。他急于要进宫叩见皇帝,没有时间在城头多留,只说李王兵力强盛,所向无敌,如今李王亲率二十万精兵包围北京,北京断难坚守。他又说李王如何仁义,古今少有,所以义兵所到之处,军民开门迎降。他毫不隐讳地在城头上说出了煽惑人心的话,还对同他认识的、守彰义门的太监头儿小声说道:"你放心,不管谁坐天下,都不会不用内臣!"他向这个太监头儿借了一匹马,便奔往宣武门了。

杜勋在宣武门内看见了王德化和曹化淳,赶快跪下去叩头请安。王德化又喜又惊,弯身拉他起来,叫着他的字说:

"子猷,看见你平安无恙,我很高兴。你,真胆大!你为何缒进城来,自己寻死?"

不等杜勋回答,曹化淳也说道:"前些日子,传闻你在宣化尽节。皇上特降天恩,追封你为司礼监秉笔太监,饬宣府地方官为你建忠烈祠，春秋致祭，又荫封你的侄儿为世袭锦衣千户。皇上英明，你竟敢缒进城来！给皇上知道了，不惟你活不成，你的一家人活不成，连许多缒你进城的人也都要受到连累，陪着你白送性命。你做事真是荒唐！"

杜勋也感到害怕，脸色灰白，但是他既然在大顺皇帝面前说出大话，而且已经进了内城，便只好硬着头皮，冒死进宫见皇帝，至于见了皇帝后如何说话，他将见机而行，总要保住自己的性命，平安回到城外。他在缒城之前，想好了要指望王德化或曹化淳带他去面见皇帝；如今不同平日，他已是投了流贼的内臣，倘若没有他们帮助，他不但不能进入紫禁城和内宫，甚至走到承天门前也会被拿下。他在颤栗中向王德化和曹化淳深深一揖，请求说：

"两位老爷所言甚是。请屏退左右，愚晚有私话禀明。"

王德化将袍袖一挥，从人都退到十丈以外，谁也听不清这三个权贵内臣站在一起交头接耳地如何商议，只见王德化和曹化淳表情沉重，有两次坚决摇头。后来王德化在迟疑中勉强点头，叹口气说：

"子猷，你平日喜欢押宝。这一宝倘若押不准，可就输惨啦！"

"请宗主爷放心。昨晚宋矮子替我卜了一卦，他包我平安无事。"

王德化并不放心，说道："哼，听说宋矮子从前在北京也卖过卦，不料他一到李闯王那里就变成了诸葛孔明！"他转向曹化淳说："老曹，我带子猷进宫一趟，你到平则门等着。子猷从宫中出来，从平则门缒出城最为近便，不要走顺承门出到外城，再从彰义门缒城了。"

随即，王德化吩咐送杜勋的人将杜勋借的马送回彰义门，让杜勋换骑另一匹马，同他往北奔去，只带着侍候自己的一个青年答应骑马跟在后边。王德化的其他众多随从跟随曹化淳转往平则门了。

王德化等人到了西长安街的东口,西三座门的外边下马,留下青年答应照料马匹,然后从长安右门进入承天门、端门和午门。王德化一路走着,心中很不踏实,后悔不该带杜勋进来。杜勋也是胆战心惊,脸色苍白,很后悔他在李自成的面前夸下海口,说他可以进宫来劝说崇祯皇帝自己退位,以成就禅让的千古美名。想着他可能被立刻斩首,可能被乱棍打死,连两条腿都软了。

王德化叫杜勋在右后门(平台)等候,自己鼓着勇气往乾清宫去见崇祯皇帝。当他进入东暖阁跪在崇祯面前时,崇祯一眼就看出来他的惊恐神色。崇祯以为城上出了变故,十分吃惊,厉声说道:

"王德化,你有何不好的消息禀奏?"

王德化不敢抬头,俯伏地上,颤声回答:"回皇上,杜勋进宫来了……"

崇祯睁大了惊恐的眼睛,大声问:"你说什么?说什么?"

"奴婢向皇上禀奏,杜勋进宫来了。"

"有几个杜勋?"

"只有一个杜勋。"

"胡说!杜勋已经死了。你带进宫来的这个杜勋是鬼呀是人?是他的鬼魂进宫来了?"

"不是鬼魂。皇爷,是他的本人进宫来了。"

在片刻中,崇祯惊吓得目瞪口呆,望着跪伏在他面前的王德化,不由地想起来近日宫中几次出现鬼魂的事,再也说不出话来。

大约二十天前,李自成破了宣府以后,他接到塘报,说监军太监杜勋同总兵官王承胤、巡抚朱之冯都被流贼捉到,慷慨不屈,骂贼尽节。尤其是塘报中说,杜勋十分忠勇,手刃流贼多人,正要冲出重围,继续指挥杀敌,不幸受伤被俘,敌人劝其投降,杜勋骂不绝口,遂致见杀,死事最烈。他下旨阁臣,偕同礼部堂上官①速议如何厚赐旌表,以酬忠节。虽然当时在言官中曾有人上过奏本,说杜勋已经降"贼",所传尽节是虚,请将杜勋在京城中的弟弟和侄儿斩首,但崇祯绝不相信杜勋竟会辜负皇恩,降了"逆贼",认为原塘报称杜勋在宣府尽节的消息是实在的。于是不等内阁与礼部复奏,立刻下旨说:

"国家不幸,贼氛鸱张。值大局危乱之日,正忠臣效命之时。顷据确报,钦派宣府监军内臣杜勋骂贼身死,忠义可嘉。特降鸿恩,赐杜勋为司礼监秉笔太监,立祠宣府,有司春秋致祭;荫其弟为锦衣卫堂上官,其侄为世袭锦衣千户。钦此!"

虽然这一道圣旨下了以后,举朝为之失色,然而崇祯坚信杜勋是他亲手"豢养"的知兵内臣,忠诚可靠,为国尽节之事定无可疑。由于这时候李自成的大军迅速东来,朝廷上惶惶不可终日,关于皇帝是否应该南迁的问题和是否应该调吴三桂来京勤王的问题,正在争论不休,牵动着京师臣民的心,所以大家不再关心杜勋的问题了。如今崇祯猛听王德化说杜勋确实已经进宫,有紧要事向他面奏,他怔了片刻,禁不住心中惊叫:

"又一件咄咄怪事!"停了一阵,他望着王德化问道:"王德化,这是怎么一回事呀?"

王德化胆怯地回答说:"杜勋降贼是真,前传骂贼死节是虚。"

"你为何不早奏明?"

"奴婢原来也受蒙蔽,只以为杜勋已经为皇上尽节,不知他竟然降了逆贼。"

"他来见朕何事?"

---

① 堂上官——负实际责任的主管官,并非虚衔。

王德化不敢说出实话,应付道:"他不肯向奴婢说明,只说这话十分重要,为解救皇上目前危难,他才冒死进城。"

崇祯又问道:"他如何进得城来?"

"他在城壕边叫城,说他是宣府监军太监杜勋。起初城上以为是杜勋的鬼魂出现,后来在城头上认识他的内臣看清楚了,才相信他果然没死,就用绳子将他缒上来了。"

"是谁差他进城的?"

"听他说是李贼差他进城。"

崇祯气得脸色发青,说道:"该死的叛奴!去,命人将他抓起来,立刻斩首!"

王德化恳求说:"请皇上暂息雷霆之怒,见过他以后再斩不迟。至少可以从他的口中知道一点闯贼的情况。不问就斩,连逆贼的一点情况也不知道了。"

崇祯犹豫片刻,觉得王德化的话也有道理。但是他决不能容忍一个家奴叛变投敌,又引着敌人来围攻北京。他恨不得亲手将杜勋杀死,咬牙切齿地连声说道:"杀!杀!非杀不可!"想了片刻,决定问过杜勋以后再杀,决不让杜勋活着出城。王德化问道:

"皇爷,要不要叫杜勋进来?"

崇祯说:"胡说!这乾清宫是朕十七年间敬天法祖,经营天下的庄严神圣地方,怎么能叫这个该死的奴才进来?"

王德化又问:"杜勋正在平台候旨,可否就在平台召见?"

"不行!平台是朕平日'御门听政'的地方,杜勋是该死的奴才,不配在平台受朕召见!"

"那么……皇爷,在什么地方召见好呀?"

崇祯沉吟片刻,记起来十年以前他曾经在乾清门审问并处死过一个犯罪的太监,于是向窗外问道:

"吴祥在哪里?"

站在窗外的吴祥随即进来，跪到地上。崇祯吩咐吴祥准备在乾清门审问杜勋，又吩咐他速去准备一切，还要他差人去午门叫十名锦衣旗校来乾清门伺候。等吴祥出去以后，崇祯恨恨地对王德化说：

"朕要在乾清门审问杜勋，你，你，你亲自去带他进来！"

王德化听见皇上使用"审问"二字，不是说的"召见"，知道杜勋必死无疑，他自己也难逃罪责，心头怦怦狂跳，充满了恐慌和后悔。他在地上叩了一个响头，两腿不住打颤，退出了乾清宫。在走下台阶时，因为心慌和两腿瘫软，几乎摔了一跤。

乾清宫的太监们都明白杜勋必死，认为是罪有应得，同时也为宗主爷王德化捏了一把冷汗，埋怨他一向小心谨慎，稳居司礼监掌印太监的高位，今天为杜勋事难免不受重责，真是聪明一世，糊涂一时。吴祥心中明白，王德化处此亡国关头，为保护自己的身家性命和偌大家产，所以甘愿受杜勋利用，栽跟头也是应该。

杜勋站在右后门平台的一个角落等候消息，愈等愈感到害怕，愈后悔不该进宫。看见王德化走出右后门，脸色十分沉重，他的心头狂跳，暗中叫道："我完了！"他赶快迎上去，小声问道：

"宗主爷，皇上怎么说？"

王德化说道："皇上在乾清门召见，快随我去吧。皇上的脾气你是知道的，他已经为你的投敌很震怒，经我苦劝，他才没有下旨抓你斩首。为着你的脑袋，你说话千万小心，不要再火上浇油！"

杜勋双腿瘫软，浑身打颤，硬着头皮随王德化向乾清门走去。当杜勋到乾清门时，御案和御座已经摆好，乾清宫的太监们分两排肃立伺候。稍过片刻，十名驻守午门的锦衣旗校跑步赶到，分两排肃立阶下。这种异乎寻常的气氛简直使王德化和杜勋不能呼吸。又过了很长一阵，一个太监匆匆走出，说道：

"圣驾到！"

杜勋赶快跪下，以头伏地，不敢仰视。随即，一柄黄伞前导，崇祯在几名随驾太监的簇拥中走完了汉白玉铺的御道，出了乾清门，升了御座。一个长随太监跟在他的后边，等他坐定以后，将捧来的一把宝剑从绣有"御用龙泉"四字的黄缎剑套中取出，恭敬地双手捧放在御案上。这是一柄据传是永乐皇帝用过的、削铁如泥的龙泉剑，漆成墨绿色的鲨鱼皮剑鞘上用金丝镶嵌着一条矫健的飞龙，用银丝镶嵌成朵朵白云，另外还用一些耀眼的小宝石、珊瑚、贝壳等镶嵌成日月星辰。据宫中世代相传，永乐皇帝曾经用这把龙泉剑亲手斩过叛臣。崇祯曾经习过骑射，也略通剑术。前几年举行内操①时候，崇祯因慕成祖皇帝整军经武之风，命太监从内库中取出这把龙泉宝剑自己佩用，曾命人用这把宝剑在寿皇殿前斩过一个迟到的太监头儿以肃军纪。后来这把宝剑就挂在乾清宫后边养德斋中的柱子上，据说有时在风雨雷电之夜会发出啸声。

此刻，一个长随太监将这把轻易不令人见的龙泉剑抽出了鞘放在御案上，加上崇祯皇帝的愤怒脸色，使乾清门外充满了恐怖的气氛。

吓得面无人色的司礼监掌印太监王德化退立一侧侍候。看见御案上的御用龙泉剑，知道杜勋不免被斩，而他也要连累而死，恐怖得面无人色，心中想道："我上了杜勋的当，今日大祸临头！"他又看一眼皇上的愤怒脸色，脊背上冒出冷汗。

"杜勋，你知罪么？"崇祯问，威严的声音中带着杀气。

杜勋连连叩头，颤栗说道："奴婢死罪！奴婢死罪！恳皇

---

① 内操——崇祯十五年（公元1642年），崇祯挑选了一大批年轻力壮的太监，在景山北边和寿皇殿前边的院中操练，称为内操。

爷开恩！"

崇祯恨恨地说："朕命你到宣府监军，抵御逆贼东犯，原是把你作为心腹家臣，不想你竟然毫无良心，辜负皇恩，投降逆贼。你不能为朕尽节，却引贼东犯，罪不容诛，为什么敢来见朕？"

杜勋说道："当时奴婢见宣府官兵都蜂拥出城，欢迎闯贼，喝禁无效，正要拔剑自刎，被手下人夺去宝剑，又被鼓噪将士挟制，强迫出城，面见李贼，使奴婢欲死不能。后来奴婢转念一想，既然军心已变，宣府已失，奴婢徒死无益，不如留下这条微命，缓急之际还可以为陛下出一点犬马之力，以报陛下豢养之恩。"

崇祯忽然产生一线幻想，冷笑一下，用略微平静的口气问道："你已经降了闯贼，还能为朕做什么事情？"

杜勋说："奴婢此次冒死进宫，就是要为陛下竭尽忠心，敬献犬马之力。"

崇祯心中惊异：莫非他能说出来使朕出城逃走的办法？随即问道：

"你究竟进宫何事，速速向朕奏明，不得隐瞒！"

杜勋叩头说："奴婢死罪。说出来如皇爷认为不对，冒犯了天威，恳求皇爷想着这不是平常时候，暂缓雷霆之怒，饶恕奴婢万死之罪。奴婢敢在此时冒死进宫，毕竟是出自犬马忠心。"

崇祯说："你说吧，只要有救朕之策，确实出自忠心，纵然说错了也不打紧。"

杜勋问道："目前京城决不可守，皇上到底作何打算？"

崇祯说："三天以前，吴三桂所率关宁铁骑已到山海关了，正在赶来北京勤王。逆贼屯兵于坚城之下，一旦关宁铁骑到来，逆贼必然溃逃，京城可万无一失。"

杜勋默然不语，伏在地上，等待崇祯继续问话。崇祯果然又接着问道：

"杜勋，李贼命你进城，究竟为了何事？"

杜勋知道崇祯色厉内荏，带着恐吓和威胁的意图说道："皇爷千古圣明，请听奴婢的逆耳忠言。李自成亲率二十万精兵进犯京师，尚有数十万人马在后接应。吴三桂虽有关宁边兵，号称精锐，但只有数万之众，远非闯贼对手。他如今闻知流贼已经包围北京，必然停留在山海关与永平之间观望徘徊，不敢冒险前来。奴婢听宋献策说，京师臣民盼望吴三桂的救兵只是望梅止渴。奴婢又听到贼中纷纷传说……"杜勋不敢直言说出，心惊胆战，咽下一口唾沫。

崇祯脸色大变，心中狂跳，怒目望着杜勋，厉声喝道："什么传说！不要吞吞吐吐，快快奏明！"

"请恕奴婢死罪，奴婢方敢直说。"

"你说吧，快说实话！"

"贼中传说，宋献策在来京的路上卜了一卦，如今看来是有点儿应验了。"

"他卜的卦怎么说？怎么应验了？"

"奴婢听到贼军老营中纷纷传说，宋献策在居庸关来北京的路上卜了一卦，卦上说，倘若十八日有微雨，十九日必定破城。倘若十八日是晴天，破城得稍迟数日。今日巳时左右，曾有微雨，奴婢暗中心惊，不觉望着城中悲叹。"

崇祯浑身打颤，拍案怒骂："胡说！你是我家家奴，敢替逆贼做说客么？敢以此话来恐吓朕么？该死！该死的畜生！"

杜勋深知崇祯的秉性暴躁，有时十分残酷，对大臣毫不容情，说杀就杀，说廷杖就廷杖，所以他见崇祯动怒，吓得浑身打颤，以头碰地，连说：

"奴婢死罪！奴婢死罪！……"

崇祯忽然问道："李贼叫你进宫来到底有何话说？"

杜勋横下心向崇祯奏道:"李自成进犯京城,但他同皇上无仇……"

"胡说,朕是万民之主,他是杀戮百姓的逆贼,何谓无仇!"

"以奴婢所知,李贼直至今天还是尊敬皇上,不说皇上一句坏话。他知道皇上也是圣君,国事都坏在朝廷上群臣不好,误了皇上,误了国家。倘若群臣得力,皇上不失为英明之主。李自成离开西安时,曾发布一张布告,沿路张贴,疆臣们和兵部一定奏报了皇上,那布告中就说得十分明白,皇上为何不信?"

李自成的北伐布告也就是檄文,虽然崇祯曾经见到,但是看了头两句就十分暴怒,立即投到地上,用脚乱踏,随即被乾清宫的太监拾起来,拿出去烧成灰烬,以后通政使衙门收到这一类能够触动"上怒"的文书再也不敢送进宫了。现在经杜勋一提醒,他马上问道:

"逆贼的布告中怎么说?"

"恳皇爷恕奴婢死罪,奴婢才敢实奏。"

"你只实奏,决不罪你!"

杜勋的文化修养本来很低,李自成的"北伐檄文"中有一句典故他不懂,也记不清楚,只好随口胡诌,但有些话大致不差:

"奴婢记不很准,只记得有几句好像是这样写的:'君甚英明,孤立而蒙蔽很多[①];臣尽行私,比党而公忠绝少。'还有许多话,奴婢记不清了。皇爷,连李自成的文告也称颂陛下英明,说陛下常受臣下蒙蔽,政事腐败都因为臣下不好。"

崇祯望着杜勋,沉默不语,一面想着李自成写在文告中的这

---

① 君甚……很多——李自成"北伐檄文"中的原句为:"君非甚暗,孤立而炀蔽恒多。"杜勋将前半句改为"君甚英明",将下半句的"炀蔽"一词改为"蒙蔽","恒多"改为"很多"。

几句话仍然称颂他为英明之君的真正含义,一面生出了一些渺茫的幻想。过了片刻,他又向杜勋问道:

"杜勋,看来逆贼李自成虽然罪恶滔天,但良心尚未全泯。他叫你进宫见朕,究竟是何意思?"

杜勋抓住机会说道:"李自成因知朝政都是被文武群臣坏了,皇上并无失德,所以二十万大军将北京团团围住,不忍心马上攻城,不肯使北京城中玉石俱焚……"

崇祯似乎猛然醒悟,问道:"他要'清君侧'么?岂有此理!"

"皇爷,请恕奴婢直言。他不是要'清君侧',是要,是要……"

"是要什么?快说!"

"奴婢万死,实不敢说出口来。"

"快说!快说!一字不许隐瞒!"

杜勋连叩两个头,十分惶恐,冒着杀身之祸,吞吞吐吐地说道:

"皇爷天纵英明,烛照一切,奴婢照实把李、李、李自成的大逆不道的……谬见说出,请皇爷不要震怒……李贼实是叫奴婢进宫来劝、劝说皇上……让出江山。他说,这是效法尧舜禅让之礼。他还说,只要皇上让出江山,他誓保城内官绅百姓平安,保皇上和宗室皇亲照旧安享荣华富贵。他将尊称皇上为……让皇帝,仍享帝王之福。他说……"

崇祯听到这里,将御案用力一拍,又猛力一推,几乎将御案推翻,随后突然站起,抓起横放在御案上的龙泉宝剑,登时有一道寒光在众人眼前闪烁。站在他的两边和背后的太监们一个个面目失色,停止了呼吸。站立在阶下的十名锦衣旗校都以为杜勋替逆贼劝皇上让出江山,必斩无疑,立时紧张起来,紧紧地握住剑柄,准备随时登上台阶,将杜勋推出午门斩首。但皇上没有口谕,他们只能肃立等候,怒目注视伏在地上颤栗叩头的杜勋,身子却纹丝不动,也不敢违制拔剑出鞘。那恭立在御座背后,擎着黄伞的青年太监,担心杜勋身上暗藏兵器,可能会突然跃起,向皇上行刺,所以在刹那间按了伞柄机关,黄伞刷拉落下,伞柄上端露出来半尺长的锋利枪尖。

在众人屏息的片刻之间,崇祯决定不下是就地挥剑杀死杜勋,还是命锦衣旗校将叛监推出午门斩首。王德化不敢迟误,赶快跪下,叩头说道:

"恳皇爷暂息圣怒!杜勋进宫来原是为要替陛下解救目前之危,实非帮逆贼劝陛下让出江山。请陛下命杜勋将话说完,再斩不迟。"

一团疑云扫过了崇祯的眼前,他将龙泉剑在御案上平着一拍,震得一支斑管狼毫朱笔从玛瑙笔架上猛然跳起,滚落案上。他厉声问道:

"杜勋,该死的奴才,你还有何话说?"

杜勋说:"皇爷!刚才说的那些效尧舜禅让天下的话,全是李贼一派胡言,奴婢当时就冒死反驳,使逆贼不得不改变主意,同意不再攻城,不再争大明江山,甘愿为圣明天子效力。"

崇祯大感意外,半信半疑,问道:"你如何劝逆贼改变主意?他又如何说不再争大明江山?"

杜勋说:"奴婢对李贼言讲,大明朝有万里江山,三百年基业,纵然你能破了北京,也不能亡了大明。江南必有宗室亲王兴师继统,以陪都为京师,用江南财富与人力,恢复中原;满洲人兵强马壮,久已虎视于关外,时时伺机南侵。大王……"

"什么大王!"

"奴婢死罪!奴婢是对闯贼说话,为要以理说服敌人,所以称他'大王'。其实,奴婢对逆贼恨之入骨,恨不能吃他的肉,饮他的血!"

崇祯点头说:"你说下去吧。……王德化平身!"

王德化叩头起来,看见皇上脸上的怒容已减,心中略觉宽松,暗中骂道:

"好险!杜勋这小子真有一手!"

杜勋接着说:"奴婢对李贼说道,你纵能攻破北京,可是大明的臣民四海同愤,誓为皇上复仇,使你应付不暇。满洲人必然乘机进犯北京和畿辅,更可怕的是进占山西、山东两省,席卷中原。到那时你腹背受敌,反而顾南不能顾北,顾东不能顾西,到了那时,大王……" 杜勋住口,重重地对自己左右掌嘴。

崇祯皱一下眉头,催促道:"说下去,快说下去。逆贼怎么说?"

杜勋又接着说:"他说他愿意拥戴皇上,拥戴大明。只要皇上肯让出一半江山给他,他愿意为皇上率领大军出关,征服辽东,平定国内。保皇上的江山像铁打铜铸的一样坚固。"

崇祯片刻无言,默默地暗想:杜勋这话是真是假?哪有逆贼到此时还不想夺取江山?闯贼已经包围北京,岂有拥戴朝廷之理?显然这话不是出自李自成的真心!何况他要挟朕分给他一半江山,岂有此理!哼,这不过是来试试朕的口气罢了。但是他想从杜勋的口中多知道一点敌人的情况,所以他没有动火,向站在一旁的王德化问道:

"王德化,你听杜勋这话可是真的?"

王德化赶快跪下,心头慌乱,不知如何回答。他晓得杜勋的这些话都是漫天撒谎,欺哄皇上,试探皇上口气,但是他不能点破杜勋的谎言,使杜勋身首异处,也连累他自己惹出大祸。崇祯见王德化俯首跪地不语,便对杜勋怒冲冲地说道:

"你说的话全不可信!无非是对朕恫吓,欺朕身陷重围。你这个叛主逆奴,实实该死!……杀!"

王德化赶快提醒杜勋说:"杜勋,你真是胆大包天,竟敢以逆贼的话亵渎圣听,还不速速谢罪!"

杜勋明白必须赶快脱身,倘若再激怒皇上必将立刻被杀,于是他连叩两个头,说道:

"皇上天纵英明,烛照一切。李贼确实想逼皇上禅让江山,但经奴婢冒死相争,详陈利害,他也不能不略微动心,说只要皇上封他为王,世守秦晋,他愿意不进北京,率大军征剿辽东。但奴婢人微言轻,必须皇上钦差一二皇亲重臣,出城详议;议定之后,对天盟誓,并请皇上颁降明诏,宣谕四海,天下共闻。李贼本来定于今日申时攻城,后来为等候奴婢回话,决定暂缓攻城。李贼还说,只要皇上封他为王,世守秦晋,他不但不下令攻城,还可以退兵二十里,以待盟誓。"

崇祯问:"他要申时攻城?"

"是的,皇爷。此刻已是未时。倘若奴婢在申时前不出城回话,李贼就下令攻城了。"

崇祯皇帝本来是一个十分聪明的人,又有十七年丰富的政治经验,像杜勋的话前后矛盾,漏洞百出,如何能欺骗了他?但是一则他此时心慌意乱,失去常态;二则此时只要有万分之一的救命和保国的机会,他也不肯放过。李自成兵围京师,胁迫他封王裂土,这是他绝对不能允许的。此刻作为缓兵之计,他以为只好同意,求得北京城能够有二三日内不被攻破,等候吴三桂救兵来到。他望着杜勋思忖片刻,说道:

"你赶快出城去吧。必须使逆贼李自成上体朕心,不要攻城,能退兵二十里外更好。朕明日一早即钦差皇亲重臣携带手诏,出城去面议封王裂土及讨伐东房之事。你速速出城!"

杜勋叩头说:"皇上圣明,京师臣民之福,国家之福。万岁,万万岁!"

崇祯立刻起身,回到乾清宫东暖阁中。此时过了午膳时候已经很久了。尚膳监一个太监来到他的面前跪下,恭问是否即用午膳。崇祯无意用膳,挥手使尚膳监的太监退出。他的心中充满了狐疑、愤懑和屈辱,眼泪滚落颊上。他很快清醒起来,明白杜勋对他说的那些话,只有李自成逼他禅让是真,其余的话全是信口胡说,决非李贼原意。他将吴祥叫到面前,恨恨地吩咐:

"你火速亲自带人到城上将杜勋抓回,在午门外乱棍打死!"

却说杜勋离开乾清门以后,同王德化赶快走出紫禁城,到长安右门外上马,扬鞭疾驰,到阜成门下马,登上城头。曹化淳早在城楼等候,并且命人备好酒肴。杜勋已经很饿,坐下去饮了一杯长春露酒,正要吃菜,王德化提醒说:

"子猷,皇上秉性多疑善变,你赶快缒城走吧!"

杜勋一听,投箸而起,连声说:"是,是。宗主爷想得周到!"随即他们屏退从人,交头接耳地商量一阵。在城楼外伺候的内臣听不清他们所商何事,只看见王德化和曹化淳轻轻点头,最后王德化叮咛说:

"子猷,你向李王献出了宣府重镇,又劝说居庸关的监军内臣和镇将迎降,为李王立了大功。李王坐了天下,你必是司礼监掌印太监。我同曹东主都已年近半百,早有退隐之心。今后要仰仗你多赐关照,方好安度余年。"

杜勋说:"李王十分仁义,请两位前辈完全放心。"

城头上的长绳子和竹筐子已经准备好了。杜勋要缒下城时,被一群熟识的太监围住,问长问短。杜勋对他们说:

"你们都不要害怕。李王进城,坐了江山,我们的富贵仍然照旧。"

有个别太监还拉住他问别的话。杜勋又说:"你们不必多问,有我杜勋在,你们就不会吃亏。"说了以后,同大家拱手告别,坐在竹筐中缒下城去。

杜勋出城后不到一个时辰，申时未过，守彰义门的太监和百姓将城门打开了，西便门也跟着打开了。几千大顺军整队进入外城，占领了各处十字路口和重要街道，其他外城诸门也都随着开了。

第 十 六 章

　　杜勋的几个奴仆和长随、答应等太监，牵着马立在西郊离城约三里远的一个高坡上已经等候多时了。因为他们不知杜勋是否仍由彰义门缒城出来，或者改变主意，出宫后就近由阜成门缒城出来，所以他们选择一个适当的地方，可以兼顾两个城楼。那时西郊居民稀少，多是旷地，丘陵起伏，要选择一个可以望见从阜成门到彰义门一带的高阜并不困难。他们在一个高阜上，从午时三刻就等候杜勋缒城回来，愈等愈觉焦急，愈觉害怕，以为杜勋进宫去凶多吉少，已经被皇上杀了。直到交了申时，才望见有人从阜成门附近缒出城来，许多人站在城头上送行。在高阜上等候的人们突然大喜，纷纷奔下土丘，向城边跑去迎接，同时大声叫道：
　　"监军老爷！监军老爷！……"
　　杜勋同他的奴仆和随从太监们在离城一里远的地方相会，被众人包围起来，纷纷向他问长问短。杜勋说：
　　"我现在饿得很，许多话以后再谈！"但是对自己能平安归来感到庆幸，一面说以后再谈，一面忍不住说道："多承宗主王老爷亲自带领进宫，在乾清门叩见皇上，他在旁见机行事，尽心照料，才使我逢凶化吉，平安回来。东主曹老爷命人在城楼上准备了酒肴，可是我没敢在城头多停，只喝了一杯酒就缒出城来。

如今饿得肚子咕噜噜叫。"

杜勋的手下人告诉他说在会城门的临时公馆早已备好了一桌酒席,请他先回公馆休息用膳,然后去钓鱼台向新主子禀奏进宫经过。杜勋说道:

"胡说!本监钦奉新皇爷圣谕,进宫去劝崇祯皇爷让位,皇命在身,怎能先回自己的公馆休息!走,先到钓鱼台行宫去面奏新君,再回会城门休息用餐不迟!"

杜勋的手下人听了他说出的堂皇道理,不敢再说二话,纷纷随他上马。就在这时候,他们望见东南方四五里外的彰义门城头的城垛间挤满了守城的人,有的人在俯首与城外说话。城下的情况看不清楚,但知道城门外必是站立着许多李王的人马,正在呼喊打开城门。总之城上和城下已经不再对峙,惊人的事情就要发生了。杜勋想道,昨晚和今早晨在钓鱼台听到要先破彰义门的传闻,马上就要证实了。

因为知道大顺军即将由彰义门进城,杜勋认为自己必须赶在大顺军进入外城之前向李自成禀报他进宫劝说崇祯让位经过才有意思,所以在马上加了一鞭,沿一条捷径向钓鱼台方向驰去。

他先到钓鱼台行宫,在宫门内值房中先见了李双喜,要求叩见大顺皇爷。李双喜的事情很忙,唤一传宣官进去片刻,出来说圣上正在同牛丞相议事,牛丞相叫他去见军师将详情禀报,随后由军师进宫转奏。杜勋原以为李自成对崇祯肯不肯禅让江山的大事十分重视,必会立刻召见他面奏一切;他虽然没有将事办成,但他毕竟是冒死入宫劝说,几乎被斩,他的一片忠心必会受新主的温语褒奖。此刻他恭恭敬敬地站起来听传宣官传达了牛丞相的吩咐以后,心头不觉一寒,只好赶快去晋见军师。

到了军师府,中军官进去片刻,杜勋立刻被带去内院的花厅中。宋献策同刘宗敏、李岩正在围着一张八仙桌商议事情。桌上摊着一张木版印的京师地图，几乎有半张桌面大，这种地图在当时京师的坊间买到不难，但这是大顺军从西安带来的。宋献策的面前如何能摊着这样的地图，却使杜勋不能不感到吃惊。杜勋因刘宗敏和宋献策在新朝地位崇高，刘宗敏被永昌皇帝封为汝侯，所以一进来就赶快跪下叩头。刘宗敏微微一笑，没有做声。宋献策放下朱笔，欠身拱手，笑着说：

"请坐下说话，不必多礼。"

等杜勋在离八仙桌几尺远的一把椅子上坐下后，他随即问道："你见到崇祯了么？"

杜勋起立回答："回军师大人，鄙人已经见到崇祯了。"

"他肯让出江山么？"

"他还指望吴三桂赶来救驾，不肯让位。"

刘宗敏用鼻孔冷笑一声，说："哼，白日做梦！他派的两个人送手诏给吴三桂，催吴三桂火速来京，在通州境内给我军抓到了，哼！不管他崇祯肯不肯让出江山，我们按时进北京！你进城的时候，我就对圣上说：目前大事已定，差杜勋去劝崇祯让江山么，其实是六指儿抓痒，多一道子！崇祯没杀你，你带着脑袋回来就好，赶快歇息去吧。"

杜勋原以为他冒死进城去劝崇祯让江山，不管成不成，必会受到大顺皇爷和大臣们的赏识，没料到既不能进行宫向新主面奏，也不能得到位居大顺朝文武群臣之首的刘宗敏温语褒奖，他的心头猛然凉了。他不肯死心，还想多谈一点他面劝崇祯的经过，但是恰在这时，有军师府的一位中军副将匆匆进来，禀报彰义门和西便门相继大开，大顺军步骑兵整队入城，两座城门内的居民夹道欢迎。刘宗敏、宋献策和李岩从椅子上一跃而起。刘宗敏快活地大声说道：

"军师！你算得真准，果然是十八日申时进入外城！"

李岩对于明朝历代宦官之祸深为痛恨，李自成北伐檄文中那两句"宦官皆龁糠犬豚，而借其耳目"，就是李岩建议加进去的。看着杜勋进来向刘宗敏和宋献策叩头行礼，以及坐下说话，李岩一直稳坐在一把太师椅上，穆然不动，直到这时，他才开口说话：

"杜监军，我们马上要进行宫去向圣上祝贺大军进入外城，接着还要在御前商议许多大事。你很辛苦，请回去休息吧，等军师大人有了闲工夫，再约你来一趟，听你详谈入宫向崇祯劝说经过。今天，不必多谈了。"

杜勋看一眼刘宗敏和宋献策对他的淡漠神情，不敢再留，赶快向刘宗敏和军师们深深一揖，匆匆退出。杜勋心情郁郁地走出军师府大门，立刻有他的随从太监们迎了上来，有人悄悄问他：

"监军老爷，提营刘将军和军师对您说了什么话？"

杜勋强装高兴，说道："那还用问？他们很说了些称赞的话。军师本来要留我详细谈谈，因皇上宣他们立刻进行宫议事，我只好赶快告辞。"

杜勋的一个亲信太监说："老爷，看来您在新朝中要做司礼监掌印太监已经十拿九稳了！"

宋献策对刘宗敏笑着说："捷轩，我们该进宫去向圣上贺喜了。"他看一眼手中的一张纸，接着说："我们正好商议已毕。你的提营首总将军府还按原来商定的，驻在田皇亲宅。那里有两三百间房屋，比较宽绰，倘若不够用，同一条胡同中还有几处达官宅第，可以征用。至于大军入城后各营分驻何处，刚才都已商定，我马上命军师府中文书房缮写多份，给行宫一份，首总将军府一份，各营主将各一份，不会耽误。"

宋献策的话刚说完，军师府的中军陪着行宫中的宣诏官来到

院中。那宣诏官是录用的秦王府的旧人,年纪很轻,仪表堂堂,到了院中的太湖石假山前边止步,面南而立,声音洪亮地说道:

"有旨!"

宋献策、刘宗敏和李岩赶快从书房走出,来到宣诏官的面前。宋献策和李岩是读书人出身,好像是出于本能,立刻跪下,俯首听旨。刘宗敏由于官位最高,站在他们中间稍前半步。他是李自成起义后的生死伙伴,虽然忠心拥戴闯王称帝,但随时跪下听旨却一时尚不习惯。他抱拳躬身,恭敬肃立,忘记应该跪下。大顺朝的朝廷制度草创,各种仪注不严,平日上朝时没有御史纠仪,李自成对那些与他同生死共患难、一起打天下的高级将领原是视若兄弟,目前在君臣礼仪上并不强求,所以此刻宣诏官并不提醒刘宗敏跪下,声音琅琅地说道:

"圣上口谕:北京外城已破,大军分路入城,务须军纪严明,秋毫勿犯,使四民安堵如常,方好使内城不攻自破,开门迎降。特谕刘宗敏立即差得力将领去外城内巡视,不可有误。遇有骚扰百姓的,就地枭首示众!"

"遵旨!"刘宗敏声音洪亮地回答。

宣诏官又琅琅说道:"圣上口谕,首总将军刘宗敏、军师宋献策、副军师李岩,即去行宫,同天佑阁大学士牛金星,一起在御前商议军国要务!"

"遵旨!"刘、宋、李齐声回答,伏地叩头。

宣诏官传完皇上口谕,转身就走。军师府的中军副将将宣诏官送出大门,立刻准备正副军师大人的进宫事宜。

刘宗敏先回提营首总将军驻地,派遣执法将领,手执令旗、令箭,率领三百骑兵,匆匆出发,从彰义门进入外城,各处巡逻,严申纪律,禁止有抢掠奸淫之事。然后他率领从人,骑马奔往钓鱼台行宫。

北京!北京!

宋献策和李岩因为外城已破，本来要进宫去向皇上叩贺大捷，现在听了宣诏官传皇上口谕，要他们速去参加御前会议，不敢怠慢，略整衣冠，就要动身。宋献策将刚才议就的大军入内城后各营分驻地区清单交给一个仆人，叫他送到文书房缮清二十份。仆人出去后，宋献策趁身边没有别人，小声向李岩嘱咐道：

　　"林泉，你我多年知心，互相敬重，无话不谈。今日北京外城已破，破内城只是指顾间事。多年苦战，正为今日胜利。如今不仅主上十分高兴，满朝文武和全军将士莫不欢欣鼓舞，你对目前的军国大事常不乏真知灼见，令我佩服。但是林泉，目前我大军已进北京外城，明日天明时必破内城，所以主上与满朝文武一片喜悦，三军欢腾，这是理所当然。在西安出师之前，文臣中你我二人，武将中田玉峰，都主张持重，以巩固中原和与民图治为当务之急，占领山西与山东后暂缓向北京进兵，方是万全之策。然而皇上与捷轩锐意东征，而新近从龙之臣都巴不得早破北京，覆灭明朝，都打顺风旗，在朝廷上下几乎全是赞同北伐幽燕之声。皇上对我们的意见颇不愿听，虽不明说，心中认为我们的建议是书生之见，阻挠大计。田玉峰随皇上起义很早，可以说是生死之交，听说玉峰被召进宫中，当面受了责备，详情不悉，却看到玉峰不再说话了。启东明白皇上同捷轩主张北伐之计已定，大概也知道玉峰在宫中受皇上责备之事，也不再言语了。我一看情况不对，赶快劝你不要再说话了。当时的情状，你还记得么？"

　　李岩轻轻点头："弟当然记得。可是目前虽然我大军已来到北京，外城已破，破内城只是指顾间事，但是我们建议缓进之策，未必即非。"

　　宋献策说："林泉！你我二人空怀杞人之忧，主张先巩固已占领之数省，设官理民，抚辑流亡，恢复农桑。百姓苦于战乱已十余年，咸有喁喁望治之心。我朝新建，当前急务：使百姓得享复苏之乐,为国家建立稳固之基。仁兄在起义后奔往伏牛山得胜寨途中给主上写的那封书信①,陈说方略,颇有远见卓识。当时主上初入河南,尚在艰难之中,所以不仅弟与启东对那封书信捧诵再三,主上亦赞不绝口。然而林泉兄,皇上在西安建国以后的形势不可与往日相比,除各种形势不同之外,还有我们同皇上君臣之名分已定,有些事可谏则谏,不可谏则止。自古在朝廷上謇謇谔谔之士,虽然怀着无限忠心,难免不多言获罪,身蒙不测之祸。你我虽都是读书人,都留意经济之学,然而你我所不同者,我是多年寄食江湖,隐于星象卜筮之间,而仁兄出身于宦门公子,读书好学,早登乡榜②,身无纨袴之习,胸怀济世之心,被迫起义,实非得已;起义后,身在军中,犹不忘功成之后,急流勇退,归隐山林。此是足下比世俗高洁之处,然亦是足下不能与世俗和光同尘③的弱点。今晚皇上正是大业将成、志得意满时候,在群臣一片颂扬声中,兄千万说话小心。"

李岩心中感谢宋献策的关照,轻轻叹一口气,说道:

"身为大顺之臣,岂能不忠于大顺之事。皇上率二十万之众渡河北伐,中途又散分兵力,来北京只有六万之众,可谓孤军深入。倘有挫折,不堪设想。所以虽然弟看见破北京已成定局,至今日且只待进入皇城而已,然而弟忠心为国,不能不心怀殷忧,这道理足下完全知道。比如下棋,往往看似胜棋,不小心一着失误,全盘皆输。人间事,胜与败,福与祸,喜与忧,好比阴阳之理,相克相生,正如老子说的:'祸兮福所倚,福兮祸所伏。'弟自束发受

---

① 书信——李信给闯王的这封书信在小说中十分重要,参看第二卷下册四十三章。

② 登乡榜——举人考试叫做乡试,登乡榜即是中举。

③ 和光同尘——意思是同世俗打成一片,保持一致,不要独立不群。典出《老子》中的名言:"和其光,同其尘。"

书，略知忠臣立身事君之道，往往心所忧患，不忍不言。"

宋献策担心李岩几年来在闯王军中仍不脱书生本性，有些意见已经使李自成心中不快，如不小心，日后可能招不测之祸。而且他纵观青史，深知历代开国帝王，方其创业之初，艰难困苦备尝，惟恐大业不成，故能谦恭下士，虚怀纳谏，一到大业告成，便讲究帝王尊严，同臣下只讲君臣之别，君为臣纲，不再讲患难之交与袍泽之亲，很少人能够再虚怀若谷，从谏如流，反而猜疑多端，甚至诛戮功臣，也是常事。故自古君臣之间，容易共艰难，不容易共富贵。但是像这样心腹之言，他对李岩这样的好朋友也不能明言。此刻他听了李岩的话以后，深有同感，轻轻点点头，说道：

"林泉，你对国事怀着殷忧，这心情我很明白。其实我皇上率孤军远征幽燕，到处兵力空虚，民心未服，城乡凋敝，地方不靖，可以说在胜利之下，危机四伏。辽东强虏①只有长城之隔，虎视眈眈，伺机而动。但今晚在皇上面前，你必须说话谨慎。纵然是有利于国的意见，今晚不该说的也不要说，以免……噢，快进宫吧，迟了不好！"

忽然从钓鱼台一带响起了鞭炮声。随即从西直门外到阜成门外，又往南到彰义门外，许多有大顺军驻扎的地方相继响起了鞭炮声。这是因为北京的外城不攻自破，包围在北京西郊的攻城部队自动地燃放鞭炮庆祝，又因为西郊只有零星的较小的杂货铺，临时叫开小铺，买不到更多的鞭炮，所以鞭炮声参差不齐，响得不长。

---

① 强虏——指满洲人。明朝自万历末年开始，因汉满两民族矛盾尖锐，汉族称满洲人为东虏、建虏（建是建州卫），有时简称为"虏"。又因满洲人属于鞑子系统，也被汉人称为"满鞑子"。

宋献策和李岩率领从人，骑马来到钓鱼台，将从人留在行宫的大门外边，他们二人进了宫门。到了第三进院，即行宫正殿院内，遇到刘宗敏刚刚进来。这时，牛金星正率领丞相府、六政府、文谕院等中央各衙门的六品以上文臣们向皇上祝贺北京外城守城军民开门迎降，从正殿大厅传出山呼万岁之声。刘宗敏、宋献策和李岩站在甬路一边，等候一百多位文臣很有秩序地鱼贯退出之后，才恭敬地进入正殿。

李自成坐在临时设的宝座上，在群臣朝贺捷报之后，他满心喜悦，独将丞相留下，商量明日进城大事。当刘宗敏等进殿时，他免了他们行礼，吩咐他们坐下，说道：

"果然如献策所卜，如有微雨，十八日破外城，十九日黎明破内城。"

李自成忍不住放声大笑，接着又说："自孤起义以来，至今已十六年了，身经百战，出生入死，血流成河，果有今日！"

牛金星说道："朱元璋于至正①十二年起义，初为郭子兴亲兵，经十五年而身登九五②，建立大明。我皇上自起义至去年进入西安，建立大顺，也是十五年，只欠举行登极大典耳。英雄提三尺剑定天下，何其相似？敢言皇上功业彪炳，必将远迈洪武！"

李自成谦逊地说："孤出身农家，幼为牧童，长为驿卒，无德无能，得有今日，全靠你们众文武之力。孤现在找你们前来，不为别事，只商量明日如何进城，进了紫禁城中住在什么宫中。我们议定之后，即可传谕下去，赶快分头准备。捷轩，你是提营

---

① 至正——元顺帝年号。
② 九五——皇帝之位。《易经·乾》："九五,飞龙在天。"后人因此以"九五"代指君位。

首总将军，位居百官之首，对明日如何进城的事，有何安排？"

刘宗敏说："陛下，臣已告诉补之，明日破了内城，他必须亲自率领一千将士，尽快进入紫禁城中清宫。先派兵把守紫禁城四门，严禁出入，不许宫女和太监们逃散，严禁抢劫宫中财物，严禁火灾，更不许太监中有人暗藏兵器。各处宫殿，角角落落，仔细清查。李过的全营五千人马以后就分驻皇城四面，负拱卫皇城重任。如有失误，惟他是问。"

李自成问道："李强和双喜的三千御营亲军驻扎何处？"

"御营亲军驻扎在皇城以内。皇城各门由御营亲军把守。在李过率领一千人马清宫时，御营亲军除双喜率领五百将士护驾之外，都由李强率领，紧随在李过部队的后边进城，分驻皇城以内。以后吴汝义和双喜所率领的五百亲军驻扎紫禁城内，担负警跸重任。为着使吴汝义熟悉紫禁城中情况，我命他率领少数将士随补之一起清宫。我想到的事儿就是这些，至于皇上明日由何处进城，居住何处宫殿，这是宰相和军师们的事，请陛下问问他们。"

李自成含笑点头，眼睛转向牛金星和正副军师，尤其是将眼睛望着金星，含笑问道：

"你位居宰相，如何决定？"

牛金星在几天前的进军途中已经同宋献策谈及此事，略闻献策之意，他也同意，但他不愿抢先说出。自去年十月间进入西安之后，由于他居于"总百揆"的宰相地位，每日忙于协助李自成进行建国创业的各种工作，中间还挤时间亲自到华州主持过一次全省的科举考试，为新朝选拔人才。从这时起，他明白自己是开国宰相已成定局，他也力求保有宰相禄位，因此他决定了三种处人处事态度：第一，凡皇上不同意的事，纵然他认为十分不妥，也不同皇上争执，更莫说犯颜直谏。第二，他竭力尊重宋献策的军师地位，凡属于军师职掌的事他决不多言，力求与宋献策和衷共济。第三,他虽然参加了李自成起义,一向重视经济之学,反对八股取士之制,但是说到究竟,他自幼诵读孔孟之书,受儒家思想涵养很深,所以他认为自己身为开国宰相,不要对一般事情多言,而为相之道,主要是如古人所说的"调和鼎鼐","燮理阴阳"①。现在听了皇上询问,他恭敬地说道:

"阴阳五行之理,臣虽然也有涉猎,但不如献策。请陛下垂问军师。"

李自成转向宋献策:"献策,昨日在昌平州,你说待到北京城下时,这些事,你要向孤奏明你的意见。现在,你快说吧。"

宋献策说道:"陛下,倘若如微臣所卜,明日五更破了内城,臣认为应于卯时二刻从钓鱼台鸣炮启驾,巳时三刻进紫禁城,午未之间在宫中受随驾来京的百官朝贺。"

李自成问:"听说从钓鱼台进阜成门,有一条笔直的东西大街可到皇城。我们骑马进皇城,需要两个时辰②么?"

"是的,陛下。圣驾进北京,与进西安时情况不同。圣驾如今虽未举行登极大典,实际已经是大顺朝开国皇帝,必须沿路警跸,仪仗前导,群臣扈从,缓辔徐行。而且,圣驾不是走阜成门进城,而是从德胜门进城,再由德胜门向南……"

李自成觉得奇怪:"为什么放着近路不走,要绕道走德胜门进城?"

宋献策说:"德胜门在北京城的乾方③,乾为人君之象。陛下,北京为明之京师,得北京即得天下,故陛下从乾方入城,方

---

① 调和鼎鼐,燮理阴阳——这两句古代成语都是歌颂宰相的,意思是做宰相的应该在朝廷上调和各种矛盾,好像在大鼎中调和五味。燮理也是调和。
② 时辰——一个时辰相当于现代的两个小时。
③ 乾方——按《易经》和五行学说,西北是乾方。

是大吉。《易经》①上说得明白，启东与林泉必都记得。"他望一望牛金星和李岩，随即背道："'大哉乾元，万物资始，乃统天。云行雨施，品物流行，大明终始，六位时成，时乘六龙以御天。乾道变化，各正性命。'此系孔圣人之言，著于《易经》之《象辞》，皆言人君初得天下之事。所以微臣敬谨建议，请陛下不必走阜成门近路，以绕道走德胜门入城为宜。"

李自成虽然对宋献策的这些话半懂不懂，但是这些话既然是出自《易经》，又出自孔圣人之手，他就信之不疑，频频点头，转望牛金星，以含笑的眼色相问：

"你以为如何？"

牛金星和李岩都中过举人。他们自幼先读"四书"，后读"五经"。"四书"要学童背得烂熟，连朱熹的注语也背；"五经"一部分也得背熟。宋献策所引用的《象辞》中的话，他们在少年时都曾背诵过。看见皇上以含笑的眼色相询，牛金星赶快说道：

"军师所言极是，请皇上即决定从德胜门进城。"

李自成又望着军师问道："从德胜门进城之后，从何处进皇城最为近便？"

宋献策说："圣驾进德胜门后，先向西走不远，转上一条南北大街，正对阜成门是西四牌楼。过了西四牌楼，顺大街继续往南走，到了阜财坊北口，过了西单牌楼，便是西长安街，走完西长安街以后便到皇城的长安右门或称西长安门，共有三阙，所以俗称三座门②。"

李自成截住问道："从这里进皇城？"

---

① 《易经》——宋献策在下边引述的话，见于《易经》乾卦的《象辞》（象，音tuàn）。《象辞》是"十翼"之一，解释卦理的部分。

② 三座门——东西三座门和相连的皇城城墙，在民国年间陆续拆除。

"不,还得绕道。"

"八卦方位不利?"

"不是为的八卦方位不利。西三座门是皇城的一座偏门,皇城六门①之一。皇上应由皇城的正门进去,南门才是正门。圣驾到了西三座门前边不远,从公生右门②向南,过武功牌楼到了棋盘街③,便到了大明门,才是皇城南门。大明门有三阙,中门是御道,平时不开。此时中门大开,圣驾乘马走御道进入皇城,护驾之文武百官及御营亲军均在下马碑④前下马,牵着马分从左右门进去。再过千步廊⑤,就到承天门了。"

宋献策对京师地理如此清楚,对皇上进入德胜门后如何再进皇城的道路,如此了若指掌,成竹在胸,句句合理,大家听了无不佩服。刘宗敏忘记是在皇上面前,在宋献策的肩膀上狠拍一掌,说道:

"你宋矮子果然不凡!"

李自成接着说:"献策真是难得的好军师!你如何想得这样周到?"

宋献策向李自成说:"微臣出身蓬荜,混迹江湖,不遇明主,必将与草木同朽。谬蒙陛下知遇之恩,忝备军师之任,遇事谨慎,惟恐陨越。明日皇上进入北京,是我朝开国时一件大事,

---

① 皇城六门——大明门、长安左门、长安右门、东安门、西安门、北安门。北安门俗呼厚载门。
② 公生右门——明代六部等中央各衙门集中在东西长安门外以南,在千步廊东西皇城之外。明正德时为便于百官入朝,建筑公生左门与公生右门,民国初年拆除。
③ 棋盘街——在正阳门和大明门之间,民国初年拆除。
④ 下马碑——棋盘街石栏杆外东西各一,上镌:"文武官员至此下马"。
⑤ 千步廊——在大明门内,各一百一十间,东西相对,民国年间拆除。

做军师的自然要细心筹划，力求万全。今晚在御前议定之后，连夜传谕准备，不敢迟误。"

李自成面带春风，先表示称赞地点点头，又笑着说：

"孤于崇祯十四年春天进洛阳，十五年冬天进襄阳，去年十月进西安，都没有这么多的讲究，进去也就进去啦，还不是照样胜利？如今连进城门也要讲五行八卦，讲究趋吉避凶的事情越来越多啦。"

宋献策说："从前陛下进洛阳，进襄阳，进西安，均在戎马倥偬之际，且在尚未建国改元之时。今日陛下已经建国大顺，改元永昌，只欠举行登极大典耳。此一时也，彼一时也，此所谓今非昔比。"

李自成又称赞说："倘若召集文武大臣在御前商议明日应从何处入城，群臣必将主张就近从阜成门，不然从彰义门进外城，再从宣武门进内城，也较德胜门为近。军师按照八卦的道理，建议孤从德胜门进城，真是人所不及！"

牛金星说："军师建议陛下从德胜门入城，出臣意料之外。经他一说，臣始恍然而悟。臣自少年读《易经》，也较留心《易经》之理，然不逮献策远甚。献策可谓真正精于《易经》之理！如皇上应从大明门进皇城，不从偏门进皇城，这道理众文臣都会想到，惟皇上应绕道从德胜门入城，实难想到！"

李自成问道："从阜成门进城，有何不好？"

宋献策回答："阜成门在北京城的兑方。兑为西方之卦。西方主秋，谷物成熟，所以城门名曰阜成，取秋收丰足之义。此卦虽有秋收之美义，但与震卦①相反，不再有生成繁茂之象。所以

---

① 震卦——代表东方，也代表万物出生。北京的朝阳门属于震方。

《周易·说卦》①言兑为毁折,盖言秋天禾稼枯槁,继之毁折,乃自然之理。因兑卦与坤卦相邻,所以《说卦》又云:兑的涵义'为少女,为妾,为羊',都是柔顺之义。因此,陛下绝不能就近从阜成门进城。"

李自成出于好奇心理,又问道:"从宣武门进城,有何不好?"

宋献策赶快回答:"宣武在坤方。《易经》上说,乾为天,坤为地;乾为父,坤为母;乾为男,坤为女。又说,'乾刚坤柔','乾,健也;坤,顺也'。宣武门在元朝名顺承门,至今北京人沿习不改。为什么叫顺承门?《易经》上说:'至哉坤元,万物资生,乃顺承天。'顺承门的出处就在这'乃顺承天'四个字上。紫禁城中有一座承乾宫,为皇贵妃所居,其地位仅次于坤宁宫。乾为天,为君,故承乾就是承天。陛下已是大顺皇帝,当然只能走乾方入城,不能走坤方入城。"

"有道理,有道理,确有道理!"

李自成认为宋献策今日所谈的话都是他闻所未闻,他忽觉又一次恍然大悟。而他对于应该从乾方进北京城的说法,不惟此刻没有一点异议,甚至在一个月后,他亲自率领的六万东征军在山海卫石河西岸惨败,仅剩下七千残余骑兵,从永平两日夜驰回北京,人马疲惫不堪之际,他也不赶快从就近的朝阳门进城,偏要绕道从德胜门进城②。

议定了明日圣驾从德胜门进城的大事之后,李自成看见刘宗敏、牛金星和宋献策都是笑容满面,惟独李岩虽然也有笑容,但

---

① 《周易·说卦》——《说卦》是"十翼"之一,相传为孔子所著。
② 德胜门进城——李自成为什么两次绕道从德胜门进北京城(指内城)以及为什么居住武英殿,各有关书籍从未作过解释。这种历史现象所反映的是中国封建社会长期流行的意识形态问题,也就是秦汉以后关于五行八卦的迷信。

好像在想着别的心思,使他不能不稍感奇怪。他向刘宗敏和牛金星说道:

"为着明早就破内城,捷轩要部署各营人马如何进城的事,启东要同六政府等大臣们讨论许多事儿,你们都退下去吧。献策跟林泉也下去,晚膳后再进宫来,商量别的事儿。"

等大家叩过头退出的时候,李自成特别唤住宋献策和李岩,嘱咐他们:

"昨日在昌平州时候,大臣中有人建议孤进紫禁城后住在乾清宫,有人建议住在文华殿。你们精通阴阳五行,孤到底住在什么宫殿为吉利,晚膳后在御前商定。"

宋献策和李岩虽然出身不同,生活经历不同,所学不相同,处世的态度也不相同,但他们之所以能成为好朋友,而且在起义前已经是莫逆之交,原是他们在不同之外有更重要的共同之处。他们都博览诸子百家,都抱有经邦济世之志,都痛愤明朝的政治腐败,民不聊生,这样就使他们沿着各自的道路,都到了李自成的起义军中。近几天来,全军上下,满朝文武,一片胜利的欢呼声中,难得他们两个人保持着清醒头脑,担心李自成会功败垂成,一受挫便有不可收拾之危。从行宫中回来以后,趁着晚膳尚未备好,正副军师站在一起,望着院中假山翠竹,趁着左右无人,宋献策向李岩小声问道:

"林泉,刚才在行宫御前会议,讨论明日入城的事,兄似乎另有心思,不肯多言,皇上也觉察出来。兄当时在想着何事?"

李岩微微一笑,说道:"弟忽然想起来两句唐诗,在心中琢磨。"

"什么唐诗?"

李岩不肯马上说出,在宋献策的面前来回踱了几步,终于忍

不住再对好友沉默,便站在献策面前,按照当时读书人的习惯,用讲究抑扬顿挫的小声背诵出七言二句:

可怜夜半虚前席,
不问苍生问鬼神!

宋献策虽然不善做诗,但也读过许多唐宋人的好诗,记得这是李商隐的七绝《贾生》一诗中的名句,明白李岩的意思,轻轻点头,微微一笑,说道:

"君臣之间不同于朋友之间,召见时说话不可不多加谨慎,见机讽谏,适可而止。"

李岩的心思沉重,不便再往深处谈,便继续踱着方步。宋献策明白李岩借用李商隐的两句诗,不仅是对皇上,也是对他宋献策的婉转讽刺。他想了想,又接着说道:

"当然,你我蒙皇上知遇之恩,忝居正副军师之位,有些军国大事,所见者深,该说的话还是要说的。"

随即,为着晚膳后皇上召见的事,他们又密谈一阵。

晚膳后不久,宋献策和李岩不曾休息就奉召进宫了。他们在李自成面前叩了头,坐下以后,李自成因为看出来李岩在晚膳前的御前会议上似有什么心思,不像牛金星对决定从德胜门进城之事那样振奋,所以先不问宋献策,亲切地呼着李岩的表字问道:

"林泉,明日就要进北京内城,你认为孤应居何处宫殿为宜?"

李岩恭敬地回答说:"关于陛下进北京应驻跸何宫,臣曾与宋军师私下议论过,宋军师的主张臣颇佩服,他的意见是陛下驻跸武英殿最好不过。"

李自成立刻转向军师:"武英殿在什么地方?为什么不能住乾清宫?"

宋献策回答："在昌平州御前会议时，有人建议皇上按照历朝旧制，居住乾清宫……"

李自成截住说："是的，你说过，按照《易经》，乾为天，乾为阳，乾为君，乾刚坤柔，这是不易之理。为什么你同林泉又建议孤居住武英殿？武英殿在什么地方？"

宋献策笑着说："陛下所言，诚然是《易经》的不易之理。然而《周易·说卦》又说：易之为道也屡迁，变动不居，惟变所适。臣窃以为陛下不可居住乾清宫之故有二：第一条，如日前顾君恩所言，崇祯秉性刚强，不同于历代庸懦亡国之君。当内城破时，他必会自尽，身殉社稷。在何处自尽？他会在乾清宫自缢，在乾清宫服毒，在乾清宫举火自焚。不管他在乾清宫如何身殉社稷，陛下是不能进乾清宫居住的。"

"第二条呢？"

"第二条，以微臣愚见，崇祯纵然不死在乾清宫，然而乾清宫为崇祯居住与处理国事之处，今日亡国，必为戾气①所积，不作大的祓除②，皇上万不可居。原来知道西华门内有武英殿这座宏伟宫殿，但详细情况也不清楚。自从过了宣府以后，臣见距北京日近，便留心向进过武英殿的从龙诸文臣和新投降的监军太监询问，知道了武英殿规模很大，与文华殿规制相同，但多了三座金水桥，所以臣反复慎思，敢向陛下建议，以驻跸武英殿最为适宜。"

李自成沉默片刻，不能决定。在崇祯一朝，不但经常在文华殿召对臣工，而且从荒唐的明武宗以来，经过了大约一百二十年，独有崇祯一个皇帝勤于治事，喜欢读书，重新恢复了每年春秋二季请文臣为皇上讲书的"祖制"，称为"经筵"，而地点就

---

① 戾气——迷信所谓不祥之气、凶煞之气。
② 祓除——用一些办法消除不祥，如请僧道诵经、祭神，做"法事"等。

在文华殿。所以,在崇祯登极以来的十七年间,文华殿特别出名。李自成想了想,向宋献策问道:

"有人建议孤居住文华殿,你以为如何?"

宋献策在心中说道:"果不出我们所料!"他恭敬地向皇上回奏,说他已经同李岩研究过文华殿是否适宜,李岩有很好的意见,可以由李岩向皇上面奏。李自成随即将眼光转向李岩。李岩奏道:

"在昌平州御前会议时,有人建议,陛下如不居住乾清宫,便以居住文华殿为最适宜。文华殿规模宏伟,后有谨身殿,俗称为文华后殿。两殿与左右庑及其余厢房合为一个宫院,房屋足用,又周围有红墙围护,十分严密。而且他们又说,文华殿在皇极门之东,东华门之内。陛下驻跸文华殿正符合古语'紫气东来'之谶。还说……"

李自成插了一句:"还说,文华殿离内阁很近。"

李岩接着奏道:"以臣看来,陛下进入紫禁城后,居住文华殿不如居住武英殿为宜。"

"为什么?"

"古人虽有一句'紫气东来'的话,但不能作为陛下平定幽燕之谶。相传昔日老子……"

"他也姓李。"

李岩接着说:"相传昔日老子因道不行于中国,骑青牛出函谷关西去。关令尹喜①望见紫气自东西来,认为将有圣人来到。不久,果然老子来到了函谷关。陛下躬率义师,东征幽燕,所以'紫气东来'一语不是陛下祥瑞之谶,只有献策所献'十八孩儿

---

① 关令尹喜——守关吏名叫尹喜。

北京!北京! 367

兑上坐'之谶方为陛下受命之符①。"

李自成含笑点头："对，对。你说下去，说下去！"

李岩又接着说："武英殿在皇极门之西，西华门之内，与文华殿遥遥相对，在紫禁城中居于兑方。陛下虽以北京为行在，不拟久留，但在北京紫禁城驻跸期间，也不应忘'兑上坐'三字之谶。"

李自成大为高兴，说道："多亏你们提醒，孤决定住在武英殿！"

李岩又说道："臣等建议陛下驻跸武英殿，蒙陛下欣然同意，此实陛下从谏如流之美德，为我国家之利，愚臣等不胜欢忭鼓舞之至！趁此机会，臣仍欲就此事有所进言，望陛下俯听一二。"

"你说吧，不要顾虑。"

"臣不如献策深明五行八卦之理，但往年为科举考试，对《易经》也曾反复读过，对阴阳八卦之理略知皮毛。文华殿在紫禁城中居于震方。《说卦》云：'万物出于震。震，东方也。'震卦主东方，又为春天之卦，又主万物生长发育。总之是一片和悦景象……"

"这与今日的情况也颇相合。"

"不然，陛下。"李岩停了停，望一眼皇上的神色，接着说道，"臣请陛下恕罪，听臣冒昧直言。献策与臣，备位正副军师，参与帷幄，兢兢业业，不敢懈怠。故日常所虑者多，不能不常怀殷忧。许多文武大臣因见我皇上义旗东指，一路迎降，势如破竹，将唾手而克北京，取明朝江山如拾芥，不怪文武臣工颇生骄傲之气，认为江南可传檄而定，太平即在眼前，上下欢腾，如

---

① 受命之符——从西汉初年以来，一种迷信思想盛行，认为帝王坐天下必有各种祥瑞或《谶记》，称为受命之符。

醉春风。臣与献策,只怕粗心大意,变生不测。如今尚不是偃武修文时候,请陛下居住武英殿,除为了顺应'兑上坐'之谶,也为了昭示群臣:得了北京,尚非天下太平之时。"

李自成的心中一动,向两位军师问道:"孤登极之后,也不愿再有恶战,也打算偃武修文,使天下早享太平之福。难道吴三桂还敢螳臂当车,自寻灭亡不成?"

宋献策说道:"臣亦愿吴三桂前来投降,但也要防备万一。"

"吴三桂如不投降,就用兵征剿,不留肘腋之患。你们说是么?"

李岩回答说:"吴三桂在山海卫驻军,虽为我朝肘腋之患,但是他前进不能,退无所据,实际不足为虑。臣等以为目前可虑者不是吴三桂,而是满洲。我军初到北京,立脚未稳,万一东虏乘机入塞,而吴三桂与之勾结,必为大患,所以不能不小心防范。"

李自成自从破了西安,恢复长安旧称,以长安为京城即所谓"定鼎长安"以来,在心态上起了很大变化。他陶醉于辉煌的军事胜利,除歌颂胜利的话以外,不愿听不同的意见。那些新降的文臣,多是在宦海中浮沉多年,自诩为洞达时务,认识"天命攸归",所以才投归新主,庆幸得为攀龙附凤之臣,赞襄真主创业。他们很容易看出新圣上最喜欢歌功颂德、夸耀武功,于是所有的新降文臣都按照新主子所好歌功颂德。纵然有人看到了一些问题,想贡献有利于开国创业的一得之见,一看皇上醉心于功业烜赫,恶听直言,也就没有谁敢说实话了。

听了李岩的话以后,李自成的正在高兴的心情好似被浇了一股冷水。只是为着表示他虚怀纳谏,没有露出来不悦之色。他认为满洲人震于他的军威,必不敢此时南犯,李岩的话未免过虑。

他望望宋献策，明白宋和李有一样看法，勉强笑着说：

"你们是孤的亲信谋臣，历年来赞襄帷幄，果然不同于一班文臣。说到满洲人南犯的事，孤何曾不在心中想过？在东征的路上也想过多次。不过……"

趁着李自成片刻沉吟，宋献策看见他的脸上的笑容消失，似乎不同意他们对满洲人的顾虑。

"不过，"李自成接着说，"以孤想来，满洲人未必敢在此时南犯。"

宋献策赶快说道："陛下英明，比臣料事深远。愿闻陛下睿见，以释愚臣杞忧。"

李自成又微笑一下，胸有成竹地说："在崇祯的十七年中，因为朝政腐败，兵力空虚，遂使满洲鞑子几次入犯，攻破城寨，饱掠而归。目前我大军攻破北京，建立新朝。我军声威，谅满洲也会知道。以孤忖度，满洲人不足为虑。"

宋献策说道："陛下睿谋宏远，烛照虏情，实非臣等所及。然臣等恐事出料外，不得不防，所以已命刘体纯不必等候进入北京，即率他所部人马由昌平直趋通州，立即刺探山海关与辽东军情，不可稍有疏忽。"

"很好，很好。你们已经同捷轩商定，派出一万多精兵不参加攻城之事，赶快去驻防通州一带，这部署也深合孤意。"

李岩见皇上毕竟英明，肯听进言，赶快又说道："陛下，我朝新建，同东虏必有一战，不可不尽早放在心中。《兵法》①云：'昔之善战者，先为不可胜，以待敌之可胜。不可胜在己，

---

① 《兵法》——我国古人所著兵书很多，其中最完备、具有权威性的著作是战国时齐人孙武所著的兵书，称做《孙子十三篇》，古人引用时简称《兵法》即可。以下所引用的话，均在《孙子·形篇》。

可胜在敌。'以臣之愚见,从明日攻克北京之后,即应以不可胜之势,使敌人不敢来犯。"

李自成心中认为进北京后第一件大事是举行登极大典,昭告天下,传檄江南。李岩的话不合他的心意。他不相信他手下有精兵强将,百战百胜,满洲人胆敢来犯。但是他没有流露出不高兴的神色,含笑问道:

"如何使敌人不敢来犯?"

李岩回答说:"《孙子》说:'善用兵者,修道而保法。'臣以为这'修道而保法'一句话,言简意赅,深具至理,陛下应反复思之。"

"孤在商洛山中时,每日练兵之外,杂事不多,有闲暇读书。《孙子十三篇》也仔细读过多遍,遇有心得处反复背诵,并在书页上写了不少眉批。你说的'修道而保法'这一句,孤也记得,你此刻提到这句话是何意思?不妨明白说出,无庸忌讳。"

宋献策看出来皇上微露不悦之色,暗中用脚尖在李岩的脚上碰了一下,要他适可而止。但李岩却有一种骨鲠性格,愿意趁此进入北京前夕,为皇上贡献忠言,所以不顾宋献策的暗示,向皇上说道:

"关于《孙子》的这句话,诸家注释,各有发挥,臣以为诗人杜牧的注解最得真谛。按照杜牧的注解,道就是仁义,就是仁政;法就是法制,既指治理国家的法制,也指军纪严明。所以臣惟望陛下不忘'修道而保法',便不必担忧东虏乘机入犯了。"

李自成问:"明日上午就要进北京内城,如何才是'修道而保法'?请言其详。"

李岩凭着一片忠心,明知皇上不会听从,还是大胆地直言:"原来陛下早已决定,破城之后,将明朝勋戚[①]与六品以上

---

① 勋戚——勋臣与皇亲两种家族,简称勋戚,构成封建社会中最高统治阶层。

官员,除少数素有清廉之名的朝臣以外,全数逮捕,拷掠追赃,以济国用。皇上又念三军将士多年来追随陛下暴霜露,冒白刃,幸而不死,得有今日,所以决定顺应三军将士之望,在北京城破之后,三军入城驻扎,与民同乐。当时臣与献策对此两项决定,都曾谏阻,区区忠言,未蒙皇上见纳,至今忠心耿耿。今日我大军即入北京内城。臣冒死再次进言,请陛下取消成命,以利国家,不使敌人有可乘之机。"

李自成沉默片刻,问道:"倘若孤取消成命,如何处置方好?"

"陛下是一国之君,遇有大事,俯听众议,断自宸衷。众多部队,何者进城警备弹压,何者在城外原地驻扎,候令进止,今晚陛下即可下一上谕,诸将遵谕而行,不得稍违。至于原议对勋戚大臣拷掠追赃之事,可在今晚或明日进城时传谕汝侯刘宗敏,暂缓执行,听候再议。"

宋献策已经从李自成的神色上看出来李岩的话说得过直,引起"圣心"不悦,正想再踢一下李岩的脚,而李岩却耐不住接着说道:

"臣愚,值此进入北京之际,惟以效忠陛下为念,故敢知无不言,言无不尽,使国家开业奠基,成为千古楷模。陛下为尧舜之主,功业将远迈汉祖唐宗。陛下应记得汉高祖初克咸阳,听了樊哙与张良的进言,随即从咸阳退出,还军霸上,与父老'约法三章'①,就是约定了三件大事:杀人者死罪,犯伤人罪与盗窃罪的,都要依法治罪。除这三条之外,秦朝的一切旧法全部废除。所以沛公在关中深受百姓爱戴,正如《史记》上说,'秦民

---

① 约法三章——从前习惯上所说的"约法三章",大概是句读错误,使"约法"二字连读,成为一个词儿。但"约法"是现代术语,不应出自古人口中。《史记》原句应读做:"与父老约,法三章耳。"

大喜，争持牛、羊、酒食献飨军士。'明日陛下进北京，当然与汉高祖入咸阳不可同日而语。当时刘邦不但尚未称帝，也未称汉王，名义仅是沛公。今日陛下已经是大顺皇帝，驾临北京，当然应驻跸于紫禁城内。但大军数万人都驻扎北京城内，军民混杂，臣窃以为非计。至于将明朝的勋戚大臣一齐逮捕，拷掠追赃，臣请缓行。首先在北京行宽仁之政，以收揽天下人心。俟大局安定之后，择勋戚大臣中罪恶昭著、万民痛恨的，惩治几个，其余降顺的一概不究。如此行事，不惟使北京安堵如常，而且使各地观望者望风归顺，也使敌对者无机可乘。"

"你还有什么建议？"

"臣本书生，蒙陛下厚爱，置诸帷幄之间，参与军国之事，故敢就以上二事，披沥直陈。还有一事，亦望陛下斟酌。"

"何事？"

"北京虽在辇毂之下，为百官巨商云集之地，然究其实，中小平民居于多数。数月来山东漕运中断，平民小户素无积蓄，生活必甚艰难。进入北京之后，如何赈济京师饥民，也望陛下斟酌决定。今日国家制度粗定，与往年情况不同。京师各处粮食仓储如何稽核以及如何放赈之事，均归户政府职掌，而五城直指使①可以协助办理。"

李自成向宋献策问道："献策，林泉建议诸事，你以为如何？"

宋献策明白关于驻军城内与对大臣拷掠追赃都是在西安决定的，为刘宗敏和陕西将领所主张。李自成虽然英明，却十分倚信以刘宗敏为首的陕西将领，所以李岩今夜不脱离书生之习，向皇上提出前两条建议，已经晚了，徒惹皇上心中不快，他必须为李岩缓和一下。趁皇上要他说话，赶快婉转说道：

---

① 五城直指使——即五城御史。大顺朝将明朝的御史改称"直指使"。

北京！北京！ 373

"陛下睿智过人，胸怀开朗，颇有唐太宗之风。林泉今晚直言建议，也是仰慕古人，欲效魏征之骨鲠。君臣契合，先后辉映，必将成为千古美谈。陛下进北京后，对官民行宽仁之政，收揽人心，并将人马驻扎城外，一则有利于招降吴三桂，二则使东房见我无隙可乘，不敢来犯。林泉的这两条建议，均是为国家着想，出自一片忠心。只是以上二事皇上在西安出师之前已与汝侯商定，亦为诸将之愿，早已宣布于众，临时不好收回成命。不妨在明日大军进入内城时，皇上重降圣旨，谕三军严守纪律，秋毫无犯，违者斩首。至于拷掠追赃之事，如何适可而止，先严后宽，由陛下斟酌情况而定。"

李自成点头说："你的意见很好，由孤斟酌好啦。"

因为断定明日一早就会破了内城，如今已到三更，要赶快处理的事情很多，这次小型的御前密议到此停止。

宋献策和李岩刚离开钓鱼台行宫，李自成将吴汝义和李双喜叫到面前，又命传宣官去叫天佑阁大学士牛金星立刻进宫。

李岩和宋献策经过今晚的行宫召对，在满朝文武陶醉于即将进北京和即将一举灭亡明朝的伟大胜利之夜，他们出于对皇上的一片忠心，也出于他们做军师的军国重任，终于说出了埋藏在心中已久的一些意见，同目前大顺朝中一味歌颂的声音很不调和。虽然他们觉得应该向皇上说的重要意见还没有完全说出，但是他们都看得出来，皇上已经流露了不悦之色。最后，皇上并没有对他们的意见爽快采纳。关于原定大军进驻城内，对勋戚和六品以上的官员拷掠追赃这两件事，照旧执行；而对京师贫民放赈的事，皇上一字不提。所以两位军师从钓鱼台行宫退出以后，心上的忧虑并没有减轻，在行宫大门外默然上马，带着一群扈从的官员、奴仆和亲兵驰回驻地。

丞相府的临时驻地距行宫不足一里。牛金星正在同六政府尚书商议明日入城诸事,听到宣召就立即进宫,所以宋献策和李岩还没有回到军师府驻地,牛丞相已经坐在大顺皇上的面前了。由于各种原因,在李自成的心上,牛金星的分量比宋献策要重一些,至于李岩的分量,比牛金星差远了。李自成心中明白,如今尚在作战时期,所以在西安时宣布圣旨以刘宗敏为文武百官之首,等日后全国统一,天下太平,自然要依照汉、唐、宋历代旧制,以宰相为百官之首。至于军师府这个衙门,也是目前的短期建制。到了天下太平时候,军师府就要撤销了。由于牛金星在大顺朝文臣中如此重要,所以李自成召见过宋献策和李岩之后,立刻将牛金星召进宫来。

李自成问道:"文臣们有人建议孤进城后居住乾清宫,有人建议居住文华殿,可是两位军师建议孤居住武英殿,以合《谶记》上'十八孩儿兑上坐'的话。先生以为如何?"

"陛下如何决定?"

"孤听了他们的面奏,觉得很有道理,已经同意。倘若你认为尚有不妥之处,不妨直言,还来得及召他们进宫来重新商议。"

"他们的建议很好。陛下立即采纳,实为英明过人。"

李自成又问道:"你也认为乾清宫不可居住?"

牛金星明白皇上仍是念念不忘乾清宫,立即回答:"臣虽然不曾与献策讨论此事,但意见完全相同。陛下试想,今夜我大顺数万将士和满朝随征大小文臣是何等振奋鼓舞,单等明日进城。可是今夜崇祯及其众多宫眷与朝臣正好相反,痛哭无计,纷纷自尽。崇祯非一般庸懦亡国之君,今夜他知道内城必破,必将设法藏匿民间,然后再逃出北京,以图恢复。如他认为逃走无望,必定自尽,或是自缢,或是自焚,这就是古人所谓'国君死社稷'之义。他会在何处自尽?……"

"听说他在宫中还有一处家庙,称做奉先殿。会不会在奉先殿自尽?"

"不会。崇祯这个人,秉性十分刚强,即位后宵衣旰食,总想做一个中兴之主。如今亡国,他认为死后无面目看见祖宗,所以臣以为他不会死在奉先殿。"

"你认为他会死在乾清宫?"

"臣以为他十之八九会自缢在乾清宫,或在乾清宫举火自焚,而且必有一些宫眷从死于乾清宫中。不管如何,明朝新亡,乾清宫必然凝聚凶戾之气,不可为陛下驻跸之处。两位军师建议陛下驻跸武英殿,最为合宜。"

"崇祯会不会逃出北京?"

"臣最担心者正是此事。如今大军四面包围北京,外城已入我手,估计他今夜没有机会逃出北京;臣怕他藏匿民间,俟机逃走,一旦微服混出城门,即可以间道南下,辗转逃往江南。崇祯年纪尚轻,在民间并无桀、纣之恶名,倘若他据守南京虎踞龙盘之地,凭借江南之财富与人民,则我朝欲统一中国必将费很大周折。"

李自成沉吟说道:"这倒是一件值得……"

牛金星赶快说:"虽然这是一件值得担心的大事,但请皇上放心。献策与林泉一向思虑周密,必有通盘考虑。明日如何清宫,如何寻找崇祯生死下落,他们必不敢疏忽。明日李过将军先进入紫禁城中清宫,献策今夜必会详细嘱咐。"

李自成点点头,又问道:"对于清宫的事,你还有什么意见?"

"清宫之事,凡臣能够想到的,献策与林泉必然都已想到。只有一事,臣要面奏陛下……"

牛金星话未说完,传宣官进来,跪在李自成的脚前奏道:

"启禀皇爷,汝侯刘宗敏前来见驾。"

"传他前来!"

其实刘宗敏并没有站立在行宫大门内等待传禀，而是跟随在传宣官后边直往里走。别的文武大臣进入宫中时都是毕恭毕敬，脚步很轻，只有他依然是当年的草莽英雄脾性，脚步踏得砖地咚咚响。当李自成刚说完"传他进来"一句话，他已经进来了。自从在西安建国以来，别的大臣，从丞相牛金星和军师宋献策起，来到李自成的面前，都是先跪下叩头，行君臣之礼，然后李自成命坐，才恭敬地坐下奏事。刘宗敏虽然忠心耿耿地拥戴李自成做皇帝，并且想为众多武将做个榜样，然而他在短时间内还不习惯处处遵守严格的君臣之礼。此刻他来到李自成的面前，叉手躬身，声音洪亮地说道：

"万岁！今晚我们都别想睡，准备明日一早进城！"

李自成的心中猛然一喜，强装冷静地说道："坐下。坐下说话。"

等刘宗敏坐下以后，他接着问道："有什么新的消息？"

刘宗敏说："我军将士同守城的人们互相说话，城上官员禁止不住。我军将士对城上说，如不大开城门，就要猛力攻城，对城上众炮齐发，云梯登城，杀进城去以后，对军民一个不饶。守城的人们十分恐慌，请我军不要攻城，答应在五更时打开城门，放我军进城。"

"哪个城门？"

"城上的人们已经变心，守城的大太监们也变了心。明早黎明时候，九门齐开。"

"军师府知道么？"

"军师府的消息灵通。我刚才得到禀报，献策那里自然也得到禀报了。我刚才往行宫来的时候，差人将这消息告知了丞相和两位军师，请他们速来行宫，在御前商议皇上明日如何进城的事，没想到启东已经进宫来了。"

"刚才献策和林泉在孤面前谈了很久,已经决定,明日孤由德胜门进城。献策说,德胜门在北京的乾方,孤应走乾方进城。"

刘宗敏的广额高颧、骨棱棱的方脸上绽开了一丝嘲讽的微笑,说道:

"这宋矮子!不让皇上就近从阜成门进城,偏要绕道德胜门进城!对阴阳八卦咱不懂,听他的意见吧。皇上进了紫禁城以后住在什么地方?"

"两位军师说,武英殿在紫禁城中的兑方,建议孤居住在武英殿,孤已经同意了。"

"啊,也是,'十八孩儿兑上坐'嘛!这建议也很重要,皇上当然同意。他们别的还有什么重要建议?"

"他们还有三条建议。"

"哪三条?"

"破了北京以后的两件事,本来在西安出兵时已经商定了,三军将士听说后无不鼓舞。当时文武大臣中只有献策、林泉,还有玉峰,独持异议。他们先是不同意马上向北京进兵,建议先经营中原、秦、晋和山东各处,两年后再派出大军东征幽燕。他们受到了孤的责备,才不敢坚持暂缓东征之议。当时在御前会议上商定了进北京的三件大事:一是进北京就筹备登极大典;二是逮捕明朝的勋戚大臣,拷掠追赃,以济国用;三是体念将士们多年辛苦,决定驻军城内,休息半月,军民同乐。估计在半月之内,登极大典就能举行。在西安时,献策和林泉因谏阻东征受了孤的责备,对破北京后休军城内和拷掠追赃两件都无二话,但是他们的心中并不赞同。今晚由林泉建议,献策赞同,一唱一和劝孤改变原议。他们建议:第一,将大军驻扎城外,只派少数人马入城,维护城内治安,弹压不轨;第二,暂缓追赃,效法汉刘邦入咸阳后对父老的'约法三章';第三,向北京贫民开仓放赈。"

刘宗敏笑着说道："他们的建议也是出于忠心，只是太书生气啦。启东，你说是么？"

牛金星虽然心中同意宋献策和李岩的建议，但是他深知李自成所依赖的是以刘宗敏为首的陕西武将，而急于东征幽燕以及破北京后休兵城内和逮捕明朝的勋戚大臣拷掠追赃，都是陕西武将们的主张。他立志做一位开国的太平宰相，所以他不愿在这两个问题上说出来他自己的主张。他看刘宗敏和皇上都在望着他，等待他的回答，他只好说道：

"我皇上应天顺人，由西安出师东征，一路势如破竹，昨日圣驾到达北京城下，明日一早就进入北京内城，灭亡明朝。如此武功，实为千古所少有。进入北京之后，赶快举行登极大典，以慰天下百姓之望，这是许多大事中最大的一件事。我大顺满朝文武，咸同此心。至于其他诸事，如大军是否应该暂驻北京城内休息，是否应该进北京就将明朝勋戚大臣逮捕追赃，非我大顺朝眼下立国的根本大计。凡事有经有权，献策与林泉所奏，也许是狃于刘邦入咸阳后与父老'约法三章'故事，知经而不知权。遇此等时候，陛下既要容臣工们各抒己见，也要断自宸衷。俗话说：家有千百口，主事在一人。帝王为一国之主，在八卦为乾。国家大事，众说不一，断自宸衷，称为乾断，自古英明之主，莫不如此。"

刘宗敏顿时忘了是在皇上面前，不觉哈哈大笑，说道：

"你说得真好，不怪是大顺朝开国宰相！"

一个宣诏官进来，禀报说正副军师在宫门求见皇爷。李自成正在高兴，说道：

"快传他们进来！"

不过片刻，宋献策和李岩毕恭毕敬地躬身进来，在李自成的面前行了叩头礼。李自成命他们坐下以后，随即十分高兴地问道：

"破了外城以后,守内城的太监和军民,跟着就人心瓦解,已经传出话来,明日五更打开城门迎降。这好消息你们都知道么?"

宋献策欠身答道:"臣等知道,也在臣等意料之中,此所谓水到渠成,瓜熟蒂落。"

李自成又称赞说:"你曾说,倘若十八日有微雨,十九日黎明准定破城。果如所卜,真是卦理通神!明日孤如何进城,你们都商议好了么?"

献策回答:"臣等原料定十九日黎明会破内城,所以已拟定了皇上入城节略①,命军师府中司缮吏员誊抄数份,如今带来行宫。不知所拟是否妥当,请林泉取出,在御前恭读,请旨定夺。"

李岩从袖中取出一个简便的红绫文书匣,打开文书匣,取出四份用恭楷缮写的红纸文件,题目是《圣驾入城节略》。他先将一份捧呈御案,再将一份给刘宗敏,一份给牛金星,自己留下一份,然后对皇上恭读节略。李自成看着节略,同时听李岩读了一遍,面含微笑,频频点头,对两位军师说:

"你们在节略中详细写了如何从钓鱼台行宫启驾,一部分御营将士如何从阜成门先进城去,占领皇城诸门,包围皇城,一部分文武大臣与部分御营将士如何护驾,沿路如何警跸,先进城的文武百官如何由汝侯与丞相率领,在德胜门内接驾,然后圣驾如何进入皇城、紫禁城,进入武英殿驻跸,一一写得清楚。仓促之间,难得你们计议得这么周到!"

宋献策欠身说道:"几天来臣与副军师虽在征途之上,然因破北京已经是指顾间事,所以臣等在马上或宿营时议论数次,命军师府官员们拟稿备用。今日又稍加厘定,缮写数份,并非仓促

---

① 节略——一种文件的名称,对事情的简明扼要叙述。

写就。"

李自成转向牛金星问道:"军师们拟的入城节略,你以为如何?"

牛金星欠身回答:"臣忝居宰相之职,但对圣驾如何入城,一应诸事,尚未考虑如此周详。两位军师所拟节略,臣十分同意。然有一事,还请陛下与两位军师斟酌。"

"何事?"

"节略中拟定两次清宫,此议甚善。城破之后,李过将军率领一千将士迅速进入紫禁城内,占领四门,一则要搜查崇祯生死下落及太子、二王,二则要肃清太监中有无暗藏兵器之人,以防不测。然后吴汝义率领御营将士清宫,按册清点紫禁城中未曾逃散的宫女、太监,封存宫中库藏,派兵日夜巡逻,禁止宫女与太监盗窃各宫中金银宝物,以备几天内清查登记。双喜将军率五百将士护驾入城,以后专驻守武英殿周围,也受吴汝义节制。两位军师如此安排,十分合理。只是吴汝义将军的职衔,似与他的责权有所不符。"

宋献策说道:"丞相所虑极是。我朝因官制草创,颇为疏略。以前陛下称大元帅及新顺王时,吴汝义称中军制将军。去秋在西安建国,暂以秦王府为大顺皇宫,吴汝义统管宫禁之事,改称中军权将军,已觉不妥。今至北京,紫禁城内一切军政要务,头绪纷繁,都归吴汝义掌管,确应另定官职,便于施展才能。但臣等对历代职官志未曾考究,请陛下酌为钦定名称。"

李自成向牛金星问道:"启东,用何官名最好?"

牛金星捻须低头想了片刻,抬头回答说:"陛下,上古之世,设有宫正一官,专管宫内之事,见于《周礼》①。秦汉以

---

① 《周礼》——又称《周官》,一部详细记载西周官制的古书,相传为周公姬旦所作。但后人考证,疑为战国末期人所作,托名周公。

来，并无掌宫中庶事的专职官员，内廷与外廷的政务交错，界限不明。到了明代，内廷事务完全由太监职掌，设置了严密的内官官制。内臣分为十二监，二十四衙门，以司礼监掌印太监地位最尊，俗称内相。除内廷十二监之外，还有东厂与西厂派出的监军太监，万历时还有派到各地征收矿税的太监。陛下鉴于明代太监之弊，所以不再信用太监。目前吴汝义秉承皇上意旨总管行在宫内军政百务，此系我朝新创，可否暂称为宫内大臣，以待日后回长安再为确定？"

李自成点头同意，又问："清宫的事，你还有什么建议？"

"臣请皇上命副军师李岩也带军师府若干官员和兵丁同吴汝义一起清宫。"

"为着何事？"

"清宫时有一件事必须副军师去为好。天启张皇后因不附和客、魏奸党，深受国人敬重。她原籍杞县，与林泉是小同乡。她曾经身为国母，按道理她会自尽殉国。但是仓皇之际，也许自尽未成。清宫时林泉即到慈庆宫去，看张皇后是否已死。如她尚未自尽，可对她宣布大顺皇帝口谕，我朝将对她厚养终身。如她必欲自尽殉国，可派人护送她回到张皇亲府中，从容自尽。不管张皇后是否已死，将士们都不许到慈庆宫中滋扰。陛下，可以如此办么？"

"好，好，就照你的建议去办。"

时间已经过了四更。因为准备进城的事情很多，大家今夜别想睡觉了。御前会议赶快结束，刘宗敏立刻回到东征提营首总将军府的临时驻地，飞马传令各营主将，准备开进内城。各营从什么城门进城，在城内驻扎何处，都是军师府在事前遵旨拟好的计划，已经由刘宗敏以军令传知各营主将，今夜只是重申前令，同时严令人马进城后对居民务要秋毫勿犯。

牛金星要赶快回到丞相府临时驻地，召集六政府与文谕院大臣会议，部署明早如何进城和如何在巳时前赶到德胜门迎接圣驾。

宋献策和李岩最后离开行宫。他们离开御前后，在临时朝房中等候。李自成将吴汝义和李双喜叫到面前，用杏黄纸写了两道手敕，一道是钦命吴汝义为"宫内大臣"，一道是钦命李双喜为协理宫内大臣兼御前侍卫将军。然后宋献策和李岩带着吴汝义和李双喜驰回军师府驻地，又传知李过前来，一同研究明日如何护驾、警跸和如何清宫诸事。对李过和吴汝义而言，特别要紧的一件大事是要找到崇祯，弄清他的死活。

李自成虽然连日来鞍马劳累，今夜又几乎整夜未眠，但因为破城即在眼前，他一点儿睡意也没有了。行宫御厨为他准备了夜宵点心，他随便吃了一点，便在亲兵的护卫下登上了花园中的假山，向东方看了一阵，看到紫禁城方面并没有冒出火光，他的心中产生了一串问题，默默问道：

"崇祯此刻在做什么？自尽了么？心腹太监帮助他在民间藏起来了么？他的众多宫眷今夜如何？……"

第十七章

连日来崇祯食不下咽,夜不成寐,不但眼眶深陷,脸色灰暗,而且头昏目眩,身体难以支撑。但是亡国就在眼前,他不能倒下去对国运撒手不管,也不能到养德斋的御榻上痛睡一阵。他本来打算在乾清门亲手挥剑斩杜勋,临时来了精神,带着一腔怒火,顿然间忘记疲惫,大踏步走出乾清宫,从丹墀上下了台阶,走到乾清门,稳稳地在龙椅上坐定。乾清宫的宫女们和太监们重新看见了往日的年轻皇上。但是杜勋走后,崇祯鼓起的精神塌下去了,连午膳也吃不下,回到乾清宫的东暖阁,在龙椅上颓然坐下,恨恨地长叹一声,喃喃自语:

"连豢养的家奴也竟然胆敢如此……"

他十分后悔刚才没有在乾清门将杜勋处死,以为背主投敌者戒。生了一阵闷气,他感到身体不能支撑,便回到养德斋,由宫女们服侍他躺到御榻上,勉强闭着眼睛休息。当养德斋中只剩下魏清慧一个宫女时,他睁开眼睛,轻轻吩咐:

"要是今日吴三桂的关宁铁骑能够来到北京城外,你立刻将朕唤醒。"

魏清慧虽然明白吴三桂断不会来,但是她忍着哽咽答应了"遵旨"二字。崇祯又嘱咐说:

"朕命王承恩传谕诸皇亲勋臣们在朝阳门会商应变之策,如今该会商毕了。王承恩如回宫来,立刻奏朕知道。还有,朕命吴祥带人去城上捉拿杜勋,一旦吴祥回来,你也立刻启奏!"

"皇爷,既然刚才不杀杜勋,已经放他出城,为甚又要将他捉拿回来?皇上万乘之尊,何必为杜勋这样的无耻小人生气?"

崇祯恨恨地说:"哼,朕一日乾纲不坠,国有典刑,祖宗也有家法!"

魏清慧不敢再说话,低下头去,轻手轻脚地退到外间,坐在椅子上守候着皇上动静,也不许有人在近处说话惊驾。过了片刻,听见御榻上没有声音,料想皇上实在困倦,已经入睡,她在肚里叹息一声,揩去了眼角的泪水。

崇祯一入睡就被噩梦缠绕,后来他梦见自己是跪在奉先殿太祖高皇帝的神主前伤心痛哭。太祖爷"显圣"了。宫中藏有太祖高皇帝的两种画像:一种是脸孔胖胖的,神态和平而有福泽;另一种是一个丑像,脸孔较长,下巴突出,是个猪像,同一般人很不一样。崇祯自幼听说那一轴类似猪脸的画像是按照洪武本人画的。现在向他"显圣"的就是这位长着一副猪脸的、神态威严的老年皇帝。他十分害怕,浑身打颤,伏地叩头,哭着说:

"孙儿不肖,无福无德,不足以承继江山。流贼眼看就要破城,宗社不保,国亡族灭。孙儿无面目见太祖皇爷在天之灵,已决定身殉社稷,以谢祖宗,以谢天下。"

洪武爷高坐在皇帝宝座上,长叹一声,呼唤着他的名字说道:"由检,你以身殉国有什么用?你应该逃出去,逃出去恢复你的祖宗江山。你还年轻,不应该白白地死在宫中!"

崇祯哭着问道:"请太祖皇爷明示,不肖孙儿如何能逃出北京?"

洪武爷沉吟说:"你总得想办法逃出北京,逃不走再自尽

崇祯皇帝之死

殉国。"

"如何逃得出去？"

崇祯伏地片刻，高皇帝没有回答。他大胆地抬起头来，但见高高的宝座上烟雾氤氲，"显圣"的容貌渐渐模糊，最后只剩下灰色的、不住浮动的一团烟雾，从烟雾中传出来一声叹息。

崇祯忍不住放声痛哭。

魏清慧站在御榻旁边，连声呼唤："皇爷！皇爷！……"

崇祯醒来，但还没有全醒，不清楚是自己哭醒，还是被人唤醒。他茫然睁开眼睛，看见魏宫人站在榻边，不觉脱口而出：

"朕梦见了太祖高皇帝！……"

魏宫人又叫道："皇爷，大事不好，你赶快醒醒！"

崇祯猛然睁大眼睛，惊慌地问："什么事？什么大事？……快奏！"

魏宫人声音打颤地说："吴祥从平则门回来，他看见逆贼已经破了外城。外城城门大开，有几千步兵和骑兵从彰义门和西便门整队进城！"

崇祯登时面如土色，浑身颤栗，从榻上虎地坐起，但是两脚从榻上落到朱漆脚踏板上，却穿不上靴子。魏宫人赶快跪下去，服侍他将绣着云龙的黄缎靴子穿好。崇祯问道：

"吴祥在哪里？在哪里？"

魏宫人浑身打颤说道："因为宫中规矩，任何人不准进入养德斋中奏事，所以吴祥此刻在乾清宫中恭候圣驾。"

崇祯又惊慌地问："你听他说贼兵已经进了外城？"

魏宫人强作镇静地回答说："内城的防守很坚固，请皇爷不必害怕……"

"快照实向朕禀奏，吴祥到底怎么说？快！"

"吴祥刚才慌慌张张回到宫中，要奴婢叫醒皇爷。因奴婢说皇爷十分困乏,刚刚朦胧不久,他才告诉奴婢逆贼已经从彰义门和西便门进了外城,大事不好,必须马上禀奏皇上。"

崇祯全听明白了,浑身更加打颤,腿也发软。他要立刻到乾清宫去亲自询问吴祥。当他下脚踏板时,两脚无力,踉跄几步,趁势跌坐在龙椅上。他不愿在乾清宫太监们的眼中显得惊慌失措,向魏宫人吩咐:

"传吴祥来这儿奏事!"

魏宫人感到诧异,怕自己没有听清,小声问道:"叫吴祥来养德斋中奏事?"

崇祯从迷乱中忽然醒悟,改口说:"叫他在乾清宫等候,朕马上去听他面奏!"

这时,两个十几岁的宫女进来。一个宫女用金盆端来了洗脸的温水,跪在皇上面前,水中放着一条松江府①进贡的用白棉线织的面巾,在面巾的一端用黄线和红线绣成了小小的二龙戏珠图;另一宫女也跪在地上,捧着一个银盘,上边放着一条干的白棉面巾,以备皇上洗面后用干巾擦手。但是崇祯不再按照平日的习惯在午觉醒来后用温水净面,却用粗话骂道:"滚开!"随即绕过跪在面前的两个宫女,匆忙地走出养德斋,向乾清宫正殿的前边走去。魏宫人看见他一步高,一步低,赶快去挟住左边胳臂,小声说道:

"皇爷,您要冷静,内城防守很牢固,足可以支持数日,等到吴三桂的勤王兵马来到。"

---

① 松江府——栽种棉花和纺织棉布的技术,大概在隋唐时传入我国的西域地方,中晚唐时候,广西地方也出现了棉布,但是向内地发展不快。元代又由海道传来松江人黄道婆植棉和纺织棉布的技术,黄道婆对此作出了巨大贡献。到了明代中叶以后,松江的棉布行销全国。

崇祯没有听清楚魏清慧的话，实际上他现在对于任何空洞的安慰话都没有兴趣听，而心中最关心的问题是能否逃出北京，倘若逃不出应该如何身殉社稷，以及对宫眷们如何处置。已经走近乾清宫前边时，他不愿使太监们看见他的害怕和软弱，用力将左臂一晃，摆脱了魏宫人挽扶着他的手，踏着有力的步子向前走去。

他坐在乾清宫的东暖阁，听吴祥禀奏。原来当吴祥奉旨到平则门上捉拿杜勋时，杜勋已经缒出了城，在一群人的簇拥中，骑着马，快走到钓鱼台了。他正在城楼中同王德化谈话，忽然有守城的太监奔入，禀告王德化，大批贼兵进彰义门了，随后也从西便门进入外城了……

崇祯截住问道："城门是怎么开的？"

"听说是守城的内臣和军民自己打开的。可恨成群的老百姓忘记了我朝三百年天覆地载之恩，拥拥挤挤站在城门里迎接贼兵，有人还放了鞭炮。"

崇祯突然大哭："天哪！我的二祖列宗！……"

吴祥升为乾清宫掌事太监已有数年，是一个循规蹈矩的人，年年盼望着国运好转，不料竟然落到亡国地步，所以崇祯一哭，他也跪在地上放声痛哭。

魏清慧和几个宫女，还有几个太监，都站在东暖阁的窗外，听见皇上和吴祥痛哭，知道外城已破，大难临头，有的痛哭，有的抽咽，有的虽不敢哭出声来，却鼻孔发酸，热泪奔流。

吴祥哭了片刻，抬头劝道："事已如此，请皇爷速想别法！"

崇祯哭着问："王德化和曹化淳现在何处？"

吴祥知道王德化和曹化淳都已变心，而守彰义门的内臣头儿正是曹化淳的门下，但是他不敢说出实话，只好回答说：

"他们都在城上，督率众内臣和军民固守内城，不敢松懈。可是守城军民已无固志，内城破在眼前，请皇爷快想办法，不能指望王德化和曹化淳了。"

崇祯沉默片刻,又一次想起来太祖皇爷在他"显圣"时嘱咐的一句话:"你得想办法逃出北京。"可是他想不出好办法,向自己问道:

"难道等待着城破被杀,亡了祖宗江山?"

他忽然决定召集文武百官进宫来商议帮助他逃出北京之计,于是他对吴祥说道:

"你去传旨,午门上紧急鸣钟!"

崇祯曾经略习武艺,在煤山与寿皇殿①之间的空院中两次亲自主持过内操,所以他在死亡临头时却不甘死在宫中。此时他的心情迷乱,已经不能冷静地思考问题,竟然异想天开,要率一部分习过武艺的年轻内臣,再挑选几百名皇亲的年轻家丁,在今夜三更时候,突然开齐化门冲出,且战且逃,向山海关方向奔去,然后奔往南京。北京的内城尚未失去,他决定留下太子坐镇。文武百官除少数年轻有为的可以护驾,随他逃往吴三桂军中之外,其余的都留下辅佐太子。皇后和妃嫔们能够带走就带走,不能带走的就只好留在宫中,遵旨自尽。这决定使他感到伤心和可怕,可是事到如今,不走这条路,又有什么办法?想到这里,他又一次忍不住放声痛哭。

从午门的城头上传来了紧急钟声。他认为,文武百官听见钟声会陆续赶来宫中,他将向惊慌失措的群臣宣布"亲征"②的决

---

① 寿皇殿——明代寿皇殿旧址在景山东北,清乾隆朝移建今址,正对景山中峰。寿皇殿东为永寿殿(清改名永恩殿)。再东为观德殿。

② 亲征——崇祯因为是皇帝,在他的思想中没有"逃跑"二字,用"亲征"一词代替"逃跑"。

定,还要宣布一通"亲征"手诏。于是他停止痛哭,坐在御案前边,在不断传来的钟声中草拟诏书。他一边拟稿,一边呜咽,不住流泪,将诏书稿子拟了撕毁,撕毁重拟,尽管他平素在文笔上较有修养,但今天的诏书在措词上十分困难。事实是他的亡国已在眼前,仓皇出逃,生死难料,但是他要将措词写得冠冕堂皇,不但不能有损于皇帝身份,而且倘若逃不出去,这诏书传到后世也不能成为他的声名之玷,所以他几次易稿,总难满意。到钟声停止很久,崇祯才将诏书的稿子拟好。

崇祯刚刚抛下朱笔,王承恩进来了。他现在是皇帝身边唯一的心腹内臣。崇祯早就盼望他赶快进宫,现在听见帘子响动,回头看见是他进来,立即问道:

"王承恩,贼兵已经进了外城,你可知道?"

王承恩跪下说:"启奏皇上,奴婢听说流贼已进外城,就赶快离开齐化门,先到正阳门,又到宣武门,观看外城情况……"

"快快照实禀奏,逆贼进外城后什么情况?"

"奴婢看见,流贼步骑兵整队入城,分住各处,另有小队骑兵在正阳门外的大街小巷,传下渠贼①刘宗敏的严令,不许兵将骚扰百姓,命百姓各安生业。奴婢还看见外城中满是贼兵,大概外城七门②全开了。皇爷,既然外城已失,人无固志,这内城万不能守,望陛下速拿主意!"

"朝阳门会议如何?"

"启禀皇爷,奴婢差内臣分头传皇上口谕,召集皇亲勋臣齐集朝阳门城楼议事。大家害怕为守城捐助饷银,都不肯奉旨前来,来到朝阳门楼的只有新乐侯刘文炳,驸马都尉巩永固。人来

---

① 渠贼——"贼"的大头领。
② 外城七门——永定门、左安门、右安门、广渠门、广宁门、东便门、西便门。

不齐,会议不成,他们两位皇亲哭着回府。"

崇祯恨恨地说:"皇亲勋臣们平日受国深恩,与国家同命相连,休戚与共,今日竟然如此,实在可恨!"

"皇上,不要再指望皇亲勋臣,要赶快另拿主意,不可迟误!"

"刚才午门上已经鸣钟,朕等着文武百官进宫,君臣们共同商议。"

"午门上虽然鸣钟,然而事已至此,群臣们不会来的。"

"朕要亲征,你看看朕刚才拟好的这通诏书!"

王承恩听见皇上说出了"亲征"二字,心中吃了一惊,赶快从皇上手中接过来诏书稿子,看了一遍,但见皇上在两张黄色笺纸上用朱笔写道:

朕以藐躬,上承祖宗之丕业,下临亿兆于万方,十有七载于兹。政不加修,祸乱日至。抑圣人在下位欤?至于天怒,积怨民心,赤子沦为盗贼,良田化为榛莽;陵寝震惊,亲王屠戮。国家之祸,莫大于此。今且围困京师,突入外城。宗社贴危,间不容发。不有挞伐,何申国威!朕将亲率六师出讨,留东宫监国,国家重务,悉以付之。告尔臣民,有能奋发忠勇,或助粮草器械,骡马舟车,悉诣军前听用,以歼丑类。分茅胙土之赏,决不食言!

当王承恩阅读诏书时候,崇祯焦急地从龙椅上突然站起,在暖阁中走来走去。片刻后向王承恩问道:

"你看完了?'亲征'之计可行么?"

王承恩颤声说道:"陛下是千古英主,早应离京'亲征',可惜如今已经晚了!"

"晚了?!"

"是的，请恕奴婢死罪，已经晚了！……"

崇祯面如土色，又一次浑身颤栗，瞪目望着王承恩停了片刻，忽然问道："难道你要朕坐守宫中，徒死于逆贼之手？"

王承恩接着说道："倘若在三四天前，敌人尚在居庸关外，陛下决意行此出京'亲征'之计，定可成功。眼下逆贼二十万大军将北京围得水泄不通，外城已破，只有飞鸟可以出城。陛下纵然是千古英主，无兵无将，如何能够出城'亲征'？事到如今，奴婢只好直言，请恕奴婢死罪！"

听了王承恩的话，崇祯的头脑开始清醒，同时也失去了一股奇妙的求生力量，浑身蓦然瘫软，颓然跌坐在龙椅上，说不出一句话来。在这刚刚恢复了理智的片刻中，他不但想着王承恩的话很有道理，同时重新想起今日午后太祖高皇帝在他的梦中"显圣"的事。太祖皇爷虽然嘱咐他应该逃出北京，可是当他向太祖爷询问如何逃出，连问两次，太祖爷颇有戚容，都未回答。他第三次哭着询问时，太祖爷的影像在他的面前消失了，连同那高高的宝座也化成了一团烟雾，但听见从他的头上前方，从一团缭绕飘忽的烟雾中传出来一声深沉的叹息……

王承恩悲伤地说道："皇爷，以奴婢估计，内城是守不住了。"

崇祯点点头，无可奈何地叹一口气，命王承恩将刚才放回到御案上的诏书稿子递给他。他把稿子撕得粉碎，投到地上，用平静的声调说道：

"国君死社稷，义之正也，朕决不再作他想，但恨群臣中无人从死耳！"

王承恩哽咽说："奴婢愿意在地下服侍皇爷！"

崇祯定睛注视王承恩的饱含热泪的眼睛，点点头，禁不住伤心呜咽。

崇祯断定今夜或明日早晨,"贼兵"必破内城。他为要应付亡国巨变,所以晚膳虽然用得匆忙,却尽量吃饱,也命王承恩等大小内臣们各自饱餐一顿。他已明白只有自尽一条路走,决定了当敌兵进入内城时"以身殉国"。但是在用过晚膳以后,他坐在乾清宫的暖阁休息,忽然一股求生之欲又一次出现心头。他口谕王承恩,火速点齐三百名经过内操训练的太监来承天门外伺候。

王承恩猛然一惊,明白皇上的逃走之心未死。然而一出城必被"逆贼"活捉,受尽侮辱而死,绝无生路,不如在宫中自尽。他立刻在崇祯脚前跪下,哽咽说道:

"皇爷,如今飞走路绝,断不能走出城门。与其以肉喂虎,不如死在宫中!"

崇祯此时已经精神崩溃,不能够冷静地思考问题。听了王承恩的谏阻,他觉得也有道理,三百名习过武艺的内臣护驾出城,实在太少了。然而他要拼死逃走的心思并未消失,对王承恩说道:

"你速去点齐三百名内臣,一律骑马,刀剑弓箭齐备,到承天门等候,不可误事。去吧!"

他转身走到御案旁边,来不及在龙椅上坐下,弯身提起朱笔,字体潦草地在一张黄纸上写出来一道手谕:

谕新乐侯刘文炳、驸马都尉巩永固,速带家丁前来护驾。此谕!

写毕,命乾清宫掌事太监吴祥立即差一名长随,火速骑马将手谕送往新乐侯府,随即他颓然坐下,恨恨地自言自语地说了一句:

"朕志决矣!"

恰在这时,魏清慧前来给皇帝送茶。像送茶这样的事,本来不必她亲自前来,但是为要时刻知道皇上的动静,她决定亲自送茶。差不多一个时辰了,她没有离开过乾清宫的外间和窗外附近。刚才听见皇上命王承恩速点齐三百内臣护驾,准备逃出北京。虽然王承恩跪下谏阻,但皇上并未回心转意。她明白皇上的心思已乱,故有此糊涂决定,一出城门必被流贼活捉,或者顷刻被杀。皇上秉性脾气她最清楚,一旦坚执己见,就会一头碰到南墙上,无人能劝他回头。她赶快奔往乾清宫的后角门,打算去坤宁宫启奏皇后,请皇后来劝阻皇爷。但是在后角门停了一下,忽觉不妥。她想,如果此刻就启奏皇后,必会使皇后和宫眷们认为国家已亡,后宫局面大乱,合宫痛哭,纷纷自尽。于是她稍微冷静下来,决定托故为皇上送茶,再到皇上面前一趟,见机行事。

当魏清慧端着茶盘进入暖阁时,听了崇祯那一句"朕志决矣!"的自言自语,猛一震惊,茶盘一晃,盖碗中的热茶几乎溅出。她小心地将茶碗放在御案上,躬身说道:

"皇爷,请吃茶!"

她原希望崇祯会看她一眼,或者对她说一句什么话,她好猜测出皇上此刻的一点心思。但是皇上既没有说话,也没有看她一眼,好像根本没有注意到她的进来。她偷看皇上一眼,见皇上双眉深锁,眼睛呆呆地望着烛光,分明心中很乱。她不敢在皇上的身边停留,蹑手蹑脚地退出暖阁,退出正殿,在东暖阁的窗外边站立,继续偷听窗内动静。这时她已经知道有一个长随太监骑马去传旨召新乐侯刘文炳和驸马都尉巩永固即刻进宫。她明白,他们都是皇上的至亲,最受皇上宠信,只是限于祖宗家法,为杜绝前代外戚干政之弊,没有让他们在朝中担任官职,但是他们的地位,他们在皇上心中的分量,与王承恩完全不同。她不知道皇上叫这两位皇亲进宫来为了何事,但是在心中默默地说:

"苍天!千万叫他们劝皇上拿定主意,不要出城!"

崇祯此时还在考虑着如何打开城门,冲杀出去,或许可以成功。只要能逃出去，就不会亡国。但是他也想到，自己战死的可能十有八九，他必须另外想办法使太子能够不死，交亲信内臣保护，暂时藏在民间，以后逃出北京，辗转逃往南京，恢复大明江山。可是命谁来保护太子呢？他至今不知道王德化和曹化淳已经变心，在心慌意乱中，认为只有他们可以托此大事：一则他们深受皇恩，应该在此时感恩图报，二则他们在京城多年来倚仗皇家势力，树植党羽，盘根错节，要隐藏太子并不困难，尤其是曹化淳任东厂提督多年，在他的手下，三教九流中什么样的人都有，只要他的良心未泯，保护太子出京必有办法可想。想了一阵之后，他吩咐：

"你速差内臣，去城上传旨，叫王德化和曹化淳火速进宫！"

下了这道口谕以后，他走出乾清宫，在丹墀上徘徊很久，等候表兄刘文炳和妹夫巩永固带着家丁前来。如今他对于死已经不再害怕，所以反觉得心中平静，只是他并不甘心自尽身亡。他在暗想着如何率领三百名经过内操训练的年轻内臣和刘、巩两皇亲府中的心腹家丁，突然冲出城门，或者杀开一条血路逃走，或者死于乱军之中。纵然死也要在青史上留下千古英烈皇帝之名，决非一般懦弱的亡国之君。当他这样想着时候，他的精神突然振奋，大有"视死如归"的气概，对于以身殉国的事，只有无限痛心，不再有恐惧之感。他心中恨恨地说：

"是诸臣误朕，致有今日，朕岂是亡国之君！"

他停住脚步，仰观天色。天上仍有薄云，月色不明。他又一次想着这正是利于突围出走的夜色，出城的心意更为坚定。他又在丹墀上徘徊许久，猜想他等待的两位可以率家丁护驾的皇亲应该到了，于是他停止脚步，打算回寝宫准备一下，忽然看见王承恩从西侧走上丹墀，他马上问道：

"三百名练过武艺的内臣到了么？"

王承恩躬身回答:"回皇爷,三百名内臣已经点齐,都遵旨在承天门外列队恭候。"

崇祯没说话,转身向乾清宫的东暖阁走去。当他跨进乾清宫正殿的门槛时,回头来对吴祥说道:

"命人去将朕的御马牵来一匹!"

吴祥问:"皇爷,今夜骑哪匹御马?"

崇祯略一思忖,为求吉利,回答说:"今夜骑吉良乘①!"

他到暖阁中等候片刻,忽然吴祥亲自进来禀报:新乐侯刘文炳,驸马都尉巩永固奉诏进宫,在乾清门恭候召见。崇祯轻声说:

"叫他们进来吧!"

在这亡国之祸已经来到眼前的时刻,崇祯原来希望午门上响过钟声之后,住得较近的文武臣工会赶快来到宫中,没料到现在竟然连一个人也没有来。他平时就在心中痛恨"诸臣误国",此刻看见自己兢兢业业经营天下十七载,并无失德,到头来竟然如此孤独无助。一听吴祥禀报刘文炳和巩永固来到,他立刻叫他们进来,同时在心中说道:

"朕如今只有这两个可靠的人了,他们必会率家丁保朕出城!"

站立在乾清宫外边的宫女和太监们的心情顿时紧张起来。他们都知道,皇上会不会冒死出城,就看这两位皇亲了。

吴祥亲自在丹墀上高呼:"刘文炳、巩永固速速进殿!"

刘文炳和巩永固是最受皇上宠爱的至亲,平日别的皇亲极少被皇上召见,倘若有机会见到皇上,都是提心吊胆,深怕因事获谴。在朝中独有他们两位,见到皇上的机会较多,在皇帝面前并不害怕。过去举行内操时,崇祯因为他二人年纪轻,习过骑

---

① 吉良乘——崇祯有四匹心爱的御马,吉良乘是其中之一。

射,往往命他们身带弓矢,戎装骑马,从东华门外向北,沿护城河外边进北上东门向北转,再进山左里门,到了煤山东北的观德殿前,然后下马,陪皇帝观看太监们练习骑射。有时崇祯的兴致来了,不但自己射箭,也命他们二人射箭。他们认为这是皇上的"殊恩",在射箭后总要叩头谢恩。可是今晚不是平时。当听见太监传呼他们进殿以后,他们一边往里走,一边两腿打颤,脸色灰白。进入暖阁,在皇上面前叩了头,等候上谕。崇祯神色凄然,命他们平身,赐坐,然后说道:

"朕平日在诸皇亲中对你们二人最为器重,因限于祖宗制度,不许皇亲实授官职,以杜前代外戚干政之弊。今日国事不同平日,所以要破除旧制,召你们进宫来,委以重任。"

两位年轻皇亲因为从皇帝手谕中已经明白召他们进宫来所为何事,所以听了这话后就站起来说:

"请陛下明谕。"

崇祯接着说道:"逆贼进入外城的人数,想来还不会很多。朕打算出城'亲征',与贼决一死战,如荷祖宗之灵,逢凶化吉,杀出重围,国家事尚有可为。二卿速将家丁纠合起来,今夜随朕出城巷战如何?"

新乐侯刘文炳重新跪下,哽咽说道:"皇上!我朝祖宗制度极严,皇亲国戚不许多蓄家奴,更不许蓄养家丁[①]。臣与驸马都尉两家,连男女老弱在内,合起来不过二三百个家奴,粗通武艺的更是寥寥无几……"

崇祯的心头一凉,两手轻轻颤抖,注视着新乐侯,等他将话说完。新乐侯继续说道:

---

① 家丁——家丁也是奴仆,但与一般奴仆不同。这是从奴仆中挑选的青年男仆,训练武艺,组成保护主人的武装力量。

"臣与驸马都尉两家，纵然挑选出四五十名年轻体壮奴仆，并未练过武艺，加上数百内臣，如何能够保护皇上出城？纵然这数百人全是武艺高强的精兵，也因人数太少，不能保护皇上在悍贼千军万马中杀开一条血路，破围出走。这些内臣和奴仆，从未经过阵仗，见过敌人。臣恐怕一出城门，他们必将惊慌四散，逃不及的便被杀或投降。"

崇祯出了一身冷汗，不知不觉地将右手攥紧又松开，听新乐侯接着说道：

"臣愿为陛下尽忠效命，不惧肝脑涂地，但恐陛下'亲征'失利，臣死后将成为千古罪人。"

崇祯已经清醒，不觉长叹一声。他后悔自己一味想着破围出走，把天大的困难都不去想，甚至连"皇亲不许多蓄家奴"，更不许"豢养家丁"这两条"祖制"也忘了。他忽然明白自己这一大阵想入非非，实际就是张皇失措。他向驸马都尉悲声问道：

"巩永固，你有何意见？"

巩永固跪在地上哭着说道："倘若皇上在半个月前离京，还不算迟。如今外城已破，内城陷于重围，四郊敌骑充斥，断难走出城门一步，望陛下三思！"

崇祯只是落泪，只是悔恨，没有做声。

刘文炳接着说道："十天以前，逆贼尚在居庸关外很远。天津巡抚冯元飏特遣其子恺章来京呈递密奏，劝皇上驾幸天津，由海道前往南京。恺章是户部尚书冯元飙的亲侄儿，就住在他的家中，可是冯元飙不敢代递，内阁诸辅臣不敢代递，连四朝老臣、都察院左都御史李邦华也不敢代递。恺章于本月初三日来到北京，直到逆贼破了居庸关后才哭着离京，驰回天津。当时……"

崇祯说："此事，直到昨天，李邦华才对朕提到。南幸良机一失，无可挽回！"

"当时如皇上采纳天津巡抚之请,偕三宫与重臣离京,前往天津,何有今日!"

崇祯痛心地说:"朕临朝十七载,日夜求治,不敢懈怠,不料亡国于君臣壅塞!"

刘文炳平时留心国事,喜与士人往来,对朝廷弊端本有许多意见,只是身为皇上至亲,谨遵祖制,不敢说一句干预朝政的话。如今亡国在即,不惟皇上要身殉社稷,他自己全家也都要死。在万分悲痛中他大胆说道:

"陛下,国家将亡,臣全家也将为皇上尽节。此是最后一次君臣相对,请容臣说出几句直言。只是这话,如今说出来已经晚了。"

"你不妨直说。"

刘文炳含泪说道:"我朝自洪武以来,君位之尊,远迈汉、唐与两宋。此为三纲中'君为臣纲'不易之理,亦为百代必至之势。然而君威日隆,君臣间壅塞必生。魏征在唐太宗前敢犯颜直谏,面折廷争,遂有贞观之治。这种君臣毫无壅塞之情,近世少有。陛下虽有图治之心,然无纳谏之量,往往对臣下太严,十七年来大臣中因言论忤旨,遭受廷杖、贬斥、赐死之祸者屡屡。臣工上朝,一见皇上动问,颤栗失色。如此安能不上下壅塞?陛下以英明之主,自处于孤立之境,致有今日天崩地坼之祸!陛下啊……"

崇祯从来没听到皇亲中有人敢对他如此说话,很不顺耳,但此时即将亡国,身死,族灭,他没有动怒,等待他的表兄哭了几声之后将话说完。

刘文炳以袍袖拭泪,接着说:"李邦华与李明睿都是江西同乡,他们原来都主张皇上迁往南京,以避贼锋,再谋恢复。当李自成尚在山西时,南迁实为明智之策。然因皇上讳言南迁,李邦华遂改为送太子去南京而皇上坐镇北京。此是亡国下策。李明睿在朝中资望甚浅，独主张皇上南迁，所以重臣们不敢响应。皇上一经言官反对，便不许再有南迁之议，遂使一盘活棋变成了死棋，遗恨千秋。李自成才过大同，离居庸关尚远，天津巡抚具密疏请皇上速幸天津，乘海船南下，并说他将身率一千精兵到通州迎驾。当时如采纳津抚冯元飏之议，国家必不会亡，皇上必不会身殉社稷。朝廷上下壅塞之祸，从来没人敢说，遂有今日！臣此刻所言，已经恨晚，无救于大局。古人云'鸟之将死，其鸣也哀'。请皇上恕臣哀鸣之罪！"

　　崇祯在此时已经完全头脑清醒，长叹一声，流着眼泪说道："自古天子蒙尘，离开京城，艰难复国，并不少见，唐代即有两次。今日朕虽欲蒙尘而不可得了！天之待朕，何以如此之酷？……"说着，他忍不住放声痛哭。

　　两位年轻皇亲也伏地痛哭，声闻殿外。

　　几个在乾清宫中较有头面的太监和乾清宫的宫女头儿魏清慧，因为国亡在即，不再遵守不许窃听之制，此刻屏息地散立在窗外窃听，暗暗流泪。

　　从西城和北城上陆续地传来炮声，但是炮声无力，没有惊起来宫中的宿鸦。这炮是守城的人们为着欺骗宫中，从城上向城外打的空炮，以表示他们认真对敌。

　　哭过一阵，崇祯叹息一声，向他们问道："倘若不是诸臣空谈误国，朕在半月前携宫眷前往南京，可以平安离京么？"

　　刘文炳说："倘若皇上在半月前离京，臣敢言万无一失。"

　　巩永固也说道："纵然皇上在五天前离京，贼兵尚在居庸关外，也会平安无事。"

　　崇祯问："五天前还来得及？"

　　刘文炳说："天津卫距京师只有二百余里，只要到天津，就不愁到南京了。"

崇祯又一次思想糊涂了，用责备的口气问道："当时朝廷上对南迁事议论不决，你们何以不言？"

刘文炳冷静地回答说："臣已说过，祖宗家法甚严，不许外戚干预朝政。臣等恪遵祖制，故不敢冒昧进言，那时臣等倘若违背祖制，建议南迁，皇上定然也不许臣等说话！"

崇祯悔恨地说："祖制！家法！没料到朕十七年敬天法祖，竟有今日亡国之祸！"

崇祯忍不住又呜咽起来。两位皇亲伏在地上流泪。过了片刻，崇祯忽然说道：

"朕志决矣！"

刘文炳问："陛下如何决定？"

"朕决定在宫中自尽，身殉社稷，再也不作他想！"

刘文炳哽咽说："皇上殉社稷，臣将阖家殉皇上，决不苟且偷生。"

崇祯想到了他的外祖母，心中一动，问："瀛国夫人如何？"

提到祖母，刘文炳忍不住痛哭起来，然后边哭边说："瀛国夫人今年整寿八十，不意遭此天崩地坼之变，许多话都不敢对她明说。自从孝纯皇太后①进宫以后，瀛国夫人因思女心切，不能见面，常常哭泣。后来知道陛下诞生，瀛国夫人才稍展愁眉。不久惊闻孝纯皇太后突然归天，瀛国夫人悲痛万分，又担心大祸临头，日夜忧愁，不断痛哭，大病多日。如此过了十年，陛下封

---

① 孝纯皇太后——崇祯的生母刘氏，入宫后封为淑女。当时崇祯的父亲尚是太子，她在太子的群妾中名位较低，并不受宠。不久，惹怒崇祯的父亲，受谴责而死，可能是自尽，在宫中保密。后来崇祯长成少年，封为信王，她才被追封为妃。到崇祯即位，上尊谥为孝纯皇太后，其母受封为瀛国夫人。

为信王……"刘文炳忽然后悔，想到此是何时，为什么要说此闲话？于是他突然而止，伏地痛哭。

崇祯哽咽说："你说下去，说下去。瀛国夫人年已八十，遇此亡国惨变，可以不必为国自尽。"

刘文炳接着说："臣已与家人决定，今夜将瀛国夫人托付可靠之人，照料她安度余年。臣母及全家男女老幼，都要在贼兵进城之时，登楼自焚。臣有一妹嫁到武清侯家，出嫁一年夫死，今日臣母已差人将她接回，以便母女相守而死。"

崇祯含泪点头，随即看着巩永固问道："卿将如何厝置公主①灵柩？"

巩永固说："公主灵柩尚停在大厅正间，未曾殡葬。臣已命奴仆辈在大厅前后堆积了柴草。一旦流贼入城，臣立即率全家人进入大厅，命仆人点着柴草，死在公主灵柩周围。"

崇祯凄然问道："公主有五个儿女，年纪尚幼，如何能够使他们逃生？"

巩永固淌着泪说："公主的子女都是大明天子的外甥，决不能令他们死于贼手。贼兵一旦进城，臣即同五个幼小子女死于公主灵柩之旁。"

崇祯又一阵心中刺疼，不禁以袖掩面，呜咽出声。

刘文炳说道："事已至此，请皇上不必悲伤，还请速作焚毁宫殿准备，到时候皇上偕宫眷慷慨赴火，以殉社稷，使千秋后世知皇上为英烈之主。"

崇祯对于自己如何身殉社稷和宫眷们如何尽节，他心中已有主意，但现在不愿说出。他赞成两位有声望的皇亲全家自焚尽节，点点头说：

---

① 公主——崇祯的同父异母妹，巩永固之妻。

"好！不愧是皇家至亲！朕不负社稷，不负二祖列宗，卿等不负国恩，我君臣们将相见于地下……"

天上乌云更浓，月色更暗，不见星光。冷风吹过房檐，铁马丁冬。偶尔从城头上传来空炮声，表明内臣和兵民们仍在守城。

今夜，紫禁城中没人睡觉，都在等待着敌人破城，等待着皇上可能下旨在宫中放火，等待着死亡。曾经下了一阵零星微雨，此时又止住了。整个紫禁城笼罩着愁云惨雾。

刘文炳抬起头来说："皇上！事已至此，请恕臣直言，恕臣直言。"

崇祯猜想到他要说什么，说道："朕殉国之志已决，不再有出城之想，你有何话，赶快直说！"

"陛下！……万一，万一内城失守，皇上应当焚毁宗庙，焚毁三大殿，焚毁乾清宫。臣等望见宫中起火，知道皇上殉国，即跟着举家自焚，以报皇上厚恩。"

崇祯点点头说："卿等放心。朕非懦弱之主，决不会落入逆贼之手。已经二更了，城破在即，卿等快回去吧！快出宫吧！"

两位皇亲叩头离开以后，崇祯在乾清宫的暖阁中又坐了一阵，默默地想着心事。如今最后一次要逃出城去的念头已经破灭了，剩下的心事只有三件：一是他自己如何自尽殉国。二是宫眷们如何发落，不能使他们落入"逆贼"之手，有辱国体。关于第一件事，虽然二皇亲建议他在宫中举火自焚，也是一个可行的办法，既死得壮烈，也不使"贼人"戮辱他的尸首，然而他还有别的死法，而且主意已定，但因为做皇帝养成的习惯，此刻他不愿对任何人吐露真情。关于第二件事，三天来他不断在心中考虑，已经下了狠心，但不到最后时刻他不肯宣布他的决定。

还有第三个问题，是如何使他的三个儿子逃出宫中，尤其是应该使太子活下去，以后好恢复江山。他此刻已经既没有逃生的幻想，也不再对自尽怀着恐惧，可以比较冷静地进行思考，大有"视死如归"的心态。

忠心的吴祥，因在窗外听到二位皇亲向皇上建议在宫中举火自焚，皇上并没有说不同意。他想焚烧乾清宫和三大殿必须事先准备好许多干柴，到临时就来不及了。他走进暖阁，跪在崇祯面前，本来想问一问是否命内臣们立刻就准备柴火，但是不敢直问，胆怯地问道：

"皇爷，事急了，有何吩咐？"

崇祯问道："王承恩现在何处？"

"他在乾清门伺候。"

"王德化和曹化淳来了么？"

"奴婢差内臣飞马去城上传旨，叫他们速速进宫。找了几个地方，没有找到他们，请皇爷恕奴婢死罪，看来他们都躲起来了。"

崇祯恨恨将脚一顿，骂道："该死！"又说："牵御马伺候！告诉王承恩准备出宫！"

吴祥骇了一跳："如今出宫去要往何处？"但是不敢多问，立刻叩头退出，照皇上的吩咐传旨。他知道皇上已经死了逃出城去的一条心，决定自焚。他心中焦急的是，事前不准备好许多干柴，一旦要焚毁乾清宫和三大殿就来不及了！

崇祯走出乾清宫，对一个内臣吩咐："将朕的三眼铳①装好弹药！"然后由一个小答应提着宫灯，绕过乾清宫的东山墙，向养德斋走去。

---

① 三眼铳——明代火器，较大的称为炮，较小的称为铳。三眼铳是一种很小的火器，有一个大约二尺长的柄，上端有三个铁的铳筒，都可以从前口装药和铁子，从后边点燃火线。

乾清宫的宫女们都知道李自成的人马已经破了外城，就要攻破内城，皇上不是自尽，便是被杀。想着她们自己一定将被奸淫或者杀戮，大祸就在眼前，分成几团，相对流泪和哭泣。只有魏清慧没有同她们在一起哭泣。她刚才跟着乾清宫两三个头面太监悄悄地站立在贴近东暖阁的窗外窃听。当二位皇亲从乾清宫退出时，她暂时躲进一处黑影里；后来吴祥进到暖阁中向皇上请旨，她又站到窗外，所以皇上在亡国前的动静，她较所有的宫女都清楚。当崇祯从暖阁中出来时，她赶快脚步轻轻地走回乾清宫的后边，先告诉别的宫女："姐妹们，皇上要回养德斋，都不要再哭了。"然后她回到养德斋的门口，恭候圣驾。

崇祯的心绪慌乱，面色惨白，既想着自己的死，也想着许多宫眷、太子和二王的生死问题。他由魏清慧迎接，回到养德斋，颓然坐到龙椅上，略微喘气，向这个居住了十七年的地方打量一眼，不觉叹了一口气。魏清慧赶快跪到他的面前，用颤栗的低声说道：

"国家之有今日，不是皇上之过，都是群臣之罪。奴婢和乾清宫的众都人受皇爷深恩，决不等待受辱。皇爷一旦在乾清宫中举火，奴婢等都愿赴火而死，以报皇恩！"

崇祯的心中一动，想道："莫非她窃听了朕与二位皇亲的密谈？"倘若在平时，他一定会进行追问，严加处分，但是此刻即将亡国，他无心理会窃听的事，对魏清慧说道：

"为朕换一双旧的靴子！"

魏清慧赶快找来了一双穿旧的靴子，跪下去替他换上。崇祯突然站起身来，又吩咐说：

"将朕的宝剑取来！"

魏清慧赶快取下挂在墙上的御用宝剑，用长袖拂去了剑鞘上的轻尘。她自己从来没有玩弄过刀剑，也不曾留意刀剑应挂在什么地方，在心慌意乱中她站到皇上的右边，将宝剑往丝绦上系，忽听皇上怒斥道:"左边!"她恍然明白,赶快转到皇帝的左侧,将宝剑牢牢地系在丝绦上。崇祯看了魏宫人一眼,看见她哭得红肿了的双眼和憔悴的面容,想着连宫眷们也跟着遭殃,不禁心中一酸,悲伤地小声说道:"朕还要回来的!"随即大踏步往乾清宫的前边走去。

王承恩在丹墀上恭候。他已经问过吴祥,知道皇上听从了两皇亲之劝,打消了出城之念。他原来决定伏地苦谏,这时也不提了。

吴祥猜到皇上只是想在亡国前看一看北京情况,为防备城中突然起变故,所以要多带内臣,以便平安回到宫中,举火自焚。他也挑选了乾清宫中参加过内操的年轻太监大约三十余人,各带刀剑,肃立在丹墀下边。他自己留在丹墀上,站在王承恩的身旁,崇祯向王承恩问道:

"人都准备好了?"

王承恩回答:"回皇爷,都遵旨在承天门外等候,连同奴婢手下的内臣,共约三百五十余人。又从御马监牵来了战马。"

吴祥接着说道:"启奏陛下,乾清宫中前年参加过内操的年轻太监也有三十余人,都在丹墀下边等候护驾!"

"乾清宫的内臣们留下,不要离宫。"

吴祥说:"皇上出宫,奴婢们理应扈从。"

崇祯点头示意吴祥趋前一步,小声说道:"朕还要回宫来的。乾清宫的内臣们一出去,宫女们不知情况,必然大乱;乾清宫一乱,各宫院都会跟着大乱。你留下,率领内臣们严守本宫,等朕回来。"

吴祥跪着说:"请恕奴婢死罪!要为乾清宫准备柴草么?"

崇祯迟疑片刻,在心中说道:"都是想着朕应该举火自焚,唉,只有魏清慧知道朕的噩梦!"他没有回答吴祥的话,对王承恩说道:

"我们走吧!"

崇祯的御马吉良乘早已被牵在乾清门外等候。一个小太监搬来朱漆马凳。崇祯上了七宝镂金雕鞍，一个长随太监替他牵马，绕过三大殿，又过了皇极门，在内金水河南边驻马，稍停片刻。他回头看了一阵，想着这一片祖宗留下的巍峨宫殿和雕栏玉砌，只有天上才有，转眼间将不再是他的了，心中猛然感到刺痛，眼泪也夺眶而出。要放火烧毁么？他的心中迟疑，下不了这样狠心，随即勒转马头，继续前行。

崇祯只有王承恩跟随，一个太监牵马，在十七年的皇帝生涯中从来没有如此走过夜路。他孤孤单单地走出午门，走过了两边朝房空荡荡和暗沉沉的院落，走出了端门，又到了大致同样的一进院落。这一进院落不同的是，在端门和承天门之间虽然也有东西排房，但中间断了，建了两座大门，东边的通往太庙，西边的通往社稷。崇祯在马上忍不住向左右望望，想着自己辛辛苦苦经营天下十七年，朝乾夕惕，从没有怠于政事，竟然落到今日下场：宗庙不保，社稷失守！他又一次滚出眼泪，在心中连声悲呼：

"苍天！苍天！"

崇祯满怀凄怆，骑马出了承天门，过了金水桥，停顿片刻，泪眼四顾。三四百内臣牵着马，等候吩咐。王承恩明白崇祯的心绪已经乱了，出宫来无处可去，大胆地向他问道：

"皇上，要往何处？"

崇祯叹息说："往正阳门去！"

王承恩猛吃一惊，赶快谏道："皇爷，正阳门决不能开，圣驾决不能出城一步！"

"朕不要出城。朕为一国之主，只想知道贼兵进入外城，如何放火，如何杀戮朕的子民。你们随朕上城头看看！"

王承恩命三四百名太监立即上马，前后左右护驾，簇拥着崇祯穿过千步廊，走出大明门，来到棋盘街。前边就是关闭着的正阳门,瓮城外就是敌人,再往何处?王承恩望望皇上,等待吩咐。正在这当儿,守城的太监们在昏暗的夜色中看见棋盘街灯笼零乱,人马拥挤,以为是宫中出了变故,大为惊慌,向下喝问何事。下边答话后,城上听不清楚。守城的太监中有人声音紧张地大叫:

"放箭!放箭!赶快放箭!皇城里有变了,赶快放箭!"

又有人喊:"快放火器!把炮口转过来,往下开炮!"

在棋盘街上有人向城上大喊:"不许放箭!不许放炮!是提督王老爷到此,不是别人!"

城上人问:"什么?什么?到底是谁?"

王承恩勒马向前,仰头望着城上,用威严的声音说道:

"是我!我是钦命京营提督,司礼监的王老爷。是圣驾来到,不必惊慌!"

城头上一听说是圣驾来到,登时寂静。没有人敢探头下望,没有人再敢做声,只有从远处传来的稀疏柝声。在城头上昏暗的夜色中但见一根高杆上悬着三只白灯笼,说明军情已到了万分紧急的时刻。

一天来,崇祯的精神状态是一会儿惊慌迷乱,一会儿视死如归,刚才他离开宫院和紫禁城,被深夜的冷风一吹,头脑已经清醒许多。此刻他立马在棋盘街上,因城上要向下射箭打炮,他心中猛然一惊,心态更加冷静了。停了片刻,他完全清醒过来,心中自问:"如此人心惊疑时候,朕为何要来这里?"他明白,他原是打算登上城头,看一眼外城情况。可是他忽然明白,已经到了此时,内城即将不守,自己的命且不保,社稷不保,他到城头上看看贼兵在外城杀人放火,已经无济于事了。

"唉!"他心中叹息说,"眼下有多少紧急大事待朕处理,一刻也不能耽误!不能耽误!……回宫,赶快回宫!"

此时,三四百人马拥挤在棋盘街,十分混乱。王承恩知道皇上急于回宫，到他的面前说："请皇爷随奴婢来，从东边绕过去！事不宜迟！"崇祯随即跟着王承恩，在太监们的簇拥中由棋盘街向东转取道白家巷回宫。白家巷的南口连着东江米胡同的西口，有一座栅栏。在进入栅栏时，他忽然驻马，伤心地回头向正阳门城头望望，才望见城头上悬起来三只白灯笼。其实，这三只白灯笼早已悬挂在一根高杆上，只是崇祯和他周围的太监们刚才拥挤在棋盘街，站立的角度不对，所以都没看见，现在才看清了。

原来事前规定，当"贼兵"向外城进攻紧急时，挂出一只白灯笼；开始攻入外城，挂出两只白灯笼；已经有大批人马进入外城，到了前门外大街，接近瓮城，立刻挂出三只白灯笼。现在崇祯望见这三只白灯笼，突然瘫软在马鞍上，浑身冒出冷汗。他赶快用颤栗的左手抱紧马鞍，而三眼铳从他的右手落到地上。替他牵马的太监弯身从地上拾起三眼铳，双手捧呈给他，但他摇摇头，不再要了。

出了白家巷，来到东长安街的大街上，往西可以走进长安左门，进承天门回宫；往东向北转，可以去朝阳门。王承恩向他问道：

"陛下还去何处？"

崇祯的神志更加混乱，只想着敌人何时攻入内城，他应该如何殉国，宫眷们应该如何处置，太子和二王如何逃生……他神志混乱中还在幻想着吴三桂的救兵突然从东方来到，所以漫然回答说：

"往朝阳门！"

向朝阳门的方向走了一段路程，前面路北边出现了一座十分壮观的宅第，崇祯问道：

"这是何处？"

一个太监回答："启禀皇爷，此系成国公①府。"

---

① 成国公——朱勇是明成祖的开国功臣，封为成国公，永乐四年卒于军中。世袭至最后一代成国公名朱纯臣，甲申三月降李自成，随后被杀。

崇祯说:"叫成国公出来!"

三四百人停止在成国公府门前的东西两座石牌坊之间,有一个太监下马,去叫成国公府的大门,里边有人问:

"是谁叫门?有何要事?"

太监回答:"是钦命京营提督,司礼监王老爷有事拜见国公。"

门内声音:"国公爷在金鱼胡同李侯爷府赴宴未回,请王老爷改日来吧!"

叫门的太监回来对王承恩说:"内相老爷,今晚不会有谁设宴请客。朱国公一定在府。只是朱府的人害怕您是为捐助军饷而来,所以托词回绝。我告诉他说是圣驾到此好么?"

崇祯轻声说:"见他也是无用,回宫去吧!"

在走往承天门的路上,崇祯对王承恩伤心地说道:"从朱勇封国公,至今世袭了两百三十多年,与国家休戚相共,今夜竟然连朕身边的秉笔太监也不肯见,实实令人痛恨!"

快走到长安左门的时候,崇祯经过这一阵对自己的折腾,头脑完全清醒了。如今已经三更以后,他需要赶快处置宫中的大事和准备身殉社稷了。

他在东长安街心暂时停下,告诉王承恩,传谕内臣们不必进宫,各自回家。当这三四百名年轻的太监们纷纷离开以后,崇祯的身边只剩下秉笔太监王承恩,另外还有一个是替他牵马的乾清宫的答应,一个是王承恩的亲随太监。寂静的十里长街,突然间只剩下这孤单单的君臣四人,使崇祯不由地胆颤心惊。他暂时立马的地方,南边的是左公生门,北边隔红墙就是太庙。他向西南望一望前门城头,三只白灯笼在冷风中微微飘动。他又看一看红墙里边,太庙院中的高大松柏黑森森的,偶尔有栖在树上的白鹤从梦中乍然被炮声惊醒,带着睡意地低叫几声。崇祯对王承恩说:

"朕要回宫,你也回家去吧。"

王承恩说:"奴婢昨日已经辞别了母亲。陛下殉社稷,奴婢殉主,义之正也,奴婢决不会偷生人间!"

崇祯今天常常愤恨地思忖着一件事:前朝古代,帝王身殉社稷时候,常有许多从死之臣,可恨他在亡国时候,竟没有一个忠义之臣进宫来随他殉国!他平日知道王承恩十分忠贞,此时听了王承恩的话,使他的心中感动。他定睛看看王承恩,抑制着心中的汹涌感情,仍然不失他的皇帝身份,点点头说:

"很好,毕竟不忘朕豢养之恩,比许多读书出身的文臣强多了!"

王承恩遵照紫禁城中除皇帝外任何人不能骑马的"祖制",到了长安左门外边的下马碑处,赶快下马,将马匹交给亲随的太监牵走,他步行跟在崇祯的马后进宫。他猜不透也不敢问,皇上到底是要在乾清宫举火自焚还是自缢。当走进皇极门的东角门(即宏政门)时,他看见皇极殿就在眼前,绕过三大殿就是乾清宫了,王承恩胆怯地问道:

"皇爷,时间不多,要不要命内臣们赶快向三大殿和乾清宫搬来干柴?"

崇祯又一次浑身一震,停住吉良乘,回头看看王承恩,跟着又一次下了决心,回答说:

"朕从昨天就有了主张,不必多问!"

王承恩不敢再问,只是心中十分焦急,只怕一旦贼兵进入内城,皇上要从容自尽就来不及了。他已经看出来王德化与曹化淳已经变心,同杜勋有了密议。到了约定时候,内城九门会同时打开,放进贼兵。他不仅担心皇上会来不及从容殉国,而且宫中还有皇后、皇贵妃、太子、永定二王、公主、众多宫眷……

第 十 八 章

到了乾清门外,崇祯下马,吩咐王承恩暂到司礼监值房休息,等候呼唤。他对于应该马上处理的几件事已经胸有成竹,踏着坚定的脚步走进乾清门。一个太监依照平日规矩,在乾清门内高声传呼:"圣驾回宫!"立刻有吴祥等许多太监跪到甬路旁边接驾。魏清慧和一群宫女正在乾清宫的一角提心吊胆地等候消息,一听皇上回宫,慌忙从黑影中奔出,跪在丹墀的一边接驾。

崇祯没有马上进入乾清宫,想到皇后、袁妃、公主……马上都要死去,他在丹墀上彷徨顿脚,发出沉重的叹息。忽然一个太监来到他的面前跪下,声音哆嗦地说道:

"启奏皇爷,请皇爷不要忧愁,奴婢有一计策可保皇爷平安。"

崇祯一看,原来是一个名叫张殷的太监,在乾清宫中是个小答应,平常十分老实,做点粗活,从不敢在他的面前说话。此时听他一说,感到奇怪:这个老实奴才会有什么妙计?于是低下头来问道:

"张殷,别害怕,你有何妙计?"

张殷回答说:"皇爷,倘若贼兵进了内城,只管投降便没有事了。"

崇祯的眼睛一瞪,将张殷狠踢一脚,踢得他仰坐地上,随即拔出宝剑，斜砍下去，劈死了张殷。这是崇祯平生第一次亲手杀人，杀过之后，气犹未消，浑身颤栗。众太监和宫女们第一次看到皇上在宫中杀人，都惊恐伏地。看见皇上依然盛怒，脚步沉重地走下丹墀，吴祥赶快追上去，跪在他面前问道：

"皇爷要往何处？"

"坤宁宫！"

大家听到皇上要去坤宁宫，一齐大惊，知道宫中的惨祸要开始了。吴祥赶快命一个太监奔往坤宁宫，启奏皇后准备接驾，同时取来了两只宫灯，随着皇上走出日精门，从东长街向北走去。魏清慧也赶快拉着一个宫女，点着两只宫灯，从乾清宫的后角门出去，追上皇帝。

周后正在哭泣，听说皇帝驾到，赶快到院中接驾。崇祯一路想着，要把宫眷中哪一些人召到坤宁宫，吩咐她们自尽，倘有不肯奉旨立刻自尽的，他就挥剑杀死，决不将她们留给贼人，失了皇家体统。因为考虑着他要亲自挥剑杀死宫眷，所以他不进坤宁宫正殿，匆匆走进了东边的偏殿。皇后紧紧地跟随着他。跪在院中接驾的太监们和宫女们都站起来，围立在偏殿门外伺候，颤栗屏息。

崇祯在偏殿正间的龙椅上坐下，命皇后也赶快坐下，对皇后说道：

"大势去了，国家亡在眼前。你是天下之母，应该死了。"

周后对于死，心中早已有了准备。皇上的话并没有出她的意料之外。她没有说话，只是点点头，表示明白。坤宁宫的宫女们知道皇后就要自尽，都跪到地上哭了起来。站在殿外的太监们因为宫女们一哭，有的流泪，有的呜咽。

近三天来，周后因知道国家要亡，心中怀着不能对任何人说出的一件恨事，如今忽然间又出现在心头。

一个月前，李自成尚在山西境内时，朝中有人建议皇上迁往南京，以避贼锋，再图恢复。朝廷上有人赞成，有人反对，使皇上拿不定主意。周后和懿安皇后通过各自的宫中太监，也都知道此事。懿安皇后是赞同迁都南京的，但她是天启的寡妇，不便流露自己的主张。有一天托故来找周后闲谈，屏退左右，悄悄请周后设法劝皇上迁都南京。后来，崇祯心绪烦闷地来到坤宁宫，偶然提到李自成率五十万人马已入山西，各州县望风投降的事，不觉长叹一声。周后趁机说道：

"皇上，我们南边还有一个家……"

崇祯当时把眼睛一瞪，吓得周后不敢再往下说了。从那次事情以后，在宫中只听说李自成的人马继续往北京来，局势一天比一天坏，亡国大祸一天近似一天。周后日夜忧愁，寝食难安，但又不敢向皇上询问一字。她常常瞎想，民间贫寒夫妻，有事还可以共同商量，偏在皇家，做皇后的对国家大事就不许说出一字！她痛心地反复暗想，她虽不如懿安皇后那样读书很多，但是她对历代兴亡历史也略有粗浅认识。她也听说，洪武爷那样喜欢杀人，有时还听从马皇后的谏言！她小心谨慎，总想做一个贤德皇后，对朝政从不打听，可是遇到国家存亡大事，她怎能不关心呢？她曾经忍不住说了半句话，受到皇上严厉的眼色责备，不许她把话说完。假若皇上能听她一句劝告，在一个月前逃往南京，今天不至于坐等贼来，国家灭亡，全家灭亡！

她有一万句话如今都不需要说了，只是想着儿子们都未长成，公主才十五岁，已经选定驸马，尚未下嫁，难道在她死之前不能同儿女们见一面么？她没有说话，等候儿女们来到，也等候皇上说话，眼泪像泉水般地在脸上奔流。

崇祯命太监们分头去叫太子和永王、定王速来，又对皇后说道：

"事不宜迟。你是六宫之主,要为妃嫔们做个榜样,速回你的寝宫自缢吧!"

周后说道:"皇上,你不要催我,我决不会辱你朱家国体。让我稍等片刻。公主们我不能见了,我临死要看一眼我的三个儿子!"

皇后说了这句话,忍不住以袖掩面,痛哭起来。

这时,魏清慧等和一部分皇后的贴身宫女如吴婉容等都已经进入偏殿,她们听到皇后说她临死前不能见两个公主,但求见到太子与二王的话,每一个字都震击着她们的心灵。第一个不知谁哭出声来,跟着就全哭起来,而且不约而同地环跪在皇后面前,号啕大哭。站在门外的几十名宫女和太监都跟着呜咽哭泣。

周后本来还只是热泪奔流,竭力忍耐着不肯大哭,为的是不使皇上被哭得心乱,误了他处置大事。到了这时,她再也忍耐不住,放声痛哭。

崇祯也极悲痛,在一片哭声中,望着皇后,无话可说,不禁呜咽。他知道皇后不肯马上去死,不是贪生怕死,而是想等待看三个儿子一眼。呜咽一阵,他又一次用袍袖擦了眼泪,对皇后说道:

"内城将破,你赶快去死吧。朕马上也要自尽,身殉社稷,我们夫妻相从于地下。"

周后突然忍住痛哭,从心中喷发出一句话:"皇上,是的,只看儿子们一眼,我马上就去死。可是有一句话我要说出:我嫁你十七年,对国事不敢说一句话,倘若你听了我一句话,何至今日!"

崇祯明白她说的是逃往南京的事,呜咽说道:"原是诸臣误朕,如今悔恨已迟。你还是赶快死吧!你死我也死,我们夫妻很快就要在地下见面!"

周后并不马上站起身来去寝宫自尽,想到就要同太子和二王死别,又想到临死不能见两个亲生的公主,哭得更惨。崇祯见此情形,后悔不曾下决心逃往南京,不由地顿足痛哭。

坤宁宫正殿内外的几十个宫女和太监全都哭得很痛。有一个进入偏殿的宫女晕倒在地,被吴婉容用指甲掐了她的人中,从地上扶了起来。

崇祯哭了几声,立刻忍住,命一个宫女速速奔往慈庆宫,禀奏懿安皇后,请她自尽,并说:

"你启奏懿安皇后,皇帝和皇后都要自尽,身殉社稷。如今亡国大祸临头,皇上请她也悬梁自尽,莫坏了祖宗的体面!"

这时,太子、永王和定王,都被召到了坤宁宫偏殿。周后一手拉着十五岁的太子,一手拉着十一岁的定王,不忍离开他们,哭得更痛。永王十三岁,生母田皇贵妃于一年半以前病逝。周后是他的嫡母,待他"视如己出"。他现在站在皇后的身边痛哭。皇后用拉过定王的手又拉了永王,撕人心肝地放声大哭。崇祯催促皇后说:

"如今事已至此,哭也无用。你快自尽吧,不要再迟误了。"他又向一个宫女说:"速去传旨催袁娘娘自尽,催长平公主自尽,都快死吧,不要耽误到贼人进来,坏了祖宗的国体。"

此时,从玄武门上传来了报时的鼓声和报刻的云板声,知道四更过了一半,离五更不远了。坤宁宫后边便是御花园和钦安殿,再往后便是玄武门。玄武门左右,紧靠着紫禁城里边的排房,俗称廊下家,住着一部分地位较低的太监。这时,从廊下家传出来一声两声鸡啼,同云板声混在一起。

皇后一听见鸡啼声,在心中痛恨地说:"唉,两个女儿再也不能见到了!"她放开了太子和永王的手,毅然站起,向崇祯说道:

"皇上,妾先行一步,在阴间的路上等待圣驾!"

虽然她不再怕死,丝毫不再留恋做皇后的荣华富贵,但是她十分痛心竟然如此不幸，身逢亡国灭族惨祸。她临走时心犹不甘，用泪眼看一眼三个儿子，看一眼马上也要自尽殉国的皇上，同时又想到两个女儿，深深地叹了口气。她两天两夜来寝食俱废，十分困乏，又加上脚缠得太小，穿着弓鞋，刚走两步，忽然打个趔趄。幸而吴婉容已经从地上站起，赶快将她扶住。

崇祯望着皇后在一群宫女的簇拥中走出偏殿，又一次满心悲痛，声音凄怆地对太子和二王吩咐：

"母后要同你们永别了。你们恭送母后回到寝宫，速速回来，朕有话说！"

因为五更将到，崇祯知道自己的时间不多了。想到马上还要在宫中杀人，他深感已经精力不够，吩咐宫女们：“拿酒来！快拿酒来！”宫女们马上把酒拿来，只是仓皇中来不及准备下酒小菜。崇祯不能等待，厉声吩咐：

"斟酒！"

一个宫女用金杯满满地斟了一杯，放在长方形银盘中端来，摆到他的面前。他端起酒杯一饮而尽，又说道：

"斟酒！"

宫中酿造的御酒"长春露"虽然酒力不大，但是他一连饮了十来杯（他平生从来不曾如此猛饮），已经有了三分醉意。当他连连喝酒的时候，神态慷慨沉着，似乎对生死已经忘怀。站在左右的宫女和太监们看到他的这种异乎寻常的神气，而且眼睛通红，都低下头去，不敢仰视，只怕他酒醉之后挥剑杀人，接着自刎。然而崇祯只是借酒浇愁，增加勇气，所以心中十分清楚。他停止再饮，向一个太监吩咐：

"传主儿来！"

宫中说的"主儿"就是太子。太子马上来到了偏殿，永王和定王也随着来到，跪在他的面前。太子哽咽说：

"回父皇，儿臣等已恭送母后回到寝宫了。"

"自尽了么？"

太子哭着回答："母后马上就要自尽，宫女们正在为她准备。"

"你母后还在哭么？"

"母后只是深深地叹气，不再哭了。"

"好，好。身为皇后，理应身殉社稷。"

他侧耳向坤宁宫正殿倾听，果然听不见皇后的哭声，接着说道：

"贼兵快攻进内城，越快越好。"

此时皇后确实已经镇定，等太子和二王哭着叩头离开，她叹了口气，命一个小太监在宫女们的帮助下，替她在寝宫（坤宁宫西暖阁）的画梁上绑一条白练，摆好踏脚的凳子。寝宫中以及窗子外和坤宁宫正殿，站立众多宫女，屏息无声，十分寂静。吴婉容挥走了小太监，跪到皇后面前，用颤抖的低声说道：

"启奏娘娘，白练已经绑好了。"

皇后没有马上起身，轻声吩咐："快拿针线来，要白丝线！"

吴婉容不知皇后要针线何用，只好向跪在她身后的宫女吩咐。很快，宫女们将针线拿到了。吴婉容接住针线，手指轻轻打颤，仰面问道：

"娘娘，要针线何用？"

原来周后今年才三十三岁，想到自己生得出众的貌美，浑身皮肤光洁嫩白，堪称"玉体"，担心贼人进宫后尸身会遭污辱，所以在上吊前命一个平日熟练女红的年长宫女跪在地上用丝线将衣裙的开口缝牢。当这个宫女噙着眼泪，心慌意乱，匆忙地缝死衣裙的时候，周后不是想着她自己的死，而是牵挂着太子和二王的生死。她想知道皇上如何安排三个儿子逃出宫去，努力听偏殿

中有何动静。但是皇上说话的声音不高,使她没法听清。她又叹口气,望着跪在地上的宫女,颤声说道:

"你的手不要颤抖,赶快缝吧!"

那个熟练针线的年长宫女,手颤抖得更加厉害,连着两次被针尖扎伤了手指。吴婉容看在眼里,接过来针线,一边流泪,一边飞针走线,很快将皇后的衣襟和裙子缝死。皇后对吴婉容说:"叫宫人们都来!"马上,三十多个宫女都跪在她的面前。她用袖头揩揩眼泪,说道:

"我是当今皇后,一国之母,理应随皇帝身殉社稷。你们无罪,可以不死。等到天明,你们就从玄武门逃出宫去。国家虽穷,这坤宁宫中的金银珠宝还是很多,你们可以随便携带珠宝出宫。吴婉容,你赶快扶我一把!"

吴婉容赶快扶着皇后从椅子上站起来,向上吊的地方走去。她竭力要保持镇定,无奈浑身微颤,两腿瘫软,不能不倚靠吴婉容用力搀扶,缓慢前行。她顷刻间就要离开人世,但是她的心还在牵挂着丈夫和儿子,一边向前走一边叹气,幽幽地自言自语:

"皇上啊!太子和永、定二王,再不送他们逃出宫去就晚啦!"

偏殿里,太子和永、定二王已经从地上站起来,立在父皇面前,等待面谕。崇祯忽然注意到三个儿子所穿的王袍和戴的王帽,吃了一惊,用责备的口气说:

"什么时候了,你们还是这副打扮!"随即他向站在偏殿内的一群宫女和太监看了一眼,说:"还不赶快找旧衣帽给主儿换上!给二王换上!"

众人匆忙间找来了三套小太监穿旧了的衣服,由两个宫女替太子更换,另有宫女们替二王更换。崇祯嫌宫女们的动作太慢,自己用颤抖的双手替太子系衣带,一边系一边哽咽着嘱咐说:

"儿啊!你今夜还是太子,天明以后就是庶民百姓了。逃出宫去，流落民间，你要隐姓埋名，万不可露出太子身份。见到年纪老的人，你要称呼爷爷；见到中年人，你要称呼伯伯、叔叔；见到年岁与你相仿的人，你要称呼哥哥……我的儿啊，你要明白！你一出宫就是庶民百姓，就是无家可归的人，比有家可归的庶民还要可怜！你要千万小心，保住你一条性命！你父皇即将以身殉社稷。你母后已经先我去了！……"

当崇祯亲自照料为太子换好衣帽时，永、定二王的衣帽也由宫女们换好了。在这生离死别的一刻，他拉着太子的手，还想嘱咐两句话，但是一阵悲痛，哽咽得说不出一个字，只有热泪奔流。

皇后由吴婉容搀扶着，走到从梁上挂下白练的地方。她最后用泪眼望一望在坤宁宫中忠心服侍她的宫女们，似乎有不胜悲痛的永别之情。除吴婉容外，所有的宫女都跪在地上为皇后送行，不敢仰视。周后由吴婉容搀扶，登上垫脚的红漆描金独凳，双手抓住了从画梁上垂下的白练，忽然想到临死不能够同两个公主（一个才六岁）再见一面，恨恨地长叹一声。吴婉容问道：

"娘娘，还有什么话对奴婢吩咐？"

周后将头探进白练环中，脸色惨白，她双手抓紧白练，声音异常平静地对吴说道：

"我要走了。你去启奏皇上，说本宫已经领旨在寝宫自缢，先到黄泉去迎接圣驾。"

周后说毕，将凳子一蹬，但未蹬动。吴婉容赶快将凳子移开，同时周后将两手一松，身体在空中摆动一下，不再动了。宫女们仰头一看，一齐放声痛哭，另外在窗外的太监们也发出了哭声。

崇祯听见从皇后的寝宫内外传来宫女们和太监们一阵哭声，知道皇后已经自缢身亡，不觉涌出热泪，连声说：

"死得好，死得好。不愧是大明朝一国之母！"

他正要吩咐太监们护送三个儿子出宫，吴婉容神色慌张地走进偏殿，跪在他的面前说道：

"皇爷，皇后命奴婢前来启奏陛下，她已经遵旨悬梁自尽，身殉社稷！"

崇祯睁大眼睛，望着吴婉容问道：

"皇后还说了什么话？"

"皇后说道，她先行一步，在黄泉路上迎接圣驾。"

崇祯忍不住掩面痛哭。站在他面前的三个儿子跟着他放声痛哭，没有人能抬起头来。

崇祯不敢多耽搁时间，他赶快停止痛哭，吩咐钟粹宫的掌事太监赶快将太子和定王送往他们的外祖父嘉定侯周奎的府中，又吩咐一个可靠的太监将永王送到田皇亲府中，传旨两家皇亲找地方使他的三个儿子暂时躲藏，以后出城南逃。吩咐了太监们以后，崇祯因为将恢复江山的希望寄托在太子身上，他又对太子说道：

"儿啊，汝父经营天下十七年，敬天法祖，勤政爱民，并无失德，不是亡国之君。皆朝中诸臣误我，误国……致有今日之祸。儿呀！你是太子，倘若不死，等你长大之后，你要恢复祖宗江山，为你的父母报仇。千言万语，只是一句话，我的儿啊！你要活下去！活下去！恢复江山！……"他痛哭两声，吩咐太监们带着太子和永、定二王赶快出宫。

他本来下旨：曾经被他召幸①过的女子，不管有了封号的和没有封号的，都集中在钱选侍的宫中，等候召进坤宁宫中处置，也就是吩咐她们立刻自尽，不肯自尽的就由他亲手杀死，绝不能

---

① 召幸——在崇祯朝，皇后和田、袁二妃的地位崇高，皇上可以到坤宁宫、承乾宫、翊坤宫中住宿，但别的妃嫔和被他看中的女子只能召到养德斋陪宿，天明时离开。这种办法称做召幸。皇帝同女子发生性行为，在封建时代叫做"幸"。

留下来失身流贼。

然而现在已经将近五更,住在玄武门内左右廊下家的太监们喂养的公鸡开始纷纷地叫明了。崇祯不再叫等候在钱选侍宫中的宫眷们前来,他出了偏殿,转身往正殿走去。

吴婉容知道他要去看一眼皇后的尸首,赶快跑在前面,通知宫女们止哭,接驾。崇祯进了坤宁宫的西暖阁,看一看仍然悬在梁上的尸体,他用剑鞘将尸体推了一下,轻轻地点头说:"已经死讫了,先走了,好,好!"他立即回身退出,一脚高一脚低地走出坤宁宫院的大门,向寿宁宫转去。一部分太监和宫女紧随在他的身后,有人在心中惊叫:

"天哪,是去逼公主自尽!"

听见廊下家的鸡叫声愈来愈稠,崇祯的心中很急,脚步踉跄地向寿宁宫走去。他虽然想保持镇静,在死前从容处理诸事,然而他的神志已经慌乱,只怕来不及了,越走越快,几乎使背后的宫女和太监们追赶不上。

住在寿宁宫的长平公主是崇祯的长女,自幼深得父皇的喜爱。当她小的时候,尽管崇祯日理万机,朝政揪心,还是经常抱她,逗她玩耍。她生得如花似玉,异常聪慧,很像皇后才入信邸时候。去年已经为她选定了驸马,本应今年春天"下嫁",只因国事日坏,不能举行。此刻他要去看看他的爱女是否已经自尽,尸悬画梁……他的心中忽然万分酸痛,浑身颤栗,连腿也软了。他想大哭,但哭不出声,在心中叫道:

"天啊,亡国灭族……人间竟有如此惨事!"

住在寿宁宫的长平公主今年十六岁,刚才坤宁宫中的一个宫女奔来传旨,命她自尽。她不肯,宫女们也守着她不让她自尽。现在众宫女正围着她哭泣,忽然听说万岁驾到,她赶快带着众宫

女奔到院中,跪下接驾。崇祯见公主仍然活着,又急又气,说道:

"女儿,你为何还没有死?"

公主牵着他的衣服哭着说:"女儿……无罪!父皇啊……"

崇祯颤抖地说:"不要再说啦!你不幸生在皇家,就是有罪!"

长平公主正要再说话,崇祯的右手颤抖着挥剑砍去。她将身子一躲,没有砍中她的脖颈,砍中了左臂。她在极度恐怖中尖叫一声,倒在地上,昏迷过去。崇祯见公主没有死,重新举起宝剑,但是他的手臂颤抖得更凶,没有力气,心也软了,勉强将宝剑举起之后,却看见费珍娥扑到公主身上,一边大哭一边叫道:

"皇爷,砍吧!砍吧!奴婢愿随公主同死!"

崇祯的手腕更软了,宝剑砍不下去,叹口气,转身走出寿宁宫,仓皇地走到了袁妃居住的翊坤宫。崇祯走后,寿宁宫中的宫女们和公主的奶母仍在围着公主哭泣。寿宁宫的掌事太监何新赶快从御药房找来止血的药,指挥年纪较长的两个宫女将公主抬放榻上,为公主上药和包扎伤口,却没有别的办法。公主仍在昏迷中,不省人事,既不呻吟,也不哭泣。由于皇后已死,皇帝正在宫中杀人,寿宁宫中事出非常,掌事太监何新和奶母陈嬷嬷对昏迷不醒的公主都不知如何处理。幸而恰在这时,被大家素日敬爱的吴婉容来到了。

原来吴婉容等皇上走出坤宁宫后,不让太监插手,同坤宁宫中几个比较懂事和胆大的宫女一齐动手,将皇后的尸体从梁上卸下,安放在御榻上,略整衣裙,替皇后将一只没有闭拢的眼睛闭上,又将绣着龙凤的黄缎被子盖好尸体。她知道皇上是往寿宁宫来,不知公主的死活,便跟在皇上之后奔来了。

吴婉容看见公主虽然被砍伤左臂,因皇上手软无力,并未砍断骨头,更没有伤到致命地方,醒来以后休养些日子就会康复。她将何新叫到寿宁宫的前庑下,避开众人,小声问道:

"何公公，你打算如何救公主逃出宫去？"

何新说："公主已经不省人事，倘若我送公主出宫，公主死在路上，我的罪万死莫赎。"

"不，何公公。据我看，公主的昏迷不醒是刚才极度惊惧所致，一定不会死去。你何不趁着天明以前，不要带任何人，独自背公主出玄武门，逃到周皇亲府中？"

何新的心中恍然明白，说道："就这么办，好主意！"

费珍娥已经出来，听见了他们救公主的办法，小声恳求说："让我跟随去服侍公主行么？"

何新说："不行！多一个人跟去就容易走漏消息！"

费宫人转求坤宁宫的管家婆："婉容姐，我愿意舍命保公主，让我去么？"

婉容说："你留在宫中吧。让何公公背着公主悄悄逃走，就是你对公主的忠心。"

"可是我决不受贼人之辱！"

"这我知道。还是前天我对你说的话，我们都要做清白的节烈女子，决不受辱。一旦逆贼破了内城，你来坤宁宫找我，我们都跟魏清慧一起尽节，报答帝后深恩。"

吴婉容因坤宁宫中的众宫人离不开她，匆匆而去。她同袁皇贵妃的感情较好，本想去看袁妃的尽节情况，但没有工夫去了，在心中悲痛地说：

"袁娘娘，你没有罪，不该死，可是这就叫做亡国啊！"

其实，此时袁妃并没有死。她身为皇贵妃，国亡，当然要随皇帝身殉江山，所以三天来她对于死完全有精神准备。当皇上在坤宁宫催周后自尽时候，她本来毫不犹豫地遵旨自尽，不料因为她平日待下人比较宽厚，宫女们故意在画梁上替她绑一根半朽的丝绦。结果她尚未绝气，丝绦忽然断了，将她跌落地上，慢慢地复苏了。虽然她吩咐宫女们重新替她绑好绳子,重新扶她上吊,但宫女们都跪在地上,围着她哭,谁也不肯听话。崇祯进来,知道她因绳子忽断,自缢未死,对她砍了一剑,伤了臂膀。因为他的手臂颤栗,加上翊坤宫一片哭声,他没有再砍,顿顿脚,说了句"你自己死吧!",转身走了出去。

他奔到钱选侍的宫中。所有选侍、美人和尚没有名目的女子都遵旨集中在那里。这些平日同皇上没有机会见面的女子,都属于皇上的群妾,有的还是宫女身份,她们同皇上并没有感情,只是怀着一种被皇上冷落的"宫怨"和对前途捉摸不定的忧虑,等待着皇上处分。当崇祯匆匆来到时,她们吓得面如土色,浑身颤抖着跪下接驾。崇祯命她们赶快自尽,不得迟误。她们一齐叩头,颤声回答:

"奴婢遵旨!"

几个女子向外退出时,有一个神情倔强的宫女,名叫李翠莲,禁不住恨恨地叹一口气,小声说道:

"奴婢遵旨尽节,只是死不瞑目!"

崇祯喝问:"回来!为什么死不瞑目?"

倔强的李翠莲反身来重新跪下,大胆地回答说:"我承蒙陛下召幸,至今已有两年,不曾再见陛下,在陛下前尚不能自称'臣妾',仍是奴婢。因为未赐名分,父母也不能受恩。今日亡国,虽然理当殉节,但因为在宫中尚无名分,所以死不瞑目。"

崇祯受此顶撞,勃然大怒,只听刷拉一声,他将宝剑拔出半截,对跪在面前的宫女瞋目注视。这宫女却毫不畏惧,本来是俯伏地上,听到宝剑出鞘声,忽然将身子跪直,同时将脖颈伸直,低着头,屏住呼吸,只等头颅落地。崇祯是怎样回心转意,没人知晓,但见他将拔出来一半的宝剑又送回鞘中,伤心地轻声说道:

"你的命不好,十年前不幸选进末代宫中。如今大明亡国,你与别的宫女不同,因为曾经蒙朕'召幸',所以不可失身于贼。看你性子刚烈,朕不杀你,赐你自己尽节,自己快从容悬梁自缢,留个全尸。去吧,越快越好!"

李翠莲叩头说:"奴婢领旨!"

李翠莲走后,崇祯知道天已快明,不敢耽误,见有女子很不愿意尽节,他猛踩一脚,挥剑砍倒两个,不管她们死活,在一片哭声中离开,奔回乾清宫。在他身殉江山之前,还有一件最使他痛心而不能断然决定的事情,就是昭仁公主的问题。现在他下狠心了。

他有一个小女儿为皇后所生,今年虚岁六岁,长得十分好看,活泼可爱。他因为很喜爱这个小公主,叫奶母和几个宫女服侍小公主住在乾清宫的昭仁殿,在乾清宫正殿的左边,只相隔一条夹道。因为公主的年纪还小,没有封号,宫中都称她是昭仁公主。这小女孩既不懂亡国,也不懂自尽,怎么办呢?三天来他就在考虑着他自己身殉社稷之前在宫中必须处理的几件事,其中就包括小公主。现在该处理的几件事都已经处理完毕,只剩下昭仁公主了。

他匆匆回乾清宫去。过了交泰殿,快进乾清宫的日精门了,他一边走一边在心中说道:

"我的小女儿啊,不是父皇太残忍,是因为你是天生的金枝玉叶,不应该死于贼手,也不应该长大后流落民间!儿啊,你死到阴间休抱怨你父皇对你不慈!……"

崇祯进了日精门,不回乾清宫正殿,直接登上昭仁殿的丹墀。小公主的奶母和宫女们正在一起流泪,等待大难降临,忽听说皇上驾到,一齐拥着小公主出来跪下接驾。小公主已经在学习宫中礼仪,用十分可爱的稚嫩声音叫道:"父皇万岁!"她的话音刚落,崇祯一咬牙,手起剑落,小公主来不及哭喊一声,就倒在血泊中死了。

奶母和众宫女们一齐大哭。

崇祯回到乾清宫东暖阁,一般的太监和宫女都留在丹墀上,只有吴祥和魏清慧随崇祯进了暖阁。崇祯回头吩咐:

"快快拿酒!传王承恩进来!"忽然听见昭仁殿一片哭声,他又吩咐:"酒送到宏德殿,王承恩也到宏德殿等候!"

崇祯吩咐之后,拉出素缎暗龙黄袍的前襟,将玉白色袍里朝上,平摊御案,提起朱笔,颤抖着,潦草歪斜地写出了以下遗言:

> 朕非庸暗之主,乃诸臣误国,致失江山。朕无面目见祖宗于地下,不敢终于正寝。贼来,宁毁朕尸,勿伤百姓!

崇祯在衣襟上写毕遗诏,抛下朱笔,听见城头上炮声忽止,猜想必定是守城的太监和军民已经打开城门投降。他回头对魏清慧看了看,似乎想说什么话,但未说出。魏宫人已经看见了他在衣襟上写的遗诏,此时以为皇上也想要她自尽,赶快跪下,挺直身子,伸颈等待,慷慨呜咽说道:

"请皇爷赐奴婢一剑!"

崇祯摇摇头,说道:"朕马上身殉社稷,你同都人们出宫逃命去吧!"

宏德殿在乾清宫正殿的右边,同昭仁殿左右对称,形式相同。往日崇祯召见臣工,为避免繁文缛节的礼仪,都不在乾清宫正殿,通常在乾清宫的东西暖阁,也有时在宏德殿,即所谓乾清宫的偏殿。

当崇祯匆匆地离开乾清宫的东暖阁走进宏德殿时,王承恩已经在殿门外恭候,而一壶宫制琥珀色玉液春酒和一只金盏,四样下酒冷盘（来不及准备热菜）已经摆在临时搬来的方桌上。崇祯进来，往正中向南的椅子上猛然坐下，说道："斟酒！"跟随他进来的魏清慧立刻拿起嵌金丝双龙银壶替他斟满金杯。他将挂在腰间的沉甸甸的宝剑取下，铿然一声，放到桌上，端起金杯，一饮而尽，说道："再斟！"随即向殿门口问道：

"王承恩呢？"

王承恩赶快进来，跪下回答："奴婢在此伺候！刚才奴婢已在殿门口跪接圣驾了。"

崇祯对王承恩看了看，想起来王承恩确实在殿门口接驾，只是他在忙乱中没有看清是谁。由于他马上就要自尽，知道王承恩甘愿从死，使他安慰和感动。他向立在殿门口的太监们吩咐：

"替王承恩搬来一把椅子，拿个酒杯！"

恭立在殿门口的吴祥和几个太监吃了一惊，心中说："皇上的章法乱了！"但他们不敢耽误，立刻从偏殿的暖阁中搬出一把椅子，又找到一只宫中常用的粉彩草虫瓷酒杯。魏清慧立刻在瓷杯中斟满了酒。崇祯说道：

"王承恩，坐下！"

"奴婢不敢！"王承恩心中吃惊，叩头说。

"朕命你坐下，此系殊恩，用①酬你的忠心。时间不多了，你快坐下！"

"皇上，祖宗定制，内臣不管在宫中有何职位，永远是皇上的家奴，断无赐坐之理。"

"此非平时，坐下！"

王承恩惶恐地伏地叩头谢恩，然后站起，在崇祯对面的椅子上欠着身子坐下，不敢实坐。崇祯端起金杯，望着王承恩说：

---

① 用——意义同"以"，古人习惯用法。

"朕马上就要殉国，你要随朕前去。来，陪朕饮此一杯！"说毕，一饮而尽。

王承恩赶快跪在地上，双手微微打颤，捧着酒杯，说道："谢圣上鸿恩！"

他将杯中酒饮了一半，另一半浇在地上，又说道：

"启奏皇爷，城头上几处炮声忽然停止，必是守城人开门迎降。皇上既决定身殉社稷，不可迟误。即命内臣们搬运来引火的干柴如何？"

崇祯的神情又变得十分冷静，沉默不答，面露苦笑，以目示意魏清慧再替他斟满金杯。魏宫人知道崇祯平日很少饮酒，以为他是要借酒壮胆，怕他喝醉，斟满金杯后小声说道：

"皇爷，贼兵已经进城，请皇爷少饮一杯，免得误了大事。"

崇祯到了此时，又变得十分镇静，神情慷慨而又从容。死亡临头，事成定局，他已经既不怕死，也没有愁了，所有的只是无穷的亡国遗恨。三天来他寝食均废，生活在不停止的惊涛骇浪之中，又经过一整夜的折腾，亲历了宫廷惨祸，他需要多饮几杯酒，一则借酒浇一浇他的胸中遗恨，二则增加一点力量，使他更容易从容殉国。他认为，北京城大，敌人进城之后，也不会很快就进入皇宫，所以他饮了第三杯酒以后，对魏宫人说：

"再为朕满斟一杯！"

当魏宫人又斟酒时，王承恩第二次催促说："皇爷，奴婢估计，贼兵正在向紫禁城奔来，大庖厨①院中堆有许多干柴，该下旨准备在三大殿和乾清宫如何放火，再不下旨就来不及了！"

崇祯端起金杯不语，沉默片刻，深沉地叹一口气，将金杯放

---

① 大庖厨——在西华门内稍北，武英殿的西边，东临金水河，西靠紫禁城，与尚膳监在一起。

下。只有魏宫人知道皇上无意焚毁宫殿。她看见他一刻前坐在乾清宫东暖阁，在衣襟的里边写有遗诏。虽然她站在皇上背后相距三尺以外，看不见遗诏内容，但她知道皇上要穿着衣服自尽，断不会举火自焚。到底要吞金？服毒？自缢？自刎？还是投水⋯⋯她不清楚。至于吴祥等几个在乾清宫中较有头面的太监，他们窃听到巩、刘二皇亲向皇上建议在宫中举火自焚并烧毁三大殿的话，并不知道皇上在衣襟上写遗诏的事，所以都认为皇上会放火焚烧三大殿和乾清宫。他们还将这一消息告诉了王承恩。王承恩也认为这样的办法最为合宜，不但皇上为祖宗江山死得壮烈，死得干净，而且也不将巍峨的宫殿留给"逆贼"。王承恩担心敌兵马上来到，又忍不住向崇祯问道：

"陛下，可否命内臣们赶快搬运木柴？"

他摇摇头，没有说话，伤心地向魏清慧望了一眼。

魏宫人轻声问道："皇爷，有何吩咐？"

崇祯叹口气，向魏宫人说："朕将如何自尽，在昨日午觉中已经决定了。"

魏宫人含泪说："昨日午后，皇爷做了一个凶梦，在梦中大哭，是奴婢将皇爷唤醒。可是皇爷梦见了什么事情，并没有告诉奴婢。"

此刻，崇祯的眼前又浮现出噩梦中看见的那幅图像：一个末代皇帝，皇冠落地，龙袍不整，披散头发，舌头微吐，一只眼睁，一只眼闭，上吊而亡。但是他没有对魏清慧说出他昨日梦见的可怕图像，一口将酒喝干，将金杯铿然放到桌上，大声说道：

"斟酒！再斟一杯！"

王承恩骇了一跳，说道："皇上，奴婢侍候皇上多年，深知皇上励精图治，勤政爱民，不幸到了今日，深怀亡国遗恨。可是皇上，您听，玄武门已打五更，再耽误就来不及焚毁宫殿了！"

几天来崇祯常想着一些国事上的重大失误，致有今日亡国之祸。他有一套习惯思路，自信很强，认为许多重大失误，都是诸臣误国，他自己没有错误。近些日子，他眼看着将要亡国，每次回想亡国的各种缘故，有几件大事使他痛恨朝中群臣，无法忘怀。第一件，在几年前，满洲的兵力还不像今日强大，有意同朝廷言和。他同杨嗣昌都主张同满洲言和，求得同满洲息兵数年，使朝廷摆脱两面作战困境，专力对付"流贼"。不料消息泄漏，举朝哗然，群起攻击与满洲言和，杨嗣昌被迫离开朝廷，出外督师，死在湖广。继杨嗣昌主持中枢①的是陈新甲，也知道国家当务之急是同满洲言和，以摆脱两面作战，内外交困之局。和议即将成功，不料消息再次泄漏，又是举朝大哗，比上一次攻击和议的言论更为猛烈，他迫不得已将陈新甲下狱，斩首。假如当时朝中文臣们稍有远见，避免门户之争，都肯从大局着想，使和议之策成功，朝廷暂缓东顾之忧，国力不致消耗净尽，何有今日！假如杨嗣昌和陈新甲有一个不死，留在朝廷，何有今日！尤其他近几天时时在心中痛恨的是，关于南迁的事，何等紧迫，满朝文臣们各存私心，大臣反对，小臣不敢坚持，致有今日！还有，关于调吴三桂来京勤王的事，又是何等紧迫，朝廷上好些天议论不决，贻误军机，坐等流贼日夜东来，致有今日！……

"斟酒！斟满！"他大声说，咬牙切齿。

魏清慧浑身打颤，赶快又斟满金杯。崇祯伸出右手中指，在金杯中蘸了一下，在案上写了一句话叫王承恩看，随即端起金杯一饮而尽。他在案上写的是：

"文臣每（们）个个可杀！"

---

① 中枢——本指中央政府、朝廷。因宋朝的枢密院掌管全国军政，明初亦然，所以习惯上有时称兵部尚书为"枢臣"，或称为"主持中枢"。

看见了崇祯写的这句话,王承恩和魏清慧都感到莫名其妙。尤其是王承恩,他断定敌兵正在向皇城奔来,进了皇城后就是毫无防守能力的紫禁城,再不赶快为焚毁乾清宫和三大殿准备好引火之物,后悔就来不及了。他望着皇上说:

"陛下,乾清宫……"

崇祯心乱,没有听清,以为催他自尽,他冷静地说道:"不要担心,还来得及,来得及。"

正在此时,从西城外又传来了一阵炮声。崇祯浑身一震。

王承恩又催促说:"皇上,需要赶快准备……"

崇祯说:"朕早已反复思忖,拿定了主意。你等一等,随朕出宫。"他瞟了魏清慧一眼:"再斟一杯!替王承恩也斟一杯!……王承恩,饮过了这杯酒,你就随朕出宫!"

王承恩说:"可是皇爷,如今已无处可去,只有在宫中放火……"

"三大殿和乾清宫不用焚。"

"岂不是留以资敌!"

崇祯没心回答,饮下去最后一杯酒,命王承恩也饮下杯中酒,从椅子上站起来,准备动身。魏清慧赶快从桌上捧起宝剑,准备替皇上系在腰间。但崇祯心中明白这宝剑没有用了,轻轻一摆头,阻止了她。他对乾清宫的掌事太监吴祥和"管家婆"魏清慧说了一句话:"你们赶快逃生吧,不需要伺候了。"他对王承恩说了句:"出玄武门!"随即从宏德殿出来了。

从乾清宫的宫院去玄武门,应该出日精门或月华门向北转,可是崇祯一直往前走,出了乾清门。站在乾清门前,回过头来,伤心地看了片刻,落下了热泪,在心中说:"再也不会回来了!"他又向南看一眼建极殿(三大殿的后边一殿)的高大影子,叹了一声,心中说:"再也看不见了!"他忍耐着没有痛哭，因为已经没时间哭了。

到了此时，王承恩、吴祥等人才知道皇上无意焚毁乾清宫和三大殿，但是不明白什么原因，也不敢再问。吴祥和魏清慧率领乾清宫的全体太监和宫女送皇帝出乾清门。一个太监牵着太平骝在乾清门外等候，另一个太监搬了马凳，还有四个太监用朱漆龙头短棒打着四只羊角宫灯侍候。崇祯上了御马，接了杏黄丝缰，挥手使牵马的和打灯笼的太监都不要跟随，只要王承恩跟在马后。他从乾清门外向东，到内左门向北转，向东一长街（乾清宫和坤宁宫东边的一条永巷）方向走去。

太监和宫女们一直跟随到内左门，跪下去叩头，吴祥和魏清慧等同时哽咽说道：

"奴婢们为皇爷送驾！"

虽然天色已经麻麻亮，但永巷的两边都是很高的红墙，隔红墙尽是宫殿，加上天色阴沉，永巷中的夜色仍然很浓。崇祯骑马向玄武门走去的影子很快消失在永巷的阴影中，看不见了，但还能听见渐渐远去的马蹄声音。

平日皇上晚间出乾清宫，总是乘步辇，华贵的灯笼成阵，由太监和宫女簇拥而行。魏清慧第一次看见皇上是这样出乾清宫，忍不住望着皇上的马蹄声逐渐远去的方向伤心，呜咽出声。她一呜咽，许多宫女和太监都跟着哭了。

在黎明前靠近乾清宫、交泰殿和坤宁宫旁边的永巷（宫中称为东二长街）中，这时候特别幽暗，凄风冷雨，没有人管的路灯大部分已经熄灭。孤单的马蹄声向北走去，在接近玄武门的御花园方向消失，而乾清宫院中的太监和宫女们送别皇上的哭声还没有完全停止。

魏清慧很快从地上站起来，差两个宫女去坤宁宫请吴婉容速来商量要事，她自己回乾清宫后边的住房中料理临死前的一些事情。她的心中还在挂念着皇上的去向，忽然她产生了一种猜想。她希望皇上不是找一个地方自尽，而可能是皇上瞒着左右太监，另外吩咐别人，事先替他秘密做好安排，此刻只带着王承恩逃出宫去，到一个连王承恩也不知道的地方藏起来，然后再逃出北京。但这只是一个渺茫的希望，她没有说出口来。

天色更亮了。玄武门城楼上，报晓的鼓声停止，云板不响了。内城各门大开。大顺军开始从不同的地方整队入城，而李过和李岩等率领的清宫人马也从西长安街来了。

崇祯经过御花园时，一只黑色大鸟从古柏树上扑噜噜惊起，飞出紫禁城外。

守玄武门的太监已经逃散，只剩下两个人了。他们看见皇上来了，赶快将门打开，跪在路边，低头不敢仰视。

崇祯出了玄武门，又走出北上门，过了石桥，越过一条冷清的大路，便进入万岁门，来到煤山的大院中。那时煤山上和周围的树木比现代多，范围较大。崇祯来到院中，在西山脚下马，有一只夜间从鹿舍走出的梅花鹿从草中惊起，窜入密林。

崇祯下马以后，命王承恩在前带路，要顺小路上山顶看看。王承恩断定"流贼"正在向皇城前来，心中焦急，劝说道："陛下，天色已经亮了，不敢多耽搁时间了。"崇祯没有说话，迈步前行。王承恩见他态度执拗地要去山上，只好走在前面带路。

扔下的御马没有人管，七宝雕鞍未卸，肚带未松，镶金嵌玉的辔头依然，黄丝缰绳搭在鞍上，在山脚下慢吞吞地吃草，等待它的主人从原路回来。

王承恩引着崇祯从西山脚下，手分树枝，顺着坎坷的小路上山。自从崇祯末年，国事日坏，皇帝和后妃们许多年不来煤山，所以上山的道路失修，不仅坎坷，而且道旁荒草和杂树不少。虽然用现代科学方法测量，煤山的垂直高度只有旧市尺十四丈，但是在明清两代,它的顶峰是北京城中最高的地方。所以,如今崇祯上山所走的崎岖小路,就显得很长。但见林木茂密,山路幽暗。煤山上的密林中栖有许多白鹤,刚刚从黎明的残梦中醒来,有几只听见上山的人声,从松柏枝头乍然睁眼,感到吃惊,片刻犹豫,展翅起飞,飞往北海琼岛,在长空中发出来几声嘹亮的悲鸣。

空中布满暗云,所以天色已明,却迟迟不肯大亮,仍然有零星微雨。凉风忽起,松涛汹涌。崇祯在慌乱中右脚被石头绊了一下,冷不防打个前栽,幸好抓住了在前边带路的王承恩,没有跌倒。经过这一踉跄前栽,他的今早不曾梳过的头发更散乱了,略微嫌松的右脚上的靴子失落了。继续走了几步,他感到脚底很疼痛,才明白临时换的一只旧靴子丢失了。但是他没有回头寻找,也没有告诉王承恩。他想,马上就要上吊殉国了,脚掌疼痛一阵算得什么!

煤山有五峰,峰各有亭①。他们上到了煤山的中间主峰,是煤山的最高处,在当时也是全北京城的最高处。这里有一个不到两丈见方的平坦地方,上建一亭,就是清代改建的寿皇亭的前身。倘若是一般庸庸碌碌的亡国之君,到此时一定是惊慌迷乱,或者痛哭流涕,或者妄想逃藏,或者赶快自尽,免得落入敌手。然而崇祯不同。他到此刻,反而能保持镇静,不再哭,也不很惊慌了。他先望一望紫禁城中的各处宫殿,想着这一大片从永乐年间建成,后经历代祖宗补建和重建的皇宫,真可谓琼楼玉宇,人间再无二处,从今日以后,再也不属于他的了。 他深感愧对祖宗,一阵心如刀割,流出两行眼泪。他又纵目遥望,遍观了西

---

① 峰各有亭——明代煤山上原有五亭,见孙承泽所著《春明梦余录》。清乾隆十六年改建,更加富丽,换了新的名称。有些清人著作中认为明代煤山上无亭,其实不然。

城、东城和外城，想象着"贼兵"此时已经开始在各处抢劫、奸淫、杀人，不禁心中辛酸，叹口气说：

"唉，朕无力治理江山，徒苦了满城百姓！"

王承恩说道："皇爷真是圣君，此时还念着满城百姓！"

崇祯又说："自古亡国，国君身殉社稷，必有臣民从死。我朝三百年养士，深恩厚泽，难道只有你一个人不忘君恩，为朕尽节？"

"皇爷，奴婢敢言，遇此天崩地坼之祸，京师内外臣工以及忠义士民，一旦得知龙驭上宾，定有许多人为皇上尽节而死，岂止奴婢一内臣而已！"

崇祯的心中稍觉安慰，忽然问道："文丞相祠在什么地方？"

王承恩遥指东北方向，哽咽说："在那个方向，离国子监不远。皇爷，像文天祥那样的甘愿杀身成仁的千秋忠臣，也莫能救宋朝之亡。自古国家兴亡，关乎气数，请皇上想开一点，还是赶快自尽为好，莫等贼兵来到身边！"

崇祯在想着颇有忠正之名的四朝老臣李邦华昨日曾告诉他说在贼兵入城时将在文丞相祠中自缢，此时也许已经自缢了。其实，李邦华昨日听说李自成的人马破了外城，就带着一个仆人移居文丞相祠中，准备随时自尽。这一夜他不断叹息，流泪，时时绕室彷徨。他越想越认为倘若皇上采纳他的"南迁"之议，大明必不会有今日亡国之祸。他身为左都御史，北京被围之前竟不能使皇上接纳他的"南迁"建议，北京被围之后，连上城察看防守情形也被城上太监们阻拦，想着这些情况，在摇晃的烛光下暗暗痛哭。

黎明时候，仆人向他禀报"流贼"已经进入内城的消息。他走到文天祥的塑像前，深深地作了三个揖，含泪说道：

"邦华死国难,请从先生于地下矣!"

随后,他向白石灰刷的粉墙望了一眼,又瞟一眼仆人在屋梁上为他绑好的麻绳,和绳子下边的一只独凳,马上放心地坐下去研墨膏笔,口中似乎在念诵着什么。忠心的仆人拿一张白纸摊在桌上,用颤抖的声音躬身说道:

"贼人已经进内城了,请老爷写好遗嘱,老奴一定会差一个妥当仆人送到吉水府中。"

李邦华心中说:"身为朝廷大臣,国已经亡了,还说什么吉水府中!"

他站立起来,卷起右手袍袖,在粉墙上题了三句绝命诗:

堂堂丈夫兮圣贤为徒,
忠孝大节兮誓死靡渝,
临危授命兮吾无愧吾!

李邦华不是诗人,也没有诗才,但是这三句绝命诗却反映了他的性格与死时心态。

崇祯临死前想到李邦华曾建议逃往南京的事,悔之已晚,深深地叹了一声。他没有将这件事告诉王承恩,转向东南方向望去,最早看见的是崇文门的巍峨箭楼,接着又看见古观象台。忽然,他看见崇文门内偏东的地方冒出了火光。他浑身猛然一震,从喉咙里"啊"了一声,定睛向火光望去。片刻之间,离那火光不远地方又冒出一股火光。两处火光迅速变成烈焰腾腾,照得东南方一大片云天通红。

王承恩也惊骇地望着火光,对崇祯说道:"皇爷,那烈火焚烧的正是新乐侯府和巩驸马府!一定是贼兵进崇文门后,先抢劫焚烧这两家皇亲！"

崇祯仍在看远处的火光和浓烟，颤声说："烧得好，烧得好，真是忠臣！"

王承恩不明白他的话是什么意思，说道："皇上，愈在这时愈要镇静，方好从容殉国。说不定贼兵已经进承天门啦！"

崇祯想到这两家皇亲一定是等不到宫中举火，因为贼兵已经进了崇文门，不能耽误，自己先举火全家自焚。使他最痛心的是外祖母年已八十，竟遇到亡国之祸。限于朝廷礼制森严，他跟外祖母有君臣之别，外祖母虽然受封为瀛国夫人，却没进过宫来，而他也没有去看过瀛国夫人，所以他一辈子没有同外祖母见过一面。如今，由于他的亡国，外祖母全家人举火自焚，外祖母纵然能够不死于大火之中，以后只剩下她一个年已八十的孤老婆子，将如何生活下去？……

王承恩在他的脚前跪下，焦急地恳求说："皇上是英烈之主，慷慨殉国，事不宜迟。如要自缢，请即下旨，奴婢为皇爷准备。如今天已大亮，贼兵大概已进入紫禁城了！"

在崇祯的复杂多样的性格中本来有刚强和软弱两种素质，此时到即将慷慨自尽时候，他性格中的刚强一面特别突出，恐惧和软弱竟然没有了。他已经视死如归，明知贼兵可能已进入午门，反而表现得十分冷静和沉着，和王承恩的惊慌表情很不相同。他想着紫禁城内宫殿巍峨，宫院连云，千门万户，贼兵进入紫禁城中到处寻找他的踪迹，如入迷宫，断不会知道他在煤山上边。他这样想着，便愈加从容不迫，向王承恩小声说：

"不要惊慌，让朕再停留片刻。"

崇祯继续站在煤山主峰的亭子下边，手扶栏杆，向南凝望，似乎听见紫禁城中有新来的人声，但不清楚。他确实没有恐惧，心境很平静，暗中自我安慰说："这没有什么，国君死社稷，义之正也。"他的心境由镇定到松弛，许多往事，纷纷地浮上心头。忽然记起来崇祯初年的一件旧事，好像就在眼前。那时天下尚未糜烂，他在重阳日偕皇后和田、袁二妃乘步辇来此地登高，观赏秋色，瞭望全城，还在亭中饮酒。因事前就有重阳来此登高之意，所以太监们在登山的路边和向阳的山下院中栽种了许多菊花，供他和娘娘们欣赏。他曾想以后每逢重阳，必定偕宫眷们或来此地，或去琼岛，登高饮酒，欢度佳节。但后来国事一天坏过一天，他不但逢重阳再没有来过这儿，连琼岛也没有心思登临……

忽然，他从往事的回忆中猛然一惊，回到眼前的事。如今，田妃早死，皇后已经自尽，袁妃自尽，大公主被他砍伤，小公主被他砍死，贼兵已经在紫禁城中，他自己马上也要自尽，回想历历往事，恍如一梦！他不能再想下去，只觉心中酸痛，恨恨地叹一口气，望着天空说道：

"唉唉，天呀！祖宗三百年江山，竟然失于我手！失于我手！可叹我辛辛苦苦，宵衣旰食，励精图治，梦想中兴，无奈文臣贪赃，武将怕死，朝廷上只有门户之争，缺少为朕分忧之臣，到头来落一个亡国灭族的惨祸。一朝亡国，人事皆非，山河改色，天理何在！……唉，苍天！我不是亡国之君而偏遭亡国之祸，这是什么道理？你回答我！你回答我！回答我！"

"皇爷，苍天已聩，双目全闭，问也不应。贼兵已入大内，皇爷不可耽误！"

崇祯又一次感情爆发，用头碰着亭柱，咚咚发声，头发更加散乱。王承恩以为他要触柱而死，但他又看见他不像用大力触柱，怕他晕倒山上，敌兵来到，想自尽就来不及了。他拉住崇祯的衣襟，大声叫道：

"皇上！皇上！这样碰不死！不如自缢！"

崇祯冷冷一笑，说道："是的，朕要自缢殉国，在昨日午梦中已经决定。可恨的是，朕非亡国之君，偏有亡国之祸，死不瞑目！"他想一想，又接着说："你说的是，朕要自缢。可是朕要问一声苍天，问一声后土，为什么使朕亡国，这是什么天理？唉唉！这是什么天理？皇天后土，请回答我！回答我！"

王承恩劝解说："陛下！贼兵已经进了皇城，进了午门，大势已去，此时呼天不应，呼地不灵，不如及早殉国，免落逆贼之手。"

崇祯又镇静下来，面带冷笑，说道："你不要担心，朕决不会落入贼手！"

"奴婢担心万一……"

"你不用担心！紫禁城中，千门万户，贼兵进入紫禁城中，寻找不到朕躬，必然在宫中抢劫财物，奸污宫女，决不会很快就来到此地。朕来到这个地方，正是为从容殉国，但是有些话，朕不得不对皇天后土倾诉！"

"皇爷，事已至此，全是天意，请不要太难过了！"

崇祯忽然又以头碰柱，继而捶胸顿足，仰天痛哭数声，然后用嘶哑的声音问道：

"皇天在上，我难道是一个昏庸无道的亡国之君？我难道是一个荒淫酒色，不理朝政之主？我难道是一个软弱无能，愚昧痴呆，或者年幼无知，任凭奸臣乱政的国君么？难道我不是每日黎明即起，虔诚敬天，恪守祖训，总想着励精图治的英明之主？……天乎！天乎！你回答我，为何将我抛弃，使我有此下场？皇天在上，为何如此无情？你为何不讲道理！你说！你说！……我呼天不应，你难道是聋了么？真的是皇天聩聩！聩聩！"

一阵沉闷的雷声从头上滚过，又刮起一阵寒风。他听见林木中有什么怪声，以为谁进到院中，不觉打个寒战，赶快转身向北望去。大院中天色更加亮了。他看见大院中空空荡荡，并无一个人，正北方是寿皇殿，殿门关闭，窗内没有灯光，因殿前有几株松树，更显得阴森森的。他正在向寿皇殿注视，似乎从殿中发来什么响声，接着又似乎发出来奇怪的幽幽哭声。由于近来宫中经常闹鬼，他恍然明白：这就是鬼哭！这就是鬼哭！是为他的亡国而哭！是为他的身殉社稷而哭！

他转向南望，想看看贼兵如何在宫中抢劫和杀人。如在往日，此时已经是天色大亮，但今早因为低云沉沉，宫院内的长巷中仍然很暗。他忽然把眼光凝望着乾清宫的方向，只能看见暗云笼罩的宫殿影子，看不见什么人影。他在心中问道：

"内臣们自然都逃出宫了，那些宫女们可逃走了么？魏清慧可逃走了么？"一阵北风将冷雨吹进亭内，崇祯仰天长叹一声，忽然对王承恩哽咽说道："啊啊，我明白了！怪道今天早晨的天色这么阴暗，冷风凄凄，又下了两阵小雨，原来是天地不忍看见我的亡国，惨然陨泣！"

王承恩从一些异常的人声中觉察出来李自成的部队已经有很多人进入紫禁城，并且觉察出许多人从玄武门仓皇逃出，向西奔去，也有的向东奔去。他焦急地站起身来，向崇祯说道：

"贼兵已经有很多人进入大内，皇爷不可再迟误了！"他已经明白皇上是决定自缢，又说道："皇爷，倘若圣衷已决定自缢殉国，此亭在煤山主峰，为京师最高处，可否就在这个亭子中自缢？"

崇祯没有回答。他此刻从站立的最高处向正南望去，不是对着坤宁宫、乾清宫和三大殿，而是对着紫禁城内的奉先殿和紫禁城外太庙，这两个地方的巍峨殿宇和高大的树木影子都出现在他的眼前。他认为他失去了祖宗留下的江山，不应该对着祖宗的庙宇上吊。他已经选定了一个上吊的地方，但没有说出口来。他虽然已到了自尽时刻,对亡国十分痛心,但是他的神志不乱,在想着许多问题。他忽然想开了,好像有一点从苦海中解脱的感觉,想着十七年为国事辛苦备尝,到今天才得到休息,到阴间去再也不用操心了。但是这种从苦海中解脱的思想忽然又发生波动。他又回想他从十七岁开始承继的大明皇统,是一个国事崩坏的烂摊子,使他不管如何苦苦挣扎,只能使大明江山延长了十七年,却不能看见中兴。当王承恩又一次催促他就在这座亭子中自缢的时候,他恰好想到他十几年中日夜梦想要成为大明的"中兴之主",而今竟然失了江山,不觉叹口气说:

"十七年……一切落空!"

崇祯的目光越过紫禁城,遥望见崇文门不远处突然出现了一股火光,他知道这是他的表哥新乐侯刘文炳的"赐第",是表兄一家人为他举火自焚。他虽然在心中也觉悲痛,但同时也少觉欣慰,暗暗说道:

"死得好,死得好,果然是个忠臣!"

但是,他没有看见另一处火光不免焦急,在心中想道:"难道巩永固深受国恩,却不肯为朝廷尽节么?"

其实,刘文炳一家举火自焚片刻后,巩永固也命仆人点着了事先堆放在驸马府大厅四周的柴草,顿时浓烟笼罩了暂厝大厅中的安乐公主的灵柩,吞没了被丝带绑缚在灵柩周围的五个尚幼的子女。性格刚强的巩永固不忍心再听五个孩子和庭院中上百人的惨痛哭叫声,同时火已经燃着了他的袍子,他拔出宝剑,向着大火中的公主灵柩和孩子们看了一眼,哭着说:"我不该……"自刎而死,倒在火中。

王承恩再次催促说:"皇上究竟在何处殉国,请速决定,莫再耽误!"

"好吧,不再耽误了。你跟随朕来,跟随朕来!"

从此时起，直到自缢，崇祯都表现得好像大梦初醒，态度异常从容。无用的愤懑控诉的话儿没有了，痛哭和呜咽没有了，叹息没有了，眼泪也没有了。

他带着王承恩离开了煤山主峰，往东下山。又过了两个亭子，又走了大约三丈远，下山的路径断了。在崇祯年间，只有崇祯和后妃们偶然在重阳节来此登高，所以登煤山的路径只有西边的一条，已经长久失修，而东边是没有路的，十分幽僻。崇祯命王承恩走在前边，替他用双手分开树枝，往东山脚下走去。半路上，他的黄缎便帽被树枝挂落，头发也被挂得更乱。山脚下，有一棵古槐树，一棵小槐树，相距不远，正在发芽。两棵槐树的周围，几尺以外，有许多杂树，还有去年的枯草混杂着今春的新草。分明，皇家的草木全不管国家兴亡和人间沧桑，到春天依然发芽，依然变绿。

在几年以前，国事还不到不可收拾。一年暮春时候，天气温和，崇祯一时高兴，偕后妃们来永寿殿①前边看牡丹。看过以后，周后同袁妃坐在寿皇殿吃茶闲话，他带着田妃来到煤山脚下闲步，发现了这个地方，喜欢这地方十分幽静，对田妃说道：

"日后战乱平息，重见太平，朕将在此两株槐树中间建一个小亭，前边几丈外种几丛翠柳，万机之暇，偕汝来此亭下小憩，下棋弹琴，稍享太平无事乐趣！"

自从他同心爱的田皇贵妃闲步此处之后，这事情、这地方、这个心愿，一直牢记在他的心中，所以到今天选择此处殉

---

① 永寿殿——明代景山大院的北边有三座殿，西边是寿皇殿，中间是永寿殿，东边是观德殿。清代重建寿皇殿，将地址东移。明代永寿殿前边有牡丹圃。

国。来到了古槐树下边,他告诉王承恩可以在此处从容自尽,随即解下丝绦,叫王承恩替他绑在槐树枝上,王承恩正在寻找高低合适的横枝时候,崇祯忽然说:"向南的枝上就好!"崇祯只是因为向南的一个横枝比较粗壮,只有一人多高,自缢较为方便,并没有别的意思。但他同王承恩都同时想到了"南柯梦"这个典故。王承恩的心中一动,不敢说出。崇祯惨然一笑,叹口气说:

"今日亡国,出自天意,非朕之罪。十七年惨淡经营,总想中兴。可是大明气数已尽,处处事与愿违,无法挽回。十七年的中兴之愿只是南柯一梦!"

王承恩听了这话,对皇帝深为同情,心中十分悲痛,但未做声,赶快从荒草中找来几块砖头垫脚,替皇帝将黄丝绦绑在向南的槐树枝上,又解下自己的腰间青丝绦,在旁边的一棵小槐树枝上绑好另一个上吊的绳套。这时王承恩听见从玄武门城上和城下传来了嘈杂的人声,特别使他胆战心惊的是陕西口音在北上门外大声查问崇祯逃往何处。王承恩不好明白催皇上赶快上吊,他向皇帝躬身问道:

"皇爷还有何吩咐?"

崇祯摇摇头,又一次惨然微笑:"没有事了。皇后在等着,朕该走了。"

他此时确实对于死无所恐惧,也没有多余的话需要倾吐,而且他知道"贼兵"已经占领了紫禁城,有一部分为搜索他出了玄武门和北上门,再前进一步就会进入煤山院中,他万不能再耽误了。于是他神情镇静,一转身走到古槐树旁,手扶树身,登上了垫脚的砖堆。他拉一拉横枝上的杏黄丝绦,觉得很牢,正要上吊,王承恩叫道:

"皇爷,请等一等,让奴婢为皇爷整理一下头发!"

"算了,让头发遮在面上好啦。朕无面目见二祖列宗于地下!"

崇祯索性使更多的长发披散脸上，随即将头插进丝绦环中，双脚用力蹬倒砖堆，抓着丝绦的双手松开，落了下来，悬挂着的身体猛一晃动，再也不动了。

王承恩看见皇上已经断气，向死尸跪下去叩了三个头，说道："皇爷，请圣驾稍等片刻，容奴婢随驾前去！"他又面朝东方，给他的母亲叩了三个头，然后起身，在旁边不远的小槐树枝上自缢。

微雨停了。北风停了。鸟不鸣，树枝不动。煤山的大院中一如平日，十分寂静。忽然从玄武门外传来陕西口音，说西华门护城河中漂起来许多尸体，说不定崇祯也投水死了。

崇祯出了玄武门以后，消息立刻从乾清宫和坤宁宫传到了相邻的几个宫院，然后传遍了紫禁城中。当时除乾清宫中的魏清慧等很少的几个宫女外，都不知道皇帝出宫去是为自尽殉国，一般宫女还以为他是逃出宫了。

明朝的宫女被选入宫，一般在十岁以前。她们多是畿辅各州县人，一旦入宫，便没有再同父母和家人见面的日子。除非遇到国家大庆之日，出于"皇恩浩荡"，一部分年纪较大的宫女才被放出宫，由家人领回，自行婚配，但这样的机会很少，大多数宫女都只能终身深闭宫中，老死为止。由于她们的特殊情况，一旦亡国，没有一点逃生的办法。

坤宁宫的吴婉容和乾清宫的魏清慧，不仅因为她们分别是帝、后身边管事的宫女头儿，也因为平素深明大理，处事正派，深受全体宫女的尊敬。在李自成破了居庸关以后，警讯传来，她们就在见面时互相商定，一旦北京失守，帝、后殉国，她们就跟着尽节，决不偷生苟活，受"贼"淫污。她们都是出身良家，八九岁被选进宫中，在宫中长大，在宫中读书识字，将忠君看成了天经地义最高原则，也将女子的贞节看得比生命还要珍贵。但是在贞节的问题上，她们对皇帝是另外一种思想。按照她们的道德标准，一个女子的身体除非自己的丈夫，任何男人都不许接触，宫女们对皇上却没有这样的贞操观念。她们倘若受到皇上一点感情上的眷爱，被皇上眼神含笑地一顾，便认为是天降皇恩；倘若偶然被皇上握住了手或搂在怀中，则认为是难得的恩宠；如果被叫到养德斋陪宿一晚，那样的事叫做"召幸"，尚寝的太监要将此事登记在黄绫册上，可能很快地受到封号，最迟在生下儿女后会受到封号。魏清慧在亡国前曾受到皇上的恩宠，只是没有蒙受"召幸"。她心中明白，倘若国家不亡，她十拿九稳会受到皇上"召幸"，得到封号。这一点朦胧的宠爱，使她更增加了必死的决心。

昨夜，当崇祯骑马出了午门以后，皇后不知发生了什么变故，命吴婉容来乾清宫向魏清慧询问究竟。趁这次见面机会，吴婉容悄悄说道：

"清慧姐，外城已经失陷，听说是守城的人自己打开城门，迎接贼兵进城。这内城也没法守住，眼看会落入贼手。一旦内城失陷，我们都是深受皇恩，决无偷生失节之理。三宫六院，大小都人，都在看着你我二人。一旦贼人进了紫禁城，阖宫慌乱，你是乾清宫的管家婆，威望最高，到那时候，魏姐呀，你可要替大家拿定主意啊！"

魏清慧紧紧地握住吴婉容的手，小声说道："婉容，你说的很是。到了亡国时候，我们好几千都人姐妹，没有一点活路。都人与太监不同。太监们可以逃出宫去，有地方可以暂时寄身，没有受辱失节的事。这几千都人姐妹，都是十岁前选进宫中，年纪较小的深闭宫中将近十年，年长的深闭宫中十多年到二十年，从来没有再看见父母家人，在北京城中有什么亲戚和同乡，一概不知。她们无处可以躲身,留在宫中要受污辱,出宫去遇到坏人也是受辱,受辱还不如死。都人姐妹们一不幸托生成女儿身,二不幸选进宫中,三不幸遇到亡国惨祸……"她忽然说不下去,忍不住呜咽起来。

吴婉容不禁热泪奔流,颤声说道:"魏姐,你快说吧,皇后身边我不能离开太久。"

魏清慧接着说:"几天前我已经想好了。城破,皇上和皇后必殉社稷,我们大家一起为帝、后尽节,死在一起。各宫院都人姐妹,有志气的可以跟我们一起尽节,但不勉强,到时候你来找我好啦。还有,费珍娥也同我谈过尽节之事,别看她年纪小,倒是深明大义,颇有刚烈之气。你务必呼唤费珍娥一道来,我在乾清门外等候。"

吴婉容说:"坤宁宫和寿宁宫的宫女们因平日受皇后深恩,到时候都愿尽节。珍娥知书明理,平日同我私下谈话,我知道她的主意已定,对尽节毫无犹豫之意,我当然要叫她一起来乾清门找你。"

魏清慧又说:"珍娥是乾清宫出去的人,她的容貌出众,深蒙皇爷喜爱。我们决不能将珍娥留给贼兵!"

吴婉容点头说:"我明白,我明白。单说报答皇上的殊恩,小费也必须尽节。"

……

经过昨夜三更时候的这次谈话之后,这两位宫女头儿再没有机会谈话。到了今日五更,崇祯皇帝从玄武门出宫以后,吴婉容果然只留下四个年纪较大的宫女守着皇后的尸体,其余全部宫女都跟着她来到乾清门外,同跟在魏清慧身边的乾清宫宫女会合。随即,寿宁宫、钟粹宫、承乾宫的大部分宫女都来了。翊坤宫因为袁皇贵妃没有死,宫女们不忍心离开主人,没有前来。有些宫院,平日同乾清宫、坤宁宫来往不多,消息闭塞,宫女们多没有来。不到天亮,聚集在乾清门的宫女约有三百人。

费珍娥同寿宁宫的一部分宫女们一起奔来了。她站在吴婉容的身边,等候魏清慧如何吩咐,心情紧张得不能呼吸。忽然,魏清慧站到乾清门的台阶上向大家高声说道:

"都人姐妹们,我们受皇家豢养之恩,生为大明人,死为大明鬼。身为女子,贞节不可失。西华门外护城河,河水又清又深,是我们很好的尽节处。贼兵快要进入紫禁城,有志气的姐妹都跟我来!"

魏清慧跳下台阶,左手拉着吴婉容,右手拉着费珍娥,从内右门的前边向南跑去。

从乾清门奔往西华门,一般应该先向西走,到内右门①折而往南,穿过后右门,再穿过中右门,最后穿过宣治门,还得折向东南,在皇极门和午门之间走过金水河桥,才能往西去奔出归极门,绕过武英门前到西华门。倘若走这条路,要三次登上高台,走下高台。宫女们虽然不十分讲究缠小脚,但毕竟还是缠脚②,要她们跟跄地奔这条路去西华门外,必然没走到西华门便脚疼了,腿软了,跑不动了,未到护城河,要尽节的一股刚烈之气先完了。另外,倘若宫女们奔到皇极门前院中恰遇上"贼兵"进入午门,岂不是自投虎口?所以,魏清慧带着大家从内右门前边向西,走出隆宗门,然后一直往南,再由武英殿红围墙与崇楼之间过一座金水桥,绕过武英门南边的金水河,就可以奔出西华

---

① 内右门——在乾清门之西,内宫西长街的南端,再向南便是后右门,俗称平台。

② 缠脚——明朝的后妃们继承五代、宋以来的陋习,讲究缠脚,但对于宫女的缠小脚不作严格要求,为的是宫女的任务是能够供奔走使唤。

门了。走这条路,既可以免除三次上下高台,纵然敌兵从午门进宫,也不会迎面相遇。魏清慧在后宫如沸、群情慌乱之中,为大家选择了这条路线,足见她不愧是崇祯皇帝身边的"管家婆",在几千宫女中威望最高。

令我们感到惊异的是,明代宫中的制度很严,不像唐、宋的宫女能够随驾上朝。她们的活动范围只限于内宫,从来不到外朝。三大殿、文华殿和武英殿,都在外朝范围。几天来,魏清慧既思忖她将随着皇帝投火自焚,也常常思忖她会率领宫女们奔出西华门投水自尽。虽然她深居后宫,从没有到过乾清宫以南的不许宫女前去的广大禁区,但是由于她随时留意,知道三大殿和皇极门都建筑在离地面有一丈多高的台基上。她很清楚,皇上从乾清宫院中乘步辇去武英殿召见臣工,不走三大殿右边建筑在高台基上的侧门,而是出乾清门向右转,过隆宗门直向南走,她也知道离武英殿不远就是西华门,出西华门就是又宽又深的护城河。三天来她不断考虑可能要率领一群宫女姐妹们投护城河自尽的问题,所以她已经把这条奔往西华门的路径考虑好了。

开始从乾清门出发的时候,魏清慧紧紧地拉着吴婉容和费珍娥的手,但是因为同行的人多,情况很乱,魏清慧不得不时时停下来,招呼大家,以免有人掉队,有人走错了路。吴婉容因为是坤宁宫的宫女头儿,同承乾宫、翊坤宫、太子的钟粹宫和公主的寿宁宫等几个宫院的宫女们的关系特别密切,不能不时时停下来照顾这些姐妹。走出隆宗门一箭之地,刚出宝宁门不远,魏清慧就同吴婉容、费珍娥不再是手携手了。当她放开费宫人的手时,特别深情地叮咛一句:

"珍娥,我们都是受皇爷殊恩的人,投护城河的时候你跟我一道,在黄泉路上我们还手拉着手!"

所谓"受皇爷殊恩"这句话,在宫女中没人明白,吴婉容只

略有所知。费珍娥的心头一震,但是没有做声。她跟在魏宫人的背后继续向前走,走到中途,忽然在心中恨恨地说道:

"我深受皇恩,无以报答,这样白白地投河自尽,我死不甘心!"

随后,她的脚步开始放慢了。有许多认识的宫女越过了她。她继续随着大家向前走,但是她的心中更加迟疑,脚步更加慢了。转眼间,她同魏清慧之间的距离拉开了,同吴婉容的距离也拉开了。

当大群宫女从武英门前金水河南边慌慌乱乱地奔过时,天色已经亮了。有十几个太监从归极门(右顺门)出来,一边向西华门逃跑一边向宫女们说:"你们快逃,贼兵已经进午门了!"宫女们听了这消息,有许多人登时腿发软了,有的人抓住松树走不动了。魏清慧又是呼唤,又是催促,带着大家往西华门继续跑。

守西华门的太监们已经逃光,从午门内逃来的十几个太监也冲出西华门,过石桥向西跑了。魏清慧和吴婉容都到了西华门外,站在那里等待大家。两三百宫女都来到了,但是没有看见费珍娥跑出西华门。略等片刻,魏清慧跑回西华门内,望着空荡荡的院落连叫三声,没人答应。她听见午门内的大院有许多人声,但不知费珍娥误走何处。她爱费珍娥,关心费珍娥,生怕费珍娥落入贼手。听不见费珍娥的回答,心中一急,几乎要迸出热泪。又向前走了几步,她对着南薰殿①的小院落大叫两声:"珍娥!珍娥!"仍没有一点回应。吴婉容突然跑来,拉住魏清慧,急急说道:

"清慧,不要再叫啦,再耽搁就误了大事!"

魏清慧一狠心,跟着吴婉容回头重新跑出西华门。她一边跑

---

① 南薰殿——在西华门内南边,与武英门是斜对面。

一边滚出了伤心和怨恨的眼泪,忍不住对吴婉容说道:

"真没想到,费珍娥竟是一个贪生怕死的人,不念皇恩,甘愿失节于流贼之手!"

当魏清慧同吴婉容回到西华门外时候,那两三百宫女都在惊慌无计地等着她们,但是可以看得出来,很多人已经不像从乾清门出发时那样怀着慷慨尽节、誓死无悔的决心了。此时,从归极门传来了带着陕西口音的人语声,好像是"流贼"向遇到的太监大声询问宫中道路。魏清慧向吴婉容看了一眼,接着向宫女们高声叫道:

"姐妹们,贼兵已到跟前,有志气的跟我来!"

她奔到河边,纵身跳入水中。吴婉容第二个跳进水中。紧跟着,大约有三十多个宫女跳入水中,多是乾清宫和坤宁宫的人。但十之八九的宫女不肯投水,在惊慌中各自逃命。其中大部分跑过石桥,向南长街和北长街乱跑。有的宫女依稀记得京城的什么地方住有同乡或亲戚,逢人问路,居民们才知道紫禁城已经失陷,皇上在黎明前逃出宫了。另外一部分宫女无处可去,只好退回西华门内,循原路奔回自己宫中,听天由命。

魏清慧和吴婉容等死后不久,李过率领的负责清宫的将士占领了整个紫禁城,将紫禁城的四门都派兵把守了。武英殿和背后的仁智殿被预定为大顺皇帝临时驻跸①的地方,特派了一队将士偕同太监们进行打扫,整理了各种陈设。宫女们的投水处与武英殿近在咫尺。赶在新皇帝的圣驾来到之前,派人将三十多具尸体打捞上来。到了下午,按照宫中的传统办法,将尸体送往宫人

---

① 临时驻跸——李自成建都西安,他不再将北京称为京城,只称"行在"。住在北京只算作临时驻跸。

斜①火化。

　　已经是谷雨节②后，护城河岸上嫩绿新黄的柳丝如往年一样低垂，在微风中轻轻摇曳，小鸟如往年春天一样鸣叫，无忧的燕子依然闪翅飞来，有的在柳枝间呢喃轻语。

---

① 宫人斜——明代焚化和埋葬宫人的地方，在阜成门外约五六里处。
② 谷雨节——崇祯十七年的谷雨节是在阴历三月十三日。三月十九日是谷雨后第六天，清明后第二十一天。明白这两个节气，就知道崇祯亡国时的北京物候。

李自成

招降失败

姚雪垠 著

第四卷 下册

中国青年出版社

目　次

上　册
崇祯皇帝之死

甲申初春　（第1—第5章）·····································　1–126
梦江南　（第6—第9章）·······································　127–201
北京！北京！　（第10—第16章）·······························　202–383
崇祯皇帝之死　（第17—第18章）·······························　384–452

下　册
招降失败

李自成在武英殿　（第19—第23章）·····························　455–603
招降失败　（第24—第25章）···································　604–657
决计东征　（第26—第30章）···································　658–810

第 十 九 章

十八日夜晚,驻扎在北京阜成门外的李自成大本营,各文武衙门和军营,也包括钓鱼台行宫,彻夜灯火通明,大小文武官员,都几乎彻夜未眠。大家不但是因为怀着无限兴奋的心情,不能安睡,而且还要商议和准备明早进城的事。

果然到十九日黎明,北京内城九门几乎是同时大开。到底是怎么回事儿,至今没有人说得清楚。曾传说是曹化淳让他的手下人开的城门,但没有确凿的史料为证。总之,在崇祯亡国之前,北京城已经人心瓦解,到昨天下午外城开门迎降以后,防守内城的太监和军民的精神更加瓦解。太监头儿们连夜秘密商量,活动得十分紧张。黎明时候,攻城义军向城上打了几炮,催促开门,但炮弹越过城头,并不伤人。守阜成门、宣武门、朝阳门的太监们首先打开城门,紧跟着各城门一时俱开。

在城门刚打开时候,西城上有的守城军民不知太监头儿们的密谋,看见大顺军就要进城,一时陷于恐怖,纷纷从城上滚下逃命。住在阜成门附近的百姓有许多人携带包袱,扶老携幼,纷纷向他们认为比较安全的地方奔跑。乱了一阵,大顺军从各城门整队入城,另有从正阳门入城的一支骑兵,大约有一千人,俱是白帽青衣,外穿绵甲,背着弓箭,进城后分为数队,拿着刘宗敏的

令旗、令箭,一边疾速前进,一边呼叫:

"大顺朝提营首总将军汝侯刘爷有令:我奉大顺皇帝之命,率大军来安汝百姓,勿得惊惶。尔等须用黄纸写'顺民'二字粘于帽上,并粘门首!"

但在刚打开城门的时候,有一阵情况较乱。有些进城部队按照往日破城习惯,沿街大叫:"不许开门,开门者杀!有骡马的火速献出,违令者杀!"自从奉刘宗敏命令进城的安民部队手执令旗、令箭沿街叫喊以后,百姓不再乱跑了,纷纷互相告诉:"好了!好了!不杀人了!"于是再没有人奔跑逃命,也没有呼儿唤女之声,大街小巷中十分寂静,但闻疾驰的马蹄声和兵器的碰击声。

北京毕竟经过辽、金、元、明四朝,几百年在皇帝辇毂之下,是一个政治城市。居民们知道新皇帝李自成将要进城,临大街的家家户户都不约而同地在大门外摆设香案,供着黄纸牌位,用恭楷写着:"永昌皇帝万岁!万万岁!"或将大顺皇爷写做"大顺皇帝",也有误写为"顺天皇爷"。大家如欲走出大门,便用黄纸写"顺民"二字,贴在帽子上。

昨天晚上,李自成几乎通宵未眠。晚膳以后,因为北京内城将破,入城在即,他将牛金星、宋献策和李岩召进行宫,商量进入北京后的重要急务。从崇祯二年起义以来,李自成经过十五年的艰难苦战,几经挫折,血流成河,终于有了今天:打进北京,灭亡了明朝,夺取了江山。大顺军全军上下,所有文臣武将,都兴奋鼓舞,认为是大功告成,江南可以传檄而定,李自成本人当然也认为大顺朝的万世之业已定,只等在北京举行登极大典,然后返回长安,一边统一江南,一边营建大顺皇宫,恢复盛唐规模。今晚的小型御前会议,一直到深夜方散。从三更到四更,这一段时间里,李自成只是躺下去矇眬一阵,但因为想知道崇祯是否会在皇宫中举火自焚,两次询问是否看见紫禁城方面起了火光。

四更以后,驻扎在钓鱼台的御营亲军和文武百官都起来了。黎明前饱餐一顿,收拾了行装,待命进城。李自成也提前用了早膳,坐在行宫正殿的暖阁中,等待关于内城情况的禀报。他由于兴奋,总在想着各种问题,忽而是重大问题,忽而是很小的问题。如今在他的胡思乱想中,他想到称"孤"和称"朕"的问题,不禁微笑了。

他起小对人们称自己就是一个"我"字,称了三十多年。去年三月,在襄阳杀了罗汝才,称新顺王,也开始设置了从中央到地方的各级职官。当时以牛金星和宋献策为首的文臣们一致建议他自称为"孤"。他对国王自称为"孤"的事并不陌生,戏台上国王或是自称为"孤",或是自称为"寡人",都不自称为"我"。他小时读过《孟子》,梁惠王对孟子说话就自称"寡人"。在襄阳称新顺王之后,他很久仍然在说话时自称为"我",不习惯改口称"孤",引起了在襄阳"从龙"的杨永裕、喻上猷等文臣们几次进谏。到了西安以后,改西安为长安,局面大不同了。从今年元旦起,建立国号大顺,改元永昌,受文武百官朝贺。当时文臣们都向他三跪九叩,山呼万岁,将他看做是开国皇帝,所以建议他自称为"朕",以正视听。但是他一再表示谦让,答应到北京后改称为"朕"。今日就要进驻北京的紫禁城了,尽管尚未举行登极大典,也可以称"朕"了;虽然一时不习惯,但很快就会习惯的。想着不到两年中,他从自称"我"到称"孤",又到称"朕",不禁心花怒放,静静地笑了一阵。

正在这时,李双喜掀帘进来,跪下说道:"启奏父皇,各城门已经大开!"

李自成蓦然站起,说道:"果如军师所卜!汝侯已经知道了么?"

李自成在武英殿　457

"他已下令,安民的三千骑兵开始分路入城。先从正阳门入城的是一千骑兵。他自己也要很快入城。"

"紫禁城内起火了么?"

"紫禁城方面没有起火。只看见内城东南角有两处火光。人们说那火光在崇文门内。"

李自成坐下说:"啊,崇祯没有自焚!"随即又问:"你大哥率领的清宫人马出发了么?"

"已经出发,我子宜叔和副军师同他一起前去。"双喜抬头望一眼满脸春风的义父,又说道:"宋军师与牛丞相一会儿就来行宫,陪侍圣驾进城。"

李自成轻轻点头。他对养子双喜虽然很爱,但平日受到"严父慈母"的传统思想影响,对双喜的态度总是十分严肃。此刻他由于即将启驾进城,内心激动,一反常态,忽然对双喜笑着问道:

"朱元璋因为生活没有办法,到皇觉寺里当小和尚。后来皇觉寺也穷得没有饭吃,他到郭子兴的手下当兵。这故事你知道么?"

"儿臣听人们谈过朱洪武的'小出身',知道他的出家故事。"

"双喜!朱元璋从当兵开始,出生入死,历尽千辛万苦,费了十五个年头,终于夺取天下,建立明朝。孤自起义至今,你说巧不巧?也恰是十五个年头!"

双喜赶快叩头说:"父皇万岁!万岁!万万岁!"

李自成此时志得意满,接着说道:"朱元璋身经百战,驱逐胡元,建立大明,功业远远超过宋代的开国皇帝赵匡胤。只可惜大明朝不到三百年,只有二百六十年就亡国了。我大顺朝决不如此!"

双喜说:"大顺朝当然是万世一统。"

李自成笑着说:"自古没有不亡之国;周朝虽说有八百年,但是平王东迁之后,过了两代,周天子徒有虚名,十分可悲。孤只愿大顺朝能够享国四百年就够了。"他满意地嘿嘿一笑，问道："双喜，你还有事要禀奏么？"

"父皇，王长顺前来求见，叫他进来么？"

"长顺么？他现在哪里？"

"在院中等候多时了，不敢贸然进来。他请儿臣启奏圣上，有旨方敢进来。"

"叫他进来吧。"

双喜叩头退出片刻，王长顺在院中将衣冠整理一下，脚步轻轻地进了暖阁，在李自成的面前跪下叩头，说道：

"老马夫王长顺叩见圣驾！"

李自成微笑点头："王长顺，你不能再称老马夫，你已经是大顺朝的牧马苑使了。你现在来见孤有何急事？"

"小臣为陛下喂马十几年，在沙场上流过血，流过汗，年年盼望着陛下大功告成，稳坐江山。今日圣驾进入北京城，小臣斗胆，向陛下有一恳求，万望陛下恩准！"

"你有什么恳求？是你的什么至亲好友想要一官半职么？"

"不是。倘若有那样事，小臣决不敢向陛下面恳。纵然小臣知道陛下定会钦准，小臣也决不为求官事向陛下乞恩！"

"你到底有什么大事？"

"今日圣驾进入北京，还要进入紫禁城，这是我大顺朝一件天大的开国大事，请圣上念小臣是起义旧人，忠心耿耿追随陛下十几年，没有功劳有苦劳，钦准小臣扈从圣驾入城，小臣将永世感戴！"

李自成笑着问道："已经有几批人马整队入城啦，你为什么不赶快先进城呀？"

"小臣不是急着要看北京城内的御街风光，那，早看晚看都是一样。小臣在几千里东征路上，连做梦也梦见北京士民如何夹道欢迎圣驾。这是千载难逢的盛事,小臣不愿错过!"

李自成不觉大笑:"这样小事,你想护驾进城,告诉双喜一声得啦,何必经我钦准?我可没有忘记,你是跟随孤起义的旧人,十几年在战场上出生入死,总是跟随在孤的马后!"

皇上说出这一句不忘旧情的话,使老马夫的眼泪夺眶而出,伏地叩头,然后哽咽说道:

"话虽如此,但如今陛下已是皇上,不能不有皇家规矩,小臣怎敢不讲规矩!"

李自成看见长顺的眼泪,忽然回想到起义以后,尤其被围困在商洛山中和初破洛阳时的种种往事,心中也是充满感情。含笑说道:

"长顺,破了洛阳以后,大家商议是否应该在洛阳建号称王①,你对孤说了几句话,孤一直记在心中。孤曾对你说,不管孤以后称王称帝,你只要想见我,可以随时到宫中见我。俗话说,朝廷老子还有三家穷亲戚,何况你是在孤困难时立过汗马功劳的人。莫多讲皇家规矩!"

王长顺赶快叩头,说道:"叩谢万岁皇恩!叩谢万岁皇恩!"

双喜进来,向皇上启禀牛丞相和宋军师已经来到行宫,等候见驾。王长顺又叩了一个头,赶快起身退出。李自成随即走出暖阁,来到正厅,南面端坐等待。牛、宋恭敬地走进来,正要跪下叩头,李自成挥手阻止,问道:

"要启驾么?"

牛金星躬身说:"臣等正是来请皇上启驾。"

这时,行宫大门外三声炮响,接着一阵鼓声。李自成由牛金星和宋献策在左右陪侍,还有一群亲将扈从,走出行宫。在向外

---

① 在洛阳建号称王——参看第二卷下册五十四章。

走时,他向走在右边稍后的宋献策问道:

"李过进去清宫,可找到崇祯的尸体么?"

宋献策低声回答:"李过已经有两次飞马来报:周皇后已经自尽,崇祯不知下落。"

"难道在夜间逃走了么?"

"正在紫禁城各处寻找,吴汝义也派人在皇城内各处寻找。臣担心他昨夜从宫中逃出,藏在民间,等待机会逃出城去。此事关系重大,今日非找到他的下落不可。"

李自成心中一沉,对牛、宋用严厉的口气嘱咐:"如若他藏在民间,务必广贴布告:凡敢隐藏崇祯者全家斩首;如有献出崇祯的,可得万金之赏,还赏给高官厚禄!"

牛金星和宋献策同声回奏:"遵旨!"

李自成在一阵鼓乐声中从钓鱼台启驾了。走在最前边的是李双喜,他身后是军容整齐的二百骑兵,全是甘草黄高头大马。这二百骑兵的后边是一位侍卫武将,骑在马上,身材高大,擎着一柄黄伞。黄伞左右是十名驾前侍卫武将和传宣官,都是仪表英俊,神情庄严。然后是李自成,穿一件绣着飞龙和潮水的淡青色箭袖绸袍,腰系杏黄丝绦,头戴宽檐白毡帽,帽顶有高高的用金黄色丝线做成的帽缨,帽缨上边露出耀眼的金顶。帽前缀一块闪光的蓝色宝石。黄伞,帽缨,袍上的绣龙,说明他已是帝王,而淡青色龙袍和帽前的蓝色宝玉,表示他是"水德应运"。为着要臣民明白他是从马上得天下,而江南尚待平定,所以事前议定,他今日以箭袖戎装入城。因为是箭袖戎装,所以这件淡青色绣龙绸袍比普通袍子短半尺,仅及靴口。他本来就身材魁梧,今日身穿戎装,腰挂宝剑,骑在高大雄骏的乌龙驹上,更显得他的威严和英雄气概。

这一匹大顺皇帝的御马乌龙驹,在西安时已经换成了黄骠头，黄丝缰，银嚼环，盘龙鎏金镫，镀金铜铃。

骑马跟随在"圣驾"左右，稍后一点，是牛丞相和宋军师，以备皇上随时有所垂询。跟在"圣驾"马后的是六政府尚书。按照大顺制度，这班文官们，因为天子是戎装，他们今天都穿的是蓝色官便服，暂以绛色丝绦代替玉带。但为着在东征的路上可以显示文官的官阶，官便服上也有补子，颜色是淡蓝。牛金星是一品文臣，所以补子用金线绣着一个大的云朵。宋献策的补子上绣着两个云朵。尚书暂定为三品，补子上金丝线绣了三朵云。然后是李自成特准随驾进城的一个小官，即老马夫王长顺。虽然李自成曾说过要任命他为牧马苑使，但因为新朝官制尚不完备，大顺朝的牧马苑使究竟是几品官，尚未确定，所以王长顺今天只是穿着箭袖蓝袍，没有补子。他虽然官职不高，却凭着他是挑选骏马的内行，又是李自成的老马夫，今天骑着一匹青海产的雪白红唇大马，使人羡慕。王长顺的背后是二百名护驾骑兵，一律是枣红骏马。大顺的将士一律是蓝衣蓝帽，十分整齐。文武官员们的奴仆、长随、亲兵，人数众多，一律骑马走在最后。

李自成以大顺皇帝身份，沿路"警跸"，自城外缓辔徐行，望着洞开的阜成门、西直门，并不进城，而是继续往北走，然后转过西北城角向东，到了德胜门外。守城门的大顺军将士跪在大道两旁迎接。从瓮城门外的大街开始，到进城后的沿途大街，已经由军民们匆匆地打扫干净，街两旁的香案也摆出来了。

李自成由大臣和兵将扈从，威武地走进德胜门。刘宗敏率领几十员在黎明时已经进城的部分武将，还有新朝中央各衙门六品以上文官，都在城门里边迎接圣驾。依照宋献策和牛金星在御前拟定的新皇帝入城仪注，按照战争中胜利入城规矩，皇上不乘法驾，不用卤簿，戎衣毡笠，骑马入城，而迎驾的文武官员骑在马上肃立街道两旁，不用俯伏街边。刘宗敏因为在大顺朝位居文武百官之首，所以单独立马前边，然后按照唐宋以来习惯，文东武西。而文臣是先按衙门次序，再按品级次序，即按照俗话所说"按部就班"的传统规矩骑马肃立在大街的东边；武将们按照权将军、制将军、威武将军、果毅将军、游击将军等官阶为序，骑马肃立在大街西边。看见李自成的黄伞来到眼前，刘宗敏赶快在马上抱拳躬身，声若洪钟地说道：

"臣刘宗敏，率领文武百官，恭迎圣驾！"

李自成轻声说："卿率文武百官随驾进宫！"

刘宗敏又声音洪亮地说："遵旨！"随即，刘宗敏勒马到了街心，走在黄伞前边，导引圣驾前进。

李自成从文臣们面前走过时，尤其是看见了地位高的六政府尚书、侍郎，几乎忍不住拱手还礼。但忽然想起来昨夜牛金星和宋献策曾一再向他说明，皇帝不可向臣下还礼，他才不拱手了，仅仅用笑容回答群臣。

迎接圣驾的两行文臣武将之后，接着是三百多名跪在地上迎驾的人。他们早已下马，一望见黄伞就赶快跪下，俯伏地上。李自成看见这一群跪在地上迎驾的人都是蟒袍玉带、冠服整齐，但同明朝的文官冠服似乎略有不同，最特别的是这些人的下巴和嘴唇上都是光光的，没有胡须。他正要向左右询问，忽见杜勋从地上抬起头来，声音琅琅地说道：

"奴婢臣杜勋启奏圣上：前朝司礼监内臣王德化恭率十二监二十四衙门大小掌事内臣，东厂提督臣曹化淳恭率东厂各级掌事内臣，另外有在大同、宣府、居庸关各地降顺之监军内臣，共三百一十二员，前来跪迎圣驾！"

李自成一听说都是明朝内臣，驻马问道："谁是王德化？"

王德化抬起头来，惶恐地说："臣是王德化。"

李自成在武英殿

李自成又问:"你是明朝内臣之首,是崇祯的一个心腹。如今崇祯下落不明,你知道他逃在何处?"

"昨夜臣在阜成门上,不在宫中。只听说宫中很乱,但不知崇祯皇爷逃往何处。"

"崇祯逃出宫去,必有内臣相随。你知道是哪个内臣跟随在他的身边?"

王德化回答:"司礼监的秉笔太监共有七人,有一人体弱多病,长期请假在家。六名秉笔太监有五人今日随臣来跪迎圣驾,只有一个王承恩近日常在崇祯皇爷身边,颇受宠信,今日未来迎接圣驾,听说天明前他跟随崇祯皇爷逃出宫了。"

李自成不再询问,说道:"启驾!新降顺的内臣们,有职掌的随在后边,无职掌的都回家去,听候发落!"

传宣官接着高声传呼:"启驾!"

倘若为着赶快进入紫禁城,最近的道路是走地安门进入皇城,再经玄武门进入紫禁城。但是新皇帝一不能走后门,二不能走偏门,必须走皇城的向正南的大门,即当时的大明门,今日的中华门。从德胜门到大明门经过的路线,是牛、宋和一群文臣议定了的。沿途"警跸",每隔不远的距离就有兵丁布岗,气氛肃穆,只欠来不及用黄沙铺路。

李自成由文武百官和御营亲军前后扈从,进德胜门后一直向南走,然后从西单牌楼向东,转上西长安街。所经之处,异常肃静;沿街两旁,家家闭门,在门外摆一香案,案上有黄纸牌位,上写:"永昌皇帝万岁!万万岁!"门头上贴有黄纸或红纸,上写"顺民"二字。

李自成骑在高大的乌龙驹上,神态庄严,时时在心中提醒自己是大顺皇帝身份,非同往日。他左手轻提杏黄丝缰,右手下垂,坐直身子,眼睛炯炯前视,不肯随便乱看。然而在这种冷静的外表遮掩下，他的心中十分激动，不停地胡思乱想，竟忽然想起来童年时替本村艾家地主放羊和挨打的情形，也回忆起起义后许多艰难的往事，不由地在心中感叹说：

"果然有了今日！"

他想着他的全体将士们早已盼望着能有今天，连老马夫王长顺也是一样。长顺随驾进北京城，实现了他多年的梦想，他此刻一定也高兴……李自成想到这里，再也忍耐不住，回头向王长顺看了一眼。

王长顺多年盼望闯王能夺取江山，进入北京，今日果然如愿了，而且他自己也有幸跟随圣驾进城，心头自然十分激动。但是他对圣驾经过的大街上关门闭户，断绝行人，冷冷清清的情景，又觉得十分失望。有一些居民听见了刘宗敏的传谕，知道大顺军不再杀人，开始敢将大门打开一半，出来接驾，但都是跪伏香案旁边，不敢抬头，不敢做声，帽子上贴着用黄纸写的"顺民"二字。

王长顺不由地想起几件往事来。崇祯十四年新年刚过，李闯王的人马攻破了洛阳，第二天他跟随闯王进城。百姓们男女老幼在离城几里外的官路两旁迎接，有的提着开水，有的提着小米粥，有的燃放鞭炮，人们对闯王一点不害怕，常常提着盛小米粥的黑瓦罐，挤到他的马头旁边，拉着马缰，要他喝一碗热乎乎的小米粥再往前走。人们向他控诉福王的无道，官兵的残害，地方官吏的暴虐。百姓一边控诉一边流泪，一边叫道："闯王啊，你是我们老百姓的救星！"闯王有时一边同百姓招呼，一边滚着眼泪。进到洛阳城内，不管经过哪条街道，老百姓都是夹道欢迎，燃放鞭炮。闯王在马上不住地点头微笑，还对父老们拱手还礼……

崇祯十五年腊月，闯王破襄阳的时候，有些老百姓抬着宰好的牛、羊，迎接到樊城以东的张家湾①，甚至有人迎接到双沟②，向闯王控诉左良玉驻军的种种罪恶。当刘宗敏率领前队人马进入樊城时，左良玉在襄阳尚未退走，仅仅是一河之隔，樊城百姓和地方绅士不怕左军报复，夹道欢迎，燃放鞭炮不绝……

原来王长顺总在猜想，大顺皇帝进入北京的时候不知有多么热闹，那盛况一定比洛阳热闹十倍，鞭炮的纸花会在大街堆积半尺。他没有料到，闯王成了大顺皇帝，进北京竟是如此这般地冷冷清清，不许老百姓拦着马头欢迎，只能低着头跪在街边，而且多数人不敢出来。他知道这规矩叫做"警跸"。于是他又想，连县太爷出衙门，前边还有人擎着"回避"和"肃静"的一对虎头牌，何况是皇帝在街上经过？这"警跸"就是"静街"，完全应该，只是今天还没有黄沙铺地哩！

王长顺在心中叹息："到底是皇上啊，不再是李闯王啦，不能让老百姓随便揽住马头说话！"他又望一眼冷清的街道上，家家门口都摆着香案，又在心中自言自语说："到底是北京城啊，看，老百姓多懂规矩！"

且说李自成正在西长安街往东走，忽然下旨驻马。他向身旁一位护驾的将领手中要来一张雕弓，三支羽箭，轻声说：

"拔掉箭镞！"

侍卫亲将赶快拔掉箭镞，双手将箭捧呈到他的面前。他不慌不忙，举止稳重，向背后连发三矢，说了几句话。但因为他现在已经是皇帝身份，不能像从前在旷野战场上那样大喊大叫，所以他说出来的话只有近在身边的文臣武将们才能听清，但是他不用担心，立刻有一位在西安经过训练的宣诏官勒马出了队列，转眼

---

① 张家湾——原来是樊城东边相距十五里的一个小镇，现在在襄樊市区。
② 双沟——唐河、白河相汇处的市镇，距襄樊五十里，今属襄樊市。

间在街心将李自成的口谕编成了四言韵语，用铜钟般的洪亮声音，铿铿锵锵地向后宣布：

> 万岁有旨，
> 军民钦遵。
> 大兵入城，
> 四民勿惊。
> 家家开门，
> 照旧营生。
> 三军将士，
> 咸归军营。
> 骚扰百姓，
> 定斩不容！

李自成的"圣驾"继续前进，快要进入皇城了。王长顺的心中无比兴奋："多少日子就盼望着有这一天！"不觉激动得热泪涌满双眼。

明朝的文武百官上朝，如果要进承天门，从东边来的从长安左门进去，从西边来的从长安右门进去，断没有绕道进大明门的。但李自成是皇帝，他不能走偏门进入皇城。他由文武官员和御营兵将扈从，从长安右门外大约半里地方向南转，进公生右门[①]，顺着皇城的红墙西边向前走，一直走到正阳门内向左转，

---

① 公生门——民间讹称孔圣门，有左右两座，在长安左右门之外稍南。明朝的中央各大衙门集中在大明门左右至东西长安街为止，所以接通东西长安街修建了左右公生门，以便各衙门官吏上朝和到承天门内办事，出左公生门，再进左右长安门，便到了承天门前。

到了大明门①的前面。正阳门和大明门之间是一个四方广场，俗称天街，又称棋盘街，是有闲的市民们赏月的好地方。

　　大明门的守门兵将在明朝原是锦衣旗校，从今天早晨起换成了大顺朝的御营亲军。他们一齐跪在地上迎驾，不敢抬头。往年李自成待他们亲若兄弟的情景，一去不复返了。李自成走过下马碑②，在两个巨大的石狮子前边驻马。而随驾的兵将们都在下马碑前下马。他仰头看城门楼飞檐重脊，鸱吻高耸，十分壮观。城门三阙，中间有石刻匾额"大明门"；中间阙门两边挂的对联是：

　　　　日月光天德
　　　　山河壮帝居

　　李自成低声将对联念了一遍，又念了后边的一行落款："臣解缙③奉敕恭书"，不觉称赞说："好大的气派！能够想出这样对联，不愧是有名的才子！"随即他又将对联看了看，每个字有一尺二寸见方，工整有力，书法也使他十分赞赏。他向身边的牛金星问道：

　　"启东，解学士距今两百多年，这对联是他亲笔写的么？"

　　牛金星被这一突然的问题难住了，但他毕竟是一个杂学知识丰富又熟悉明朝历史掌故的人，随即回答说：

---

① 大明门——清初改名大清门，民国年间改名中华门。近人在文章中多将天安门作为皇城的南门，实是误解。大明门是皇城的正门。从前从长安左右门向南，接连大明门的红墙是皇城的一部分，民国年间拆除。

② 下马碑——明代，文武百官不许在大明门内骑马，所以大明门外左右立有下马碑。

③ 解缙——字大绅，江西吉水人，为明初有名的才子。洪武进士，永乐朝曾为侍读学士、翰林学士等官。

"陛下颖悟过人,有此一问,实出愚臣意料之外。解学士大约于永乐十年左右下狱,死于狱中,妻子宗族充军辽东。成祖于永乐十九年迁都北京,看来解学士并未来过北京,必是他奉旨为南京宫城门书写这一对联。虽用的是古人诗句,但用得十分恰切,所以永乐皇帝大为称赞。不久解学士获罪,这对联在他下狱后必然也毁了。后来成祖晏驾,仁宗继位,知道解缙无罪,下诏将解缙妻子宗族自辽东放归。仁宗在位不足一年。这一对联必是在仁宗之后,到了明朝中叶,仿制解学士原来书写的对联,悬在此处。臣读书甚少,只能作此猜想,请陛下恕臣无知妄言。"

李自成点点头,说道:"为君的应当时时以宽容为怀,切不可妄杀大臣,毁伤人才。"

宋献策赶快说:"陛下将成为千古尧舜之君,实为天下臣民之幸!"

李自成又说:"这对联不要更换,门上的匾要换成'大顺门'三个字。"

牛金星说:"是的,陛下,很快就换。"

宋献策接着说:"这中间阙门,是皇帝御道,平日紧闭。现在特为陛下将中间一门打开,请圣驾骑马从中间阙门进去。"

李自成从中间门洞向北望望,并不马上进去,又回头仰望正阳门的背面,只觉得无处不巍峨壮观,确实使他感到震惊,不禁在心中赞叹:

"果然是北京城!"随即又在心中说道:"孤虽然定都长安,但北京也是大顺的万世家业。从今以后,这里将有一位亲信大将驻守,孤也将经常来此巡幸!"想到将由谁驻北京时,他想到了他的侄儿李过,并想在不久以后将十分忠心可靠的罗虎升为制将军,封以勋爵,作为李过的副手。日后倘若命李过率大军下江南,征四川,就命罗虎留守北京。……刚刚想到这里,李自成就由刘宗敏、牛金星、宋献策和李双喜扈从,走进中间阙门。但他们四个人也要避开最中间用汉白玉铺的御道。四人之外,全部文臣武将和护卫亲军都从左右阙门进去。

李自成骑马走进皇城以后,几年来要取代明朝的梦想今日实现,一时志得意满,心花怒放。忽然想到在西安商议出兵北伐大计时,倘若听从李岩的缓进之策,何以能有今日?反而贻误戎机,给崇祯以喘息机会!此时此刻,在马上他甚至想到他日后的勋业应该同唐太宗媲美。相隔七百年,他又建立了四海统一的李氏皇朝,比他祖先所建的西夏国①要强大得多,简直不可同日而语!如今他已经破了北京,不久将平定江南,混一宇内,李继迁传到李元昊,又传到他身上,才真正使李氏发扬光大。

大明门内有东西相对的两排廊房,屋脊相连,各有一百多间,称做千步廊。两排廊房的前边是宽阔的石铺道路,廊房的背后便是皇城的红墙。中央各部衙门,都在这红墙外边。走在千步廊中间的御道上,李自成望着天下闻名的承天门愈走愈近,他早已听说的一对汉白玉华表,金水河桥上的白玉栏板,都在他的眼前不远。承天门前边是神圣禁地,如今已经属于他李自成的皇家私产,马上他就要骑马走近承天门了。从前,他在十万大军中率将士冲锋陷阵,尽管是马蹄动地,杀声震天,箭如飞蝗,血流成

---

① 西夏国——我国古代一支少数民族名叫党项,属于羌族。党项人以姓氏分为许多部落,拓跋一支势力较强,唐末居住于今宁夏、陕、甘边区及与内蒙古接壤一带。其部落首领拓跋思恭,因帮助唐朝镇压黄巢起义军有功,受封为定难军节度使,夏国公,赐姓李氏。传了七代到李继迁,自称夏国王。李继迁的孙子李元昊,于公元1038年称帝,建立西夏国。西夏传国将近二百年,于公元1227年为蒙古所灭,西北地区的党项人也与汉族同化。李自成是米脂县的李继迁寨人,称李继迁为始祖,所以他虽系汉族,却是西夏国的羌族后裔。

河,他却以叱咤风云的气概临之,习以为常,心不惊,气不喘,镇静如常,但此刻的胜利竟使他十分激动,心中禁不住怦怦地跳了几下……

按照军师的事前指示:中央文臣们的马匹都由各自仆人牵出长安左右门,暂送归各自的衙门;护卫圣驾的御营亲军们的战马暂停在金水河南边,等皇帝进宫以后,他们的战马才能从旁边的阙门牵进承天门,送进社稷坛①院中喂养。按照皇家制度,刘宗敏和牛、宋二人虽然在大顺朝地位崇高,也不能骑马走进承天门。他们都预定驻在东城,所以他们的马匹随后由他们的随从牵到东华门外等候。此时承天门如同大明门一样,已经由大顺朝的御营亲军守卫,这些亲兵早已跪在地上接驾。李自成骑马从中间的白玉桥上走过去,只有李双喜负有保护圣驾之责,可以跟在李自成的马后步行过桥,但也得避开桥的中间,只能靠近桥的雕龙栏板走。

李自成过了金水桥,仍然忍不住仰头端详承天门的敦实壮美,忽然想到,等举行了登极大典之后,需要命文臣们为承天门拟一对联,写成二尺见方的黑漆楷书,衬着金色云龙底,悬挂在中阙门两旁……他刚刚想到这里,宋献策来到他的马头旁边,躬身提醒:

"陛下,请箭射'承天之门',祓除明朝的不祥之气。"

李双喜赶快从背上取下劲弓,又从箭橐中取出一支雕翎箭,双手捧呈皇上。李自成使乌龙驹后退几步,举弓搭箭,只听弓弦一响,一箭射中"承天之门"牌②上中间空处,即"天"字的下

---

① 社稷坛——民国年间改为中山公园。在明清两代,社稷坛的大门在天安门与端门之间,面向东,和它相对的是太庙(今为劳动人民文化宫)的大门。

② "承天之门"牌——北京城的各宫阙门楼,上悬书写名称的匾牌。横的叫匾,竖的叫牌。明末时候,承天门上悬的是牌,上写四字:"承天之门"。

边,"之"字的上边。文武群臣和护驾亲军们立刻欢呼:

"万岁!万万岁!"

李自成的箭射承天门,使他的胜利喜悦达到了高潮。这一举动,是宋献策在来北京的路上设计好的,得到牛金星的赞成。当宋献策向他建议在进宫前要箭射承天门,祓除不祥,牛金星连说"此议甚好",又说道:

"陛下可记得'武王克商'的故事?"

"记不清了。武王怎样?"

"周武王率诸侯之师到了商朝的都城朝歌,纣王已经登鹿台自焚而死。武王向鹿台连发三矢,然后下车,以轻剑击之,以黄钺斩纣头,悬大白之旗。那三矢也就是祓除不祥。"

"好,好,孤也要射一箭祓除不祥,然后进宫!"

如今,李自成已经射过了承天门,俨然以周武王的身份,骑马向皇宫走去。

到了午门前边,两边朝房,寂静无人,所有的门都在关着。午门城楼的高大和壮观,大大地超过承天门。往日午门前是非常神圣的地方,文武百官从来没有人在五凤楼前骑马,也没有纷乱的脚步声。然而今天这个地方的情形却大变了。

负责清宫和寻找崇祯下落的李过、李岩、吴汝义匆匆地走出午门,跪下接驾。李自成从他们的神情看出来他们没有找到崇祯下落,不免心头一沉:"难道是趁着混乱的时候逃出城了么?"然而他在众文臣武将和御营亲军面前竭力不露声色,好像满不在乎,再一次仰望城楼,向牛金星问道:

"这午门城楼就是俗称的五凤楼么?"

牛金星躬身回答:"是的,陛下,以后陛下每日五更上朝,先由太监在此五凤楼上鸣钟。"

李自成轻声说:"好,我们进紫禁城吧。"

宋献策赶快说:"且慢,还需要一个官员为陛下牵着御马方好。"

李自成微微一笑,说:"孤戎马半生,跋山涉水,什么样的险路都走过。如今走进这紫禁城中,还需一个人为孤牵马么?"

宋献策说:"臣何尝不知,乌龙驹是皇上骑惯的骏马,从未出过差池。往年在两军阵上,炮火连天,杀声遍野,乌龙驹驮着陛下冲锋陷阵,立下大功,名扬全军。只是臣所担心的是,如今一进午门,处处是上下台阶,处处是高大的宫殿,金碧辉煌,异常雄伟庄严,乌龙驹从来没有见过。一旦马惊,稍有闪失,便是不吉之兆。不如有官员为陛下牵马,以防乌龙驹进宫去有意外之惊。"

李自成从一切必须吉利考虑,同意了军师的建议,迟疑问道:

"命谁为孤牵马?"

王长顺突然从一群侍卫的亲将中走出,快步走到李自成的马头前边,跪到地上,激动得声音打颤地说:

"闯王……啊呀,我该死,该死!……皇上!小臣王长顺跟随陛下十五六年,在战场上出生入死,没有离开过陛下,也没有离开过乌龙驹,身上挂过几处彩,流过几次血,没有功劳有苦劳。请陛下对你的老马夫恩赐一点面子,叫小臣为皇上牵马进宫!"

李自成微笑点头:"好吧,长顺,就由你牵马进宫!"

进了午门,李自成不觉为出现的巍峨宫殿感到震惊。他用马鞭向北一指,轻声问道:

"这就是金銮殿?"

引路的太监躬身回答:"回陛下,这是皇极门。过了皇极门才是皇极殿,俗称金銮殿。"

李自成"啊"了一声。

他在心中说:"一座皇极门竟然有这么壮观!"他看了一眼王长顺,恰好老马夫的眼光正从皇极门转了回来,同他的眼光遇到一起。王长顺的眼睛里充满惊奇，也充满热泪，小声哽咽说："陛下，小臣果然看到今天！"李自成听见了王长顺的低语，他自己也有同感，但他避开了长顺的眼睛，回头向宋献策问道：

"到武英殿去么？"

"请陛下驾幸武英殿，百事吉祥。"

李自成由文武群臣扈从，经归极门（又称右顺门）往西，过了内金水河上的汉白玉桥，在武英门前下马。按军师、丞相和礼政府大臣事前议定，他要坐在武英殿的皇帝宝座上，在乐声中受群臣朝贺，才算是完成了今天的入城仪式。但因为崇祯下落不明，使李自成对于在武英殿受群臣朝贺的事兴趣索然，连刘宗敏和牛、宋等亲信大臣也都认为这件事非常严重，当务之急是必须全力在北京城内找到崇祯，不管是死的活的。在李自成同刘宗敏等几位亲信大臣从武英门进去以后，文武群臣肃静地鹄立在武英门外的台阶下，太监们等候在金水桥外，恭候传宣。

大家正在恭敬等待，一位宣诏官来到武英门外，向大家高声说道：

"提营首总将军与天佑阁大学士口谕：奉圣旨，今日朝贺暂免，文官们各回衙门办事，武将们各回驻地。明朝投降内臣，暂回各自家中，听候录用。明日黎明，但听午门钟声，新朝的文臣们，前来武英殿上朝，不得迟误！"

文武群臣立刻退过内金水河，都从归极门出去。大家已经知道崇祯下落不明，这一消息给将近一年来新降的文臣们心灵上的震动比武将们要大得多。他们害怕万一崇祯帝逃出北京后到了吴三桂军中，再由吴三桂保驾，逃到南京，明朝就不会亡，李自成可能落到黄巢的下场，而他们这些急于"攀龙附凤"之臣，不仅会性命不保，遗臭青史，而且会抄家灭族。刚才都是得意洋洋地跟随新君进宫，此刻却心事重重地出宫，而他们谁也不敢将自己的心思吐露一字。

太监们都失去了原来的气焰，不敢与新朝的文武官员争道，退后一步，等文武群臣走出归极门后，他们才怀着七上八下的心情离开。这些较有地位的太监为着进宫方便，只有少数住家在皇城外边，而多数住家在皇城以内。有人住家在皇城内的北边，即地安门的里边；有人住家在西安门内左右的胡同中和玉熙宫①的西边；有人住家在东安门内和东安门外附近地方。几乎没有人住家南城。现在听说崇祯帝不知下落，并没有在宫中自尽，开始时他们感到惊异，又忽然动了一丝旧情，既不忍心从乾清宫和坤宁宫左边的东长街走过，也不忍心从袁妃久住的翊坤宫旁边走过，所以有的出西华门向北转，有的从西华门内顺着廊下家的前边向北，再出玄武门，也有几个人向东出归极门，穿过会极门（又称左顺门）再往东出东华门分道回家。

最后从武英门外离开的是王长顺。他刚才虽然明白自己的官小位卑，不能随群臣进武英殿向大顺皇帝朝贺，但他想凭着守门的兵将都是来自延安府的同乡，又是后生晚辈，不会驱赶他走，他要亲眼看看从前的闯王如今真格做了皇上，是怎样在鼓乐声中登上宝座，受群臣三跪九叩，山呼万岁。可是如今就因为活该亡国的崇祯没有下落，今天取消朝贺，使他感到惘然。王长顺又远远地向武英殿望一阵，但见台阶很高，殿宇深邃，并无一人，他明白一定是皇上同几位大臣进入暖阁中密商如何搜寻崇祯的事。他对于崇祯的逃出北京并不关心，认为悬出重赏，必会捉到。使他在离开武英门时心中难过的是，从今往后，宫禁森严，他想到武英殿见闯王，看来是不容易了。

过了内金水桥时，他向西华门内扫了一眼，想再看一眼乌龙

---

① 玉熙宫——大概在旧北京图书馆所在地。

驹，但是没有看见。他往前走了几步，向守卫归极门的三位御营亲军询问乌龙驹在何处喂养。一位米脂口音的军官笑着说：

"王大伯，皇上的乌龙驹已经有掌牧官牵到御马监①的马棚中了，跟崇祯的几匹御马在一起喂养，它不会受亏待的。你老不用操心啦。"

王长顺忽然想到自己确实是多操心，笑了一笑，但心中不免感到一阵莫名其妙的空虚和难过。

---

① 御马监——御马监是太监的衙门，地址大约在今沙滩附近的马神庙一带地方，掌管皇家马匹的喂养和调驯。但在东华门内向北不远处，靠紫禁城里边，也有一处御马监和一处马神庙，大概是御马监在宫内的分支机构，专管喂养崇祯常用的四匹御马。

第 二 十 章

　　大顺皇帝由文武群臣扈从,来到武英殿,时光已近中午。他同牛金星略一商量,命六部政府和文谕院的文臣们各回自己衙门,熟悉办事地方,召集属吏,为开始政务做准备。定于明日卯时,举行早朝,不得迟误。他只将李过、李岩和吴汝义留下,询问关于清宫的一些情况。李过因崇祯尚无下落,太子和永、定二王也未找到,只听说都已经由太监们送出宫了。他必须抓紧时间,继续在皇城中寻找崇祯,还得弄清崇祯的三个儿子被太监们藏匿何处。李自成只是嘱咐他"不管崇祯死活,务要找到下落",让他先走了。

　　自从去年在襄阳正式称王①以后,虽然还没有建立包括朝仪在内的各种严密礼制,但是大体上,封建国家的君臣关系,等级差别,开始讲究;到西安以后,这种封建礼制更清楚,也更完备,而从今年元旦,正式建立大顺朝并宣布改元永昌之日起,君臣间的关系更趋森严,起义年代中的伙伴关系很快消失。倘若在

---

① 正式称王——崇祯十六年三月,李自成在襄阳杀了罗汝才之后,草创了中央政权,称新顺王,这是正式称王,这个王号代表一种封建政权,不同于闯王称号。

一年以前，李自成会留下李岩和吴汝义一起吃午饭，一边吃饭一边听他们讲说清宫的详细情况。但现在他不能留下他们。他是君，他们是臣，按礼制不能同桌吃饭；倘若留下他们吃饭，定会使他们忐忑不安。所以，他对留李岩和吴汝义同进午膳只是闪了一下念头，而说出来的却是这样一句话：

"坐下去，坐下去，说说你们清宫的情形吧。"他还不习惯用"禀奏"一词，而是要他们"说说"，所以口气上显得亲切。

李岩和吴汝义都没有坐，而是恭敬地站立在他的面前，向他禀奏宫中的简略情况。当吴汝义禀奏皇后在五更前已经自缢，停尸于坤宁宫中，李自成不免感动，轻声说道：

"其实皇后可以不死。倘若她不死，孤会以礼相待，将她优养终身。"他又对吴汝义说："你问问太监们，宫中的库房中一定有好的棺材，命宫女们将皇后装殓，要小心保护她的尸体！……那位皇贵妃呢？"

李岩回奏："臣从坤宁宫出来即去翊坤宫，皇贵妃袁氏本来也在五更前奉旨自尽……"

李自成问道："是奉旨？"

吴汝义说："听说是崇祯命宫女传旨，叫她赶快自尽。她还没有断气，绳子忽然断了。她还要自尽，可是宫女们都围着她哭，没有人肯替她绑绳子，所以她没有死成。"

李岩问道："陛下，对袁妃如何处置？"

李自成说："崇祯的妃嫔们，凡是还没有死的，娘家住在北京的，都送她们回娘家去，愿自尽的听便，不愿自尽的由我朝优养终身。天启的皇后你找到了么？"

"臣从翊坤宫出来后与子宜将军分手，他由太监带领去长平公主的宫中，臣去张皇后的宫中。张皇后尚未死，正在痛哭，宫女们也围着她哭。臣站在慈庆宫正殿阶下，隔着帘子传了陛下口谕：如若她愿意活下去，我朝将以礼相待，优养终身；如愿意暂回张皇亲府中，臣将派兵丁护送皇后出宫。臣又说，皇后出宫，可以带四名宫女，两名太监，随身侍候。珠宝首饰可以由皇后斟酌携带出宫，以示我朝优遇。"

"她怎么说？"

"这位张皇后果然不凡。她毫无恐惧，隔着帘子说道：'将军！本宫是天启皇帝的遗孀，崇祯皇帝的皇嫂，尊号为懿安皇后，曾经身为国母，今日国亡，义无苟活之理。如今京城中兵荒马乱，请将军派将士护送本宫到太康伯张皇亲府中，使本宫得以从容自尽，还可以辞别父母。今日我朝的江山尚且不保，本宫也即将身归黄泉，出宫时何用携带珠宝首饰！'"

"她遭此亡国惨祸，没有对你痛哭？"

"她的声音颇为慷慨镇静，只是略显苍哑，分明在臣到慈庆宫之前，她已经同宫女们哭了很久。"

"你已经派人将她送到张国纪府中了？"

李岩因知道李自成平日谈到懿安皇后在天启朝立身正派，不附和客、魏奸党，对她在心中存有敬意，所以他将如何从宫中找到五顶轿子，较大的一顶由张皇后坐，四乘小轿由四个宫女坐，派兵将皇后和随身服侍的四个宫女和两名太监护送到张皇亲府中，并在张府大门外插一令旗，严禁兵丁入内骚扰等经过讲了一遍，李自成听了以后，点头说道：

"办得好，办得好，张皇后知不知你也是杞县人？"

李岩感到吃惊，赶快说道："回陛下，微臣非为同乡情谊。张皇后虽然亡国，但态度仍很高贵，不曾询问臣的姓名、籍贯。臣自己也未说出一字。"

李自成转向吴汝义问道："你还要谈一些什么事儿？"

吴汝义先说了崇祯如何到寿宁宫砍伤长平公主，公主由太监

何新背出宫去,送往皇亲周奎府上暂住,接着又说了崇祯在乾清宫昭仁殿前一剑杀死六岁小公主的事。李自成说道:

"崇祯也太狠心了!"

他又询问了宫中的其他情况,知道宫女的总数大约上万人,西华门投水自尽的有三十多人,逃散的约三百左右。留在宫中和西苑、北海各宫的总共有七八千人,其余的分散在昌平各皇陵与西郊的皇家陵墓中侍候香火,多是年纪较大的女子。李自成吩咐说:

"紫禁城中太监众多,有的逃散了,没有逃散的任其回家。宫女们一个不许出宫,要找到花名册,等候数日,按册点名,分赏给有功将士。这紫禁城中,千门万户,你们下午要继续清查,午后,孤也要到各处看看,由双喜跟随就够了。多日来你们都很辛苦,快去休息用膳吧。"

李岩和吴汝义说了声"领旨!"向他恭敬地行了叩头礼,然后退出。虽然李自成明白叩头下跪是任何臣工对帝王的应有礼节,但是他仍然有一点不很习惯,不自觉地对他们拱手还礼。

李岩和吴汝义刚刚退出,李双喜进来了,跪在他面前问道:

"父皇,午膳准备好了,要用膳么?"

"是我们从长安带来的厨子准备的?"

"宫中御膳房的太监们没有逃走,儿臣命他们准备午膳。我们从长安带的几个厨子也进了御膳房,处处小心,各种荤素菜肴和各种点心,必须先尝一尝,才许送上来。这是宋军师的嘱咐,以防御膳房的太监们怀有二心。"

李双喜退出后过了一阵,午膳就在东暖阁摆好了。双喜又一次进来,请李自成前去用膳。李自成来到东暖阁,面南坐下,看见山珍海味,荤素菜肴,摆满了一张大的方桌,器皿精致,且有金碗银盘,镶金牙箸和碧玉酒杯。他的心中忽生反感,望一眼双喜，忍不住用责备的口气问道：

"为什么摆这样多的菜肴？"

双喜躬身说道："儿臣亲自到了御膳房，看见菜肴已经准备好了，只等传膳。儿臣当即对御膳房管事太监说道：新皇帝出身农家，素重俭朴，深恶虚华浪费，你们为什么准备这样多的菜？据管事太监说，平日崇祯皇帝的每日御膳费是三十四两几钱银子，每膳要备办几十样荤素菜肴，还有各种点心、小菜，这是皇家规矩，午膳时还要奏乐。"

"哼，全是浪费民脂民膏！崇祯能吃多少？这种宫中的老规矩不合道理！"

"崇祯只挑选可口的菜吃一点，其余几十样荤的素的，山珍海味，往往不曾动动筷子，都撤下去赏给乾清宫中的太监和宫女们吃了，今天御膳房的太监们惊魂未定，为皇上备办的午膳已经够俭，他们还害怕治罪哩！"

李自成叹息一声，说道："历代帝王，只有开国之主，生长戎马忧患之中，与士卒同甘共苦，出生入死，惨淡经营，百战而有天下。以后继承江山之主，都是生长深宫，锦衣玉食，不辨五谷，不知百姓疾苦。孤对此深为痛恨！你传旨御膳房，以后不管午膳晚膳，只备几样菜就够了，外加辣椒汁一小碟。还有，金银器皿一概不用，玉杯也不许用！"

李自成话刚说完，御膳房的两个太监又捧来了两个朱漆描金食盒，到了武英殿门外，由两个宫女接住。她们还没有捧进暖阁，被双喜看见，向她们使个眼色，同时一挥手。宫女们心中明白，赶快悄悄地退了出去。

李自成命宫女搬一把椅子放在他的对面，然后命双喜陪他用膳。但双喜害怕违背在西安已经制定的《大顺礼制》，不敢坐下。自成说：

"我命你坐你就坐,不要害怕。我同你既是君臣,也是父子。你陪着我吃午饭,我要向你问话。坐下!"

双喜很拘谨地坐在他的对面。一个侍膳的宫女立刻将一双象牙筷子摆在他的面前。在用膳的时候,李自成并没有同养子谈多的话,他在挂心着崇祯和他的三个儿子的下落,尤其他担心崇祯倘若逃出北京,必会留下很大后患。但是尽管吃饭中间没有同双喜多谈话,实际上他很喜爱双喜。在当年孩儿兵中,他最喜欢的是三个孩子,年纪稍大的是双喜和张鼐,略小的是罗虎。双喜是李自成的养子;张鼐虽非养子,但在李自成夫妇眼中,同养子无大差别。这三位青年将领都是自幼在李自成的义军中生活,在南征北战中长成大人,练就高超的武艺,学会了指挥作战,为李自成立下了汗马功劳。张鼐已经封为义侯,罗虎的军衔是威武将军,被封为凤翔伯,不久也将要晋封侯爵,佐李过坐镇幽州(即北京),倘若必须向江南用兵,李过将同刘宗敏率大军分道南下,这镇守幽州的重任就要交给罗虎了。至于双喜的尚无封爵,李自成另有一番深意。宋献策、牛金星、刘宗敏等几位重要近臣都心中明白,但从来没有谁敢提到此事。李自成今年已经三十八岁,尚无儿子,倘若几年后再无儿子,立太子只有在李过和双喜二人中决定。李过的优越条件在于是李自成的亲侄儿,但李过与李自成同岁,也没有亲生儿子,所以他不应该立为储君。双喜虽为养子,但按其他条件立为太子全都合适。明末起义首领中一向重视养子,而且以养子继承皇位的事在五代不乏先例。李自成心中打算暂不给双喜封号,让双喜一方面继续多立战功,一方面跟在他的身边多学习如何处理军国大事,再过几年之后,如果他再无儿子,就给双喜一个亲王的封号。只要将双喜封王,就等于定为储君。

看着双喜,李自成忽然问道:

"你和小鼐子都已经成亲了,完了孤一件心事。罗虎今年已经二十二岁了,是吧?"

双喜站起来恭敬地回答:"是的,他是属猪的。"

李自成含笑说:"不但北京城中有许多名门闺秀,单说这皇宫中也有几千宫女。罗虎是有功的将领,应该给他选一个才貌双全的女子为妻。这话,你要告诉你子宜叔知道。"

双喜高兴地说:"儿臣遵旨!"

用毕午膳,李自成回到西暖阁坐下。宫女们立刻按照明朝宫中习惯,有人捧来漱口的温茶,有人捧来吐漱口水的银漱盂,跪到他的面前。他虽然感到不习惯,但还是按照皇上在宫中的生活规矩做了,同时在心中叹道:

"皇帝的生活果然与百姓不同!"

李自成多天来不曾有一天好生休息,如今破了北京,夺取了明朝江山,驻跸武英殿,十数年的心愿一朝实现,尽管崇祯的下落不明,但心情上也感到蓦然轻松。他需要躺下去睡一觉,然后在紫禁城中随便看看。他还没有说出来这个意思,只是轻轻地打了个哈欠,一个宫女就赶快在他的面前躬身说道:

"请皇爷到寝宫御榻上休息,那儿已经准备好了。"

"寝宫在哪儿?"

"就在这武英殿背后的仁智殿。"

"好,你在前引路。双喜,你去看看!"

仁智殿比武英殿的规模略小,平日很少启用。在崇祯临朝十七年中,只崇祯初年有一次皇后(那时皇后才只有十八岁!)在仁智殿受命妇们元旦朝贺,为的是命妇们可以在西华门内下轿,进来方便。以后国步艰难,每年元旦都传免命妇朝贺。这仁智殿虽然仍有宫女和太监负责照料,但是不再用了。今日天明时候,李过、吴汝义和李岩率领将士进入紫禁城内清宫。他们知道武英殿和仁智殿是大顺皇帝居住之地,必须火速派专人督率几十名太监和宫女打扫干净,布置好一应所需的皇家陈设。太监和宫女们战战兢兢,一变亡国前精神松懈的积习,谁也不敢怠慢,不到一个时辰,果然使武英殿和仁智殿处处干净,各种家具上毫无纤尘。宽大的御榻安放在仁智殿西暖阁的里边一间,挂着黄缎绣龙床帐,铺着黄缎床单,上有黄缎绣龙被和绣龙枕头。紫檀木雕花高几上摆一个古铜狮子香炉,从口中微微地吐出轻烟。清幽的香气散满暖阁。

李自成由宫女引路,后边跟着双喜,从武英殿的西夹道步入后院,再进入仁智殿。这仁智殿虽然规模略小,但也有高高的丹陛和摆设着铜鼎和铜仙鹤的丹墀,围着雕工精美的汉白玉栏板。

武英殿和仁智殿的布局如同文华殿和端敬殿一样,加上东西厢房,形成独立的一座宫院,有红墙围绕。仁智殿平日有几个担任看守和洒扫的老宫女,今天增加了十几个比较年轻貌美的宫女,是从别的宫院中挑选来的,住在武英殿两端靠着红色宫墙的厢房中。当李自成来到仁智殿时,宫女们都跪在丹墀上接驾,然后由刚才引路的两个宫女继续引驾,替他打起帘子,走进西暖阁内间。当他在御案旁的龙椅上坐下以后,立刻有一个宫女用银托盘捧来了一盏热茶,另一个宫女用纤纤的双手将茶盏捧放在御案上。虽然粉彩草虫的瓷盏盖尚未揭开,但是有一股沁人心脾的茶香从茶盏中冒出,刺激他不由地口舌生津。

李自成向站立在暖阁门内的双喜问道:"你在哪里休息?"

双喜向前走了一步,恭敬地回答说:"回父皇,进城以前,军师询问了投降的太监和新从龙的明朝旧臣,画了一张地图,指示儿臣入宫后住在南薰殿,二百名护驾将士分驻在西华门和归极门两处,在武英殿前后左右都要严密警戒。今日进宫之后,军师看了武英殿共有七间，地方很大，吩咐儿臣住在武英门的一边，另一边为群臣等候召见的地方。"

李自成在心中称赞："宋献策果然是难得的好军师，事无巨细，想得周到！"他又问道："武英殿的太监们住在何处？"

"军师说，这班没良心的奴婢之辈，纵然降顺我朝，也有二心，所以昨日对儿臣和子宜叔当面嘱咐，武英殿原有的太监和新增派的太监，夜间都住在归极门内六科廊的空房子内，黎明后才能进武英门，做洒扫院中和殿中的事，没事时就在武英门内的厢房中上值，听候呼唤，不准他们走进皇上寝宫。皇上在武英殿用膳，也只用宫女们在旁侍候。"

"啊！……我们从长安带来的传宣官住在何处？"

"他们也住在武英门内的厢房中，也不能走进寝宫。父皇有话，可命宫女传谕他们。"

李自成不再问话，命双喜出去休息，并要他在申时整前来，随他在紫禁城中看看。

双喜刚走，那两个为李自成引路来到寝宫的宫女又来到他的面前，其中那个年纪较长的问道：

"皇爷要到御榻上睡一阵么？"

李自成点点头，不觉打个哈欠。他刚取掉毡帽，立刻被一个宫女双手捧住，放到一个红漆描金大立柜中，李自成要脱掉箭袖战袍，那个年纪稍长的宫女立刻替他解掉丝绦，解开扣子，帮他脱掉袍子，叠起来放进立柜。李自成对两个宫女的细心服侍感到很满意，随即颓然坐到床沿上，打算脱掉靴子。两个宫女不等他自己动手，立刻跪到地上，一人为他脱下一只。李自成从她们的身上闻到了一股香气，含笑问道：

"你们俩叫什么名字？"

年长的回答说："回皇爷，奴婢叫王瑞芬，她叫李香兰。"

李自成又问:"你们是乾清宫的?还是坤宁宫的?"

王瑞芬回答:"奴婢们是从别的宫中叫来的。乾清宫和坤宁宫的都人们差不多都投水自尽了,有少数没有投水的也跟着别的众都人奔出西华门逃散了。"

李香兰补充说:"坤宁宫还剩下四个宫女在守着皇后的尸体。"

李自成不再问话,在御榻上躺了下去。他正伸手拉开叠放在御榻里边的黄缎绣龙被,王瑞芬带着一股醉人的芳香,敏捷地替他将被子拉开,盖到他的身上。从绣龙被上散发出淡淡的为李自成从来不曾闻过的奇妙的香气,他望着王瑞芬问道:

"这被子是熏的什么香气?"

王瑞芬躬身回答:"回皇爷,今早进来清宫的吴将军挑选宫女们来武英殿和仁智殿侍候皇爷,也把奴婢挑来,因奴婢原在承乾宫中,多知些宫中礼节,吴将军就指定奴婢为皇爷身边众宫女的头儿,宫中俗称'管家婆'。这御榻上一应被、褥、枕、帐各物,不能用前朝皇上使用过的,全是从御用监的内库中取出新的。这绣龙被在库中已经放了几年,奴婢领出后,放在熏笼上,用外国进贡的香料熏过,所以不是一般的香气。"

"外国进贡的什么香料?"

"相传这是大海中的一种龙,有时到无人的海岛上晒太阳,口中的涎水流在石上,干了后发出异香,经久不灭。土人到岛上取来,制成香料,献给他们的国王。国王作为贡物,献给中国皇帝,所以这种香料就叫做龙涎香①。几年前,皇后赏赐一点给承乾宫的皇贵妃田娘娘,尚未用完。奴婢就是用龙涎香为皇爷熏的

---

① 龙涎香——抹香鲸生活于赤道附近的海洋中,其肠胃中有一种病态分泌物,呈结石状,漂浮水面,有时被风浪冲至海边,可以制成极名贵的香料,香气持久,名为龙涎香。

龙被。"

　　李自成微笑点头,又看了这位宫女一眼,然后把眼睛闭上。今日初进皇宫,还没有受百官朝贺,更没有举行登极大典,他已经知道了做皇帝的尊贵。宫中的陈设富丽,身边宫女们美貌,温柔,知礼,对他服侍得细心周到。他想着他的光辉的武功,极大的胜利,日后的皇帝生活……想着,他含着满意的微笑进入梦乡。

　　申时过后,李自成被宫女叫醒。王瑞芬带着三个宫女完全依照服侍崇祯皇帝的规矩,跪地上替李自成穿好靴子,一个宫女用金盆捧来温水请他净面(宫中不用"洗脸"一词),另一个宫女用红漆描金龙凤托盘捧着一个蓝花御窑茶杯,盛着半杯温茶,请他漱口,另一个宫女跪在一边,用景泰蓝梅花托盘捧着一个白玉般的建瓷①小漱盂,承接他吐出漱过口的温茶。随后,宫女们又细心而敏捷地服侍他穿好袍子,戴好帽子。虽然李自成对宫女们这样的服侍感到繁琐,但是他并没吩咐免除,反而在很不习惯中舒舒服服地接受了。从贫穷苦难的幼年到身为银川驿卒,又到起义,经过十五年艰苦百战的戎马生涯,到去年十月间进入西安,他开始认为是大功告成,改西安为长安,一面积极筹备建立新朝,一面率领戎马万匹,造桥梁,修行宫,仿效汉高祖还乡,以帝王气派还乡祭祖,大封功臣和皇族近亲,又一面准备东征幽燕,夺取崇祯的大明江山。然而美中不足的是,他在西安是占用秦王府为皇宫,一切草创,没有太监,也没有懂得皇家礼仪的宫女。那些临时挑选的民女,虽有宫女之名,却是既不识字,也不懂皇家礼节。在他看来,那些女子只能算暴发户家中的粗使丫环,没法同明朝的宫女相比。就在这午觉醒后的短短时间里,他

---

① 建瓷——建窑生产的瓷器。建窑,宋代著名瓷窑之一;窑址在福建建阳。

的眼前又出现了那低头跪在他面前的宫女们的粉颈、桃腮、云鬓，也出现了那行走的轻盈的体态，说话时的温柔而婉转的北京口音，还有那奇妙的脂粉香和熏在衣服上的清幽芳香。他是一个还不满三十八岁的壮年男子。与张献忠和罗汝才的性格不同，多年中为着义军事业，他竭力压抑着男女之情，被人们称颂为不贪色，不爱财，胸有大志。现在进了北京，进了皇宫，在巨大的胜利中，他的感情起了巨大的变化。尽管他表面上十分严肃，内心中却不由自主地动了男女之情。

宫女王瑞芬向他启奏，刚才李双喜曾经来过，因见皇上未醒，不敢惊扰圣驾，回武英门值房等候。李自成听了后，立刻离开寝宫，在宫女们的随侍下来到了武英殿的西暖阁。随即将李双喜叫了进来。他向左右站立的宫女们瞅了一眼，大家肃然退出了。

"崇祯有下落么？"李自成向双喜问道。

双喜跪在地上回答："启奏父皇，清宫将士们一直在皇城内各处寻找，寻找崇祯的布告也在全城张贴了，至今尚无消息。不过，太子和二王已经找到了。"

"找到了？是怎么找到的？"

"他们都被太监们送到周皇亲府上，布告在各街道贴出不久，周皇亲和另一家皇亲都不敢隐藏，将他们献出来的。"

"现在何处？"

"现在看管在五凤楼上，子宜叔与林泉将军正在向太子询问宫中事情，等候父皇召见。"

"叫传宣官速去午门传旨：李岩、吴汝义速将明朝太子和永、定二王带来见孤！"

过了一阵，李岩、吴汝义二人将太子和永、定二王带到了李自成的面前。吴汝义叫太子等赶快跪下,但是太子倔强地不肯下跪。看见他不肯跪,他的弟弟们也不肯跪。李自成态度温和地对吴汝义说道:

"不肯跪算了,不必勉强。"他又用文雅的口吻向太子问道:

"汝父为何亡国?"

太子自信必死,慷慨回答:"我父皇勤政爱民,发愤图治,本无失德,只因诸臣误国,所以失去江山。"

"你知道你父皇现在何处?"

"天明前我由内臣护送出宫,以后宫中事全然不知。"

"你不用害怕。你还在少年,非当国之主。明朝种种弊政,非你之过。孤每读史书,看见三代以后,一遇改朝换代,继世开国之主多不能以宽仁为怀,对前朝皇室家人宗党,惟恐不斩尽杀绝,连孩提都不放过。孤心中不以为然,有时掩卷长叹。孤要效法三代圣主,所以破西安、太原之后,对秦、晋二王及其家室宗亲,一个不杀,一体恩养。如今秦、晋二王都随孤前来幽州,你们可知道么?"

太子不知道李自成将北京改称幽州,也不知道李自成言语真假,低头不语。李岩因为经常参与密议,所以知道李自成的这些话都是出自真心,已经见诸行事。他对太子说道:

"殿下不必害怕,新皇上是尧舜之主,断无杀你之心。你应当感谢不杀之恩。"

李自成语气诚恳地接着说:"在进军幽州之前,孤曾与大臣们讨论决定,倘若兵临幽州城下之日,你父皇知道天命已改,愿意禅让,孤将待以殊礼,使他继续享受人间尊荣,优游岁月,对宫眷也一体保护。孤还在御前会议上对文武大臣们宣布:我大顺军进城之日,倘若崇祯帝已经自尽殉国,找到了太子和永、定二王,一不许杀害,二不许虐待。孤要对太子待以杞宋之礼①,封以大国。说明白吧,周成王封微子为宋公,孤将封你为宋王。至于你的两个弟弟,比你封爵降一级,一封永国公,一封定国公。此事孤早已决定,只等孤举行登极大典之后,就对你降敕封王,颁赐铁券,世袭罔替,与国同寿。"

吴汝义轻轻推了一下太子:"赶快跪下,向大顺皇上叩头谢恩!"

李岩也不无感动地说:"此系三代以下未有之仁,殿下赶快谢恩!"

太子仍然倔强不动,也不说"谢恩"二字。他的两个弟弟见他是如此态度,也照样学他。李岩担心太子和二王的倔强会惹怒大顺皇帝,目视太子;在窗外窃听的宫女们更担心本来可以不死的太子和二王会惹出杀身之祸,暗中焦急。吴汝义又一次催促太子谢恩,但太子依然不动。李自成看见倔强的太子的眼眶中充满热泪,只是忍耐着不让眼泪流出。他对吴汝义恻然说道:

"算了,不必勉强他对孤谢恩。他的国家已亡,母后自尽殉国,父皇不知下落,应该心中悲痛,也应该怀恨于我,要他跪下去叩头谢恩他当然不肯。孤今得了天下,何计较这些小节!……"

李岩虽然从六年前就率众起义,投奔闯王,同明朝决裂,但他毕竟是明朝兵部尚书李精白的儿子,曾中天启举人,在对待太子和永、定二王的问题上,他的感情比较吴汝义复杂,所以没等李自成将话说完,赶快跪下说道:

"陛下对胜朝②如此宽仁,三代而后实属仅见。四海之内,

---

① 杞宋之礼——周武王封夏朝的后代于杞(今河南杞县),成王封殷纣王的庶兄微子于宋(今河南商丘),使二者承夏殷之祧。
② 胜朝——古代政治术语,又作胜国。对于才被灭亡的朝代称为胜朝,意谓被战胜的朝代。

前朝臣民必将闻之感奋!"

李自成点头使李岩平身,对吴汝义接着说:"你派一队将士将太子和二王护送到刘宗敏处,妥加照顾。你再寻找几名东宫的旧太监,前去服侍。"

吴汝义躬身说道:"领旨!"便带着太子和二王出去了。

李自成急于想看看他早已听说的金銮殿,也想看看皇帝居住的乾清宫和皇后居住的坤宁宫,但他想偕牛金星和宋献策一同去看,顺便还可以谈一些别的事情。他叫双喜去命宣诏官到内阁宣牛丞相进来,并派另一位宣诏官去军师府召宋军师速来。

双喜启奏:"回父皇,军师曾在申时一刻来到武英门请求见驾,说他有事要面奏皇上。儿臣说皇上连日劳累,不得休息,刚才在仁智殿寝宫午睡,是否将皇上叫醒?他说'不必惊驾,我先去内阁找丞相商议,等圣驾醒来后你叫我就是'。此刻军师一定还在内阁。"

"叫军师同丞相一道进宫!"李自成轻声说,他如今要召见军师和丞相,已经不再用"请"字,而用"叫"字了。

内阁是在午门里边向东的一个小院内,院门向西,进门过一屏风,便入内阁小院;有五间坐北朝南的平房,除当中的一间供着孔子和四配神位,其余四间便是辅臣们办公的地方。在明代这本是机要重地,严禁在内阁会客闲谈。但是一则大顺朝废除了辅臣制,恢复了宰相制,二则宋献策地位崇隆,当然可以随时同丞相牛金星面商机务。

过了不多久,牛、宋二人便来到了。他们向李自成行了叩头礼以后,李自成叫他们坐下,先向军师问道:

"献策刚才进宫,有何紧要事儿?"

宋献策使眼色,要双喜将窗外站立的宫女屏退。双喜出去挥退宫女们,他自己也去武英门的值房中了。宋献策重新在李自成

的面前跪下,奏道:

"臣得到确实消息,吴三桂……"

李自成说:"献策平身,坐下说话。"

宋献策叩头起身,坐在椅子上,欠身奏道:"吴三桂的兵力不可轻视,他以山海关为后继,人马已有一部分进至永平、玉田与三河一带,对北京颇为不利。目前我朝文武群臣,莫不望陛下赶快举行登极大典,而尤以在襄阳和西安两地降顺的文臣盼望陛下登极更切。陛下今日进入北京,估计必有大批明臣投降,甘为新朝效忠。他们一旦投降,也盼望陛下赶快登极。陛下一登极,他们就算是对新朝有拥戴之功。然而以臣愚见,陛下登极典礼大事必须加紧筹备,招降吴三桂一事更为急迫,以免夜长梦多。"

李自成问:"吴三桂究竟有多少人马?"

宋献策说:"崇祯十四年八月,洪承畴在松山兵溃,吴三桂虽是洪承畴所率八总兵之一,损失不轻,但宁远是吴三桂父子经营多年的根基,也是洪承畴在关外必守之地,所以松山之溃,只损失了出征援锦之师,他的老本儿留在宁远,并未受挫。吴三桂因为实力仍在,所以松山溃败后能够固守宁远。虏兵进至塔山,也不敢再向前进。近半年来,听说虏兵绕过宁远攻占了中后所等城堡,都在宁远与长城之间,惟独不敢进攻宁远,也不敢攻占觉华岛。"

李自成问:"觉华岛在什么地方?"

"觉华岛又名菊花岛,在宁远城东南海滨,为内地由海路向辽东运输粮食辎重要地,也是防守宁远的命脉所在。虏军不攻取宁远城与觉华岛,非不愿攻,实因吴三桂在宁远是一块硬骨头,不容易吃掉。所以眼下宁远兵驻扎在山海关及永平一带,犹如在北京户外驻军,陛下对吴三桂万万不可疏忽大意。"

"孤问你,吴三桂究竟有多少人马?"

"吴三桂原是宁远总兵，步骑精兵约有三万，近来他改称关宁总兵，受封平西伯，山海关也归他管辖。守山海关的兵马素称精锐，少说有五六千战兵，所以关宁兵合起来有三万五千以上，加上驻在秦皇岛与关内附近各处之兵，总数在四万出头。关宁兵以骑兵最强，号称关宁铁骑。"

李自成听到宋献策的禀报，表面上不动声色，露着微笑，但心头上猛然沉重。默然片刻，他向牛金星问道：

"启东有何意见？"

牛金星欠身回答："军师几年来虽然在军旅之中，赞襄帷幄，但是素重辽事，总在博访周咨，所以方才所议，颇中肯綮。以臣愚见，目前对吴三桂以招其来降为上策。我朝一面筹备登极大典，使四海知道天命已定，耳目一新，一面派妥当人前往山海关，劝吴三桂早日来降，不要观望。倘若吴三桂能够来北京参与皇上登极盛典或派人送来贺表，不仅可以为北方武将表率，亦可以为江北四镇榜样。望陛下速差人前去招降！"

李自成说："倘若他肯投降，孤不吝高爵厚禄。你看他能投降么？"

牛金星胸有成竹，从容说道："以臣愚见，吴三桂晋封伯爵，奉诏勤王，舍弃父子两代经营之宁远，携带五十万百姓入关，宁远随即为东虏占领。他兵进永平，我大军已将北京团团围住，使他勤王之计化为泡影。如今困居于山海①与永平之间，进退失据，军需民食，咸失来源。他虽有三四万关宁精兵，势如游魂，此其不得不向陛下投降者一也。吴三桂之父吴襄，偕其母及其妻与子侄、仆婢等三十余口，于去年移居北京城内，现已成为

---

① 山海——明朝习惯，山海关简称山海，因为它不仅有一座关城，还是一个军事辖区山海卫，到清朝才设立县治。

李自成在武英殿

我朝人质，此吴三桂不得不向陛下投降者二也。自从崇祯十四年二月破了洛阳，三年来陛下身统数十万众，所向无敌，威震海内，今日又轻易攻占北京，夺得明朝江山。古人云'先声夺人'，以陛下今之神武威名，东虏未必敢来入犯，吴三桂孤立无助，此吴三桂不得不向陛下投降者三也。还有第四，崇祯十四年洪承畴所率领的援锦八总兵，其中白广恩、唐通二人已经投降，颇受礼遇，官爵如旧。白广恩在我朝且已封伯。这些榜样，吴三桂看在眼里，岂有顽抗不降，自寻败亡之理？臣请陛下宽心，明日可命吴襄写一家书，钦差适当大员，带着陛下手谕与吴襄家书，并带着犒军银物，前往永平，面劝三桂速降。十日之内，定有佳音。"

李自成满意点头，又问："差谁去较为合适？"

"臣认为唐通最为合适，请陛下圣衷斟酌。唐通是明朝北方的有名镇将，与吴三桂同时封伯，且为洪承畴援锦八总兵之一，与吴三桂是患难之交，且资历老于三桂。作为劝降钦使，定必胜任。"

李自成点头同意，又转向宋献策问道："军师意下如何？"

宋献策答道："丞相所言极是。不过唐通毕竟是一介武夫，言语未免失之过直。臣以为再差张若麒同行，文武搭档，有张有弛，遇事多有进退，较为适宜。"

李自成面带笑容，又连连点头，随即向李岩问道：

"林泉有何高见？"

李岩认为宋献策的担心也正是他的担心，对于牛金星的话并不同意，但是在西安时因谏阻过早东征已经深拂主上之意，几乎受责，加上宋献策经常对他提醒，如今他最好少说会令李自成和牛金星不愉快的话。他心中矛盾片刻，然后恭敬地站起来说：

"微臣原来也为东边的情况担忧，但听了丞相之言，也就略觉心宽。臣尚有若干刍荛之见,过几天后,俟陛下稍暇,再为奏陈。至于遣使一事,丞相与军师计虑周详,臣无他议矣。"

李自成急于要看看三大殿和乾清宫等几处主要宫殿,便点头同意。正要率牛、宋等起身去看三大殿,双喜神情兴奋地走进暖阁,跪到他的面前,声音急促地说:

"启禀父皇,崇祯,崇祯……找到了!找到了!"

牛、宋、李岩都大吃一惊,定睛注视着双喜的神色激动的眼睛。李自成不觉从椅子上跳起,大声问道:

"崇祯藏在何处?有没有受到伤害?"

双喜回答:"是找到了崇祯的尸体。他已经上吊死了。"

李自成松了一口气,重新坐下,忽然产生莫名其妙之感,随即用轻松的口吻说道:

"这倒好处置了!……他是在何处自缢的?是怎样找到的?"

双喜说道:"父皇,全部清宫将士,午后继续在皇城内各处寻找,总无头绪。刚才忽然补之差人来说,崇祯已经在煤山东山脚下上吊死了,尸首找到了。旁边一棵小树上还吊死一个没有胡子的中年汉子,好像是个太监。为怕尸首认不确实,如今将乾清宫的两个太监也叫去了。"

"崇祯的尸体从树枝上卸下来了么?"

"听说两个尸首都已经卸下来了,停放在一片草地上。补之刚才差人告诉儿臣,请父皇亲自前去看看,下旨如何处置。如今他派兵士将北上门①严加守卫,不许闲人进入煤山院内。他向父皇请旨,问是否可以将崇祯尸首抬到乾清宫暂时停放,找到棺材装殓。"

---

① 北上门——在今景山门之外,即进入景山大院的第一道大门,与紫禁城神武门相对。二十世纪三十年代为拓宽马路,先拆除北上东门、北上西门,解放后又拆除北上门。

李自成望着牛、宋等问:"你们看,应当如何处置才好?"

牛金星欠身回答:"以臣愚见,陛下虽然以北京为行在,不拟驻跸过久。但是迟早应将乾清宫祓除不祥,在圣驾返回长安之前,迁至乾清宫居住数日,或在乾清宫正殿召见群臣,宣布政令,以正天下视听。因此之故,崇祯尸体应在别处停放,不宜抬回乾清宫去。"

李自成问:"停放什么地方?"

宋献策欠身说:"臣听说正对煤山的是寿皇殿,何妨命太监将寿皇殿的门打开,略事打扫,将崇祯的尸体停放寿皇殿中,以备装殓。"

李自成点点头,又问:"用什么棺材装殓?穿什么衣服装殓?他和皇后都装殓之后,埋葬何处?"

牛金星回答:"自古以来,帝后的棺材称为梓宫,极其讲究,既不能在数日内备办,崇祯又是亡国之君,也用不着了。宫中为年老宫眷们存有较好的现成棺材,可以找出来装殓崇祯和周后。崇祯可穿上常朝官服,皇后也穿上常朝礼服。如此处理,较为简便,也不失陛下对待亡国帝后之礼。"

"如何埋葬?"

宋献策回答:"崇祯既然亡国,也不必为他修筑山陵。可将田妃墓门扒开,将田妃棺材移至旁室,将崇祯帝、后的棺材放在正室,再将墓门封好,就算是我朝对亡国帝后以礼埋葬了。"

李自成又问:"林泉有何意见?"

李岩欠身回答:"丞相与军师所言,十分妥当,微臣但请陛下饬工政府连夜派工匠在东华门外搭一芦席灵棚,明日将崇祯帝后棺材放置灵棚之内,任胜朝旧臣前去'哭临'①致祭,太子和

---

① 哭临——封建时代,帝王死亡后,臣民举行的哀悼仪式。

永、定二王也应去祭奠父母。还可以命僧道录司派僧道去灵棚前诵经，超度亡灵。七日之后，再送往昌平埋葬于田妃墓中。如此处置，更显出我皇对胜朝宽仁圣德。臣碌碌寡闻，不知所言当否。"

李自成高兴地说："好，好！启东，这事情命工政府与礼政府共同去办。现在，都随孤去看看崇祯的尸体。"

他先站起来。牛、宋、李岩也都赶快站起来。李双喜率领十名卫士跟在后边。当走出武英门以后，他回头向双喜问道：

"吴汝义到哪儿去了？"

双喜趋前一步，躬身回答："他奉旨到午门前边，派遣一队将士将太子和永、定二王护送去提营首总将军行辕，正要回武英殿来，刚走到金水桥边，恰好得到禀报：我清宫人员在一眼枯井中找到了崇祯的长女长平公主……"

李自成蓦然一惊，问道："不是听说长平公主昨夜被崇祯用剑砍伤，随即由太监背出宫去？"

双喜说："是的呀，儿臣同子宜叔也觉奇怪。子宜叔骂了前来禀报的官员，他问不出一个头绪，赶快往寿宁宫去了。"

李自成望着大家说道："怪事！真是怪事！走，我们看崇祯的尸体去！"

李自成率领牛、宋等亲信大臣到了煤山的北上门口时，因为双喜已经派人跑步通知了李过，所以李过匆忙来到万岁山门[①]接驾。李自成问道：

"崇祯的尸体如何找到的？"

李过躬身回答："方才有一太监看见崇祯的御马吉良乘从煤山的大院中出来，出了北上门，左右张望，似乎想进玄武门，又

---

① 万岁山门——即今之景山门，但已改建，其前边的北上门已于解放后拆除。

不肯进,抬头叫了几声。这马,鞍辔没有卸,连肚带也没有松。臣寻找不着崇祯的下落,正坐在玄武门内休息,得到禀报,立刻来到玄武门外,牵住御马打量,心中恍然明白,就在马身上轻轻拍拍,将马牵进万岁山门,说道:'御马,你带路吧,去寻皇上,寻找你的主人!'由御马在前引路,果然在一个很隐蔽的去处找到崇祯的尸首。"

李自成问道:"你上午带将士进煤山院中查看,为何没有看到御马?"

李过回答道:"根据御马监的太监言讲,崇祯的每一匹御马都十分驯良。崇祯下了御马,不再管了,连肚带也没有松,匆忙上山。这御马等候主人回来,不敢远去;后来等不到主人,就在山下吃草,走进树林深处。大概臣进入煤山院中时,只顾登山寻找崇祯,也遇到两只梅花鹿被惊跑了,却没有留意御马。也是臣地方不熟,一时疏忽。这马在密林中等候半日,不见主人返回,才在山上山下各处寻找,到僻静处看见主人已上吊死了,才跑出万岁山门,站在路上悲鸣,告诉人们崇祯皇帝在什么地方。"

李自成点点头说:"常言道,好马通人性,确实如此!如今崇祯的尸首放在哪里?"

李过说:"放在上吊的槐树下边,如何处置,等候陛下降旨。"

"引我们先去看看吧。"

崇祯和王承恩的尸体都放在煤山脚下的荒草地上,相距不到一丈远。李自成看看崇祯脸孔还很年轻,白净面皮(当然死后已经灰白了),略有清秀的短胡须,长发散乱,帽子已经失落,双目半闭,舌头略有吐露,脖颈下有一条被丝绦勒成的紫痕,一只靴子已经失去……李自成的心中一动,不忍多看。此刻他看着崇祯的尸体,并没有感到胜利的喜悦和兴奋,而是产生了很复杂的思想和感情,竟然使他在心中叹息一声。

在他和大臣们后边跟来的几个太监，此时都转到崇祯尸首的脚头，由一个显然地位较高的中年太监领头，向崇祯跪下，叩了三个头，而那领头的太监还禁不住小声呜咽，热泪奔流。李自成向太监们问道：

"你们里边有没有乾清宫的太监？"

那个领头的太监忍住呜咽，叩头说："回圣上，奴婢是亡国的待罪内臣，原是乾清宫的管事太监，名叫吴祥。"

李自成将吴祥上下打量一眼，命他将崇祯的尸体停放在寿皇殿中，找棺材装殓，又说：

"你的主子倘若愿意将天下让孤，不要自尽，孤定会对他以礼相待，优养终身。可惜他不知道孤的本心，死守着'国君死社稷'的古训，先逼皇后自尽，他自己也上吊了。你是乾清宫的管事太监，孤看你不忘旧主，还是有良心的。你要在宫中找一好的棺材，将你的旧主小心装殓，停放在寿皇殿中，好生守护，等候孤的圣旨。乾清宫中的宫女还有没有？"

吴祥回答："大部分都投水自尽了，也有逃出宫去的，如今还剩下十来个宫人仍住在乾清宫中，等候发落。"

"等你们将崇祯的尸首抬到寿皇殿以后，命乾清宫的宫女们来给崇祯梳头，更换衣服靴帽。"

"领旨！"吴祥叩了一个头，又问道："请问圣上，崇祯皇爷临朝十七年，一旦身殉社稷，深蒙陛下圣德，准予礼葬，此实亘古以来未有之仁。不知装殓之时，是否可用皇帝的袍服冠冕？"

关于此事，李自成刚才本已采纳了牛、宋等人的意见，但此刻他的心思很乱，竟然忘了在武英殿商议的话，一时拿不定主意，回头向牛、宋等望了一眼。

牛金星赶快说道："以臣愚见，崇祯既是亡国之君，自然不能用皇帝冠冕龙袍入殓。况且临时找来的棺材，亦非梓宫，更不可用皇帝衣冠入殓。陛下对胜朝亡国之君施以尧舜之仁,不加戮尸之刑,史册上实不多见。用宫便服或常朝服入殓,准许太子、二王与胜朝旧臣'哭临',于礼足矣。"

李自成再一次同意了牛金星的意见,吩咐吴祥照办,并说皇后的装殓也照此办理。李自成吩咐毕正要离开,跪在草地上的吴祥忽然说道:

"陛下,奴婢旧主崇祯皇爷临死前在衣襟上写了几句话,请陛下看看。"

李自成惊问:"写了什么话?"

吴祥说:"崇祯皇爷写遗诏时,臣在乾清宫暖阁窗外站立,并未亲眼看见。当时只有管事宫人魏清慧站立在崇祯皇爷的身边侍候,臣是听魏宫人说的。皇上不妨看一看他的衣襟里面。"

"你赶快翻开他的衣襟,让孤看一看他写的什么遗言!"

吴祥在荒草上膝行到崇祯的腿边,翻开袍子前襟,果然有几句话歪歪斜斜地写在袍子里儿上。李自成和随侍身边的大臣们都赶快低头观看。因崇祯当时心慌手颤,字体潦草,李自成不能够完全认清,命吴祥赶快读出。吴祥一边读,大家一边看。念完以后,大家互相看看,在片刻间都没做声,但心中都想了许多问题。他们对"贼来,宁毁朕尸,勿伤百姓"一句话,不能不受到感动。随后,李自成郁郁不乐地说道:

"自古至今,天下无不亡之国。亡国之君,历代都有,但是并不一样。崇祯虽然失了江山,但是这是气数,是他遭逢的国运所致。古人说'盖棺论定',据孤看来,崇祯实非一般的亡国之君!"

牛、宋和李岩都没说话。他们因看了崇祯的衣襟遗言,都不免受了感动,而且也同意李自成的评论。不过,这是一个非常敏感的问题,所以都没有发表意见。李自成望望草地上的另一具尸首,又看了吴祥一眼,问道:

"那个陪着崇祯上吊的太监是谁？你认得他么？"

吴祥回答："回圣上，他是司礼监秉笔太监王承恩，大军快到北京时钦命他提督京营和内臣守城，可是无兵无饷，一筹莫展，只得陪着主子自缢。"

李自成说道："他也是一个对主子有忠心的人。他的尸首应该如何埋葬？"

"回皇爷，王承恩有家人在京城居住，可以命其家人将尸体领回，自行装殓殡葬。"

李自成说："既然王承恩有家人在京城居住，这事儿你就办了吧。"

"奴婢领旨！"

李自成带着牛、宋等大臣，转到煤山的北边，远远地向寿皇殿和其他建筑看了看，随即又转到煤山西北脚，沿着黄土磴道，登上煤山中峰。丞相牛金星，军师宋献策，副军师制将军李岩，亳侯权将军李过，站立在他的左右。养子双喜带着十名护驾武士站立在煤山中峰两侧一丈之外。

十几年来，李自成率领着老八队①的起义人马，起初活动于陕西②、河南、山西境内，后来进入湖广，打回陕西，东征幽燕。他走过无数的高山大川，都不像此刻登上煤山的心情舒畅。其实煤山并不是山。它是明朝初年改建北京城的时候，将元大都的北面城墙拆毁，利用一部分城墙土堆成了这座假山，不但不能同大山相比，也不能同大山余脉的丘陵相比。论它的占地范围和高度，都不值一提。按照当时计算，从山顶垂直到地面是一十四

---

① 老八队——明末陕西农民大起义，高迎祥是在王嘉胤牺牲后最有威望的领袖，号称"闯王"，他有十队农民联军，李自成的一支人马是第八队。
② 陕西——明代陕西行省的辖境包括今陕西、甘肃、宁夏和青海的大部分。

丈。就这座小小的假山的中峰,在当时就是北京城内的最高处。李自成登上煤山的正中峰顶之后,向南纵目,从金碧辉煌的紫禁城到房屋鳞次栉比的南城和外城,从午门、端门、承天门、大明门、正阳门直到永定门,尽入眼底。神圣不可侵犯的紫禁城,如今踏在他的脚下。辽、金、元、明四朝赫赫的皇都,如今踏在他的脚下。占领了北京就是灭亡了明朝,夺取了天下。十几年百战经营,如今才看见真正胜利了,大功告成了……李自成一站到煤山的中峰之巅,又是欣喜,又是惊叹,不自觉地发出一声:

"啊!!"

原来因为崇祯父子都没下落,为他的大顺江山留有很大隐患,使他驻进武英殿以后一直放心不下。如今太子和永、定二王找到了,崇祯的尸首找到了,摆在他面前的只有节节胜利,只有择吉登极,招降吴三桂,再招降南方的左良玉及江北四镇①,消灭张献忠,统一全国,建立传之久远的大顺鸿业,而且他很快就要开始按照盛唐的规模重建京城长安。此时虽然他也想到宋献策和李岩所担心的满洲入犯,然而他认为他的大顺朝并非风雨飘摇的明朝,东虏必不敢来。他怀着踌躇满志的心情向牛金星说道:

"启东,如今崇祯已经有了下落,登极大典之事要加速筹备。北京虽好,终是行在,孤应当早回长安,一面招抚江南,一面经营关中,奠定我大顺朝万世基业。"

牛金星躬身回答:"今日初进北京,六政府尚未安顿就绪。臣已告诉了礼政府,依照军师所择吉日,皇上准备于四月初八日即位。从二十六日起,每逢三、六、九日百官上表劝进,陛下三让而后俯允诸臣之请。礼政府从明日起即火速准备大典仪注,还

---

① 江北四镇——崇祯末年,驻军于长江下游北岸和淮南一带的四个总兵官:黄得功、刘良佐、刘泽清和高杰。

有法驾、卤簿等事，百官还要准备朝服，鸿胪寺也要做许多准备。这三四天内，明朝旧臣必然陆续投降，也要使在北京新降诸臣躬逢盛典，得沾陛下雨露之恩。"

"张若麒与唐通何时去山海关劝降？"

"臣将于明日叫来吴襄面谈，用他的口气给吴三桂写一家书，还要与张、唐二人商量如何前去，由户政府筹措五万两银子和一千匹绸缎带去，作为陛下犒军之物。最快，也得三天后才能动身。"

李自成又说："但愿吴三桂能随我大顺使臣于四月初八之前来北京。"

牛金星说："倘若吴三桂因为有五十万迁入关内百姓需要安置，不能如期来参与盛典，应该有贺表送来。只要吴三桂有贺表来到，即是他顺应大势，在陛下驾前称臣，不惟不再担心他会勾结满洲鞑子为患，而且也可为南方诸镇表率。"

李自成微笑点头，望一望宋献策和李岩，用眼色向他们征询意见。他们二人对满洲的问题看得比较严重，目前对吴三桂的问题也看得比较复杂。因皇上正在踌躇满志，牛金星的话已经使皇上含笑点头，他们也只好恭敬点头，不敢说出他们的不同看法。李自成以为军师和李岩同牛金星的看法相同，便不再多问，转身打算下山。恰在这时，双喜从树隙中看见吴汝义走进万岁山门，立刻向他躬身禀报：

"启奏父皇，吴子宜将军进万岁山门了。"

李自成向身边的大臣们说："我们快回宫吧。真是怪事，原听说长平公主已经由太监背出宫了，刚才又听说公主并未出宫，在宫中投井未死，被人救出。孤命吴汝义亲自去寿宁宫处理此事，他现在来了。我们下山吧。两个公主……真是怪事！"

第二十一章

在一个复杂的悲剧时代,由于不同的生活条件和思想原因,大人物扮演着悲剧角色,小人物也扮演着悲剧角色。

大约在两个月前,有一次费珍娥在宫内的东一长街遇见了司礼监秉笔太监王承恩,她赶快低头避到路边,等王承恩快走到身边时,她忍耐不住,大胆地抬起头来,福了一福①,跟着问道:

"王公公,听说流贼李自成来犯京师,近日消息如何?"

王承恩停住脚,向她打量一眼,认出她原是乾清宫的宫女,近来到了寿宁宫,陪伴公主读书。宫中的众多宫女,没有人敢对他说话。最有面子的莫过于乾清宫和坤宁宫的宫女头儿,也不敢对他这样随便地说话。宫女们不许关心国事,更不许对军情打听一字。他不料面前的这个不过十六七岁的美貌少女竟然不顾祖宗家法,向他打听贼氛②消息。他用责备的口气说道:

"你是一个都人,住在深宫之中,外边事何必打听?"

"不,公公,正因为我住在深宫之中,外边事才要知道。"

"你知道了有何用呀?"

---

① 福——妇女行的拜礼,即明清书面语所说的敛衽。
② 贼氛——贼方的情况。

"我的心里应该早有准备。"

王承恩感到这宫女很不寻常，又望了望她，不愿用重语责备她，但也不对她说出外边的任何军情，匆匆向玄武门方向去了。

自从李自成的大军到了北京城下，费珍娥就不断暗想万一城破，她将如何尽节。她有三个必须死节的道理：第一，正如那个时代的千千万万的妇女一样，把贞节看得同生命一样重要，甚至是更重于生命，决不能活着受"逆贼"之辱。第二，她生在宫廷之中，读的是孔孟之书，将忠君看做是"天经地义"。第三，她曾经蒙皇上喜爱，在偶然中被皇上突然搂进怀中，紧紧地放在膝上，片刻又推了出来。她是情窦初开的少女，在那出乎她意外的乍然之间，她始而惊骇羞赧，满脸通红，心中狂跳，呼吸紧张，浑身瘫软，不知所措；继而是感激皇恩，陶醉于梦一般的幻想之中。在她所处的那样时代，倘若在寻常百姓之家，一个守身如玉的清白女子被男人突然抱在怀中，这是极大的"非礼"，她会不顾强弱不敌，拼死抗拒，大声叫喊，回手给那个对她粗暴侮辱的男子一个耳光。然而这一次突然将她搂在怀中，强行放在腿上的不是寻常男人，而是她的皇上，并且是只有三十三岁的年轻皇上，这性质就完全不同。她心中明白，倘若不是国事危急，流贼正在向北京进犯，皇上必会将她"召幸"。一想到晚上被"召幸"的事，她不免心跳脸红，心荡神摇，沉醉于幸福美妙的梦幻之中。她知道在现有的几千宫女中，她是容貌最美的宫女之一；还有一个被大家称为美貌的姑娘是慈庆宫中懿安皇后身边的窦美仪。但她费珍娥就在皇上身边，已经服侍皇上数年，已经成为皇上的心上人儿。她想，只要流贼不能打进居庸关或进居庸关后破不了京城，像往年东虏入犯一样，国家有惊无险，贼退后一切如旧，皇上宽了心，她必蒙恩晋封，逐步封为妃，到那时，她的父母和一家人都要享不尽荣华富贵。在不久前，皇上将她赐给公主,陪伴公主读书,但是她心中明白,皇上并没有忘记她。每次她送呈公主的仿书来到乾清宫的东暖阁,皇上总要停住批阅文书的朱笔,深情地看她一眼。有一次皇上分明想拉她的手,不巧吴祥进来奏事,皇上将下巴一摆,使她退出了。这一切蕴藏在她这个少女心灵深处的事情,近来每一想起来就使为皇上尽节的思想更加坚决。她不仅不能失去处女的贞洁,也不能辜负皇恩!

今日五更,当她同寿宁宫中决计尽节的几个女伴奔到坤宁宫中,又随着吴婉容召唤的一大群宫女奔往乾清门时,她对去护城河投水自尽的念头开始动摇。当乾清门外聚集了两三百宫女时,只听魏清慧高声叫道:"姐妹们,有志气的都跟我出西华门投水自尽!"于是宫女们跟着魏清慧踉跄地绕过武英门前边的内金水河向西华门奔去。中途,有一个比她小的宫女跌了一跤,她搀起来这个宫女,抓住女伴的胳膊继续往前跑。天开始亮了。她对投河的念头更动摇了,不愿意就这样死去,同时想到了公主。

当两三百宫女跑出了西华门,拥挤在护城河岸上以后,十分混乱,很多人围拢魏清慧和吴婉容的身边,准备投水,有人从岸边后退,费珍娥在混乱中忽然下定决心,迅速回头奔跑。她正要跑进西华门时,听见魏清慧在人群中大声呼唤她,同时还听见吴婉容对魏说:"不要喊她!她怕死,我们快投河吧!"她本来道路不熟,在紧急和慌乱中迷失了方向,误奔到归极门,已经跨过高高的朱漆门槛,忽然看见李自成的将士正从午门进来。她反身退回,想起了来时道路,向北踉跄奔跑,过了武英殿宫院红墙和崇楼(与皇极门东西平行)之间的金水河石桥,又跑过了宝宁门以后,才相信不会被进宫来的贼兵捉到。她想着魏清慧已经投水死了,一边向前跑一边在心中对她们说道:

"魏姐,吴姐,请你们等等我,我们在阴曹地府相会!"

在大顺军第一次清宫时,美貌的费宫人没有被发现,午膳后第二次清宫时才由一个寿宁宫的小太监露出口风。大顺军将士从一个枯井中将她找到。

从昨天晚上起，后妃们和宫女们都知道城破就在眼前，无心用膳。费珍娥见公主不肯用膳，她也未进饮食。今日天亮时她跳进枯井，井底潮湿，又很阴冷。当她被捞上来时，腿脚已经冻僵，嘴唇发青，快被折磨死了。人们赶快把皮衣服披到她的身上，在她的面前生起一盆炭火，又熬了一碗姜汤加红糖让她喝下。过了一阵，她的体力稍稍地恢复了。

当她才从枯井中被第二次清宫的将士们救上来时，尽管她的身体十分衰弱，但是她坐在地上毫无畏惧之色，对着站在她面前的军官摆出来一种高傲的样子，说道：

"我是大明皇帝的长女，长平公主。既然亡国，不惧一死。你们不得对我无礼！"

这个军官看见她虽然身体衰弱，但是容貌很美，神态高贵，以为她确是公主，立即差人去禀报吴汝义，跟着找来几个寿宁宫的宫女将费珍娥扶进宫中，小心服侍。寿宁宫的宫女虽然也有投水的和逃走的，但大部分都没有离开宫中。清宫的军官审问了几个宫女，证实从枯井中捞出的女子并非公主，而是陪伴公主读书的宫女名叫费珍娥。他询问费珍娥为什么藏在枯井，为什么要冒充公主。费珍娥不肯回答，只是冷冷地说：

"你的官卑，我不同你说话，休要多问。倘若你的主子已经进宫，我可以对你们的主子当面说出真情。"

这个军官立刻派人去禀报吴汝义。当吴汝义来到的时候，费珍娥已经喝过了红糖姜汤，在火盆边烤暖了身子，渐渐恢复了嫩白，还从白嫩中略微透出来青春的红润。她看了吴汝义的神气、装束和身后的随从，猜到这必是李自成手下的重要将领。几个宫女也看出吴汝义是一位重要人物，都跪下迎接，不敢抬头。费珍

娥慢慢地从椅子上站起来,既不肯跪,也不肯一拜,只是低头不语。吴汝义不敢轻视她,先说出他自己的名字和官职,然后问道:

"你是什么人?"

费珍娥回答:"亡国宫人费珍娥。"

早进来的那个军官向吴汝义说道:"就是她冒充公主。"

吴汝义问道:"你为何冒充公主?"

"为救公主,甘愿一死。"

"你长得像公主么?"

"有点像,但不全像。公主是金枝玉叶,何等高贵,别人纵然容貌相似,精神断难相同。"

"你抬起头来!"

费珍娥抬起头来。

吴汝义蓦然一惊,几乎不敢正视费珍娥光彩照人的脸孔和一双凤眼。他将目光转向旁边的两个宫女,心情很不平静,问道:

"你们不要害怕,都站起来。费宫人在你们公主的身边掌管何事?"

一个年纪稍长的宫女回答:"她原在乾清宫伺候皇上。皇上因她书读得好,字也写得好,将她赐给公主,在公主身边伴读。"

"你是什么人?"

"我是寿宁宫的管事宫女刘香兰。"

"费珍娥也写仿书么?"

"她的仿书写得很好。有时她到御前呈送公主的仿书,皇爷命她同时呈上自己的仿书,看后总是脸带笑容,赏赐宫花彩缎,还称她是宫中最好的女秀才。"

"你去把她的仿书拿来!"

寿宁宫"管家婆"不敢怠慢,赶快将费珍娥的仿书取来,双手捧呈吴将军。吴汝义虽然读书不多,但是他看见费珍娥的仿书

写得实在不错,在女子中确是少见。他又看一眼费珍娥,几乎不敢同费珍娥的目光相对,随即又将费宫人浑身打量一遍,问道:

"你今年芳龄几岁?"他不自觉用了"芳龄"二字,流露出他对费珍娥不以普通的宫女看待。

"我今年虚岁十七,比公主长了数月。"

"你为何冒充公主,既然不肯对我直说,愿意向大顺皇上面奏,我不勉强于你,你好生进食,好生休息,梳洗更衣,等候陛下召见。"吴汝义又对"管家婆"刘香兰说:"你们好生照顾她赶快用饭,让她休息,不得疏忽!"

刘香兰躬身回答:"谨遵钧命!"

吴汝义又忍不住向费珍娥的脸孔上望了一眼,转身走出,他边走边在心里说:

"到底找到了,皇上一定会十分满意;不久回到长安,皇后看见了也会满意!"

刘香兰将吴汝义送出宫院门外,回来后吩咐宫女们有的去为费珍娥打荷包蛋,有的去准备人参鸡汤,还吩咐另外的宫女在费珍娥休息和吃了东西之后,帮助费珍娥梳洗更衣,等候新来的皇上召见。她对费珍娥悄悄地说:

"珍娥妹妹,因为你命中注定是新朝贵人,我们寿宁宫的姐妹们都蒙了你的福,逢凶化吉。你一步登天之后,千万不要忘记寿宁宫中的姐妹们,恳求新皇上早降天恩,放姐妹们平安出宫,回到父母身边。"

费珍娥对宫中姐妹们十分同情,但是她没有做声,只是在心中说道:

"哎,刘姐,我很快就会被逆贼们千刀万剐!"

吴汝义知道李自成去万岁山看崇祯的尸体,离开寿宁宫就赶快走出玄武门。他在万岁山门前遇见李自成带着几位大臣走出,就在路旁跪下奏道：

"启禀陛下，在寿宁宫枯井中捞出的不是公主，是一位美貌宫女。"

李自成问："她为什么要冒充公主？"

"臣一再问她，她都不肯回答，说要见大顺皇上当面陈奏。"

"怪事！你为何不严加审问？"

吴汝义吞吞吐吐地说："这，这个女子非同一般，既有美貌，也有文才，并且是神态镇静，毫不害怕，不是用威逼可以屈服的。臣请陛下今晚万几之暇，务必召见她一次，当面一问，听她对陛下吐出真情。"

李自成摇摇头，微笑说："秦王府和晋王府都有上千宫女，两府的宗室也都有众多女子，都是你点名处置。你不是刚进城的乡巴佬，没有见过世面。这个宫女真的有出众美貌？"

吴汝义说："臣不敢有欺君的话。"

李自成又问："这宫女叫什么名字？现年几岁？"

"她的名字叫费珍娥，虚岁十七。"

李自成露出微笑，完全明白了吴汝义的用心。站在他身后的牛、宋和李岩也都心中明白，互相交换眼色，轻轻点头。李自成年将"不惑"，尚无子嗣，不仅是李家的一件大事，也是大顺朝的一件大事。当李自成离西安东征之前，皇后高桂英曾经当面嘱咐宋献策和吴汝义，也通过红娘子嘱咐李岩，进北京后要留心为皇上物色一个妃子。但是李自成同张献忠的性格完全不同，他听了吴汝义的话也动了纳费珍娥为妃的念头，在表面上却不肯流露出他急于召见的意思，先命吴汝义平身，然后以无动于衷的态度随便问道：

"你刚才说，这个费珍娥还有文才，何以见得？"

吴汝义躬身回答："臣不敢随便妄言，臣听寿宁宫的管事宫女言讲,崇祯很夸奖费珍娥的文才好,称她是宫女中最好的女秀才。"说到这里,他将费珍娥的一卷仿书呈上。

李自成虽然半生戎马,不善书法,但他平日喜欢读书,也喜欢欣赏别人的字,此刻看了费珍娥的娟秀字体,忍不住在心中暗暗点头。他没有忘记自己的皇帝身份,所以他没大声说好,只是看了两张仿纸,含笑点头,将一卷仿书递给了牛金星,在心中默想:这个姓费的宫女既然容貌很美,又有文才,不妨召见一次,再做决定。

牛金星和宋献策、李岩共同观看费珍娥的仿书,都对这仿书发出称赞。宋献策因看出来李自成已经有意将这个费宫人纳为妃子,更是说出些"溢美"的话。当然他的称赞话并不离谱,例如说费珍娥的字是以欧字为底,赵字为面,又说从她仿上填的小字看,显然习过《灵飞经》①,这些话都使牛金星和李岩点头同意。看过仿书,宋献策向李自成躬身建议:

"既然这个费宫人自称有话要向陛下面奏,请陛下回寝宫后召见一问。"

李自成淡淡地回答一句:"今日初进北京,诸事繁忙,等闲的时候召见她吧。"

因为天色已将黄昏,李自成草草地看了一下三大殿,便命几位大臣各回衙门去处理要务,又命吴汝义去刘宗敏处,将已经寻找到崇祯尸首的事告他知道,于是他在李双喜和武士们的前后扈从下回武英殿去。

宋献策的军师府设在明朝的戎政衙门②,所以他同李岩在内

---

① 《灵飞经》——唐朝书法家钟绍京所书的小楷字帖。
② 戎政衙门——在东城灯市大街。戎政,明代官职,掌京营操练之事。

金水河南边送李自成出归极门（右顺门）以后，再同牛金星拜别，然后转身往东，步出会极门（左顺门），从文华门的南边出东华门上马。当他们快出东华门时，宋献策拉住李岩止步，小声说道：

"林泉，皇上年近不惑，尚无太子，这是我大顺朝臣民所关心的一件大事。适才皇上听了吴子宜的禀奏，又看了一张仿书，已动了纳费宫人为妃之意。此为我大顺朝一大好事，足下位居副军师，为朝廷密勿大臣①，理应劝皇上召见费氏，何以默无一言？"

李岩笑一笑，说道："愚弟受陛下殊恩，谬蒙以国士相待，正患无以图报，岂不关心陛下尚无太子的大事？况在长安启程之时，关于为皇上物色妃子一事，贱内曾传下皇后懿旨叮咛，愚弟岂敢忘怀？只是……"

"尊意如何？"

"弟有一点浅见，只敢对老兄说出，望勿使同僚闻知，也莫让皇上知道。"

"你我多年知己，无话不谈，请足下快说出来吧。"

"以弟碌碌浅见，皇上初来北京，应以安邦建业为急务，首先昭示天下，废除前朝一切苛政，更要紧的是从今废除三饷②，永不再征；其次是号召京师及各地前明官吏，只要诚心投顺，照旧录用，但对贪官污吏一定严惩不贷，以其家财赈济饥民。北京虽为明朝皇都所在，但辇毂之下，贫民甚多。平日江南财赋与米粮，赖漕运源源供应北京。近来漕运已断，北京官家尚可支撑一

---

① 密勿大臣——参与密议的大臣。
② 三饷——万历末年因为对满洲用兵，三次共增加田赋520万两，称为辽饷，至崇祯朝因"剿贼"军兴，相继增派剿饷330万两，又为练兵，增加练饷730多万两。合称三饷。

时。贫穷小民，家无积粮，马上就有饥馑之忧。如何平抑粮价，救济贫民，安定人心，虽然困难甚多，但亦刻不容缓。还有，欲求安国定邦，建立百世基业，必须广罗人才。自古英雄创业，可以马上得天下，而不能以马上治之。北京为天下视听所系，亦是人才荟萃之地，陛下到北京后首先急务应是招纳贤士，正所谓'周公吐哺，天下归心'①，今日陛下一到北京便留意选妃，虽出自臣下忠心……"

宋献策摇摇头，不让他把话说完，拉着他向前走了几步，小声说道：

"几年来，足下有许多次很好的建议，弟深为赞同。你在去伏牛山得胜寨途中，于神垕地方写的那封书子②，纵论天下形势，向主上提出建议，据宛洛以经营中原，建立根本，以图天下。那封书信，宏谋卓识，非同凡响，文笔畅达，条理严密，颇有陆宣公奏议③之风，为近世所少见。不惟弟与启东捧读再三，佩服万分，主上也赞不绝口。然而兄之宏谋卓识，未见之实行，竟成为一纸空言。倘若依足下建议方略，今日我大顺义军不会孤军远征，使你我在全军腾欢中暗怀杞忧。即如去年十一月在西安讨论义师是否迅速远征幽燕，文臣中只有你我，武臣中只有田玉峰，意主持重，但不能畅所欲言。今日已经进了北京，大家欢喜鼓舞，别的话皇上未必听得进去，说多了反而不好。"

"献策，目今不是天下已定，而是决定成败存亡的关键之

---

① 吐哺……归心——曹操《短歌行》中的诗句。古书上写周公勤于接待贤士，有所谓"一饭三吐哺，一沐三握发"，连吃饭和洗头发都受影响。

② 书子——见第二卷下册四十三章。

③ 陆宣公奏议——陆宣公名陆贽，字敬舆，唐代名臣，深受德宗信任，参与重大决策，其关于各种军国大事的奏议，说理透彻，文笔流畅，骈散兼行，在唐宋古文中独具一格，颇为著名。

时。有些大事，你我不言，何以上对陛下，下对万民？"

宋献策心中一惊，望着李岩片刻，忽然以轻松的态度拍一拍李岩的肩膀，笑着说道：

"皇上和众将们都正在兴头上，文臣们都在等待皇上登极后加官晋爵，你我何必不识时务，故意使皇上和文武群臣扫兴？至于你我原来担心的事，不过十日，必能看出眉目。到那时，你我身为正副军师，成败利钝之事，责无旁贷，自然要尽忠建言。至于皇上早日纳妃，本是一件小事，你何不在这样小事上随波逐流，和光同尘？"

李岩也笑了，点头说："老兄深谙世道，所言极是。其实，为皇上纳妃事，弟也十分留心，今日上午弟奉旨去处理懿安皇后出宫之事，看见一个宫女容貌甚不一般，虽在惊慌之中，但神态镇静，举止优雅。我询问慈宁宫管事太监陈安，知道这个宫女名叫窦美仪，论容貌在后宫中数一数二，颇通文墨，在张皇后身边是一位六品女官，与一般宫女不同。她请求随懿安皇后出宫到张国纪府中，随皇后从容自尽。弟因想到为陛下物色妃子的事，不答应她随懿安出宫。倘若陛下必欲在目前戎马倥偬中选一妃子，窦美仪未必不强于费珍娥。应该从二人中挑选一位，何必今日就匆忙决定？"

宋献策猛一高兴，问道："既然你看见窦美仪才貌出众，举止优雅，堪充大顺后宫之选，何不奏明陛下？"

李岩笑着说："我之所以不急于奏明陛下，第一是弟认为陛下选妃事不宜过急；第二是弟不愿留下一个向皇上不献忠言谠论而献美女之名；第三，到适当时候，比如说，数日之后，吴三桂的归顺有了眉目，北京能够暂无东虏入犯之忧，由我们共同向皇上建议选妃，由礼政府进行初选，然后请皇上自行选定。在初选时，费珍娥也好，窦美仪也好，除她们二人之外，宫中难免尚有遗姝。古人云'十步之内，必有芳草'，何况北京城这个地方？一旦下诏选妃，除宫中女子之外，也要在北京城内清白良家女子中仔细挑选。何必匆忙决定？"

宋献策忍不住哈哈大笑，拉着李岩向东华门外走去。李岩问道：

"仁兄为何大笑？"

宋献策说："足下高见，弟深有同感，但有一事，使弟细想之后不觉大笑。"

"哪一点使兄大笑？"

"你在慈庆宫看见了才貌双全女子，堪当后宫之选，但你不愿留下向皇上献美女之名，不肯奏明皇上。这正是你的可敬可爱之处，但也是你在义军中不能和光同尘的地方。这几年你已经成了背叛朝廷的'流贼'，却不能摆脱宦门公子气与书生气，怎能不使我大笑乎？"

李岩点点头，也笑了。他们随即在东华门外上马，带着等候在东华门外的一大群文武随从奔往设在灯市大街的军师府去。

晚膳，御膳房仍然为李自成准备了各种荤素菜肴和点心，足有三四十样，仍然是比民间的正式宴席还要丰富。李自成不知不觉皱一下眉头，向侍立一旁的宫女头儿王瑞芬问道：

"御膳房的头儿来了么？"

"回皇爷，他在殿外侍候。"

"叫他进来！"

御膳房的头儿是一个中年太监，还没有摸清新皇上的脾气，诚惶诚恐地进来，跪下去不敢抬头。李自成望望他，用温和的口气说道：

"从明天起，御膳不要准备这么多的菜了。孤深知民间疾苦,不愿看见皇宫中如此浪费。按原来明朝定例,皇上一个人的御膳每天用三十四两几钱银子,太浪费了。在平民百姓之家,一年吃饭也用不了这么多银子!从明天起,每顿御膳,荤素八样就够了,另外加一碟辣椒汁。崇祯吃过羊肉汤烩馍和牛肉刀削面么?"

"回陛下,崇祯皇爷不曾吃过。"

"啊,你们大概也没有做过。孤从长安带来的御厨会做,明天叫他们做这两样陕西膳食,你们学学。"

"奴婢遵旨!"

晚膳以后,李自成漱了口,回到武英殿西暖阁休息。吴汝义进来,跪在他的面前叩了一个头,说道:

"启奏皇上,刚才牛丞相差人进宫,嘱咐臣转奏陛下,明日举行进北京后第一次早朝。因为武臣们多不熟悉朝仪,太早了容易乱了班次,他建议辰时三刻举行,不知可否,请示圣裁。"

李自成问:"要奏乐么?"

"丞相说了,这是常朝,不必奏乐。但其他朝仪都要依照在长安制定的《大顺礼制》行事,以昭示我大顺朝开国体统。如今,礼政府的官员们正在忙着准备。"

李自成担心武将们确实不懂朝仪,而且人数又多,难免在行礼时乱哄哄的,闹出笑话。他想了一下,说道:

"明日早朝,武将们忙于军事,可以不必前来,只要文臣们前来早朝就行了。"

吴汝义问道:"汝侯、毫侯也免朝么?"

"汝侯位居文武百官之前,毫侯任北京内城警卫重任,说不定早朝后孤将有话要问,叫他们也来早朝吧。"

李自成吩咐以后,见吴汝义仍跪在地上不起来,心中奇怪,忽然想起那个美貌宫女的事,含笑问道:

"子宜,你还有事要奏么?"

吴汝义抬起头来，面带笑容，奏道："陛下今晚无事，是否可以召见那个姓费的宫女？"

李自成的心中一动，用不大在意的神气说道：

"知道了。"

吴汝义叩头退出。为着明日在武英殿第一次早朝的事，他今晚要协助礼政府和鸿胪寺做许多准备工作，所以在武英门对李双喜嘱咐了几句话，便匆匆出宫了。在李自成手下的重要将领中，吴汝义没有显著战功，也不是智谋出众，但凭着他对李自成忠心耿耿，小心谨慎，勤勤恳恳办事，而且在文武大臣中人缘很好，所以深得李自成和皇后高桂英的赏识，看成是难得的心腹之臣。今天他偶然看到了费珍娥，很希望这个美貌的宫女被皇上看中，受到宠幸。倘若费珍娥能够产一男孩，就是太子，而他因为又替大顺皇帝办了一件大大的好事，将更加受到重用。他明白，费珍娥开始大概只能封为贵人，或者封为选侍，但只要生下一个太子，便会母以子贵，晋封为妃，再逐步晋封为贵妃、皇贵妃。等日后太子继承皇位，今日的费宫人就是来日的"圣母皇太后"①了。他吴汝义到了那时，纵然年已老迈，因受到"圣母"的眷顾，一家人的荣华富贵，也会十拿九稳。这样想着，他的脚步轻快，喜上眉梢，心头上舒展极了。

李自成在武英殿西暖阁又停了片刻。一个宫女捧来一杯香茶，躬身放在几上，揭开碗盖，柔声说道：

"请皇爷饮茶！"

李自成随便向茶碗上瞟了一眼，茶色金黄，散着若有若无的

---

① 圣母皇太后——太子如系妃嫔所生，按宗法制度，算是"庶出"。太子即位之后，其生母应尊为皇太后，在尊号上加"圣母"二字，以区别于"嫡母"皇太后。

轻烟,也散发出热茶的清香。几乎同时,他也在献茶宫女的半边桃腮和云鬓上瞟了一眼,一股脂粉香使他的心中一动。他本保持着帝王的尊重,但是忍不住又对献茶的宫女打量一眼。

宫女头儿王瑞芬来到他的面前躬身说道:"皇爷劳累了一天,今晚无事,请到仁智殿寝宫休息。"

李自成轻轻点头,便从龙椅上站了起来。但是他毕竟未脱离农民习惯,回头向茶碗看了一眼,觉得倒掉可惜,端起来饮了一口。王瑞芬恭敬地问道:

"皇爷喜欢饮这种茶么?"

李自成点点头,微微一笑。陕西不产茶,也不讲究饮茶,所以李自成对茶道毫无知识。但是他为着保持皇帝身份,不肯多问。两个宫女提着两只宫灯引路,三四个宫女在后边跟随,他在花团锦簇和香风围绕中,离开武英殿往寝宫去了。

李自成在作为临时寝宫的仁智殿西暖阁坐下以后,立刻由一个宫女用雕花精美的朱红堆漆梅花托盘献上来一盏盖碗香茶。王瑞芬在红漆描金高几上的古铜博山炉中添了香,转身来到他的面前柔声问道:

"皇爷,要洗脚么?"

李自成想起来已经三四天没有洗脚。虽然陕北人没有经常洗澡和洗脚的习惯,但毕竟也不舒服。他在王瑞芬的丰满白嫩的脸上看了一眼,不期同她的明如秋水的眼睛遇到一起,心头不免一动。他轻声说:

"拿洗脚水来!"

王瑞芬向站在背后的宫女们使个眼色。过了片刻,一个宫女端来一个很矮的紫檀木雕花方几,摆在李自成的脚前,跟着有一个宫女用镀金铜盆端来了热水,放在矮几上边,另一个跟着进来的宫女拿着干的白棉巾,站在背后。李自成用手一试,洗脚水温热适宜。他正要亲自脱靴子,端来方几和端来镀金铜盆的两个宫女同时跪下,替他将靴子脱下,又替他脱掉白布袜子。李自成将双脚放进水中,他自己也闻见脚臭熏鼻。他正要自己动手洗脚,两个跪在地上的宫女赶快一个人替他洗一只臭脚。她们似乎并不嫌脏,白嫩的纤手动作虽轻,却洗得仔细,连藏在脚趾缝中的污垢全都洗净。两只脚洗净以后,镀金铜脚盆立刻端走,将湿脚放在紫檀木小方几上。拿白棉脚巾的宫女立刻跪下,将湿脚擦干。另一个宫女取来了干净布袜,替李自成穿好袜子,又穿好靴子。然后,小方几从他的脚前拿走了,地上的脏袜子拿走了。李自成感到舒服,在心中叹息说:

"做皇帝果然与百姓不同!"

他看见费宫人的几张仿书放在御案上,命王瑞芬拿来给他。他仔细看了仿书,不禁微笑点头。他从仿书上的娟秀字体,想到吴汝义盛夸费珍娥的美貌,使他动了召见费珍娥的心思。然而他不愿落一个好色之名,群臣会谈论他初进北京就急于挑选美女,所以他硬是将召见费珍娥的心思压下去了。

他不明白什么原因,今晚坐在仁智殿的寝宫中,男女的事情总不能离开心头,甚至王瑞芬在面前也不免使他的心旌摇荡。王瑞芬是承乾宫田皇贵妃的贴身宫女和"管家婆",并无美人之名,只是她五官端正,凤眼蛾眉,皮肤白嫩,说话和举止温柔,已经使他看上了眼。倘若是张献忠或罗汝才,今晚会叫王瑞芬陪自己睡觉,甚至不能自禁地突然将她搂进怀中,然而他李自成毕竟不同。他平时律己甚严,不饮酒,不赌博,更不贪色。为着打发掉眼下的清闲时间,他拿起几上的一本《三国演义》,翻到他平日最喜欢看的"火烧战船"的部分,但是奇怪,竟然连一页也读不进去。总想着男女之事,几乎不能抑制住平日很少出现的欲火。

他对王瑞芬定睛端详片刻,使王瑞芬满脸绯红,心头怦怦乱跳,低下头去,以为新皇上的"恩宠"就要降到她的身上了。但是当这"恩宠"眼看要降临时,她不惟十分害羞,而且害怕,局促不安,不知是跪下好还是站立好,在心中对自己说:

"我的天,我不该点了那种香!"

原来在宫中有一种历代相传的秘制香料,即在名贵香料中加入"春药",名叫"梦仙香",需要时撒入香炉,同别的香一起慢慢燃烧。男女们闻了这种香气,会刺激房事之欲,女的还容易受孕。用现代的话说,就是这种由御药房秘制的香,能够刺激男女分泌较多的性激素。当年天启晏驾,崇祯当晚由信王府被迎进宫中,准备第二天继承皇位时,魏忠贤和客氏还没有受到惩治,他们阴谋使不满十七足岁的新皇帝一登极就贪恋女色,命宫女在他休息的宫中点燃这种香。他闻见香味,明白客、魏的不良用心,立刻命太监拿走香炉,吩咐以后永不许在他的寝宫中点燃这种香。在皇后和田、袁二妃的宫中,都有这种秘制梦仙香。当崇祯皇帝去承乾宫、翊坤宫住宿的晚上,两位贵妃娘娘的贴身宫女都在寝宫中点燃这种香,但秉性端庄的周皇后凭着她自己的天生美丽,也凭着她同崇祯在信王府时的患难与共,不许点燃这种香,认为有损她的皇后身份。今晚王瑞芬故意将她从承乾宫带来的这种香末撒在博山炉中,果然她看出这香气使新皇帝春心大动,而她自己也有点迷迷糊糊,如同有了几分醉意。在这片刻间,她恍惚想到可能今晚会蒙受新皇上的"恩幸",从此一步登天……

李自成突然问道:"寿宁宫中有一个费珍娥,你见过没有?"

王瑞芬一惊,如梦初醒,抬起头来回答:"回皇爷,奴婢见过。"

"她长得很美么?"

"她原在乾清宫侍候崇祯皇上,在乾清、坤宁两宫中算是个人尖子。"

李自成不再说话。从离开西安至今,他已经将近三个月没有接近女性。在东征路上，由于北京尚未攻破，明朝尚未灭亡，每日以经营天下为急务，使他没有心思多想到男女之事。如今进了北京，夺得了金銮宝座，崇祯的尸体找到了，太子和永、定二王找到了，剩下的只是举行登极大典和传檄平定江南二事。今晚是他起义十多年来心情最轻松愉快也最志得意满的时刻，他正是不满四十岁的春秋鼎盛时期，一旦生活在花枝般宫女们的包围之中，生活在氤氲缥缈的香气（他不知道其中有"梦仙香"）之中，他忽然一反平日情况，对女性有一种如饥似渴的需要。他看见王瑞芬站在面前几步外，低头等候他的吩咐，似乎还听见她的很不自然的呼吸和心跳。他轻声叫道：

"王瑞芬！"

王瑞芬抬起头，娇声回答："奴婢在听候皇爷吩咐。"

李自成将下巴轻轻一点，命王瑞芬走近一步。王瑞芬遵旨向前，离皇上只有两步远了，不知是跪下好还是站着好。因为皇上没有再说话，她就只好立着不动。李自成轻声问道：

"王瑞芬，你今年几岁了？"

"奴婢虚岁二十。"王瑞芬胆怯地回答，无端替自己瞒了两岁。

"啊，看来像十八九岁。"李自成望着她点头微笑，又无话可说了。

王瑞芬今年二十二岁，已经十分成熟。尽管她深居宫中，从来不曾同成年的男性（除皇帝和承乾宫中的太监）有见面机会，但是一则生理上的成熟使她渴望获得男性的爱，二则她是田妃的贴身宫人，在田妃患病以前，崇祯常去承乾宫住宿，由她细心地服侍年轻的皇上和皇贵妃上了御榻，又替他们轻轻放下帐帘，然后轻轻地退出寝宫暖阁，坐在外间等候呼唤。每当她悄悄地静听御榻上微弱的声音，想像着御榻上一对年轻夫妻的恩爱情况，她不禁又羞又十分动情，只好悄悄地离开田皇贵妃的寝宫外间，脚步跟跄地走回自己的房中。这已经是往日的记忆了。此刻她看见新皇上是一个十分英俊的中年人,分明是已经看中了她,从他眼里露出来不平常的神情,她更加羞怯了。想着她可能受到"宠幸",她的呼吸更困难了,心更慌了,原来黑白分明的眼睛忽然红润而矇眬了。另外的宫女都不在身边,她能够听见自己的心跳声音。凭一个青年女子对男人的灵敏感觉,她知道新皇上之所以不说话,不断地对她端详,是因为已经对她动了情。想到自己被新皇上宠幸的事已经来到眼前,想着自己和一家人就要一步登天,她在害羞与害怕的紧张中更觉得手足无措,单等着皇上的一句口谕,一个眼色,一个动作。她在心中紧张等待,倘若新皇上伸出手轻轻地拉她一下,她就在皇上的脚边扑通跪下,将身子投入皇上的怀中……

李自成在心中对王瑞芬发出赞叹:"听说田妃是个美人,你不怪是田妃的贴身宫女!"他忍不住又一次定睛看她。她羞怯地低下头,躲避开他的眼睛,这种羞怯更增加她的温柔和妩媚,也使他更为动情,几乎不能自持。但是李自成毕竟是李自成,性格上与张献忠、罗汝才大不相同。就在他几乎忍不住要拉她的一只垂在身旁的、又白又嫩的小手,把她拉到怀里时,忽然转了念头,仿佛往日的李自成对他叫道:"你不能做一个放纵女色的皇帝!"他猛然清醒,正在波翻浪涌的感情突然落潮,本来准备伸出的右手不伸出了。略微沉默片刻,他向她问道:

"田娘娘已经去世快两年,你们承乾宫中的宫女为什么还不放出宫去?"

王瑞芬的心情也忽然冷静下来,躬身回答:"崇祯皇爷不下旨,谁敢提一个字儿?虽说按照祖宗规矩,隔几年要放一次宫女,由父母择良婚配,可是成百上千的宫女老在深宫,与家人永无再见之日。患了病就送到安乐堂①,病死了就送到宫人斜②。倘若奴婢不遇到改朝换代,不遇到新朝的圣明天子来到宫中,奴婢只能熬到老病死后给送往宫人斜去!"说到这里,她忍不住声音哽咽,热泪奔流。

李自成心中感动,想到他已决定将宫女们分赏有功将校们的事,说道:

"所有已经成年的宫女,孤将全部放出宫去。此事,你不要对别人说出,以免引起宫女们众心浮动,等待出宫。"

王瑞芬立即跪下,颤声说道:"皇爷是英明圣君,千古少有。万岁!万岁!万万岁!"她连磕了三个头,不觉伏地呜咽。

李自成说道:"你起来,孤不会叫你们众宫女一辈子深闭宫中!"

"万岁!万岁!万万岁!"王瑞芬又叩了三个头,从地上起来,用红袖擦着眼泪。

李自成想着吴汝义盛赞费珍娥的才貌出众,而且说费珍娥有话当面陈奏,于是对王瑞芬说:

"你差一个宫女去将费珍娥叫来,她有话不肯向吴将军明言,要向孤当面陈奏。"

王瑞芬猛然一怔,随即恭敬地说道:"奴婢领旨!"

就在这刹那之间,王瑞芬的心头空了。她回到宫女们住的厢房中,立刻遵旨派出四个宫女,去寿宁宫宣召费珍娥来叩见新皇上。她是做事细心的人,知道宫女们平日都怕鬼,又加今日亡

---

① 安乐堂——明代皇城内安乐堂有两处,此指设在金鳌玉蛛桥西边羊房夹道的安乐堂,宫人年老或久病送至此处。

② 宫人斜——在阜成门外五六里处,明代宫人病故,送到此处的净乐堂,再送到宫人斜将尸体焚化埋葬。

国,宫中昨夜惨变,死了许多人,而出武英门去寿宁宫又很远,要经过灯光昏暗的两条长巷,还要经过阴森可怕的、昨晚死了人的乾清宫和坤宁宫,所以她不是派遣一个或两个宫女,而是派了四个宫女,打着两只红纱宫灯和两只白色羊角宫灯。当四个宫女走了以后,她赶快用温水净了面,洗去泪痕,对铜镜薄施脂粉,带着两个宫女重去新皇上的寝宫侍候。想着新皇上一定会看中费珍娥,一刻钟前的满腔心愿化为虚幻,她在心中悲叹说:

"唉,天不怨,地不怨,怨我福薄!"

费珍娥经过半天休息,进了饮食,又喝了参汤,到黄昏时精神就完全恢复。听说崇祯皇上的尸体已经在万岁山脚下找到,陪着他上吊的还有王承恩,她暗暗地流了眼泪。

当仁智殿寝宫中的四个宫女提着宫灯来到,口传圣旨,召费珍娥立即前去,寿宁宫的宫女们和太监们都惊慌起来,不知道是吉是凶。按照规矩,费珍娥应该跪下听旨,但是她没有跪,走出来站在廊下听旨之后,对前来传旨的宫女们说:

"我跟随姐姐们去吧。"

她正要动身,忽被比她年长的寿宁宫的管事宫女刘香兰拉了一下,返回屋中。刘香兰小声说道:

"小费,你刚才不曾跪下听旨,已是不敬,怎么敢不再打扮一下就去到新皇上的面前?不要任性,也不要倚恃才貌出众,是祸是福都要看这次见面。你有了福,众姐妹也跟着有了好处。来,快打开妆奁,薄薄施点脂粉。拿出最鲜艳的宫制像生花①我替你插上两朵。"

费珍娥噙着泪说:"算了,刘姐!国家已亡,帝后殉国,公

---

① 像生花——或写作"相生花",用绢制的、形状和色彩十分逼真的鲜花。

主逃出去吉凶难料,乾清宫和坤宁宫众姐妹已经投河自尽,我有何心思打扮?我不愿拿自己的姿色献媚……"

她本来想说出"献媚李贼"四字,但怕被窗外听见,忽然住口,倔强地走了出去,对来传旨的四个宫女说道:

"我们走吧!"

尽管费珍娥怀着必死的决心,准备着随时被杀,但是当她走上仁智殿的丹陛,看见王瑞芬站在丹墀上等候她时,知道马上就到了李自成的面前,禁不住心头狂跳。为着使自己镇定,她暗中将下唇狠咬一下。王瑞芬趋前一步迎接她,凑近她的耳朵悄悄地叮咛一句:

"新皇上很仁慈,你莫害怕。你要成贵人了。"

费珍娥被带到李自成的面前,虽然她胸怀仇恨,但是不能不双膝跪下,叩了一个头,俯首说道:

"寿宁宫奴婢费珍娥叩见新主!"

当费珍娥由王瑞芬引着走进暖阁时,因为是低着头,李自成没有看清楚她的脸孔,但是她高低适度的身材和大方的举止已经使他暗暗满意。如今听了她的说话,使他感到新鲜和有趣。近半年多来,明朝的文臣武将向他投降的人很多,都照例称他为"圣上","皇上","陛下"……而这个宫女却称他为"新主",与众不同。他含笑问道:

"你称孤是新主,很有道理。孤问你,你可知道你的旧主已死,尸首已经寻到?你是否悲痛?"

"奴婢已经听说在煤山下寻到了崇祯皇上的尸体。皇上与皇后身殉社稷,珍娥身为旧朝宫女,并非草木,岂有不悲痛之理?"

李自成在心中点头,暗暗称赞,随即说道:"费宫人,你抬起头来!"

费珍娥大胆地抬起头来,让李自成看清她的容貌,她也趁机会向李自成打量一眼。她看见这个破了京城，逼死帝后的逆贼并不是她所想象的面目凶恶，更不是青脸红发，倒是五官端正，一双浓眉，双目炯炯，英气逼人，除左眼下边有一个伤痕外，没有什么毛病。她害怕他的目光，又将头低了下去。

李自成对于费珍娥的美貌感到意外，甚至吃惊。刚才王瑞芬的容貌已经使他心旌摇荡，几乎不能自持，此刻他看见费珍娥不但容貌更美，而且神情聪颖，还有一般美貌女子少有的刚强之气。他暗中决定，数日之后，一定将费珍娥纳为妃子，或者是先封为才人、贵人或选侍，逐渐晋封为妃，至于王瑞芬，他可以留在身边，与费珍娥同时受封，也可以将王瑞芬赏赐罗虎，完成小罗虎的婚姻大事。他向费宫人问道：

"你要实话向孤奏明，为什么要冒充公主？"

费珍娥毫无畏惧地回答："奴婢因见公主左臂负了剑伤，晕倒在地，但实际未死。在一片混乱中，寿宁宫管事太监何新将公主背出宫去，不知藏匿何处。奴婢甘愿冒充公主，任凭杀戮，保护公主不受搜查，平安逃生。"

"好啊！你有一颗忠心，实为难得！"李自成打心眼儿里称赞费宫人，随即又问："听吴汝义将军启奏，你有话不肯对他说出，必要见到孤当面陈奏，到底为的何事？"

"奴婢好似丧家之犬，生死任人，别的事都不关心，所关心的惟有公主一人。奴婢今日得见将军……"

王瑞芬轻声说道："不要叫错！"

费宫人的话被打断了。所有在暖阁中侍候的宫女们都骇了一跳，偷偷地看了看李自成的神色。李自成也感到诧异，转过头去看着王瑞芬，轻轻地打个问讯：

"啊！"

王瑞芬深怕费珍娥在言词上触怒新君，向李自成躬身说道：

"费珍娥来到皇上面前,十分害怕,误称陛下为将军,实在该死,恳求皇上姑念她年幼无知,惊魂未定,偶然说错了话,不要震怒,让她将话奏完。"

李自成本来只觉诧异,并未生气,听了王瑞芬的话,轻轻点头,露出似有若无的笑意,用温和的口气对王瑞芬说道:

"叫费宫人不要害怕,抬起头来将话说完。"

王瑞芬对费珍娥说:"珍娥,你抬起头来,大胆地向陛下陈奏吧。坐在龙椅上的不是将军,是皇爷,是新皇上,是大顺皇帝!你要称皇上,称陛下!"王瑞芬看出李自成已经看中费珍娥的美貌,所以又加了一句:"万岁命你抬起头来说话,你赶快抬起头来!"

费珍娥这时也决定改变她刚才的对抗态度,要争取李自成看中她的美貌,好为殉国的皇帝和皇后报仇。她果然顺从地抬起头来,用悦耳的口音说道:

"奴婢对吴将军要求亲见陛下陈奏,就是恳求一件事:不要追查公主下落,使她能够安然老死民间。这就是奴婢冒死求见陛下的心愿!"

李自成说道:"孤已听说,公主现藏在周皇亲府中。孤已下旨,保护公主,使她安心养伤。俟她的身体痊愈,守孝期满,由礼政府主持,与原来选定的姓周的驸马完婚。孤将赐她庄园宅第,使她与驸马安享富贵。"

费珍娥伏地叩头,山呼万岁。原来她认为李自成只是一个杀人不眨眼的凶残流贼,听了李自成的话,使她的成见开始发生变化,心中说:

"他在群盗中果然与众不同!"

李自成说道:"你的容貌出众,又肯舍身救主,孤甚喜欢。孤看了你的仿书,又听说你在宫中有女秀才之称,更为难得。你在宫中都读了些什么书?"

"奴婢读完了'四书'、《列女传》,还读些古文和唐诗,启蒙时读过《三字经》、《百家姓》,与民间私塾一样。"

"'五经'读过么?"

"只读完了《诗经》。"

李自成听到《诗经》,说道:"孤在长安,也聘请了一位有学问的邓夫人为皇后和公主讲授《毛诗》。《三百首》你能背么?"

"奴婢背过。"

"'关关雎鸠'你喜欢读么?"

"这是《诗经·国风》的第一首,是讲后妃之德的,奴婢背得烂熟。"

"孤问你喜欢这首诗么?"

"奴婢虽然喜欢这首诗,但奴婢身为宫女,从不敢有后妃之想,诗中说'窈窕淑女,君子好逑',也与宫女们毫不相干。"

"为什么毫不相干?"

"宫女倘若不承蒙皇恩放出宫去,由父母择良婚配,纵然是'窈窕淑女',也只能老死宫中,这'君子好逑'一句诗就是空话。"

李自成听了她的回答,觉得这宫女年纪虽小,却是少有的聪颖有识,敢陈意见,大大不同于一般女子,决不是庸庸碌碌、人云亦云之辈。他重新命费珍娥抬起头来,含笑端详她的美貌。他不仅看清楚她的双目明如秋水,而且在秀美中含有女子中少有的刚毅之气。他要收费珍娥为妃的念头更确定了,他的眼光几乎不能再离开费的脸孔,没话找话,又随便问道:

"你还喜欢背诵《诗经》中的哪些诗句?"

"回陛下,《诗经》中好的诗句很多,有时喜爱这几句,有时喜爱那几句,随一时心情而不同。"

"孤当面考试,你随意背诵几句。"

费珍娥脱口而出:"'我心匪石,不可转也。我心匪席,不可卷也。'"

李自成已被费宫人的容貌和文才所征服,根本没深思她为什么背诵出这几句诗,面带微笑,频频点头。费宫人也看出来李自成确实有意纳她为妃,眼神中含有欲火。她被看得脸红,心慌,重新低下头去。

王瑞芬明白李自成已经看中了费珍娥,而且颇为动情,她没嫉妒,走到李自成背后,小声问道:

"皇上,今晚要不要将费珍娥留在寝宫?"

李自成犹豫片刻,经过冷静一想,对王瑞芬轻轻摆一下头,又望着跪在地上的费宫人说:

"费宫人,你回寿宁宫去安心休养,每日读书临仿,不可荒废。数日之后,孤会召你再来。下去吧!"

"谢恩!"

费珍娥叩头起身,仍由刚才的四个宫女打着宫灯送她回寿宁宫去。当她走过武英门外的金水桥时,王瑞芬从后边快步追来,紧紧地握住她的手,陪她走了几步,然后停住脚步,挥退那四个宫女,对她悄声说道:

"珍娥妹,新皇上很喜欢你,你很快就会一步登天了。你说话要特别谨慎。江山易主,全是天命,不关我们女人的事。多少文臣武将都降顺了新朝,谋取富贵,你我女流之辈,不管在什么朝代都是女人,永远以柔顺为美德。你容貌出众,只要蒙受新朝皇上宠爱,一家就有享不尽的荣华富贵。你要每日沐浴,留心打扮,准备着皇上随时会召你前来寝宫。"

"谢谢姐姐的好意关照。"费珍娥转身望着西华门,轻轻叹口气,说道:"魏清慧和吴婉容两位姐姐在阴曹会怎么说呢?……唉!"

这天夜间，李自成睡在御榻上，盖着用龙涎香熏过的黄缎绣龙被，久久地不能入睡。费珍娥的影子不断地浮现在他的眼前，考虑着几天后将数千宫女分赐有功将校，他就将费珍娥纳为贵人。但后来他不由地想起来西安的邓太妙。邓太妙今年二十三岁，在关中素有才女之称，颇有诗名，也有学问，他一见就十分满意，只是她是大名士文翔凤的遗孀，所以他只好以礼相待，护送回家，聘请她为内廷教师，为他的皇后和公主讲书。他在心中拿费珍娥同邓太妙仔细比较，费珍娥虽然比邓更美，更在妙龄，但是邓不仅容貌可爱，也更懂世道人情，更为深沉，更有学问和才华。他想，如今只好选中费宫人了，可惜像邓太妙那样的女子再也遇不到了。

这天夜间，费珍娥也久久地不能入睡。她起初只打算用冒充公主的办法使公主免于被搜索出来，见了那位吴将军之后，她萌发了刺杀李自成为皇帝和皇后报仇的念头，所以她要求面见李自成。但是她的容貌是否能打动李自成，将她留在身边，她不知道。如今她知道自己的容貌已经被李自成看中，说不定就在数日之内，她刺杀李自成的时机就会到了。想到这里，她的胸中充满了慷慨激情，好像是一阵阵波涛汹涌。她不由自主地滚出热泪，望着南窗上的微弱月色，仿佛看见了崇祯皇帝。她在枕上悄悄地哽咽说道：

"皇爷！奴婢自幼在宫中读了孔孟之书，略知忠孝之理，也知杀身成仁之义。我是大明的一个宫女，在乾清宫中，深蒙皇上殊恩。我决计刺杀逆贼，明知要遭到千刀万剐也不回头！"

第二十二章

李自成住进武英殿以后,第二天举行早朝,虽然朝仪从简,但武英殿的宏伟规模和御座的富丽庄严,和西安的秦王宫规模和设备相比,不可同日而语。他端然坐在高高的御座上,在香烟氤氲中望着两三百大小朝臣们毕恭毕敬地叩头,山呼万岁,心情十分激动。当大家跪在殿内殿外向他行礼以后,他望望跪着的文武百官,按照事先想好的腹稿,用竭力保持平静(心中极不平静!)的声音说道:

"孤十世务农,只因朱姓朝廷无道,民不聊生,率众起义,至今十有六年。身经百战,而有天下,万世鸿业,创建伊始。深望文武诸臣常思创业之艰难,和衷共济,兢兢业业,实心办事。孤有见闻不广与思虑不周之处,望诸位文武臣工知无不言,大胆陈奏。"

文臣之首的牛金星奏道:"陛下为英明创业之主,虚怀若谷,睿智天纵,有此圣谕,臣等敢不遵行,效忠尽心!圣上万岁!万岁!万万岁!"

群臣一齐叩头,山呼万岁。

随即一位从西安随驾来的鸿胪寺官员用琅琅的声音说道:"朝见礼毕,各位官员,有事即奏,无事退朝。奉圣旨,汝侯刘宗敏，丞相牛金星，军师宋献策，副军师李岩，六政府尚书留下，御前议事！"

官员们叩头起身，除奉旨留下的重臣之外，所有的官员们都鱼贯而出。李自成走下御座，先到东暖阁在龙椅上坐下，然后以刘宗敏为首，牛金星第二，后边是宋献策，李岩，六政府尚书，另外有亲近的武将李过和吴汝义、李双喜三人。他们进入暖阁以后，又一次向李自成跪下叩头。文臣们向李自成行叩头礼从心里视为天经地义的君臣之礼，只有刘宗敏尚不十分习惯，所以动作上不够自然。

在明朝，皇帝召见臣工或举行御前会议的地方，备有皇帝的御座。倘若向臣工赐座，临时由该宫中的答应（太监的一种名色）将放在墙边的矮椅子移到皇帝面前数尺以外，但人数很少。李自成还保持着在襄阳称新顺王以后的仪制规格，正如称孤而不称朕的规定一样，在仪制上都带有临时性质。因今天早朝后要在武英殿的东暖阁召对文武大臣，商议几件大事，所以事先命太监们在御椅前摆好了两行椅子。李自成命大家坐下以后，首先说道：

"我大军兵不血刃，于昨日进入北京，虽属天命所归，也依赖全体文武努力。北京只是行在，以后将改称幽州府，为北方屏障重镇，不再是建都之地。目前国家初建，百事草创，江南尚未平定，张献忠窃据川西，孤不宜在幽州行在久留。有些急于要处理的大事，在长安已经商定。今日孤召见诸臣，就是要重新商议一下，火速进行不误。"

李自成说到这里，稍微停顿一下，用炯炯的目光向大家巡视一遍，然后望着牛金星问道：

"启东，登极日期，你与正副军师和各政府大臣商议定了么？"

牛金星站起来恭敬回答："昨天晚上，臣与两位军师及六政府堂上官①特为皇上登极日期作了研究。随驾东来幽州的六部堂上官，代表在襄京与长安两地从龙的众多文臣，一致建议登极愈快愈好，以慰天下臣民之望。后来宋军师择定四月初六日登极最宜；倘若四月初六日过于仓促，可以改为四月初八。"

李自成微露不愉之色，转向军师："啊？怎么四月初六日还怕仓促？离现在可是十五天！"②

宋献策站起来说："在长安出兵之前和在东征路上，都没有估计到吴三桂弃宁远入关勤王，所以设想到北京登极之日期较今日所想者要快。如今知道吴三桂已经进关，前锋人马到了永平和玉田一带，所以不得不看一看吴三桂的动静。牛丞相昨夜深夜在丞相府召见了吴襄。（丞相府在王府井西边，吴襄的公馆——后称为平西王府③——在东安门外，相距不远。）牛丞相对吴襄宣布了圣上的德意。吴襄十分感恩图报，愿意劝其子来北京投降。三月下旬以内虽有大吉日子，但吴三桂来不及前来躬与盛典，朝贺陛下登极，所以择定四月初六日登极最为适宜。"

牛金星接着说："臣已命文谕院臣代吴襄草一谕吴三桂家书，劝吴三桂即速投降。俟臣亲自修改书稿后，再命吴襄亲笔誊抄一份，盖上私印。去山海关劳军与劝降之事，关系非轻，臣恳求陛下今日召见出使者，亲口嘱咐，以示陛下期望吴三桂即速来

---

① 堂上官——实际任职的长官，六部的如尚书，左右侍郎。
② 十五天——这一年的农历三月只有二十九天，所以从三月二十日至四月初六日是十五天。
③ 平西王府——顺治元年，吴三桂降清，被封为平西王，后来其子吴应熊又召为驸马，屡进封爵，烜赫一时，其北京王府亦大加扩充。康熙十二年（公元1673年）吴三桂发动"三藩之乱"，平西王府被拆毁，旧址变为废墟和荒地。清末，有人在此空地上兴建戏园，有人建筑房屋，开设商肆，到民国年间，日渐繁荣。三十年代出现了东安商场，现称新东安市场。

降之殷殷厚望。并遣使者尽携犒军巨款及吴襄家书启程，力争五六日内到达。假若仰荷陛下德威，谕降顺利，吴三桂将军务略事料理，随唐通前来，也须待四月初三四方能来到。陛下登极日期，定在四月初六日最好。"

李自成的心中仍觉太慢，问牛、宋道："山海关离北京多远？"

宋献策答道："北京至永平府五百五十里，再往东一百八十里方至山海关，故北京至山海关是七百三十里，劝降使者衔命前去，既要加速赶路，也要不失钦使气派，所以每日只能走一百余里。"

李自成点点头，向刘宗敏问道："捷轩，明朝无官不贪，万民痛恨，向大官们严刑追赃，以济军饷，充裕国库，为出师前既定方略，事不容缓。你打算何时开始？"

刘宗敏忘记起身，坐在椅子上回答："臣决定从明天起开始逮捕明朝的皇亲勋臣和六品以上官员，先用夹棍夹死几个，打死几个，杀一杀他们的往日威风，出一出天下百姓的怨气。"

李自成点点头，说道："孤登极后即回长安，此一追赃大事，必须在月底前做出眉目！"

刘宗敏说道："请皇上放心。这般不辨五谷的官吏们，平日养尊处优，细皮白肉，只要皮鞭一抽，夹棍一夹，十指拶①紧，不要说叫他们献出来金银财宝，哼，连姣妻美妾和没有出阁的小姐也会献出！"

李自成满意地点头微笑，又向六政府的官员们问道："先生们对国事有何高见，望能够畅所欲言，不吝赐教，孤必乐于采纳。"

六政府的大臣们纷纷起立，毕恭毕敬地说一些颂扬的话。对于拷掠追赃的严重失策，没有敢说一句谏阻的话，大家不仅害怕

---

① 拶——音 zǎn，是一种酷刑刑具，此处作动词用。用绳子穿五根小木棍，套入五指，收紧绳子，极其疼痛。

违背新天子的"圣意",也害怕触怒了刘宗敏。还有一层,大家都知道这件事是大顺朝众多武将们的心愿,而李自成是依靠大小武将打下江山,所以他不能不顺应大小武将的意愿而作此决定。往日不说,自从崇祯十三年以潜伏陕南和鄂西山中的不足一千人马由淅川境奔入河南,几年来到处攻城破寨,用抄没贪官劣绅和富家大户的银钱财物充作军饷、政费,并用一部分粮食和财物赈济饥民,这已经形成了大顺军中的一贯政策和习惯思路。如今虽然已经占领了数省之地,但生产并未恢复,到处饥民载道,纵然建立了新朝,但用费更大,筹款方面仍然不能不遵循旧规,所以进北京向明臣大张旗鼓地拷掠追赃,势在必行,无人能够谏阻。牛金星身为开国宰相,心中何尝同意,但对此不敢多言。宋献策和李岩在西安时曾经谏阻过这一决策,但是不惟无效,反而惹李自成面露不悦之色,如今自然在御前会议上缄口不言。李自成听了大家颂扬的话,感到颂扬他"德比尧舜,功过汤武",有点过分,但心中还是舒服。他含笑望着大家说:

"请先生们坐下说话。"

大家坐下以后,李自成想到了要将费珍娥纳为贵人的问题,但是话到口边不好说出,向丞相问道:

"启东,还有什么大事要说?"

牛金星起身说道:"臣已作了安排,请陛下明日上午在武英殿接见京师父老,稍申吊民伐罪,垂询民间疾苦之意。今日晚上,请陛下召见唐通,将陛下期待吴三桂来降之心,面谕唐通,嘱其务必偕吴三桂前来,为新朝建功立业,永保富贵。"

李自成点点头,又想到了费珍娥,望着吴汝义问道:

"子宜,你有何事要奏?"

吴汝义站起来躬身说道:"臣在长安时候,亲奉皇后面谕,说陛下年将四十,尚无太子。来到北京之后,务必为陛下挑选一位如意妃子，早生龙子。皇后的这件心事，关乎皇统继承，在我朝是件大事，她不仅对臣两次面谕，也叫红娘子转告林泉将军……"

宋献策欠身插言："皇后深为陛下膝下无子操心，此事臣亦知道。"

吴汝义接下去说："昨日见到长平公主身边的伴读宫女，姓费名珍娥，容貌甚美，又通文墨。臣今日得知，昨晚陛下在寝室召见了费宫人，圣心亦觉合意。既然如此，臣斗胆请求陛下，择日将费氏选为妃嫔，以慰皇后盼子之心。"

李自成听了吴汝义的话，正中心怀，同时也在心中称赞吴汝义近一年来留意向文臣们学习礼仪和言语，这几句话就说得十分得体，更增加他的高兴。倘若是张献忠，此时一定会忍不住握着棕色的大胡子哈哈大笑，接着对吴汝义亲昵地骂两句粗话，表示称赞。然而李自成几乎未曾流露笑容，用责备的口气轻声说：

"在长安出师前原有成议，进北京后将宫女分赐有功将校。眼下分赐宫女的事尚未着手，孤何能先选美女？"

牛金星看出来李自成责备吴汝义的话并非真心，赶快说道："皇上先想到向有功将校分赐宫女的事，自然是明君用心，古今少有。然而以臣看来，分赐宫女只是几天以内的事，可由军师府与首总将军府各派数名官员，共同办理。至于皇上挑选妃嫔，不妨先办。子宜将军所请，敬望圣上俯允。"

李自成望着刘宗敏问："捷轩以为如何？"

刘宗敏说："你是天子，一国之主，你不先选妃子，众将校谁敢领受皇上赏赐的宫女？吴汝义说的那个宫女，既然容貌很俊，又识文断字，皇上你就收在身边吧。进北京挑选一个美人算什么？自古以来，哪个当皇帝的不有他娘的三宫六院七十二妃？难道咱大顺朝的开国皇帝是吃清斋的？"

李自成笑一笑，说道："今日的御前会议要商讨的最紧迫的是军国大事，其余诸事不必在此多议。因为向众将校赏赐宫女的事归军师府处分，献策留下，林泉和子宜都曾负清宫之任，查阅过各宫的宫女，也留下，其余文武大臣可以出宫，各回自己的衙门办事。"

群臣从御前叩头退出以后，李自成跟着起身，带着宋献策等往西暖阁去。那里摆的椅子很少，适合几个人进行密谈。李自成在龙椅上坐下以后，屏退宫女，不许有人在窗外侍候，然后他慢慢说道：

"说到选美的事，孤倒有一番想法。虽然孤已经年近四十，膝下尚无一子，为我大顺朝臣民关心，但孤想得更多的是如何将宫女分赏有功将校这件事做得妥当。献策，你以为如何？"

宋献策说："臣以为陛下选妃与陛下将宫女分赏有功将校，两件事可以并行，而陛下选妃这件事不妨先行。以宫女分赏将校，因为人数众多，须要做好准备，方能办得妥帖，皆大欢喜，共沾皇恩。至于陛下选妃，只是一人之事，不用拖延。高皇后焚香许愿，但望陛下有一妃早生太子，臣民也同此殷殷期望。"

李自成连连点头，但又说道："自古帝王创业，虽然都是上膺天命，下顺民心，但也要百战才有天下。得了天下之后，还要消灭反侧，战胜外敌，开疆拓土。帝王百战经营，是为的收拾江山。将士们浴血苦战，是为的建立功勋，得到子女玉帛与封侯之赏。古今一理，没有例外。我大顺依赖将士之力，破了北京，灭了明朝，创建国家，所以孤总在想着有功的将校们不惟应该酬以侯、伯之赏，也要予以子女玉帛之惠。不然如何能鼓舞军心？分赏宫女的事，在长安已经决定，将士咸知，所以孤以为分赏宫女之事理应速办，纳妃之事不妨略缓。"

吴汝义站起来说:"陛下关怀将士,实为千古圣君。但陛下是万民之主,既然亲自召见了费宫人,颇合圣意,不妨先纳费氏为妃,然后择期向有功将校们分赏宫女。"

李自成问道:"献策有何主张?"

宋献策说:"子宜将军之言甚是。本月二十八日是一个利于婚配的好日子。如荷陛下钦准,臣拟于即日起命军师府的官员们开列应赏给宫女的将校名册,并从宫中调阅适宜婚嫁的宫女名册,火速准备就绪,二十八日到二十九日完成分赏宫女之事。紫禁城中及西苑各处,宫院众多,看守门户,小心火烛,每日洒扫诸事,不可无人。臣意暂时以两千宫女分赏将校,不知陛下以为如何?"

"如此甚好,一则各宫院不可无人经管,二则也不可赏得太滥。"

宋献策又说:"皇上选妃,理应在本月二十八日之前。紫禁城中为美貌女子荟萃之地,可充妃嫔之选的决不止费珍娥一人,听副军师说,慈庆宫中就有一位姓窦的宫女,德容兼备,冠于群芳,堪膺陛下后宫之选。请陛下今日于万几之暇,召她前来,亲目一看,然后于窦氏与费氏中挑选一位。"

李自成没想到宫中还有比费珍娥更为出色的女子,始而吃惊,继而渴望亲眼一见。但是他表面上若无其事,似很随便地向李岩问道:

"林泉,你看窦氏如何?"

"陛下,这位窦氏在慈庆宫中不是一般宫女,是一位六品女官。懿安虽是前朝皇后,已经寡居了十七年,不是崇祯朝的六宫之主,但是她既是天启皇后,又是受崇祯尊敬的皇嫂,每逢元旦和她的千秋节,不但所有妃嫔们都要到慈庆宫朝贺,连周皇后也去拜贺。窦氏是司仪局女官,平日无事,陪张皇后读书写字,下棋吟诗。所以窦氏不仅容貌出众，而且举止娴雅，温柔大方，美而不媚。"

"她叫什么名字？"

"她姓窦名美仪，娇美的美，仪表的仪，现年二十一岁。"

李自成转望宋献策："此事应如何决定？"

宋献策说："请皇上于今晚将窦美仪召进寝宫，与费宫人作个比较，决自圣衷。"

李自成又问李岩："林泉之意如何？"

李岩说："按历朝惯例，选妃是一件大事。先由皇帝下旨，由礼部通告京师臣民，先由礼部挑选美女，择日送进宫中，请皇帝与皇后面挑。但今日非太平时期，也不是选取京师良家秀女，而是只从宫女中选择，可以不经礼部初选，只由皇上召见一次，即可决定，一切繁文缛节都可省了。"

李自成微笑点头，又问吴汝义："如今有两个备选的人，你的意见如何？"

吴汝义回答说："请陛下于今晚召窦美仪前来一见。如窦氏确实德容兼备，不妨将窦美仪与费珍娥同选为妃。"

"啊？"

"臣听说崇祯的田妃和袁妃就是同一天选进宫的。"

李自成微微一笑，不再说话了。

当宋献策等三位近臣退出以后，宫女们进来献茶。李自成吩咐王瑞芬，要她差遣一个宫女去慈庆宫传旨，今晚将召见窦美仪。昨晚召见费珍娥，他没有事前传旨，而对于召见窦美仪要事先传旨，他虽然不说出自己的心思，但王瑞芬完全明白了。她知道，崇祯皇帝每次要去田妃或袁妃宫中住宿，都是事先差乾清宫的宫女传旨，以便承乾宫或翊坤宫的宫女们做好准备，"蒙恩临幸"的娘娘也要沐浴打扮，准备小心接驾。倘若是一般宫眷或新

"蒙恩召幸"的宫女,也在接旨之后,赶快沐浴打扮。如今王瑞芬想着既然对召唤窦美仪前来寝宫要提前半天传旨下去,必不是一般召见。况且她深知窦美仪德容兼备,在宫娥中确属第一,所以她很自然地认为是皇上"召幸"。

王瑞芬虽然不是美人,但也是中等以上容貌。她曾经希望自己被新皇上看中,摆脱老死冷宫的命运,所以昨晚在新皇上的寝宫添香的时候,在博山炉中加进了梦仙香。无奈新皇上不是一个贪色的人,虽然她也看出新皇上看着有点动情,却始终没有失去分寸。后来,皇上召见了费珍娥,她满心希望小费被皇上看中,成为贵人,她日后求小费替她在皇上面前说几句话,趁着青春年纪放出宫去,与父母见面,由父母主持婚配。可是小费没有被留下,如今又要召见窦美仪了。她不但不嫉妒,不伤心,反而一心希望窦美仪会选中为妃。她将寝宫中服侍皇上的事向女伴们叮嘱几句,便带着一个小宫女往慈庆宫去。

慈庆宫的姑娘们因为她如今是新皇上寝宫中的宫女头儿,见她来到,不知何事,慌忙迎接。她登上慈庆宫的丹墀,反身面南而立,用银铃般的声音高叫:

"窦美仪听旨!"

窦美仪在惊骇中向北跪下,俯下头去。

王瑞芬庄重地宣旨:"皇上口谕,今日晚膳以后,皇上召见,窦美仪要沐浴更衣,准备停当,届时由寝宫中差宫女来接你前去。谢恩!"

窦美仪叩头说:"谢恩!"

王瑞芬二话没说,走下丹墀。众宫女站在丹墀上,躬身说道:

"送瑞芬姐!"

王瑞芬在院中回头,向窦美仪招手。窦美仪的惊魂未定,赶快走下丹陛,到了瑞芬面前,轻轻地颤声叫道:

"瑞芬姐!"

王瑞芬紧拉着窦美仪嘱咐几句。窦美仪没有说话,只是满脸通红,怦怦心跳,轻轻点头,不知是害怕还是激动,一双秋水般的眼睛登时充满了泪水,忽然将话岔开去,哽咽问道:

"懿安娘娘不知已经尽节了没有!"

王瑞芬没有回答,又一次深情地看美仪一眼,放开手,匆匆走了。

这天下午,李自成在武英殿西暖阁召见了几位新降的文臣,询问如何招降江南,统一四海和治理天下的重大问题,当然也听了一些歌功颂德的话。

晚膳以后,定西伯唐通与张若麒奉召进宫。关于携重金与绸缎去山海关劳军,劝说吴三桂投降的事,李自成谆谆嘱咐。唐通说他与吴家两代世交,而他与吴三桂本人在松山作战时又共过患难。如今吴三桂进退失据,在山海关孤立无援,军民数十万接济全断,他必能于四月初六日以前偕吴三桂归命新朝,速来北京,躬与大顺新皇帝登极盛典。听了唐通的话,李自成非常高兴,说道:

"听了将军此言,使孤释去了东顾之忧。倘若能偕吴三桂前来,是将军为本朝又立一不世之功!"

张若麒也唯唯连声,表示一定要全力以赴完成使命,定不负皇上厚望。

两位钦差退出以后,李自成回到了仁智殿寝宫,立刻命王瑞芬差宫女去叫窦美仪。王瑞芬差四名宫女打着四盏宫灯去后,为使皇上高兴,又在博山炉中添加梦仙香,不过片刻,寝宫有一种异香氤氲,使李自成又像昨晚一样欲火燃烧,心旌摇荡,不由地几次打量王瑞芬。他的眼睛里放出的异样光彩,使王瑞芬害羞地低下头去,回避他的目光。

李自成向王瑞芬问道:"你从前见过窦美仪么?"

"回皇爷,奴婢见过多次。每年元旦和懿安皇后过千秋节,奴婢随田娘娘去慈庆宫朝贺,总要同她见面。逢田娘娘生日,懿安赏赐礼物,田娘娘回敬礼物,总是差奴婢带两个宫女随承乾宫管事太监前去,又要跟美仪相见。所以每年奴婢总要同窦美仪见面几次。"

"窦美仪的人品如何?"

"她的容貌很美,仪态大方,为宫女中少有。听说崇祯皇爷在三年前曾有意收她为妃,也跟周皇后私下提过,只是因懿安身边只有这一个贴心人儿,不愿有拂懿安之意,所以不曾明言,随后国事一天天坏下来,也就不再提了。"

"听说她喜欢读书写字,也会做诗,是么?"

"她确实还会做诗。有一次周皇后带着田、袁二位娘娘去看懿安皇后,闲谈之间,懿安命窦美仪将她近日做的几首诗呈给周皇后和田、袁二位娘娘一阅。周皇后和田皇贵妃都会做诗,袁贵妃虽不做诗,但也常常读诗。她们看了窦美仪的诗大为称赞,赏赐了许多首饰和衣料。"

"噢,难得!难得!"

李自成不由地想起西安的女诗人邓太妙,连连称赞"难得难得",又向王瑞芬问道:

"慈庆宫离这儿很远么?"

"回皇爷,慈庆宫在端敬殿的后边,比坤宁宫近得多了。窦美仪在下午接旨后已经沐浴打扮,此时应该已经过了文华殿的西夹道,快进会极门了。"

李自成微微一笑,在心中说:"美仪,且不管人是否美貌,这名字倒很好!"

却说自从王瑞芬传旨之后,慈庆宫登时就忙了起来,有的宫女向窦氏小声道贺，有的说她生得命好，一家人将享不尽富贵荣华。在慈庆宫"管家婆"的安排下，有四个宫女替她准备了沐浴的温水；有两个宫女抬来了红箩炭，架在铜火盆中点燃，等燃过了性，不再有木炭气味，才将通红的火盆抬进洗澡的小房间，使房间中充满热气，然后殷勤地照料窦美仪沐浴。两个宫女，遵照"管家婆"的吩咐，将应该穿戴的衣、裙、鞋、帽以及首饰准备停当；另有两个宫女将几件要穿的衣裙放在熏笼上熏得芳香扑鼻。晚膳以后，窦美仪在宫女姐妹们的帮助下穿戴打扮。她穿一件紫色、圆领、窄袖、对襟长褂，遍刺折枝嫩黄小葵花，每枝小葵花围以金钱圆圈。长褂里边，系一条百褶红罗裙。从腰间垂下金线绣花珠珞缎带，下端缀着银铃。脚穿粉底绣花弓样红绣鞋。头戴乌纱帽，帽两边绣着海棠。帽额正中缀着一颗红宝石，周围缀一圈珍珠。乌纱帽顶插着一枝玲珑精巧的金步摇，凤尾上坠着小金铃。乌纱帽下露出云鬟，漆黑的云鬟与嫩白的粉颊相映。云鬟下露出来一半耳朵，耳垂上带有十分高雅的明珠间翡翠耳坠。

从仁智殿寝宫派去了四个宫女，从慈庆宫派出了随侍的两个宫女。六盏宫灯，一阵香风，出了慈庆门向西转再向南转，过了元辉殿的夹道，从关雎右门的前边过去便来到了文华殿、端敬殿加上省愆居构成的一座用红墙围绕的宫院。窦美仪在这一群宫灯围护中绕过了文华殿宫院的高墙，从西夹道向前走，过了一座白石桥，又走不远向右转，便进了会极门（俗称左顺门）。又绕过午门与皇极门之间的五座雕工华美的汉白玉金水桥前边，便来到了归极门。一出归极门，便看见武英门了。

窦美仪和一群宫女一路走来，愈向武英殿宫院走近，心情愈无法镇静。当走近武英门时，她的两条腿几乎软了。

她同乾清宫、坤宁宫的宫人们不一样，同崇祯皇帝和皇后没感情，亡国之痛也不是那么强烈，所以慈庆宫的众多宫女中没有人随着魏清慧和吴婉容投河自尽。大家守在宫中，怀着悲哀与恐惧的心情，等待着命运的安排。窦美仪原来因为在懿安皇后身边，对大明朝的国运十分关心，知道国家一天天败落下去，但是没料到突然亡国。她原来想着，懿安皇后在天启朝深恨客、魏乱政，同天启皇帝也很少见面，后来皇后年轻守寡，寂寞深宫，在慈庆宫的众多宫女中只有她一个人可以陪侍皇后弹琴下棋，读书写字，花间①联句，月下吟诗，所以皇后决不肯将她放出宫去，她只好准备再陪伴皇后九年，到了三十岁，恳求娘娘恩准她在宫中做女道士，伴着黄卷青灯，虚度此生，修得下辈子托生男身。不料大明朝突然亡国，更不料新皇帝竟然知道她容貌出众，今晚"召幸"。她虽然二十一岁，但她是在规矩森严的慈庆宫中长大，在守寡的皇后身边长大，她从来没有想过有被"召幸"的事，没有想过男女之事。进了武英门往里走，她感到两腿更软，脸颊更热，心头更加狂跳。每走一步，从腰间垂下的缎带上的小银铃和乌纱帽上金步摇的小金铃同时发出悦耳的声音，使女伴们听不清她的心跳声音。其实，当走近仁智殿时，她自己觉得她的心快提到喉咙眼儿了。

　　王瑞芬在仁智殿的丹墀上等候迎接。窦美仪虽然同王瑞芬没有交情，但是早已认识，她看见王瑞芬笑脸相迎，略觉放心，好像在陌生地方遇到了旧友，几乎要滚出眼泪。王瑞芬握着她的一只手，感到她的手稍发凉，赶快凑近她的耳根悄悄说道：

　　"别害怕，新皇上很仁慈的。"

　　王瑞芬吩咐六个提灯笼的宫女都在殿外休息，单独带着窦美仪走进仁智殿的西暖阁，也就是李自成的临时寝宫。东西暖阁都

――――――――――
　　① 花间——明代慈庆宫院中的小花园。

是两间，召见窦美仪的地方是在外间。

窦美仪是一个被封建礼教和慈庆宫特殊环境陶冶出来的守身如玉的处女，刚才还在为初次被"召幸"的事满脸通红，心慌意乱，一走进仁智殿就忽然变为恐惧。几年来她在深宫中熟闻李自成是一个流贼首领，到处攻城破寨，杀人放火，而她不幸生不逢辰，一旦亡国，被带到这位反叛逆贼的面前了。她的脸上的赧颜，顿然间变为苍白。

走在前边的王瑞芬在离李自成七八尺远的地方站住，躬身说道："启奏皇上，窦美仪奉旨来到！"随即她向旁闪开一步，让窦氏上前行礼。只听银铃声响，窦美仪用小步向前走了两步，跪下叩头，用紧张得打颤的声音说道：

"奴婢窦美仪，向皇上叩头！万岁，万岁，万万岁！"

当窦氏随着王瑞芬进来时，原是低着头，不敢仰视，所以李自成看不清她的全部面孔，只觉得她的美与费珍娥不同，也与王瑞芬不同，而是仪态大方，雍容华贵，确实是后妃之选。

"你不要怕，抬起头来！"

当窦氏遵旨抬起头来以后，李自成突然一惊，定睛向窦氏的脸上打量。他的吃惊，不是因为窦氏的容貌确实很美，而是因为他好像曾经见过。奇怪，窦氏生长于深宫之中，他怎么会似曾见过呢？但他马上停止了胡思乱想，向窦氏含笑问道：

"听说你在张皇后身边每日读书写字，也会吟诗，与一般宫女不同。孤要问你，大明有将近三百年的江山，为何亡国？"

窦美仪看见面前新皇帝的相貌并不凶恶，倒是浓眉大眼，隆准广额，是一个不凡的创业英雄人物。而且他说话时面带微笑，分明是要故意考考她读了书是否明白道理。她已经不再恐惧，略一思忖，便用娇嫩悦耳的声音说道：

"奴婢深居宫中，对外事一概不知，宫中也不许打听。偶尔听懿安娘娘私下感叹:自万历皇爷以来,朝政一年坏于一年,到天启朝更加朝纲不振,民心思乱。古人说:'得民心者得天下,失民心者失天下。'古人又说:'民犹水也,水能载舟,亦能覆舟。'崇祯皇帝不是个昏庸之主,终于失去江山,实因大明自万历以来,日益失去民心,而有今日之事。愿陛下时时以民心为重……"

李自成截断她的话,笑着说:"不意你深居宫中,还能够明白这样道理,在女流中十分难得,你愿孤以民心为重,此话正合孤意,不过天下兴亡,还有一个气数。明朝气数已尽,非人力可以挽回。崇祯何尝不想励精图治,成为中兴之主?无奈天命已改,崇祯纵然拼命挣扎,无力回天。孤起兵至今,身经百战,艰苦备尝,救民水火,故所到之处,民心归服。还有一层,孤之得天下,名在图谶,天意早定。你在深宫之中,大概不知。孤以水德应运,且有'十八子,主神器'的《谶记》。你相信五行盛衰之理么?"

窦美仪大胆地回答说:"奴婢当然相信。但是古人也说过:'盛衰之理,虽曰天命,岂非人事哉?'陛下初到北京,甚望陛下与京师臣民约法三章,废除前朝苛政,使万民得沾新朝雨露之仁,心悦诚服。"

李自成想不到这个容貌俊美的女子竟然有这般见识,心中有点吃惊,直到此刻,他才忽然想起来,这个窦美仪的身材高低,面孔白嫩,眼神聪明,很像在西安见到的邓太妙,不过要比邓太妙小一两岁!想到这里,他又看了窦美仪片刻,更增加了他要纳窦美仪为妃的心思。李自成想到他和崇祯皇帝不同。崇祯遵守祖宗家法,为防止外戚干政,不许后妃们对朝政说一句话,也不许随便打听。他李自成出身民间,而民间贫寒夫妻,遇事商量,忧患同担。在起义以后,高桂英一直陪伴他过戎马生涯,艰危共尝。他此刻不仅满意窦氏的美貌,也满意窦氏的才学,不禁在心中暗想,假若将窦氏纳为妃子,定能给他难得的内助。他又想到,美貌、文才、识见聚于女子一身,自古少有,而今竟然由孤遇见,不枉孤亲来北京!他忍不住打量窦氏,恰与窦氏的目光相遇,又一次大为动心,几乎使他不能自持,转看王瑞芬一眼,几乎要说出来要窦美仪今夜留宿寝宫的话。然而他终于将快要冲出喉咙的这一句话咽下去了。他用平常人的亲切口吻向窦氏问道:

"你生长深宫,不问外事,何以也懂得治国平天下的道理?"

"懿安娘娘孀居十七载,每日以读书、写字、吟诗、下棋与浇花消磨时间。她喜读史鉴,命奴婢陪侍读书,遇有心得,或掩卷叹息,或与奴婢谈论几句。奴婢虽甚愚钝,但日久天长,也明白了一些道理。今晚在陛下面前大胆妄言,请恕奴婢死罪。"

"你说得好,说得好。懿安喜读史鉴?"

"她在天启朝身为正宫娘娘,受制于客、魏奸党,每日郁郁寡欢,惟以读书为事。尤喜读各种史鉴,以明历代治乱兴衰之理。常听年长的太监们说,天启末年,魏忠贤残害忠良,毒害清流,朝政更加昏暗。一天,天启皇爷来到坤宁宫中闲坐,问皇后在读何书。张娘娘回答说:'臣妾正在读《史记·赵高传》,皇上万几之暇,不妨一读。'天启皇爷知道她的用意,并不生气,稍坐一阵,默然而去。"

李自成不觉说道:"啊,懿安原来是这样的一位皇后!"

他明白窦美仪不愧是在懿安皇后身边熏陶出来的人,与一般美人不同。他曾与西安的邓太妙谈过两次话,赞许邓氏有才学,擅长诗文,但邓氏不像窦氏的留意治国之理。他在心中称赞说"难得!难得!"随即他望着王瑞芬吩咐:

"赏赐窦美仪两样首饰,送她暂回慈庆宫去,等候再次召见!"

"遵旨!"

李自成路过太原时,从晋王宫中没收了很多金银珠宝、首饰、文玩和绫罗绸缎,路过大同时又从代王宫中没收很多财物,这些财物大部分运回长安,一小部分带在身边,备随时赏赐之用。昨日李过和吴汝义清宫的时候,虽然尚未仔细抄没各宫财宝,但也抄到了一部分,其中有不少稀世珍宝。这些东西都将登入清册,分别装箱,不日将运往西安。为着李自成赏赐需要,又有一部分送来寝宫。所有备作赏赐用的贵重东西,都分门别类,开列详细清单,暂时交王瑞芬掌管。

王瑞芬不敢怠慢,赶快取一张黄纸清单,双手放到御案上,用纤纤的右手食指指了指两个地方。李自成轻轻点头,王瑞芬捧着黄纸清单走了。

李自成想再看看窦氏的身材如何,轻声说:"窦美仪平身!"

窦美仪叩头起身,退立一边。李自成上下打量她的身材,然后又打量她的容貌。窦氏第一次被男人用异乎寻常的眼神细看,又一次两颊绯红,羞怯地低下头去。她在心中暗自奇怪:这寝宫中点的是什么香?在慈庆宫中从来没有闻过!她又想道,新皇上刚才对王瑞芬说要我暂回慈庆宫,这"暂回"二字是什么意思?……

王瑞芬重新出现,身后跟随着两个宫女:前边的宫女身材颀长,穿一条桃红长裙,捧着一个用钿螺和碧玉叶嵌成梅竹图的长方盘,上放一个雕漆圆盒;后边的宫女年纪略小,身材略矮,穿一条葱绿长裙,捧着一个朱漆描金梅花盘。王瑞芬走到李自成的身旁,先接过长方盘放在案上,打开盘上放的雕漆圆盒,声音温柔地说:

"恩赏窦美仪的一对七宝镂花赤金镯,请陛下过目。"

李自成看了一眼,轻轻点头,又向窦美仪望去。可惜窦氏低着头,正在心跳,看不清她有何表情。王瑞芬将长方盘交还给红裙宫女,然后接过朱漆描金梅花盘放在案上,打开另一个雕漆圆

盒,小声说道:

"这是一只嵌猫儿眼的赤金戒指,请陛下过目。"

李自成心不在焉地看了一眼,轻轻点头。

王瑞芬走到拜垫旁边站定,两个捧首饰盒的宫女紧跟在她的背后。她向窦美仪叫道:

"窦美仪跪下接赏!"

窦美仪赶快跪下,低首等待,心头狂跳。王瑞芬亲自将梅竹长方盘端到窦美仪面前,让她看看,随即说道:

"这是皇上赐你的一双七宝镂花赤金镯,赶快叩头谢恩!"

窦美仪伏地叩头,颤声叫道:"奴婢敬谢皇恩!"

王瑞芬将长方盘交给红裙宫女,又从绿裙宫女手中接过来描金朱漆梅花盘,她正要叫窦美仪观看首饰接赏,忽然听见新皇上对窦氏说了一句口谕:

"从今后你不要自称奴婢,你不再是宫女身份了!"

窦美仪心上一震,明白这两件首饰就是新皇上所赐的定情之物。王瑞芬也心中一喜,正要提醒窦美仪叩头谢恩,忽然李双喜来到窗外,在窗外奏道:

"儿臣有一事启奏父皇!"

李自成不禁愕然,向窗外问道:"何事?"

"张皇亲府中家人到军师府禀报:懿安皇后回到娘家后决意殉国,不进饮食,惟有哭泣。张皇亲全家苦劝无效,皇后已经于今日晚膳前趁身边无人时自缢而亡。"

李自成沉默片刻,吩咐说:"命张国纪将懿安皇后好生装殓。俟局势平定之后,由我朝礼政府派官员将皇后棺材葬入天启陵中。"

"领旨!"

窦美仪听到懿安皇后已经自缢殉国,又是震惊,又是悲痛,倘若不是在李自成面前,她一定要伏在地上,放声痛哭。此时此地,她的悲痛的眼泪只能往肚里奔流。正在她悲痛懿安皇后自缢身亡的事情时,王瑞芬将朱漆描金梅花盘端到她的面前,让她看一下已经打开的雕漆圆盒中的猫儿眼赤金戒指,随即又将梅花盘交给身后的绿裙宫女,又向窦美仪说道:

"窦美仪叩头谢恩!"

刚才窦美仪用模糊的泪眼向小盒中的宝石戒指望了一下,也未看清,但明白这恩赏的重大意义。现在经瑞芬提醒,赶快机械地伏地叩头,哽咽地说出来"谢恩"二字。王瑞芬到李自成的身边躬身问道:

"皇爷,还有什么吩咐?"

李自成已经看见了窦氏的泪眼,低声说道:"你们送窦美仪暂回慈庆宫去,两三天内等候恩诏。"

王瑞芬转身向窦氏说道:"今晚的召见已经完毕,圣上有旨:窦美仪暂回慈庆宫去,等候恩诏。从现在起,窦美仪在皇上面前不要再自称奴婢……赶快叩头谢恩!"

窦美仪带着哽咽说:"臣妾窦美仪原是亡国奴婢,生逢圣朝,得沐皇恩,粉身难报!"她伏地连叩三个头,然后说道:"愿陛下江山永固,万寿无疆。万岁!万岁!万万岁!"

王瑞芬柔声呼叫:"平身!"

窦美仪一方面得到新皇帝的恩宠,一方面又知道懿安皇后已经自缢身亡,幸福与悲痛同时来到,一时间心情迷乱,六神无主。当她从拜垫上站起时,不觉踉跄一步,腰身一闪,裙带上的小银铃和金步摇上的小金铃同时猛然间一阵丁冬。在这刹那之间,李自成的因准备说话而半张开的嘴唇忽然收拢。站在三尺外侍候的两个宫女骇得一跳。王瑞芬十分敏捷,迅速上前一步,将她扶住,跟着在她的耳边小声说道:

"可以退出了。"

窦美仪站稳之后，向新皇帝拜了一拜，体态轻盈地向外转身。就在她转身的时候，她回过头来向新皇帝看了一眼，想看清楚新皇上的左眼下是不是有伤疤。但这只是迅速地回眸一望，仍然没有看清楚，就由王瑞芬陪伴着走出寝宫。李自成在窦氏抬头回眸一望的时候，又看见了她的美貌，看见了她的似乎含有泪光，但仍然明如秋水的双目，不禁心中又是一动。他目送着窦美仪出了寝宫，从丹墀上传来金银小铃的优雅而悦耳的响声。

王瑞芬命两个宫女捧着首饰，亲自率领一大群宫女送窦美仪走出武英门，过了金水桥，又送出归极门，到了皇极门和午门之间的大院中。她不愧曾经是承乾宫田皇贵妃身边的管事宫女，细心周到，熟悉宫中礼仪。她小声向两个宫女吩咐一句话，那两个宫女赶快提着宫灯走了。然后，她望着窦美仪，含着温柔的微笑说：

"贤妹，我今晚还称呼你贤妹，以后就不敢这样称呼了。新皇上已经看中了你。你的对答也使皇上满意。皇上赏赐你的首饰就是定情之物。你的身份已经不同往日，你今晚暂回慈庆宫，宫女姐儿们和太监们理应站立在慈庆宫门口迎接。"

窦美仪的脸颊红了，眼眶里忽然又一次浮出了泪花，但是低着头没有说话。是感激皇恩的泪花还是悲痛懿安皇后殉国的泪花？她没有对王瑞芬说出一个字儿。

王瑞芬想着去慈庆宫报信的两个宫女应该到慈庆宫了，才让窦美仪继续往前走。窦美仪来的时候是前后跟随六个宫女，这时又多了两个捧首饰小盒的宫女。倘若在民间，这两个小首饰盒可以交一个丫环捧着，或干脆交给一个提灯笼的姑娘带去。然而这是宫廷的规矩。御赏之物，每一件必须由一个宫女双手恭捧而行。所以窦美仪回慈庆宫就有八个宫女前后相随，珠围翠绕，环佩丁冬，脂粉飘香，俨然是贵人气派。

迟迟出来的下弦月开始在带有流云的五凤楼头徘徊，照着皇极门的巍峨海潮龙脊和鸱吻高翘的觚棱^①，但大院中仍然是暗沉沉的。王瑞芬一直目送窦美仪在一群宫女的簇拥中出了会极门向北转，连灯光也看不见了，才带着两个宫女和一盏宫灯返回武英门去。昨晚，她照料费珍娥在寝宫叩见新皇上，分明是已蒙受皇上垂爱；今晚又照料窦美仪受皇上召见，分明是这位慈庆宫的美人儿更受到皇上喜爱，当面赏赐了贵重首饰（小费没受到赏赐！），还面谕她以后在皇上前要自称臣妾，不要再称奴婢，被选为妃嫔的荣幸已经定了。不管谁被新皇上选为妃子，她都不嫉妒，认为这是她的命不好，八字生错了，只求以后天下太平，能够被放出深宫。但是她对于费珍娥能不能也被新皇上选中，与窦美仪一同选进大顺宫中，很是关心。虽然所有宫女都是皇家的家奴，但费珍娥是崇祯皇帝这一边的宫女，她不知怎的，在感情上比她同天启皇后那一边的窦美仪热乎多了。当她暗暗为窦美仪的被选中而庆幸的时候，不由地想到费珍娥，在心中说道：

"论人品，论文才，珍娥在宫中也是人尖子，难道就不能也选进大顺朝的宫中？"

当王瑞芬回到仁智殿西暖阁时，梦仙香的香气已经散尽。李自成坐在御案边批阅文书，但心中却在想着窦美仪和费珍娥，不能静心，不断自问："是不是可以将她们两个都选在身边？"王瑞芬带着淡淡的脂粉香来到他的身边，温柔地躬身奏道：

"皇爷，窦美仪已经由八个宫女护送回慈庆宫了。"

李自成望一望王瑞芬，含笑说道："你不愧是田皇贵妃的身边人，很会办事。明日，你替孤挑选一件首饰，差人送往寿宁

---

① 觚棱——宫殿屋脊的转角处。

宫，赏赐费珍娥。"

王瑞芬猛然一喜，躬身回答："奴婢遵旨！"

李自成对费珍娥和窦美仪的才貌都十分满意，而窦美仪的神态很像西安的邓太妙，谈吐尤觉中意。在分别召见费珍娥和窦美仪的时候，都曾使他心旌摇荡，几乎想将她们留在寝宫。只是他用理智压制了常人的情欲，不愿落一个贪色之名。特别是在召见窦美仪的时候，他知道王瑞芬差宫人去慈庆宫传旨的时候误称"召幸"，所以他真想作为"召幸"将窦美仪留下，但是后来还是遏止了一时的情欲，赏赐窦氏两样首饰，命她"暂回慈庆宫，等候恩诏"。他想使臣民知道他决非淫乱贪色之辈，在选妃这事上要按照新拟定的《大顺礼制》去办：第一步，他要使牛金星示意礼政府，奏请在京城从速选取身家清白、德容兼备女子充实后宫。第二步，他在礼政府的奏疏上批示说："孤应天顺人，率大军初至幽州行在，万事丛脞①，民心未安，倘急于选取妃嫔，恐滋惊扰。可由胜朝宫女中选取一二人，不必扰及民间。钦此！"第三步，礼政府奏称已选得慈庆宫女官窦氏，寿宁宫宫女费氏德容兼备，文才出众，堪膺后宫之选，谨乞圣裁。第四步，他批示礼政府："俯允所请，即准备对窦氏与费氏行册封之礼。"第五步，择定吉日，对窦美仪和费珍娥进行册封……

李自成命吴汝义将他的这些想法密谕大学士牛金星。牛金星向吴汝义询问了皇上分别召见费珍娥、窦美仪的情况，含笑点头，说道："此事好办，皇上的心思我明白了。"

他随即进宫，向李自成奏道：

"陛下所谕，原是平日选取妃嫔之礼，足见陛下志在开国垂

---

① 丛脞——意思是庞杂、繁琐。

统,为万世帝王楷模。然今日初到幽州,万几待理,朝廷最大急务为陛下举行登极大典,从今日起,文武臣分批在文华殿认真演礼,最后齐集太和门演礼。除演礼之外,文臣们要在三、六、九日上表劝进,礼政府与文谕院臣僚们要赶拟群臣为皇上登极上的贺表,代皇上草拟郊天①用的昭告天地表文,登极日昭告天下臣民诏书,大赦恩诏,以及谕江南旧明文武官员招降诏书等等。目前距登极日期渐近,不可以选妃事分散臣民心志,然而行在后宫也不可无人主持,故应该有一二妃嫔主持后宫诸事,亦是刻不容缓。以臣愚见,请陛下即日传旨,召窦氏或费氏住进寝宫,居妃嫔之位,主持后宫之事,宫中称为娘娘,但不行册封之礼。总之,应使举朝文武之心,行在万姓视听,咸集于新皇帝登极大典一事,其他均非目前要务。"

李自成频频点头,问道:"窦氏与费氏均是才貌兼备,举止娴雅,非寻常女子可比。俟登极大典之后,总得行册封之礼,以正名号,是吧?"

金星说:"历代帝王,选美人充实后宫,原是常事。其中许多女子是先蒙'召幸',事后再赐封号。有的是生了皇子皇女之后,再加册封。有的原来名分甚低,后来因受了特殊恩宠或诞生皇子,逐次晋封。陛下为天下之主,对妃嫔册封迟早,均是雨露之恩。"

听了这话,李自成大为高兴,又一次对牛金星频频点头,在心中称赞说:

"处事有经有权,深合孤意,果然是宰相之才!"

当天晚上,李自成便"召幸"了窦美仪。从此就叫窦氏住在寝宫,宫女们和太监们都呼为窦娘娘,以妃嫔之礼相待。李自成

---

① 郊天——皇帝去京师近郊(一般是南郊)行祭天礼。

多年中为经营天下而殚精竭虑,不贪女色,硬是将普通人的男女之情压制下去。他的这种在当时农民起义领袖中的独特行事,常为张献忠和罗汝才所嘲笑,而为他的敌人所称许。如今采纳牛金星的意见,很简单地处理了选妃之事,使他十分愉快。他狂热地喜爱窦美仪的出众才貌,几乎使他改变了多年来黎明即起的习惯。

虽然李自成将北京视为行在,只打算短期驻跸,但是他能够忙里偷闲,恢复了他的读书习惯。自从窦美仪到了他的身边以后,他于阅览贺表和批阅各种文书之暇,又开始每日读《资治通鉴》。窦妃见他带来北京的是一部较好的坊间刻本,便命两个宫女去慈庆宫将懿安皇后平日阅读的元刊本《资治通鉴》取来;又命一宫女去将慈庆宫的一只白鹦鹉取来,将笼子挂在仁智殿的前檐下,晚上移至殿内。

北京南郊的丰台一带,特别是丰台附近有一个叫做草桥的地方,有十几家专门培养花木的花农,一代代传下来巧妙的养花技艺,可以将暮春才开的花卉提前在早春开放,或春天开放的花卉提前在冬天开放。花农们四时将鲜花送进北京城内,也卖给宫中。慈庆宫院内不但有一个小花园,还有一个小暖房,这暖房不但向阳,冬天还可以燃烧地火,由两个太监学习草桥花农的养花技艺,提早一两个月使张皇后看见鲜艳的碧桃、月季、玫瑰、芍药和牡丹。窦美仪差宫女前去传谕,命慈庆宫的养花太监将二十几盆正在开放的名贵鲜花送到仁智殿来,然后又吩咐宫女们,有的摆在正殿,有的摆在东西暖阁。顿然间寝宫中即处处是鲜花绿叶,充满花香。

李自成平生第一次享受到这样的生活环境,有时他望望鲜花,再望望窦妃,一言不发,禁不住露出微笑。

他知道窦氏在慈庆宫常陪着懿安皇后阅读史鉴,所以休息的时候就命窦氏随意挑选《资治通鉴》中的精彩段落读给他听。窦美仪巴不得李自成能做一个像唐太宗那样的千古英主，所以特别注意从贞观元年起到贞观二十二年的这七卷书中挑那些最精彩的纪事读给新皇上。从此，李自成的身边又多了窦妃的温柔悦耳的读书声。

白鹦鹉能够背诵许多首唐人的五七言绝句和几首脍炙人口的律诗。每逢风清日暖，窦妃宫中无事，便逗引鹦鹉读诗，而李自成对此很感兴趣，往往侧首望着窦妃，含笑而听。

仁智殿的西暖阁作为大顺皇帝驻跸幽州行在的寝宫，而东暖阁作为窦妃娘娘的寝宫。实际上，窦美仪每夜都住在西暖阁，东暖阁虽设有富丽的床帐，却不曾睡，只是将东暖阁用做梳妆打扮的地方。

今年的阴历三月是小月。今天是四月初三。窦美仪来到仁智殿，称为窦娘娘，已经十天了。上月二十八日遵照新皇上的圣旨，有两千多宫女分赏大顺军的有功将校。因为宫女不能全走，不得不从皇亲、官宦、豪门府中征集了一部分丫环仆婢分赏将士。紫禁城中比较幸运的是慈庆宫、承乾宫和寿宁宫，这三座宫院中的宫女们幸免于分赏将校。寿宁宫是个小宫院，因为李自成想着费珍娥需要宫女们照料和陪伴，留下了全部宫女。慈庆宫和承乾宫，都是由于窦美仪和王瑞芬在李自成面前乞恩，得免此劫，并蒙皇恩特准，等北京局面太平以后，将这三座宫院中的宫女们全数放出宫去，与父母家人团聚，凭媒婚配。窦美仪知道皇上的心里总在想着费珍娥，只是新皇上正在像一团火似的宠爱着她，不愿意使她不高兴，才将要纳费珍娥为妃的事往后拖了。窦美仪虽然不希望费珍娥也来到皇上身边受到宠爱，但是她认为自己在后妃中应该做一个很有"妇德"的贤妃，决不在后宫中争宠嫉妒。因为她有这样"贤妃"的品德，所以曾经两次差遣身边的宫女去寿宁宫向费珍娥问寒问暖，告诉费珍娥新皇上仍在惦记着她。

像往日一样，今日当宫中树梢上的宿鸦开始啼叫，南窗上刚有点蒙蒙亮时，窦美仪悄悄地挣脱了皇上的搂抱，从皇上的左边胳膊上抬起头来，轻轻地下床，轻轻地走往东暖阁。立刻有三四个宫女轻轻进来，服侍她梳洗打扮。当她梳洗更衣，打扮完毕，王瑞芬也已经打扮得花枝一般，体态轻盈地掀帘进来，向娘娘献上一杯香茶，然后在博山炉添了檀香。窦美仪见屋中没有别的宫女，望着王瑞芬轻轻叫道：

"瑞芬姐！"

王瑞芬一惊，立刻跪下，小声说："奴婢不敢！请娘娘再不要这样叫我！"

窦氏微微一笑，拉她起来，悄声说道："你我原来都是前朝宫人，都是皇家奴婢。我们原是姊妹行，同命相怜。如今我一旦蒙恩……"

王瑞芬截住说："这是娘娘的命好，一朝飞上梧桐枝头，变为凤凰，众多宫女姊妹们不过是鸡鸭一群，怎敢与娘娘攀比！"

窦氏说："快不要这样说！论容貌你并不比我差多少，论年纪你比我大一二个月，论做事能力你曾是田皇贵妃身边的'管家婆'，如今你率领众宫女姊妹服侍新皇上，也尽心尽意地服侍我。我心中常觉不安，所以因身边没人，唤你一声瑞芬姐……我有一句话想问你……"窦美仪的脸色突然红了，将要问的话咽了下去。

王瑞芬悄声问道："娘娘，这东暖阁中只有你我二人，不知要问何事？"

"我，我，我不好意思问你，可是又忍不住要问清楚。"

"娘娘，对宫中诸事，凡是不明白的尽管垂问，奴婢不敢隐瞒。"

窦美仪又忍了忍，终于问道："你每晚在皇上寝宫中点的什么香？"

王瑞芬的脸红了，神秘地笑着问道："娘娘可闻出来那香气不同于一般御香？"

"我生长于懿安皇后的慈庆宫中，从来没有闻到过这种奇怪的香气，闻了后扰乱……人心（她回避说'春心'二字）。我不愿问你这是什么香，也知道你是一番好意，但是我要你以后在晚上不用再点这种香了。新皇上还不到四十岁，春秋鼎盛，但愿他能够做一位开国英主，勤政爱民，孜孜求治，从谏如流，使百姓早登衽席。千万莫要一得天下便贪恋女色，误了国事。"

王瑞芬肃然动容，躬身说道："娘娘所言极是，奴婢今后不再点那种香了。"

听见李自成已经醒来，王瑞芬赶快往西暖阁去。等候在正殿门外的四个宫女也马上跟在王瑞芬的背后进西暖阁了。

初夏夜短，当李自成在宫女们的服侍下梳头、漱洗和穿好衣服以后，温和的阳光射到仁智殿的窗纱上和正殿门内的方砖上、盆中的鲜花上。有几只小鸟在宫院中的树上鸣叫。李自成刚在西暖阁的龙椅上坐定，端起一盏香茶，忽然听见殿门外有谁念了四句唐诗：

> 春眠不觉晓，
> 处处闻啼鸟。
> 夜来风雨声，
> 花落知多少？

他含笑问道："是窦妃在吟诗？"

王瑞芬躬身回答:"窦娘娘正在东暖阁中读书,这是白鹦鹉在前檐上背诵唐诗。"

李自成"啊"了一声,不觉微笑。

由窦妃陪伴,用过早膳以后,李自成由美人相陪,在西暖阁又坐了片刻,喝了半杯热茶。因为要召见重要大臣,商量数日内举行登极大典的事,他便起身往武英殿去了。窦妃率领宫女们在仁智殿的丹墀上躬身送驾。白鹦鹉在笼子里叫道:

"皇上万岁!国泰民安!"

第二十三章

自李自成驻跸武英殿宫院以后，竟没有再走出紫禁城看一看北京的市容，甚至连皇城内那宛如仙境的太液池，琼华岛，传说是萧太后梳妆的广寒殿，以及西苑中各处碧波仙岛，亭台楼阁，他都没有去游玩一次。但他决不是每日对着美人，鲜花，在悠闲中消磨日子。做皇帝有皇帝的忙碌，何况他刚到北京！

许多新的事务突然来到他的面前，所谓做帝王的要"日理万机"，就是说有办不完的事项堆在身上，例如，他要在武英殿接见京师父老，询问疾苦，宣布新朝德意。这本是表面文章，"父老"是指定的，跪在他的面前说的都是些空洞的颂扬话，他所宣布的新朝德意也不能见诸实行。然而据牛金星说，汉高祖初入咸阳，还军霸上，召集诸县父老豪杰，发表了一番重要讲话，传颂千古。所以就建议他效法汉高祖，在武英殿召见京师的父老。花去了半天时间，李自成除召见京师"父老"之外，还召见了许多明朝旧臣，有的决定录用，李自成以礼相待；有的并不录用，也被召见，有的是自己恳求谒见。还有的是被捉送到李自成的面前，这些人受到斥责后送交刘宗敏处关押起来，严刑追赃。

许多琐碎问题，都得由牛金星和六政府大臣呈报御前，经李自成批准，才能执行。原来在西安时以牛金星为首的文臣们草拟了一部《大顺礼制》，如今作了充实，改称《大顺汇典》。因为关系登极典礼诸事，必须经李自成逐条细阅，批准颁行。天子要建立太庙，追尊七代祖宗，称为"七庙"，这七代祖宗的名字都得避讳。开国皇帝本人的名字当然更要避讳。但李自成自称是"十世务农"，往上只能追查到六代祖宗的名字，所以大顺包括开国皇帝李自成本人在内，要避讳的只有七个字，即："自、务、明、光、安、令、成"，"成"字要写为"晟"。此事在西安已经通谕各地臣民，如今他到了北京，还得由礼政府奏明皇上，通谕北京及新归顺的各地臣民知晓。另外的事情，看似琐事，却很重要。例如改大明门为大顺门，皇极殿为天佑殿，又将乾清宫的匾额"敬天法祖"改为"勤政爱民"。这些事，都由礼政府拟就意见呈奏，经李自成批准，再由礼政府将善书文臣新写的匾额恭请皇上审阅同意，才能制匾悬挂。

总之，大顺朝的皇帝和文臣们在北京并未闲过。以牛金星为首的文臣们，最主要的活动是准备新皇帝的登极大典，还要按照《大顺汇典》加紧准备新的朝服朝冠。群臣每逢三、六、九日上表劝进，大家竞相在劝进表文上下功夫，有人不惜以厚礼请京师四六名手①代笔，力求颂扬的话别出心裁，不落陈套，而且要文辞典雅，对仗工稳。大家都在等着四月初六日举行新皇上的登极大典，从此大顺朝就算是正式开国，而大顺皇帝也成为正统的天下共主。大家原来惟一顾虑的是吴三桂曾受崇祯殊恩，世为辽东镇将②，新近又封为平西伯，兼为山海关总镇，手握重兵，会有

---

① 四六名手——擅长写骈体文的名手，四六体即骈体文。唐宋以后的贺表多用骈体，以求华美、典雅。
② 辽东镇将——即宁远（今辽宁兴城）总兵。总兵称为镇将。崇祯末年，吴三桂兼辖山海关防区，故又称关宁总兵。

不臣之心。但是大家想着皇上于十天前已经钦差定西伯唐通等赴山海关招降,携有白银四万两和黄金一千两的犒军巨款,还带有吴襄的一封恳切谕降家书和李自成的许以世袭高爵的手诏,而吴三桂如今困处山海关弹丸之地,饷源断绝,父母和全家在北京成为人质,在此情况之下必来投降,至少会有贺表送来。在北京新投降的文臣,都庆幸自己被新朝录用,竞相将自己的新官衔用馆阁体浓墨正楷书写在大红纸上,贴于大门。有的新降官员,为着夤缘求进,递上门生帖子,拜牛金星为座师①。牛金星有时也出门拜客,乘坐八抬绿呢亮纱大轿,鸣锣开道,前边是两个衙役手执一对虎头牌,一个上边写着"回避",一个上边写着"肃静",然后是一对纱灯,上写"天佑阁"三字,然后是两行护轿的军士,简单的仪仗,四个衙役手执水火棍,两个衙役抬着檀香炉,然后是一个人骑在马上,擎着一柄蓝色伞盖,然后是四个贴身仆人,鲜衣骏马,其中一个奴仆拿着红锦拜帖子……总之,如今进了北京,天佑阁大学士偶然出门拜客,俨然是太平宰相气派,好不威风!

　　刘宗敏以汝侯之尊,职掌提营首总将军,为大顺朝文武群臣之首,连牛金星和宋献策在重大军政问题上也得向他通报,取得他的同意。他驻节田皇亲府中,半条胡同都驻满了他的亲军护卫,岗哨林立,戒备森严。大门前有一根三丈六尺高的杉木旗杆,上悬一蓝绸大纛,旗中心绣一正红"刘"字。大门外高高的青石台阶前有一对铁狮子,本是田府旧物,如今衬托着四名明盔亮甲、虎视眈眈的执枪守门武士,这一对铁狮子比往日更加神态威武。

---

① 座师——在明、清的科举制度下,每科乡试考中的举人和会试考中的进士,都以该科乡、会试的主考官为座师,终身执弟子礼,遇事互相关照。

田府共有数百间房屋，亭台楼阁，曲栏回廊，假山美池，无不应有尽有，田宏遇于崇祯十四年从江南买回来两个美貌名妓，一个姓陈，一个姓顾。田宏遇死后，姓陈的由吴三桂用一千两银子买去，已经于去年春天到了宁远。姓顾的仍留在田府居住，已经用私蓄赎身，但不愿在北京嫁人，只等运河通了，返回江南鱼米之乡。刘宗敏进来之后，这姓顾的名妓逃避不及，成了汝侯的手中"尤物"，与仆婢居住在一座有流水游鱼，花木扶疏的幽静小院中。三天前，听说被拷掠追赃的某一国公的儿媳年轻貌美，新近守寡，逼他献出。这位美艳少妇带来丫环仆妇二三十人，单独居住在另一座院落，颇受汝侯宠爱。

　　刘宗敏一进城就按照原定计划，每天逮捕明朝的在京官吏，几天之内逮捕了六百多人，有皇亲、勋臣、朝中大臣，也有普通臣僚。原说只逮捕六品以上的官吏，但很快打破这个限制。还有，原说有清廉之名的大臣不加逮捕，但是这一条也被打破了。被拘捕的官吏大部分关押在刘宗敏驻节的田皇亲府的西偏院中，小部分关押在别的将领宅中，天天施用各种酷刑，进行追赃，不断有人在拷掠中惨叫而死。大顺军进行的拷掠追赃政策，加上军纪迅速败坏，奸淫和抢劫的事不断发生，在北京造成了极大的恐怖和民愤，使不同阶层的北京人大失所望，认为大顺军果然是流贼的本性未改，重新想念崇祯皇帝，盼望吴三桂赶快率关宁兵来剿贼复国。

　　在北京发生的重要情况，有些事李自成并不知道，有些事不完全知道。他最为关心的大事是如何尽快在北京举行登极大典，然后胜利地返回长安，建立像唐朝那样的伟大帝国。文臣们多是新降的前明官吏，只希望在新朝中作为攀龙附凤之臣，保住禄位，对大顺军内部的问题看到了也一字不谈。李自成的大臣中如宋献策和李岩二人，都比较头脑清醒，但因为有种种顾虑，特别是事情牵涉到陕西将领,不敢向李自成直率进言。而且他们更担心的是军事方面,只怕吴三桂抗拒不降,勾结满洲人乘机向北京进兵。他们认为大顺军来北京本是孤军远征,人马不多,进了北京后军纪大坏,很难战胜吴三桂的关宁边兵和从满洲入侵的强大敌军。

今日是四月初三,为着初六日举行登极大典的日期临近,李自成昨日传旨,现在要在武英殿的西暖阁召见一部分文武群臣。他由四个宫女跟随,已经来到西暖阁,坐在龙椅上等候,一杯香茶随即放在御案上了。他对一个宫女轻声说:

"叫双喜将军进来!"

片刻过后,在武英门办公的李双喜来到李自成的面前,跪下听旨。李自成问道:

"大臣们都来了么?"

双喜回答:"启禀父皇,昨日传谕的各位大臣都已在武英门恭候召见,只有宋军师和李公子尚未来到,所以牛丞相同大臣们都在武英门等候。另外,王长顺昨夜就进宫一趟,说他有重要事求见陛下,儿臣因父皇已经安歇,叫他今日再来。他今日早早地来了,一定要面见皇上。"

李自成的眉头皱了一下:"叫他同丞相谈谈,不要见孤了。"

"父皇,儿臣已经说了,他执意非亲自见皇上面奏不行。他说……他说牛丞相如今要做太平宰相,他的话说给牛丞相也是白搭,牛丞相未必会如实转奏,所以他非要进宫来面奏不可。"

李自成无可奈何地苦笑一下:"叫他等候一阵,等候召见了群臣之后你带他来吧!"

过了一阵,宋献策和李岩来到了武英门。文武群臣以刘宗敏为首,走在前边,紧跟着是牛金星和宋献策、李岩、六政府堂官，后边是李过和吴汝义等几位武将，鱼贯进入武英殿的西暖阁，依次向李自成行叩头礼。宫女们已经避开，有四个年轻的太监两个在旁边，两个在帘外，垂手躬立侍候。刘宗敏只是草草行礼，但文臣们都是毕恭毕敬地行常朝礼，不敢有一点马虎。在大家行礼时候，李自成仍然不习惯端坐受礼，偶尔又情不自禁地拱手还礼。群臣行礼之后，李自成不像崇祯皇帝那样使群臣都跪在地上或躬身立在面前，他吩咐大家坐下，但不是用"赐座"一词，而是用的"请坐"。太监们在心里认为，新皇帝到底是草头天子，不免心中暗笑。

文臣们因皇帝赐座而躬身谢恩。等群臣坐定之后，太监们从帘子内外轻手轻脚地退出武英殿了。

李自成向群臣问道："初六日登极的事，可已经准备就绪？"

牛金星站起来说："文武臣工连日在文华殿演礼，已渐见熟悉，初六日陛下举行登极大典，已经宣示中外①，一应所需，如仪仗、法驾②，圣上及百官朝服，均已备就，鸿胪寺人员不足，又从民间选取相貌富态与声音洪亮者二十人，日夜训练唱礼，以备急需。"

"登极大典在皇极殿举行，何用法驾？"

"陛下于皇极殿登极，受百官朝贺之后，接着就是行祈天之礼，故需要法驾卤簿。不但如此，初五日就得沿路用黄沙铺地，每一街口要备好松柏彩缎牌楼。从初五日夜就得用三千骑兵沿途警跸，禁绝行人。到初六一早，沿途家家关门闭户，门外摆好香案，任何人不许私自隔着门窗窥看。"

"祈天礼选在南郊何处？"

---

① 中外——朝中或朝外。或称朝野。
② 法驾——皇帝所乘坐的大辇或大辂，以及全部仪仗。

"臣与礼政府诸臣商议，拟请陛下在天坛圜丘上举行祈天之礼。天坛院内，在圜丘西边不足半里处，前朝为皇帝建有斋宫，有宫墙环绕，护以御沟。前朝皇帝如举行祭天祈年之礼，总是前一天就驻跸斋宫，沐浴斋戒。臣与礼政府诸臣商议，目前江南未定，江山草创，尚非平常时候，军国政务繁忙，皇上可以不必前一日去斋宫驻跸，只在仁智殿寝宫斋戒即可。"

李自成点头同意。他望着一位新降文臣，原任明朝少詹事①，新任大顺朝礼政府左侍郎杨观光，虚心地含笑问道：

"杨先生，祈天为何要斋戒，不茹荤，不饮酒，不近女色，不行刑？"

杨观光赶快伏地叩头，回答说："为的是天人一气相感，欲其志气清明慈和，感格上天，故须如此。"

李自成虽然对于杨观光的带有冬烘味道的回答并不十分了然，但是连声称好，命杨平身就座。

李自成今日召见群臣以高层文臣为主，要询问的是关于初六日登极大典的筹备工作，既然牛丞相扼要奏明，诸事顺利，他完全放心了。李自成的心情十分愉快，又向牛金星问道：

"孤要亲自看一看群臣演礼如何，先生可准备了么？"

牛金星跪下说："臣不敢蒙陛下以'先生'相呼，使臣诚惶诚恐。至于演礼之事，文臣们已经熟了，武臣们或有未熟的，再有一两次演习也就行了。臣昨夜与礼政府诸臣商议，拟恳请陛下于明日上午亲自观看演礼，不知可否俯允所请。"

"孤倒很想亲临观礼，只怕臣工们因孤在一旁观看，必会有的胆怯，有的心慌，容易出错。"

---

① 詹事——掌管东宫庶政和辅导太子读书修养的衙门名叫詹事府。詹事府的主管称詹事，次官（副职）称少詹事。另外有左中允、右中允等官。

"这一层，微臣与礼政府诸臣业已商讨，明日系正式演礼，仪仗齐全，地点在皇极门前。拟请陛下于明日早膳后先去文华殿休息，巳时前由文华殿出来，驾幸会极门楼上，凭窗临观，演礼群臣不会知道。陪侍皇上身边的只有微臣、正副军师、礼政府尚书巩焴……"他忽然想到刘宗敏会不会行朝贺大礼的繁文缛节，停顿一下，接着说道："汝侯刘总爷也不参加演礼，陪侍陛下身边。"

刘宗敏想着自己应该做文武百官的表率，说道："俺也跟着大家一块儿演礼吧。"

金星说："总爷是绝顶聪明的人，你明日陪侍陛下在会极门楼上看一看就行了，用不着跟大家一块儿演礼。你以前负过伤，要随着鸿胪官的鸣赞，许多次跪拜兴[①]，我担心近日天阴多雨，你旧日创伤疼痛，还是以不跟随大家演礼为宜。"

李自成明白牛金星的心中真意，他也担心刘宗敏不习惯对他行三跪九叩之礼，笑着说道："捷轩，你跟我一起观看群臣演礼吧。还有，唐通与张若麒去吴三桂那里劝降，原定今日返回，至迟明日返回。你和两位军师同孤在一起观礼，一旦吴三桂那里有了消息，我们立时可以商议。"停一停，他又说："启东也留在孤的身边才是，等候唐通与张若麒回来。"

明日什么大臣陪侍李自成在会极门楼上观看群臣演礼，他的一句话就决定了。等明日他观看过正式演礼之后，如有不满意处，还可以再演习一次，务使初六日的登极典礼十分圆满，然后风声所至，四海归心，大顺万世一统之业就此奠基。今日召见一部分文武群臣，可以说是李自成在事业上感到志得意满的时候，他向面前的群臣微笑着扫了一眼，说道：

"去年十一月，孤在长安，是否即出师幽燕，原未决定。大

[①] 兴——行跪拜礼时，赞礼人鸣赞"兴"，即是起立。

臣中也有人主张持重，劝孤缓期东征。孤后来虽然决计远征，但也没料到果然一路势如破竹，除宁武一地之外，到处迎降。崇祯并非昏庸之主，不料竟然如此容易亡国！"

礼政府侍郎梁兆阳站起来躬身说道："主上救民于水火，自秦入晋，历恒代①，抵幽燕，兵不血刃，百姓箪食壶浆以迎王师，真神武不杀②，比隆尧舜，若汤武不足道也。臣遭逢圣上，当精白一心③以报主恩。"

李自成大为高兴，不觉拱手，连说："先生请坐，先生请坐。"

文谕院大学士顾君恩趁机会站起来说道："主上睿智神武，兵不血刃而进入燕京，海内望风，江南翘首，不久即将统一中国，威服四夷。近日群臣中有些劝进表写得很好，可以传之千古，微臣与丞相不禁点首欣赏，不知陛下可曾留意一阅？"

"孤每一劝进表都浏览过了，不知你们最称赞的是哪些表文，不妨读几句让大家听听。"

顾君恩说道："臣记得有一劝进表中有这样句子：'独夫授首，四海归心。比尧舜而多武功，迈汤武而无惭德。'这四句对仗工整，颂扬得体。"

李自成点头微笑，环视群臣，意气舒展。

顾君恩又说道："新降臣前明长芦盐运使④王孙蕙的劝进表

---

① 恒代——大同、忻县等地，即晋北一带，古为恒州和代州，为大顺军来北京途经之地。
② 神武不杀——语出《易·系辞》，颂扬得天下是靠聪明睿智的真正神武，不靠刑杀。
③ 精白一心——古代成语，意为纯洁的忠心。
④ 长芦盐运使——长芦镇在今河北省沧州市境内，明永乐初，设管理海盐专卖事务的都转运使于此，下设二十四个转运使。由长芦都转运使辖区（半在山东）运出的海盐称为长芦盐。清代移长芦盐运使署于天津。

中有句云：'燕地既归，宜归河山而受箓①；江南一下，当罗子女以承恩。'他写出如此颂扬文字，既表明忠心拥戴，亦足证才学优长。"

李自成含笑点头。

吏政府尚书宋企郊已经受到王孙蕙的拜托，此刻看见皇上高兴，赶快起立说道："像王孙蕙这样新降文臣，似应予以美缺，不知圣意如何？"

李自成说："只要是真有才学，自然录用，你的吏政府可以斟酌拟定，奏孤知道。"

他又以愉快的眼光向群臣扫视一遍，当看见李岩和宋献策神色冷静，不似众人闻听劝进表中颂扬佳句时的兴奋动容，他的心中打个问询："他们为何与众不同？"在片刻间，他始而在心中感到不快，继而想到他们二人刚才来到较迟，可能是新得到了什么不好的军情探报，故而他们的神色与众不同。他在心中问道："是不是他们已经得到探报，山海关方面有了变故？"

虽然李自成在表面上仍然保持着愉快神色，但是他的心中却忽然凉了一半。吴三桂已经进入山海关，可以说近在咫尺，威逼北京，这使他不能不严重关切。此刻两位军师的脸上神色异于众人，莫非吴三桂抗拒不降，公然为敌？

他吩咐文武群臣退下，尽心为明日皇极门的正式演礼和初六日的登极大典做准备，独将宋献策和李岩留下。当群臣叩头退出以后，他正要向两位军师询问山海关有什么新的消息，忽然听见一阵纷乱的脚步声从右边丹陛登上丹墀，同时听见一个青年人的

---

① 受箓——"箓"是符命之书。从东汉以后，开国帝王都要伪造上天符命，证明他的得天下是受了上天的册命，合理合法。李自成接受宋献策的《谶记》，也属于"受箓"之类。

胆怯的声音恳求：

"你老莫要急，让我到陛下面前传禀！"

一个苍老的声音骂道："闪开！你再拦我，我会一拳将你这个胎毛未退的传事官儿打倒在丹墀上！"

李自成大吃一惊，向外怒喝道："什么人如此大胆，替我拿了！"

因为李自成不许前朝的太监在身边侍候，在武英殿东暖阁和前檐下共有四个太监以备皇上随时呼唤。这时一齐奔到武英殿门口，看见三个官员踉跄奔来，抢在前边的是双喜将军。他们不敢拦阻，赶快惊慌地从门槛边避开。

李自成听见脚步声进来，怒目注视西暖阁的房门，而宋献策和李岩的目光也转向同一个地方，李双喜抢先一步掀帘进来，跪在李自成的面前说道：

"启禀父皇，王长顺有重要话恳求面奏！"

李自成尚未说话，看见王长顺满眶热泪，紧跟着双喜冲了进来，而同时传事官也并肩进来，但是年轻的传事官因为身体便利，反而抢在王长顺的前边跪到地上，连连叩头，声音颤栗地说：

"启奏皇上，臣未能拦住牧马苑使王长顺闯入宫中，实实有罪！"

王长顺跟着说道："臣为了面见圣上，大胆闯宫，在丹墀上将拦路的传事官一把推个趔趄，骂他胎毛未退，还真想再给他一拳。请皇上容小臣将几天来憋在心里的话在皇上面前倒出来，然后听任皇上治小臣鲁莽闯宫，冒犯朝廷之罪。砍头我不怕，横竖不过是碗大疤瘌！"

李自成明白了是怎么一回事，忍着一肚子愤怒说道：

"双喜，传事官，你们退下，没有你们的事了。"

李双喜和传事官叩头退出以后，李自成望着王长顺问道：

"你是孤起义时的旧人，有话不妨直说。你快说吧！"

"皇上！你如今孤立在上，对下面的情况全不知道！臣若今日不言，以后出了大祸，我就不是你的忠臣了！小臣没有读过书，可是小臣明白，自古忠臣不是那些在主上面前一味歌功颂德，报喜不报忧的人。前年九月十四日，臣因知黄河堤将会决口①，带一个老河工到大元帅行辕恳求见你，从早晨等到晚上，见不到你。若是我能够见到大元帅，赶快派重兵保护河堤，九月十五日夜间就不会有明军将河堤掘开口子，叫洪水淹没开封，淹死几十万人，连我军因移营不及也淹死了很多人！……事后谣传我军被淹死了两三万，实际被淹死了三四千人和骡马一千多匹。这几千将士是防备黄河北岸明军解救开封的，都是从陕西带出来的精兵啊！有许多人我都认识！……"说到这里，王长顺放声痛哭。

李自成想到那驻扎在开封城北洼地的几千将士死得冤枉，也忽然神色戚然，叹了一声，命王长顺坐下说话。

王长顺仍然跪着，接着说道："开封淹没的第二天，我同一队将士找到一只小船，到了开封城中，看见水上到处漂着死尸，男女老少都有，有不少还没有死，在屋脊上哭着求救。……"王长顺又一次说不下去，大哭起来。

李自成听王长顺重提洪水淹没开封的事，更加戚然不乐。但是他事后也深悔自己失误，所以没有动怒，等待着王长顺继续说下去。宋献策和李岩平时就认为王长顺为人正派，敢说真话，此刻不由地交换了一个眼色，同样对老马夫肃然起敬，希望王长顺

---

① 黄河决口——故事见第三卷五十五至五十七章。崇祯十五年九月十五日夜，明军乘河水暴涨，从北岸乘船渡河，掘开南岸河堤，遂使洪水淹没开封和下游数县。

李自成在武英殿

能说出来他们不便直说的军中情况。

"从开封水淹以后,"王长顺接着说,"我,我后悔死当时只靠双喜和吴汝义替我传禀,没有胆量闯进你的元帅军帐。我当时要是一横心闯入你的元帅军帐,保全了繁华的东京汴梁,救了几十万人的命,纵然你大元帅砍掉我的脑壳,也不过是碗大疤瘌,何况你不一定会砍掉我的脑壳!"

李自成忽然笑了,说道:"是的,孤决不会怪罪你闯我的元帅大帐。崇祯十二年我们被困在商洛山中,将士们染上瘟疫,病倒了十之六七,我也病了数月,四面官军围困。坐山虎在石门寨叛变,将李友围在一座大庙中。官军从商州城和武关两路出动,正在向我们进攻,倘若坐山虎投降了蓝田官军,我们在商洛山就站不住脚了。幸而你从石门寨飞马逃回,向我禀报,使我来得及带病去石门寨平定叛乱。那一次,老营的守门弟兄因我的病体未愈,午觉未醒,不肯替你传禀,惹你恼火,又吵又骂,又是推推搡搡,挥动老拳。那一次你闯老营立了大功。这一次你大胆闯入宫门,闯入武英殿,必有极其重要的消息对孤面奏。是不是你听说吴三桂有领兵来犯的消息?"

"陛下!你到北京后十几天来已经大失民心,这比吴三桂那小子不肯投降更为要紧。吴三桂不投降,你可以派大军征讨,将他剿灭;民心不服,你不能将百姓剿灭。用杀戮对付百姓,越杀越糟。陛下,你如今孤立在上,北京城中的情况你全然不知,如同是坐在鼓里!"

李自成不禁悚然,王长顺的尖锐言辞不免使他惶惑:北京出了什么大事,为何群臣们要瞒着我呢?他想着王长顺是故意危言耸听,心中不免恼火。但是他忽然记起来昨夜窦妃为他读《通鉴》,读到唐太宗容忍直谏的事,他忍下去一口气,神色严峻地问道:

"凡是大事，文武大臣们随时进宫来向孤启奏，你为何说孤如同坐在鼓里？"

"陛下！小臣今天冒死也要向陛下说出实话！陛下可容臣实说么？"

"你实说吧，孤要效法唐太宗从谏如流。有什么话你大胆说出！"

王长顺问道："大臣们有几个敢对你说实话的？"他转回头望着正副军师说："请恕罪，我王长顺不是说你们两位，是说那些希图谋求高官厚禄，保全富贵的大臣。他们念的是一部升官经，只会歌颂功德，说皇上听着心中舒服的话。皇上听了不高兴的话他们不说，能伤害文武同僚情面的话也不说。所以皇上不知道北京的真实情况，我才冒死罪前来闯宫！"

李自成的神色更加严峻，怒目望着他的老马夫，又扫了正副军师一眼，似乎对他们责问："这情况是真的么？你们平日何以不言？"宋献策和李岩不敢做声，恭候皇上向他们问话。在刹那间，他们一方面担心王长顺会触怒皇上，一方面也愿意由王长顺之口说出来北京情况。自然，他们也等待着皇上对他们的责备。幸而李自成没有对他们说什么话，又向王长顺问道：

"长顺，你到底要对孤面奏何事？"

"请恕小臣死罪！我大顺军驻扎北京城内，到处抢劫，皇上可曾知道？"

"怎么说……到处抢劫？"

"是的，有时强借不还，有时说是征用，有时半夜闯入民宅，公然抢劫。这样事经常不断，皇上可曾知道？"

"你说的话可是真的？"

"倘若小臣说话不实，请皇上砍掉我的脑袋！"

李自成心中大为吃惊，但是还不敢相信，说道："大军进城的第二天，巡逻队在前门外捉到几个在商店抢劫的兵士，汝侯刘爷当即下令将为首的小头目在十字街口斩首，将人头悬挂树上，怎么还有抢劫的事？"

"刘爷杀了人没过三天，抢劫的事情又有了，愈来愈多。大街小巷，军民混杂，住在一起，巡查不易，防不胜防。几万人马，好坏不齐，杀一个两个人顶得屁事！……啊啊，我在圣上面前说了粗话，死罪死罪！……北京是一个有钱地方，有几家没有现成的金银？没有现成的金银首饰和各种细软之物？官兵们都知道大军在北京不会久留，等皇上举行登极大典之后，大军就要随圣驾返回长安，只留下少数人马镇守北京。人们跟着皇上打天下，受了十几年的苦，黑眼珠见不得白银子，见了白花花的银子格外发亮，谁肯白错过这个一失去就不会再来的好时机？陛下，我大顺军往日人人称道的好军纪就在这繁华的北京城中消失了！"

李自成开始相信了王长顺的直言，出了一身冷汗，心中生气，转向宋献策和李岩说道：

"幸而王长顺今日大胆闯宫，向孤直言陈奏，使孤开始明白我大顺军进北京后的军纪实情。军纪在十多天的日子里如此败坏，你们两位身为正副军师，必定知道，为何闭口不言？"

宋献策和李岩猜到皇上对他们会有此问，在心中已有准备。他们不仅洞悉大顺军在北京城中的抢劫情况，而且更失人心的一件事王长顺尚未提到，就是奸淫妇女。他们二人曾经几次密商，但想不出挽救之策。李岩曾主张直率地奏明皇上，但被思虑周密的宋献策阻止了。此刻李自成突然一问，他们同时起立，由正军师宋献策先说：

"臣等早有所闻，只因皇上初到北京，万机待理，所以不曾向陛下据实奏闻。汝侯刘宗敏为全军提营首总将军，除指挥用兵作战外，也掌管整肃军律，安抚百姓，表率百官，所以臣等曾找汝侯商量过如何整饬军律的事，汝侯也很同意。只是因在北京停留不长，天天忙于拷掠追赃，又要督促将领们演习皇上登极典礼，所以对如何整饬军律的事，不曾上紧去管。其实，抢劫的事只是军纪败坏的一个方面，奸淫妇女的事也时有发生。北京是礼仪之邦，奸淫比抢劫更失民心。"

李自成猛然心惊，马上问道："还敢奸淫妇女？……该斩！该斩！"

王长顺接着说："我大顺军才进北京的几天还好，五天以后，强奸妇女的事儿就有了。这样事儿，只要出了几桩，全城就惊慌了。到底强奸的案子有多少，很难说。虽然有些传闻是无根的谣言，但有些事千真万确。满京城哄传安福胡同一夜之间妇女投井和悬梁死了三百多人，经小臣一再访查，确实有一百多人。还有一个十四岁的幼女，被拉到城头上轮奸而死。还有一个妇女，抵死不从，破口大骂，竟被当场杀死。皇上！自古得民心者得天下。你的手下将士进北京后，又是抢劫，又是奸淫，把你的好名声都败坏啦。皇上啊，小臣跟着你出生入死打天下，可是河南、湖广各处的百姓至今还生活在水深火热之中，没有过上一天好日子，到北京后又很快失去了民心，这样下去，你的江山如何能够坐稳？如何能建立一统的铁打江山？"王长顺忍不住热泪横流，又哽咽说："皇上，这北京可不是一个小地方，不是一个藏在山旮旯里的小村庄，不是伏牛山中的得胜寨。全国各处的人们的眼睛都在望着北京。你能不能在全国得民心，在北京的名声十分要紧，是好是坏，马上就传到各地。在朝中，如今都对你只讲歌功颂德之话，只有我这个老马夫对你直言！"

李自成听了老马夫的直言确实十分吃惊，也确实十分震怒，在御案上猛捶一拳，又扫了宋献策和李岩一眼，这眼神使他们骇了一跳。马上，李自成又向王长顺问道：

"进北京后军纪如此败坏,汝侯刘宗敏何以不管?难道他一点儿也不知道么?"

"刘爷也杀了几个人,可是只要军民住在一起,强奸的事儿就是没法禁止。常言道:'出外当兵过三年,看见母猪赛貂蝉。'何况进了北京,咱们的将士……"

李自成说道:"孤想到了这一件事上,所以催促在上月底挑出两千宫女,又从达官显宦的家奴中挑了上千妇女,分别赏赐有功将校。"

"陛下,你对有功将校赏赐美女,这用意小臣明白,可是陛下,你也有思虑不周的时候。咱大顺军来到北京的有六七万人,受到皇恩赏赐的只是少数。那得到美女的自然高兴,还有几万人没有得到美女,岂肯甘心?我的皇上,请饶恕小臣直言!从上月二十八日皇恩赏赐美女之后,奸淫良家妇女的事儿更多了!更多了!崇祯十二年过年以后,我军被围困在商洛山中,明朝不能够消灭咱们,全靠纪律严明,也靠商洛山中的穷百姓跟我军是一条心。李鸿恩①是你的亲堂弟,强奸民女未遂,他的妈是你的五婶,年轻轻就守寡,只有这一个儿子,还没有长成大人就随你起义。你为了军纪,硬是下狠心把鸿恩斩了。那时候,多少人为他哭着说情,我也流着泪替他说情,你也哭了,可是他还是被你斩了。他作战有勇有谋,常立战功,倘若不被斩,他今日也封侯了。小臣近几日常想到鸿恩的死,心中难过。那时我军在潼关南原打了个大败仗,困守商洛山中,难得的是军纪严明,上下一心。如今进了北京,得了江山,从前的好军纪却没有了,那一股拼死创业的劲头没有了。皇上,万一再遇到困难时候,谁替你拼

---

① 李鸿恩——李自成杀堂弟李鸿恩是一个动人的故事,见第一卷下册二十七章。

死卖命？鸿恩在商洛山中被斩时没有怨言，也没有哭，如今他的魂灵在黄泉下看见这种情形准会痛哭！我的陛下，我的皇上啊，十几年来，跟随你起义的成千上万的英烈鬼魂，看见咱大顺军今日情况，要不在阴间痛哭才怪哩！……"

王长顺不能再说下去，伏地呜咽。李自成第一次听到这样的直言，心中很为震动。看见宋献策和李岩仍在肃立候旨，不敢落座，他用责备的口气说道：

"你们二位身任正副军师，我军近日军纪败坏，肆意抢劫财物、奸淫妇女，你们必定知道，为何不向孤直言？为何不拿出整顿军纪的办法？王长顺并非大顺朝中的文臣武将，只是一个跟我多年的老马夫，他就敢向孤直言！如若不是他平日怀着一颗忠心，今日闯进宫来，孤仍然被蒙在鼓里！"

正副军师立刻跪下。宋献策说道："臣等并非不知，几次欲直言陈奏，尚未得适当机会。今日王长顺闯宫直言，使臣等弥增惭愧。臣等昨日为整饬军纪事到田皇亲宅与汝侯面商，因汝侯才为奸情案斩了两个人，怒气未消，所以未作深谈就辞出了。"

"他杀了两个什么人？"

李岩说道："如今军民混杂，强奸与通奸之事欲禁不止。加上种种缘由，遂使强奸与通奸之事，愈来愈多。臣等忝居军师之位，罪该万死。捷轩所杀的两个人尚非强奸，只是一对通奸男女！"

"杀的一对男女？"

宋献策接着说道："昨日臣等到提营首总将军府，适逢一巡逻小队捆送来一对通奸男女和一名原告。汝侯还是往日的雷霆脾气，叫我们坐下等候，立即擂鼓升堂，审问案犯。那妇女年纪很轻，尚有几分姿色。那原告男人又老又丑，显然他的妻子不是原配，是买来的妾或丫头收房，与丈夫并无夫妻恩情。捷轩问那妇女：'你愿意随丈夫回家去么？'那妇女回答说：'我不愿王头目单独为我而死,宁肯同王头目奔赴黄泉,也不愿再回到丈夫身边!'捷轩又问小校:'你还有什么话说?'小校知道自己必死无疑,所以毫无恐惧,大声说道:'有的将校,家中有妻有子,蒙恩赏赐美女,我跟随闯王起义十年,至今二十八岁仍然是一个光棍。我们虽然是通奸,可是我愿意娶她,她愿意嫁我,两情两愿,要死死在一起。我们活着不能结为夫妻,到阴间结为夫妻!'汝侯为着军纪不可坏,一怒之下,将这一对男女杀了。"

李自成听了这个案子,心中引起一连串问题,但是没有时间向深处思考,向宋献策和李岩问道:

"目前情况,不可任其下去,两位军师有何善策?"

宋献策回答:"臣等今日进谒陛下,为着两件大事:一是要密奏满洲人的动静,二是要奏明北京近日情况。前一件尤为重要,不可不早为之备。"

李自成猛然一惊:"满鞑子有何动静?"

宋献策说:"此事须要密奏。"

李自成:"是同吴三桂有勾结么?"

李岩赶快说道:"陛下,王长顺进宫来见陛下很不容易,他的直言陈奏,实属难得。请陛下听王长顺继续陈奏,等他陈奏完毕,臣与宋军师再向皇上密奏新得到的重要探报。"

李自成明白宋献策和李岩要向他面奏的是十分重要的军事机密,于是命他们起身坐下,转向王长顺问道:

"王长顺,你还有什么话要对孤说?"

王长顺明白两位军师有重要军情向皇上密奏,自己应该赶快退下,于是说道:

"皇上!小臣是一个追随陛下多年的马夫,斗大的字儿认识不到一牛车。常言道,'不在其位,不谋其政。'小臣只有一片忠心,害怕皇上每日听到的尽是歌颂功德,会误了陛下大事,所以冒死闯宫，直言面奏。如今话已吐出口了，请治小臣冒犯之罪。"

"我大顺军到北京后有抢劫百姓的，有奸淫妇女的，多年的好军纪忽然败坏，你不进宫来直言陈谏，孤一点也不知道！孤一进紫禁城就不曾出去过，看来孤应该出去亲自看看，听听，不应该光听群臣的颂扬的话，是吧？"

"皇上，请恕小臣再说几句直言，纵然你天天走出紫禁城，北京城内军民的真正情形，你也是看不见，听不到。"

"孤不聋不瞎，何至如此？"

"小臣虽不曾读圣贤书，对世道人心却有经验，看得很多，想得很深。在攻破洛阳之前，陛下虽然号称闯王，朝廷和官府骂陛下是流贼。可是陛下正在艰难创业，到处流窜，穿破的，吃粗的，与士卒同甘苦，把穷百姓看成了父兄姐妹。每到一地，因为你的军纪严明，仁义爱民，老百姓敢围到你的身边，把心里话说给你听。你的耳总是聪的，眼总是亮的。破了洛阳之后，你成了奉天倡义文武大元帅，手下有了几十万人马，局面同以前大不相同了，能够到陛下身边说话的只有那几十员有头脸的将领和亲信幕僚，从此后，小百姓不能随便见你了，士卒小校不能随便见你了，连我这个老马夫王长顺在紧急时候也不能见到你了！……莫说称王称帝，就拿做官的人们说，都是官越做越大，跟百姓越离越远。自古如此！……皇上！小臣言语太直，请恕小臣死罪！"

"你说得很好，说下去，说下去，孤正要听你的直言！"

王长顺迟疑一下，接着说道："去年春天到了襄阳以后，陛下受众将拥戴，号称新顺王，草创了新的朝廷，设置了文武百官。从此，局面又不同了，文臣武将们在你面前奏事都得跪下，你只许总哨刘爷可以免礼。十月间进了西安，陛下将秦王府的宫殿作为新顺朝的宫殿，每隔三日去灞桥观操，沿途百姓看见你的黄伞都远远避开，来不及避开的都跪在路边不敢抬头，怕得浑身

李自成在武英殿　579

打颤,连大气儿也不敢出。近处,连正在啼哭的小娃儿听妈妈说:'不许哭,皇上驾到!'也马上闭住嘴了。今年元旦,陛下在长安昭告天下,定国号大顺,改元永昌,受文武百官朝贺。如今又进了北京城。不管是不是举行了登极大典,陛下就是当今皇帝,天下万民之主。陛下想出紫禁城听一听,看一看,其实陛下什么也听不到,看不见。陛下要出去一趟,前一天就得沿路刷洗门面,填平地面,打扫干净,然后用黄沙铺路。圣驾出宫可不是随时想出去就出去,出宫的吉日,时刻,都得由军师或钦天监事先择定,传谕扈从百官知道。出宫的这一天,从一早就开始静街,文臣们称做警跸。小臣听说,沿路一街两厢商店停业,家家关门闭户,除门口摆设香案之外,门窗内不许有人窥看,不许有一点声音,深院中不许传出小孩哭声,不许有鸡鸭乱叫。街道两旁,五步一卒,十步一兵,面朝外,背朝街心,弓在背,刀在腰,长枪刀剑在手,肃立无声。皇上坐在三十六人抬的龙辇上,隔着亮纱,向前看,你只能看见几百名骑在马上的护驾亲军,接着是各种旌旗飘扬,伞、扇成对,随后是成对的金瓜、钺、斧、朝天镫……各种执事①。再往后是一柄黄伞,四个随驾的宣诏官和八个骑马仗剑的武士。还有什么,小臣只是听说,说不清楚。总之,我的皇上,请恕小臣直言,你向前看——看不见一个百姓,向左右看——看不见一个百姓,回头向后看,你只能看见扈从的群臣和大队骑兵。从前你同穷百姓们亲亲热热地坐在一起随便喷闲话、叙家常的那种情景,再也不会有了!……皇上,小臣的直言已经说完,请皇上治小臣胡言乱语,大大不敬之罪!"

李自成望着王长顺,不知说什么好。老马夫的直言是他第一

---

① 执事——仪仗的俗称。

次听到,心头上又是突然吃惊,又是恍然明白,又是爽然若失,又是……总而言之,各种心态几乎在同时出现,十分纷乱,使他一时间茫然理不出一个头绪。他很想留住王长顺为他再说出些他所不知道的北京情况,但是他也看见两位军师的神色沉重,在等待着向他禀奏十分重大的军事机密,于是他向正副军师的脸上打量一眼,又向王长顺问道:

"难道来到北京的大顺军全是一样,军纪都坏了不成?"

"不,皇上,自然也有好的。"

"哪些部队是比较好的?"

"陛下,小臣每日无事,带着四名亲兵,骑马各处走走看看,好在我的人缘熟,什么事都瞒不住我。据小臣看来,咱来到北京的六七万大顺军,不是军纪全坏了,倒是有三支人马保有往日的军纪,没有听说有抢劫和奸淫的事……"

"哪三支人马?"

"驻扎在皇城以内和守卫紫禁城的部队,军容整肃,纪律严明,可以说没有给皇上的脸上抹灰。咱副军师李公子从豫东带出来的一支人马,如今只有两千多人,在安定门内驻扎五百人,其余都驻扎安定门外和安定门一带的城头上,同百姓平买平卖,秋毫无犯,老百姓提起来赞不绝口,真是狗撵鸭子,呱呱叫!……"

李自成露出来高兴的笑容,问道:"还有么?还有么?"

"还有,可不在北京城内。小臣也到了通州,看看运河,看看兵营,也到当地百姓家坐了坐。"

"那里驻扎的人马军纪如何?老百姓怎么议论?"

"哎呀,皇上,咱们的众多人马,很不一律!平日显不出多大分别,如今到了北京,一片欢庆胜利,这胜利可像火炉,谁是真金,谁是镀金,谁是黄铜,都显出真容啦!人都是有血有肉的,谁不爱钱?谁不爱女人?人都有七情六欲啊!……我的皇上!如今已经攻占了北京,局面一变,人们的想法一变,加上军纪一松,七情六欲的河堤决口啦,官兵能够原样不变就难啰。可是罗虎率领的三千人马驻扎在通州东边,就是与众不同!在他的军营中,他禁止赌博,禁止游荡,全营每日老鸹叫就吹号起床,刻苦操练。罗虎以身作则,与士卒同甘共苦,吃一样的饭菜。他在操练之暇,读书写字,或请当地有名的举人秀才替他讲书,谦恭下士,人人称赞,说他日后准能成为一员名将。如今才二十一二岁就显出是大将之才。难得,难得,实在少有!陛下,咱大顺军中出了这样一个名将坯子,小臣心中高兴,也为陛下庆贺,可惜眼前只有这么一个!"他激动得滚出眼泪,又说道:"小臣要说的话已经说完,两位军师有重要机密军情禀奏,小臣退下。"

王长顺叩了一个头,站起身来,正要小心退出,忽然听见皇上说"王长顺且慢走",他立刻转回身来,垂手肃立,等候皇上问话。他不知是不是皇上要斥责他闯进宫来,在御前大胆胡言乱语之罪。李自成停了片刻,望着老马夫问道:

"长顺,你亲眼看见过小虎子如何操练?"

王长顺回答说:"皇上,小臣被罗虎留在通州住了两天,看了他的步兵操练。那真是认真操练,头目中有一个上操时违反军纪,他严厉责罚,毫不容情,使教场中的全营官兵害怕得面如土色,大气儿也不敢出。我看他操练骑兵,既有我军在商洛山中和伏牛山得胜寨训练骑兵的老办法,也有新招,这新招就叫我看出他是一员名将坯子。"

"他有什么新招?"

"他操练骑兵的地方在运河北岸,离河边约有两里,罗虎将五百骑兵在教场操练了阵法和射艺之后,忽然他将红旗挥动三下,这五百骑兵随着战鼓声变成五骑并行的纵队,十分整齐,小跑前进,直向河边。骑兵快到河边的时候,鼓声不止,骑兵继续前进。离河边不到十丈远时,忽然纵队变成横队,继续前进。我心中大惊,赶快说道:'震山将……'"

"你叫他什么?"

"臣叫他震山将军。"

李自成含笑问:"啊?"

"是的陛下,臣称他震山将军。虽然陛下的爱将罗虎是在臣的眼皮下长大的,臣一向叫他小虎子,或叫他小罗虎,可是他如今是咱大顺军中的一营主将,在他那一营官兵中威望极高,所以臣应该称他的表字震山,加上'将军'二字。"

"啊,孤听着怪新鲜呢……你接着刚才的话头说下去,说下去。"

王长顺接着说道:"臣说,震山将军,请赶快鸣金!他没有理我,下令旗鼓官用力擂鼓,猛摇红旗。他跳下看台,同二十名亲兵也跟着扬鞭下水。那一段运河大约有二十丈宽,河心很深。此时旗鼓官带着鼓手跃马下水,紧跟罗虎,鼓声不止,角声又起,鼓声和角声混和一起,催促着骑兵泅水前进。突然,对岸树林中响起一声号炮,随即也响起鼓声,奔出了两百步兵,向河岸施放火器。一时河对岸炮声和鼓声震耳,火光闪闪,硝烟满地,一片喊杀之声。渡河的骑兵左手牵着马缰,右手挥着刀剑,喊着'杀!杀!……'冲向对岸,冲进硝烟之中,又过片刻,在对岸抵抗的步兵败逃了。鼓声停止,锣声响了,硝烟开始散了。罗虎率领着骑兵整好队伍,泅水回来。骑兵回到了阅兵台前,大家的下半身都湿了。罗虎虽是主将,也不例外。他讲了几句话,勉励大家明日继续苦练,然后才命大家回营去烘烤衣裤。皇上,这可是你的一支戚家军啊!罗虎的这三千步骑兵是陛下顶顶管用的一支精兵!"

李自成听得满意,不由地点头说:"好,好,小虎子真有出息!……你退下去吧,以后有重要话还可以进宫面奏!"

王长顺退出以后,李自成看看两位军师的神色,心中明白一定是他们得到了很不利于大顺的军情探报,问道:

"吴三桂那方面有什么新的消息?"

宋献策赶快回答:"自从攻破北京以后,臣即命刘体纯驻在通州,不惜金钱向山海关一带和长城以外派遣细作,打探吴三桂和辽东军情。今日五更,刘体纯差人来军师府向臣与林泉禀报一项极其重要的军情,臣等所担心的事果然来到眼前了。"

李自成的心中蓦然一惊,问道:"什么事极其重要?是吴三桂敢公然与我大顺为敌么?"

宋献策说:"这是臣与副军师从出师东征以来最担心的大事,如今果然探出了准确消息。攻破太原后,林泉偶然在晋祠遇到一位奇人……"

"这位奇人……可是你们在太原时曾经对孤说的那位洪承畴的得力谋士?"

"正是此人,名叫刘子政,洪承畴兵溃松山时他愤而削发为僧。林泉偶然在晋祠同他相遇,听他纵论天下大势,洞达时务,慷慨激昂。第二天臣与林泉前去晋祠访他,有心挽留他为陛下所用,不料他已于天明前带着两个仆人策马离开晋祠,杳如黄鹤,刘子政所担心的事,果然如其所料!"

"他料到吴三桂会抗拒不降?"

"吴三桂不过是癣疥之疾耳。"

"那么……"

李自成忽然沉吟不语。他不待细问已经觉察出眼前局势的严重性,脑海中像闪电般地想到了新的一次大战,想到了他可以依靠的几个将领和几支部队,特别是想到了罗虎,又从罗虎想到了费珍娥……自从窦美仪到了他的身边,深得他的宠爱。按照封建时代宫廷礼制,他本也可以将费珍娥同时选在身边,然而他不愿使窦氏与费氏各自心中不快,所以他迟迟不作决定。如今想了想,突然一句话不觉脱口而出:

"就这么办,孤已决定了!"

宋献策和李岩都暗中一惊,不明白李自成的这句话是什么意思,他所决定的是什么事儿。他们正等待皇上说明,但李自成急于要知道关于吴三桂方面的消息,不提他突然在心中决定的事,赶快问道:

"你们得到什么消息?是刘体纯今日五更从通州来向你们禀报了重要军情么?"

宋献策说:"是,陛下。因为这消息十分重要,又很机密,所以刘体纯亲自来到军师府向臣等当面禀报。"

李自成心中一惊:"你们赶快详细奏明!刘二虎他怎么说?"

刘体纯掌管的间谍和密探工作,一年多来逐渐显示了它的重要性,形成了大顺军中的一个专业性很强的军事组织,到目前还没有明确的番号或名称,只称为小刘营,但到西安以后,李自成没有工夫直接指挥大顺军的情报工作,而军师府已经正式建立,刘体纯的情报机构就成为军师府中的一个重要部门,仍称为小刘营,以别于刘宗敏和刘芳亮的军营。从前刘体纯得到了什么重要探报,直接向李自成禀报,从此以后就改向军师禀报了。

在进军北京前的三四个月中,即是说从崇祯十六年秋天起,刘体纯手下的各种间谍,有的伪装成湖广、河南、陕西的上京举子①,有的伪装成贿买文武官职的有身份人员,有的扮成小商小贩和江湖术士、杂耍艺人、难民乞丐、和尚、道士、尼姑……三教九流的各色人物,混进北京城中,刺探守军虚实,朝廷消息,社会动态,还随时散布谣言,扰乱人心,夸张大顺王的仁义和兵威。大顺军刚破北京,刘体纯就遵奉正副军师之命进驻通州,不惜金钱,收买细作,刺探满洲和吴三桂方面的军事动静。

从三月十九日到四月初,大顺朝的文臣们最重视的是上表劝进和准备登极大典,而刘宗敏和李友等将领最重视的是对明朝的皇亲贵戚、高级官吏的拷掠追赃。幸而有宋献策和李岩领导的军师府保持着清醒的头脑,没有忘记大顺军进北京后摆在面前的严峻局势,尤其担心大顺军在北京立足未稳,吴三桂据守山海关不肯投降,而满洲人乘机向北京进兵。如今他们所担心的事情果然出现!

听了皇上询问,宋献策赶快站起来说:"启奏陛下,今日天色刚明,刘体纯就叫开朝阳门,来到军师府,亲自向臣等禀报一件重大军情。据细作探报,满洲人正在征召满、蒙、汉八旗人马,不日即将南犯。臣等窃以为,自万历季年以来,东虏兵势日强,明廷步步失算,遂使东虏成为中国之心腹大患,至今仍为我朝势不两立之劲敌……"

"你坐下说话,坐下说话,是劲敌么?"

"请陛下恕臣直言,满洲确实是我朝劲敌,万万不可轻视。"

李自成低头沉吟,心中说道:"没料到辽东一隅之地,东夷余种,竟然如此狂肆,敢在此时称兵入犯!"

宋献策看出来皇上对满洲抱轻视态度,坐下后又欠身说道:"陛下,崇祯一朝,满洲兵四次南犯,只有一次是从大同附近进

---

① 上京举子——民间对上北京参加会试的各省举人的俗称。

犯,其余三次从三协①之地进入长城,威胁北京,深入冀南,横掠山东,然后从东协或中协出塞。虏兵每次入塞,都使崇祯无力应付,几乎动摇了明朝根本。如今我国家草创,根基未固,以数万人来到北京,夺取了明朝江山,确实是空前胜利。皇上声威震赫,必将光照千古。然而我军人数不多,远离关中,破北京后吴三桂屯兵山海城中,观望不降,而满洲强敌又已调集兵马,蠢蠢欲动。臣等忝备军师之职,实不敢高枕无忧。"

李自成低头沉默片刻,然后向李岩问道:"林泉有何高见?……坐下说话,不用站起来。"

李岩欠身说道:"自从万历以来,虏酋努尔哈赤在辽东崛起,举兵叛乱,自称大金。天启六年,努尔哈赤病死,他的儿子皇太极即位,虏势更强,遂于崇祯九年改国号为清。努尔哈赤生前,已为虏兵入犯塞内打好了根基。皇太极继位之后,用兵屡胜,近几年已统一了辽东,席卷蒙古各部,臣服了朝鲜。所以微臣无知,每与献策密商,均以东虏乘机南下为忧。既然探知东虏已经在调动兵马,请陛下不可不预为之备。"

李自成又想了片刻,仍不敢相信满洲人在此时会向大顺朝进犯,对两位军师说道:

"孤在西安时听说,去年八月,满洲的老憨②突然病故,东虏一时间诸王争立,几乎互动刀兵。后来有一个名叫多尔衮的九

---

① 三协——这是明朝时期的军事地理名词,与吴三桂降清经过有关,特为注释清楚。隆庆二年(公元1568年),抗倭名将戚继光由浙江调至北方,任蓟镇总兵,统辖蓟州、永平、山海诸处军事,整修长城,并将从山海至昌平东之石塘岭,沿长城一千余里划为三个防区,称为三协,每协辖四个小区,共十二个小区(或称路)。每协设一副将,每路置一小将,东协驻建昌营,中协驻三屯营,西协驻石匣。总兵驻蓟州。

② 老憨——见第三卷上册十五章注。

王,也是努尔哈赤的儿子,手中握有重兵,不使老憨的长子豪格继承王位,硬是拥戴皇太极的六岁幼子福临继位,以便他摄政擅权。孤想这些消息都是真的,难道是谣传么?"

李岩说:"我朝在西安所得消息,原是来自北京,十分可靠。"

李自成又说:"以孤想来,满鞑子既然新有国丧,加上立君不以嫡以长①,引起诸王内讧,朝局动荡,此时多尔衮大概不会离开沈阳,轻启战端。"

李岩说道:"陛下,臣自崇祯十年以后,因虏患日逼,常留心辽左情况,略知一二。满洲人自从背叛明朝,至今三十八年,虽然皇太极锐意学习中国,究竟不脱夷狄旧习,不懂中国建储之制,亦无世袭以嫡以长之礼。多尔衮既拥戴一个六岁幼童为君,名义已定,有不听命者即是叛逆,所以至今未闻沈阳有内乱或动荡情形。当然,多尔衮自任摄政,集大权于一身,虏廷诸王公大臣未必人人心服,大概有许多人是心不服而口不敢言。多尔衮为他自己打算,他想利用我大顺军初到北京,立足未稳,民心未服,亲自统兵前来,使八旗兵从此归其掌握。倘能侥幸一逞,他就是继承老憨遗志,为满洲建立殊勋,不但他的摄政地位与权势使满洲朝野无人能与之抗衡,而且他如果日后不满足于摄政地位,想取江山于孤儿寡妇之手,易如反掌。请陛下不要认为虏酋多尔衮不敢来犯,应料其必将南犯,预为之备。"

李自成心中大惊,但表面上不动声色,微笑点头,表示他同意了李岩的分析,转望着宋献策问道:

"军师对此事有何看法?"

---

① 以嫡以长——按中国封建宗法制度,正妻所生之子为嫡子,诸妾所生之子为庶子。世袭王位必须传给皇后所生之嫡长子,如皇后未生男孩,可从妃嫔所生男孩中择年长者承袭。

宋献策回答说："自到北京以后，臣与林泉最担忧者不是吴三桂，而是东虏乘机入犯。如东虏不动，吴三桂处在山海卫弹丸之地，进退失据，迟早必降。纵然抗命不降，也容易派兵进剿，战而胜之，不足为患。目前我大顺心腹之患在多尔衮，不在吴三桂。"

李自成在心中恍然明白：他一向没有把满洲方面的进犯放在心上，实不应该。众文臣都把筹备登极大典和招降吴三桂看做最大急务，毕竟宋献策和李岩较有远见卓识，提醒他重视满洲。他本来是一个有雄才大略的出众英豪，十六年的战争生活使他养成了用战争解决困难的思想习惯。在这刹那之间，他的心思就转到如何打仗的问题上了。

宋献策见皇上默然无语，恭敬地欠身问道："臣等碌碌，所奏未必有当，陛下圣意如何？"

李自成说："你们两位所奏，使孤的心中一亮。明日群臣在皇极门演礼的事照原议举行，初六日登极的事也照原议准备。东虏消息，一字不可泄露。等明日唐通与张若麒回来，看山海卫有何情况，再作计较。你们为何不将刘二虎带进宫来，向孤当面奏明？"

宋献策说："陛下虽然钦差唐通与张若麒前往山海关招降吴三桂，但臣等担心吴三桂会用缓兵之计，以待满洲动静，所以命刘体纯将军务须探明吴三桂是否有投降诚意，还要探明吴三桂的实有兵力。刘体纯到通州之后，即派出许多细作进入山海关，刺探各种军情。他又派遣塘报小队，进驻遵化、三河，一旦探到什么消息，即由塘马日夜驰报通州。多尔衮正在征召八旗人马，准备南犯，就是从山海关城中得的消息。刘体纯估计今日或今夜必有重要消息来到，所以他见了臣等之后，又赶快回通州去了。"

"宁远已被满洲占据，山海关城中如何能知道沈阳的动静？"

宋献策欠身说道："原来的辽东名将、总兵官祖大寿是吴三桂的亲舅父,家住宁远,苦守锦州。洪承畴在松山被俘降虏,他才势穷投降,不再带兵,受到满洲的优礼相待,满洲人名曰'恩养'。祖大寿的叔伯兄弟祖大弼和祖大乐,原来都是明朝的总兵官,如今都在沈阳,受满洲'恩养'。祖家一族中还有一批武将投降了满洲,如今仍受重用。吴三桂与祖家官居两朝,情属舅甥,来往藕断丝连。所以沈阳有重要动静,在宁远都容易知道消息,再由宁远传到山海关也很容易。我方派细作深入辽东和沈阳不易,不惟沿途盘查甚严,而且路程亦远。这关于多尔衮正在征调八旗人马的消息,就是从山海关吴三桂军中得到的。"

李自成问道:"吴三桂会不会投降东虏,在山海关称兵犯顺?他会么?"

宋献策说:"臣等所担心者正是此事,一二日内必可判断清楚。"

李岩接着说道:"以微臣愚见,目前吴三桂正在骑墙观望,未必就投降满洲。倘若虏兵如往年那样,从中协或西协进入长城,威逼北京,在京郊与我决战,对吴三桂最有利者是不降我亦不降虏,坐收渔人之利。"

李自成说道:"吴三桂父母及全家三十余口均在北京,做了人质,他能够不顾父母的生死与我为敌么?"

宋献策回答:"人事复杂,有的人有时候出于某种想法,也会置父母生死于不顾。"

李岩补充说:"例如楚汉相争,在荥阳相持很久。刘邦的父母都被项羽得到,作为人质。一日,项羽将刘邦的父亲放在一张高案子上,使人告诉刘邦说:'你如今日不投降,我就要用大锅将你的老子煮了。'刘邦回答说:'我们曾约为兄弟,我的老子就是你的老子。你一定要煮你的老子,就请你分给我一杯肉汤。'依臣看来,倘若吴三桂想借助满洲之力,恢复明朝江山,他可以建立千古勋业，会以忠臣之名著于史册，流芳百世，而富贵传之子孙，与国同休。自古忠孝不能两全，在此时候，他会不顾父母和一家性命，抗拒不降。宋军师昨日曾对臣说，我们要多方考虑，防备吴三桂会不顾父母生死作孤注一掷。军师此一担心，微臣亦甚同意。"

李自成点点头，神色沉重地说："你们所考虑的很是。你们今日对孤所说的话，对任何人不要提起，以免朝野惊骇，打乱了登极大典。山海卫方面如有新的消息，我们马上决定对策。总之，孤意已决，对吴三桂决不要养痈遗患！"

宋献策和李岩退出以后，李自成继续坐在武英殿西暖阁的龙椅上，默默沉思，心中像压着一块石头。宫女们轻轻进来，有的捧来香茶，有的进来添香，还有两个宫女遵奉他的口谕，将费珍娥近几天写的正楷仿书取来，装在一个朱漆描金盒中，放在他身边的御案上。但是这一切都没有引起他的注意。宫女们从来没有看见新皇帝如此神色不欢，大家提心吊胆，互相交换眼色，轻轻退出，悄悄地站立在窗外等候呼唤。

虽然李自成暗中盼望今夜或明日一早他钦差的劝降使定西伯唐通与张若麒从山海关回来，带回吴三桂的使者，恭呈降表，但是他又担心唐通与张若麒带回的是吴三桂抗拒不降的坏消息。倘若吴三桂胆敢不降，必定是确知满洲兵即将南犯。李自成反复思量，更加认为两位军师的判断很有道理，而他自己在进北京后对满洲兵的可能入犯过于大意，对吴三桂的敢于拒降也想得太少。

李自成是一位经验丰富的统帅，思想一转到局势的严重性，他马上就考虑到一个大胆的用兵方略：首先全力打败吴三桂，然后留下少数人马镇守山海关，大军星夜回师北京，进行休息补充，以逸待劳，在北京近郊与多尔衮进行决战。这样想着，他仿佛又一次立马高冈，指挥大战，眼前有万马奔腾，耳边有杀声震天……

　　四月初四这个重要日子,随着玄武门楼的沉重鼓声开始了。

　　昨夜,李自成因为王长顺的闯宫直言,使他明白了大顺军在北京的军纪败坏,又听宋献策和李岩密奏了值得担忧的满洲动静和吴三桂可能抗拒不降的军情,到北京后的兴奋欢快心情突然冷了大半,只剩下等待唐通与张若麒将从山海关带回什么消息了。

　　他因为心绪烦乱,第一次叫窦妃独宿仁智殿的东暖阁,不要来西暖阁陪宿御榻。这件事使宫女们深感诧异,而窦美仪在心中也感到震惊。在她的思想中并没有"爱情"一词,但是十天来她深蒙新皇上的恩宠,使她无限地感恩戴德,将她自己的一生幸福和父母一家的荣华富贵都依托在大顺皇爷的宠爱上。她很清楚,如今在寿宁宫中现放着一个费珍娥,在容貌上并不比她差,而年龄上比她更嫩;在皇上身边,还有一个温柔娇媚,足以使任何男子为之心动的王瑞芬。皇上却专心宠爱她一人,专房专夜,每夜在御榻上如胶似漆,天哪,为什么今夜竟使她独宿东暖阁,好似打入了冷宫?如此突然失宠,为了何故?她悄悄地询问了在武英殿侍候的几个宫女。但群臣在御前奏事和议事的时候,一向严禁宫女们在窗外窃听,所以只有两个宫女说出来她们奉皇上口谕从寿宁宫取来费珍娥的近日仿书放在御案一事,引起了窦娘娘的重视,心中恍然明白:啊,原来皇上的心已经移到了费珍娥的身上!

　　在这十来天她虽然十分受恩宠,但是她也知道皇上的心中并没有忘记费珍娥。她猜想大概皇上要等到举行过登极大典之后,一面给她正式加封,一面将费珍娥选在身边。她虽然曾想过男人多是喜新厌旧,而皇上的宠爱犹如朝露,并不长久,不像民间的贫寒夫妇能够同甘共苦,白首偕老,但是她全没料到,皇上不待举行登极大典,突然为着费珍娥将她冷落!

她是一个完全成熟了的女子,自从她来到仁智殿的寝宫,享受了从前不能梦想也不能理解的夫妻生活。每夜,照例她枕着皇上的坚实粗壮的左胳膊,而皇上的右手常常反复不停地抚摸她的细嫩光滑的皮肤。由于皇上是马上得天下,正所谓"风尘三尺剑,社稷一戎衣",右手掌被剑柄磨出老趼。当皇上手掌上的老趼抚摸着她的细嫩光滑的皮肤时,她特别感到舒服,同时使她对皇上的烜赫武功产生无限的崇敬心情。但是今夜被她当作枕头的粗壮胳膊忽然没有了,抚摸她的那只生有老趼的大手也忽然没有了。她独自睡在空床上,对着昏黄的宫灯,辗转反侧,很难入睡。她暗暗在枕上流泪,也暗暗在心中叹息:人生真好比是南柯一梦!

她平日喜读史书,知道历代宫廷中妃嫔之间为争宠嫉妒酿成许多惨事,也知道明朝的宫闱惨事。她曾经立志做一个有"妇德"的贤妃,决不存嫉妒之心。但费珍娥也能如此么?……她不愿想下去,又不禁在心中叹息一声。

尽管她由于一夜失眠,头昏脑涨,但是她仍像往日一样,天不明就起床了。等皇上起来时,她已在宫女们的服侍下梳洗打扮完毕,正打算到西暖阁向皇上请安,王瑞芬脚步轻轻地掀帘进来,向她一拜,用银铃般的低声说道:

"奴婢恭候娘娘早安!"

窦美仪小声说:"瑞芬姐……"

王瑞芬立刻跪下,说:"请娘娘千万莫这样称呼奴婢,奴婢要死了!"

窦美仪拉她起来,又小声说:"这屋里没有第二个人,我叫你一声姐姐不妨。我问你,皇上昨夜睡得可好?"

"奴婢刚才问了在西暖阁值夜的宫人,据说皇上昨夜破了例,一夜睡眠不安,好像有重要心事,有时叹气。"

"是想到费珍娥么?"

"我看未必,娘娘的美貌不下于珍娥,皇上对娘娘恩眷正隆,决不会将圣心移到珍娥身上。他必有重大国事操心,昨夜才如此烦恼。"

"马上就举行登极大典,除想念珍娥外,还有什么烦恼?"

"奴婢记得今日是珍娥的生日,娘娘向皇上请安时不妨请旨给费宫人赏赐什么生日礼物,也可以听听皇爷的口气。"

窦妃点点头,同意了这个办法。趁李自成去武英殿前拜天之前,带着悦耳的银铃声和弓鞋木底后跟在砖地上的走动声,她体态轻盈地走进西暖阁,向皇上行礼问安,顺便问道:

"听说今天是费珍娥的生日,臣妾恭请圣旨,要赏赐她什么东西?"

"啊,今日是她的十七岁生日,虚岁十八,你同王瑞芬斟酌一下,赏赐她四色礼物,差宫女送去好啦。顺便传孤的口谕,今明两日之内,孤要召见。"

窦美仪不禁暗中一惊,不敢多问,在心中说道:"天哪,该来到的事儿果然来了!"

李自成拜天完毕,在武英殿西暖阁刚刚坐下,李双喜随即进来,在他的面前跪下。自成先打量他脸上流露的神色,挥手使进来献茶和添香的两个宫女回避,赶快问道:

"双喜儿,有何急事禀奏?"

双喜说道:"刚才从军师府来了一位官员,言说张若麒与唐通二位钦差昨夜二更时已经到了通州,在通州休息一宿,今早可到北京。军师要儿臣请示陛下,今日何时召见二位钦差大人?"

"张若麒与唐通从山海卫回来,吴三桂是否有使者同来?"

"儿臣曾问了军师府的官员,他说没有。只有带去的随从人员一起回来。"

"可曾带来吴三桂的投降表文或书信？"

"军师府来的官员不知道，好像没有带回来降表。不过听说吴三桂已经答应投降，如今还在同关宁将领们不断磋商，务求在投降这事上众心一致，免遗后患，大概再耽搁两三日，必有专使将降表驰送到京。"

李自成的脸上露出一丝欣慰，但是，这笑意突然消逝，在心中机警地对自己说道："这分明是缓兵之计！"他随即对双喜说道：

"辰时二刻，在文华殿召见唐、张二人，传谕牛丞相和两位军师，辰时整都到文华殿去。你还有什么事儿要奏？"

双喜说："刘体纯于三更过后，叫开朝阳门，到了军师府，带来了重要军情。宋军师命他天明后赶快进宫，亲自向陛下面奏，他已经来了。"

"他现在何处？"

"吴汝义留他在五凤楼上候旨，命儿臣向陛下请旨，何时召见？"

"立刻召见！传他进宫！"

双喜退出后过了一阵，刘体纯进来了。等他叩头以后，皇上命宫女搬来一把椅子放在御座的对面约五尺远近地方，命他坐下。他打量了一眼刘体纯神色，说道：

"二虎，你兄弟二人都是崇祯初年随孤起义的。你的哥哥早年阵亡，孤将你带在身边，十几年戎马奔波，患难与共，你成了孤身边的得力战将。如今虽然是分属君臣，实际上情如兄弟。以你历年的战功，孤本来可以命你率领一支人马，独担一个方面，可是破了西安以后，孤要利用你过人的细心和机警，为大顺建立一些在战场上不能建立的功勋。外人不知，孙传庭不是败在临汝决战，是败在你派遣的间谍手中。上月我大顺未破北京，你的小刘营派遣的许多人早就进北京了，一方面使北京人心瓦解，一方面将崇祯朝廷的动静随时禀报，使孤与宋军师对北京的朝廷情况了若指掌。所以二虎呀，开国创业谈何容易，孤不会忘了你在不声不响中建立的功勋！"

刘体纯被皇上温语感动，连忙跪下，滚出眼泪说道："微臣碌碌无能，忝居众将之列，实不敢受陛下如此夸奖。"

"平身，坐下说话。"李自成望着刘体纯重新在椅子上坐下以后，问道："你今日进宫来定有十分紧要消息面奏，军师可知道么？"

"臣天不明就叫开了城门，先到军师府。军师披衣起床，听了臣禀报之后，用手在案上一拍，说道：'果然不出我之所料！'他命臣赶快进宫来向陛下面奏，臣不敢耽误就赶快来了。"

"吴三桂肯来投降么？"

"臣据细作禀报的各种迹象，断定吴三桂决不会前来投降。他开始就打算据守山海关，等候满洲动静。近几天山海卫城中盛传沈阳在调集满、蒙、汉八旗兵马，准备南犯。吴三桂的守关将士，听说满洲人在调集兵马，无不喜形于色，所以吴三桂绝无意向我投降。"

"他要投降满洲么？"

"依臣看来，吴三桂目前也无心投降满洲。他大概想据守山海关，等满洲兵同我大顺军在北京近处厮杀得两败俱伤，然后乘机夺取北京，为崇祯帝后报仇，恢复大明江山，他就成了大明的复国忠臣，功盖海内，名垂青史。"

"他有这种想法可是你猜的？"

"并不完全是臣猜想的。据细作探报，在吴三桂军中纷纷议论，都说这是爵爷的想法。"

"什么爵爷？"

"吴三桂被崇祯封为平西伯，位居伯爵之尊，所以关宁将领与文职幕僚，称他爵爷。"

"啊！……还有什么事能够证明他决不投降，竟敢与我为敌？"

"山海卫城的东门就是山海关。为着防备辽东敌人，在东门外除有坚固的月城外，万历年间又修了一座东罗城，便于屯兵防敌。西门外到去年也修一座西罗城，尚未竣工。近来吴三桂下令军民日夜赶修，还新筑了几座炮台，安设了大炮。从永平和玉田两地撤回的精兵就屯在西罗城中。可见他是决定不降我朝，不惜与我一战。"

李自成明白同吴三桂的战争不可避免。十六年的戎马生涯使他习惯于迅速思考和决定战争方略，明白了必须在满洲人南犯之前，使用大顺军在北京的全部兵力去打败吴三桂，占领山海关，使东虏兵马受到牵制，不能专力在北京近处作战。他想了片刻，又向刘体纯问道：

"吴三桂究竟有多少兵力？"

"臣依据细作探报，大体估算，吴三桂在山海关大约有五万人马，步骑兵各占一半。在宁远时他有三万多人马，在边兵中是一支劲旅，各种火器都有。所以虽然他的人马在关外成了孤军，却使多尔衮不能将他吃掉。满洲兵已经占领了松山、杏山，又占领了中前所，就是不敢进攻宁远，不愿过多地损伤满洲人马。吴三桂受封为平西伯后，兼统山海关驻军，增加了七八千人，大约有四万多人马。他从宁远携带了十几万百姓进关……"

"不是携带五十万百姓进关么？"

"虚称五十万，实际上有十几万人。关外各地本来人口较稀，一个宁远卫全境如何会有五十万人？何况宁远境内汉人已经好几代居住辽东，那里有他们的祖宗坟墓，房屋田产，都不愿背乡离井，变为流民，不肯迁入关内。还有，宁远的大户是祖家，祖氏一族有三个总兵官和他们手下的成群将校，都在满洲那边做官，这些人留在宁远的家族，士兵眷属，佃户和亲戚，人数众多，自然都不肯跟随吴三桂迁入关内。据臣估计，吴三桂携入关内的人口只有十几万人，分驻在昌黎、乐亭、滦州、开平等处。曾经传闻吴三桂要从这几处移民中抽征丁壮入伍，但是抽的不多，后来不抽了，大概是担心辽民刚刚入关，一时尚难安定，同本地人多有纠纷，处在兵荒马乱时候，不宜把辽民中丁壮抽走，只留下老弱妇女，所以吴三桂的人马还是五万之数，并未增加。"

"可是吴三桂给朝廷的塘报上说……"

"陛下，吴三桂奉旨携辽东百姓入关勤王，不许以一人留给东虏，吴三桂当然要说他遵旨携带全部宁远一带百姓入关，既可谎报大功，又可向朝廷领取五十万移民的安置经费。其实，请陛下想一想，五十万百姓远离故土，长途搬迁，谈何容易！山海关只有一道城门，五十万百姓扶老携幼，携带着马车、牛车、小车、大小耕牛骡马、各种农具、各种家畜家禽、衣物被褥、锅碗瓢勺、口粮油盐，拥拥挤挤，呼儿唤女，都从这一道关门走过，岂是容易！这五十万辽民分驻昌黎、乐亭、滦州、开平四州县，要占用多少房屋，分给多少耕地，扰乱得各州县鸡犬不宁。可是吴三桂除有五万马步兵丁之外，携来的辽东百姓很快就进入关内了，足见进关的辽民人数至多十余万，不会更多。"

李自成一边听一边点头，在心中称赞刘体纯的估计合理。他原来担心吴三桂会从进入关内的辽东百姓中再征召两三万丁壮入伍，如今放下心了。他揭开茶碗盖，喝口香茶，忽然想起来一个重要问题，放下茶碗，赶快问道：

"吴三桂既然忠于明朝，不肯向我投降，他就应该率领三军为崇祯帝后发丧，痛哭誓师，立刻兴兵复明，传檄远近才是，为什么不呢？"

"这是吴三桂的缓兵之计,等待时机。"

"等待什么时机?"

"他一则等待满洲方面的动静,二则等待看一看北京与畿辅的人心向背。如今他不但知道了满洲正在调动八旗人马,还知道我大顺朝在北京和畿辅有些事……"

刘体纯说到这里把话停住,重新跪下,说道:

"皇上,吴三桂派遣了许多细作,有的到北京四郊,有的混进北京城内,将我大顺朝在北京的各种情况报告给他,所以他决议与我为敌。纵然满洲兵暂不南犯,他也要兴兵与我为敌,打出来复国报主旗号,号召远近。他估计一旦他起兵对我,畿辅各地定会有人响应,河南、山东等地也会有人响应。到那时,满洲兵定会乘机南犯。皇上,臣受陛下信任,职司侦察敌情,为陛下耳目。今日局势,不能不大胆向陛下直言。皇上!来到北京以后,我大顺军威已经大不如前,民心不服,畿辅情势不稳,有些地方已经在蠢蠢欲动。吴三桂与我为敌的事,千万不可大意!满鞑子正在调集人马的事,千万不可大意!"

虽然昨天听了宋献策的密奏之后,李自成已经对敌情有了一些清醒的认识,但此刻听了刘体纯的密奏,更使他感到震惊。他沉默片刻,命刘体纯坐下,问道:

"二虎,这些话……你可对两位军师谈过?"

"臣已对两位军师禀报了,他们嘱臣进宫来向陛下如实奏闻,不要隐瞒。"

李自成虽然明白战争不可避免,但是直到此刻仍旧希望吴三桂不要胆敢与大顺为敌。这种并不明白说出来的心事,使他总在抱着渺茫的侥幸思想。他向刘体纯问道:

"吴三桂率五万人马进入关内,原指望由朝廷供应粮饷。如今明朝已亡,粮饷断绝,他如何能支持下去?"

李自成在武英殿　599

"据微臣探知，他从宁远运来的军粮，足可以支持半年。"

"如何有这么多的军粮？"

"自从锦州被围，明朝在辽东土地越来越少，宁远便成了明朝在关外的惟一重镇。后来松山、杏山等城堡相继失守，死守锦州的祖大寿投降满洲，宁远就成了明朝在关外必须守御的孤城。失去宁远，山海关就失去屏蔽，陷在辽东的汉人就失去了最后一线希望。崇祯为要守住宁远，不管国家多么困难，尽一切力量为宁远运送军粮。据臣差细作向入关辽民老者打听，军粮是由登莱下海，用海船运至觉华岛……"

"觉华岛在何处？"

"觉华岛在宁远城东数里外的海中。东房曾经想攻占觉华岛，断了宁远命脉，使宁远不攻自破。但因吴三桂派重兵驻守觉华岛和海岸，修筑许多炮台，东房无机可乘。吴三桂奉旨放弃宁远，入关勤王，觉华岛上的军粮全数用海船运来，将一座空岛留给鞑子。"

李自成又问道："吴三桂的粮船现在何处？"

"我们的细作听到入关辽民言讲，也得自山海城内百姓哄传，从宁远觉华岛来的几百只粮船暂时都泊在姜女庙附近海边。"

"姜女庙在什么地方？"

"听说在山海关东边大约十里地方。相传孟姜女哭长城，死在海边，化为礁石。后人立了一座庙宇，称为姜女庙。"

"姜女庙那里可是驻有重兵？"

"因为姜女庙在山海关和长城东边，岸上只驻有少数守船步兵，并无重兵。"

李自成的心中略一沉吟，忽然想到一旦大战开始，要是能设法焚毁吴三桂的粮船，就能迫使吴三桂不战而降。至于差何人前去姜女庙焚毁粮船……他想到了罗虎，他认为智勇兼备的罗虎是一位合适的将领，他的三千精兵也最可用，可是如何能绕过山海关呢？……

"二虎，关宁兵的士气如何？"李自成不再细想下去，转而又问。

刘体纯回答说："据几个细作禀报，当我大顺军攻破北京时，吴三桂的前锋骑兵已经到了玉田，不敢前进。在起初那七八天内，关宁将士因闻我军数年来百战百胜的军威，纪律严明的美名，而且京城失守，皇帝自缢，关宁兵除山海关一城外可以说既不能进，也不能退，处境极为不利，所以吴三桂的士气大为低落。那时，在吴三桂的军中确有人私下议论向大顺归顺的话，后来忽然变了。近几天，关宁兵的士气很盛，日夜准备，决计同我一战。"

"为什么关宁兵的士气忽然又旺盛了？是因为吴三桂已经同满洲有了勾结么？"

"不是，毛病是出在我军方面，有些话微臣不敢直言。"

"为什么不敢直言？王长顺是个大忠臣，他昨日闯进宫来，把别人不敢对孤说的话都说了，是不是在北京和畿辅哄传我大顺军进北京后军纪很快败坏了，不断有抢劫富户和奸淫妇女的事？这些情况孤已知道，你何必不敢直言？"

"还有一件大事，臣确实不敢直说。"

李自成面带微笑说："你是孤的爱将，又身任侦察敌情重任，有什么话不可对孤直言？说吧，快说吧！"

"陛下，我军进北京后，抓了几百官吏勋戚，酷刑追赃，至今已经死了许多人。这件事很失人望。吴三桂一看这情形，不愿降了。山海关城中士绅，原来还在观望，如今都劝说吴三桂传檄远近，兴兵复明。人们都说……"

李自成重新端起茶碗，笑着说："说下去，说下去。人们都说些什么？"

刘体纯又一次跪下去，说道："请陛下听了后不要震怒，恕臣直言不讳。"

"二虎，快说吧，有什么不可直说的？"

"人们纷纷议论，自古夺得天下从来没有这样胡搞的，人们骂陛下虽然占了北京，终究是个流贼，是黄巢一流人物，不是坐天下的气象！"

李自成故意露出的笑容突然消失了，手中的茶碗砰一声落到御案上，茶水溅出。过了一阵，他又叹一口气说道：

"逮捕在北京的六品以上官吏严刑追赃一事原是孤与捷轩在长安出兵前商定的一件大事，原想着国家草创不易，此举既可以解救国库空虚的燃眉之急，也可以使万民拍手称快。不料北京城和远近士民不惟不拍手称快，反而同我离心！在长安时，宋军师同李公子对这一重大决策都曾婉言谏阻，孤未听从，如今欲不拷掠追赃也晚了……你还有什么要禀报的？"

刘体纯迟疑片刻，又说道："刚才陛下问起吴三桂的关宁兵为什么七八天前士气低落，如今士气又忽然旺盛，其中道理，臣刚才说了一半，还有一半原因臣一时忽忘，尚未说出。"

"你说出来吧，不要顾虑。"

"吴三桂的关宁兵原以为陛下真的率领二十万精兵来到北京，还有大军在后，所以一时十分害怕。吴三桂因此不敢率两三万关宁铁骑星夜西来，驰救北京。在我军攻破北京的数日之内，山海关仍不知我军虚实，眼看进退失据，士气难免低落。随后他知道我大顺到北京的只有数万人，也无后续部队，他才敢于拒不投降，士气反而旺盛。如今他按兵不动，等待时机。要想迫使他投降，或是将他打败，攻占山海卫城，除非我军有更多兵力，同时出奇兵绕过山海关，焚毁他停泊在姜女庙附近的粮船……"

"啊，孤都明白了。你带来多少亲兵？"

"臣因是夜间赶来，带了三十名亲兵，以防不测。"

"你退下去吧。早膳后你赶快返回通州，继续打探敌军动静，愈快愈好。还有，你回通州后立刻传孤口谕，叫罗虎今日下午赶来北京，孤有要事召见。"

"遵旨！"

刘体纯叩头退出以后，王瑞芬进来，请他回寝宫用早膳。他似乎没有听见，向王瑞芬看了一眼，想到要召见费珍娥的事，但时间尚未确定，没有说出口来。

早膳以后，他启驾往文华殿召见唐通与张若麒。

第二十四章

　　从三月十六日到三月十九日，吴三桂的人马和从宁远撤退的百姓陆续进关。临榆县城，只是一个军事要塞，进关的百姓不能在弹丸小城停留，必须穿城而过，在山海关内一二个县境中暂时安顿。这些进关的百姓有些是将领的家属，比较能够得到好的照顾；有些是一般的穷人百姓，无衣无食，加上天气凛冽，苦不堪言。他们个个愁眉不展，想着自己抛别家园，抛别祖宗坟地，抛别许多财产，来到这无亲无故的地方，一切困难都不好解决，不免口出怨言。表面上是抱怨朝廷，心里边是抱怨他吴三桂。

　　这一切情况，吴三桂都看在眼里，听在耳中，压在心头。他也感到前途茫茫。当人马经过欢喜岭时，有幕僚告诉他：从宁远来的百姓都站在岭上回头张望，许多人都哭了，说这不该叫欢喜岭，应该叫做伤心岭。

　　吴三桂是十六日到的山海关，十九日到了永平府。因为有皇上的手诏，催他火速赴京勤王，所以他在山海关只停了半个白天和一个夜晚，将一些事情部署就绪，十七日一早就率领三万步兵和骑兵，向北京前去。虽然他一再命令手下的文武官员对进关百姓要好生安顿，可是由于他自己不能在山海关多停，所以实际上也不可能很好地安顿百姓。

从山海关到永平，本来急行军一天就可到达，但是他按照平日行军的速度，走了两天。为的是北京的情况他不很清楚，害怕同李自成的人马突然在北京接战；同时也不愿一下子离山海关太远，万一战斗失败，会进退两难。所以他一面向永平进发，一面不断地派出探马，探听北京消息。

他这次离开宁远，来到关内勤王，并不是真想同李自成决一死战。对于自己人马的实力，吴三桂和周围的官员都很清楚。凭这些人马，能否挡住李自成的大军，他心中毫无把握。可是他不能违背皇上的圣旨，只有入关勤王。另外，他也想到，即使不进关，他在宁远也迟早会站不住脚。自从去年多尔衮扶立皇太极的幼子登极，满洲朝廷曾经互相争权，多尔衮杀了几个有力量的人，将大权操在自己手中。去年秋天，多尔衮已派兵攻占了宁远附近的几座重要军事城堡，使宁远变成了一座孤城。从那时起，宁远形势就空前的险恶。所以，吴三桂之奉诏勤王，放弃宁远，实在也是因为担心宁远不会长久凭守的缘故。

当吴三桂率领宁远将士和老百姓向山海关撤退的时候，宁远附近的满洲人马没有乘机前来骚扰，也没有向他追赶，分明是有意让他平安撤出宁远，顺利进关。当他抵达山海关后，便立即得到探报，说是清兵已经进入宁远城，不费一枪一刀，将宁远拿去了。留在城内的百姓已经入了大清国，也已经按照满洲的风俗全都剃了头发。于是吴三桂明白：从此以后，他在关外就没有退路了。

也正因为如此，他更不敢贸然向北京前进，宁可晚一步，也不要将他的几万辽东将士拿去孤注一掷。同时，为了给自己留条退路，在开往北京的路上，他对山海关的防守事务念念不忘。山海关原有一个总兵官，总兵官下边有一员副将、两员参将，另外还有游击将军等等，但人马只有三四千。高起潜离开的时候，带走了一千人，留下的人马现在统统归吴三桂所属了。他将山海关的人马大部分带来永平,而留下他自己的亲信将领和五千精兵,镇守山海卫城。他一再嘱咐:山海关必须严密防守。这不仅因为在同李自成的作战中,山海关是他的惟一退路;而且也因为要防止清兵从宁远来夺取山海关。所以他到了永平,仍然对山海关放心不下,派人回去下令,要镇守将领不断派细作探听清兵动静,同时又吩咐让一部分将领的眷属住到城内来,这样既可使眷属得到妥当照顾,又可使将领们下死力守卫山海卫城。

十九日下午,约摸申时,他到达永平城外。住下不久,他立即从知府衙门和自己的探马处获得一个重要的消息,使他大为震惊。原来消息说:唐通已于十六日在居庸关投降,北京三大营的人马也在昌平和北京之间的沙河不战自溃,李自成十七日晚就到了北京城下,北京正受到大顺军的猛攻。他曾经想到唐通不是李自成的对手,但没有料到唐通会不战而降。唐通、白广恩,他都认识,在辽东同清兵作战的时候曾经在一起。白广恩投降的事他也听说了,他没有震动,因为那是在陕西省境内,离北京还远着呢!居庸关却是离北京最近的大门,唐通又是与他同时受封的伯爵,军中派有太监监军。居庸关形势险要,唐通本来可以据险守下去,为什么要将李自成迎进关内?既然唐通投降,勤王人马就只剩下他一支了,变成了孤军。唐通原也是一员名将,不战而降,他吴三桂又有什么办法救援北京呢?

吴三桂正在焦急、忧心,忽然中军禀报:"总督大人从城里来了。"

吴三桂正要同王永吉商议,立刻到辕门去迎接,心里说:"好,来得正是时候。"

明朝习惯,向来是重文轻武。可是如今形势不同了,一则吴三桂已经受封为伯爵,二则兵荒马乱,总督手中没有多少人马,倒要仰承吴三桂的力量,所以王永吉名为总督,实际地位却好像是吴三桂的高级幕僚。他从山海关一天就回到永平，竭力为关宁大军筹措粮秣，两天来忙碌不堪。同吴三桂见面不久，两个人就开始密谈。谈到北京局势，吴三桂说，唐通不在居庸关据险而守，却不战而降，使他感到不解。王永吉说：

"居庸关守不住，唐通投降，我是早有所料了。唐通手下只有三千人马，经不起谋士和部将的劝说，不投降又有什么办法？如今只有忠臣义士，誓死为君为国，才能在危急时刻为皇上真正出力。"

他的话是鼓励吴三桂不要效法唐通，但不敢明白说出，只好婉转地露出这个意思。吴三桂一听就很明白，说：

"我吴三桂世受国恩，如今离开宁远，全部人马开进关内，宁远百姓也带来了一二十万。我上不能不尽忠报国，下不能对不住我的将士和百姓，惟有与流贼决一死战！"

他说得慷慨激昂，王永吉也深受感动。他们都明白局势已到了最后关头，北京能不能坚守很难说。两人一面谈着一面不由地深深叹息。随后王永吉抬起头来问道：

"伯爷，这闯贼挟二十万众前来，京城危在旦夕，不知伯爷有何上策，以救君父之难？"

吴三桂沉默不语。他很清楚：纵然现在北京尚未攻陷，可是他只有三万人马，如何能对付二十万气焰嚣张的敌人？何况敌人先抵北京，休息整顿，以逸待劳，他贸然前去，岂不是自投陷阱？他只有这点家当，一旦失败，不惟救不了皇上，连他本人以及数万关宁将士也都完了。所以他一时没有主张，低着头不作回答。王永吉又说道：

"伯爷，京师危急，君父有难，正是我辈为臣子的……"

话没有说完，吴三桂忽然抬起头来，说道："是的，正是我辈为臣子的临危授命之时。当然要星夜勤王，不能有半点犹豫。

三桂蒙皇上特恩，加封伯爵，纵然肝脑涂地，难报万一。不管是否还来得及，都得火速进兵。倘能与流贼决一死战，解救京师危险，三桂纵然死在沙场也很甘心。"

王永吉连连拱手，点头说："好啊，好啊，伯爷如此慷慨赴国家之难，俟贼退后，朝廷必将给以重赏，以酬大功，而且功垂青史，流芳名于万世。"

吴三桂说："敝镇在此不敢多停，今夜就挥兵前进。请大人留在永平，火速筹措军饷粮秣，不要使关宁将士枵腹以战。"

王永吉一听说筹措粮秣，就露出来一点为难脸色，说道："筹措军饷自然要紧，只是如今冀东一带十分残破，粮饷难以足数。然而勤王事大，本辕自当尽力筹措，只要大军到达北京，朝廷虽穷，总可以设法解决。"

吴三桂问道："以大人看来，我军赶到北京，还来得及么？"

王永吉说："这话很难说，我辈别无报国良策，也只有尽人事以待天命了。"

吴三桂点了点头，说："说不定已经来不及了。"

王永吉问："将军何时起程？"

吴三桂回答说："我想马上召集诸将会议，然后立即驰赴京师，不敢耽误。会议时务请大驾亲临，对众将指示方略，说几句鼓舞士气的话。"

王永吉说："好，请将军立刻传令众将议事。"

过了一会儿，参将以上的将领都来参加会议了。这些关宁将领，都已知道居庸关和昌平的守军投降，三大营在沙河溃散的消息。现在来到吴三桂的驻地，都是想听听吴三桂有何主张。他们对于驰援京师，心中都很茫然，所以听吴三桂说明军事形势以后，一个个互相观望，都不做声。

吴三桂等了片刻，只好说道："关宁数万将士和二十万入关的父老兄弟、将士眷属的身家性命，都系于此战，你们怎么都不吭声啊？"

王永吉也说道："国家存亡，决定于你们这一支勤王兵。赶得快，北京有救；赶得慢，北京就很难守了。"

一个总兵官说道："一切惟伯爷之命是听。"

接着又有两个总兵官说道："是，是，请伯爷和制台大人下令，要我们进兵就进兵。"

吴三桂看到这种情况，知道将领们对驰救北京都有为难情绪。但是他本人在王永吉面前不能露出丝毫畏怯。否则万一北京能保住，李自成退走了，那时王永吉奏他一本，他就会吃不消。所以他慷慨说道：

"本镇世受皇恩，多年来为朝廷镇守辽东，亲戚故人、部下将士为国丧生的不计其数。如今本镇奉诏勤王，虽然迟了一步，但我们放弃了关外土地家产，抛却了祖宗坟地，孤军入关，所为何来？目前局势虽然险恶，我们只能前进，不能后退。我们后退一步，万一京城失守，我们将成千古罪人。而且流贼一旦占领京师，必然向我们进攻。我们如今已没有多的退路，顶多退到山海关。弹丸孤城，既无援兵，又无粮饷，如何能够支撑下去？所以现在惟望诸君，随本镇星夜奔赴北京，一鼓作气，在北京城下与流贼决一死战，以解北京之围，这是上策。请各位说说你们的意见。"

听了吴三桂这几句话，有人表情激动，但多数脸色沉重，神情忧郁，仍然不肯做声。吴三桂望望王永吉，说道：

"请总督大人训示。"

王永吉心中对驰援北京这件事也是毫无信心，但是他身为总督，奉旨亲催吴三桂火速勤王，所以他不能不说几句鼓舞将领忠君爱国，誓与"流贼"不共戴天的话。将领们听了他的话，显然无动于衷，仍然相对无言。吴三桂面对这种情况，也不再将会议拖延下去，他就将军事重新作了部署，下令半夜动身，向北京迅速进军。留下两千步兵，同王永吉的督标营人马驻守永平，以便在情况不利的时候退回这里，凭着石河，另作计较。

当吴三桂从永平动身的时候，王永吉前来送行，谈话间问起作战方略，吴三桂说：

"据我估计，李自成必攻西直门或德胜门，此时已经占据地利，以逸待劳。我军如何进击，只能临时再定，现在很难预谋。"

王永吉知道吴三桂心中毫无把握，就向他建议，将一部分人马驻在城外，与敌人对峙，一部分人马开进北京城中，协助守城，城内城外互相声援，较为稳妥。

吴三桂摇摇头说："关宁人马只能在城外驻扎，恐怕不能进北京。"

王永吉说："不然，不然。倘若闯贼攻西直门、德胜门或阜成门，将军何不从朝阳门或东直门进入北京？"

吴三桂小声叹了口气，说道："皇上多疑啊！难道大人还不清楚？崇祯二年，袁崇焕督师去北京勤王，与满洲兵相持在朝阳门外，因为相持日久，疲惫不堪，请求皇上将他容纳进城。皇上疑心他要投敌献城，恰恰遇着有人说他暗与满洲勾结，于是皇上就将他逮捕下狱，后来杀掉了。家舅父当时带兵随袁督师勤王，只好带着自己的部下逃回辽东。这件事我常听家舅父和家父谈起，为袁督师鸣不平。今天难道就不会发生这样的事情了么？"

王永吉只好点点头，不再说话了。

吴三桂又接着说："敌人既然围攻北京，通州地方谅已被流贼攻占。我担心他们以重兵驻扎通州，阻击关宁勤王之师。如果那样，战争就不会在北京城下进行，而是在通州运河岸上打，救北京就更难了。"

两人互相望望，不由地同时叹了口气。王永吉只好说："请伯爷放心率军起程,后边的事情我自当尽力为之,不过……"

尽管大军在吴三桂率领下,半夜起床,不到四更天气就出发了,好像确实是在星夜勤王。可是出发以后,却按照平常的行军速度向北京走去。

二十日下午,大军到了玉田县。这里谣言甚多,都说李自成已于十九日早晨破了北京皇城,皇后在坤宁宫自缢,皇上和太子不知下落。吴三桂和他的将领正在怀疑这谣言是否确实,跟着又有派往京城附近的细作跑了回来,说京城确已失陷,皇后自尽,皇上和太子没有下落。过了一会儿,又有细作回来,禀报的内容完全相同。这使吴三桂感到非常突然和震惊。他知道京城守军单薄,人心已经离散,恐怕难以固守,但没料到这么快就失陷。他立刻下令部队停止前进,随即召集亲信将领和幕僚商议对策。

会议开始后,吴三桂眼含泪花,很痛苦地说道:"本镇没想到会成为亡国之臣,此刻心中悲痛万分。如今我们进也不能,退也困难,究竟怎么好,请你们各位说说意见。"

有一个总兵官先说道:"京城已经失陷,我们勤王已经没有用了,不知道皇上下落如何,也不知道老将军和府上家人平安与否。"

吴三桂说:"古人常说:国破家亡。如今我们遇上了。现在皇上生死不知,想来我的家庭也一定已经被流贼屠杀。老将军看来也会为大明尽节。"

说到这里,他滚出了眼泪,又连连叹息说:"国破家亡,国破家亡……"

吴三桂的亲信将领和幕僚们都被京城失守的消息震动得不知所措,谁也说不出好的主张。有人建议迅速退兵永平,凭着石河,抵御李自成的进攻。有人主张退兵山海关。还有人主张干脆重回宁远,向满洲方面借兵,收复北京。但每一项建议提出,都立刻招来反对意见。因为永平和山海关都非长久立足之地,而重回宁远已经根本不可能了。于是又有人提出，可否在关内另外找一个立足的地方。可是关内并没有这样的地方。他们的人马除原在山海关的几千人之外，都是从宁远来的辽东将士。他们对辽东地理熟悉，人情风土熟悉，一到关内变成了客人，去哪里寻找立足之所？在商量的过程中，大家还想到，李自成必然要派人前来劝降，不降就要派兵前来攻打。这些紧急问题在吴三桂的心头猛烈盘旋，也在将领们和幕僚们的心头盘旋。过了一阵，吴三桂见大家实在拿不出来好的主张，他自己站了起来，说道：

"如今京城已破，皇后殉国，皇上和太子下落不明，我们……"

忽然间他哽咽起来，泪如泉涌。将领们也都跟着落泪，有的人纵然忍住泪水，也莫不悲伤低头。尽管在离开宁远的时候，吴三桂没有能够迅赴戎机，从山海关来的时候也是畏首畏尾，担心勤王无功，反被李自成消灭了他的关宁家当，但是此刻那种几千年传下来的、自幼在他心灵中打下深深烙印的忠君思想突然盘踞心头，使他深深地感到亡国之痛。他流了一阵眼泪，又对将领们说：

"本镇奉旨勤王，恨不能立刻挥兵北京，与流贼决战，收复京师。可是，我们兵力有限，又无后援，数万将士的粮饷也成问题。方才各位所谈意见，都是出于一片忠君爱国之心。只是此事必须仔细斟酌行事，以求万全。"

将领们说道："全凭伯爷主张。"

吴三桂接着说："敌兵势众，我们势单，不暂时退兵，自然不行。只是退到永平，不能御敌；退到山海关，也不能御敌。敌兵必然进兵追击，我们如何能够以孤军守孤城？"

众人听了吴三桂这几句话，都不觉点头。有人想到向北朝求援，可是不敢说出口来，因为一旦满洲出兵，会是什么后果，谁都没有把握。大帐中没有一点声音，所有的眼光都集中在主帅的脸上。

吴三桂接着说道:"皇上和太子都没有下落。据探报说,流贼进城的时候没有遇到抵抗,没有发生巷战,所以皇上和太子显然不会死于乱军之中。会不会他们在流贼进城之前逃出京城,藏入民间……"

将领和幕僚们纷纷点头,有些人在绝望的心头上产生了一丝希望。

停了片刻,吴三桂又说下去:"倘若皇上和太子能够不死,变换衣服,在混乱中逃出京城;只要他们不被流贼找到,大明江山就不会完。如今江南半个中国完整无缺,财富充足,人马甚多,不会使闯贼南下得逞。畿辅、山东刚被贼兵占领,人心也还向着大明,只要皇上和太子有一个能逃出京城,全国就有了主心骨,不仅南方臣民将始终效命,营救圣驾,即畿辅、山东、河南各地豪杰,亦必纷纷起兵勤王,使流贼无喘息时刻。我们目前处境虽然很难,可是救国家救皇上就在此时;立不世之功,流芳万代,也在此时。"

听了这话,众人心中略觉振奋。有人站起来,焦急地向吴三桂说道:

"伯爷,事不宜迟,如何找到皇上和太子,找到之后,如何迎来军中,请伯爷训示。"

吴三桂随即命一个亲信中军,立即派细作密查暗访,赶快找到圣驾和太子的去向。他说,"据我猜想,皇上知道我军勤王,必从朝阳门或东直门逃出京城。由于城外到处都有闯贼的人和逻骑,只好藏身在什么地方。你派人只在这一带乡下暗访,说不定就在通州境内。"

中军说了一声"遵命",退出大帐。

"忠孝不能两全。自古尽忠的不能尽孝,尽孝的不能尽忠,当国家危亡时候,实难两全啊!"吴三桂长叹一声,滚出两行热泪来，接着说，"我从前原想着，纵然国家艰难万分，还可以拖上数十年，所以将父母送往北京城中居住，好使朝廷对我不存疑心，没料到我会成了亡国之臣……"

天色暗下来了。吴三桂平日喜欢宴客，如今国难当头，家难当头，虽然不再举行酒宴，却按照往日习惯，将少数将领和幕僚们一起留下来吃晚饭。饭后大部分将领各回本营，部署军事，以备非常，只留下少数将领和心腹幕僚在帐中继续商议。

约摸二更时分，忽然探马禀报，崇祯皇上已于北京城破时吊死煤山；太子和永王、定王都被李自成找到了。吴三桂在精神上重新受到巨大打击，感到绝望。原来抱有的一丝幻想，现在破灭了。他不觉失声痛哭，随后把将领们重新叫来，连夜商量对策。

会上，有人建议立即为先帝、后发丧，传檄远近，号召京畿豪杰，共为先帝、后复仇，驱剿"流贼"，匡复明室。但是商议很久，吴三桂没有采纳。他比一般将领心中更清楚：倘若找到了崇祯和太子，自然可以号召天下，在他是忠君爱国的义举，而崇祯和太子也等于奇货可居。但现在崇祯已死，太子又落进李自成手中，凭他手中这一点兵力，匆匆忙忙为先帝、后发丧，传檄远近，其结果只会对他十分不利。

也有人主张赶快退兵山海关，远离京城，免得被李自成突然袭击。吴三桂听了也摇摇头，因为他断定李自成还不会马上派兵打他。

当有人大胆提出是不是能借用满洲力量时，吴三桂只是猛抬头看了看说话人，之后竟未置可否。倒是大家一致猜想，满洲可能会乘机进兵。如果满洲进兵，他们被夹在满洲兵和北京之间，应当怎么办呢？大家反复商量了一阵，一时拿不出什么好的办法来，只决定暂时屯兵玉田，观望等候。同时多派细作，随时探听北京、沈阳两方面的动静。

三天过去了。虽然北京城门把守很严，不许闲人进去，吴三桂派去的细作轻易进不了城，但是城内消息还是传出不少。传得最盛的仍然是拷掠追赃、奸淫、抢劫一类事，将北京城内形容得十分可怕。每个消息都燃起吴三桂对大顺军新的仇恨，使他常常咬牙切齿大骂：

"流贼果然不能成事！"

关于保定方面，他也知道，刘芳亮于三月十五日破了保定，沿途还破了一些州县。由于兵力分散，到处局势不稳，刘芳亮到保定之后，人马只有一两万人，没有力量增援北京。

另外，他还知道，大顺军派人去天津催粮，到处都遇到零星抵抗。京畿士民一天比一天不再害怕大顺军了。大家对李自成在北京的所作所为愈来愈不满，思念明朝的心也愈来愈甚。

最使他震动的是来自关外的消息。他知道几天前满洲开始火速地将人马向沈阳集中，显然是准备南来。这既使他振奋，也使他有些担心。因为满洲的意图，他并不清楚。如果是想来争夺山海关，他将如何是好呢？

这时不断地有细作回来禀报北京情况，也带来不少谣言和传闻。譬如拷掠追赃的事，就被人们大大地夸大了，好像北京成了一座恐怖的城市。譬如说李自成根本没有当皇帝的命，他只要一坐皇帝的宝座，便立刻看见有一丈多高的人穿着白衣服在他面前走动，使他感到阴森可怕。他也不能戴皇帝的冠冕，一戴上就头疼。还有谣传，说李自成进城后要在北京铸造永昌钱，结果失败了。用黄金铸造御玺，也铸造不成。这些都增加了吴三桂和将士们对李自成的蔑视，而自信他们总有机会能把李自成赶出北京，恢复明朝江山。

吴三桂也曾派出人去打探他北京的家中情况。可是胡同口有兵丁把守，不准闲杂人出进。所以他对父亲和一家人的情况一直搞不清楚。只有一点他明白：他们已经被软禁了，被拘留了。

自从到了玉田，知道北京失守、皇上殉国以后，吴三桂的心中常常有一种亡国之痛，而现在这种国亡家破的痛苦比前几天更要加倍。前几天他还存着许多侥幸心理，现在这侥幸心理差不多已成过去，眼前明摆着的是他的父母性命难保。想到这些，他的脑际不觉浮现出父母双鬓斑白的影子。同时他也想到他的结发妻子。尽管最近几年他对她很冷淡，但毕竟是结发夫妻，她曾经替他生儿育女。还有许多亲属，也都跟父母在一起。想着所有这些亲人和他的父母都将被杀害，他心中感到刺痛。就这样，他思前想后，揣摸着各种情况，有时暗暗地揩去眼泪，有时叹一口气，有时又忍不住咬咬牙说：

"一不做，二不休，如今只好与流贼周旋到底了。"

这天晚饭以后，吴三桂吩咐速速传知参将以上将领和重要文官，四更以后前来大帐议事。

会议开始后，吴三桂先把近几天的情况向大家介绍了一遍，然后说道："我们人马虽然很能打仗，可是毕竟人数不多，不能前去北京，也不能留在这里。前去北京是孤军深入，而贼军以逸待劳，对我们显然不利。留在此地，贼兵来打，他们人多，我们人少，容易受他包围。为今之计，只有迅速撤军，一部分撤到山海关，大部分撤到永平待命。"

一个将领问道："是否准备在永平与流贼决一死战？"

吴三桂说："临时再定。要是我们全部去山海关，流贼会认为我们胆怯逃走，他就会于四月上旬在北京僭号登极。我们大部分人马暂驻永平，他知道我们无意撤退，心中就要掂量掂量。说不定他就不敢马上登极。倘若他到永平同我们作战，我们就要看看他出兵的人数。如果他全师而来，人马众多，我们可以再退到山海关。"

又一个将领问道："山海卫是一个小城,流贼哄传有二十万人,少说也有十几万,我们能否在山海卫城下作战,请大人再考虑。"

吴三桂冷冷一笑："本镇自有良策。战争打起来,我们必胜,流贼必败。流贼一败,将不可收拾,那时北京就可以收复了。"

有人似乎明白了吴三桂的用兵方略,有人还不甚明白,互相交换眼色。吴三桂知道他们心中存疑,接着说道：

"我已经派人探知,北朝正在集中兵力。想来他们获知北京失陷,必会倾巢出动。倘若李自成来到山海关与我们决战,我们只要坚持数日,北朝人马将从某个长城缺口直捣北京。彼时北京城内空虚,李自成必定仓惶退兵。而西边既有清兵拦头痛击,东边又有我军追赶,流贼岂能不败?即使北朝不从长城缺口南下,而在长城以外驻扎,我们也可差人前去借兵。历史上向外人借兵的事并不少见。我们常听说古人有一个申包胥,吴国灭了楚国后,他就向秦国借兵,结果把吴国打败,楚国又恢复了。难道我吴三桂就不能做申包胥么?何况我有数万精兵在手,比申包胥强百倍。只要有北朝出兵,我们定可驱逐流贼,恢复明室。事后也不过以金银报答北朝罢了。所以无论如何,我们都可立于不败之地,只等李自成前来自投罗网。"

将领和幕僚们听了吴三桂的用兵方略,都十分佩服,连声说："好,好,这样我们准能打胜仗!"

吴三桂接着说："倘若李自成亲自率领人马到山海卫城外作战,我们会打他个人仰马翻!"

众人十分振奋,纷纷说："这样用兵,十分妥当。"

当天五更以后,吴三桂将什么人退驻永平,什么人退守山海关都部署好了。命令一到,关宁人马立刻到处抢劫,奸淫妇女,放火烧毁村落。百姓在睡梦中惊醒,乱纷纷地往旷野中逃命。逃不及的,男的被杀死,女的被强奸。天明后,关宁兵退走了,玉田县剩下一座空城,只见四野到处都是火光和浓烟,哭声和咒骂……

第二十五章

吴三桂在玉田只停留三四天,就退回永平,将总督的两千多督标人马收为己有,自己又退回山海关。总督王永吉不愿做他的食客,率领数十亲信幕僚和家丁奴仆逃往天津。

吴三桂在山海关按兵不动,一面采取观望政策,与李自成"虚与委蛇",一面探听北京与沈阳的动静。李自成知道吴三桂的重要性。为着争取他的投降,将举行登极大典的日期一再推迟,并且派遣唐通①和张若麒携带四万两白银,一千两黄金,还带了吴襄的一封书信,来向吴三桂劝降。

唐通和张若麒都是吴三桂的熟人,可以与吴三桂谈些私话。唐通是两年前援救锦州的八总兵之一,而张若麒是当时崇祯派到洪承畴身边的监军,一味催战,应负松山兵溃的主要责任。他们虽然投降了李自成,但对新建的大顺朝却深怀二心。还有,他们表面上是奉永昌皇帝钦差前来犒军和劝降,但暗中也是感到李自成一班人不是真正在开国创业,到北京后已经表现出种种弱点,

---

① 唐通——现代史学界有一种说法,认为吴三桂本来同意投降李自成,由唐通到山海关接防。吴三桂率人马前往北京,行到中途,闻陈圆圆被刘宗敏抢去,怒而返回,消灭了唐通人马,重新占领山海关,誓与大顺为敌。

招降失败 619

他们想趁此机会探明吴三桂的真实思想,也好为自身预作打算。

唐通和张若麒来到之前一天,先派遣官员来向吴三桂通知消息,要吴三桂事先知道大顺皇帝钦差使者前来犒军的到达时间。吴三桂此时已经决定不投降李自成,并探明清兵快要南下。他派了杨珅等数名文武官员驰赴数里外石河西岸的红瓦店恭候迎接,但是他自己只在辕门外迎接,规模不大,也无鼓乐。唐通和张若麒一到,立刻明白吴三桂有意降低犒军钦使的规格。他们的心中一凉,互相交换一个眼色,决定谈话时留有余地。

吴三桂愉快地收下了犒军的金银和大批绸缎及其他什物,并设盛宴款待唐、张二人。两位犒军钦差带来的官员和士兵不过一百人,也分别设宴款待,平西伯另有赏赐。席上唐通和张若麒几次谈到大顺皇上和牛丞相等期望吴三桂投降的殷切心情,吴三桂总是"王顾左右而言他",不肯作明确回答。提到李自成时也只是尊称"李王",不称皇上。杨珅在向两位犒军钦差敬酒时候,小声说道:

"我家伯爷今晚另外在内宅设私宴恭候,与两位大人密谈。"

唐通和张若麒心中明白,就不再谈劝降的话了。

宴会散席之后,两位大顺朝的犒军钦差,连日鞍马奔波,又加上到山海卫以后的应酬活动,十分疲劳。平西伯行辕为他们安排了舒适的下榻地方,让他们痛快休息。二更过后,吴三桂差人来请他们进他的平西伯临时公馆的内宅吃酒,进行密谈。

夜宴关防很严,吴三桂的亲信文武也只有杨珅等三个人参加。开始不久,按照吴三桂事前吩咐,陈圆圆带着一个丫环出来,为两位客人斟酒。吴三桂决不是对朋友夸耀他有一位美妾,而是按中国的传统习惯,表示他同唐通和张若麒是老友交情,不将他们作外人看待。

陈圆圆进来后,杨珅等尽皆起立。她体态轻盈,含笑斟酒之后，赶快退出，不妨碍男人们商谈大事。

吴三桂先向张若麒说道："张大人是进士出身，非我等碌碌武人可比。据你看，李王能够稳坐天下么？"

张若麒暂不回答这个重要问题，却笑着说道："伯爷是当今少年元戎，国家干城；如夫人是江南名……名……"他本来要说"名妓"二字，忽觉不妥，顿了一顿，接着说道："江南名媛，国色天香。值赤眉入燕之前夕，承青眼于蛾眉。一时艳遇，千古佳话，实为战场增色。"张若麒说完以后，自觉他的捧场话措辞适当，雅而不俗，自己先轻声地笑了起来，然后举杯向吴三桂和众人敬酒。

吴三桂毕竟是武将出身，不能欣赏张若麒的高雅辞令，他将杯子端起来抿了一口，继续问道：

"张大人，此刻我们是议论天下大事，在这里所谈的话，一个字也不会传到外边。你是有学问的人，如今为永昌王信任，挂新朝兵政府尚书衔前来犒军。据你看，李自成能够坐稳江山么？"

张若麒笑笑，说："我已投顺李王，同李王就是君臣关系，臣不能私议其君呀！"

吴三桂并不深问，只是做出很亲密的样子说道："目前天下纷扰，局势变化莫测，大人也需要留个退步才是。唐大人，你说呢？"

"说个鸡巴，我是一时糊涂，误上贼船！且不说别的，就说大顺军中只看重陕西老乡，对新降顺的将士竟视如奴隶，这一点就不是得天下的气度。破了北京，又不愿建都北京，念念不忘赶快返回西安。因为不想建都北京，所以才纵容从陕西来的人马都驻在北京城内，任意抢劫财物，奸淫妇女，拷掠官绅追赃。还没有风吹草动，先把在北京抢掠的金银运回西安。坐天下能是这样？哼，坐我个鸡巴！"

唐通的话出自个人愤慨，并无意挑拨，但是吴三桂及其亲信们却心中猛烈震动。吴三桂转向张若麒问道：

"张大人，是这样么？"

张若麒点点头，回答说："我也只是道听途说，因为李王刚进城我们就动身来军门这里了。若果真如此……只需把古今稍作对比，便可以预料成败得失。当年汉王刘邦……"

"就是汉高祖？"吴三桂问。

"是的，当时刘邦尚未称帝。他先入咸阳，听了樊哙和张良的劝告，不在宫中休息，封存了秦朝的重宝、财物、府库，还军霸上，召集父老豪杰，宣布了三条法令，史书上称为约法三章。因此，百姓安堵如常，大得民心。可是如今李王进入北京，情况如何？恰好相反！起初北京的贫民小户还盼望李王来到后开仓放赈，后来才知道漕运已断，李王来到后不但没有开仓放赈，反而大肆骚扰。北京的贫民小户，生活更加困难。至于畿辅绅民，人心不稳，思念旧明，这情形你是知道的，我不用说了。"

吴三桂说道："李王差遣你们二位携重金前来犒军，希望我能够投降。可是我受先帝厚恩，纵不能马上高举义旗，却也不能失节投降。你们不日即返回北京，我如何回话？"

唐通和张若麒来到山海卫以后，经过白天与吴三桂及其部下闲谈，今夜又一次进行密谈，完全明白吴三桂决无降意，所以这事情使他们感到确实难办。唐通毕竟是武将出身，性格比较直爽，说道：

"我同张大人奉命携重金前来犒军，尽力劝你投降。倘若你执意不肯降顺，我们也无办法。只是李王因为等不到你去降顺或去一封投降表文，几次改变登极日期，使他的声威颇受损失，窝了一肚皮火。倘若我们回北京说你拒绝投降，说不定李王马上会亲率大军来攻山海关。这山海关我清楚，从外攻，坚不可摧；从内攻，很难固守。平西伯，你可做了打仗的万全准备么？"

吴三桂自从放弃宁远以后，宁远即被清兵占领。但宁远毕竟是他的故土，已经居住两代，他家的庄田、祖宗坟墓、亲戚和故旧都在宁远。他的舅父祖大寿投降满洲后，住在沈阳，可是祖大寿的庄田和祖宗坟墓也在宁远。舅母左夫人为照料庄田，也经常回宁远居住。所以吴三桂对沈阳动静十分清楚。他知道多尔衮正在准备率八旗精兵南下，打算从蓟州和密云一带进入长城。所以他认为只要能够推迟李自成前来进攻山海关的时日，事情就有变化，他就可以让清兵和大顺军在北京附近厮杀，他自己对战争"作壁上观"了。但是他不能将这种想法说出口来，只同他的亲信副将杨珅交换了一个狡猾的微笑，然后向唐通说道：

"定西伯爷，你说的很是。山海卫这座城池，从外边攻，坚不可摧；从里边攻，并不坚固。可是弟手中有几万训练有素的关宁精兵，善于野战。目前我退守孤城，但是我的粮饷不缺，至少可支持半年。红衣大炮和各种大小火器，也都从宁远运来，既便于野战，也利于守城。定西伯，倘若战事不能避免，战场不是在山海卫的西城，也不是争夺西罗城，必定是在石河西岸。那里是平原旷野，略带浅岗，利于野战。自北京至山海，七百余里。我军以逸待劳，准备在石河西岸迎敌。万一初战不利，可以退回西罗城。石河滩尽是大小石头，人马不好奔驰，又无树木遮掩，连一个土丘也没有。倘若敌人追过石河滩，架在西罗城上的红衣大炮和各种火器，正好发挥威力，在河滩上歼灭敌人。总而言之，天时、地利、人和，全在我这方面。我怕什么？李自成难道没有后顾之忧么？他能在石河西岸屯兵多久？"

张若麒毕竟是读书人，从吴三桂的口气中听出来满洲人将要向中国进兵的消息，这正是他所担心的一件大事。他趁机会向吴三桂问道：

"平西伯爷，沈阳方面可有向中国进兵的消息？"

吴三桂赶快回答:"自从我奉旨放弃宁远,率数万将士保护宁远百姓进关以后,清兵占领宁远,不敢向关门进逼,双方相安无事。本辕所关心的是北京消息,不再派人打探沈阳动静,所以从沈阳来的音信反而不如北京。张大人,你在先朝曾以知兵著名,如今在新朝又受重任。你问我,我问谁?"

张若麒听吴三桂提起前朝的事,感到脸上微微发热。但是他断定吴三桂必定知道沈阳情况,随即又问:

"伯爷虽然不暇派人打探沈阳方面情况,但钧座世居辽东,父子两代均为边镇大帅,对满洲情况远比内地文武官员熟悉。据麾下判断,满洲人会不会乘李王在北京立脚未稳,兴兵南下?"

吴三桂略微沉吟片刻,用很有把握的口气说道:"我世受明朝厚恩,今日只有决计讨贼,义无反顾。不论清兵是否南犯,一旦时机来临,我都要恢复大明江山,为先帝复仇,其他不必多言。但我同二位原是故人,共过患难,所以我不能不说出我的真心实话。请你们只可自己心中有数,回北京后不可告诉李王。为李王打算,他来山海卫找我的麻烦,对他十分不利。请你们劝他,他想用兵力夺取山海关决非易事,最好不要远离北京。"

唐通和张若麒已经听出来,吴三桂必定得到了清兵即将南下的探报,明白他们奉李王钦差来犒军和劝降,只能无功而回。张若麒向吴三桂问道:

"既然你不忘大明,执意不降,我们也不敢在此久留。你可否命帐下书记今夜给李王写封回……"

吴三桂显然在李自成的犒军使者来到前就已经同他的左右亲信们研究成熟,所以不假思索马上回答:

"请你们二位向李王回禀,我的意思是:像这样大事,我必须同手下将领们认真商量,才好回答,望李王稍候数日。"

唐通问:"请你简单地写封回书,只说四万两银子和一千两黄金已经收下，对李王钦差我们二人携重金前来犒军表示感谢，暂不提投降的事，岂不好么？"

吴三桂笑着回答："在二位光临山海卫之前，我已经与帐下亲信文武仔细研究，只可请你们口头传言，不能同李王书信来往。"

张若麒问道："这是何故？"

吴三桂说："请你们想一想，我在书信中对李王如何称呼？我若称他陛下，岂不承认我向他称臣了？倘若我骂他是逆贼，岂不激怒了他？"

唐通比吴三桂大十来岁，在心中骂道："这小子真够狡猾！"他后悔当日自己出八达岭三十里迎接李自成，十分欠缺考虑。倘若凭八达岭长城险关死守数日，同李自成讨价还价，决不会像今日这般窝囊！他想，既然吴三桂坚决不肯投降，他同张若麒就应该立刻回京复命，免得李王责怪他们来山海卫劝降不成，反而贻误戎机。略微想了片刻，对吴三桂说道：

"平西伯，既然我同张大人前来劝降无功，不敢在此久留，明日即启程回京复命……"

不待他说完，吴三桂即回答说："两位大人风尘仆仆来此，务请休息三天，然后回京不迟。"

张若麒说："李王令严，弟等劝降不成，决不敢在此多留，明日一定启程。至于犒军的金银与绸缎等物，既已收入伯爷库中，则请务必赐一收据，以为凭证。"

吴三桂苦劝他们停留三天，表面上十分诚恳，实际上他断定清兵即将南下，便想以此尽量拖延李自成东来时间，纵然能拖延一天两天也好。唐、张二人似乎也猜到了吴三桂的用意。他们从北京动身时原有一个好梦，想着凭他们携来如此多的犒军金银，加上他们同吴三桂原是故人，曾在松山战役中共过患难，况如今崇祯已经殉国，明朝已亡，劝说吴三桂投降大顺，应该并不困难。只要能劝降成功，为大顺皇帝释去肘腋之患，顺利举行登极大典，他们二人就对大顺朝立了大功。不曾料到，从他们到来以后，吴三桂对他们虽是盛情款待，言谈间却没有露出降意，总说他两世为辽东封疆大将，蒙先帝特恩，晋封伯爵，所以他将竭力守住山海孤城，既不向北京进兵，也不愿投降新主。唐通也是明朝的总兵官，也在几个月前被崇祯皇帝特降隆恩，饬封伯爵，奉命镇守居庸关，阻挡流贼，而他却出关三十里迎接李自成。听了吴三桂拒降的话，他暗中惭愧，对饮酒无情无绪，几乎是用恳求的口气说道：

"平西伯，你如此要做大明忠臣，坚不投降，人各有志，弟不敢多劝。弟等回京，如何向李王回话？"

吴三桂说道："犒军的金银和细软之物，我分文不要，你们二位仍旧带回北京，奉还李王好么？"

唐通一怔，随即哈哈大笑，笑过后说道："平西伯，你要我同张大人死无葬身之地么？"

吴三桂赔笑说："我们是松山患难之交，断无此意。"

唐通说道："纵然你无意使我与张大人在山海卫死无葬身之地，但是你的麾下将士一听说犒军的金银细软被带回北京，岂不激起兵变，我们还能活着离开山海卫？"

吴三桂笑着说："你放心，念起我们三个人在松山战场上风雨同舟，我派遣五百骑兵护送犒军的金银细软平安出境，直送到百里之外。"

唐通趁着五分酒意，冷笑一声，说道："平西伯，我也是从行伍中滚出来的，这玩艺儿我不外行！你派遣五百骑兵送我出境，路上来个兵变，声称是土匪或乱兵截路，图财劫杀，决没人替我与张大人伸冤。倒不如我们留在你这里，长做食客，不回北京复命，等待李王消息！"

张若麒害怕唐通再说出不愉快的话，赶快笑着插言说：

"你们二位的话太离题了。平西伯的心思我最清楚。他不是完全无意投降李王，只是另有苦衷，非定西伯的情况可比。定西伯，你在受封为伯爵之后，崇祯帝在平台召见，命你镇守居庸关，防御流贼东来。你近几年经过几次战争，手下只有三四千人，全是跟随你多年的将士，家眷也随营到了居庸关。所以经李王派人劝说，你出城三十里迎降，毫无困难。平西伯麾下将士很多，有从宁远来的，有原驻山海卫的，总兵和副总兵一大群，都是多年吃朝廷俸禄，拿明朝粮饷，与崇祯有君臣之情，要大家马上跟着投降李王，并不容易，这同你定西伯的情况大不一样。"他望着杨珅问："子玉将军，我说平西伯在降不降两个字上颇有苦衷，你说是么？"

杨珅赶快说："张大人可算是一槌敲到点子上了。你们两位大人来到之前，我们关宁将领曾经密商数次，始终不能决定一个最后方略。降顺李王呢？大家毕竟多年吃大明俸禄，还有不忘故君之心。不降呢？可是我们数万人马只剩下这座孤城，以后困难很多。还有我家伯爷的父母和一家人三十余口都在北京，原来是崇祯手中的人质，如今是李王手中的人质……"

唐通笑着说："想反对李王也不容易，是不是？"

杨珅接着说："还有，我军从宁远护送进关的眷属百姓，号称五十万，实际有二十多万，暂时分散安插在附近几县，根本没有安定；以后怎么办，我家伯爷不能不为这付沉重的担子操心。所以降与不降，不能不与众将商议。只要你们多留一天，我们还要认真密商。"

唐通说："子玉，你说的也有道理，可是我们奉命前来劝降，倘若贻误戎机，吃罪不起。"

吴三桂站起来向两位客人说道："请两位大人随便再饮几

杯，愚弟去内宅片刻，马上就来。"他拱拱手，往后院去了。临离席时，叫杨珅随他同去。

平西伯在山海卫的临时行辕，二门以内的西厢房分出两间，是吴三桂平时与几位亲信将领和僚属密商大事的地方，通称签押房，又称书房。实际上吴三桂不读书，这房间中的架子上也没有摆一本书。他先在椅子上坐，命杨珅在另一把椅子上坐下。他小声说道：

"子玉，你方才对唐通们说的几句话很得体，既使他明白我们在降不降两个字上怀有苦衷，也告诉他们像这样大事，我必须同部下重要将领和文职幕僚商量，目前还未最后决断。给唐通们一点盼头，就可以留他们在此地住两三天。据今日所得沈阳探报，多尔衮将率领清兵南下，攻进长城，这一用兵方略是已经定了，大军启程的日子也很快了。我们务必想个主意，将他们留下两三天。只要他们不回到北京向李贼回禀我们不肯投降，李贼就不会前来。一旦清兵南下，这整个局势就变了。一边是清兵，一边是大顺兵，让他们在北京附近二虎相斗。我们是大明平西伯的关宁兵，以恢复大明江山为号召，正是大好机会。你的点子多，如何让唐、张二位在这里停留三天？"

杨珅略停片刻，含笑答道："伯爷，据我们连得探报，多尔衮继承皇太极遗志，决意兴兵南下，必将与大顺兵在北京东边发生血战。俗话说，'二虎相斗，必有一伤。'李贼从西安孤军远来，后援不继，在北京立脚未稳，又失民心，必非清兵对手。钧座所言极是，目前一定要想办法使唐张二位前来劝降的大顺钦差在此地停留三天。他们停留三天，返回北京路途上又得六七天，那时多尔衮率领的清兵大概就进入长城了。"

吴三桂问："如何将他们两位留住？"

杨坤回答："请钧座放心，我已经有主意了。"

"你有何主意？"

"从唐、张二位大顺犒军和劝降钦差的谈话中，我已经明白，他们虽然投降了李自成，却同李自成并不一心。这一点是我原来没有想到的。既然李自成能够用他们前来劝降，钧座也可以用他们对李自成施行缓兵之计。从现在起，请钧座不再说决不投降李王，只说这事十分重大，还得同麾下将领和幕僚认真商量，等到商量定局，大家都同意投降大顺，立刻就向李王拜表称臣，恭贺登极。拿这话留住两位钦差，估计不难。"

"这话，他们会相信么？"

"会相信。"

"何以知道？"

"钧座一直将步子走得很稳。第一，钧座始终没有为先皇帝发丧；第二，始终没宣誓出兵为先帝报仇，为大明讨伐逆贼。这两件事，为钧座留下了很大的回旋余地，可进可退，比较自由。眼下同他们言谈之间，伯爷不妨拉硬弓，表示世受国恩，父子两代都是明朝大将，自己又蒙先皇帝敕封伯爵。后来形势危急，先皇帝密诏勤王，星夜驰援北京，只因路途耽搁，致使北京失守，先帝身殉社稷，钧座深感悲痛，所以迟迟不肯向李王拜表称臣。今日蒙两位钦差大人携带牛丞相恳切书信，并携带重金，宣示李王德意，前来犒军劝降。已经有一部分关宁将领深受感动，开始回心转意。先皇帝已经在煤山自缢殉国，明朝已亡，只要大多数将领和重要幕僚愿意归顺大顺，钧座也将随大家心意行事。但这事不能仓促决定，总得同关宁的重要将领和重要幕僚再作商量，不可求之过急，引起部下不和，对事情反而不好。"

吴三桂笑着点点头，说道："这话倒还婉转。你怎么说？"

"伯爷，我与你不同，容易说话。你是大明朝的平西伯，又是关宁大军的总镇,一言九鼎,每一个字都有分量。你说一句绝不投降,李自成可能马上就率兵前来;你说愿意投降,一则不递去降表祝贺登极就不行,二则关宁将士马上斗志瓦解,本地士绅仍然不忘大明,也会马上将我们视为贼党。倘若如此,不仅对我军不利,对暂时分散寄居在附近州县的宁远乡亲更为不利。所以降或不降,钧座只可说出模棱两可的话,别的话由卑职随机应付。"

吴三桂一向将杨珅当做心腹,不仅因为他忠心耿耿,也因他做事颇有心计,眨眼就是见识。此刻听了杨珅的一席话,他频频点头,随后说道:

"子玉,你的意见很好。无论如何,要将他们挽留三天。往年,我们驻守宁远,京城去人,不管大官小官,都送点银子。对唐、张二位辖军钦差,似也不该例外。依你看,每人送他们多少?"

"据卑职看,每人送二十锭元宝,不能再少。"

"每人一千两?"

"每人一千两,今夜就送到酒宴上。好在今晚的酒席没有外人,不会泄露消息。"

"为什么这么急?明日送他们不可以么?"

"他们收下银子,对他们就好说私话了。"

"他们肯收下么?"

"他们也会说推辞的话,可是心中高兴。俗话说'黑眼珠见不得白银子',何况他们!"

"他们?"

"是的,他们更爱银子。"

"你怎么知道?"

"唐通在谈话中已经露出实情:跟着李自成打天下的陕西将士,因为胜利,十分骄傲,把新降的将士不放在眼里,视如奴仆。据我们的细作禀报,破了北京以后,陕西将士驻在北京城内，勒索金银，抢劫奸淫，纪律败坏。唐通的兵只能驻在远郊和昌平一带。原来在明朝就欠饷，如今在李王治下，也未发饷。不要说他的将士很穷，他自己虽是定西伯兼总兵官，也是穷得梆梆响。"

吴三桂笑着点头，说道："老陕们在北京城大口吃肉，唐通的人马连肉汤也没有喝的。不亏，谁叫他抢先迎降，背叛崇祯皇帝！"

"张若麒更是穷得梆梆响，"杨珅接着说，"更巴不得有人送他一点银子救急。"

吴三桂问："他也很穷？"

杨珅笑着说："伯爷，你怎么忘了？他一直是做京官的，没有放过外任。松山兵败之前，他做过兵科给事中，后升任兵部职方司郎中，后来又奉钦命为洪承畴的监军，因兵败受了处分。万幸没有被朝廷从严治罪，勉强保住禄位。做京官的，尤其像兵部职方司这样的清水衙门，虽为四品郎中，上层官吏，却好比在青石板儿上过日子，全靠向那些新从外省进京的督抚等封疆大员打秋风过日子，平日无贪污机会，所以最需要银子使用。"

吴三桂哈哈大笑，爽快地说："既然这样，我送他们每人两千两银子的'程仪'，不必小手小脚！"

杨珅说道："伯爷如此慷慨，我们的一盘棋就走活了！钧座，就这样办？"

"一言为定，就这么办吧。反正银子是李贼送来的，羊毛出在羊身上。正如俗话说的，拿他的拳头打他的眼窝。我要使唐通和张若麒明为闯王所用，暗归我用。"

吴三桂感慨说："李自成造反造了十六七年，身边竟没有忠心耿耿的人员可用。就派遣新降顺的，不同他一心一德的文臣武将前来这一点说，也看出他毕竟是个流贼，不是建立大业的气象！"

吴三桂立刻命一仆人到隔壁院中告诉行辕军需官，赶快取出

招降失败　631

四千两银子，每两千两用红绸子包为一包，亲自送来备用。

过了片刻，军需官同一个亲兵提着两包银子来，放在地上。吴三桂问道：

"每包两千两，没有错吧？"

"回伯爷，卑职共取八十锭元宝，分为两包，没错。"

杨珅是很有心计的人，忽然一个疑问闪过眼前。他赶快从一个红绸包中取出两锭元宝，放在桌上，在烛光下闪着白光。他拿起一锭元宝，看看底上铸的文字，吩咐说：

"这新元宝不能用，一律换成旧元宝，只要是成色十足的纹银就行。"

吴三桂一时不解何意，望着闪光的新元宝问道：

"难道这些元宝的成色不足？"

"不是，伯爷，这新元宝万不能用！"

"为什么？"

"伯爷，据密探禀报，流贼占了北京以后，除逮捕六品以上官员拷掠追赃之外，还用各种办法搜刮金银、贵重首饰等值钱之物。据说共搜刮的银子有七千万两，命户部衙门的宝源局日夜不停，将银子熔化，铸成元宝，每一百锭新元宝，也就是五千两银子装入一个木箱，派一位名叫罗戴恩的将领率领三千精兵，将这七千万两银子运回西安。这送来犒军的银子就是从那准备运回西安的银子中取出来的。我一看这是新元宝，心中就有些明白，再看看元宝底上，铸有'永昌元宝'四个字，心中就全明白了。俗话说，天下没有不透风的墙。万一被李贼知道，不惟我们贿赂唐、张的密计失败，他们也会被李贼杀掉。这可不是玩的！"

吴三桂恍然明白，向军需官问："我们的库中有没有旧的元宝？"

军需官恭敬回答："回伯爷，这次我们是奉旨放弃宁远，连仓库底儿都扫清,所有积存的银子都搬进关了。元宝不少,也都是十足纹银,五十两一锭,不过没有这新元宝银光耀眼,十分好看。我们运进关的旧元宝,有万历年间的、天启年间的、崇祯初年的,有户部衙门铸造的,有南方铸造的,南方元宝是由漕运解到户部的,都作为关外饷银运往宁远。伯爷若说换成旧元宝,卑职马上就换,有的是!"

吴三桂点头说:"你赶快换吧,八十锭元宝仍然分成两包,马上送到酒宴前。"

"遵命!"

"子玉,"吴三桂转向杨珅说,"我们快回宴席上吧,就按照刚才商量好的话说。"

刚才吴三桂和杨珅离开大厅以后,虽然还有一位将领和一位掌书记陪着客人饮酒,但是酒宴上的情绪变得十分沉闷,酒喝得很少,谈话也无兴致,两位前来犒军和劝降的大顺钦差不时地互递眼色,各自在心中暗测:吴平西同杨子玉在商议什么事儿?……他们正在纳闷,忽见大厅外有灯笼闪光,同时听见仆人禀道:

"伯爷驾到!"

陪着客人吃酒的那两位平西伯手下文武要员,即一位姓李的总兵官和一位姓丁的书记官立时肃然起立,避开椅子,眼睛转向门口,屏息无声。

唐通和张若麒虽是大顺钦差,在此气氛之下,也跟着起立,注目大厅门口。唐通在心中嘀咕:

"妈的,老子早降有什么好?反而降低了我大明敕封定西伯的身价!"

张若麒的心头怦怦乱跳,对自己说:"大概是决不投降,要将我同唐通扣押，给李自成一点颜色，讨价还价！"

吴三桂面带微笑进来了。杨珅紧跟在他的身后。他一进客厅，一边向主人的座位走一边连连拱手。就座以后，随即说道："失陪，失陪。因与子玉商议是否投降的事，失陪片刻，未曾劝酒。叨在松山战场的患难之交，务乞两位大人海涵。来，让我为二位斟杯热酒！"

唐通说："酒已经够了。还是说正事吧。平西伯，我同张大人如何向李王回话？"

吴三桂也不勉强斟酒，按照同杨珅商量好的意思，说今日已经夜深，必须明日同手下重要文武官员再作商议，方好决定。

唐通说道："平西伯，你是武人，我也是武人，又是松山战场上的患难之交。你也知道，我同张大人都不是陕西人，也不是李王的旧部，在大顺朝中，初次奉钦差前来为李王办理大事。我不知张大司马①怎么想的，我只怕劝降不成，又犯了贻误戎机的罪，正如俗话说的吃不消兜着走。我们停留一天两天，等候你与麾下重要文武要员商量定夺，不是不可以，可是得给我们一句囫囵话，让我们好回北京复命。月所仁兄，你是明白人，你说是么？"

吴三桂因见唐通的话几乎等于求情，才来到时那种钦差大臣的口气完全没有了，点头笑着说：

"我只留你们住两天，一定给你们一句满意的囫囵话，请放心。"

张若麒已经对此行完全失望，望着半凉的酒杯，默然不语。杨珅正要说话，行辕军需官和一位文巡捕各捧一个沉甸甸的红绸包袱进来。杨珅因为两位客人面前的酒宴桌上杯盘罗列，赶快亲

---

① 大司马——明代官场习惯，称兵部尚书为大司马。张若麒前来劝降，李自成授予他兵部尚书衔。

自拉了两把空椅子,每位客人的身边放了一把,吩咐将包袱放在空椅子上。两位客人已经心中明白,眼神一亮,各自望了身边的红绸包袱,掩盖住心中的喜悦,装出诧异神情,同时问道:

"这是什么?什么?"

军需官二人赶快退出,并不说话。吴三桂叫仆人快拿热酒。热酒还未拿到时候,杨坤打开一个红绸包袱,笑着说道:

"我家伯爷因二位大人奉李王钦差,风尘辛苦,前来犒军,敬奉菲薄,聊表心意。送每位大人程仪足元宝四十锭,合实足成色纹银两千两,万望笑纳。至于随来官兵,明日另有赏银。"

唐通和张若麒也想到吴三桂会送程仪,但是只想到每人大概送二三百两,至多五百两,完全不曾料到每人竟是两千两。这太出人意料了。他们吃惊,高兴,但又连声推辞。最后唐通将新斟满的酒杯一饮而尽,哈哈大笑,大声说道:

"这,这,这真是却之不恭,受之有愧!叫我怎么说呢?平西伯,你有需要效劳之处,只管说,弟一定尽力去办!哈哈哈哈……"

张若麒虽然心中更为激动,但仍不失高级文官风雅,端起斟满的酒杯,先向吴三桂举举杯子,又向杨坤等举举杯子,说道:

"值此江山易主、国运更新之际,故人相逢,很不容易。承蒙厚贶,愧不敢当。既然却之不恭,只好恭敬拜领。俗话说,金帛表情谊,醇酒见人心。弟此时身在客中,不能敬备佳酿,以表谢忱;只好借花献佛,敬请共同举杯,一饮而尽。请!请!"

大家愉快干杯之后,杨坤为两位贵宾斟满杯子,向客人说道:

"请二位大人放心。下官刚才已同我家伯爷商定,明日要与关宁重要文武密商投降大顺的事。如今合关宁两地为一体,家大业大,麾下文武成群,有人愿意投降顺朝,有的不忘大明,所以我家伯爷对此事一时不能决定。幸有二位大人奉李王钦差,今日携重金光降山海,一则犒军,二则劝降,使那些有意投降的文武要员，心情为之振奋。刚才我同平西伯商定，趁你们二位带来的这一阵东风……"

唐通笑道："子玉，我们是从西边来的。"

"定西伯，那还是劝降的东风呀。趁你们带来的这一阵东风，明日的会议就好开了。"

唐通说："子玉副总兵，我的老弟，请恕我是个武人，一向说话好比竹筒倒豆子，直来直去。家有千百口，主事在一人。明日你们开文武要员会议，投降大顺的决定权在平西伯手里，不在别人！"

吴三桂说："唐大人说的是，明日我当然要拿出我自己的主张。"

杨珅又接着说："明日不但要同关宁大军的文武要员密商，还要同本地的重要士绅密商。"

唐通说："啊呀？还要同地方士绅密商？！"

"是的，不能瞒过地方士绅。"

"兵权在平西伯手里，与地方士绅何干？"

"不，唐大人。我家平西伯奉旨护送宁远十几万百姓进关，入关后分住在附近几县。大顺兵占据北京之后，近畿各州县并未归顺，关内地方并未背叛明朝。倘若我关宁将士不与地方士绅商量，一旦宣布投降，散居附近各处的入关百姓与将士家属岂不立刻遭殃？所以同居住在山海卫城中的地方士绅商议，必不可少。你说是么？"

唐通说道："子玉，你想得很周到，但怕夜长梦多，误了大事。"

张若麒说："唐大人，我们只好停留两三天了。"

杨珅说："张大人说的是，如此大事，不可操之过急。好比蒸馍，气不圆，馍不熟嘛。"

唐通苦笑点头，同意在山海卫停留两三日，然后回京复命。

况且他已经得了吴三桂赠送的丰厚程仪,更多的话不好说了。但又心思一转,他已经以大明朝敕封定西伯的身份出居庸关三十里迎降李自成,这件事好比做投机生意,一时匆忙,下的本钱太大;倘若再因为来山海卫劝降不成连老本也赔进去,两千两银子的程仪又算得什么!他重新望着吴三桂说道:

"平西伯,你我是松山战场上的患难之交,又是崇祯皇帝同时敕封的伯爵,这情谊非同寻常。奉新主儿李王钦差,我与张大人前来劝降,还带着令尊老将军的一封家书,我原想着我们之间可以无话不谈,推心置腹,好好商量,走出活棋。我们不说在李王驾前建功立业,至少应该不受罪责,在新朝中平安保有禄位。可是对我们奉钦命前来劝降的这件大事,你平西伯连一句转圜的话也不肯说,叫我们一头碰在南墙上,如何向李王回话?"

唐通的话饱含着朋友感情,不谈官面文章,使吴三桂不免有点为难。他心中矛盾,面露苦笑,看看杨珅和另外两位陪客饮酒的亲信文武,然后又望望张若麒。他的这种为难的神态,被张若麒看得清楚。张若麒在心中很赞赏唐通的这番言辞。他知道唐通的肚子里还藏有一把杀手锏,不到万不得已不肯使用。他向唐通使个眼色,鼓励他把话说完,而他的眼色只有唐通一个人心领神会,竟然瞒住了吴三桂和杨珅等人。

唐通话头一转,说道:"平西伯,我的患难朋友,我的仁兄大人,有一件事情你是大大地失策了!"

张若麒明白唐通的话何所指,在心中点头说:"好,好,这句话挑逗得好!武人不粗,粗中有细!从今晚起,我要对唐将军刮目相看!"

唐通接着对吴三桂说:"我已经说过,我是竹筒倒豆子,肚里藏不住话,对好朋友更是如此。"

吴三桂问道:"不知唐大人所言何事?"

唐通说道:"去年的大局已经不好,明朝败亡之象已经明显,好比小秃头上爬虱子,谁都能看得清楚。可是就在这时,你奉密诏进京述职。临离京时你将陈夫人带回宁远,却将令尊老将军与令堂留在京城,岂不是大大失策?如今老将军落在李王手中,成为人质。万一不幸被杀,岂不是终身伤痛?世人将怎样说你?后人将怎样说你?岂不骂你是爱美人不爱父母?仁兄,你聪明一世,糊涂一时,太失策了!"

吴三桂神色愁苦,叹一口气,小声问道:"家严与家母留在北京的内情你不知道?"

唐通实际早已听说,装作不知,故意挑拨说道:"我不在北京做官,所以内情一概不知。如今有些人不知你父母住在北京,误认为你在北京没有骨肉之亲,没有连心的人,才决计抗拒向李王投降,博取明朝的忠臣虚名。你在北京府上的父母双亲,结发贤妻,全家三十余口,随时都会被屠杀,他们每日向东流泪,焚香祷告,只等你说一句投降之话。令尊老将军为着全家的老幼性命,才给你写那封十分恳切的劝降家书,你难道无动于心?"

吴三桂忽然心中一酸,不禁双目热泪盈眶。说道:"先帝一生日夜辛勤,励精图治,决非亡国之君。然秉性多疑,不善用人,动不动诛戮大臣,缺乏恢宏气量。松山兵溃之后,许多驻军屯堡,无兵坚守,陆续失陷,宁远仍然坚守,成为关外孤城。家舅父祖将军在锦州粮尽援绝,只好投降清朝。从此以后,原先投降清朝的、受到重用的乡亲旧谊,都给我来信劝降。清帝皇太极也给我来过两次书信,劝我投降。我都一字不复。家舅父奉皇太极之命,也给我写信,劝我投降清朝。我回了封信,只谈家事,报告平安,对国事只字不提。尽管如此,先帝对三桂仍不放心,下诏调家严偕全家移居京师,授以京营提督虚衔,实际把我父母与一家人作为人质。我父母在北京成了人质之后,崇祯帝才放了心,降密旨召我进京述职,面陈防虏①之策。倘若我的父母与全家没有住在北京,成为他手中人质,他怕我在宁远抗命,是不敢召我进京的。别说当时我不能料到北京会落入李王之手,崇祯会在一年后成为亡国之君,纵然我是神仙,能知后事,我也不敢将父母接回宁远。至于陈夫人,情况不同。她不过是我新买到的一个妾。我身为边镇大帅,顺便将爱妾带回驻地,不要说朝廷不知,纵然知道也不会说话。定西伯仁兄大人,你我原是患难之交,没想到你对此情况竟不知道!"

张若麒赶快笑着说:"唐大人原是边镇大帅,不在朝廷做官,所以对令尊老将军升任京营提督内情并不知道。他只是听别人闲言,胡说平西伯只要美人,不要父母。他一时不察,酒后直言,虽然稍有不恭,也是出于好意。伯爷目前处境,既要为胜朝忠臣,又要为父母孝子,难矣哉!难矣哉!此刻夜已很深,不必多谈。但请明日伯爷同麾下的文武要员密商和战大计时候,能够拿出主张,向李王奉表称臣,一盘残棋死棋都走活了。"他转望着杨珅问道:"杨副将,今晚休息吧,你看怎样?"

杨珅敷衍回答:"这样很好。明日在密商大计时,请我家伯爷多作主张。"

此时已经三更过后,吴三桂带着杨珅和另外两位陪客的文武亲信将大顺的两位钦差送至别院中的客馆休息。前边有两个仆人提着官衔纱灯,后边有两位仆人捧着两包共八十锭元宝。目前已经是春末夏初季节,天气晴朗,往年春末夏初常有的西北风和西北风挟来的寒潮,都被高耸的燕山山脉挡住,所以山海城中的气候特别温和。不知是由于气候温暖,还是因为多喝了几杯好酒,唐通和张若麒在被送往行馆的路上,心情比较舒畅,谈笑风生。

---

① 虏——明朝人蔑视满洲敌人,称之为东虏、建虏或满虏,亦简称为虏。

款待两位钦差的地方被称为钦差行馆，是在吴三桂行辕旁边的一座清静小院，上房三间，两头房间由唐通和张若麒下榻，床帐都很讲究。房间中另有一张小床，供他们各自的贴身仆人睡觉。院中还有许多房屋，随来的官兵合住同一院中。

吴三桂将客人们送到以后，没有停留，嘱他们好生休息，拱手告别。唐张二人确实很觉疲倦，但他们赶快将各自的元宝点了点，每人四十锭的数目不错，随即吩咐仆人分装进马褡子里。仆人为他们端来热水，洗了脚，准备上床。

唐通手下一位姓王的千总、管事官员，脚步轻轻地进来禀报，今晚平西伯行辕派人送来了三百两银子，赏赐随来的官兵和奴仆，都已经分散完了。

唐通心中很高兴，觉得吴三桂还是很讲交情的。王千总还要向他详细禀报时，他一摆手，不让王千总继续说下去，赶快问道：

"我原来吩咐你们在关宁明军中有老熟人、有亲戚的，可以找找他们，探听一点满洲人的消息，你们去了么？"

千总回答："院门口警戒森严，谁也不能出去。"

"啊？不能出去？"

王千总低声说："不知为什么这小院的门禁很严，我们的官兵不能出去，外边的官兵也不能进来。"

唐通吃惊地瞪大眼睛说道："怪！怪！我同张大人是大顺皇上派遣来犒军和谕降的钦差大臣，我们的随从人员为何不能走出大门？！"

张若麒正从枕上抬起头来侧耳细听，听见唐通的声音提高，且带有怒意。他便起身披衣而出，悄悄问明了情况，随即向唐通和王千总摆摆手，悄声说道：

"不管守大门的武官是何用心，我们眼下身在吴营，只可处处忍耐，万不可以大顺钦使自居。明日吴平西与亲信文武以及地方士绅等会商之后，肯不肯降顺大顺，自然明白。倘若投降，万事大吉，我们也立了大功；否则，我们只求速速回京复命，犯不着在此地……"他不愿说出很不吉利的话，望一望唐通和王千总，不再说了。

唐通说："好，我们先只管休息。是吉是凶，明天看吧！"

唐通与张若麒本来愉快的心情突然消失，转变成狐疑、震惊和失望。尽管他们一时不知道为什么有此变化，但实际情况却很可怕：他们和随来的官兵都被软禁了。

最近几天，吴三桂最关心的沈阳消息不再是清兵是否南下，而是要确知清兵何时南下，兵力多大，将从何处进入长城，何人统兵南下等等实际问题。大顺钦差的到来，使这些消息变得更加重要了。昨夜把唐、张两位钦差送至客馆之后，他也很快回到内宅。本想好好休息，却被这些事情搅着，辗转床榻，几乎彻夜未眠。所幸天明时分，一名探马从宁远驰回，把这些消息全都探听清楚了。

吴三桂为着对两位从北京来的犒军钦差表示特殊礼遇，今日仍将唐、张二位请到平西伯行辕早餐。吴三桂和杨珅作陪，态度比昨夜最后的酒宴上更为亲切。昨夜就寝以前唐通的满腹疑虑和恼恨，忽然冰释，暗中责备自己不该小心眼儿。但他毕竟是个武人，饮下一杯热酒以后，趁着酒兴，望着吴三桂说道：

"月所仁兄，我们是松山战场上的患难之交，不管劝降成不成，朋友交情仍在。昨夜一时不明实情，我误以为你已经将我与张大人软禁，错怪仁兄大人了。"说毕，他自己哈哈大笑。

吴三桂心中明白，故意问道："何出此言？"

"昨夜听我的随从说，自从住到客馆以后，门口警卫森严，一天不许他们出去拜访朋友，也不许别人进来看他们。他们说被软禁啦。"

吴三桂故作诧异神情，向杨珅问道："这情况你可知道？"

杨珅含笑点头："我知道。今日还得如此，以免有意外之事。"

"为什么？"

"我们关宁将士忠于大明，从来为我国关外屏障，矢忠不二。一提到流贼攻破北京，逼死帝后，痛心切齿。昨日两位钦差来到之后，关宁将士与地方忠义士民群情浮动，暗中议论打算杀死两位钦差。职将得到禀报，为了提防万一，职将立刻下令，对钦差大人居住的客馆加意戒备，里边的人不许出来，外边任何人不许进去，也不许走近大门。"

吴三桂说道："你这样谨慎小心，自然很好，可是你为何不在下令前向我请示，下令后也不向我禀报？"

"钧座那样忙碌，像这样例行公事，何必打扰钧座？"

吴三桂点头，表示理解。"啊"了两声，随即向两位钦差笑着说道：

"杨副总兵虽然是为防万一，出于好意，作此戒备安排，理应受嘉奖；但他不该忙中粗心，连我也毫不知道，也没有告诉二位大人，致引起二位误会。"说毕，他哈哈大笑，又向杨珅问道："今日还要严加戒备么？"

"谨禀伯爷和二位钦差大人，今日还得严加戒备，直到明日两位钦差启程回京。"

唐通对杨珅说道："子玉，我现在才知道你是好意，昨夜我可是错怪你啦。张大人，昨夜你也有点生气是么？"

张若麒毕竟是进士出身，在兵部做了多年文官，虑事较细。今日黎明时从噩梦中一乍醒来，又思虑他与唐通以及随来官兵遭到软禁的事，想来想去，恍然醒悟。他猜想，近日来，必是吴三桂与满洲方面有了勾结，山海卫兵民中人尽皆知。吴三桂为不使走漏消息，所以才借口为钦差安全加强警卫，使他们误认为受到软禁。他常常想着，自家身处乱世，值国运日趋崩解之秋，可谓对世事阅历多矣。他认为天下世事，头绪纷杂，真与假，是与非，吉与凶，友与敌，往往在二者间只隔着一层薄纸。不戳破这张薄纸，对双方都有利，可以说好处很多。何况心中已经清楚，李自成并非创业之主，说不定自己以后还有用上吴三桂之时。这样在心中暗暗划算，所以对唐通与吴三桂的谈话，他只是含笑旁听，不插一言。直到唐通最后问他，他才说道：

"我昨天太疲倦，一觉睡到天明。"他转向吴三桂说："今日关宁将领们会商大计，十分重要。深望伯爵拿出主张，我们好回京去向李王复命。"

吴三桂笑而不言。

上午，吴三桂召开秘密的军事会议，只有副将以上的将领和文官中的少数幕僚参加。大家都知道清兵不日就要南下，对反对李自成更加有恃无恐。所以会议时有许多人慷慨激昂，挥舞拳头。

中午，仍然在行辕中设酒宴款待钦差。吴三桂在宴前请二位钦差到二门内小书房密谈，说明他同麾下文武大员密商结果，誓忠大明，决不投降。倘若流贼前来进犯，他决意率关宁将士在山海卫决一死战，宁为玉碎，不为瓦全。他请求两位钦差在酒宴上不要再提起劝降的事，免得惹出不快。虽然唐通和张若麒也做了最坏打算，但这样的结果仍然使他们感到大为失望和吃惊。唐通问道：

"平西伯，你是不是得到了满洲兵即将南下的确实消息？"

"满洲方面，我一点消息没有。自从我从宁远撤兵入关之后，只派细作刺探北京消息，不再关心沈阳消息，所以满洲的动静，毫无所知。"

"你是否给李王写封回书?"

"既不向他称臣,又不对他讨伐,这书子就不写了。"

"给牛丞相写封书子如何?"

"他是你顺朝的丞相,我是大明朝的平西伯,邪正不同流,官贼无私交,这书子也不好写。"

张若麒感到无可奈何,要求说:"我们二人奉李王之命,也是牛丞相的嘱咐,携带重金和许多绸缎之物,前来犒军,你总得让我们带回去一纸收条吧?"

"好,我已命手下人准备好了,你们临动身时交给你们。"

唐通说:"既然你拒绝投降,我们今日下午就启程,星夜赶回北京,向李王复命。"

吴三桂说:"二位大人既有王命在身,弟不敢强留。因怕路上有人说你们是流贼的使者,把你们伤害,我已吩咐杨副将派一妥当小将,率领一百骑兵,拿着我的令旗,护送你们过永平以西。怕路上百姓饥荒,缺少食物,也给你们准备了足够的酒肉粮食和草料。"

唐通说:"你想得如此周到,可见虽然劝降不成,我们旧日的交情仍在。"

吴三桂又说:"本来今日应该为你们设盛宴饯行,不过一则为避免传到北京城对你们不利,二则为着还有些私话要谈,就在这书房中设便宴送行。因为贱内陈夫人也要出来为你们斟酒,就算是家宴吧。"

这时杨珅进来了,在一把椅子上坐下。

吴三桂问道:"子玉,都安排好了么?"

"都准备妥啦,开始吃酒么?"

"上菜吧,下午他们还要启程呢。"

杨珅向门外侍立的仆人一声吩咐,马上进来两个奴仆,将外间的八仙桌和椅子摆好。又过片刻,菜肴和热酒也端上来了。今日中午的小规模家宴,主要的用意是便于清静话别,不在吃酒。菜肴不多,但很精美。

唐通喝了一大杯热酒以后,直爽地问道:"平西伯,不管我们来劝降的结果如何,那是公事;论私情,我们仍然是患难朋友。常言道,日久见人心。我是粗人,说话喜欢直言无隐。你虽然号称有精兵,可是据我估计,你顶多不过三万精兵,对不对?"

吴三桂笑而不答。

唐通又问:"你既只有三万人马,敢凭着山海卫弹丸孤城,内缺粮草,外无援兵,必是确知满洲人快要南下,你才敢与李王对抗,你说我猜得对么?"

吴三桂心中一惊,暗说:"唐通也不简单!"他正要拿话敷衍,忽听院子里环佩丁冬,知道是陈夫人斟酒来了。

先进来的是一个十六七岁的、从北京带来的、稍有姿色的丫头,后边进来的是容光照人的陈圆圆。在刹那之间,不但满室生辉,而且带进一阵芳香。除吴三桂面带笑容,坐着不动之外,两位贵宾和杨珅都赶快起身。唐通趁此时机,认真地观看陈圆圆,不期与陈圆圆的目光相遇,竟然心中一动,不敢多看,也不知说什么好,只是带着羡慕的心情暗暗惊叹:

"乖乖,吴平西真有艳福!"

陈圆圆从丫环手中接过酒壶,先给唐通斟酒,同时含着温柔甜蜜的微笑,用所谓吴侬软语说道:

"愿唐大人官运亨通,步步高升。"

唐通的眼光落在陈圆圆的又白又嫩又小巧的手上,心中不觉叹道:"乖乖,这手是怎么长的!"也许是因为酒杯太满,也许是因为一时间心不在焉,唐通端在手中的酒杯晃动一下,一部分好酒洒在桌上,余下的他一饮而尽,无端地哈哈大笑。

陈圆圆接着给张若麒斟酒，说出同样祝愿的话。然后给杨珅斟酒，说出一个"请"字。最后才给她自己的丈夫斟酒。她给吴三桂斟酒时，不说一个字，只是从嘴角若有意若无意地绽开了一朵微笑，同时又向他传过来多情的秋波。

她不再说一句话，带着青春的容光、娴雅的风度、清淡的芬芳、婀娜的身影、环佩的丁冬声和甜甜的一丝微笑，从书房离开了。

唐通本来很关心满洲兵南下的消息，刚刚向吴三桂询问一句，正待回答，不料陈圆圆进来斟酒，将对话打断。陈圆圆走后，唐通的心思已乱，不再关心清兵的南下问题，对吴三桂举起酒杯笑着说：

"月所兄，你真有艳福，也真聪明，令愚弟羡杀！幸而你去年一得到如花似玉的陈夫人，马上将她带回宁远。倘若将她留在北京，纵然她能得免一死，也必会被刘宗敏抢去，霸占为妾。"

张若麒感到唐通说这话很不得体。他马上接着说道：

"此言差矣。目前，平西伯的令尊吴老将军，令堂祖夫人，以及在北京的全家三十余口，已为李王看管，成为人质。陈夫人虽是江南名媛，但是其重要地位怎能同父母相比，也不能同发妻曹夫人相比！"

唐通赶快说："是，是。请恕我失言，失言。"

张若麒又说："退一步说，倘若陈夫人被刘宗敏抢去，李王为要在北京登极，也一定早已将陈夫人盛为妆饰，用花轿鼓吹，送来山海！何待差你我携重金前来犒军！"

吴三桂怕唐通下不了台，需要赶快用话岔开，便向张若麒说道："张大司马，自古忠孝不能两全，我如何救我的父母不死于李贼之手？"

张若麒略微沉吟，向吴三桂说道："我同唐将军来时，携带令尊老将军给你的家书一封，盛称李王德意，劝你投降。听说令尊的这封家书是出自牛丞相的手笔,至少是经过他亲自修改,足见李王对这封劝降书信的重视。我昨晚问你如何给令尊回信的事,你说两天以后再写回信,另外派专人送往北京。我并不傻。我心中明白,你不肯马上写好回书由我们带到北京,也是你知道了清兵快要大举南下的消息,不过是为了拖延李王兴兵前来的时间罢了。平西伯,你是不是这个用意?"

吴三桂有片刻沉默,望望杨珅。杨珅昨天从谈话中明白两位从北京来的钦差与李自成并不一心,他已经悄悄向吴三桂建议要利用两位钦差,反过来为我所用。他看见吴三桂此刻想利用唐通和张若麒,但仍不敢向深处说话,他只好用眼色鼓励吴三桂胆大一点。吴三桂又向两位客人举杯敬酒,然后说道:

"常言道,对真人不说假话。据我看来,你们二位,虽然已经投降李王,但是还没有成为李王的真正心腹,李王也不肯把你们作为他自己的人。李王不是汉高祖和唐太宗那样的开国之主,他只信任陕西同乡,只相信从前老八队的旧人。后来跟随他的人物,那也只是他才进河南、艰苦创业时的两三个人。我明白这种实情,所以你们奉李王之命光临山海犒军,我在心中并不把你们二人看成是李王的人,只看你们是我的故人,在松山战役中的患难之交,曾经是风雨同舟。"他看看杨珅问道:"子玉,他们二位光临山海卫之前,我是不是对你这样说的?"

杨珅向贵宾们举杯敬酒,赶快说道:"我家伯爷所说的全是肺腑之言。"

唐通突然说道:"月所仁兄,我们一回北京,李王见你不肯投降,必然把你当成他的心腹之患,派兵前来,你的兵力可不是他的对手!你知道满洲兵何时南下?"

"愚弟实在一点不知。自从北京失陷以后,我只关心北京的消息,不关心沈阳消息。"

招降失败 647

唐通和张若麒同时在心中骂道:"鬼话!"

吴三桂接着说:"至于我的兵力不敌流贼,这一点我不害怕。进关来的宁远百姓,其中有许多丁壮,我只要一声号召,两三万战士马上就有。"

唐通问道:"这我相信,可是粮食呢?"

"粮食我有,至少可以支持半年。我从宁远撤兵之前,明朝不管如何困难,为支撑关外屏障,粮食源源不断地从海路运到宁远海边的觉华岛,我临撤兵时全数从觉华岛运到了山海卫的海边。"

唐通又问:"你认为倘若李王率领大军来攻,你在山海卫这座孤城能够困守多久?"

吴三桂说:"第一,我有数万关宁精兵,效忠明朝,万众一心;第二,我有从觉华岛运来的粮食,可以支持数月;第三,我是以逸待劳;第四,宁远所存的火器很多,还有红衣大炮,我都全数运来了。所以,我但愿李王不要来攻,同我相安无事。倘若来找我打仗……"

唐通突然问道:"你打算向满洲借兵么?"

"这事我决不会做。我是明朝的边防大将,与满洲一向为敌,此时虽然亡国,但我仍然要为大明朝守此山海孤城,等待南方各地勤王复国的义师。"

张若麒心中明白,吴三桂愈是回避谈清兵南下的消息,愈可以证明清兵南下的事如箭在弦上,决不会久。但是他愿意与吴三桂保持朋友关系,说不定日后对自己很有用处。他说:

"平西伯,我们两年前在松山战场上风雨同舟,今天仍然以故人相待。我请问,你有没有需要我们帮忙之处?"

吴三桂赶快说:"有,有。正需要请二位赐予帮助。"

唐通问:"什么事?"

吴三桂说:"从昨天到今天,我对你们二位一再说出我决不投降，这是因为你们是我的患难之交，我对真人不说假话。可是你们回到北京向李王禀报时不要说得这么直爽，不妨婉转一点。"

唐通："我们怎么说？"

吴三桂："你们不要说我决无降意，只说我尚在犹豫不定，两天后我吴三桂会在给我父亲的回书中清楚说明。"

张若麒心中大惊，想道："啊，他只是希望缓兵两天！清兵南下的日子近了！"但是他不点破这张纸，回答说：

"这很容易，我们按照你的要求办吧。只说你答应继续同众将领们再作仔细商量，降与不降，两天后派专人送来书子说明，决不耽误。"

吴三桂赶快说："我只给家严老将军写封家书，禀明我宁肯肝脑涂地，粉身碎骨，誓为大明忠臣，决不降顺流贼，留下千古骂名。"

二位劝降钦差，心中一动，脸色一寒，半天不再说话。他们已经看明白李自成未必是真正的开国创业之主，倘若清兵南下，恐怕难免失败。为着两位钦差下午还要赶路，结束了送行午宴，转入内间坐下，换上香茶，略谈片刻。

张若麒向吴三桂问道："伯爷关于不肯向李王投降的事，打算在家书中如何措辞？口气上是否要写得婉转一点？"

吴三桂回答说："我正为此信的措辞作难。你想，既然忠孝不能两全，我决不在信中同意投降。可是说我决不投降，我父母的性命就难保。因此措辞困难……"

张若麒感叹说："伯爷如此忠于大明，义无反顾，实在可敬。下官自幼读圣贤之书，进士出身，身居高官，不能为大明矢志尽忠，实在惭愧多矣。这封书子的措辞确实难，难！"

杨珅说道："张大人满腹经纶，智谋出众，难道想不出好的办法？"

吴三桂听杨珅这么一说,神色凄然,几乎滚出热泪,叹口气说:"实不瞒二位钦使,弟虽不肖,不敢与古代孝子相比,但是人非草木,弟亦同有人心。弟迟迟不为先皇帝缟素发丧,在山海誓师讨贼,就是为着父母都在北京,只怕出师未捷,父母与全家先遭屠戮。唉!到底还是忠孝不能两全!"忽然,忍耐不住,眼泪夺眶而出。

杨珅见他的主帅落泪,望着张若麒问道:"张大人,有没有好的主意?"

张若麒低着头,轻轻摇晃脑袋,想了片刻,忽然将膝盖一拍,抬起头来,得意地说:

"有了!有了!"

一直坐在椅子上沉默不语的唐通忙问:"张大人,书信中如何措辞?"

张若麒又想了片刻,才决定说出他的主意。他首先想着,既然吴三桂坚不投降,必有所恃;所恃者非它,必是满洲兵即将南下。他凭自己两日来察言观色判断:满洲兵最近将南下无疑。他想道,如果一战杀败李自成,李自成来不及杀害吴襄,关宁兵或满洲兵有可能在战场上将吴襄夺回,也可能迫使李自成将吴襄放还。他又想,目前除仿效汉高祖,别无办法。于是,他用了半是背诵半是讲解的口气说道:

"昔日楚汉相争,汉王刘邦和项王俱临广武而军,相持数月。楚军缺粮,项王患之。在这以前,项王捉到了刘邦的父亲和老婆,留在军中。到了这时,项王在阵前放一张大的案子,将刘邦的父亲绑在案子上,旁边放了一口大锅,使人告诉汉王:'你今天若不退兵,我就要烹你的父亲。'汉王回答说:'我与项羽俱北面受命怀王,约为兄弟。我的老子就是你的老子。倘若你一定要烹你老子,请分给我一杯肉汤。'项王大怒,想杀刘邦的老子。项伯，就是项羽的叔父，对项羽说：'天下事还说不定准，况且要打天下的人是不顾家的，你杀了刘邦的老子不但无益，反而增加了仇恨。'项羽听了劝告，不但不杀刘邦的老子，后来都放了，连刘邦的老婆也放了。"

吴三桂不很明白张若麒的真正用意，问道："张大人，李自成目前还没说要杀家严，我在家书中如何措辞？"

张若麒："嗨，平西伯，你太老实！如今你在家书中愈是毫不留情地痛责令尊老将军，责备他不能殉国，不能提着宝剑进宫杀死李贼……"

"他怎么能走进皇宫？"唐通问了一句。

"嗨，这是用计，不是当真！不管吴老将军能不能做到，只要平西伯在家书中把他令尊老将军骂得痛快，骂得无情，骂他令尊该死，就能救老将军之命。你还不明白么？不知谁替刘邦出的主意，刘邦就是用这个办法救了他老子的命，也救了他老婆吕后的命！"他忽然转问杨珅："子玉将军，你明白我的意思么？"

杨珅在心中骂道："你出的这个歪点子可是要把我家伯爷的一府老幼三十余口送到死地！"他口中不敢说出二话，但是在刹那之间不能不想到一件往事：差不多就在两年前，洪承畴率领八位总兵、十五万大军援救锦州。洪总督本来稳扎稳打，逐步前进，无奈张若麒这个狗头军师，号称懂得军事、来自兵部衙门的职方司郎中，不知怎的被崇祯皇帝赏识，钦派他来松山监军，连总督洪承畴也不敢不听他的意见。他不断催战，遂致全军溃败。如今他又来出馊主意，真是夜猫子进宅，没有坏事不进来[①]！他的眼光转到唐通脸上，想听听这位身居总兵的将军的意见，恭敬

[①] 真是……不进来——过去民间不知道猫头鹰是益鸟，认为猫头鹰出现很不吉利，故有此俗话。

招降失败 651

地问道：

"唐大人经多见广，请你看张大人这主意是否可行？"

唐通心中认为张若麒指点的是一着险棋，很可能枉送了吴三桂在北京的一家性命，但是万一这着险棋有用呢？他沉吟片刻，回答说：

"你们这里，文的武的，人才众多，谋士成群。还有两天时间，何不让大家商量商量？"

杨珅对唐通的回答很觉失望。在吴三桂的幕僚和将领中，一直集中考虑的是降与不降的问题，而没料到会有老将军吴襄的劝降家书。他们早已抱定决心，坚守山海关，决不投降，等待清兵南下。从昨天唐通和张若麒带来了老将军吴襄的劝降家书，才突然引起大家重视了这个问题，却商量不出一个妥当对策。杨珅看见唐通也说不出来好的意见，他重新思索张若麒指点的一步险棋。他想，俗话说病急乱投医，张大人开的药方不妨试试？……

杨珅不敢轻答可否，望望吴三桂，同吴的疑问眼神碰到一起。正在这时，吴三桂手下的一位偏裨将官进来，站在门外禀报：

"敬禀伯爵老爷，唐总兵大人的人马已经站好了队，我们派往护送的一百名骑兵也都站好了队，要不要马上启程？"

吴三桂与两位前来犒军劝降的大顺钦差互相看了一眼，随即吩咐一句：

"马上启程。"

吴三桂送走了李自成差来犒军与劝降的两位使者以后，一方面做应战准备，一方面命两位文职幕僚代他拟一封家书稿，不但表示他决不向李自成投降，而且痛责他父亲不能杀死李自成，为大明尽忠。这封信送往北京以后，他就知道必然会激起李自成大怒，战争将不可避免。所以他一面探听李自成的出兵消息，一面加紧探听沈阳动静，准备向清朝借兵。

同时，他下令日夜赶工，修补了西罗城城墙的缺口，又将守卫宁远城的大小火器运到山海卫的西罗城中。明朝在宁远存放有两门红衣大炮，曾经在一次抵抗满洲兵围攻宁远时发挥了威力，使努尔哈赤受了很大挫折。曾经哄传努尔哈赤在指挥攻城时受了炮伤，死在回沈阳的路上。虽然只是传说，努尔哈赤实际是患了瘩背而死，但努尔哈赤于1626年指挥攻宁远城时，由于城上炮火猛烈，满洲兵死伤惨重，努尔哈赤被迫退兵，确是事实。松山战役之后，清兵很快蚕食了宁远附近的大小城堡，但一直不进宁远，就因为宁远有较多的大炮，清兵曾在城下吃过大亏。如今在西罗城上修筑炮台，架好了红衣大炮。

吴三桂备战的第二件重要工作是补充人马。随他入关的百姓人数不过十万左右。当初为着夸大功劳，也为事后向朝廷要钱，虚报为"五十万众"。这十万多人的内迁百姓，分散安插在关内附近各县，生活尚未安定，与本地百姓也存有种种矛盾，需要留下青壮年人照料入关的老弱妇女，照料生产，照料安全。在匆忙中能够抽调几千人补充军伍就不易了。所以吴三桂准备保卫山海城的将士，总数只有三万多人，虚称五万。他听说李自成的东征大军号称二十万，纵然减去一半，只有十万，也比他的关宁兵多出一倍还多，不可轻视。他连夜派人，将驻在永平的人马全部调回山海卫。又召集一部分亲信将领和幕僚，还约了本地的几位士绅，连夜开会，商议向清朝借兵的事。

在商议时，大家几乎都是恭听平西伯的慷慨口谕，不敢随便说话。吴三桂说道：

"事到如今，不管有多大困难，我们都誓做大明忠臣，为先皇帝复仇，为大明恢复江山。向清朝借兵，帮助我朝剿灭流贼，是一时权宜之计。自古一国有难，向邻国求援，恢复社稷，例子不少。今日在座的各位文官和地方绅耆,都是饱读诗书,博古通今;武将虽然读书不多,可也听过戏文。春秋战国时候有一个申包胥……"他怕自己记不清,望一眼正襟危坐,肃然恭听的本地最有名望的士绅,也是惟一的举人佘一元,问道:"那个为恢复楚国社稷,跑到秦国求救的,是叫申包胥么?"

佘举人恭敬回答:"是叫申包胥,这个有名的故事叫做'申包胥哭秦廷'。还有……"

吴三桂问:"还有什么人?"

佘一元自己也不知为什么,也许是出于敏感,也许是听到了什么传闻,忽然想到石敬瑭这个人物,但是他蓦然一惊,想到在目前的险恶局势中,偶一不小心,说出来一句错话就会遭杀身之祸,赶快改口说:

"方才恭闻伯爷深合大义之言,知关宁五万将士在伯爷忠义感召之下,兴师讨贼。山海卫与附近各州县士民,不论智愚,莫不人同此心,竭诚拥戴。后人书之史册,将称为'关门举义',传之久远。伯爷提到申包胥向秦国乞师,一元窃以为申包胥不能专美于前,伯爷向清朝借兵复国,亦今日之申包胥也。"

吴三桂点点头:"佘举人到底是有学问的人,说的极是。本爵决计向满洲借兵,也是效申包胥向秦国乞师。"他略停一停,为着消释本地士绅疑虑,接着说道:"我是向满洲借兵,决不是投降满洲。满洲人决不会来山海卫,我也决不会让满洲人往山海卫来。这一点,请各位士绅务必放心。"

一位士绅胆怯地问道:"请问钧座,满洲人将从何处进入长城,与我关宁大军合兵一处,并肩戮力,杀败流贼?"

吴三桂说道:"崇祯年间满洲人几次向内地进犯,都是从中协或西协选定一个地方,进入长城,威胁北京,深入内地,饱掠而归。这些事情,佘举人都是知道的,是吧?"

佘一元回答:"谨回钧座,一元因近几年留心时事,大致还能记得。满洲兵第一次入犯是在崇祯二年十一月间,满洲兵三路南犯,一路入大安口,一路入尤井口,又一路入马兰谷。这三个长城口子都在遵化县境。满洲兵第二次入犯是在崇祯十一年九月,一路从青山口进入长城,一路从墙子岭进入长城,都在密云县境。满洲第三次入犯是在崇祯十五年十一月,仍然是从密云县北边的墙子岭进入长城。以上三次大举南犯,都是从遵化和密云境内进入长城。"

吴三桂频频点头,望着大家说道:"好,好。佘举人不愧是山海卫的饱学之士,留心时事。据我们接到的确实探报,清兵已经从沈阳出动,人马众多,大大超过往年。这次统兵南下的是睿亲王多尔衮,他由辅政王改称摄政王,代幼主统摄军政大权。我们还探听到一个十分确实、十分重要的消息,对我军在山海城讨伐流贼这件事……佘举人,你刚才说了四个字,怎么说的?"

"我说载之史册,将称为'关门举义',传之久远。"

"对,对。这一确实消息,已经是铁板钉钉,不再有变。满洲摄政王的进兵方略还同往年一样,对我山海军民的'关门举义'十分有利。"吴三桂看见士绅们的脸上还有不很明白的神气,又向大家说道:"摄政王已决定从中协、西协寻找一个口子进入中原①,先占据一座城池,作为屯兵之处,然后进剿流贼,攻破京师。"

他顿了顿,忽而提高声音道:"本爵誓死效忠明朝,与流贼不共戴天。"

在座的文武要员和地方士绅,一下都被吴三桂的忠孝之情

---

① 中原——明末满洲人习惯,将进入长城说成是进入中原。这一错误说法也影响到居住长城沿边的汉人。

打动。

"三桂虽然是一介武将，"吴三桂接着说，"碌碌不学，但是人非草木，岂无忠孝之心。自从流贼攻陷北京之后，三桂深怀亡国之痛，也痛感丧家之悲。我今日约请各位前来，为的明告各位二事：第一件，我决计率关宁将士与流贼一战，义无反顾。第二件……"

吴三桂环顾左右，见举座皆屏息敛声，静待下文，便接着说道："这是一个极好的机会，我要借多尔衮的刀，砍李自成的脖子。今日就差遣得力将领，携带借兵书子，在路上迎见清朝摄政王，陈述我朝向清朝借兵复国之意。说明我这里诱敌深入，使中协与西协没有流贼防守，以便摄政王率领清朝大军顺利进入长城，使李贼顾首不能顾尾，前后同时苦战，陷于必败之势。只要一战杀败李贼，收复神州不难。"

士绅们认为平西伯的谋略合理，大家肃然恭听，轻轻点头。有一位绅士大胆地问道：

"请问伯爷，崇祯皇帝已经身殉社稷，万民饮恨。与清兵合力收复北京之后，如何恢复大明江山？"

吴三桂回答："先皇帝虽然殉国，但太子与永、定二王尚在人间，太子理当继承皇位。"

"听说太子与二王，连同吴老将军一起都在李贼手中，山海绅民，对太子与二王，吴老将军与贵府全家上下，十分关心。不知钧座有何善策营救？"

"此事……我已另有筹划。但因属于军事机密，不宜泄露，请诸君不必多问。"

佘一元等士绅们仍然心存狐疑，但不敢再问了。吴三桂接着说道：

"几天来山海卫城中谣言很多，士民纷纷外逃。我今日特烦劳诸位帮助我安抚百姓,请大家不用惊慌,本爵将厉兵秣马,枕戈待旦。流贼一旦来犯,定叫他有来无回,死无葬身之地。"

众士绅凛凛听谕,没人做声。会议在严肃的气氛中结束。

会议结束后,吴三桂将副将杨珅、游击将军郭云龙叫到住宅的书房,对他们又作了秘密嘱咐,命他们立刻带着准备好的、给多尔衮的书信出发了。

第二十六章

今天是四月初四日,离择定的大顺皇帝登极大典的日子只有两天了,所以定于巳时整在皇极门的演礼是一次隆重的正式演礼,要做得像真的一样。

昨天下午,由天佑阁大学士牛金星领衔,礼政府尚书巩焴副署,通告中央各衙门,初四上午在皇极门演礼,文武百官必须在辰时二刻进入午门,准备排班。不参加演礼官员,倘有紧急事项要进入紫禁城中,统由东华门进出。这一简单通告,也用拳头大的馆阁体正楷写出,贴在承天门的红墙上。

大顺皇帝驻跸武英殿后,皇宫中的事务繁多,既要指挥数百人加紧清理各宫中和各内库的金银宝物,又要管理留在各宫中的宫女太监,还要照管不少年老的宫眷,以示新朝的宽仁厚泽。在明朝,有一套臃肿庞大的太监组织,分为十二监,下边又分为二十四衙门,分管宫中事务。如今太监二十四衙门全部瘫痪,凡留在紫禁城中的太监都暂时养着,白吃闲饭,等候发落。一部分继续供职的太监,因为大顺朝对他们不敢信任,都没有重要职掌。由于这种暂时的特殊情况,宫中的大小事都听命于吴汝义了。为着文武百官在皇极门演礼的事,两天来他忙得不亦乐乎。

登极演礼已经进行了几次,但都是小规模的,也不在皇极门。今天是为后日的登极大典作一次正式演习，所以特别隆重。关于登极大典如何进行，如何布置，吴汝义连听也没有听说过。今天的老太监中也只有极少人看见过十七年前崇祯登极的典礼盛况。而由于朝廷上斗争激烈，政局屡变，曾经亲眼看见崇祯登极大典的文臣已经没有了。但新降的文臣中参加过如万寿节、元旦贺朔等大朝会的人不少，而且有专门记载礼制的书，所以吴汝义会同礼政府和鸿胪寺官员共同研究，拟定详细仪注，前几天将"典礼仪注"呈报丞相牛金星，然后由丞相恭呈御前审阅。李自成用朱笔批了一个"可"字。如今就是依照这份"钦准"的"大典仪注"进行。

鸿胪寺的赞礼官须要仪表堂堂，声音洪亮。原来的鸿胪寺官员，过去人浮于事，在北京城破之后，许多人对明朝怀有忠节之心，不愿很快向礼政府报到投降。随后见刘宗敏大批逮捕明臣，拷掠追赃，人们认为李自成果然是"贼性未变"，决非开国创业之君，更加不愿投降，有的逃出京城，有的藏匿不出，很重要的鸿胪寺几乎成了一个空荡荡的衙门。所以近几日来，在民间选拔仪表堂堂和声音洪亮的人，日夜训练，充实鸿胪寺官。在举行登极大典之日，鸿胪寺将要办四件事：一是派出一部分赞礼官在皇极殿赞礼；二是派一部分赞礼官在承天门颁诏时赞礼；三是在南郊祭天（称为"郊天"）的场合赞礼；四是为数百位参加大典的文武群臣准备欢庆宴席并为宴会赞礼。现在因为鸿胪寺人数不足，已经决定只在皇极门演习皇极殿的登极典礼，省去其他演礼。

今日演礼是登极大典前，专为供李自成偕丞相亲临左顺门楼上凭窗检阅的最后一次演礼。关于文武衣冠，刚进北京后就日夜赶制，所以今日文官必须一律蓝袍、方领、蓝帽、云朵补子，六品以上的在帽顶插一雉尾。武将也是一样，只是补子的图样与文官不同。

锦衣力士举着皇帝的全部仪仗，从皇极门丹墀下分两行夹御道排列，一直排到内金水桥边，最后是一对毛色油光，金鞍玉辔的纯黄色高大御马。

穿着彩衣的象奴从宣武门内象房中牵来六匹大象，守卫午门，以壮观瞻。午门有三个阙门，每一阙门分派两只大象，相向而立。不无遗憾的是，有一只大象正患眼疾，见风流泪，所以后来民间传言，大象为亡国哭泣。

却说李自成在前天听了牛金星关于皇极门正式演礼准备情况的禀报，又看了礼政府呈上的详细仪注，心中十分高兴。可惜，昨日上午召见一群文臣之后，有两件事破坏了他的心情。一件事是王长顺的"闯宫直言"，使他忽然明白了他的人马进北京后纪律败坏，发生了许多起抢劫财物和奸淫妇女的坏事。另一件事是听了刘体纯的面奏，惊闻满鞑子多尔衮已经在沈阳调集人马，准备南犯，又面奏吴三桂无意投降，打算固守山海卫，等待满洲兵南来。这两件事都出他的意料之外，使他整个下午在武英殿西暖阁，虽然也批阅从各地送来的军情文书，但是更多的时候在思考、彷徨，有时几乎是坐立不安。关于部队的纪律败坏，他后来因为想着还有李过、罗虎、李侔的人马，还有双喜率领的御营亲军，合起来有一万多人马仍然纪律严明，士气如旧，缓急时十分可用，心中也就慢慢地宽慰了。但是满洲人和吴三桂的情况最使他难以放心。他几次在心中自言自语：

"万一吴三桂同东虏勾结，与我大顺为敌，岂不使局势大坏？……唉，那就糟了！"

初三日的一个下午和晚上，李自成不急于召见刘宗敏、牛金星和宋献策等商议大计，只是因为，一则他要等候唐通和张若麒明天回京，带回吴三桂方面的真实消息，不见到他们他不肯放弃最后的和平希望；二则他于初六日登极的决定未变，明日文武百官在皇极门正式演礼的决定未变，他决不愿取消明天上午的演礼，也暂时还不愿使群臣知道刘体纯向他秘密面奏的关于满洲与吴三桂的真实消息。他知道，如果过早地泄露了消息，必将使举朝震骇，群臣对演礼也就没有心情了。

晚膳以后，吴汝义向李自成面奏皇极门演礼的事一切准备就绪。礼政府定于巳时开始演礼，文武群臣都将在巳时前一刻进入午门，登上丹墀排班。请皇上于辰时三刻驾临文华殿，然后登左顺门凭窗观看演礼。李自成问道：

"群臣对明日皇极门演礼的事有何话说？"

吴汝义回答说："群臣渴望陛下于初六日举行登极大典，所以对明日皇极门演礼事莫不精神振奋，喜形于色。那班在西安和来北京路上的新降文臣，尤其是进北京后的新降文臣，盼望陛下登极之心更切。听说所有降臣都赶制了朝冠朝服，一时买不到合用雉鸡翎，就向优人们借用。"

李自成微微一笑，问道："孤命你差人去通州叫罗虎前来见孤，他何时来到？"

"他听说皇上要他留居北京数日，所以连夜将全营操练之事向将领们安排一下，明日上午必会尽早赶到。他来到后先到午门见臣，略事休息用膳，臣即引他进宫，叩见陛下。"

李自成略停片刻，又说："你今日速在皇城外为罗虎寻找一宽大住宅，连夜打扫粉刷，务要焕然一新。一切家具陈设，都要有富贵气象。床上锦帐、被褥、枕头等物，一律崭新，你可命太监从内库中取出，宫中没有就到前门外铺子购买，务要丰富。"

"皇上为何……"

"罗虎自幼随孤起义，屡立战功。本来在西安时应该给他封号，孤因想着北京登极后还要封一批武将，所以对他暂缓加封。

今日听说我大顺军到北京以后,有许多营军纪败坏,失去人心,叫孤十分生气。倒是罗虎的五千人驻防通州,军纪严明,每日操练不停。还听说罗虎在通州的诸多行事,颇有古名将之风。孤决定在这两天之内,就提前下敕书封罗虎为潼关伯。等孤登极之后,在此不多停留即驾返长安,经营江南,给罗虎三万人马镇守北京,作国家北方屏藩。所以你要从明朝公侯大官的府第中寻找一处大的宅院,连夜打扫修缮,尽心布置,暂供罗虎封伯后住家之用。"

吴汝义满心高兴,因为他认为一则罗虎确实应该封伯;二则在罗虎封伯之后,他自己和一些有功将领当然也就跟着受封了。他叩头说:

"谨遵圣谕,臣马上就办理妥当。"

李自成下令为罗虎寻找和布置豪华住宅本来另有用意,但是他没有说出口来,要等今天晚上他才说出。吴汝义走出武英殿以后,心中感到奇怪:罗虎没有家眷,一个人在此,封伯何必要一处豪华的住宅?何必要在几天之内就一切准备停当?

吴汝义退出以后,李自成又继续批阅文书。有两件紧急的军情文书他必须赶快批复,一件是奉命留守西安、总理朝政的大将田见秀来的火急奏本,禀报说河南各地以及山东境内,虽然派去了地方官吏,但无重兵弹压,处处情况不稳,已经叛乱迭起,有随时崩解之势。另一件是刘芳亮从保定来的急奏,禀奏他占领了保定和真定之后,豫北三府①与冀南三府②人心未服,局势不稳,处处作乱,粮食征集困难。看了这两件奏本以后,李自成的心情沉重,不觉叹了口气,在心中对自己暗暗说道:

---

① 豫北三府——卫辉府、怀庆府、彰德府均在黄河以北。
② 冀南三府——河间府、顺德府、大名府均在保定以南。

"登极事要如期举行，赶快回到长安，腾出一只手平定叛乱，稳定大局，另一只手平定江南！"

忽然有轻微的环佩声和脚步声来到他的身边，同时一阵甜甜的芳香扑来。他忍不住回头一看，看见王瑞芬来到身边，服装淡雅，面如桃花，唇如渥丹①，不觉心中一动。王瑞芬躬身说道：

"启奏皇爷，天气不早，已经二更过后了，请回后宫安歇。"

王瑞芬的美貌和温柔悦耳的声音顿然减轻了李自成心头上的沉重。他忽然想到已经有两夜不曾"召幸"的窦妃，昨日早晨和今日早晨看见窦妃的眼睛分明在夜间哭过，忍不住问道：

"窦妃可在东暖阁就寝了么？"

王瑞芬回答："因皇爷尚未安歇，窦娘娘不敢就寝，正在东暖阁读书候旨。"

李自成很爱窦妃，立刻吩咐说："你去传谕窦妃，今晚到西暖阁住。孤要看几封紧要文书，过一阵就回寝宫安歇。"

"奴婢即去传谕！"

王瑞芬到仁智殿东暖阁向窦妃传下了皇上的口谕之后，窦妃霎时间脸颊飞红，一阵心跳，一双明亮而美丽的眼珠被薄薄的一层泪水笼罩。王瑞芬说道：

"请娘娘略事晚妆，等候圣驾回寝宫。奴婢去将御榻整理一下。"

王瑞芬走后，立刻有两名宫女进来，用银盆捧来温水，伺候窦妃净面，然后服侍她将头发略事梳拢。头发上的许多首饰都取了下来，放在首饰盒中，只留下一根翡翠长簪横插髻中，一朵艳红绢花插在鬓边。她本来天生的皮肤白嫩，但为着增加一点脂粉香，她在脸上略施脂粉，似有若无。晚妆一毕，在几个宫女的陪

---

① 渥丹——鲜红而润泽。此是习用的古汉语词。

侍下来到西暖阁皇上寝宫,等候接驾。

窦妃命宫女们都去丹墀上等候,圣驾回来时立刻传禀。她看见御榻上的黄缎绣龙被子已经放好,又闻见寝宫中有一股令她春心动荡的奇异香气,趁着宫女们不在跟前,向王瑞芬悄悄问道:

"你怎么在博山炉中又加进了那种异香?"

王瑞芬凑近窦妃的耳朵含笑答道:"奴婢但愿娘娘早生皇子,使大顺朝普天同庆。"

窦美仪从脸上红到粉颈,低下头去,没有说话,只是感激王瑞芬对她的一片好心,在心中说道:

"好瑞芬,只要我日后永保富贵,一定报答你的好心!"

这一夜,窦美仪重新在御榻上享受了皇上的浓情厚意,恩爱狂热时仍如往昔。她确实希望赶快怀孕,为皇上早生皇子。但是她毕竟是深受礼教熏陶的女子,新近脱离处女生活,而与她同枕共被的是一位开国皇帝,非一般民间夫妻可比,所以她在枕席间十分害羞,拘谨,被动,只任皇上摆布,自己不敢有一点主动行为。但是她心细如发,敏感如电。她深知道皇上虽然贵为天下之主,但毕竟是个人,是她的丈夫,在御榻上他和常人一样。今夜她常常从皇上的一些漫不经心的细微动作中,从他的偶然停顿的耳边絮语中,感到他的心事很重,异于往日。她不敢询问一句话,只是在心中问道:

"初六日就举行登极大典,明日皇极门演礼,难道还有什么大事使皇上心中不快?"

玄武门上响过了五响报更的鼓声以后,窦美仪和李自成几乎是同时从枕上醒了。前两夜李自成因为国事烦心,没有让窦妃陪宿,总是不待玄武门的五更鼓响便猛然醒来,而当第一声鼓声传来时他已披衣坐起,不待呼唤,那四个服侍他穿衣和盥洗梳头的宫女立刻进来。这情形独宿在东暖阁的窦美仪十分清楚,因为她醒得更早，这时正由宫女服侍，对着铜镜晨妆。尽管因为偶然独宿，感到被皇上冷淡，不免妄生许多疑虑，只怕常言道"君恩无常"，但又敬佩皇上不贪恋女色，果然不愧是英明的开国皇帝。但是今日早起①，她却是另一种心态。

今日她仍然像往常一样，不到五更就一乍醒来，本应该立即起床，在皇上起身前回到东暖阁，梳妆打扮。然而经历了两夜的空榻独眠，昨夜又回到了皇帝的御榻上，她倍感幸福。虽然醒来很早，却有一种什么力量不使她起身。四月的北京，五更仍有浓重的寒意，而仁智殿没有地炕，她侧卧在皇上的怀中感到温暖幸福。她将头枕在皇上的一只十分健壮的左胳膊上，当她想起身时，却感到皇上的另一只搂紧她的右胳膊并没有放松的意思，她忽然在心中充满幸福地想到白居易的诗句："春宵苦短日高起，从此君王不早朝"，不觉从脸上绽开了一朵微笑。但李自成并没有觉察窦妃的心思。他正在心情沉重地思虑着唐通和张若麒今日可能会带来什么消息。他想着，原来没料到的一次战争，恐怕不可避免；又想着进行大战会有许多困难，但不打又不行。因为正思虑着这些令他十分操心的军国大事，所以几乎将窦妃忘了。

忽然从武英殿传来了云板②两声，李自成和窦妃同时听到，不觉吃惊。李自成将窦美仪轻轻一推，向外边值班的宫女们问道：

"什么事，快去询问！"

窦美仪赶快下了御榻，随便披好衣服，向东暖阁走去。李自成也披衣下了御榻。有四个服侍穿衣、盥洗、梳头以及整理御榻的宫女进来。

---

① 早起——这两个字构成一个名词，即早晨、清早之意。"起"字读去声，音如"气"字，读音较轻。

② 云板——铜制打击乐器，形似云朵，故称云板。此处作传递消息之用。

李自成又问道：

"王瑞芬在哪儿？什么事敲响云板？"

王瑞芬掀帘进来，向皇上说道："奴婢来到！"随即趋前几步，双手呈上一个小封，又说：

"这是李双喜将军亲手交给奴婢的，请皇爷一阅。"

李自成匆匆拆开批一"密"字的小封，抽出一张用行楷书写的揭帖①一看，忽然脸色一寒，跺了一脚，随即将揭帖重新叠好，装进小封，在心中问道：

"在北京城中驻扎着数万大军，竟出了这样怪事！"

李自成左右的宫女们不知道夜间出了什么大事，心中一惊，悄悄地交换眼色。李自成盥洗、梳头和穿好衣服后，将御案上的揭帖揣进怀中，由几个宫女侍候，大踏步往武英殿去。

窦美仪因为今早偶尔春宵贪眠，不曾像平日提前两刻起床，所以现在还没有打扮完毕。一个宫女在窦妃的梳妆台前放一只成化年制粉彩凤凰牡丹瓷绣墩，上边放一个厚厚的黄缎绣凤软垫，窦妃坐在上边，对着铜镜，让一个有经验的宫女替她梳头。她的头发特别美，比两个宫女合起来的头发还多。当她的头发打散时，可以一直垂到地上。此刻头发已经梳好了，宫女正在仿唐代宫中的发型为她梳拢。她虽然不知道北京在夜间发生了什么事情，但是在皇上身边的宫女们已经告诉她皇上拆开一个密封后脸色不好，还在金砖②上跺了一脚。她也明白，皇上对前朝的太监很不放心，怕他们心怀故主，既要防备他们行刺，也防备他们窃

---

① 揭帖——臣下呈给皇上的一种公文，为着迅速奏明事件或意见，形式上比奏本随便，称做揭帖。另外，不具名的招帖，用以攻击或揭露别人的丑闻隐恶也叫揭帖。

② 金砖——故宫主要宫殿铺地的砖头，是由特殊的工艺制成，质地十分细腻，耐磨，呈灰黑色，俗称金砖。

听机密。武英殿中一律由宫女侍候,也不准太监们进入仁智殿院中。夜间如果有重要急奏,李双喜到武英殿西南角,即进入仁智殿院落的入口处,敲响云板。在西厢房值夜的宫女接了急奏,交给寝宫的宫女头儿王瑞芬,马上转呈皇上。看来这密封中所奏的必非小事,更非平安吉报。窦美仪已经铁了心要做大顺朝开国皇帝的一位贤妃,此刻她对着铜镜,望着宫女替她梳拢头发、插上首饰和宫制鲜花①,想到黎明前李双喜敲云板送来的一封密奏,想到近两日皇上似乎有什么心事,又想到吴三桂驻军山海关尚未投降,不觉在心中问道:

"我大顺朝的江山能坐稳么?"

李自成在武英殿丹墀上拜天之后,进入西暖阁,在龙椅上坐下,立刻将恭候在丹墀一角的双喜叫进来,命宫女们回避了。宫女都懂规矩,不仅在殿内的宫女全得退出,连站在窗外的宫女也得避开,绝对不许有人窃听。李自成向双喜问道:

"揭帖中所奏的两件事你可知道?"

"约在四更时候,从军师府来的一个官员到东华门递进密封揭帖。适逢儿臣巡视紫禁城中警跸情况,来到东华门内,遂将军师府的官员放进东华门,问他知不知道揭帖所言何事。他说两件事他都知道,将事情的经过对儿臣说了。"

"杜勋是怎样被杀的?"

"昨夜一更多天,杜勋从朋友处吃酒席回来。他骑着马,跟着两个仆人打着灯笼。离他的家不远,经过一个僻静地方,四无人家,一片树林,还有一个无人居住的小庙。突然有几人从树影中跳出,拦住马头,用乱刀将杜勋砍死,又砍死了一个仆人,另

---

① 宫制鲜花——就是宫中所制的假花,多以绢制成,色彩鲜艳如真,称为"相生花"。

一个仆人挨了一刀,拼命逃跑。刺客砍下杜勋的脑袋,挂在小庙前的树枝上,在小庙墙上写了一句话:'为先皇帝诛叛奴'。杜勋的家人很快到军师府禀报此事。军师府派兵前往搜查凶手,早已没有踪迹。"

李自成默默想道:"没有料到,北京城的民心不忘明朝!"李双喜见他没有做声,接着说道:

"崇文门内向西拐,往江米巷去的墙壁上,我一支巡逻队在二更以后,看见有人在墙上贴出了无头揭帖,说平西伯吴三桂不日将亲率十万精兵西来,剿除,剿除……"

"你只管明白地说!"

"那揭帖上说,剿除逆贼,恢复神京,为先帝后发丧,扶太子即位,重振大明江山。"

李自成问道:"什么人敢这样大胆?"

"巡逻队看见揭帖,糨糊还没有干,可是贴揭帖的人没看见。巡逻队当即撕下揭帖,去首总将军府禀报。刘爷下令,将附近住户抓来了十来个男人,连夜拷问,没人招供。刘爷下令全部斩首,将首级悬挂在无头揭帖的地方。这些人正要推往崇文门内十字路口行刑,恰好宋军师闻讯赶到,苦劝不要杀戮无辜,等天明后取保释放,以安京师民心。父皇,两件大事竟然如此凑巧,发生在同一个夜间!"

李自成是一个性格深沉的人,虽然他想得更多,却没有吐露一句,只叫宫女进来,吩咐传膳。

简单的早膳以后,李自成告诉窦妃说,他要先去文华殿召见大臣,然后去左顺门楼上凭窗观看演礼。窦美仪温柔地含笑说道:

"可惜臣妾是个女子,要是身为男子,该有多好!"

李自成笑着问:"卿为何有这样想法?"

窦妃说:"皇上的登极大典乃千古盛事,臣妾备位后宫,既不能参与文臣之列，躬预盛典，跪拜山呼，连皇极门演礼的事也不能观看，所以才说出此言，恳陛下恕臣妾无知妄言之罪。"

"这好办，孤吩咐双喜，右顺门楼上不许兵丁上去，卿可率领宫女们在右顺门楼上观看演礼。只是，不要打开窗子，将窗纸戳破一些小洞就行了。"

窦美仪喜出望外，立时跪下说道："感谢皇恩！如此臣妾与宫女们皆可以大饱眼福！"

午门上的第一次钟声响了。钟声悠然传向远方，全体京城的士民怀着不同的心情倾听钟声，许多人悄悄地议论着李王即将登极的大事，也议论着吴三桂拒绝向大顺投降，发誓要为崇祯帝、后复仇，恢复大明江山的事。从来就有一种奇怪现象，每次在时局发生重大变化时候，民间的消息比官方的消息又快又多，其中难免有许多谣传，但有些谣传在事后证明有可靠来源。在昨夜崇文门内出现无头揭帖之前，就不断有关于吴三桂决心兴兵讨贼的谣言，而且在北京东郊也发现了无头揭帖，号召黎民百姓赶制白布孝巾，准备在吴三桂人马到来时为崇祯帝后发丧。虽然发现的揭帖不多，但是通过庶民百姓的口，一传十、十传百，迅速地传遍京城，猛然间搅乱人心。

除关于吴三桂要兴兵打仗的谣言之外，还有大顺军在北京城内强奸和抢劫的事，愈传愈多，真实消息和夸大的谣言混在一起。拷掠追赃和纵兵奸淫的事本来就是京城百姓的热门话题，如今每天都传出新的消息，传言什么侯、什么伯、什么大臣的家人到处张罗借贷，在已经交出若干万两金银之后，于某日被拷掠死了；某某文臣在朝中素有清直之名，也遭拷掠之苦，生命难保。关于奸淫良家妇女的事，盛传安福胡同一夜之间妇女悬梁和投井而死的有三百七十余人，尽管这数目被夸大得极不合理，但是依然满北京城盛传不止。同时还盛传常有妇女被拉到北城墙上轮奸,有少女被轮奸致死,尸体投到城外。由于京城居民对大顺军的仇恨与日俱增,所以有关大顺军奸淫妇女的荒唐谣言愈传愈多,而且人们竟然都信以为真,然后再添枝加叶,争相传播。

通过山东境内的江南漕运,从去年冬天起就已经不通。供给京城的薪柴、燃煤和木炭,都是从西山来的,如今也不能再进城了。大顺军虽然严禁京城的粮食和一切日用必需货物涨价,但是明不涨暗涨,而且市场上的供应一天比一天紧缺。京城虽然俗称是在"皇帝辇毂之下",居住着王侯官宦和富商大贾,但是平民百姓和贫寒之家毕竟居于多数。这班生活在社会下层的平贱寒素之人,世居北京,本来就有代代承继的正统思想,习惯地把李自成看成是流贼。李自成进入北京后,并没有立即废除明朝的各种苛政,也没有宣布"与民更始"的重要新政,更令人不解的是竟没有像进入河南一样,对生活贫苦的小民开仓放赈。所以其执行的拷掠追赃政策虽然看起来只是严厉打击明朝在京城的六品以上官僚、皇亲国戚、公侯贵族,却使大顺政权在广大中小官吏、士人、商人和下层贫民中也普遍失去人心。

北京士民前几天就都知道,今天上午大顺朝文武百官将在皇极门演礼,准备新皇帝在初六日举行登极大典。按照常理说,从今日起到登极大典的三天内,正是举国①狂欢,普天同庆的日子,然而今天的情况十分反常,只有大顺朝的文武百官(宋献策和李岩等很少人数除外)欢欣鼓舞,北京城中的各色人等,不管贫富,心情都很沉重,冷眼旁观,等候着事态发展。当午门上的钟声散往五城各处时候,不论是住在深宅大院的还是住在浅房窄屋的人们都暗暗地摇头叹息,心中问道:

---

① 举国——全京城。国是京城的代称。

"这个李自成真能坐稳江山么?"

李自成在午门上敲响钟声的前一刻,趁着午门未开,已经由双喜率领二十名将士护驾,穿过右顺门和左顺门,来到文华殿了。

李自成从武英殿启驾片刻后,窦美仪先由四个宫女捧着香炉,从作为皇帝寝宫的仁智殿出来,也登上右顺门楼。随后,王瑞芬带一群花枝招展的宫女,带着一股香气,登上右顺门楼。窦美仪的脸上和凤眼蛾眉处处掩藏不住涌出内心的喜庆笑容,面对窗子坐下,而十来个宫女侍立在她的左右。

李自成已经在文华殿西暖阁的龙椅上坐下,神色沉重。满洲人正准备兴兵南犯和吴三桂想据守山海关抗拒不降,这两个军情探报最使他放心不下。他从昨天下午起,就暗暗地盘算着不得已时的作战方略。但是他对吴三桂的投降仍抱着几分希望。他反复思索,既然崇祯已经亡国,江山易主,吴三桂再忠心保明朝已经没有多大意义,而且也没有什么前途,何况吴三桂的父母和一家三十余口已经成了人质,全家性命决定于他降与不降。他钦差张若麒和唐通送去了犒军白银四万两,黄金千两,又答应仍封吴三桂为伯爵,世袭罔替①,这样的宠遇厚恩,应该使他倾心归顺。所以尽管宋献策和李岩都认为吴三桂抗拒不降的成分为多,但是不见到派去的使者回来,他总是仍希望避免作战,为大顺的北伐军保存元气,以应付满洲人的来犯。

一个小太监用银托盘捧来盖碗香茶,放在御案上,轻轻地退了出去。随即吴汝义进来,跪下去叩了一个头,奏道:

"臣已遵旨为罗虎安排一座好的宅院。他很快就会到京。稍

---

① 世袭罔替——封建的封爵制度,一种是逐代降一等级,数代之后停止;一种是永远保存初封爵位,叫做世袭罔替。"罔替"即不终止。

事休息后,臣即带他进宫陛见,听皇上重要面谕。"

李自成点点头,心中暗想:可惜像小罗虎这样的得力将领太少了!

"唐通和张若麒还没回来?"他问道。

"回陛下,唐通和张若麒已经回京。他们昨夜宿在通州,今日早晨赶回京城。"

"快传他们来见我。"

"刚才臣接到军师府禀报,说二位钦差正跟随两位军师从军师府骑马前来,稍候片刻就会到了。"

吴汝义叩头退出之后,刘宗敏和牛金星进来,行礼之后,李自成叫他们坐下,说道:

"昨晚发生的两件事,孤已知道。眼下北京人心不稳,我们原来不曾料到。看来吴三桂的及早投降同后日顺利登极,两件事至关重要。观看演礼后,我们再仔细商议。五凤楼上的钟声已经响过一阵,此时文武百官正在进入午门。你们赶快到左顺门楼上,观看演礼。孤要等张若麒和唐通来面奏去山海关的结果,他们跟随献策快来到了。"

刘宗敏说:"我风闻吴三桂不愿投降,张若麒与唐通进宫就可以完全清楚。倘若吴三桂敢抗拒不降,请陛下决定办法,不能留下他成为后患。"

"你说的很是。"李自成停一停,接着又用坚定的口气说道:"等孤听了钦差面奏之后,我们就商议办法。江南未平,东虏又将进犯,我们对身边的吴三桂一定要先下手为强。消灭他之后再打败满洲南犯之敌!"

刘宗敏和牛金星从李自成的面前退出以后,出了文华门,向左顺门走去,心头上都有一种沉重情绪。昨天晚上,宋献策分别拜访了刘宗敏和牛金星,将刘体纯探到的满洲人正在调动八旗人马和吴三桂准备据守山海关不肯投降的绝密消息告诉了他们,所以他们在文华殿见过圣驾之后,一面向左顺门走去,一面在想着皇上很快就会听到张若麒与唐通的禀报。是否要对吴三桂用兵,这是大顺朝一件大事,在今明两日内就要决定了。

李双喜对今天的演礼非常感兴趣,带着四个小校,肃静地站立在左顺门的朱红门槛里边。只见他向身边一名小校吩咐了几句话,那小校不敢怠慢,立刻走下台阶,打算从金水河和午门之间穿过,奔往右顺门去传令。但是刚刚抬步,听到李双喜小声吩咐:"绕皇极门后边过去!"小校恍然明白,立刻退出左顺门,越过一道石桥①从宫墙外边往北,奔往文昭阁②去了。

正在这时,刘宗敏和牛金星到了。李双喜带他们登上左顺门楼,凭窗坐下,当即有侍卫用朱漆托盘捧来了两杯香茶放在几上。刘宗敏回头说道:

"双喜儿,你不要在此看了,快回文华门值房去。皇上召见张若麒与唐通,有什么重要消息,你立刻前来禀报!"

李双喜恭敬地回答一声"是!"下楼去了。当他回到文华门时,听见从皇极门前丹墀上传过来静鞭三响,同时看见张若麒与唐通跟随着宋献策和李岩带着一群仆从进东华门了。

李自成正等着钦差来见,忽听见从皇极门前传来了连续三次响亮的鞭声,他的心中一动,暗想道:"这是静鞭三响!"果然,停了片刻,又从皇极门前传来了鼓乐之声。李自成心中明白,群臣的隆重演礼开始了。直到此时,他仍然希望刘体纯昨天

---

① 石桥——紫禁城中的内金水河在左顺门北边不远处从地下流过宫墙,经过石桥,仍由地下从文华殿宫院西边转向北流,在端敬殿和省愆居之间穿过宫墙向东。

② 文昭阁——俗称文楼,在皇极殿与皇极门之间,与西边的武成阁(俗称武楼)东西遥对。

所面奏的山海关消息不十分确切；纵然吴三桂有不降之心，但经过张若麒与唐通力劝，总该有转念余地吧？

李双喜回到文华门不一会儿，宋献策和李岩带着张若麒与唐通也到了。宋献策和李岩为着尊重新朝的朝廷体统，很自然地停留在文华门内，也不敢大声说话，只是轻声叫双喜进去启奏皇上。李自成正盼着他们来到，对双喜说道：

"快叫他们进来！"

宋献策、李岩等在御前叩头以后，李自成命他们坐下，随即问道：

"二位前去山海关犒军劝降，结果如何？"

张若麒与唐通不约而同赶紧站立起来，按照几天来在归程中反复议好的措词，由张若麒向新主躬身回答：

"启奏陛下，臣与唐将军奉旨携巨款赴山海关犒军，宣布陛下德意，劝说吴三桂从速降顺。吴三桂拜收陛下谕旨与犒军巨款，颇为感激，确有愿降之意。但关宁将士，人数众多，也有人不愿投降，誓为明朝帝、后复仇，不惜一战。遇到这种情况，吴三桂十分犹豫，希望陛下谅其苦衷，宽限数日，使他能与关宁将领从容商议。"

李自成一听，明白吴三桂想用缓兵之计，等候"东虏"大军南下，在心中暗说：

"二虎的探报果然确实！"

他没有马上再问，而是想到了对山海关用兵的大事。就在他沉默无言的片刻之间，从皇极门前隐约传来了音乐声和鸿胪寺官的赞礼声，这更增加了他对吴三桂的恼恨。想了一想，他接着问道：

"吴三桂可知道孤将于四月初六日举行登极大典？"

唐通赶紧回答："臣一到山海关即将皇上登极大典的日子告

诉了他,希望他能亲率一部分文武官员来京,参与盛典。"

"他不肯前来?"

"是的,陛下。"

"也不肯派遣官员送来贺表?"

"是的。请陛下息怒。"

李自成又问道:"听说吴三桂加紧备战,督催军民日夜不停,将西罗城继续修筑,尚未完工,是不是决意对孤的义师负隅顽抗?"

张若麒与唐通被逼问得背上出汗,只好回答说是。此刻使他们惟一放心的是,他们同吴三桂谈的一些不利于李自成的私话,连吴三桂的左右将领都不知道,李自成纵然英明出众,也决无猜到之理。

李自成继续问道:"两位爱卿在山海卫,可听说满鞑子的动静么?"

张若麒答道:"臣在吴三桂军中,风闻沈阳多尔衮正在调集满蒙八旗人马,将有南犯举动。但东房何时南犯,毫无所知。"

"吴三桂会不会投降满洲?"

唐通说:"臣与吴三桂都是前朝防备满洲大将,蒙受先帝特恩,同时封伯。只是臣知天命已改,大顺应运龙兴,故于千钧一发之际,决计弃暗投明,出居庸关迎接义师,拜伏陛下马前。吴三桂世居辽东,对内地情况不明,所以至今对归诚陛下一事尚在举棋不定,这也情有可原。但说他投降满洲,实无此意。半年以前,因关外各地尽失,宁远孤悬海边,北京城中曾有谣言,说他投降满洲。他为着免去朝中疑心,请求将父母和一家人迁居北京。如今他父母和一家三十余口都在陛下手中,成为人质,怎能会投降满洲?以臣看来,他目前只是因为世为明臣,深受明朝国恩,不忘故主,加上将士们议论未决,所以他尚在犹豫。请陛下稍缓数日,俟他与关宁文武要员商议定了,纵然不能亲自来京,也必会差一二可靠官员恭捧降表前来。"

"他自己不能来么?"

"东虏久欲夺取山海关,打通进入中原大道。如今满洲人已经占据宁远及周围城堡,与山海关十分逼近。吴三桂闻知满洲人调集兵马,又将入犯。他是关宁总兵,身负防边重任,自不敢轻离防地。"

"你们带去他父亲吴襄的家书,劝他投降大顺,情辞恳切。他没有给他父亲回一封书子?"

"臣离开山海关时候,吴三桂因关外风声紧急,忙于部署防虏军事,来不及写好家书。他对臣与唐将军说:二三日内将差遣专人将他的家书送来北京。"

李自成对张若麒与唐通的忠心原来就不相信,钦差他们去山海关犒军和劝降也只是为着他们与吴三桂曾经共过患难,想着他们可以同吴三桂深谈,而他们也愿意受此使命,为大顺立功。经过此刻一阵谈话,李自成不但知道他们没有完成使命,而且对他们更加疑心。李自成看见宋献策的眼色是希望停止询问,却忍不住又问一句:

"唐将军,吴三桂负隅顽抗的心已经显明,但孤仍不想对他用兵。你不妨直言,他可曾说出什么不肯投降的道理?"

"陛下英明,请恕臣未能完成钦命之罪。吴三桂不忘明朝,自然会有些非非之想。臣不敢面渎圣听,有些话臣已向宋军师详细禀报,请陛下询问军师可知。"

宋献策赶快站起身来,含着微笑说:"吴三桂不忘故君,向陛下有所恳求。虽然是想入非非,但也是事理之常,不足为怪,容臣随后详奏。二位钦差大人日夜奔驰,十分鞍马劳累,请陛下允许他们速回公馆休息,倘陛下另有垂询之事,明日再行召见。"

李自成明白军师的意思，随即改换了温和的颜色，向张若麒与唐通说道：

"二位爱卿连日旅途劳累，赶快休息去吧。"

张若麒与唐通都如释重负，赶快跪下叩头，恭敬退出。

李自成目送张若麒与唐通从文华殿退出以后，脸上强装的温和神色很快消失，望着宋献策和李岩问道：

"对吴三桂的事，你们有何看法？"

李岩望一望宋献策，跪下回答："陛下，以臣愚见……"

"卿可平身，不妨坐下议事。"

李岩叩头起身，重新坐下，接着说道："以臣愚见，吴三桂不肯投降，决意据山海关反抗我朝，事已显然。但是他自知人马有限，势孤力单，所以他既不肯上表投诚，也不敢公然为崇祯缟素发丧，传檄远近，称兵犯阙。他已经知道多尔衮在沈阳调集人马，将要大举南犯，所以他要拖延时日，等待满洲动静，坐收渔人之利。臣以为目前最可虑的不是吴三桂不投降，而是东虏趁我大顺朝在北京立脚未稳，大举南犯。满洲是我朝真正强敌，不可不认真对待。"

"卿言甚是。"李自成对李岩轻轻点头，立刻命殿外宫女传谕李双喜叫汝侯刘宗敏和丞相牛金星速来文华殿议事。

刘宗敏和牛金星坐在左顺门上，凭窗观看演礼。他们都是平生第一次观看大朝会礼节，自然是颇感新鲜。但是因为皇上迟迟未来，设在他们中间稍前的龙椅空着，所以他们一边观看演礼，一边记挂着皇上召见张若麒与唐通的事。刘宗敏在惦记着钦差去山海关劝降的事，同时又考虑到不得已时同吴三桂作战的许多问题。牛金星毕竟是文人出身，对将会发生的战争虽然也不免担心，但是更想着不会打仗，吴三桂会投降大顺。由于这两位文武大臣在观看演礼时的心态不同，所以牛金星始终是面露微笑，那神情，那风度，俨然是功成得意的太平宰相；而刘宗敏始终是神色严峻，心头上好像有战马奔腾。

　　与左顺门隔着皇极门和午门之间的宽大宫院，窦妃率领一群宫女悄悄地站在右顺门楼上观看演礼。右顺门的窗子紧闭，窦妃和宫女们都将窗纸戳破小孔，用一只眼睛向外观看。那从丹陛下边分两行排列到内金水桥的皇帝仪仗，首先映入她们的眼帘，随即她们看到文武百官在细乐声中依照鸿胪鸣赞，御史纠仪，按部就班，又按品级大小，在丹墀上边站好。忽然，有四个文臣，身穿蓝色方领①云朵补子朝服，冠有雉尾，步步倒退而行，自皇极门东山墙外出现，引导一个由四个太监抬着的空步辇，后边跟随着几个随侍太监，转到皇极门前边，步辇落地。丹墀上和丹墀下两班乐声大作。当步辇出现时，鸿胪官高声鸣赞，百官在乐声中俯伏跪地，不敢抬头。随即那倒退而来的四个文臣和八个随侍的太监好像扈送着圣驾，进入殿内。百官依照鸿胪官的鸣赞，三跪九叩，山呼万岁。身边的一个宫女惊奇地向窦妃小声问道：

　　"娘娘，怎么那四个文臣步步倒退？"

　　窦妃说道："这叫做御史导驾。真正大朝会，圣驾先到中极殿休息，然后有四位御史前去请驾出朝。圣驾秉圭②上辇，御史们走在辇前，步步后退而行，叫做导驾。"

　　演礼继续进行。窦妃却将视线移向正对面的左顺门楼上。使她感到奇怪的是，那御座始终空着。她已经命宫女问过在楼下伺

---

① 方领——明代官服定制是圆领，大顺朝改为方领。
② 秉圭——拿着一种叫做圭的东西，长条形，美玉制成，古代帝王或诸侯行礼时秉在手里。

候的武英殿太监,知道坐在御座左边①的身材魁梧的武将是刘宗敏,右边的是丞相牛金星。到此刻,皇上还没有亲自观看演礼,此是何故?

又过了一阵,她看见分明是双喜将军来到左顺门楼上,向刘宗敏和牛金星说了一句什么话,这两位文武大臣登时起身,随双喜下楼而去。窦美仪的脸色一寒,不觉在心中惊叫:

"天哪,一定是出了大事!"

自从成了新皇帝的妃子以来,她完全将自身和一家人的命运同大顺朝的国运拴在一起了。现在一看见刘宗敏和牛金星匆匆地下了左顺门楼向东而去,她无心再观看演礼,便默默对王瑞芬一点头,率领宫女们下了右顺门楼,回仁智殿的寝宫去了。路上,她心中暗想:皇极门隆重演礼这样的大事,文臣们怎可如此思虑不周,竟让太监们在鼓乐声中簇拥着空辇上朝,多不吉利!

---

① 左边——按唐宋以来的一般制度,左为上,文左武右。但刘宗敏已经封侯,且李自成钦定刘宗敏位居大顺朝文武百官之首,所以同牛金星在一起时,坐在左边。

第二十七章

刘宗敏和牛金星在李自成面前坐下以后,从皇上的脸色上已经明白了唐通和张若麒没有从山海关带回好消息,刘二虎曾经探得的消息果然确实。原来刘体纯向李自成密奏的吴三桂和满洲两方面的情况,宋献策和李岩已经在昨夜分头告诉了刘宗敏和牛金星。为着不影响大顺军心和北京民心,刘体纯所探知的消息还没有向他们之外的任何人泄露。直到现在,在李自成身边的吴汝义和李双喜都不清楚。从昨夜听到宋献策告诉的探报以后,刘宗敏因为身负着代皇上指挥大军的重任,所以比牛金星更为操心目前局势,单等着唐、张今日回京,报告吴三桂的真实态度,然后迅速同皇上决定大计。尽管还没有同皇上和牛、宋等人共同商议,但是他心中认为必须一战,并且已经考虑着如何打仗的事。

牛金星昨夜同李岩谈话以后,心中也很吃惊,但是他没有想到战争会不可避免。他总觉得,吴三桂的父母和一家三十余口已经成为人质,宁远已经放弃,关外城堡尽失,只凭山海孤城,既无退路,又无后援,目前大顺军威鼎盛,他如何敢不投降?他降则位居侯伯,永保富贵;抗命则孤城难守,全家有被诛灭之祸。牛金星直到此时,仍然认为吴三桂决不会断然拒降,不过是讨价还价而已;只要给他满意条件,等北京举行了登极大典,天命已定,吴三桂的事情就会解决。但是当他看见了李自成的严峻神色,他的心里突然凉了半截。

李自成望着刘宗敏和牛金星说道:"昨日刘二虎在武英殿面奏吴三桂无意投降,在山海卫加紧做打仗准备,又说东房调动兵马,势将乘我在北京立脚未稳,大举南犯。孤认为情况险恶,出我们原来预料,所以命献策和林泉两位军师连夜将情况告诉你们。只是须要今天听到唐通、张若麒的回奏,孤才好同你们商议个处置办法。"

刘宗敏问道:"张若麒与唐通刚才如何向皇上回奏?"

李自成说:"同二虎探得的情况一样,吴三桂不愿投降,决定顽抗。如今他没有公然为崇祯帝、后发丧,也没有驰檄远近,公然表明他与我为敌,只是他担心实力不足,意在缓兵,等待满洲动静。目前这种局势,两位军师看得很透。献策,你说说你的看法。"

宋献策对刘宗敏和牛金星说道:"张、唐二人昨晚住在通州,天明以后赶到北京,不敢回公馆,先到军师府休息打尖,将奉旨去山海卫犒军与劝降之事,对我与林泉说了。随后我们带他们进宫,来到文华殿,将吴三桂的情况面奏皇上,正如皇上刚才所言。在军师府时,我询问得更为仔细,按道理,吴三桂接到我皇谕降的书信与犒军钱物,应有一封谢表。他知道北京将于初六日举行登极大典,他纵然不亲自前来,也应差遣专使,恭捧贺表,随唐通来京,才是道理。然而这两件应做的事他都没做,只是口头上嘱咐钦使,说他感激李王的盛意,无意同李王为敌。至于降与不降的事,他推说他手下的文武要员连日会议,意见不一,使他不能够在顷刻中断然决定。他还对他们说道,自从锦州、松山、塔山、杏山等地失陷以后,他率领辽东将士坚守宁远孤城,成为山海关外边的惟一屏障,全靠他手下数万将士上下齐心,如同一人。近来原是奉旨入关勤王,不料北京已失,崇祯皇帝殉国，全军痛心。他若断然降顺李王，恐怕辽东将士不服，所以他请求稍缓数日，容他与手下的文武们继续商议投降大事。"

刘宗敏骂道："他妈的，这是缓兵之计，故意拖延时间！"

牛金星接着向皇上说道："请陛下恕臣料事不周之罪。臣以常理度之，吴三桂必降无疑，不意他凭恃山海孤城，竟敢拒降！"他转向宋献策和李岩说道："吴三桂没有差专使捧送降表来京，已是悖逆；竟然受到我皇犒军厚赐，也不叫我朝使者带回一封书子以表感谢，殊为无礼！"

李岩回答："此事，我问过二位使臣大人，据他们言，因吴三桂闻知东虏正在调集人马，准备南犯，他忙于部署军队，确保关城重地，所以对皇上犒军之事来不及修书申谢。至于投降之事，他自己愿意，只是手下文武要员，意见不一。至迟不过三五日，倘若关宁文武咸主投降，而山海城平安无事，他将亲自来京，不敢请求封爵，但求束身待罪阙下，交出兵权，听候发落。他还说，在他来北京之前，将先给他父亲写来一封家书，禀明他的心意。当然，这些话都是遁辞，也是他的缓兵之计。"

刘宗敏问："吴三桂要投降满洲么？"

宋献策回答："他另外有如意算盘。以愚见揣度，他目前还没有投降满洲之意。"

刘宗敏恨恨地说："他妈的，他打的什么鬼算盘？"

宋献策说道："张、唐二位在军师府已经对我与林泉说了。他们刚才对皇上面奏吴三桂的情况时，皇上看出他们口中吞吞吐吐，便要追问。我怕皇上听了会大为震怒，所以不待详奏就叫他们退下休息去了。他们退出以后，我向陛下奏明，陛下果然生气。目前东虏正要乘我朝根基未稳，大举南犯，而吴三桂不忘故君，既不肯降顺我朝，也无意投降满洲。吴三桂的如意算盘是，满兵进长城后，在北京近郊同我大顺军发生大战，而他吴三桂在山海关按兵不动,养精蓄锐,坐收渔人之利。此为吴三桂之上策。退而求其次,他也不投降满洲人,只向满洲求援,借兵复国,为君父复仇。倘若此计得逞,虽然以后得以土地、岁币报答东虏,将永远受满洲挟制,但他仍会得到一个明朝的复国功臣之名。当然这是中策。为吴三桂设想,最下策是投降满洲,不但以后永远受制东虏,且留下万世骂名。以献策愚见判断,吴三桂手中有数万精兵,不缺军粮,不到无路可走,他不会投降满洲。"

刘宗敏又问:"吴三桂因知道满洲人即将大举南犯,必然趁机对我提出要挟。唐通等可对你说出什么真情?"

宋献策淡淡地一笑,说道:"吴三桂由唐、张二位转来对我们要挟的话,我已奏明皇上。我以为此时最可虑者不是吴三桂,而是东虏南犯,所以我刚才已经劝谏皇上,对吴三桂暂示宽容,不必逼得过紧。老子说,'兵者不祥之器,非君子之器,不得已而用之。'目前我国家草创,根基未固,东虏突然乘机南犯,其志决不在小。今之满洲即金之苗裔。已故老憨皇太极继位以后,继承努尔哈赤遗志,经营辽东,统一蒙古诸部,臣服朝鲜,又数次派兵进犯明朝,深入畿辅与山东,一心想恢复大金盛世局面。去年他突然死去,多尔衮扶皇太极的六岁幼子继位,自为摄政。以献策愚见看来,多尔衮必将继承皇太极遗志,大举南犯。倘若他的南犯之计得逞,一则可以为恢复金朝盛世的局面打好根基,二则可以巩固他的摄政地位,满洲国事将完全落入他的掌握,没有人能够与他抗衡。所以我反复思考,目前我国家的真正强敌是多尔衮,不是吴三桂。吴三桂虽然抗命不降,且对我乘机要挟,但我们对吴三桂千万要冷静处置,不使他倒向满洲一边。"

刘宗敏和大顺朝的许多将领一样,由于多年中总在同明军作战,没有考虑过满洲人的问题,已经形成了一个习惯性的思维轨道,依旧将吴三桂看成大顺朝当前的主要大敌,而不能理解在崇祯亡国之后,大顺朝的主要对手变成了以多尔衮为代表的满洲朝廷。多年来汉族内部的农民战争忽然间转变为汉满之间的民族战争,这一历史形势转得太猛,宋献策和李岩新近才有所认识,而李自成还不很明白,刘宗敏就更不明白。刘宗敏暂不考虑满洲兵即将南犯的事,又向军师问道:

"军师,吴三桂如何对我要挟?你简短直说!"

宋献策说:"吴三桂要张若麒与唐通转达他的两条要求:第一,速将太子与二王礼送山海卫,不可伤害;第二,速速退出北京,宫殿与太庙不许毁坏。"

刘宗敏突然跳起,但又坐下,说道:"我明白了,再没有转弯的余地!"他转向李自成:"陛下,你如何决定?"

李自成在初听到军师奏明吴三桂的议和条件后,确实十分震怒,将御案一拍,骂道:"岂有此理!"但是他并非那种性情浮躁的人,在盛怒之下能够自我控制,迅速地恢复冷静,思考了东征问题。此刻他的主意差不多已经定了,向正副军师问道:

"你们的意见如何?"

宋献策知道皇上的主意是出兵讨伐,站起来说:"吴三桂因知道东房不日将大举南犯,所以不但敢抗拒不降,而且还逼我送去太子、二王,退出北京。如此悖逆,理当剿灭,不留肘腋之患。但微臣望陛下对吴三桂用兵之事慎重为上,只可容忍,施用羁縻之策,不使他投降满洲,就是我朝之利。只要我们打败满洲来犯之兵,吴三桂定会来降。"

"林泉有何意见?"李自成又向李岩问道。

李岩回答说:"臣也望陛下慎重。"

李自成又问刘宗敏:"捷轩有何主张?"

刘宗敏望着宋献策问:"据你看来,目前吴三桂同满洲人有了勾结没有?"

宋献策说:"据目前探报,吴三桂同满洲人尚无勾结。"

"既然这样,"刘宗敏说道,"我认为满洲人尚在沈阳,距我较远,也尚在调集兵马;可是吴三桂手中有数万精兵,占据山海卫,离我只有数百里路,可以说近在身边,实是我大顺朝心腹之患。据我判断,不出数日,吴三桂在山海卫准备就绪,必将传檄各地,声言为崇祯帝、后复仇,以恢复明朝江山为号召。到那时,畿辅州县响应,到处纷纷起兵,与我为敌,南方各省也会跟着响应。一旦吴三桂在北方带了一个头儿,树了一个在北方的榜样,成了明朝的大忠臣,明朝在南方的众多将领和封疆大吏,谁肯投降?谁不与我为敌?我的意见是,乘满洲兵尚未南犯,先将吴三桂一战击溃。消灭了吴三桂,夺取了山海关,可以使满洲人不敢南犯,明朝的南方各将领闻之丧胆,畿辅各州县都不敢轻举妄动。此事不可拖延,谨防夜长梦多。对吴三桂用兵之事务要火速,要赶在满洲人来犯之前将他打败。"

李自成频频点头,又向牛金星问道:"牛先生有何主张?"

牛金星慌忙站起来说:"陛下,今日之事,所系非轻,难于仓猝决定。请容臣与两位军师在下边反复讨论,务求斟酌得当,然后奏闻。捷轩身经百战,胸富韬略,在军中威望崇隆,无出其右。他刚才所言,堪称宏论卓识,非臣所及。只是如必要用兵,也请侯爷回去与几位心腹大将一起密议,熟筹方略,务求一击必中,而且只可速战速胜,不可屯兵于坚城之下,拖延战局,使东虏得收渔人之利。俟今日下午文武重臣们分别讨论之后,今晚或明日上午进宫,举行御前会议。陛下天纵英明,远非群臣所及,如此安危大计,总要断自圣衷。"

李自成想着牛金星的话很有道理,向刘宗敏看了一眼,见宗敏也没有别的意见,随即说道:

"就这样吧,今日下午由捷轩同补之召集李友等几位将领一起商议是否对吴三桂马上用兵,今晚捷轩和补之来武英殿面奏。下午,丞相和两位军师加上喻上猷、顾君恩一起详议,晚上你们五位一同来武英殿面奏。孤听罢文武们的意见,再作斟酌。明日早膳以后,在武英殿举行御前会议,制将军以上全来参加,听孤宣布应变之策。"

牛金星问道:"陛下,六政府侍郎以上都是朝廷大臣,是否参加御前会议?"

李自成没有做声。牛金星因为皇上平日不叫朝中一年来新降的文臣们参与重大的军事密议,所以不敢再问。

刘宗敏问道:"皇上,原来安排初六日举行登极大典,可是眼下应该火速部署军事,准备大军出征。事情千头万绪,哪有时间准备登极?"

李自成心中犹豫,转望军师。

宋献策说:"本来四月初六,初八,初十,十二,都是大吉大利的日子,所以择定初六登极。如今既然军情有变,不妨改为初八日登极。在这数日内,一边准备出征军事,一边等候吴三桂的消息。倘若吴三桂有了贺表,军情缓和,初八日登极大典如期举行,不再延期。"

李自成只怕来北京登极的大事吹了,心中犹豫,转望牛金星。

牛金星说:"军师所言,颇为妥帖。既然唐通等说吴三桂正在与他手下文武商议投降之事,两三日内应有结果,等一等消息也好。"

李自成说道:"孤同意改为初八日登极,可以由内阁传谕各衙门文武百官知道,只说演礼尚不很熟,不要提军情一字。"

众文武叩头退出以后,等候在文华门值房中的吴汝义随即进来,在御前跪下说道:

"启奏陛下,罗虎已经从通州来到,现同亲兵们在午门前朝房中休息,等候召见。"

"他来了好,好。你先安排他们用膳,也安排一个临时住处。午膳后,孤须稍事休息,准在未时一刻,你带罗虎到武英殿见我,不可迟误。"

吴汝义直到此刻,不知皇上急于召见罗虎是为了何事,更不知为什么昨天面谕他赶快为罗虎布置一处堂皇的公馆,愈快愈好。他很想问个明白,但现在他所尽忠服侍的不再是从前义军中的闯王,而是大顺皇帝,所以他不敢多问,说了一声"遵旨!"他伏地叩头之后,正要退出,李自成又吩咐说:

"将金银宝物运回长安的事,你要火速准备,不可迟误。午膳后,你将小虎子带到武英门,候旨召见,你就只管去办你的事。几日之内,一定得把运送金银的事准备停当!"

吴汝义乘机问道:"为何如此火急?"

李自成小声说:"恐怕免不了一场恶战,不可不预做准备。不过,这话不可泄露,你自己心中有数好啦。"

吴汝义不敢再问,心情忽然沉重,恭敬退出。

李自成在龙椅上又坐了片刻,听不见隐约的鼓乐声,知道皇极门演礼的事早已完毕。想着竟然没有亲自观看演礼,而登极的日子又改为初八,初八这日子会不会又有变化?……事情不可捉摸,使他的心中怅然。他暗暗地叹了口气,启驾回武英殿了。

进了北京以来,李自成从没有像今日上午这样感到心情郁闷和沉重。在走往武英殿的路上,他吩咐双喜,立刻差人去兵政府职方司[①]将京东各府州县和山海卫一带的舆图取来,放在文华殿

---

① 职方司——明代兵部所辖四司之一,全称是职方清吏司,掌管舆图、军制、城隍、镇戍、简练、征讨之事,其最重要的是掌管天下舆图,图上详载地理险易,道路远近。

决计东征 687

的御案上,备他阅览。到了武英殿西暖阁刚刚坐下,宫女们立刻进来,有的捧来香茶,有的向博山炉中添香。随即,王瑞芬体态轻盈地进来,跪在李自成的面前奏道:

"启奏皇爷,娘娘说皇爷昨夜睡眠欠安,今日五更起床,一直忙到如今。如今还不到午膳时刻,请圣驾回寝宫休息。"

李自成问道:"你们刚才可服侍娘娘在右顺门楼上观看百官演礼了么?"

王瑞芬抬起头来含笑回答:"蒙皇上圣恩特许,奴婢率宫女们服侍娘娘在右顺门楼上观看演礼,想着后天皇上就要举行登极大典,举国欢腾,天下更新,所以娘娘和宫女们无不心花怒放,巴不得明日就是四月初六。"

李自成听了王瑞芬的话,在心中称赞王瑞芬不愧原是田妃的贴身宫女、承乾宫的"管家婆",果然与众不同,不但与西安秦王府的宫女们迥然不同,与明宫中众多宫女相比,她也是一只凤凰。然而听了王瑞芬的美妙言辞,只能使他想着局势的意外变化,想着她们还不知道登极大典的事已经改期为初八日,连初八日也有些渺茫。他不肯流露他的不快心情,勉强含笑说道:

"你快告诉在殿外侍候的太监们,去传谕御膳房,午膳孤想吃羊肉烩饼。还有,午膳时命西安来的乐工奏乐。"

王瑞芬答应一声"遵旨!"叩头退出。片刻后重新进来,站在皇上面前,等候别的吩咐。李自成又说道:

"你差一宫女,去寿宁宫传谕费珍娥前来。"

王瑞芬的心中一动,问道:"皇爷,是传费珍娥沐浴熏衣,好生打扮,晚膳后来寝宫?"

"命她午膳后到武英殿来。"

"午膳后么?"王瑞芬又问,怕自己听错时间。

"交未时以后前来。"

王瑞芬觉得奇怪，但是不敢再问，说道："费珍娥不同于一般宫女，奴婢马上亲自去寿宁宫传旨吧。皇上不到寝宫去休息一阵？"

"你去吧，孤要一个人稍坐片刻。"

王瑞芬回到仁智殿寝宫，将皇上要在武英殿暖阁稍坐片刻以及命她去传谕费珍娥于午膳后来见皇上的事，都向窦妃奏明，然后往寿宁宫去了。

窦美仪在右顺门楼上观看演礼时，因没有见李自成登上左顺门楼，后来又见牛金星和刘宗敏匆匆离去，使她的心中狐疑，担心出了意外大事。随后又看见四位御史从皇极门的东边步步退行，导驾而出，而迎接来的却是空辇，登时有一种不祥的感觉。她遵照明宫中祖宗规矩，不敢过问国事，也不敢随便打听，但是她很想知道朝廷上到底出了什么大事，所以才命王瑞芬去武英殿请圣驾回后宫休息，以观动静。她心中明白，皇上尽管出身草莽，以三尺剑夺取了明朝江山，但自古英雄都爱美人，所以自从她蒙受皇恩，来到仁智殿寝宫居住，皇上每日万几之暇，总来后宫休息，为的是要她陪伴。她也明白，新皇上的心中也喜爱王瑞芬，只是新皇上不是那种见一个爱一个的贪恋女色之君，所以他不肯"召幸"瑞芬，也不"召幸"费珍娥和别的宫女，独使她专宠后宫。如今皇上不肯回后宫休息，要一个人在武英殿稍坐片刻，分明是心中烦闷，需要独自思虑大事。但是后天就要举行登极大典，忽然有何事使皇上心中烦恼？

更使窦美仪心中不安的是，皇上要在午膳后召见费珍娥。皇上迟早要纳珍娥为妃，费珍娥将与她平分恩宠，这事情在她的思想中早有准备，而且她已经决定做一个通情达理的贤妃，不与费珍娥争风吃醋。可是，为什么皇上不传谕费珍娥于晚膳后来到寝宫，而偏要在午膳后在武英殿暖阁召见？她反复寻思，终于有些恍然：大概皇上要在登极之日，对她和费珍娥同时册封！为着马上就要册封，所以事前要告诉费珍娥，以便她做好准备。窦美仪是个细心人，在喜悦中不免要进一步猜想皇上将册封她们什么名号。她大概可以封为淑妃，那末费珍娥也是淑么？倘若费珍娥暂不封妃，莫非第一步将封为选侍？再其次封为什么嫔，什么贵人，以后逐步加封？……

过了一阵，王瑞芬从寿宁宫传旨回来，先到武英殿向皇上复命，然后回仁智殿寝宫向窦妃禀报。窦妃含笑问道：

"费珍娥接旨之后是不是十分高兴？"

王瑞芬回答说："娘娘，费珍娥的年纪虽小，心计很深，不同于一般女子。她跪下去听了我口宣圣旨之后，照例说道：'奴婢遵旨，谢恩！'叩头起立，脸上看不出有一丝笑容。"

"你回来到武英殿向陛下复命，陛下又说了什么话？"

"皇上正在用心看一本摊在御案上的舆图，只是'哦'了一声，没有别的吩咐。旁边放着另一本舆图尚未打开，黄绫封面上贴着红纸书签，题写着《大明皇舆图》，下有一行小字写明卷数和地方，奴婢不曾看清。"

"从前乾清宫的御案上可曾放过这样书？"

"从前奴婢奉田皇贵妃之命送东西去乾清宫，也看到崇祯皇爷的御案上放有这样的书，那时开封被围，河南战事吃紧，崇祯皇爷日夜焦思，坐卧不安，时常查阅舆图。听魏清慧说，《大明皇舆图》有许多本，由兵部职方司严密保管，皇帝调来查阅后仍然交还。娘娘，眼下皇上正忙于准备登极，怎么有闲工夫查阅舆图？"

窦妃不觉想到皇上未驾临左顺门楼上凭窗观看演礼，刘宗敏和牛金星中途离去的事，心中很觉诧异。但是她掩饰了心中的不安，对王瑞芬淡淡地微笑说：

"我们的大顺皇帝是天下之主。古人说，'四海之内，莫非王土。'他于百忙中查阅舆图,也是应有之事。……啊,我们只管说话,皇上用午膳的时候到了。"

王瑞芬赶快率领几个宫女往武英殿服侍皇上午膳。窦妃本来可去可不去,但她一则为要看一看皇上的神情,二则要使皇上心情愉快,劝他努力加餐,所以她稍微打扮一下,也带着四个宫女去了。

李自成已经从西暖阁出来,在一张供御膳用的朱漆描金大案子旁边面南的龙椅上坐下。大案上已经摆了二十几样荤素菜肴,山珍海错①,但还在继续增加。丹墀上开始奏乐。往日李自成午膳时钟鼓司的乐工们奏明朝宫廷的皇家音乐,以琵琶、笙、箫、钟磬为主,锣鼓几乎不用,乐声雍容幽雅。今天李自成命他从西安带来的乐工奏乐,不但用了大锣大鼓、铙、钹、箫、笛,还用了铜号、唢呐。演奏起来,乐声雄壮,高亢嘹亮,使人感到好像在原野上凯旋时奏的军乐。窦妃生长于明朝宫中,对这样的音乐很不习惯,尤其感到唢呐声刺耳。但是她为着使皇上高兴,装作很愿欣赏的神情,桃花色的面颊上挂着微笑,腮上的酒窝儿有时深深地陷了下去,而她的含着浅笑的润泽的双唇和明眸皓齿特别使李自成感到动心。妃子在皇帝面前服侍御膳,一般是立在身边。李自成对窦妃十分宠爱,特命她坐下陪膳。窦美仪躬身谢恩,然后在皇上的对面小心坐下。王瑞芬立刻向两个宫女使眼色,那两个宫女随即将准备好的镶金牙筷,梅花形银碟和银汤匙放在窦妃的面前。李自成笑着问道:

"这鼓乐你喜欢听么?"

"臣妾生长于深宫之中,今日有幸听关中来的乐工演奏此乐,可以想象陛下百战雄风,所以十分爱听。"

---

① 海错——即海味。

决计东征

李自成说："不知为何，孤今日忽然思念故乡，所以命西安来的乐工奏乐。"

"陛下大功告成，犹念念不忘故乡，这也是人之常情。汉高祖大功告成之后，回到故乡，大宴十日。一日他乘着酒兴，亲自击筑①，高唱'大风起兮云飞扬'，随即起舞，慷慨伤怀，泣数行下②。此事千古传为美谈。陛下成功不忘故乡，正是英雄本色，也必会千古传为美谈。"

"你读过的书如何记这样清楚？"

"臣妾几年中陪侍懿安皇后读书，别无他事，所以《史记》中有一些好的文章几乎都能背诵。"

"好啊，我大顺宫中很需要你这样读书多才的贤妃！"李自成端起一杯明宫中制的长春露酒，一饮而尽，笑着问道："汉刘邦功成还乡，大会家乡父老兄弟，欢笑宴饮，为何会慷慨伤怀，流出热泪？"

"以臣妾想来，当时西汉国家草创，四夷未服，尤其北方的匈奴，兵势强大，威逼中国，从周秦两朝已经如此。刘邦深知创业艰难，守成也很不易，所以安不忘危，乐极忽悲，泣数行下，唱出了'安得猛士兮守四方'的诗句。"

"你解得好，解得好。给娘娘斟酒！"

窦美仪站起来说："谢恩！"

李自成因窦妃讲起汉高祖《大风歌》的故事，登时就想起了满洲兵即将南犯的警讯，脸上的笑容消失了。窦美仪从皇上脸上的神色变化猜到了可能是辽东有了重大军情。她突然明白了为何

---

① 筑——音 zhù，古代的弦乐器，有十三根弦，用竹尺击弦发音，所以叫做"击筑"。

② 慷慨伤怀，泣数行下——是窦美仪背诵《史记·高祖本纪》中的原句。

今日上午皇上未到左顺门楼上观看演礼，而刘宗敏和牛金星正观看演礼时匆匆离去。她不敢询问一字，只是在心中说道：

"天啊，可千万不要出重大事故！"

又上了几道菜，紧跟着上一个绘着双龙捧日的御用平锅。一宫女揭开平锅盖子，窦美仪和众宫女看见了里边盛的东西，都觉新奇，但不知是什么。李自成又一次面露笑容，轻声说道：

"这就是陕西的羊肉烩饼！"

宫女们盛了两小碗，放在皇上和窦妃面前。李自成一声吩咐，宫女们立刻为他换了一只大碗。窦美仪在宫中生活了十几年，从来没有听说过羊肉烩饼。她既嫌羊肉汤的气味太膻，也嫌那烙饼掰成的小块太硬。但是她身为妃子，凡事要小心地看着皇上的颜色行事，才能处处得到皇上的欢心。在明朝的后宫中，人们都知道，田皇贵妃之所以宠冠后宫，不仅依靠她天生美丽，也依靠她能够时时"先意承旨"[①]，博得皇上的欢心，被崇祯皇爷称赞是"解语花"。所以窦美仪尽管不喜欢面前的羊肉烩饼，但是不得不装作很喜欢的样子，面带微笑，好像吃得很香。好在后妃们一般都吃得很少，所以她尽可以稍尝即止，李自成也不会对她勉强。她的脸颊上挂着微笑，眼睛里含着微笑，但心中却在猜想着皇上吩咐做羊肉汤烩饼，命原秦王府的乐工为他奏关中音乐，必是为什么事动了思乡之情。她不敢询问一句，但又渴望知道一点消息。当快要用毕午膳时候，她用温柔的声音向李自成试探着问道：

"陛下，臣妾愚昧无知，今日提起来汉高祖回故乡的事，引动了陛下的乡思，所以比往日多饮了几杯酒。请饶恕臣妾随口妄

[①] 先意承旨——皇上的心意尚未说出，她已经想到了，并且按照皇上的心意行动。

言之罪。"

李自成说:"这不怪你,孤确实思念关中。"停顿一下,他不觉带着牢骚地说:"十个北京抵不上一个长安!"

窦美仪的心中猛吃一惊,不明白皇上为何说出此话,不敢询问,反而故作理解的样子嫣然一笑,掩饰了她心中的一团疑问,轻轻说道:

"陛下爱长安,定都长安,必将如唐太宗那样成为千古开国英主!"

午膳很快结束。李自成漱口以后,本该回仁智殿寝宫休息,但是他挥手使窦妃和许多侍膳的宫女退下,只留下王瑞芬和四个宫女侍候,回到西暖阁的里间,坐在龙椅上,轻轻对王瑞芬吩咐一句:

"传谕武英门内的传宣官,罗虎来到,立刻召见。你也去寿宁宫,传费珍娥来!"

王瑞芬带着一个宫女出去传旨以后,李自成坐在龙椅上又翻阅山海卫一带舆图。但略看片刻,推开舆图,闭目养神。留下的宫女见此情形,悄悄地退了出去。

其实,李自成何曾有工夫养神!他思虑着眼前的军国大事,特别是对吴三桂和满洲人作战的大事,千头万绪,困难很多。他的心思沉重,情绪忽而忧虑,忽而激动,忧虑时不免后悔来北京太急……

还不到未时正,吴汝义带着罗虎来到了武英门,坐在李双喜的值班房中等候召见。他自己匆匆地办事去了。

罗虎自幼就同哥哥罗龙和叔父罗戴恩跟随闯王起义,在闯王的身边长大。最初是一名孩儿兵,后来升为孩儿兵中的小头目,又从小头目步步提升,接替李双喜和张鼐成了孩儿兵的总头目,在闯营中的正式名号为"童子军掌旗"。十八岁以后离开了童子军营，屡立重要战功，成为李自成得心应手的爱将之一。

尽管罗虎同李自成有这样非同一般的历史关系，但今天奉召前来，还是一直在心中七上八下。他一方面想着蒙皇上单独召见是对他的"殊恩"，一方面他从吴汝义的口中知道王长顺在皇上的面前很说了关于他在通州练兵方面的许多好话，又知道吴汝义奉了皇上口谕要为他火速在北京预备一处极好的住宅，各种陈设用物都要十分讲究和崭新，皇上为什么突然有这样决定？为什么传谕他今日上午一定从通州赶来？罗虎怀揣着这些不清楚的问题，往武英殿来见皇上。

罗虎自从李自成在河南称奉天倡义文武大元帅以后，就不能常到李自成身边，有事也不能直接到李自成的面前禀报。李自成在襄阳称新顺王之后，罗虎直接同他见面的机会又少了许多。去年冬天，李自成到了西安，将明朝的秦王府作为暂时的大顺皇宫，忙于建立新朝，正式设立中央政府的各大衙门，包括丞相府、军师府、首总将军府、六政府衙门等等，又颁布了《大顺礼制》，罗虎能够见到李自成说话的机会更少了。在前几年，李自成同罗虎的关系亲如父子，到西安后变成礼仪森严的君臣关系，原来的感情大半消失，像几年前闯王有时拍拍他的头顶或拧拧他的脸蛋儿的事情，再也不会有了。

罗虎由传宣官带领着，步步向雄伟的武英殿走去，原来是七上八下的心情变得十分紧张，不免怦怦乱跳。丹墀前用汉白玉雕龙栏板隔成三部分丹陛。中间的丹陛是一块雕刻着精致的双龙护日和云朵潮水的很大的长方形汉白玉陛板，陛板两旁也各有九级台阶。但这是御道，不许文武百官通行。百官只许从御道左右，隔着雕龙栏板的九级台阶上下。罗虎知道中间不许走，正想从东边的台阶上去，但传宣官使个眼色，他恍然明白，跟随传宣官从西边①轻轻地拾级而上,登上了丹墀。从前罗虎只听说皇宫中每一座殿前都有一个地方叫做丹墀,是群臣向皇上行礼朝拜的地方,如今才明白原是一个四方平台,用汉白玉铺地,左右和前边有雕工精美的白玉栏板围绕。丹墀两边立着高大的铜仙鹤、铜狮子、铜鼎。武英殿的檐下恭立着两个太监、两个宫女,一动不动,等候召唤。好一座巍峨的武英殿,从正殿内到殿外,从丹墀上到整个院落,森严肃静,虽有人却好似空寂无人。倒是有一只小麻雀站在一株古柏的高枝上,可能感到天气阴冷,啾啾地叫了两三声,不再叫了。这小麻雀的啾啾声更增加武英殿宫院中的肃静意味。

罗虎原以为皇上坐在武英殿的宝座上等他觐见,不料在丹墀上抬头偷看,但见正殿中间有一个类似大庙正中的木制神龛,离地三尺,一色金黄,庄严精巧,而龛中的黄缎御座却是空的。皇上坐在哪儿?他有意向传宣官询问,但不敢出声。那青年传宣官仿佛明白了他的心意,将他的袖子轻轻地拉了一下。他忍耐着疑问,在心中对自己说:"跟着走吧!"小心跨过了一道朱漆高门槛。

进了武英殿之后,传宣官引着罗虎向左走,约一丈远处,中有一门。一宫女掀开黄缎门帘,罗虎随传宣官进了西暖阁的外间。又一宫女掀开第二道门的黄缎门帘。他躬身屏息地进了里间暖阁。传宣官走在前边,向坐在龙椅上的皇帝躬身奏道:

"启禀皇爷,罗虎来到!"

罗虎又一阵心跳,在李自成脚前三尺远的地方跪下,在紧张中将暗自背诵了多遍的两句话琅琅说出:

"臣威武将军罗虎奉召进宫,参见陛下,祝陛下万寿无疆!"

---

① 西边——武英殿坐北朝南,西边是右边。朝臣上殿时文左武右,所以罗虎从西边的台阶上去。

万岁,万岁,万万岁!"

李自成含笑说道:"罗虎,你近日驻军通州,仍然刻苦练兵,与士卒同甘苦,并且在练兵之余,读书写字。孤知道后十分欣慰,所以特意叫你进宫,当面告诉你又到你为孤建立大功的时候啦。孤想你已经二十一岁了……"

罗虎忽然听见门帘响动,同时看见皇上将未说完的话停住,向门口望去。他仍然恭敬地跪在地上,不敢回头一看,但知有人用轻轻的碎步走到他的背后,同时带来一股清雅的脂粉香。他明白这进来的是一个服侍皇上的宫女。随即他听见站在他背后的宫女向皇上说道:

"启奏皇爷,待选都人费珍娥已经来到,现在殿外候旨。"

"带她进来!"

传旨的宫女迅速退出暖阁。罗虎已经风闻费珍娥是宫中一个美貌宫女,皇上有意选为妃子。所以他趁费宫人尚未进来,赶快说道:

"陛下有事召见宫人,臣请回避。"

"你不用回避,暂且平身,站在一旁等候。"

罗虎叩头遵命平身,退立一旁,不敢抬头。

片刻之间,罗虎听见一阵环佩丁冬之声随着清雅的香气,从外边进来。罗虎更加不敢抬头,不敢偷看一眼,但他知道进来的不只是一个女子,而是三四个人,只有走在中间的女子发出环佩丁冬声和首饰上发出轻微银铃声。罗虎在心中判断:这就是那个姓费的宫女,皇上将纳她为妃的美人。

罗虎只看见费宫人的红罗长裙和半遮在长裙下的绣鞋,但是他已经感到这位费宫人必有惊人之美。他有心偷看一眼,但是没有胆量,头垂得更低了。

王瑞芬退到一旁,像鸿胪官赞礼一般,娇声说道:

"费珍娥向皇上行礼！"

费珍娥跪下，向皇上叩头行礼，用略带紧张情绪的柔声说道：

"奴婢费珍娥恭颂陛下早定天下，万寿无疆！"

李自成含笑问道："费珍娥，你知道孤今日召见你为了何事？"

"奴婢不知。"

"你抬起头来，听孤口谕。"

费珍娥遵命抬起头来，大胆地让李自成端详她的面容。李自成又一次心中猛然一动，又一次为她的美貌吃惊，仿佛有一个声音在心中说道：

"将她留下！留在身边！封她贵人！"

费珍娥的目光同李自成的目光相遇以后，出于少女的天然害羞之情，迅速低下头，避开了李自成的炯炯目光。尽管她似乎看见了李自成脸上的那种不同寻常的神情和温和的微笑，但是她没有改变对李自成的刻骨仇恨，在心中暗暗地说：

"你得意吧，你贪恋女色吧，我岂是窦美仪之辈！我为皇上和皇后报仇的日子快到了，即使被剁成肉酱也不后悔！"

在片刻之间，李自成的心中不能平静。虽然他的嘴唇上仍然挂着微笑，但是那微笑忽然僵了，干枯了，不再有任何意义了。他向低着头的费宫人又望了一阵，转眼瞥见御案上摊开的山海卫一带的舆图，心情一变，瞟了罗虎一眼，对费珍娥说道：

"孤今日叫你来武英殿，并无别事，只是看见你这两三天的仿书，又有进步，心头甚为欢喜，叫你前来一见。一二日内，孤对你将有重要谕旨，总望你今后不要忘孤的眷爱才好。"

费氏叩头："恭谢皇恩！"

倘若是召见别人，当被召见者叩头谢恩以后，皇上没有别的事需要面谕，此时就算是召见完毕，命被召见者退出。但今天李自成却没有命费珍娥马上退出。他现在一则想多看看费珍娥，一

则想着向山海卫出兵的事,竟忘了命费氏退出。皇上没有吩咐,费珍娥不敢起来,处处小心谨慎,在心中暗暗告诉自己:

"他确实看中我了,我要忍耐,两三天就见分晓!"

王瑞芬见皇上继续看费珍娥,不急于命珍娥退出,在心中叹道:"又一个命中注定要在新皇上面前蒙恩受封的人!"她轻轻地走到李自成的身边,悄悄地问:

"皇爷,请吩咐,要赏赐什么东西?"

李自成从复杂的情绪中突然醒来,对王瑞芬轻轻摇一下头,随即对费珍娥说道:

"你可以回寿宁宫了,两三天内,孤将有丰厚赏赐。"

王瑞芬提醒费珍娥:"谢恩!"

"谢恩!"费珍娥赶快说道,叩了一个头。

费珍娥又叩一次头,然后起身。趁着起身时候,又一次大胆地抬头向李自成看了一眼,也向旁边站立的青年将军的脸上扫了一眼,然后在环佩声中转身向外,体态婀娜地走出暖阁,而王瑞芬和随身服侍的宫女也跟着出暖阁了。

王瑞芬小心和恭敬地送费珍娥出了武英门,过了内金水桥,将费珍娥的袖子轻扯一下,在一株路旁的松树下停住脚步。四个服侍的宫女知道王瑞芬要对费珍娥说什么体己话,便离开她们,继续前行,到右顺门下边等候。王瑞芬凑近珍娥的耳边,悄悄说道:

"珍娥贤妹,几天之内,你就是新贵人,我就是你的奴婢了。富贵请勿相忘!"

费珍娥正在想着别的心事,听了这话,感到厌烦,回头向王看了一眼,轻轻说道:

"我不会富贵的。王姐,我知道自己命不比你好,我永远只能是一个宫女。"

"不,不。新皇上已经看中了您,所以两三天内他要丰厚地赏赐于您。一赏赐,您就蒙恩召幸,选到皇上的身边了。但求您蒙恩以后,不要忘记我王瑞芬对您的一片忠心!"

费珍娥不能对王瑞芬流露出自己决心刺杀李自成的心事,忽然想到投水而死的魏清慧和吴婉容,感到悲伤,在心中对自己说:"我后悔没有随她们投水尽节,死得容易!"

她没有对王瑞芬再说一句话,含泪一笑,转身向右顺门走去。

且说在武英殿西暖阁中,当费珍娥叩了头站起来,李自成在对她说话时,又一次被她的美丽容颜所打动。尤其是她的一双眼睛是那样黑白分明,光彩照人,最使他动心和吃惊。当费珍娥从他的面前离开,听见环佩声出了暖阁,乍然间他的心中有一种惘然若失之感。但是他马上对自己说:"已经决定将她赏给罗虎了,纵然是天仙也不能留下!"他从片刻的茫然心情中醒来,命窗外的宫女去武英门向传宣官传旨,速叫吴汝义进宫,然后转望罗虎,亲切地轻轻叫道:

"小虎子!"

罗虎赶快到御前跪下,俯首听旨。

李自成问道:"孤今日召你进宫,你知道是为了何事?"

"臣不知道,请陛下明示,有错即改。"

李自成微微一笑,说道:"不是为你有错才召见你,是为你应该褒扬。孤听说你在通州驻军,每日勤于练兵,军纪严明,对百姓秋毫无犯,颇有名将之风。还听说你每日练兵之暇,读书写字,也常与当地文士往还,向他们虚心求教。你的这些情况,在目前咱们大顺军将领中十分难得。孤听王长顺进宫来说了后,十分高兴,所以特召你进宫一见。"

罗虎感动地说:"臣自幼跟随陛下起义,受陛下教导,得能成长,至今受命一营主将。所有练兵之事,整饬军律的事,都是遵照陛下往日教导,不敢忽忘。"

李自成问:"啊?是孤教导你的?"

"是的,陛下。臣与许多幼年孩儿,有许多是阵亡将士的子弟,编入孩儿兵营,不行军就练武,一个个学会了十八般武艺,弓马娴熟。从前,咱老八队人马不多,敌不过明朝的官军势大,不是被追赶,就是被围困,日子虽然困难,可大家都听从陛下的话,不敢随便骚扰百姓,有时还分出粮食救济饥民。这样年月,俺们孩儿兵都亲身经过。"

李自成说:"是啊,我们过了许多艰难困苦的岁月,有几次几乎被官兵消灭!"

罗虎接着说:"咱们的人马在潼关南原打了大败仗,随后潜伏在商洛山中,苦苦练兵,又整顿军纪。臣那时已经是孩儿兵营中的一个小头目,记得可清楚啦。陛下为整顿军纪,获得民心,连你亲堂兄弟都斩啦。臣鸿恩叔是一员好将领,打起仗来勇猛向前,上刀山也不眨眼。斩他时,许多人都哭了,陛下也哭了。他待臣好像亲叔叔一般,所以臣也瞒着陛下到他的坟前烧了纸,痛哭一次。就在困守商洛山中的一年多,我跟着陛下学会了如何练兵,如何讲究军纪。"

李自成想到目前的军纪败坏,也想到斩堂弟鸿恩的事,不由地心中感慨。但他没有说话,只是在喉咙里"哦"了一声。

罗虎接着说:"破洛阳之前,咱大军驻扎在伏牛山的得胜寨一带,也是天天练兵,整饬军纪,深受百姓爱戴,所以百姓称陛下是救星,称咱们的人马是仁义之师。那时,臣已经是孩儿兵营的总头领。如何练兵,如何讲究军纪,臣在这时期又学了很多。"

李自成叹息说:"可惜到了北京之后,许多大小将领把以往困难日子的事都忘记了,独有你还牢记不忘,十分难得,难得!"

罗虎知道近来大顺军在北京城中驻扎,军纪十分败坏的事,看来皇上也知道了,所以才有此感慨。但是他在大顺军中是小字辈的将领,对自己所见所闻的事不敢陈奏,只等待皇上对他有什么吩咐。

李自成含笑问道:"听说有一次你的一哨人马移防,你下令必须将驻地屋内院外,处处打扫干净,又将百姓家的水缸添满,方许离开,这件事深为百姓们交口称道。小虎子,从前孤不曾教过你,咱们老八队可没有这样好,你是如何想到的?"

罗虎回答:"陛下,臣在孩儿兵营中长大,认识了字儿,学会读书。去年进了西安,臣买到戚继光的《练兵纪实》和《纪效新书》,认真读了,悟出了许多道理。戚继光从南方调到北方,任蓟镇总兵多年,所以通州城中上年纪的读书人,知道他许多练兵治军的故事。臣在通州,从老人们的口中听到不少戚继光的故事。前人做过的事,走过的路,俺从前不知道,现在跟着学呗。"

李自成点点头,心中称赞:"真好!"随即又问道:"那替老百姓打扫清洁的事,也是跟戚继光学的?"

"这是跟岳飞学的。"

"跟岳飞学的?"

"臣在西安时,有一位读书人对臣讲岳武穆治军的故事。他说书上记载①,岳飞征讨群盗,路过庐陵②,夜宿什么市镇。第二天天色未明,将士们为主人打扫门庭,洗净碗盆,挑满水缸,然后开拔。这故事被臣记在心中,在通州有一哨移营时照样行事,果然百姓们因久受官兵骚扰之苦,对这次移营的事传为美谈。"

---

① 书上记载——见于南宋人周密所著《齐东野语》卷二十《岳武穆御军》条中。

② 庐陵——在今江西吉安。

"什么书上写的？"

"臣不知道。"

李自成在片刻的沉默中，暗暗点头，在心中叹道："可惜我大顺军像小虎子这样的后生太少啦！"此时，吴汝义不知皇上叫他何事，匆匆进来，在罗虎的一边跪下。李自成命他平身，在一旁坐下，然后向罗虎含笑问道：

"你知道孤为何召你进宫？"

"臣不知道。在通州哄传吴三桂不肯投降，是不是又要打仗？"

"打仗的事今日不谈，孤今日召见你是为着你的婚事！"

罗虎的脸色一红，低下头去，心中奇怪："皇上为什么提到此事？"

李自成接着说："你是孤的得力爱将，义属君臣，情同父子。你的父亲早死，母亲远在陕西。如今孤为你选择德容兼备女子，完成你的终身大事。小虎子，你的意下如何？"

罗虎脸红心跳，俯首不言，等候皇上继续说话。

李自成又说道："孤方才召见的那个费宫人，才貌双全，在数千宫女中十分罕见，孤将她赐你为妻，就在这几天内为你成亲。今日叫你进宫，就是为着此事。孤刚才故意让你看见费宫人，可满意么？"

罗虎没有做声。李自成略感奇怪，转过头向吴汝义望了一眼。

吴汝义本来认为皇上很看中费珍娥，必会将费选在身边。只要费珍娥受皇上宠爱，生育皇子，对自己也会有许多好处。没想到皇上将费宫人许配给罗虎为妻。皇上近一两天命他为罗虎赶快准备一处富丽堂皇的宅第，原来就为此事！他明白此事已无可改变，便对罗虎说道：

"罗虎，陛下恩赐你美女为妻，还不赶快叩头谢恩！"

罗虎继续沉默，想着那花白头发的、从年轻就守寡的、吃尽了苦难的母亲,不由地两眼充满热泪。

李自成以为罗虎是因为年轻害羞,不好意思说话,会心地微微一笑,同吴汝义交换了一个眼色,又向罗虎说道:

"自古男大当婚,女大当嫁。你已经到了应该成家的年纪,恰好我大顺军又进了北京,建立了大顺江山,由孤主持为你完婚,正是时候。国恩家庆,双喜临门,何况孤念你在孤的身边长大,自幼忠心耿耿,屡立战功,所以孤将宫中一位仙女般模样的美女赐你为妻。像这样如花美眷,世上少有。孤担心你不相信,所以在召见你的时候,特意召见费氏,使你亲眼看看。你心中可喜欢么?"

吴汝义催促说:"罗虎,赶快谢恩!"

罗虎不敢再拖延时间,抬起头来说道:"陛下,臣风闻吴三桂在山海关不愿投降,满洲人又准备南犯,看来会有一场恶战。臣请打过这一仗以后,再议婚事,目前暂且让臣专心练兵,为陛下效命疆场。"

李自成有点儿愕然:"啊?你嫌费宫人的容貌还不够美么?还不称心?"

吴汝义忍不住用责备兼爱护的口气说:"罗虎,你莫要辜负圣心,费宫人可是天仙一般的人儿,在十三行省①你打灯笼别想找到第二个!"

罗虎不怕皇上对他怪罪,大胆回奏:"请陛下恕罪,臣不是不知费宫人十分貌美,又有文才,只因臣为孝顺寡母着想,宁愿娶一个不美也不丑的农家女子为妻,也不要娶一个从皇宫中出身的天仙美女。"

---

① 十三行省——明朝继承元朝的行政区域划分,全国分为十三行省。后虽略加改动,但习惯上仍称为十三行省。

李自成在心中称赞罗虎对母亲的孝心，但是笑着说道："常言道，女子嫁鸡随鸡，嫁狗随狗。费珍娥虽然有花容月貌，在宫中是公主的伴读宫女，可是一嫁给你，便成了你家媳妇，如何敢不孝顺你的母亲？"

罗虎说："陛下知道，臣家是几代佃户，无衣无食，有一年，臣母在带着臣讨饭时候，看见财主家的两条狼狗扑了上来。臣那时只有五岁。臣母为护着臣不让狼狗咬伤，她自己却给狼狗咬伤了。从那以后，手背上留下一个大疤，右腿走路一瘸一瘸。另外，她小时出天花没钱医治，脸上留了一些麻子。自古儿不嫌娘丑，可是费宫人她肯在我母亲的面前行孝么？她肯替臣母洗衣做饭么？臣娶了一个美貌媳妇，不但不能行孝，反而要臣母侍候，这妻子臣不敢要！请陛下恕臣违命之罪！"

李自成听了罗虎的诚恳陈词不能不心中感动，但是转念一想，不觉大笑。

"小虎子，"他说，"孤既钦赐婚配，这事岂不想到？你放心，孤定要使你母亲享福，使费宫人在你母亲前做一个孝顺媳妇！"

罗虎不敢相信，低头不语。

李自成接着说道："'忠孝'二字，天经地义，必须讲求。你娶妻先想到孝敬母亲，孤甚欢喜。"他转望吴汝义："子宜，孤命你为小虎子准备一处很好的公馆，一应陈设，都要讲究。你可准备得有了眉目？"

吴汝义站起来说："为罗虎寻找的公馆已经就绪，是一处世袭侯府的新盖府第，尚未居住。明朝亡国，侯爷被我们逮捕，拷掠追赃，听说已经死了。新盖的房子已经派数十名兵丁打扫，各种陈设，都会在三四天内布置齐备。罗虎成婚时需要的新袍服，命裁缝们日夜赶制，不会迟误。费珍娥的出嫁吉服，听说宫中仓库有为宫眷们准备的现成东西，可以挑选使用。"

李自成说:"你果然会办事儿!你今日赶快差人去寿宁宫问明费珍娥的生辰八字,再将罗虎的生辰八字,都告宋军师,由军师手下的官儿们替他们合一合八字,明日就换庚帖,择定拜堂吉日,越快越好。"

罗虎说道:"陛下钦赐婚配,臣实实感戴皇恩,不敢违抗。可是臣母出身寒微,只有我这一个儿子,娶来的儿媳妇不能在身边行孝,反而受媳妇的白眼,臣的心……"罗虎忽然流出热泪,哽咽起来,说不下去。

李自成受罗虎的真情感动,收敛了脸上笑容,慢慢说道:"你对母亲有如此孝心,实在可嘉。自古道:求忠臣于孝子之门。所以真正的忠臣必是孝子,从你的身上可以证明。你所担心的是新媳妇能不能孝敬婆母,所以你宁愿娶一个农家姑娘,不愿娶皇宫中的一个美女。这担心可以不必。孤已替你想了。"李自成转向吴汝义问道:"你知道孤为何命你为罗虎布置一处如侯伯宅第一样的公馆?"

吴汝义站起来恭敬答道:"臣也在猜想,但皇上睿智渊深,臣不明白皇上的用心。"

李自成的脸上又露出笑容,对罗虎说道:"你是立过许多大功的一员虎将。远的不说,单说去年十月间歼灭孙传庭的一战,关系何等重大。是你,率领数千骑兵,潜行密县山中,绕出临汝之北,在白沙附近截断明军粮道,使孙传庭全军溃败。随即,你日夜追击溃军,混在溃兵中占了潼关。孙传庭率残兵败退临潼,你又紧紧追赶,进入临潼,在一阵混战中杀死了孙传庭。当然别的将领也出了力量,可是你的功劳不同一般。在西安时候,许多武将都受了封爵,孤故意留下一些功臣到北京举行登极大典后再行加封。你和吴汝义,还有李友、双喜等多人,都准备在北京进行封爵,以示开国大庆。孤为着替你办婚姻大事,昨日在心中已经决定,不必等候登极大典,提前封你为潼关伯,同时晋升你为制将军。明日,谕礼部为孤准备敕书,在赐你封爵时候,也封你母亲为相应品级的诰命夫人。你是新朝伯爷,你母亲是诰命夫人。费宫人纵然美如天仙,岂敢轻视婆母?"李自成忽然哈哈大笑,问道:"小虎子,你还怕新媳妇不肯孝顺贫穷的婆母么?"

罗虎伏地叩头,哽咽说:"陛下想得如此周到,臣不敢再有顾虑。臣母如蒙诰封,臣纵然战死沙场,也难报皇恩万一!"

李自成在此刻听到罗虎说出"战死沙场"的话,微微觉得不吉,望着吴汝义说道:

"子宜,你带罗虎下去,速去准备一切!"

这天下午,关于是否应该对吴三桂用兵的事,有资格参与密议的大臣,分别在两个地方进行密商。一个是刘宗敏住的地方,即从前田宏遇府中内宅的一个院落。如今为着商议机密大事,这院落戒备森严,并且仿效历代制度,在天井院中,离厅堂台阶前三丈远的地方,竖了一面豹尾旗。不管任何文武官员,纵然是提营首总将军府中的重要人员,不奉特许,谁也不能越过豹尾旗前进一步。

今天在这里参加机密会议的人员很少,统共不到十个人,都是制将军。李侔既是制将军,而且为豫东起义将士一营主将,是副军师李岩的兄弟,文武双全,所以他在刘宗敏的眼中是一位较有分量的人物,自然也参加了这次会议。

另一个地方是在军师府的一座小院中,院门口设有警卫,闲人不许入内,小院肃静已极,只听见一只麻雀在树枝上啾啾地叫了两声,随即飞向别处。隔着帘子,堂屋里坐着正军师宋献策、副军师李岩,天佑阁大学士牛金星,兵政府尚书喻上猷,文谕院掌院学士顾君恩。按照一般道理,文谕院就是明朝的翰林院,与国家军事无关，顾君恩参与重大的秘密军事会议却是另有道理。李自成在襄阳初步建立中央政权，号称新顺王，改襄阳为襄京，然后就讨论下一步用兵方略，当时有三个重要建议，顾君恩的"先占西安，然后挥军北伐"之策，被李自成采纳了，大受称赞。到了西安之后，是否立刻进兵幽燕，宋献策、李岩和大将田见秀都主张先巩固已经占领的各省地方，暂缓攻占北京，大违李自成心意；而顾君恩与许多新降文臣都主张赶快攻占北京，皇上应该在北京举行登极大典。李自成果然亲率大军东征，顺利地攻破北京，完成了顾君恩在襄阳建议的用兵方略。在西安建立大顺朝时，李自成命喻上猷做兵政府尚书，而没有用顾君恩。这是因为喻上猷平生也喜欢谈兵，在明朝做过兵科给事中和高级官吏，声望较高，而顾君恩在明朝仅仅是一个拔贡，没有官职，同喻上猷的资历和声望不能相比。另外李自成看出他生性浮躁，不宜做兵部尚书；为着报答他在襄阳建议的军事方略，命他做文谕院掌院学士，特准他参与重要的军事密议。由于这种特殊原因，所以顾君恩今日也被邀出席军师府机密会议。

当两个地方进行机密会议的时候，西华门内的一座用红墙围起来的巍峨宫院中，李自成焦急地等待着亲信的文武大臣们的会议结果，而他自己也在不停地想着对策。

今日午膳后他没有时间回寝宫休息片刻，急急忙忙地召见罗虎和费珍娥，又召见了吴汝义。当决定了罗虎和费珍娥的婚事以后，他就专心考虑着如何打仗的问题。他有时对着京东各州县和山海卫一带的地图研究，有时从御案边突然站起，在暖阁中走来走去，有时不自觉地从心中发出来无声的问话：

"立刻就东征么？趁东虏来犯之前就打败吴三桂么？……"

他正想差人分别去首总将军府和军师府询问会议结果，忽然双喜进来跪下，双手将一个密封的紧急文书呈上。李自成心中一

惊,问道:

"是什么紧急文书?"

"回陛下,儿臣听说是吴三桂给军师府送来一封火急文书,宋军师和牛丞相看过以后,立刻命书记官抄一份转给汝侯,将原件密封,差一中军,送来宫中,嘱儿臣立即转呈御前。"

一听说是吴三桂从山海关来的紧急文书,李自成马上就想着是不是关于投降的事?是降还是不降?……他一边胡乱猜想,一边匆匆拆封。他从大封套中抽出来一个略小的封套,上边用恭楷书写:

敬请
宋军师大人阅后赐传
吴两环老将军大人钧启
大明关宁总兵平西伯行辕缄

李自成一看这信封上所用的称谓就不禁动怒,但是还猜不到信的内容。他一边匆匆打开吴三桂给他父亲吴襄的家书,一边在心中说道:

"他仍自称大明平西伯,十分可恶,分明是已无投降之意,又给他父亲来封信,何意?"

他抽出了吴三桂给他父亲的家书,看了一遍,气得脸色都变了,手指也微微打颤。他又将书信要紧的话重看一遍,虽然信中用了一些典故他不能全懂,但是基本意思是明白的:他要造反!他将手中的书信向案上一抛,猛捶一拳,脱口而出地骂了一句:

"可恶!胆敢如此不恭!"

李双喜猛吃一惊,忽然抬起头来。李自成不等他开口说话,命他叫传宣官分头去军师府和首总将军府,叫正在商议军事机密的文武大臣火速进宫,都来御前议事。

双喜说道:"回父皇,刚才军师府的中军说,牛丞相,宋、李两军师,喻尚书们为了吴三桂的事,马上来宫中向皇上面奏。"

"汝侯和几位大将呢?……快传谕他们火速来御前议事!"

"听军师府来的中军说,宋军师和牛丞相们先去首总将军府,稍作商议,一同进宫。"

"你不要等,快差人去首总将军府,催文武大臣们速来宫中!"

"遵旨!"

李双喜叩头退出,回到武英门值房,立刻命一传宣官飞马往首总将军府传旨,催刘宗敏率领正在会议军国大事的文武大臣们火速进宫。直到此刻,李双喜不知道吴三桂的书信中所言何事,只能从父皇的神情突变,以拳捶案,骂了一句,以及急召文武大臣们火速进宫,猜到必是吴三桂那方面有意外情况,但是究竟出了什么惊人变故,他不能知道底细,不知道吴三桂的家书中写了何事,竟然使皇上如此恼怒。双喜既吃惊,又不免焦急。他虽然是李自成的养子,又是不离李自成左右的扈驾亲将,然而自从李自成在西安建国以后,他们之间便有了新的关系,君臣礼制森严。这新的关系远远大过了父子关系。在往年,尽管他的年纪不大,在武将中地位不高,但是李自成要处理的许多紧要大事,他都知道,有时李自成主动地告他知道。如今成了君臣关系,皇上要处理的和所考虑的许多大事,轻易不对他说明,而他也不敢询问。他在值房中坐立不安,向手下人嘱咐一句话,便匆匆出了武英门,向东出了右顺门,率领十名亲兵,到东华门骑上战马,向首总将军府的方向奔去。

李自成重新拿起吴三桂的书信,打算再一次从头到尾细看一遍。恰在这时,王瑞芬进暖阁送茶来了。他暂时停止看吴三桂的家书,将目光转向俊美而温柔的宫女。在往日,每当他看到王瑞芬的桃花般的脸颊,闻见她身上散发的清幽芳香,他总是情不自禁地端详着她的桃腮和云鬟，嘴角挂着微笑，纵然不问她一句什么话，也要目送她轻盈地走出暖阁。但今天，他看见她进来，看见她将成化瓷盖碗香茶小心地捧出嵌金丝朱漆托盘，放在御案上；看见她在小心地向御案上放茶碗时，向吴三桂的书信上偷偷地瞟了一眼；看见她立刻转过身子，走到紫檀木雕花钿螺的茶几旁边，没有一点响声，在鎏金的狻猊炉中添了香，他的眼光追着她不放，看见她右鬓边的绢制红玫瑰花在眼前晃动，看见她恭敬而又胆怯地瞟他一眼，看见她似乎想对他说什么话但不敢做声。他的脸上没有了温和的微笑，而只有严肃和沉重的神色。而王瑞芬呢，她瞟见了御案上放着的书信，她看清了信封的浓墨大字，丝毫不误，是吴三桂写给他父亲的家书，她在心中说道：

"果然不出娘娘担心，山海卫出了大事！"

窦妃自从今天上午宫女们登上右顺门楼悄悄观礼，看见了种种情况，加上她中午为皇上侍膳，已经心中明白，大概从山海卫来了不好的消息。她已经死心塌地要做大顺皇帝的一位贤妃，将自身和一家人的荣辱祸福同大顺朝的国运绑在一起，所以她午膳后回到仁智殿寝宫休息，对国事放心不下，暗嘱王瑞芬留心皇上的一切动静，随时告她知道。刚才，站在武英殿西暖阁窗外的两个宫女听见皇上怒捶御案，骂了一句粗话，又急于呼唤文武大臣进宫议事，王瑞芬很快就知道了，窦妃也跟着知道了。王瑞芬借故为皇帝送茶和添香，窥探动静，果然偷瞟见御案上放着吴三桂的家书。虽然她不能知道信上写的什么，但是看见信封上写的字也就够了。

窦美仪听了王瑞芬的悄悄禀报，心头猛然一沉，暗自问道："吴三桂的一封家书如此重要，难道他竟敢抗拒不降！"

她喜读史鉴，关心国事，但苦于没法猜透李自成的主张。只是从一些迹象看，她估计会打仗，会向山海卫出兵。她还估计，在御前会商之后，皇上将迅速差遣一员大将，率领十万精兵，火速东征。她听说大顺军来到北京的是二十万人马，一直信以为真，所以她认为皇上必将派十万人马去征讨吴三桂，而皇上自己则坐镇北京，登极大典将如期举行。

窦美仪一向深信女子以柔顺为美德，所以自从她被选在大顺皇帝身边，受到宠爱，便立志做一个不嫉不妒，不干朝政的贤妃。但是她只愿大顺的国运昌盛，江山永固，四海归心，不愿意继续发生战争，更不愿在北京近处有兵戎之祸，使生灵涂炭，动摇大顺根基。她越想心思越乱，忧从中来，不可排遣，但是她不能同身边任何宫女说出她的忧虑，只是在心中暗暗叹气，默默祝愿说：

"陛下，'和战'二字，断自宸衷，您可要反复思量。须记着兵凶战危，莫凭一时之怒！"

因为王瑞芬前来送茶和添香，李自成将吴三桂的家书放下，目光转移到王瑞芬身上。等王瑞芬离开暖阁以后，他从御座上站起来，在暖阁中彷徨许久，考虑打仗的事。后来，他在心中叹道："看来改为初八日登极的事，又不能如期举行了！"他重新到御案前边颓然坐下，拿起吴三桂的家书，再看一遍，那信上写道：

不肖男三桂泣血再拜，谨上父亲大人膝下：儿以父荫，熟闻义训，得待罪戎行，日夜励志，冀得一当，以酬圣眷。近日边警方急，宁远巨镇，为国门户，附近卫所沦陷几尽。儿方尝胆卧薪，力图恢复，不意李贼猖獗，犯我神京。儿奉先皇密诏，弃地勤王。无奈先皇有弃地不弃民之严旨，儿只得携辽民数十万众入关，士民颠沛于道路，将士迟滞于荒原，使儿不能率轻骑星夜赶程，坐失戎机。儿窃思居庸天险，可为屏障，而京师藉天子威灵，朝野奋起，必可坚守待援。不意我国无人，望风而靡。迨儿进山海关时,贼已过居庸而南矣,良可痛心!

吾父督理御营,势非小弱;巍巍万雉,何至一二日内便已失堕?儿欲卷甲赴阙,事已后期,可悲,可恨!

侧闻圣主晏驾,臣民戮辱,不胜眦裂。窃意吾父素负忠义,大势虽去,犹当奋椎一击,誓不俱生。不则刎颈阙下,以殉国难,使儿缟素号恸,誓复不共戴天之仇,不济则以死继之,岂非忠孝媲美乎!不料我父隐忍偷生,负君降贼,来书谆谆,训以非义,既无孝宽御寇之才,复愧平原骂贼之勇。夫元直柔弱,为母罪人;王陵、赵苞二公,并著英烈。我父赫赫宿将,矫矫王臣,反愧巾帼女子!父既不能为忠臣,儿亦安能为孝子乎?儿与父诀,请自今日。父不早图,贼虽置父鼎俎之旁以诱三桂,不顾也。男三桂再百拜。

李自成再一次将吴三桂的家书看了一遍,在心中对自己说道:"不能再等待啦,马上出兵!趁东虏来犯之前……"

他正要传双喜进殿,双喜匆匆地进来了。他听见声音,转过身子,赶快问道:

"你差传宣官们分头去叫议事的文武大臣们速来宫中,已叫去了么?"

双喜跪下说:"回陛下,儿臣差过两个传宣官之后,还怕耽搁时候,又亲自骑马前去。儿臣刚出东安门不远,迎面遇见汝侯同议事的大臣们骑马前来,此刻已经到了。"

"他们现在何处?"

"现在武英门候旨。"

"快叫他们进来!"

双喜出去传旨时候,李自成转望御案,"砰"的一声,又在吴三桂的家书上捶了一拳。

第二十八章

文武大臣们在御前行了叩头礼后,李自成吩咐一声坐下。等到大家刚刚坐稳,李自成先向刘宗敏问道:

"捷轩,吴三桂的家书你看了么?"

刘宗敏回答说:"看了。书子中使用了一些典故,我们众武将莫名其妙,经德齐将军讲解之后,我们全明白了。吴襄也是老粗,箩筐大字儿认识不到几马车。吴三桂这混蛋小子,他的这封家书,分明是送来给咱大顺朝廷看的,哪是给他老子写的家书!"

李自成点头说:"你说的很对。吴三桂表面上是给他老子修的家书,实在的意思是写这封书子给孤看的,表明他决不投降。可是他害怕孤立刻发兵征讨,所以他不直接给孤写书子,留下一点回旋余地。"他忽然转向丞相,问道:"启东,你如何看的?"

牛金星赶快站起,说道:"陛下睿智天纵,烛照一切,洞见三桂肺腑。臣看了吴三桂的家书之后,也甚愤怒。然反复思忖,窃以为既然吴三桂的事尚有回旋余地,不妨暂缓讨伐,一面准备用兵,一面按期举行登极大典,以正天下视听,慰万民乱久思治之心。到北京后如陛下不早日登极,将失四海喁喁之望。"

李自成的心中一动,觉得牛金星的话也有道理,又向宋献策问道:

"军师府中商议如何？"

宋献策站起来说："奉旨在军师府议事诸臣，除臣与林泉之外，牛丞相、喻尚书、顾学士都到了。正会议间，接到吴三桂差人送来的这封家书。大家传阅之后，莫不义愤填膺。然而因为是军国大事，所关非浅，尚未迅速就有定议。"

李自成神色严厉地问："主要的是，你们对出兵讨伐有何看法？"

宋献策心中一惊，回答说："顾君恩学士力主讨伐，喻上猷尚书，也是主张讨伐。然兹事体大，臣不免心存疑虑，希望断自宸衷。牛丞相认为皇上举行登极大典极为重要，倘再改期，将失天下臣民之望，亦暴露我大顺兵力不足，自身软弱，反助长吴三桂嚣张之气与远近各地不臣之心。"

李自成愤怒地问道："难道不敢对吴三桂兴兵讨伐，就能压下去吴三桂嚣张之气，消灭远近各地不臣之心么？"

宋献策明白皇上对讨伐吴三桂的事已有成见，且"圣心"十分恼火，不宜在此时犯颜直谏。他不再说话，跟着牛金星坐下。李自成知道顾君恩主张讨伐吴三桂，将目光转向顾君恩说道：

"在襄京时，关于下一步用兵方略，文武们议论不一，是卿建议孤先破西安，再接着进兵幽燕，直破北京。到西安后，要不要紧接着北伐幽燕，众文武们议论不同，又是卿主张趁热打铁，赶快渡河北伐。孤两次都采纳了卿的建议，才有今日的成功。关于对吴三桂的事如何处置，是眼下十分火急的军国大计，不能够当断不断，犹豫误事。孤意已决，卿有何高明之见？"

顾君恩明白皇上对吴三桂用兵讨伐的事已经决定，此刻又受了皇上的褒奖，认为这又是立功的绝好机会，立即站起来说：

"陛下，近日因风闻吴三桂拥有数万之众，负隅山海，颇有不降之心，臣对和战大计，已私心代陛下筹之熟矣。以臣愚见，吴三桂已决意与我为敌，不日必公然倡言举义，号召远近，誓为明朝复国，并为崇祯帝缟素发丧。如待那时派兵征剿，彼之战守准备已立于不败之地，而各地又纷纷响应，胜负之数非可逆料。故臣反复思维，大胆陈奏，请陛下毅然决定，于登极大典之后，即日东征。以陛下百战百胜之声威，携我军雷霆万钧之势，一举扫荡山海腹心之患，则各地意欲倡乱之人不敢蠢动，欲乘机南下之虏骑，亦必观望而止步。兵贵神速，不可犹豫误事，敢请陛下圣断！"

顾君恩的意见很投合李自成的心思。他未进北京时候，在路上每天接到许多军情文书；进了北京之后，每天批阅的军情文书更多。这些重要文书，多数是留守长安的权将军泽侯田见秀转来的，也有由六百里塘马直接从湖广来的，还有从河南来的，从驻守太原的文水伯陈永福处送来的，以及从驻守保定的权将军刘芳亮处送来的。这些纷纷从远近各地送来的文书，有许多使李自成感到心烦和担忧。湖广方面，据襄阳府尹牛佺的十万火急禀报：虽然左良玉驻军武昌，每日练兵，尚无西进举动，但四年前投降了明朝郧阳巡抚的王光恩和光兴兄弟，近来十分嚣张，从均州东犯，已经围攻谷城，声言要攻襄阳。襄阳已改为襄京，是控制湖广各地的军事重镇，是自古兵家必争之地，倘若失守，不但湖广之德安、荆州、夷陵各地不保，而且南阳也失去屏障。南阳危险，由商洛入关中之路必将草木频惊，武关与商州不得安枕……

李自成点头说："目前河南各地也很不稳。"

顾君恩接着说："河南位居中原，自古为争战之地。目前各府、州、县驻军空虚，无力弹压，可以说危机四伏，十分可虑。况且割据西平和遂平一带的土豪刘洪起，被左良玉委为副总兵，招兵买马，扩充地盘，完全与我大顺为敌。割据登封的李际遇，乘我大顺军在河南驻军空虚，派土寨兵丁四处剿掠，威胁洛阳与郑州，成为中原的一大隐患。臣所言者，只是我朝的明显大患。臣以为北京一带形势关乎四海视听，该用兵讨伐的必须火速讨伐，使局面早日澄清，以震慑各地反侧之心，使之不敢公然叛乱，亦使东虏不敢南犯。"

李自成的神色更加严峻，但没有即刻说话。他的眼光在刘宗敏等武将和牛、宋等文臣们的脸上扫了一遍，而脑海里却闪电般地同时想起了许多足以使他心烦的情况。近来从各地来的军情塘报和密奏，使他知道河南汝南这个重要地方，已经被劣绅地痞占据，最早被他派兵攻破的并委派了地方官的郏县城，新近又落入明朝的地方官绅之手。另外，从去年十月起，依靠他的声威，不靠兵力，差人传牌到豫东和山东各地，处处百姓驱走了原有官吏，打开城门迎降。可是近来情况已经在变，各地因无兵弹压，绅民不服，谣言蜂起，派去的州、县官无力理事，朝不保夕。他不能不想到，倘若吴三桂准备就绪，与江南明臣联络，为崇祯缟素发丧，倡言复国，号召天下，从湖广到河南，到山东，到徐砀一带，北连畿辅各府、州、县，必将处处骚动，与我为敌，如何是好？……想到这里，他忽然下了决心，在心中说：

"必须赶快东征，一战打败吴三桂，夺取山海卫，不要养痈成患！"

李自成在片刻间所想到的各地局势，御前的文武大臣们因为都是参与帷幄的人，能见到各处军情塘报，所以同样清楚。但是因为各怀隐忧，一时间竟无人说话。李自成也不等待，望着刘宗敏问道：

"捷轩，武将们有何主张？"

刘宗敏知道李侔主张持重，但是不予重视，坐着回答说：

"武将们都主张讨伐。兵贵神速，越快越好。"

李自成又望着李过问道："补之，你的意下如何？"

李过恭敬地站起来说:"吴三桂在家书中称我为贼,决意与我为敌,必将一战。臣以为迟战不如速战;拖延时日,于我不利。我军进驻北京以后,军纪已不如前,虽然汝侯令严,已经斩了几个违犯军纪的人,但败坏军纪的事,仍在不断发生。倘若赶快出师东征,全军同仇敌忾,军心可立刻振作。侄臣暗中担忧,如果拖延下去,一月之后,我军暮气已深,军纪将大大不如今日,想打一场恶战,恐怕晚了,所以汝侯坚决主战,侄臣十分赞同。此事迫在眼前,无可回避。至于登极大典之事,请恕侄臣死罪,不妨推迟一步。"

李自成听到李过建议他推迟登极大典,登时脸色一寒,心中一震。但忽然镇静下来,李过是他的亲侄儿,对他怀着无限忠心,这建议不可不认真思忖。然而他一时拿不定主意,想着顾君恩必有妙计解此难题,随即向顾君恩问道:

"再推迟登极大典将动摇朝野视听,也会大失三军将士之望。顾学士,你有何更好主张?"

顾君恩站起来说道:"臣以为,一面大军东征,不可迟误,一面如期举行登极大典,以正天下视听。此二事并不相悖,可以同时进行。陛下以为然否?"

虽然在李自成看来,顾君恩的建议不无道理,但是他看见李过和刘宗敏都在摇头,分明是极不赞成。他们是大顺朝中极其重要的两位大将。李自成不能不重视他们的态度,随后向刘宗敏说道:

"捷轩,你说出你的主张!"

刘宗敏很不满文臣们的态度,傲慢地瞟了顾君恩和喻上猷一眼,仍然坐在椅子上,冷然说道:

"陛下,可以请文臣们各抒高见!"

李自成说:"不,你说吧。你在我大顺朝位居文武百官之首,一言九鼎。虽然要大家各抒己见,可是孤等着你一槌定音。"

刘宗敏从椅子上站起来，魁梧的身子，骨棱棱的眉头流露出坚定刚毅的神情，突出的颧骨上似乎微微地动了几下。他将两只大手抱拳胸前，用斩钉截铁的口气说道：

"皇上，我们初到北京，脚跟没有站稳，遇到吴三桂与我为敌，这一仗关乎胜败大局，非打不可。臣为打仗着想，有意见只好说出口来，不说出来便是对皇上不忠。"

"你说，你说。孤正要听你忠言。"

刘宗敏继续说："我军来到北京的人马号称有二十万众，实在说精兵只有六万，连沿路投降的明兵，合起来七万多人。这六万精兵，是我们来到北京的看家本钱，其中有部分将士的士气已经大不如前。吴三桂有关宁精兵三万多，加上新近从进关辽民中征调的丁壮，合起来有四万多人。假若我们将全部六万精兵派去讨伐，留下一万多人马戍卫北京，比吴三桂的关宁兵只多了一万多人。所以这是一次兵力相差不多的大战，也是一次苦战。可是我们必须赶快取胜，不能够屯兵于坚城之下，拖延时日。倘若战事拖延不决，一旦东虏南下，畿辅各地响应吴三桂，对我军十分不利。何况，据刘二虎所得探报，吴三桂在海边屯积的粮草足可以支持半年以上，我们最多只能携带十日之粮，又不能指望附近各州县百姓支援，与我们在河南、湖广各地时情况不同。所以这次讨伐吴三桂，一则是势在必行，二则是全力以赴，三则是必须一战将吴三桂打败。打败了吴三桂，夺占了山海关，然后迅速回师，经营北京近畿，方好立于不败之地，使满鞑子不敢南下，也使河北、河南、山东各地官绅士民不敢反叛大顺。献策，你是军师，你说是么？"

宋献策十分震惊，但在皇上和刘宗敏、李过等都主张对吴三桂用兵讨伐的情况下，他不敢公然反对。不反对吧，又明知用兵不是上策。他站起来说道：

"对吴三桂这样窃据雄关,拥兵抗拒,成为我朝肘腋之患,用兵讨伐,义之正也。但臣仍主持重多思而行。兵戎大事,有经有权,请不要立即决定……"

刘宗敏冷笑说:"献策,兵贵神速。当断不断,反受其乱。倘若拖延不决,一旦吴三桂外与满洲勾连,内有河北、山东官绅响应,公然打出为明朝复国旗号,局势大变,我们再想讨伐就晚了。"

李自成又向牛金星问道:"启东,你平日满腹经纶,对此事必有远见卓识,何不说出你的主张?"

牛金星虽然在心中也主张慎重行事,但见皇上和刘宗敏已经下了决心,他就不敢说出不同的主张了。他恭敬地站起来,向李自成回答说:

"用兵打仗的事,臣不如军师,更不如汝侯。陛下睿智天纵,思虑渊深,诸臣万不及一。如此大事,请陛下不必问臣,断自圣衷可矣。"

李自成转向宋献策问道:"军师,你看,这一仗应该如何打法?"

宋献策回答:"陛下不是询问臣此仗是否应该打,而是询问臣此仗如何打,足见陛下东征之计已定,其他的话都不是微臣所宜言了。但臣忝备军师之职,理应尽心建言,请陛下另行召对,使愚臣千虑之后,再作一次陈奏。"

"也好,今晚孤将在文华殿单独召见你与林泉,诸臣皆不参加。"李自成又转向刘宗敏:"捷轩,你还有什么话说?"

"陛下,对待吴三桂抗拒不降,臣与众武将出于义愤,也为国家安危着想,坚主讨伐,兵贵神速,不要拖延时日。但也知困难很大,非往日同左良玉打仗的情况可比。我军出兵六万,只比关宁兵多一万多人。吴三桂有坚城可凭,粮草不缺,以逸待劳,先占地利人和两条。我军进入北京后已经有一部分士气不如以前,出征人马不多,粮草也少,必须拼死血战,方能取胜。臣请陛下御驾亲征,鼓舞士气,壮我军威。只要将士们看见陛下立马阵后督战,定能以一当十,锐不可挡!"

李自成的心情激动,点头说:"孤要亲自督战,亲自督战!"

刘宗敏又说道:"臣请马上出宫,驰回将军府,连夜分批传呼各营果毅以上将领,秘密下令做出兵准备。我大军何时离北京出征,请皇上此刻示知,至迟明日决定。"

李自成想了想,神色更加严重,慢慢说道:"军师原说四月十二日己巳是一个大吉大利的日子,倘若万不得已,再改登极日期,出征就定在四月十二日。如今既然对山海用兵紧急,登极大典的事暂不提了,就决定在大军东征凯旋之后登极吧。军师,你以为如何?"

宋献策心中明白,此次皇上御驾亲征,倘若出师不利,东虏又乘机进兵,后果十分可忧。他身为军师,实难附和众议。但是看来谏阻已不可能。在片刻间,他的心思十分为难,不觉向坐在右边的李岩看了一眼。恰好李岩也在看他,分明期望他大胆苦谏。他随即恭敬地站起来,心情激动,含着眼泪,不禁声音微微打颤,向皇上慷慨陈辞:

"臣原是草野布衣,寄食江湖,本无飞黄腾达之志。崇祯十三年冬,陛下携仁义之师,进入豫西,百姓奔走相迎,视若救星。献策平生略明阴阳数术,此时识天命攸归,河清有日,故携秘藏《谶记》,匍匐相投。蒙陛下置之帷幄,待如腹心,命为军师,凡军旅大事,无不言听计从。微臣幸蒙知遇之恩,誓以死报,凡大事知无不言。今日遇此东征大计,事关国家安危,臣实不敢不为陛下慎重考虑,以求计出万全。讨伐吴三桂之事,可否请陛下暂缓一日决定。估计今日有新的军情探报到京。俟臣与副军师根据各方探报,通盘筹议,今晚进宫,面陈臣等愚见,然后由陛下圣衷睿断。况且此次东征讨伐，我之兵力尚嫌不足，而敌之地利，颇优于我。皇上纵然必须用兵，也应该庙谋周详，在出兵前，想出一两着奇计，以智取胜，不能拼死攻坚。还有，倘若猛攻无益，下一步棋该怎么走？……凡此种种，容臣与副军师回军师府认真研讨，今夜入宫面奏。"

李自成觉得宋献策的话也有道理，心情十分沉重，点点头说："孤已说过，今晚在文华殿召对。这次出兵打仗，实是万不得已。倘若吴三桂公然声称为恢复明朝举兵反我，号召远近，畿辅与山东纷纷响应，我们再讨伐就迟了一步。或者满洲人准备就绪，八旗铁骑南下，与吴三桂联兵对我，那时我们出兵讨伐已经晚了。孤东征之计已定，无须再议，再谏便是阻挠大计。"他瞟见刘宗敏在对他点头，随即对宗敏说道："捷轩，你立即回首总将军府，分别召集各营将领，传达孤不得已推迟登极，迅速东征之意，命各营赶快准备，于十二日一早随孤东征。至于行军次序，如何部署，你与补之商议，代孤定夺。孤今晚召见正副军师之后，在运筹帷幄方面，他们会助你一臂之力。好啦，大家退下去准备去吧。"

从刘宗敏起，大家依次叩头，肃然退出。

"献策、林泉，"李自成向两位军师叫道，"孤还有话嘱咐！"

宋献策和李岩赶快回身恭立，等候上谕。"你们回到军师府中，献策要为孤此次东征卜上一卦。"

宋献策说道："古人云：'卜以决疑，不疑何卜。'既然陛下已决定东征，就不必卜了。"

李自成说："当然，十余年来，孤身经百战，往往遇着官军就打，看见有机可乘就打，打不赢就走，并不由卜卦决定。可是这次出师，与往日不同，不妨在出征前一卜休咎。你今晚卜一卦吧。"

"是，臣今晚谨遵圣旨卜卦。平日臣为方便起见，总是用三个铜钱卜卦,今晚将沐手焚香,遵照文王旧制,用蓍草卜卦。"

李自成面露微笑:"好,卿平日卜卦灵验,孤今晚等待你卜一吉卦。"

李岩在西安时曾谏阻李自成急于北伐幽燕,力主用两年时间倾全力经营河南、湖广、陕西和山东各地。李自成不仅拒绝了他的建议,而且心中颇不高兴,本来有意任他为新朝的兵政府尚书,也就不再提了。从那次事件以后,他听了宋献策的私下劝告,以后在李自成面前该提的意见少提,以免日久招祸。所以在今天御前会议时候,李岩与宋献策的意见完全相同,但是他在心中巴不得宋献策谏阻东征,他自己却不说话。离开御前出宫,他一直心情沉重,思考着如何挽回皇上和刘宗敏的危险决策。但是他明白自己无力谏阻,宋献策的请求皇上在今晚单独召对也未必能改变皇上和刘宗敏的已定之策。从东华门到军师府的路上,他虽然同宋献策在马上交换过眼色,却因为前后左右有许多护卫的将领和士兵簇拥,他没有说一句话,只是在心中暗暗地叹气。

他们策马回到军师府,休息片刻,便同一群常在身边的文武官员共进晚膳。大家看见正副军师大人脸色严肃,猜想到在宫中讨论了重大国事,必定与吴三桂在家书中公然拒降有关,但没人敢询问一句。在宋献策和李岩主管的军师府,不仅办事效率很高,和六政府的情况大不相同,而且绝对不许询问军国大事的重要机密。每次两位军师从御前议事回来,倘若他们不将所议之事告诉左右僚属,大家是不许询问一句的。用李岩的话说,他同宋献策这种对国事的严肃态度就是古人所称道的"大臣出宫不言温室树"①。今晚由于正副军师的神色异常严峻,闭口不谈朝廷将

---

① 温室树——见第三卷中册二十六章注。

如何对待吴三桂拒降的问题，在正副军师周围的气氛也变得大大不同于平日。

晚膳以后，宋献策携着李岩的手走入他单独办公的一个大房间，俗称签押房。他吩咐中军，不许呈送公文的人走进小院，也不许服侍的人站在窗外。然后他同李岩隔着八仙桌，在两把太师椅上相对而坐，端起一杯香茶漱漱口，咽下肚去，小声说道：

"你我深蒙皇上知遇，委以正副军师重任，值此国家根基未固之秋，风云巨变之日，不作犯颜直谏则不忠，尽力苦谏则惧祸，为臣之难，莫过此时。室中别无他人，林泉兄何以教我？"

李岩低头沉默片刻，说道："据你逆料，东征成败如何？"

"此事我们已经谈过，十分令人担忧。"

"兄平生精于数术，占卜如神，何不遵旨一卜？"

"仁兄学问，弟所敬佩，对卜卦一道，岂有不知？易理变化玄妙，往往也有偶然。弟平日遇事，重在以常理判断，不靠占卜。有时占卜，幸而一中，人们便竞相传说。有时也不中，不过人们不谈罢了。我从军事上分析利害，心中了然，所以不必乞灵于卜筮。"

"虽然如此，老兄仍然必须一卜，不然今晚用何话回奏皇上？"

宋献策想了一下，只好说："是的，君命不可违，我就占一卦吧。"

他随即呼喊檐下肃立的中军，命仆人端来温水，净了手，焚了香，然后从锦囊中取出四十九根蓍草秆儿，放在擦得干干净净的八仙桌上。这时，他同李岩的心情都很紧张，生怕得到一个不吉之卦。李岩见宋献策有点迟疑，向他看了一眼，猜到了他的担心，小声说道：

"请兄不必迟疑，也许会得一吉卦，改变你我思路，不用再谏阻东征，岂不甚佳？"

宋献策说:"兄言甚是。易理奥妙无穷,也许会卜得吉卦。既然钦谕难违,只好不管吉凶,且看占卜结果如何!"

为着表示虔敬,他改变平日占卦习惯,向桌上的蓍草拜了一拜,随即将四十九根蓍草秆儿分为两部分,再按照从西周以来三千年间的传统办法,将蓍草摆布一阵,忽然大惊,小声叫道:

"林泉,你看,得到一个凶卦!"

李岩惊问:"什么凶卦?"

"这是乾卦中的'上九,亢龙有悔',岂不是应了今日不该东征之事?"

李岩在少年时也是读过《周易》的,不觉说道:"果然是个凶卦!"

宋献策颓然坐下,叹口气说:"林泉,《周易》虽然变化无穷,但毕竟只讲阴阳二字。一、三、五、七、九都是阳数,到上九,阳已至极,不可能再向前进,再向前进便要挫折,故卦辞为'亢龙有悔'。你记得这一卦的《系辞》么?"

李岩说:"弟少年时读《易经》,对孔子所作易传,反复背诵,至今不忘。《系辞》云:'亢之为言也,知进而不知退,知存而不知亡,知得而不知丧'。请兄想一想,我大顺朝近来行事,何尝不是亢龙!……"

宋献策赶快作个手势,要李岩将声音尽量放小,免得室外有人听见。李岩摇摇头,接着说道:

"孔子在这几句《系辞》中,紧接着用十分感慨的口气说道:'其惟圣人乎!知进退存亡而不失其正者,其惟圣人乎!'今日你我身居子房与陈平之位,不能谏阻皇上悬军东征之议,一旦受挫于坚城之下,东房乘机由中协或西协进犯,截断我皇上回京之路,岂但'亢龙有悔'!倘若我大顺不能在北京立脚,影响所及,将见河北、河南、山东各地,变乱蜂起,举国骚乱,大局崩解之祸,不知'伊于胡底'!"

宋献策轻轻点头,小声问道:"事急势迫,皇上东征之意已决,今晚召对,我们用何言进谏?"

李岩回答说:"皇上亲率六万将士,孤军东征……"

"不是孤军,是悬军。"

"是的,是悬军东征,也等于是孤注一掷。此事乃国家安危存亡所系,你我既为顺朝大臣,受皇上知遇之恩,必当尽职尽忠,对军国大事的利弊知无不言,方不负事君之道。"

"如何能恪尽厥职,知无不言?"宋献策问道,剪去烛花,注目望着李岩。

李岩低头沉吟片刻,重新抬起头来,口气坚定地说道:"依弟愚见,事至如今,只好将今晚之卦,不作隐瞒,面奏皇上。平时陛下十分重视仁兄占卜,倘若今晚听到卦爻辞之后,果然动心,你我即可乘机反复剖析,冒死苦谏,想来陛下可能采纳苦谏,回心转意,悬崖勒马。"

宋献策说:"难!难!据我看,此时谏阻东征,十分困难,反而可能惹皇上震怒,埋下你我日后之祸。"

"我兄往日对皇上知无不言,今晚何以如此忧惧?"

"往日,"宋献策感慨地说,"当皇上在艰难困苦之中,依赖众文武辅佐,虚怀若谷,从谏如流,集思广益,知人善任,方能克敌制胜,避免挫折,夺取江山。自从破了西安之后,皇上与陕西将领咸以为大业将成,志得意满,骄气已露,而新降众多文臣又歌功颂德。才到西安不久,山西、山东未定,河南未稳,更莫说天下已定,皇上急于还乡祭祖,大宴乡党父老,封侯封伯,比汉高祖功成还乡,还要心急。自西安至米脂,沿途八百里,修路建桥,于米脂县北门外改建行宫。李补之率领戎马万匹护驾,沿途官绅百姓接驾。如此耗费财力民力,当时不仅你我都不敢有一言谏阻,连启东也是心有非议而口中称颂盛德。君臣之间为何有此隔阂?就是皇上与左右的文臣武将都认为大业已成,而陕西将领们纷纷封侯封伯,他们的意见皇上不能不听。所以势移时迁,皇上对我与启东的进言,有时就不像往日那样言听计从了。皇上如今进了北京,身居紫禁城中,与在西安时更为不同。弟今晚纵然不避皇上怪罪,披肝沥胆,谏阻东征,恐已无济于事。倘若皇上定要御驾亲征,弟无力谏阻,也要尽力献出补救之策,或能以奇计制胜强敌。纵然不能取胜,也不使局势变得不可收拾。"

李岩不觉惊喜,赶快问道:"仁兄有何奇计破敌?"

宋献策正要说出他的奇计,忽然中军进来,请正副军师大人速去前院接旨。宋、李二人迅速站起,略整衣冠,匆匆走到前院,向北跪下。从宫中来的传宣官昂然走上台阶,面南站立,带着浓厚的关中口音和严重的口气,琅琅说道:

"圣上有旨!正军师宋献策,副军师李岩,火速进宫。圣上在文华殿等候召对!"

中军将传宣官送走以后,宋献策和李岩因为皇上在文华殿等候,不敢怠慢,不能再谈别的话,随即带着文武随从、亲兵、奴仆等二十多人,走出辕门上马,向东华门疾驰而去。

他们在护城河桥内下马,将一群随从留在东华门外,进入紫禁城中。当走到文华殿的宫院门前时,他们的心情都很紧张。宋献策拉一下李岩的袍袖,小声嘱咐:

"今日召对,不同平日,犯颜直谏的话由我来说,兄只须帮衬一二句即可。"

李岩心中感激献策的关照,小声说:"请兄尽力苦谏,再献上破敌奇计!"

李岩随在宋献策的背后,由一宫女带领,脚步很轻,恭敬地走进文华殿的东暖阁。宫女退出。他们向李自成叩头,望见皇上的严峻神色,不觉心情紧张。仅仅在三年半以前,在伏牛山得胜寨屯兵时候,他们同李自成每日见面,无话不谈,亲如朋友,那样毫无隔阂的情况一去不复返了。

下午在武英殿御前会议之后,李自成没有休息,首先叫来吴汝义,命他赶快准备初十日为罗虎与费珍娥成亲的事,务要事事风光。他又叫礼政府尚书和侍郎进宫,告诉他们,他要立刻敕封罗虎为潼关伯,罗母为诰命夫人,命礼政府大臣遵照《大顺礼制》,火速备办敕书和潼关伯铜印。他又召威武将军、罗虎的叔父罗戴恩进宫,命他听从宫内大臣吴汝义指挥,督率工匠,连夜将金银熔化,都铸成五百两的整块,分装木箱,钉牢,加上封条;所得珠宝首饰,也要装箱钉牢,内衬棉花,外加封条。罗戴恩率领五百骑兵,五百匹骡子,二百匹骆驼,初十日动身,将数千万两白银,还有黄金、珠宝等物,走娘子关一路,押运长安。他又命李双喜驰往首总将军府,询问刘宗敏是否已经召集了各营果毅以上将领,面授讨伐吴三桂的决策,会商如何出兵的事。双喜回宫禀报,刘宗敏先召见了制将军以上将领会议,传达皇上圣旨,如今正在分批召见果毅以上将军训话,鼓舞士气,誓为陛下效忠作战。至于详细出兵的事,等待正副军师前去,商量之后,方好一一下令。李自成听了没有做声,等候两位军师进宫。

两位军师在文华殿东暖阁叩头,赐座之后,李自成向他们问道:

"你们回到军师府,为东征卜卦之事如何?"

宋献策和李岩恭敬起立,依照献策嘱咐,李岩低头不语。直到此刻,宋献策还在心中嘀咕:"要直言不讳么?"李自成又问道:

"献策,你到底卜了个什么卦?"

宋献策躬身答道:"陛下,请恕臣死罪!臣于晚饭后沐手焚香,请出蓍草,敬谨卜卦,竟得一个不甚吉利(他不肯直说凶卦)的卦,不敢冒渎圣听。"

李自成暗暗吃惊,又问道:"到底得的是什么卦?"

宋献策:"在乾卦中……"

"在乾卦中……什么卦?"

"上九,亢龙有悔。"

"《易经》……孤不曾读过。什么叫'上九'?'亢龙有悔'是什么意思?"

宋献策心中害怕,仍不敢直言这是凶卦,绕着弯子说道:

"相传伏羲画八卦,文王演为六十四卦,成为《周易》。一部《周易》,卦理深奥,变化无穷。总而言之,不外阴阳搭配,相生相克,天地间万事万物,莫能逃易理之外。因为易理如此重要,所以孔圣人活到四十多岁时对弟子们感慨说道:'假我数年,五十以学《易》,可以无大过矣'。《易经》中讲的是天地间阴阳变化之理,阴阳二气化为图像便是乾坤二卦,化为数字,便是单数为阳,偶数为阴。一、三、五、七、九是阳数,二、四、六、八是阴数。因为以数字代表阴阳变化,故卜筮亦称数术之学。微臣……"

李自成心急地说:"此刻不是讲书,孤要你说明白这一卦主何吉凶。既是凶卦,也须将凶卦的道理说个明白。快说!"

宋献策跪下说道:"请恕臣死罪!卦名'上九'在乾卦中阳盛已到极限,正所谓到了'物极则反',是极运,不能再前进了。倘若再往前进,就要受挫,必将有悔。所以这一卦的爻辞是'亢龙有悔'。《系辞》是孔子作的,解释此卦说:'亢之为言也,知进而不知退,知存而不知亡,知得而不知丧。'今日陛下已得北京,仍要悬军东征,不顾困难,与此卦正合。臣心所忧,不敢不冒死直谏!"

李自成心中震惊，一时拿不定主意，随即向李岩问道：

"林泉，你是举人，读过《易经》，深明《易》理。你对此卦有何解释？"

李岩已经跪在地上，回答说："献策晚膳后，沐手焚香，用蓍草占卜，得出此卦。当时臣在一旁观看，心中也为之一惊。《易经》中别的卦中也有'亢龙有悔'之辞，但不若乾卦中的'上九，亢龙有悔'最为不吉。刚才献策所言，敬请陛下采纳，对东征事三思而行，以免有悔。"

李自成忽然疑心正副军师商量好假托占卜来谏阻东征，登时产生了一股反感。他沉默片刻，又神色严峻地向李岩问道：

"这卦就没有别的解释了？"

李岩说道："伏羲画八卦，文王演为六十四卦，变化无穷。但卦辞十分简单，常人不易全懂。幸有孔圣人出，好学深思，勤奋读《易》，曾经读《易》韦编三绝。也就说，穿竹简的皮条儿断了三次，足见其阅读之勤。他曾经说自己'四十而不惑'，但过四十岁以后，他又对弟子们感慨地说：'假我数年，五十以学《易》，可以无大过矣'。到了晚年，他周游列国回来，专心为《周易》写出《十翼》，又称《易传》，以教后人。《系辞》包含在《十翼》之内，十分重要，为孔子所作，也包含弟子们记孔子的话……"

"孤要你解释'亢龙有悔'！"

"是的，微臣正要解释。"李岩又叩了一个头，接着说道："刚才献策所言，正是孔圣人的话。但《系辞》中另外还有几句话。'上九，亢龙有悔'，何谓也？子曰：'贵而无位，高而无民，贤人在下位而无辅，是以动而有悔也。'这几句《系辞》颇有深意。"

"这几句话与孤东征之事何干？"

"请陛下效唐太宗从谏如流，俯听臣愚昧之见。陛下虽然建国大顺，改元永昌，但尚未登九五之位……"

李自成截住说："倘若不是吴三桂据山海卫不肯投降，孤在数日内即可举行登极大典！"

"微臣愿意冒死直言，苟利于国，不避斧钺之诛。孔子圣人，在'贵而无位'之后，接着又说，'高而无民'，更值深思，亦与今日我大顺情势吻合……"

"我大顺已占有南至长江，北至燕山的半个中国，江南亦不难传檄而定，怎么说孤目前的处境是'高而无民'？孤愿有忠贞骨鲠之臣，决不罪你，但你要把话说清楚！"

"臣窃思，我朝虽然新占有数省之地，然而各地不暇治理，疮痍满目，人民未享复苏之乐，故虽有土地而未得民心，所以皇上是'高而无民'。荀子议兵，首重得民，陛下今日真正之忧不在吴三桂抗拒我朝，不肯投降，而在处处民心未服。万一东征受挫，东虏乘之，兵连祸结，将以何策善后？请陛下三思！"

李自成也觉得李岩的担心并非全无道理，但是他又担心一旦吴三桂在山海卫城中为崇祯发丧，以兴兵复明为号召，传檄各地，远近响应，加上满洲兵乘机南下，局面会不可收拾。在眨眼之间，他考虑了各种后果，还是认为先发制人，迅速打败吴三桂为上策。但是他没有说出来他的决心，又以温和态度向李岩问道：

"你说孔子解释'亢龙有悔'一卦的一段话，下边一句是什么？"

李岩说："下边一句话是'贤人在下位而无辅，是以动而有悔也'。"

李自成摇摇头，说道："这句话与我大顺朝的情况不合。孤于崇祯十三年入河南，得牛金星与你们二位，到襄京后得喻上猷、顾君恩与杨永裕等，都是人才。到了长安以后，又有许多明朝的文臣都是人才，他们知道天命已改，降顺我朝，受到重用。路过平阳，破了太原，又来了一批文臣。如今满朝济济，都是孤的辅弼之臣。只要是人才，孤就录用，予以高官厚禄，俾其各尽其才，赞襄大业，不能说'贤人在下位而无辅'啊！你们都是贤人，并没有身居下僚！"

"陛下圣明，延揽人才，才有我大顺朝于短期中六部咸备，济济多士。然而应该有众多的地方大吏，府州县官，为陛下安定封疆，治理国土，恢复农桑，严惩奸宄，使百姓得享复苏之乐，四民咸有葵倾之心。必须如此，三年之后，方能足食足兵，国家根基稍固，立于不败之地。目前情况，尚非如此。陛下大概也知，我朝处处尚在戎马倥偬之中，贤人避居山林，豪强伺机为乱，而派往河南、山东各地的州县官多系市井无赖之徒，仰赖陛下声威，徒手赴任，只知要粮要钱，要骡马，甚至要女人。百姓常闻'随闯王不纳粮'之言，始而延颈以待，继而大失所望。所以《系辞》上说'贤人在下位而无辅'，与目前贤人避世，不肯为陛下效力的情况，大致相合。也因此'动而有悔也'。臣愚，直陈所见，恳乞恕罪！"

李自成虽然明白李岩说的多是实情，无奈自从他到了西安以来，天天听惯了歌功颂德的话，听不见谈论大顺朝政事缺点的话，倘若偶闻直言，总不顺耳。他沉默片刻，看看李岩，又看看宋献策，同时又想着今日午后的御前会议，刘宗敏、李过、李友等等心腹大将都主张对吴三桂用兵，他自己已经同意，并且向朝臣们宣布暂缓举行登极大典，而刘宗敏也已经召集重要将领，下达东征命令……他想到这些，对李岩说道：

"东征之计已定，拖延时日，决非上策。如坐等吴三桂准备就绪，为崇祯复仇，以恢复明朝为号召，传檄各地起兵，满洲人也兴师南犯，对我更加不利。况且我军到了北京后，士气已不如前,这是你们都清楚的。所以就各种形势看,迟战不如速战,坐等不如东征。你们不要再谏阻东征大计,徒乱孤心!"

宋献策一反平日的谨慎态度,慷慨说道:"臣碌碌江湖布衣,蒙恩侧身于帷幄之中,言听计从,待如腹心,故臣愿以赤忠报陛下,知无不言,言无不尽。臣纵观全局,衡之形势,证之卦理,窃以为,陛下东征则于陛下颇为不利,吴三桂如敢南犯,则于吴三桂不利。东虏必然趁机南犯,只是不知其何时南犯,从何处南犯耳。为今之计,与其征吴,不如备虏。吴三桂虽有数万之众,但关外土地全失,明之朝廷已亡,势如无根之木,从长远看,不足为患,且可以奇计破之。东虏则不然,自努尔哈赤背叛明朝,经营辽东,逐步统一满洲,北至白山黑水,以及所谓使鹿使狗之地,势力渐强,至今已历三世。皇太极继位以后,继承努尔哈赤遗志,更加悉力经营,改伪国号为大清,不仅占领辽东全境,且统一蒙古,征服朝鲜,利用所掠汉人种植五谷,振兴百工,制作大炮。此一强敌,万不可等闲视之。在今日之前,十余年来陛下是与明朝作战,而明朝早已如大厦之将倾,崇祯只是苦苦支撑危局耳。陛下既来北京,从今日起,必将以满洲为劲敌,战争之势与昔迥异。故臣以为陛下目前急务在备虏,不在讨吴,东征山海,如同舍本而逐末。一旦虏骑南下,或扰我之后,或奔袭北京,则我腹背受敌,进退失据,何以应付?处此国家安危决于庙算之日,臣忝居军师之位,焦心如焚,不能不冒死进言,恳乞俯听一二,免致'亢龙有悔'。"

李自成不能不思想动摇,低头沉吟片刻,随即问道:"孤不能一战而击破吴三桂么?"

"兵法云:'攻其无备,出其不意',方是取胜之道。今吴三桂据守雄关,颇有准备,无懈可击,又加以逸待劳,倘若东征不利,岂不折我兵马,挫我军威?倘若东虏乘机南犯,我军远离北京,又无援兵,必败无疑。所以臣说陛下东征则陛下不利,三桂西来则于三桂不利。"

"孤只打算以速取胜,然后迅速回师,在北京郊外与东虏作战如何?"

"虏兵何时南犯,自何处进兵,是否与三桂已有勾结,凡此种种,我皆不知。兵法云:'知己知彼,百战不殆。不知彼而知己,一胜一负。不知彼不知己,每战必殆。'这三句话都是对庙算说的。今日臣等御前议论东征,议论虏情,就是古之所谓'庙算'。目前形势,虏情为重,三桂次之。我对虏情知之甚少,虏对我则知之较多……"

"为什么东虏对我的情况知之较多?"

"往年曾闻东虏不仅派遣细作来北京探刺朝廷情况,还听说东虏出重赏收买消息。我军从长安以二十万人马东征,虚称五十万,又称尚有百万大军在后。这二十万人马,过黄河分作两路,一路由刘芳亮率领,越过太行,占领豫北三府,然后由彰德北上,直到保定。陛下亲率十万人马,由平阳北上,破太原,占领大同与宣府,入居庸关,到北京只有七万多人,每到一地,都没有设官理民,虽有疆土而不守,虽有人民而不附。凡此种种,东虏岂能不知?倘若虏骑入塞,彼为攻,我为守。兵法云:'善守者藏于九地之下,善攻者动于九天之上。'长城以内,千里畿辅,平原旷野,地形非利于藏兵设伏,故守军非'藏于九地之下'。而东虏士饱马腾,可随时来攻,无山川险阻,乘隙蹈瑕,驰骋于旷野之地,正所谓'动于九天之上'。故目前战争之势,对我极为不利。我之大患,不在山海一隅之地与三桂之数万孤军,而在全辽满洲八旗之师。臣今衡量形势,纵览天时,地利,人和,心怀殷忧,不能不冒死进言。请陛下罢东征之议,准备集全力应付满洲强敌。倘能一战挫其锐气,则吴三桂将可不战而胜。"

李自成的心中更加彷徨，又问道："既然满洲人尚在调集人马，趁其来犯之前，为使吴三桂不能与东虏勾结，先将他打败如何？"

宋献策说："倘若……"

忽然，李双喜匆匆进来，跪下禀道："启禀父皇，汝侯率领毫侯等几位大将，还有从通州赶来的制将军刘体纯，有重要军国大事，来到文华门，请求立即召见。"

宋献策和李岩听说刘体纯从通州赶来，随刘宗敏一起进宫，料定必有重大消息，都不觉心中吃惊。李自成马上对双喜说道："叫他们马上进来！"他又对宋献策和李岩说道："你们平身，坐下！"

片刻工夫，李自成便听见刘宗敏率领重要大将们登上文华殿的丹墀了。一般武将，进入宫中都是轻轻走路，深怕惊驾；惟有刘宗敏与别人不同，平时脚步就重，到宫中也不放轻，加之此时他为国事心思沉重，一腔怒气，脚步很自然地比平时更加沉重。

因为凡是在御前谈论机密时候，太监和宫女都回避，连传宣官也不许站在丹墀上边，所以由双喜引着大家进殿，并揭起暖阁的黄缎软帘。

宋献策和李岩看见刘宗敏进来，都赶快站立起来。刘宗敏为要做武将表率，先在李自成面前叩头，然后平身就座。李过等大将们一齐叩头，肃然就座，等待提营首总将军向皇上启奏作战大计。宋献策和李岩看见刘宗敏的骨棱棱的方脸上的严峻神色，已知事情有变，同时在心中想道：

"完了！刚才的一番苦谏将付诸东流！"

李自成向众位亲信大将的脸上扫了一眼，先向刘宗敏问道：

"捷轩，你们如何商议？"

刘宗敏说："大家都主张迅速出兵，消灭吴三桂，不可迟误。刚才听了刘二虎的禀报，大家出兵之意更加坚决，所以臣等立刻进宫，面奏皇上。"

李自成转向刘体纯，问道："德洁，你在通州，又有何紧急探报？"

刘体纯重新跪下，奏道："臣黄昏时在通州得到了才从山海卫回来的细作禀报，认为这消息十分重大，赶快用了晚膳，亲自飞马进京。臣先到军师府，知两位军师已经奉诏进宫，适逢首总将军府的中军来请两位军师议事，臣就到了首总将军府，将这一重大探报先禀知汝侯了……"

"到底是什么重大探报？"

"连日来吴三桂与部下文武商议，又招集山海卫地方绅士商议，决定兴兵复明，为崇祯复仇。又担心兵力不足，决定差人去沈阳向满洲借兵。"

"他要投降满洲么？"

"听说不是投降，是借兵。等到吴三桂进了北京，收复了明朝江山之后，割给满洲一些土地，每年给满洲人大批金银绸缎，像南宋对金朝那样。"

"他妈的，该死！"李自成不觉骂出一句粗话，又问道："你的探报可靠么？"

"回陛下，十分可靠。臣差往山海卫城中的几个细作，有的认识了平西伯行辕中的人员，有的认识了当地著名绅士、举人佘一元的家人，所以得到的消息很真确。据细作禀报，吴三桂差往沈阳借兵的是两位亲信将领，已经动身了。"

李自成恼怒地对宋献策和李岩说："吴三桂向满洲借兵，战争来到眼前，你们刚才还苦苦谏阻孤讨伐吴三桂，几乎误了大事！"

宋献策和李岩本来有许多话可以争辩，但是李自成已是皇

帝,此时顶撞将有不测之祸。他们在心中十分委屈,震惊失色,只好低下头去。刘宗敏向李自成说道:

"圣上不必生气!宋、李两军师都是忠臣,谏阻陛下东征也是出于一片忠心,只是他们的兵书读得太多了,越读越顾虑多端,胆子越读越小了。咱们从在陕北起义以后,随时说打仗就打仗,碰上官军,你不打也不行,那就打呗。一不卜卦,二不查看兵书,三不看皇历选择吉日,四不慢慢商议。陛下常常一听禀报,立刻跳上乌龙驹,挥动花马剑,身先士卒,冲向敌人,不是常常打了胜仗?陛下常说:两军相遇,勇者取胜。又说,先下手为强,后下手遭殃。咱们起义后那么多年,是在刀刃上走过来的。那许多年呀,咱们不靠阴阳八卦,不讲金木水火土,尝尽艰难困苦,一步一步走向胜利,全靠陛下对敌人敢打敢拼。陛下先称'闯将',后称'闯王',全靠一股闯劲!难道不是这样么?"

李自成频频点头,在心中说道:"东征之事,孤不再犹豫了!"

刘宗敏又说:"如今满洲人还没从沈阳起兵,我军火速东征,一战打败吴三桂,使他来不及与满洲人勾起手来对我。此是上策,不可失误。从今夜起,即做出师准备,一部分人马先移城外。各种辎重军需,也要连夜准备,两日内赶往通州,不得稍误。皇上御驾亲征,北京哪位大臣留守,哪位大将警卫,留下多少兵马,都得请皇上赶快决定。自从来到北京之后,士气已经不如从前。皇上既然主意已定,自今夜起,文武群臣凡有向皇上谏阻东征的,便是干扰东征大计,陛下一概不听,以示皇上已下决心。如此才能使三军同心,鼓舞士气!"

李自成点点头,说道:"你说的很是。"他又向着大家说:"如何调动人马,如何东征,由提营首总将军全权处置。牛丞相和各衙门大臣,自然要留守北京。今夜,你们出宫以后,孤就宣召牛丞相、六政府尚书侍郎等大臣进宫,面商留守诸事。"

刘宗敏问："皇上，北京为陛下行在，又为北方军事重镇，必须有一大将率领一万人在此镇守，何人为宜？"

李自成遍观诸将，沉吟片刻，忽然说："林泉文武双全，他留下来，率领一万人马镇守北京，李友、李侔与吴汝义为副。林泉，你以为如何？"

李岩赶快跪下说道："臣碌碌庸才，荷蒙重任，不敢违命，纵然肝脑涂地，也要尽心努力，以报陛下，待陛下凯旋！"

"好，好。"李自成说，"你平身，坐下。献策，谏阻孤东征的话不用说了，要一战打败吴逆，你有何计？"

宋献策虽然谏阻东征之议受挫，明知东征必败，今后大局难料，正应"亢龙有悔"之卦，心中震惊，手心暗暗出汗，但是他毕竟有非凡之处，仍然思虑周密，神态镇静，起身奏道："山海卫地势险要，城池坚固，无法包围，也不能硬攻，必须出奇兵攻其要害，焚其粮草，使其军心瓦解，不战自溃。"

"能如此就好，请你快说！如何能攻其要害，使其不战自溃？"

"据我军小刘营细作探得确实，吴三桂从宁远觉华岛经海上运来的大批粮秣辎重，只有一小部分运入山海城中，大部分仍在一百余艘海船上，停泊于姜女庙海边。姜女庙在山海关之东，相距十三里。如今海面风多，海船都泊于紧靠海岸可以避风之处，容易被我军出奇兵焚毁，倘若此计能行，吴三桂的数万关宁兵虽然号称强悍，必将军心自乱，人无固志，不需苦战，自然崩解。"

李自成眼睛一亮，想起上次召见刘体纯时，自己也曾想到过焚吴三桂粮船的事，连连点头说："孤也想到过，可是……姜女庙在山海关之东，我军如何能够出奇兵奔袭姜女庙，焚毁粮船？"

宋献策在五六年前曾经漫游冀东，到过山海卫城，略知这一带地理形势。这次来到北京，因吴三桂屯兵山海，成为大顺朝的肘腋之患，他不得不查阅兵部职方司所藏地图，又询问了一些熟悉山海卫附近地理的人，使他对此计胸有成竹。他向李自成奏道：

"我军当然不能越过山海卫城，但并非无路可达。在山海关之北约三十多里处，有一地名曰九门口，又名一片石，是燕山山脉最东端的一座雄关。长城自西蜿蜒向东，在九门之北约十里处随山势折而向南，故九门口亦面向正东。平日守九门口明军只有四五百人。倘若派五千骑兵，从抚宁县境内山间小路于半夜出其不意，袭占九门口，将守军全部俘获，不使走漏消息，即可以五百人守九门口，四千五百骑兵出九门口，沿小路前去焚烧粮船。从九门口到姜女庙是一条弦线，大约有四十里，没有山岭，尽是浅岗、丘陵，也有平地，在渤海与燕山余脉之间，利于骑兵奔驰。路过山海关外数里处的欢喜岭时，留下三千人马，面向山海关布阵，火器弓弩在前，以防吴三桂的人马出关救粮。只派一千五百骑兵，携带在北京备好的硫磺等引火之物，飞驰姜女庙海边，使海船拔锚不及，放火烧船。烧船之后，迅速退回，与欢喜岭前的人马会合，赶快退回九门口，退入长城以内，不可在山海关外恋战，徒伤兵力。"

刘宗敏忘记是在皇上面前，用力将大腿一拍，大声说道：

"妙计！妙计！果然是大顺皇帝驾下摇羽毛扇子的好军师，人间奇才！"

李自成满面含笑点头，向宗敏问道："谁可以率领这一支人马建立奇功？"

宗敏说："这支人马要出长城，绕过山海关外边，奔袭海边，一旦被吴三桂截断后路，便要孤军苦战，不动如山，方能杀退强敌，退回长城以内。依我看，这一支奇兵最好交补之亲自率领。"

李自成微微摇头，转望军师，用眼神询问意见。宋献策已经落座，略一思忖，欠身回答：

"补之是大将之才，在山海卫城边与关宁兵两阵相对，大军

决计东征 739

决战,非他不行。罗虎又勇敢,又机警,与士卒同甘共苦,亲如兄弟。命他率领这一支奇兵出九门口奔袭海边,火焚粮船,必能胜任,用不着补之前去!"

宋献策提出派罗虎率一支奇兵去姜女庙焚毁粮船,大家一致同意。罗虎一营只有三千人马,当即商定,由李过营中抽调二千精锐骑兵,临时归罗虎指挥,事后归还建制。

李自成在心中对宋献策大为称赞,他出的焚粮妙计,还有他选中的将领,都与自己不谋而合。

他是个有半生戎马生涯的起义领袖,非张献忠一类草莽英雄可比,所以虽然他听从了以刘宗敏为首的陕西将领的意见,决定抢在满洲兵南下之前东征吴三桂,不再犹豫,但是吴三桂所率领的关宁精兵,人数估计有四万多人,凭着坚城,又有山海关长城之险,颇得地利,并不容易吃掉。万一焚烧粮船之计受挫,只能靠正面战场。他的心中很不轻松,又向军师问道:

"山海卫城池不大,可以围攻么?"

宋献策直截了当地回答:"对山海卫不能围攻,只能靠野战以决胜负。所谓山海关,指山海卫东门而言。此城往北数里处即是燕山东端。长城自燕山而下,连接山海关,向南行,三四里处便是老龙头,紧傍渤海,山海关与燕山脚之间有一小城,名曰北翼城,山海关与老龙头之间也有一小城,名曰南翼城,几乎与老龙头的小城相连。臣细察舆图,知我军从山海卫城池左右,均无法越过长城,将吴军包围。此系就地理形势而言,我无法围攻山海卫城。何况以众寡来看,兵法上说,'用兵之法,十则围之'。此话虽然不能死解,但必须我军多出敌人数倍,方可将敌人包围。今我军只比吴军多出一万余人,谈何包围,惟有决胜于野战耳!"

李自成心情沉重,又问道:"野战需要几天取胜?"

"野战只能打一天两天，不胜则退，不可恋战。在强敌之前，全师而归，即是胜利。"

　　李自成的脸色一寒，心头猛然沉重。

　　李岩在心中赞道："献策毕竟是忠直之臣，在此紧要关头，敢说实话！"

　　刘宗敏说道："这次出征，皇上亲临阵地，我军将士望见黄伞，必将勇气百倍。为何不见胜利就赶快退兵？"

　　宋献策直率回答："其一，屯兵于坚城之下，自来为兵家之大忌。其二，两军相交，都将全力以赴，伤亡必重。我军是悬军远征，别无人马应援，既不能胜；又不速退，危险殊甚。其三，自北京七百里远征，携带粮食甚少。当地人情不熟，百姓逃避，不能'因粮于敌'，岂能令三军空腹作战？其四，辽东情况不明，东虏从沈阳何时发兵，何时南犯，从何处越过长城，我方全然不知。倘若东虏自中协、西协入塞，断我归路，与关宁兵对我前后夹击，我将无力应付。因想着以上四端，故愚意认为，倘若一战不能全胜，千万不可在山海卫城下逗留，必须以火速退兵为上策。"

　　刘宗敏怫然变色，说道："献策！你怎么光爱说泄气话？哼，咱们还没有出兵，你就想着从山海卫赶快退兵！"

　　"是的，侯爷！用兵之道，变化无常，为将者一见形势不利，不宜再战，便应全师退兵，以保三军之命，以后再战。倘若'知进而不知退'，便是……取败之道。"宋献策本来想说出《易经》原话"亢龙有悔"，但看见皇上脸色严峻，便改换说法，避开"龙"字。

　　李过笑着问道："军师，你这话关乎大局，可不是说着玩的！"

　　宋献策平日与李过交情不错，也很受李过尊敬，勉强微笑着说："补之，兵法中《谋攻篇》，不是只讲进攻，也讲'少则能逃之，不若则能避之'。圣人著《易经》特立遁卦。遁是逃避之意，此卦就是讲究如何趋吉避凶，由逃避变为亨通，所以《易经》中说：'遁之时义大矣哉！'"宋献策说到这里，看见皇上的脸色缓和下来，也就不再说了。

在片刻之中，李自成不说话，御前诸大将都不说话，似乎都在想着宋献策所说的这一番意见。李岩很明白献策的良苦用心，深为佩服，他站起来向皇上躬身奏道：

"陛下率大军东征之后，北京兵力空虚。倘若东虏自西协入犯，威逼北京，如之奈何？请陛下速下密诏，命刘芳亮仍然坐镇保定，控制冀中与冀南三府，但需抽调两万精兵，由一大将率领，速来北京增援。有此增援之师，方能使北京安如磐石。"

李自成点头说："此议很好。两位军师还有什么建议？"

李岩说道："河南地处中原，绾毂东西南北，十分重要，目前因驻军稀少，所派州县官员无力弹压，也不能理民，情况殊为可忧。请陛下火速密饬袁宗第自湖广抽调五万大军，由他亲自率领，驰赴河南，巩固中原。"

"湖广由谁镇守？"

宋献策回答："目前左良玉虽然有三十万人马，号称五十万，屯兵武昌，但是他从前年朱仙镇大败之后，暮气日深，他本人也身体多病，看来不会再有多大作为。白旺驻在德安，足可使左良玉不能向西一步。"

"那好，孤明日即飞敕袁宗第率五万人马离开湖广，驻军洛阳，镇守河南。"李自成向大家望了望，又说："你们出宫吧，分头准备出兵东征。要立刻召牛丞相与喻上猷进宫，连夜商议大臣们如何留守北京的事。"

以刘宗敏为首的御前会议诸臣在李自成面前叩头以后，鱼贯退出。在东华门外纷纷上马，出了东安门不远，刘宗敏率领众武

将奔回首总将军府,继续连夜会商军事。临分手时,刘宗敏在街心勒马暂停,向两位军师说道:

"老宋,林泉,我同各位大将细商出征的事,少不了你们二位。你们回军师府稍停就来,到我那里一起消夜!"

宋献策回答:"不敢怠慢,马上就到。"

回到军师府,宋献策和李岩知道在他们进宫时间没有什么军情大事,便屏退左右,坐下略事休息。宋献策先轻轻叹一口气,神色愁闷,向李岩说道:

"林泉,弟自从崇祯十三年向陛下献《谶记》,幸蒙陛下置之帐下,待如心腹,于今数年,从未如今日忧心无计,深愧空居军师之位!"

"仁兄心情,弟何尝没有同感?无奈皇上从马上得天下,笃信武功,一意东征。他真正依靠的是捷轩等陕西武将!"

宋献策赶快使眼色,又摇摇下巴。侧耳听小院中空无一人,然后说道:

"无论如何,我们只能尽为臣之道。国运兴衰,付之天命!"停了片刻,他又叹口气,接着说道:"我们都认为崇祯亡国,天下之势已非从前,此时应该暂舍吴三桂,速调保定之兵,固守近畿,以待满洲强虏进犯,迎头一击。仁兄借'亢龙有悔'之卦,反复苦谏,未能挽回圣心。倘若东征失利而满洲人乘机而至,我朝根基未固,前途难料!"

李岩点头说:"弟也有同样担心。幸而兄随后以遁卦进言,似蒙圣上与首总将军重视,也算是亡羊补牢之计。"

"不然。大军鏖战,兵马混乱,往往想退出战场,全师而归,十分困难。我军最好不去山海,但我们已无力阻止了!"

忽然中军进来禀报:首总将军府来人,请两位军师速去议事。宋献策和李岩立即起身,怀着沉重的心情走出辕门,策马而去。

第二十九章

　　李自成已经决定四月十二日率六万人东征吴三桂,一切准备工作都要在短短的几天内就绪,不仅首总将军府、丞相府、军师府以及各营的权将军和制将军,连他们下属的大小头目,无人不紧张起来。虽然李自成如今是皇帝身份,下有文武百官各司其事,但毕竟是国家草创时候,又加御驾亲征是非常之举,他也不能不投身于准备东征的繁忙之中。与往年临近大战前的情况不同,他不是心情振奋和激动,而是怀着忧虑,心思沉重。他心中烦闷的是,这是出他意料之外的一次战争,原来他根本没有料到。不但在西安时候,而且在前来北京的路上,直到进入北京之初,他都在胜利的愉快中,只想着如何在北京举行登极大典,传檄江南,不再进行大的战争而统一全国,建立万世基业,正如许多文臣们所说的,后人将称他功迈汤武,德比尧舜。没料到不但一个关宁将领吴三桂胆敢抗拒投降,连满鞑子也要趁机南犯!早知如此,他会多带一二十万人马前来,使吴三桂不敢不降,满洲人也不敢轻举妄动。

　　昨夜,同刘宗敏等决定了御驾亲征的大计之后,又召见了牛金星和喻上猷,密商了丞相和六政府大臣们留守的事,已经将近四更天了。御膳房端来了点心。他在王瑞芬等如花似玉般的宫女们的服侍下，无情无绪地用了消夜点心之后，离开文华殿，像平日一样，由宫女们前后跟随，真所谓珠围翠绕，七八盏宫灯飘光，回到了寝宫仁智殿的西暖阁。

窦妃居于专宠地位，一直等待着皇上返回寝宫。尽管她早已十分瞌睡，但是不奉旨不敢自己在东暖阁凤榻就寝。她在椅子上打了几次盹儿。忽然，一个贴身宫女在耳旁柔声禀报：

"娘娘，皇爷离开文华殿回寝宫来了。"

窦美仪猛然睁开眼睛，起初不免愣怔一下，随即完全醒来，望望面前的宫女，知道不是偶然做梦，是皇爷确实快回宫了。她又是喜悦，又是担忧。喜悦的是，皇上就要回宫；担心的是，她觉察出今日朝廷上出了大事，非常大的事。从下午到夜晚，连着召集文武大臣到文华殿开御前会议，密商大计。到底为了什么事，因为严禁宫女们在近处侍候，不能够窃听半句，所以她丝毫不能知道。但是她猜想到，必定是出了可怕的军国大事，说不定是吴三桂不肯投降，称兵犯顺，皇上决定打仗了。她巴不得大顺朝皇统永固，国泰民安，再也没有战乱……想到这里，不觉在心中叹了口气。

她对着铜镜，将略微蓬松的鬓发整理一下，又在脸颊上轻轻地敷点香粉，忽有宫女来禀：皇爷已经进武英门了。她一阵心跳，赶快在宫女们的陪侍下，走出仁智殿，站在凉风习习的廊檐下，等候接驾。过了片刻，她听见了一阵脚步声，看见了一队宫灯，听见了走在前边的一个宫女的通报声："皇上驾到！"但闻环佩轻轻响动，窦美仪赶快率宫女们走下白玉台阶，在丹墀上跪下接驾。李自成大步走进仁智殿的西暖阁，十分疲倦，在龙椅上颓然坐下。窦妃率领王瑞芬等两个宫女随着进来，侍立一旁。她躬身说道：

"天色不早了，请皇爷安歇吧！"

"快四更了，你怎么还不早睡？"

"国家草创，皇上日夜辛劳，臣妾自应在后宫秉烛等待，方好随时侍候，不奉旨不敢独自就寝。"

"你没事，快去你的寝宫睡吧。"

窦美仪忽然感到空虚，正要退出，李自成向她问道：

"孤已经决定为费珍娥赐婚，你可知道？"

窦美仪本来已经听了王瑞芬在武英殿窗外窃听后的密禀，但是她佯装不知，故作吃惊神气，望着皇帝回答：

"臣妾一点不知。皇爷为她择婿，一定十分合宜。不知是哪位功臣？"

"是孤的一员爱将，名叫罗虎，屡立战功，明日即敕封为潼关伯，他的母亲也将封为诰命夫人。"

"这位罗将军有多大年纪？"

"他今年只有二十一岁，相貌十分英俊，智勇兼备，治军有方。"李自成转向王瑞芬叫了一声："王瑞芬听旨！"

王瑞芬赶快跪下。

李自成说道："你明天早膳以后，去寿宁宫向费宫人传旨：孤为她择一佳婿，潼关伯罗虎将军，即于四月九日成亲。此系赐婚，男女两边一应婚嫁所需，均由宫内大臣吴汝义与礼政府会商，遵旨筹备。"

"奴婢领旨！"王瑞芬叩头起身。

李自成又对窦妃说道："你是娘娘，应该给费珍娥一些陪嫁之物，如绫罗绸缎、金银珠宝首饰之类。民间叫做添箱，在你就叫做赏赐。你想赏赐什么，命王瑞芬告诉传宣官，吩咐宫内大臣吴汝义，他就替你办了。孤心中明白，你很关心费宫人的婚事，理应赏赐从优！"

"领旨！"

窦美仪回到东暖阁，心情有好一阵不能平静。虽然事情已经证实了皇上使费珍娥同罗将军婚配，使她不必再担心有一位十分美貌的才女日后在大顺的后宫中会同她争宠，但是皇上处置这件婚事如此急迫，必是又出了什么军情大事，等不到登极之后。她一则挂心国事，二则她正是青春年华，不料又遇上独眠之夜！她没情没绪地在牛角宫灯旁坐了一阵，然后由贴身宫女服侍她卸了晚妆，上了凤榻，而玄武门恰巧传来了四更的鼓声。

　　她知道皇上在西暖阁并未就寝，有时坐在龙椅上纳闷，有时在暖阁中走来走去。她知道这是皇上进北京以来第一次有这样不眠之夜。在一刻之前，她在凤榻上为今夜的独宿怀着难以排遣的怅惘情绪，但现在想着国家出了大事，十分担忧，那种独宿的怅惘情绪一扫而光。她小声嘱咐值夜的宫女：务要在皇上身边小心服侍，有什么动静要立刻来向她禀报。

　　过了一阵，她刚要朦胧入睡，忽然从武英殿右边、通向仁智殿宫院的转角处，传来了三声云板。窦美仪猛然醒来，睁开眼睛，随即听见一个宫女匆匆向仁智殿走来。她知道明朝的宫中规矩，倘若夜间有十分紧急的军情文书，必须赶快启奏皇上，司礼监夜间值班的秉笔太监不敢耽误，走到乾清宫正殿通往养德斋的转角处敲响云板，由一位值夜的宫女接了火急文书，送到养德斋的门外边，交给在养德斋外间值夜的宫女，叫醒崇祯，在御榻前跪呈文书。李自成初到北京，对明朝留下的太监不敢使用，令李双喜住在武英门，既担负保驾重任，也掌管接收呈奏皇上的重要文书。尽管他是李自成的养子，平时不奉特旨宣召，也不能进入仁智殿寝宫。对他不存在防备行刺问题，而是遵照儒家的内外有别的传统礼法，任何男人不得进入后宫。为着可能夜间有紧急军情文书必须火速呈到御前，或有紧要大事必须启奏皇上，所以仿照前朝办法，特在从武英殿通往仁智殿宫院的转角处悬一铜制云板,由李双喜将云板轻敲两下,惊醒在廊房中值夜的宫女,由她们通报进去。还特别规定,云板只能轻敲两下,以免惊扰圣驾。只有特别紧急情况,才允许连敲三下。可是刚才,窦美仪听见云板竟然是连敲三下。

窦美仪十分吃惊,一阵心跳,迅速起床。一个在外间值夜的宫女听见窦妃从凤榻起身,赶快进来,小声问道:

"娘娘,如今还不到四更三刻,怎么就起床了?"

窦妃说:"皇爷为国事通宵未眠,我怎么能安然就寝?快拿热水,侍候我梳洗打扮。"

又一个宫女进来。两个宫女赶快侍候窦美仪梳洗、打扮,穿戴整齐。窦妃尽管心思很乱,对国事胡乱猜测,十分担忧,但在打扮之后,还是仔细对着铜镜看了看,亲手将一朵绢制红玫瑰花插在鬓边。忽然她吃惊地对身边的宫女们说:

"听,皇爷启驾离了寝宫!"

一阵脚步声,李自成在几个宫女的前后簇拥中走出仁智殿,向武英殿去了。窦妃在心中纳罕:自从皇上驻跸紫禁城中以来,还没有这样情况。到底是为了何事?

服侍窦妃梳洗打扮的两个宫女不曾到皇上身边,对云板三响后在西暖阁所发生的一切都不清楚,而在西暖阁侍候皇上的几个宫女,包括管家婆王瑞芬在内,都随驾去武英殿了,使窦妃无从打听消息。她不敢卸妆,不敢重新就寝,只好坐下去等候消息。她想着,王瑞芬一旦有了时机,一定会来向她禀报消息。

果然,过了一阵,通宵未眠的管家婆王瑞芬进来了。由于过于疲劳和瞌睡,她平时脸颊上的红润没有了,一双大眼睛也不再光彩照人了,而眼角出现了一些血丝。还由于没有时间梳洗打扮,两鬓边略嫌蓬松,一点忧郁的神色堆在眉梢。窦妃赶快使眼色命两个宫女退出,然后小声说道:

"瑞芬,你累了。我这寝宫中没有旁人,你不妨坐下说话。"

王瑞芬躬身小声说:"奴婢自幼入宫,在宫中长大,不敢坏了皇家规矩。娘娘,好像朝廷上出了大事,很大的事!"

"到底是什么大事?"

王瑞芬将黄缎门帘揭开一个缝儿,向外看看,见没有宫女窃听,又回到窦妃的身边,悄悄说道:

"整整一天,皇上不断地召见文武大臣,好像都是商量吴三桂的事。刚才过了四更,皇上仍不肯就寝,在寝宫坐一阵,彷徨一阵。忽然云板三响,是李双喜将军递进一件密封的火急文书。皇上打开文书一看,登时脸色一寒,不由地在金砖上将脚一跺。又过了一阵,他将这封紧急文书往怀中一揣,就启驾往武英殿去了。"

"到武英殿做什么?"

"皇爷在武英殿的西暖阁一坐下,立刻命人将双喜将军叫来。双喜将军好像料到皇爷会很快召见他,所以衣帽整齐,坐在武英门的值房中恭候,一闻传宣,立刻进来。"

"皇上问了他什么话?"

"皇上命宫女们立刻退下,也不许站立在窗外近处,所以问的什么话奴婢不知。奴婢走在最后,离开窗外时只听见皇上的口中说到了吴三桂,又说到满洲。"

窦美仪的心头上猛一沉重,感到大事不妙。她虽然生长于深宫之中,服侍在年轻守寡的懿安皇后身边,但近几年来满洲的兵力日强,成为明朝的一大祸患,她也知道。听了王瑞芬的不明不白的禀报,窦妃瞠目望着瑞芬,一时无言;过了片刻,挥手说道:

"你赶快休息去吧。能够和衣睡一阵也好,说不定皇上什么时候又要呼唤哩。"

"奴婢这就去,随便歪在枕头上矇眬片刻,不敢睡着。皇上更辛苦,白天和通宵都在为国事操劳,不曾有一刻上御榻休息!"

窦美仪没再说话，又挥手命王瑞芬快去休息。瑞芬退出后，随即有两个宫女进来，说天色尚早，请娘娘且到凤榻上休息。窦妃在宫女们的服侍下卸了妆，靠在枕上休息，同时也挥退了两个宫女。可是她想来想去，越想越没有睡意，睁开眼睛，望着宫灯，在心中问道：

"难道是吴三桂投降了满洲？难道是吴三桂勾结满洲人同时来犯？难道是满洲人又进了长城？……"

一阵风从树梢吹过，仁智殿屋檐上铁马丁冬。窦美仪翻身下床，重新坐在椅上，无言地注视着羊角宫灯，在心中说道：

"但愿皇天保佑，大顺朝逢凶化吉！"

今天是四月初五日，离决定御驾亲征吴三桂的日子只隔七天了。昨日上午巳时前后，大顺朝的文武百官还处在一片胜利的喜悦之中，齐集皇极门前的丹墀上，依照鸿胪寺官的高声鸣赞，演习皇上的登极典礼。丹墀下排列着两行仪仗，又称卤簿，从丹墀下直排到内金水桥边。而午门外站立着六只高大的驯象，由彩衣象奴牵引，每一阙门两只，相向守门，纹丝不动，稳若泰山。皇极门丹墀上的高大铜仙鹤和铜香炉，全都口吐袅袅轻烟，香气氤氲，散满演礼场中。在丹墀两边，钟鼓司的乐工们随演礼进程，不断按照鸿胪的赞礼声奏乐。乐声优雅、雍容，不仅气氛肃穆，更显出太平景象。但是演礼尚未终场，唐通和张若麒在文华殿叩见了李自成，接着军师府又收到了吴三桂给吴襄的家书，局面便突然变了。

昨天上午，唐、张二人退出之后，李自成立刻同几位重臣开御前会议。昨日下午和晚上又继续御前会议。宋献策、李岩原来都不同意对吴三桂急于用兵，担心一旦东征受挫，东虏乘机南犯，大局将陷于不可收拾。随着李自成在革命功业上的步步胜利,尤其是从崇祯十五年李自成在中原各地连获重大军事胜利以来,他们之间最初的"袍泽"之情逐步疏远,变化为君臣关系;到了西安以后,中央政权确立,百官职掌和品级厘定,当年"袍泽"之情就所剩无几了。所以关于皇上要往山海卫御驾亲征的大事,两位军师虽然当面苦口谏阻,无奈皇上不听。随后他们被刘宗敏请到首总将军府讨论如何出兵的具体问题,完全是奉命行事,谏阻东征的话不再提了。

他们正在旧皇亲田宏遇宅中商议出兵的各种具体问题时,刘体纯从通州派飞骑送来的十万火急军情探报到军师府了。军师的夜间值班中军副将不敢拆封,立刻派人飞骑送到宋献策手中。宋献策拆开一看,脸色一变,不觉在心中惊叫:"果然不出所料!"他立刻转给李岩。李岩匆匆一看,心中想道:"在西安时我就担心会有今日,果然不幸言中!"他顺手将刘体纯的探报转给刘宗敏。刘宗敏看过之后,又交给宋献策,说道:

"兵贵神速,可见御前所定大计很是,必须赶快打败吴三桂,消除此一支祸患,再腾出拳头来对付满洲!各营如何出兵的事,由我一一下令。你们二位速回军师府,将这一军情探报连夜送进宫中,呈给御览。说不定明日一早,皇上会召见我们。你们赶快回去休息去吧!"

宋献策和李岩迅速辞出,策马奔回军师府,将刘体纯的军情密报附了一页简单的说明,让皇上知道他们同刘宗敏都看过了,"特呈御览。敬候圣裁"。这一简单附页,不是正式奏疏,在当时叫做"揭帖",清朝称为"附片"。宋献策在外边加了个封套,写好封好,封口加印,立即叫人骑马送交东华门值班官员,所以在四更时候,云板敲响,李自成就看见了这一令他大吃一惊的军情禀报。但在刘宗敏面前议事的众多权将军和制将军,大家还坐在闷葫芦里,照旧商议出兵的事。他们都知道出了大事,必是关于满洲人和吴三桂的动静,但因刘宗敏的令严,没人敢打听一句。

宋献策把李岩邀到签押房中,屏退左右,继续谈了一阵。他们的心情都非常沉重,只恨他们自己出身文人,又不是陕西籍,同刘宗敏比起来究竟是远了一层,遇到目前局势,如何可以使国家趋吉避凶,化险为夷,他们徒然在心中清清楚楚,却无力挽救大局。他们因知道明日早饭以后,皇上必然召他们进宫议事,而此刻已经四更多天了,所以他们胡乱吃点东西,闷闷不乐,准备各回自己房中休息。在分手时候,李岩叹道:

"近几个月来,弟常后悔不隐居山林,而今晚矣!"

"皇上是有为之主,吾兄何出此言?"

"皇上当然是有为之主,但弟自恨有心报主,无力回天,不知税驾①何处!"

宋献策的心中一动,感到这是一句不吉利的话,但他也有一些同感。他想了想,感慨地说:

"弟读《孙子兵法》,很注意《势篇》中所讲的一个道理。如今你我可以回想,皇上不顾你我多方谏言,占领河南、湖广之后,接着又到了西安,一直不肯在各地设官理民,使国家可攻可守,处于不败之地。朝廷不作此根本大计,一意马不停蹄,北伐幽燕,这不是一二人的意思,而是一个'势'字。皇上如今不顾你我苦谏,决意东征,也是一个'势'字。这个'势'字,就是杜预所说的'形势'二字。孙子讲究用兵任势,是取胜之道。我从'势'字悟出,遭致失败,往往也是一个'势'字。目前你我无能为力,也是因为形势已成,非你我可以为力,徒唤奈何!"

李岩轻叹一声,回自己在军师府内住的一座小院中去了。

---

① 税驾——意即脱身。

到了巳时过后,宋献策和李岩被皇上召到文华殿了。

李自成在五更拜天之后,早膳以前,先将李双喜和吴汝义叫到武英殿的西暖阁,明白告诉他们,已经决定于十二日己巳,御驾亲率六万大军东征,一举打败吴三桂,迫其投降,然后腾出拳头,迎战满洲来犯之敌。他还告诉他们:双喜将随御驾东征,不离左右,而吴汝义留在宫中,协助李公子镇守北京。对于局势的突然变化,他们根据种种迹象判断,已经心中有数,而现在是完全明白了。同时他们也恍然大悟,怪道皇上急于要择吉于初九日丙寅为罗虎成亲,并且要在初九日以前敕封罗虎为伯爵,原来都是为鼓励他在战场上死力效忠!

吴汝义向皇上禀奏:罗虎的公馆已经安排好了,房屋和一切陈设都可以说富丽堂皇,符合大顺朝伯爵身份。男女奴仆都是从高门大户中挑选来的,限令在今日一早全到罗虎公馆,有迟误不报到的惟原主人是问。他还禀奏:

"昨日陛下对臣面谕之后,臣立即向礼政府大臣们传下圣旨,敕封罗虎为潼关伯的敕书铜印,都将连夜赶办,今日上午将敕书送进宫来用玺,接着在罗虎的伯爵府颁赐罗虎。罗虎受封之后,立刻进宫,叩谢圣恩。估计罗虎进宫谢恩,将在近午时光景。他谢恩后骑马奔回公馆,文武官员为他贺喜,少不了举行酒宴。这些必备之事,臣已吩咐下去,务须一切操办妥帖,风光,方合乎御赐婚配体统。"

李自成点点头,又问:"你打算请什么人为他主婚?"

"罗戴恩是他的堂叔父,本来由他主婚最为合宜,可是他奉旨押运金银去西安,明日一早就要动身。大臣之中,陛下以为谁为合宜?"

李自成略想一下,含笑说道:"这费宫人在明朝宫中是有名的美人,又是一位才女,小罗虎担心她眼眶太大,轻视他出身微贱,说得难听是一个流贼,说得好听也不过是草莽英雄,所以罗虎怕费宫人不能在婆母前行孝,原不想成这门亲事。孤为此才赶在罗虎成亲前敕封他为潼关伯,封他母亲为诰命夫人。你再去找牛丞相传谕孤的旨意,请他做罗虎的主婚人吧。"

"如此最好。臣当遵旨而行,包管这一对新人十分满意。"

李自成说:"初九日黄昏新人花轿到潼关伯公馆,拜天地,送入洞房,接着就是几十席盛宴。事前样样都得准备好,可来得及么?"

"请陛下不必操心,臣已作了安排。此系皇上御赐婚配,咱大顺朝开国以来第一桩钦定佳偶,使英雄与美人喜结良缘,臣岂能不尽力办好。数百张大红龙凤请帖,今日即可备办停当,按照开好的名单送出。鼓乐、花轿、各色执事,该由什么衙门、什么官员操办,臣已吩咐下去,不会误事。还由京城中……"

"不是京城,是行在。"

"是,是。请恕臣一时错言。臣已命人由幽州行在的全城中征集一批有名厨师,明日就到潼关伯府,备办宴席。"

李自成频频点头,在心中称赞吴汝义很会办事,不愧是宫内大臣。他又在心中暗想,到了初九下午,一部分重要武将已经出征或者移营通州一带了,只有一部分将领尚在幽州城内。但是不管怎样,要使尚未启程的将领们在罗虎的喜宴上快活快活!但是,这只是他的心里话,并未出口,轻轻挥手,使吴汝义和李双喜叩头退出了。

今早,李自成不让窦妃陪侍,独自在武英殿暖阁中用膳。因为他不断地思虑着东征的事,他的脸色特别沉重。王瑞芬只在五更时朦胧片刻,挣扎精神起来,赶快梳洗打扮,像往日一样花枝招展,率领四个宫女,小心翼翼地侍候皇上早膳,同时受窦妃暗中嘱咐,在御前偷偷地察言观色,只要能得到一点朝中情况,便向窦妃禀报。一则因为她是一个最为细心的人；二则她同窦美仪差不多，一心一意维护大顺，把自己的一生命运寄托在大顺的皇权永固；三则她站立的地方靠近皇上，所以她与其他宫女不同，独能看见李自成的右眼皮不住跳动。这本来是由于李自成从昨天来缺少睡眠，眼皮的末梢神经过于疲倦，然而当时在民间却有一种迷信，有一句俗话说："左眼跳财，右眼跳崖（读ai）。"宫女和太监中间，也有这种迷信。王瑞芬认为皇上的右眼皮不住跳动是一个不吉之兆，心中一寒。但是她知道窦娘娘如何为国事忧愁，决定不向娘娘禀报。

早膳以后，李自成命传宣官传旨，辰时三刻，在文华殿召见牛金星、宋献策、李岩、喻上猷、顾君恩等几位帷幕重臣。他没有召见刘宗敏和李过，只是因为，刘宗敏是他起义后的生死伙伴，遇事果决，他相信此时必已陆续下令诸将，部署出征，而李过是他的亲侄，性情有点像他，既不必多询问李过的意见，也无须再有何叮嘱。倒是牛金星等几位被他重用的文臣，今日同他们既是君臣之分，也有朋友之谊，处此重大决策时候，他不能不再听听他们到底还有些什么谋划，可以采纳。

在他向传宣官下了口谕以后，他坐在御案前沉思，首先想到了宋献策昨日所卜的"亢龙有悔"的卦，虽然他已经拒绝了两位军师的谏阻，同意刘宗敏的意见，在东房南犯前赶快出兵东征，但是他心里并不踏实。要他完全不相信宋献策的卜筮是不可能的，不相信从文王、周公、孔子传下来的《易经》，也是不可能的。但他同刘宗敏都有十分丰富的打仗经验，认为必须在满洲人南犯之前先动手打败吴三桂方是上策。昨夜接到刘体纯的十万火急的军情密报，更增加了他先打败吴三桂的决心。然而他也明白自己手中的兵力不足，也顾虑离关中太远，缓急之时不能得到人马增援。想到这里，他不觉在心中叹了口气。

他讨厌右眼皮不住地跳动,将右眼皮揉了一阵,然后在心中对自己说:

"按既定东征方略去行,切不可乱了章法!"

虽然他刚刚在心中告诫说"不可乱了章法",却马上传旨宣召正在忙碌着的吴汝义重新进宫。当吴汝义在他的面前跪下叩头以后,他挥退在身边侍候的宫女,低声问道:

"孤听说正阳门瓮城内的关帝庙十分灵验,香火很盛,你知道么?"

"臣知道。北京正阳门关帝庙虽然不是很大,但是天下闻名。"

李自成点头说:"关帝爷是蒲州人,同陕北仅一道黄河之隔。自来秦晋一家,我朝龙兴西北,艰难定邦,必有关帝爷暗中护佑。你须置备供物,代孤前去上香,默祝我朝……"他稍微停顿一下,不说出心中最关心的是东征胜利这件事,而要吴汝义祝祷:风调雨顺,五谷丰登,国泰民安。

吴汝义明白皇上的真正用心,赶快说道:"臣要祝祷,请关帝爷在天默佑,此次皇上御驾东征,旗开得胜,马到成功。"

"好,你快去吧。"

吴汝义退出以后,李自成在武英殿的西暖阁中又闷闷地想了一阵,又揉了揉右眼皮,打个哈欠,便启驾往文华殿去了。

往日,如果崇祯皇帝从乾清宫往文华殿去,一定要乘步辇,有大批太监跟随。然而李自成在紫禁城中不管去什么地方,一动身也称为"启驾",实际却全是步行,由李双喜率领二十名护驾将校跟随,另外有四名从西安带来的传宣官,还有挑选到武英殿宫院中侍候的四名宫女。明朝皇帝的所谓"启驾"的许多陈规和排场,全不用了。

李自成到文华殿东暖阁坐下片刻,被召见的几位重臣,都来到文华门了。这样的召见,不是开御前会议,而是沿用明朝的旧称,叫做"召对",所以礼仪比较简单。护驾的将校送皇上进入文华殿以后先退往文华门侍候,不奉呼唤不许再走上丹墀。宫女们向御案上献茶以后,即退到丹墀上,同传宣官都站在远处。

李自成的右眼皮已经不再跳了,只是他的心思沉重,脸色阴暗,与他进北京以来的神态大不相同。他刚坐下,端起茶杯润一润发干的喉咙,李双喜进来了。听双喜禀奏牛丞相等几位大臣已经到了文华门候旨,他轻轻说道:

"叫他们进来!"

随即,双喜退出。过了片刻,传宣官引着大臣们走进文华殿,来到御前,向李自成叩头。赐座以后,李自成由于心中焦急,一反往日习惯,首先说道:

"孤今日召对诸位先生,是为了东征大计。我大顺朝经过十余年的苦战,获得天下,国基未固,人心未服。孤本想早日举行登极大典之后,一面招降江南,一面治理百姓,使黎民早享太平之福。不断打仗,使百姓继续受战乱之苦,实非孤的本心。可是吴三桂不识天命,竟敢据山海卫弹丸之地,不肯投降,还要称兵犯顺,妄图为崇祯复仇,恢复明朝江山。如不将吴三桂赶快剿灭,势必影响各地,互相效尤,国无宁日。再说,满洲鞑子野心勃勃,与我中国为敌。从前因明朝国势衰弱,东房几次南犯,深入畿辅、山东。今趁我朝在幽燕立脚未稳,又要来犯。如其等待吴三桂与东房勾结,联兵对我,何如我先将吴三桂一举击败,腾出手再击东房。孤思虑再三,决定采纳捷轩等大将意见,克日东征。大计已定,不可更改。如今我军一部分士气和军纪已经不如从前,又加上谣言纷纷,禁止不住。所以东征大计,不能犹豫。稍有犹豫,便会动摇军心。可是,从目前情况看来,我军自长安来此,立脚未稳,兵将不多,精兵号称二十万,实际来到幽

决计东征 757

州的只有六万之众,所以东征吴三桂是一件极大的事,也是不得已之举。昨日献策和林泉都苦口谏阻,孤不听从。孤明知是一着险棋,可是这着棋不能不走。举棋不定,反招后患。好在这六万精兵多是延安府人,也是孤带出来的,到艰难时能够得其死力。孤亲自临阵,与将士们同冒矢石,将士们必会以一当十,拼死杀敌。听说有的大臣在暗中议论,想建议孤坐镇北京,控驭万方,由捷轩率兵去山海卫即可。大家不知,正因为我朝兵力不足,孤非去亲征不可。孤今日叫你们来,想在此安危所系的时候,再听听你们的意见。只要有好意见,只管直言!"

李自成有一个内向型的性格,平日与部下会议大事,他总是不多说话,让大家各抒所见,他用心细听,最后拣合他心意的意见采纳。像今日他自己说这么多的话,实不多见,被召对的几位大臣都不能不心中感动。但是既然东征的大计已定,不许再有谏阻的话,宋献策和李岩纵然还有谏阻之心,也因为事已无可挽回,只得沉默,只想着倘若皇上东征受挫有什么补救办法。牛金星高居宰相之位,与别人不同,见皇上用眼神示意要先听他的建言,他欠身问道:

"刚才在文华门恭候召对时候,臣听宋军师言道,昨夜接到探报,吴三桂已经差人去沈阳向满洲借兵,不知是否确实?"

"刘二虎几次探报都很实,这次又送来探报,料已证实。孤认为,既然吴三桂已经往沈阳借兵,我大军更应该星夜东征,抢在东虏南犯之前一举将吴三桂打败。只要在山海卫打个胜仗,就可镇住东虏气焰,使东虏不敢南犯,这叫做敲山震虎。"李自成又扫一眼宋献策,加了一句:"要是前几天出兵东征,那就好了!启东,你是宰相,有何好的应变方略?"

牛金星、喻上猷和顾君恩听说刘体纯在夜间来的探报,一个个心中大惊。但他们在吃惊之余,各人的想法不同。顾君恩原是主张讨伐吴三桂,也赞成御驾亲征,所以他在心中暗想:悔不早作建议;此时出兵,可能已经迟了!喻上猷原在明朝做过兵科给事中,了解边情,对战事颇为忧虑,只想着未必能稳操胜券,后果难料。但是李自成最重视的是宰相牛金星,他见牛金星沉吟不语,便催问道:

"启东,你有何高明之见?"

牛金星欠身回答:"时局突变,为臣始料不及,深愧辅弼之职。臣窃思,目前陛下将亲率大军东征,行在重地,兵力空虚,十分可忧。目前应一面出兵东征,一面安定行在人心,收拾天下舆情。"

"这话说得很好。要紧的是如何去做,你可想好了么?"

"臣窃思,虽然皇上东征在即,兵事倥偬,然臣为皇上收揽天下人心,使北京士民咸知陛下虽然出身草莽,龙兴西北,却是个尊圣右文之主。陛下初到长安,即举行科举考试,选拔人才,颇收关中士子之心。目前在行在举行科举考试,事前没有准备,出征前已经来不及了。臣谨作两项建议,第一,陛下在出征之前,不妨亲临孔庙,举行祭孔之礼。臣的第二个建议是大赦天下,废除'三饷',以示与民更始。原拟在陛下登极诏书中宣布大赦天下,废除'三饷',不妨目前就此宣布,以收天下人心。"

大家都觉诧异,没想到牛丞相在此戎马纷乱之际,竟会建议此不急之务。李自成虽然神情如常,心中却也纳罕。他向别的几位大臣扫了一眼,都不说话,知道牛金星事前没有同他们任何人商量过。他从在商洛山中同牛金星见面开始,对金星就有特殊尊重,礼遇优渥,超过旁人,所以他没有说牛金星的建议是不急之务,而是口气平静地含笑问道:

"祭孔当然是一件好事。可是此时祭孔,有何题目?"

"题目是现成的。皇上祭孔是行的释菜之礼,又称丁祭,名正言顺。"

李自成说道:"可是每年丁祭是在二月和八月,如今已到四月了。"

"这是特殊情况,从天启到崇祯年间,因为朝政纷乱,皇帝很少举行丁祭。目前我皇上初到北京,二月已经早过,在百忙中初行丁祭,更可见陛下是右文之主,立国圣虑深远,天下臣民必将刮目相看。"

李自成不愿意人们因袭成见,对他仍然以流贼相看,听了牛金星的建议不觉心动,问道:

"已决定十二日出师东征,还有祭孔的时间么?"

"有,有。今年四月上旬的丁卯日是在初十,可以于初十日上午圣驾去文庙行释菜礼①,不会误了十二日出师东征。"

"如今准备还来得及么?"

"在胜朝每逢皇上行释菜礼,必须全部卤簿,黄沙铺路,百官陪祭。如今兵马倥偬,可以用一半卤簿,也不必黄沙铺路,百官不必全去。只要皇上亲临,行在士民就会额手称庆。"

李自成略一思忖,说道:"你同礼政府大臣们商量着办吧。至于大赦天下,废除'三饷'等事,还是放在登极诏书中宣示天下。你们把登极诏书准备好,等孤打败吴三桂回来再说吧。"他望望喻上猷和顾君恩问道:"你们还有何话说?"

喻上猷说道:"臣忝任圣朝本兵,时间未久,尚无丝毫微绩。陛下东征之后,丞相留守幽州。臣誓以忠勤,协助丞相,保幽州万无一失,以待陛下凯旋。"

李自成转向顾君恩,用眼神催他说话。

顾君恩说道:"陛下原定于四月初六登极,后改为初八日登

---

① 释菜礼——古代读书人入学时以苹蘩之属祭祀先圣先师的一种典礼。

极,如今又以御驾东征之故,必须改期举行。"

"是啊,只好再改期了。"

"臣建议,今日由礼政府通谕臣民:陛下登极大典,改为四月十五日举行。"

李自成:"啊?那时孤已经启程三天了。"

"臣当然知道。请陛下俯纳臣的建议,今日由礼政府通告行在臣民,皇上改在十五日举行登极,此事必有吴三桂的细作,星夜报到山海,迷惑敌人,此系古人所说的'兵不厌诈'。"

李自成略一迟疑,随即点头说道:"你同牛丞相约同礼部大臣们商量着办吧。还有何话要奏?"

李岩心中认为这是欺骗全城臣民,正要说话,见宋献策向他使个眼色,便隐忍不言了。

顾君恩又说道:"陛下亲率三军,先声夺人,东征必可马到成功。至于探报说吴三桂派人去沈阳向满洲借兵,此事可以不用担忧。以臣愚见,东虏决不会很快南犯。"

李自成赶快问:"何故东虏不会很快入犯?"

顾君恩说:"去年八月,虏酋皇太极突然在夜间无疾而终。虏酋原未立嗣,为着争夺皇位,努尔哈赤诸子几乎互动刀兵。多尔衮也是努尔哈赤之子,皇太极之异母弟,号称九王。他本来也想攘夺皇位,因恐皇室中自相残杀,数败俱伤,酿成东晋的八王之乱,所以他临时悬崖勒马,拥戴皇太极之六岁幼子名叫福临者登极,而自为摄政王,无篡位之名而有掌握大权之实。皇太极本有长子,名叫豪格,也是一旗之主。自古国主死去,有嫡立嫡,无嫡立长。多尔衮废嫡废长,妄立幼君,以遂其专权擅政之私,满洲皇室中如何能服?八旗各旗主如何能服?所以依臣看来,多尔衮在此时候,必不敢兴兵南犯。请陛下迅速东征,不必有所顾虑。"

李自成因顾君恩将满洲兵南犯事看得太轻松,反而不敢相

信。他看看宋献策和李岩的神情都很沉重,显然与顾君恩的看法不同,便对牛、喻、顾三位大臣说道:

"你们三位先退下去处理朝政。"他又转望两位军师:"你们留下,孤还与你们有事相商。"

牛、喻、顾叩头退出以后,李自成先向李岩问道:

"林泉,你平日与献策留心满洲事,不尚空谈。方才顾君恩说多尔衮因满洲老窝里有事,众心不服,他不会马上南犯。你认为如何?"

李岩恭敬地欠身回答:"兵法云:'昔之善战者,先为不可胜,以待敌之可胜。'今日我军距关中路途遥远,后援难继,而到达北京之兵,只有数万,自山海关至居庸关,长城绵延千里,东虏随处可入。顾君恩说多尔衮不会南犯,岂非空谈误事!至于顾君恩说多尔衮辅皇太极的六岁幼子继位,自为摄政,不肯立嫡立长,众心不服,此系不知夷狄习俗,妄作推断。东虏原是夷狄,国王不立储君,亦无立嫡立长之制。既然多尔衮已经拥戴皇太极幼子为君,在满洲就算是名正言顺。多尔衮为满洲打算,为他自己打算,都会乘机南犯,以成就皇太极未竟之志。他一旦兴兵南下,满洲八旗谁敢不听!他号称墨勒根亲王,这是满语,汉语睿亲王,必有过人之智,不可等闲视之。遇此中国朝代更换之际,他岂肯坐失南犯之机?顾君恩之言,决不可听!"

李自成点点头,转望宋献策问道:"献策,你还有何话说?"

宋献策说道:"多尔衮对关内早怀觊觎之心,如今吴三桂既派人前去借兵,南犯遂成定局,只不知从何处入塞耳。"

"你有无防御之策?"

"自东协至西协,千里长城一线,我大顺朝全无驻军设防,臣愚,仓促间想不出防御之策。"

李自成的心中震惊,开始感到可怕,但想到不出兵必将动摇

军心,只好仍然按照原定计划出兵。他又问道:

"东征的事,只能胜,不能败,孤也反复想过。倘若受到挫折,不惟幽燕一带及河北各地震动,不易固守,中原与山东各地也将受到牵动。你昨日言用奇兵出九门口焚毁吴三桂的海边粮船,确是妙计。你想,此计定能成功么?倘若此计不成,我军又不能一战取胜,你另有何计善后?"

宋献策知道皇上已考虑到东征会受挫折的事,他忽然决定,不妨再一次趁机谏阻,也许为时未晚。于是他赶快离座,跪到皇上脚前,说道:

"请恕微臣死罪,臣方敢直陈愚见。虽然陛下已经明白晓谕,不许再谏阻东征之事,然臣为我大顺安危大计,仍冒死建言,请皇上罢东征之议,准备在近畿地方与东虏决战。倘若在近畿以逸待劳,鼓舞士气,一战获胜,则国家幸甚,百姓幸甚。今崇祯已死,明朝已亡,我国之真正强敌是满洲,吴三桂纵然抗命,实系无依游魂,对我朝不过是癣疥之疾耳!"

"既然吴三桂已经差人向满洲借兵,我们不待满洲兵南犯,先出兵打败吴三桂,回头来迎战东虏,不使他们携手对我,岂不可以?"

"不可,此是下策。臣昨日已言:敌我相较,兵力相差不远。陛下去,陛下不利;三桂来,三桂不利。倘若东虏南犯,则胜败之数,更难逆料,望陛下千万三思!"

李自成因宋献策的直言刺耳,到底他已是皇上之尊,不觉怫然不悦,停了片刻,问道:

"倘依照你的妙计,焚毁吴三桂泊在姜女庙海边粮船,吴三桂还能是我们的劲敌么?"

"焚烧吴三桂的海边粮船,虽是一条好计,但未必就能焚烧成功。"

"何故不能？"

"正如孙子所云：'战势不过奇正。奇正之变，不可胜穷。'我所能探到的吴三桂粮船停泊之处，确在姜女庙海边，但天下事时时在变，要从世事瞬息变化上估计形势，兵法才能活用。就以吴三桂的几百艘粮船来说，据臣详细询问，始知起初泊在姜女坟附近的止锚湾，以避狂风。后因满洲兵跟踪而来，占领宁远与中、前所等地，吴三桂的粮船只得赶快拔锚，绕过姜女坟向南，改泊姜女庙海滩。十日之后，安知粮船不移到别处？比如说，吴三桂因战事迫近，命粮船改泊在老龙头和海神庙海边，我欲焚毁彼之粮船，不可得矣。再如，倘若吴三桂幕中有人，事先向九门口增强守备，凭着天险截杀我方奇兵，我方就不能越出长城一步。还有别的种种变化，非可预料。所以臣以为用兵重在全盘谋划，知彼知己，不在某一妙计。这全盘谋划就是古人所说的'庙算'。陛下天纵英明，熟读兵法，且有十余年统兵打仗阅历，在智谋上胜臣百倍。然悬军远征之事，却未见其可。微臣反复苦思，倘不尽言直谏，是对陛下不忠；倘因直谏获罪，只要利于国家，亦所甘心。陛下！今日召集诸将，罢东征之命，准备迎战真正强敌，实为上策！"

"吴三桂借他的一封家书，向孤挑战，倘不讨伐，必成大祸。捷轩已传令三军出征，军令如山。倘若临时变计，必会动摇军心，惹吴三桂对我轻视。他反而有恃无恐，在山海卫鼓舞士气，很快打出来'讨贼复国'旗号。这道理是明摆着的，你不明白？"

"臣何尝不知？但是孔子说：'小不忍则乱大谋。'望陛下从大处着眼，对吴三桂示以宽宏大量，以全力对付满洲，方不误'庙算'决策！"

李自成神色严厉地说："'庙算'已经定了，东征之计不能更改，你不用说下去了！"

宋献策十分震惊，不敢再谏，只得叩头起身，重新坐下。在这次召对之前，他原来已经放弃了苦谏东征之失，只打算提出一些受挫时如何补救的建议，只因临时出现了可以再次苦谏的一线机会，他又作"披肝沥胆"的进谏，而结果又遭拒绝，并且使"圣衷"大为不快。看见李岩又想接着进谏，他用脚尖在李岩的脚上踢了一下，阻止了李岩。

李自成虽然听从了以刘宗敏为首的陕西武将们的主张，坚决御驾东征，但他听了宋献策的谏阻东征的话，以及宋献策同李岩对多尔衮必将南犯的判断，也觉得很有道理，不能不有点动心。沉默片刻，他对两位军师说道：

"对东征一事，你们反复苦谏，全是出于忠心。孤虽未予采纳，也仍愿常听忠言。古人常说，天下事不如人意者十常八九。比如，从西安出师以来，群臣都认为只要破了北京，举行登极大典，即可传檄江南，毋须恶战而四海归降。没想到吴三桂竟敢据山海卫弹丸孤城，负隅顽抗；又没想到满洲人新有国丧，皇族内争，竟然也要举兵南犯。孤面前并无别人，我君臣间有些话只有我们三人知道。孤现在要问，万一东征不利，你们二位有何补救之策？"

宋献策对皇上的谦逊问计，颇为感动，赶快站起来说："臣有一个建议，御驾东征之时，将四个大有关系的人物带在身边。"

"哪四个人物？"

"这四个人物是：明朝太子与永、定二王，吴三桂的父亲吴襄。望陛下出征时将他们带在身边，妥加保护，善为优待。"

"为何要带着崇祯的三个儿子和吴襄东征？"

宋献策回答："三代以后，每遇改朝换代之际，新兴之主往往将胜朝皇族之人，不分长幼，斩尽杀绝，不留后患。百姓不知实情，以为我朝对明朝也是如此，吴三桂也必以此为煽乱之借口。带着崇祯的这三个儿子,特予优待,使百姓得知实情,而吴三桂也失去煽乱借口。外边纷纷传言,说吴襄也被拷掠。如今将吴襄带在陛下身边,如有机会,可使吴襄与吴三桂的使者见面。"

李自成轻轻点头,又问:"带着他们还有什么用处?"

"带着崇祯的太子、二王和吴襄,对吴三桂示以陛下并非欲战,随时希望化干戈为玉帛。"

李自成对和平不抱任何希望,勉强点头,又问:"还有何用?"

"倘若战事于我不利,则必须暂时退避,速回北京。兵法云:'强而避之。'兵法重在活用。如果战场上于我不利,当避则避。遇到这样时候,在太子与二王身上,可以做许多文章。"

李自成不愿意想到东征受挫,心头猛然一沉,停了片刻,又一次勉强点头,然后又问:

"你还有什么建议?"

"兵法云:'兵贵胜,不贵久。'我军在山海卫坚城之下,倘若一战不胜,请陛下迅速退兵,不可恋战,受制于敌,更不可使多尔衮乘我不备,攻我之后。"

李自成不相信多尔衮会用兵如此神速,暗中想着宋献策未免将情况想得太坏,淡淡地回答说:

"到了交战之后,看情况再说吧。林泉,你有何建议?"

李岩说道:"臣有两个建议,请陛下斟酌可否。"

"第一个是什么建议?"

"微臣以为,皇上亲率大军东征,北京兵力空虚,首要在安定民心,布德施仁,停止对明臣酷刑追赃;其中有几位明臣素有清廉之名,尤应释放,以符舆情。"

"第二个是什么建议?"

"北京虽在帝王辇毂之下,但平民居于多数。平日生活困难,今日可想而知。臣第二个建议是开仓放赈,救济百姓。"

"献策之意如何？"李自成问道。

宋献策赶快说："目今已是四月，暮春已尽，初夏方临，正是万物生长之季，但近来天象阴沉，北风扬沙，日色无光。望陛下体上天好生之德，多施宽仁之政。所逮数百明臣，有的已死，有的赃已追尽，有的原非贪赃弄权之人，在百姓中享有清正儒臣令誉，身受拷掠，借贷无门。趁陛下东征之前，凡是被拘押追赃的明朝勋戚、文臣、巨商，该释放的释放，暂不释放的也应停刑，等候发落，以安北京人心。"

李自成点点头，说道："近日天气阴霾，日色无光，确如你们所言。捷轩今日进宫奏事，孤就将你们的建议转告于他。至于放赈的事，目前大军供应困难，只好从缓，等东征回来时再议。"

召对至此完毕。宋献策和李岩叩头辞出以后，心情比召对前更为沉重。他们对东征的必将失利，看得更清，但恨无力再谏，只好在心中长叹。

从四月初七日夜间开始，驻扎在北京城中的大顺军，分批开拔，向通州城外集结。需要携带的粮草辎重，也陆续从北京出发。就在这戎马倥偬之中，罗虎偏偏受封为潼关伯，奉旨成亲，所以在大顺军的重要将领中，他比别人更加忙碌。幸而他的伯爵府驻进了一百名亲兵，府中一切布置，既有亲将和亲兵，也有吴汝义拨给的成群男女奴仆，他都不用操心。初八日上午，他已接到敕书、铜印，进宫向皇上谢恩。李自成对他的一营人马在通州纪律整肃、操练不辍，着实称赞几句，又勉励他在这次东征中再建奇功。罗虎从宫中出来，立刻驰回通州，为全营出征事进行安排。

李过拨给罗虎的两千人马在昨晚已经来到。如今由他直接统带的人马共有五千，其中三千骑兵，两千步兵。新拨来的部队，将校都很年轻，有许多是从孩儿兵营中出身，同罗虎的关系很好。全营上下，因主将新封为潼关伯，又加钦赐婚配，一片欢快。罗虎回到通州营中匆忙召集会议，向重要将领下达了准备出征的紧急军令，也宣示了皇上对他的口谕，包括对全营的褒奖。他在北京城内，风闻有些营中，士气不振，有些人害怕与关宁兵打仗，使他不免忧虑。当他看见全营上下，士气旺盛，心中十分高兴。他对亲信将领们说：

"听说吴三桂的关宁兵训练有素，又听说满洲也要南犯，该我们出力报国的时候了。我只望大家努力，不负皇上所望，再建奇功！"

午饭以后，罗虎到每个驻兵地方巡视，对将士们说几句勉励的话，并说他定于十二日率领大家东征，为皇上效命疆场。巡视以后，他没有再回行辕，直接驰回北京。

罗虎刚进朝阳门，遇见他的伯爵府的中军游击马洪才骑马来迎，在马上向他小声禀报：宋军师在军师府等候他立刻前去，有事面谕。罗虎不敢怠慢，径直向军师府策马奔去。在军师府辕门外约有一箭之地，遇见宋献策骑马往首总将军府议事。他与宋军师立马街心，马头相交，双方随从人等都退在五丈以外，驻马侍候。罗府中军马洪才立马几丈外侧耳细听，只听见罗虎将军小声回答："是，是。末将不敢误事，初九日成亲，初十日早膳后就……"以下的话听不清楚。又听见皇上要召见的话，其他全听不见了。

罗虎在街心听了军师的面谕之后，缓辔向他的伯爵公馆走去。虽然他平时同手下将校们感情融洽，亲如兄弟，但是凡属于军事机密的事，他从不向部下泄露，也禁止部下询问。他的中军马洪才虽然也是从孩儿兵营中出身，原来把他当哥哥看待，此时却只能讲究军令森严，对他很想知道的话，不敢询问一字。

罗虎回到自己的伯爵公馆，同随从们在大门外下马，不觉一惊。大门外新添了一座用松柏枝搭的牌楼，上有红缎横额，上书四个大字："潼关伯府"。横额上边悬着用红缎做成的"双喜"字。牌坊左右挂着红缎喜庆对联，上边的金字是：

皇恩两降功臣府
喜气全来伯爵家

吴汝义确实堪称是大顺皇帝行在的宫内大臣。尽管皇上身边的和紫禁城中的事情十分繁忙，单是由他经管清点、登记和运走大批金银财宝的事，已经需要他耗费很大精力，还有为皇上准备御驾东征的大事，不但时光紧迫，而且不能有丝毫差错，忙得他在近一两天之内竟然两眼发红，脸颊苍白。当罗虎回到新公馆时候，吴汝义恰好也在这里。吴汝义告诉他说，皇上因为他年轻，母亲不在此地，遇此婚姻喜庆大事，很关心他的伯爵府中没有人员料理，所以钦谕他亲自前来看看。他已经从罗虎手下的亲随中临时分派了几个在伯爵府中管事的人，并且成立了账房，掌管府中进出财物和接收庆贺银钱和各种礼物。罗虎随吴汝义在府中各处一看，果然吴汝义替他安排得井井有条。他满心感激，说道：

"吴叔，请你受侄儿磕头感谢！"

吴汝义赶快拦住，没有使他跪下，说道：

"好侄儿，你不要感激我，要感激皇恩浩荡。马上要东征，但愿你为皇上再立大功。"

罗虎确实感激皇恩，不觉充满了两眶热泪。他的喉咙哽咽，没有再说一句话，只在心中想道：

"在山海卫城下，我愿为皇上肝脑涂地！"

有传宣官前来传旨，叫罗虎立即到武英殿面见皇上。罗虎立刻出了伯爵府，同吴汝义策马往东华门奔去。

被传宣官引进了武英殿的西暖阁,在李自成的面前叩头以后,李自成问了他的新公馆情况,然后含笑说道:

"小虎子,俗话说道:新婚好比小登科,是年轻人一生中的一大喜事。孤本来也想让你新婚后快乐三天,可是……"

李自成将话停住,打量罗虎脸上的神情。罗虎也抬起头来,等皇上将话说完。就在这时,他看清楚皇上的眼窝深陷,脸色发暗,不禁心中一惊。他说:

"陛下,倘若是军情紧急,小将愿意马上出征,等打了胜仗以后回来成亲不迟。"

李自成笑一笑,说:"不。不误你的成亲。孤本意叫你成亲后快乐三天,然后出征,可是如今看来,军情如火,你补之大哥明日就得率各营移驻通州,初十日从通州启程,你捷轩叔是全军主帅,他十一日也得动身。等各营人马启程之后,孤定于十二日上午辰时启驾,率领扈卫亲军奔向永平。你呢,要成亲,也只好在十一日启程,追赶你的人马。孤已决定,你与费宫人于初九日晚拜堂成亲,初十日中午你还得宴请留守北京的文武官员。十一日黎明,你就该动身了。"

"小将遵旨!"

李自成有意将派遣罗虎去姜女庙海边焚毁吴三桂粮船的计谋告诉罗虎,使他在心中有所准备。但是李自成又怕他过早告诉他的亲信将校,泄露此计,所以稍微迟疑一下,改了话题,含笑说道:

"等打过了这一仗,得胜回来,就派人将你母亲接来,你夫妻可以孝事慈母,永享天伦之乐。"

罗虎叩头,哽咽说道:"感激陛下隆恩!"

李自成又说:"费宫人知书识礼,必能做一个孝顺媳妇。何况你母亲已经是诰命夫人,伯爵之母,身份大非往年!"他不觉微笑,得意他为罗虎择了佳偶,既美貌又知书识礼。

罗虎被皇上的几句话触动孝心,以头伏地,暗暗地滚出热泪。

李自成向帘外轻轻说道:"叫王瑞芬!"

王瑞芬恰在帘外,应声回答:"奴婢在!"

随即,王瑞芬掀开黄缎软帘进来,迅速而轻盈地来到李自成面前,站在罗虎背后,等候吩咐。李自成问道:

"王瑞芬,你从前在承乾宫田娘娘身边多年,同费珍娥自幼相识。费珍娥的性情,你一定知道。你看她在众宫女中为人如何?"

王瑞芬回答:"回皇爷,在后宫的众多都人姐妹中,乾清宫、坤宁宫、承乾宫、翊坤宫,还有公主居住的寿宁宫,这几个宫中的都人姐妹来往较多,较有头脸的更为熟识。费珍娥在众多宫女中是个才貌双全的人尖子,崇祯皇爷和皇后娘娘都很喜欢她。几个月前,宫中传闻,崇祯皇爷有意将珍娥收在身边。只是一则因为国事日非,一则崇祯皇爷在宫中不是那种迷恋女色的人,所以没有'召幸'珍娥,反使她离开乾清宫,将她赐给公主,陪侍公主读书。尽管珍娥在后宫中是千不抽一的人,可是十分明白事理,从不在都人姐妹中露出来骄傲之气;凡是比她年长的,她都以姐姐相称。都说她是真正的知书识礼,还说她这样品性,日后必有洪福,必是贵人!"

李自成不觉笑了,频频点头,随即向罗虎问道:

"小虎子,你还担心她不能做你的贤慧妻么?还担心她不能孝敬你的母亲么?像这样的姑娘,你在十三行省中打灯笼也别想找到第二人!"

罗虎伏地没有做声,但是他觉得心里轻松多了。

李自成又向王瑞芬问道:"昨日你去寿宁宫向费宫人传旨,孤为她钦赐婚配,将她嫁与孤手下的功臣、新封潼关伯罗虎将军为妻,她可十分高兴?"

王瑞芬的心中一惊,但没有流露出一丝不平常的神色,立刻含笑回答：

"回皇爷，奴婢向费珍娥宣旨之后，费珍娥伏地叩头，口呼万岁。"

"她说了什么话？"

"她很害羞，满脸通红，低头不语，但奴婢看出来她的心中十分高兴。寿宁宫阖宫上下，无不为珍娥庆贺。"

"孤赏赐费珍娥的金银和珠宝首饰，窦娘娘也赏赐她许多贵重东西，你可都送去了么？"

"奴婢带领四个宫女，分为两次送去了。费珍娥叩头拜领，感谢皇恩，也感激窦娘娘的厚恩。"

李自成向王瑞芬含笑点头，说道："你很会办事，不愧是由贵妃调教出来的人。"

王瑞芬正在想着费珍娥一天来的异常表情，她感到有点奇怪，既不敢启禀窦妃，更不敢回明皇上，所以当听了李自成说出夸奖她会办事的话，她没有做声，而是在心中叹息：

"小费有此美满婚姻，竟然闷闷不乐，也不知感激皇恩，真是奇怪！"

"罗虎，"李自成说，"你下去吧。一应喜事准备，连同丰盛喜筵，都有人替你安排，不用你操心。你今晚回你通州军营，召集部下大小将领，部署东征行军诸事。明日中午赶回，黄昏拜堂成亲，大宴贺客，完你终身大事。新婚后，为孤再建奇功！"

罗虎叩头，平身，向皇上瞟了一眼，心中充满对皇上的感恩心情，恭敬地走出了武英殿，随即脚步轻轻地走下丹墀。想到明日就要奉旨成亲，娶一位如花似玉又性情贤淑的妻子，满心得意中又不免有点遗憾，不免在心中叹道：

"可惜母亲不能够来到北京！"

召见罗虎之后，李自成在龙椅上略坐片刻，忽然又心绪不宁,站起来在暖阁中走来走去。他虽然决计东征,但也担心两件事,一是担心对吴三桂不能够一战取胜,使战事拖延不决;倘若战事拖延,对他十分不利。二是他没法预料多尔衮何时南犯,自何处南犯,使他无从防备。难道宋献策和李岩谏阻我东征吴三桂,应该听从么?但现在大军已经准备出动,要收回成命已经晚了,徒然扰乱军心!

李自成的思绪纷乱,眉头紧锁,踱出暖阁,来到正殿门口,仰视天空,但见灰云布天,日光愁惨,冷风阵阵,不由地又想起来宋献策和李岩谏阻东征的话,也想起来建议二事:一是对明臣停止拷掠追赃,先释放一部分素有清正之名的大臣。二是开仓放赈、救济百姓。想到这里,他叫恭立在院中的传宣官,传谕李双喜立即率领一百名扈驾将校随他出宫,随即又回头对跟在身后的王瑞芬说:

"你传谕窦娘娘,她如今是后宫之主。费宫人出嫁之事,她要多操点心,务必使费珍娥事事满意才好!"

说毕,李自成大踏步向丹墀下边走去。李双喜也于此时,从武英门值房中迎出,跪在院中问道:

"皇上要驾往何处?"

"出东华门,去提营首总将军府!"

当李自成在武英门外停留片刻,等候李双喜从驻扎在右顺门和西华门的护卫亲军点齐一百人,又从南薰殿小院中牵出战马,迅速在内金水河南边排队的时候,王瑞芬赶快回仁智殿寝宫了。

窦妃十分关心皇上的动静和国事的消息。明朝宫中习惯,后妃们不许预闻朝政。窦妃生长宫中,尤其是多年生活在寡居的懿安皇后身边,更加以不闻外事为美德。然而她毕竟是个有思想感情的人,大顺朝的盛衰成败与她本人利害关系密切,所以她不能

决计东征 773

不时时想知道国家大事,暗嘱身边的心腹宫女听到什么风声,随时向她禀报。当王瑞芬来到她的面前时,她已经知道了武英殿中的一些情况,心中十分沉重。王瑞芬正要向她禀报,她轻轻摇摇头,叹了口气,说道:

"不用说,我都知道了。"稍停片刻,她忽然问道:"听说关于费珍娥与罗虎成亲的事,皇上也有嘱咐的话,别的宫女在窗外没有听清。陛下有何钦谕?"

"皇爷命奴婢告诉娘娘,娘娘是后宫之主,费宫人的婚事就在眼前,要娘娘主持,务必办得周到妥帖。"

"啊,这就是了,我也在操着心呢。这是我们皇上第一次钦赐婚配,必须办得妥妥当当,风风光光,不能有丝毫差错。昨日你去寿宁宫向小费传旨,小费听旨后有何言语?可很高兴?"

王瑞芬的心中一惊,问道:"娘娘为何这样问我?"

"我只是想着小费是一个有心的人,有美貌又有文才,不同于一般宫女,原来她想着会选在皇上身边,众宫女也都有这样想法。我想知道,费珍娥是不是满意这门亲事。"

王瑞芬更为吃惊,心中暗想,窦娘娘真是聪明过人!但她不敢据实启禀,有片刻低头不语。

窦美仪又问:"她听了皇上钦谕之后,到底是不是十分高兴?"

王瑞芬看见左右无人,小声禀道:"奴婢不敢隐瞒,只好实说。奴婢前去寿宁宫传旨之后,费珍娥猛然一愣,跪在地上有一阵没有说话。奴婢连着催她两句:'费珍娥赶快谢恩!'她才说道:'谢恩!'娘娘,你说,岂不有些怪么?"

"其实不怪。她原来想着会选在皇上身边,所以乍然听到皇上将她赐给罗虎为妻,难免一怔,忘了谢恩。这本是人之常情,不足为怪,你只是瞒着皇上好了。"

王瑞芬想着窦妃的话也有道理,甜甜地一笑,轻轻点头。

窦妃又问："为她出嫁，皇上赏赐了许多东西，我也赏赐了许多东西，这些来自宫中的赏赐，作为一个姑娘的陪嫁之物，在庶民百姓之家，做梦也不能想到。两次赏赐，都是你带着几个宫女送去。她接到赏赐之物，可很高兴？"

"启禀娘娘，费珍娥接到赏赐，倒也依照宫中规矩，叩头谢恩。只是奴婢看她神色，似有沉重心思，不知何故。"

"这也是当然的。民间嫁女，都是由父母主持。珍娥七岁入宫，至今十年，不曾与父母见过一面，也不知父母死活，如今出嫁，自然会想到父母。她对你说了什么话么？"

"娘娘，我是田皇贵妃身边的。承乾宫同乾清宫、坤宁宫这三座宫院的宫女们常常来往，最为亲密。小费平日也拿我当姐姐看待，所以有时也向我吐出来心里的话。在第二次送去娘娘的赏赐时候，她叩头谢了恩，我拉她起来。因见她似有心思，随即离开众位宫女，独自拉着她的手，进了她的香闺，悄悄说道：'小费，皇上和窦娘娘赏赐你这么多金银珠宝，绫罗绸缎，还赏赐名贵古玩，单是这些恩赏就值一个富裕的家当，你真有福！'奴婢没有料到，她竟然说出了一句很不吉利的话！"

"什么不吉利的话？"

"她说，'瑞芬姐，这都是身外之物，对我无用！'"

窦妃一惊，问道："她为何会在出嫁吉期将临，说出这不吉之言？"

"奴婢也问她，为什么好端端地说出这样的话。她没有再说一个字儿，奴婢也不好问了。"

窦美仪略微一想，随即释然，含笑说道："小费说的也是实话。她的郎君是大顺朝开国功臣，荣封伯爵，前途无量，日后享不尽荣华富贵，岂靠今日陪嫁之物？"

王瑞芬不觉笑了，心中想道："小费的心胸到底不同于寻常女子！"

窦美仪想了一下，吩咐王瑞芬说："你现在去武英门值房中找一个传宣官速见吴将军，传我的话，说费宫人明日出嫁，断没有花轿从宫中抬出之理。要吴将军在东华门寻找一个可靠的、富贵的太监之家，腾出好的房屋，最好是个独院，打扫干净，张灯结彩，一切都像北京城中官宦人家打发小姐出嫁的样儿。明日一早，由一群宫女太监护送费宫人到东华门布置的宅子中休息，要有兵丁护卫，所有陪嫁之物都要从宫中运去，交陪嫁的管事妇女清点一遍，造册登记，妥为保管。明日午前，鼓乐前导，将所有陪嫁之物，送往潼关伯府。这事不能耽误，你就去吧！"

"谨遵娘娘吩咐，奴婢此刻就去！"

"不，你等一等。"停了片刻，窦妃又说道："告诉吴将军，明日上午，费宫人可在巳时以后出宫，不要出宫太早。"

"为何不让费珍娥在巳时以前出宫？"

"我怕费珍娥会有什么心事，在新婚中不能夫妻欢乐相处，会使罗虎将军不能够愉快东征。今晚皇上回到寝宫，我要请皇上明日早膳之后，在百忙之中，在武英殿召见珍娥一次，面谕她出嫁之后，既是功臣之妻，伯爵夫人，务要相夫立功，孝敬婆母，莫辜负皇上钦赐婚配，为她择一佳婿。"

王瑞芬感动地说："娘娘真是为费珍娥关心备至，想得周到！"

窦美仪心思沉重，没再说话，仅仅苦笑一下。等王瑞芬走后，她站起来，走到摆着一盆鲜花的檀木几前，观赏昨日永和宫养花太监献来的一盆矮桩、虬枝、正在开放的粉红碧桃，密密的繁花成堆，只有稀疏的绿叶陪衬。花几旁是她的梳妆台，上边除脂粉之外，还有一个铜镜。在明朝宫中，宫女们都称赞和羡慕她颜如桃花，为此她也受到大顺皇帝的倍加宠爱。她看看盆中碧桃，看看镜中容颜，看出两天来她竟然有了一些憔悴，使她不愿多看镜子。她再欣赏碧桃,看见青瓦花盆外是一个官窑蓝花套盆,套盆外除刻画着写意兰竹之外,还刻着横书四个隶字:"国泰民安"。这触动了她的心事,不再欣赏碧桃了。她坐在椅上,因身边没有宫女,轻轻地叹口气,又沉默片刻,忽然想到皇上到北京后没有离开过紫禁城,此刻出东华门,必是与刘宗敏密商紧急大事。她在心中说道:

"我大顺朝在北京立脚未稳,忽遇意外之变,正需要像罗虎这样的将领!"

第 三 十 章

今日是四月初九，丙寅。古人对于干支纪日，非常重视，人事上的吉凶祸福，都与干支密切相关。在大明崇祯十七年，也就是大顺永昌元年，皇历上的四月丙寅，同样印着利于婚嫁、狩猎、远行等事。而今天正是罗虎与费珍娥花烛吉日。

昨晚李自成回到仁智殿寝宫后，听了窦妃的启奏，他为罗虎在婚后愉快东征，决定今日早膳后召见费珍娥，亲自嘱咐几句。作为皇帝，对于一个宫女出嫁，如此关怀备至，亘古少有。窦美仪深知皇上的一片苦心，他实际上关怀的不是费珍娥，而是罗虎。他但愿罗虎结此美满姻缘，一心报国，所以才答应在国事纷忙中召见珍娥。

比较起来，毕竟罗虎与费珍娥的花烛之喜不似守卫北京一事的关系重大，所以早膳以后，李自成先召见牛金星、李岩和吴汝义，还有兵政府尚书喻上猷。李自成先向牛金星问道：

"启东，孤率师东征之后，幽州仍是行在重地，朝廷各中央政府衙门都在这里，不仅为北方安危所系，也维系着天下人心。在孤东征期间，行在一切军政大事，全由你肩负重任，不能有一点疏忽。政事上要率领六政府尚书、侍郎、其他各衙大小官员，尽心为朝廷办事，振奋朝纲，不可有明朝积习；守城军事上要与林泉兄弟与子宜、益三和衷共济，确保安宁，市廛无惊，待孤率大军凯旋。"

当李自成说话时，牛金星一直离开椅子，站在皇上面前，垂手恭听。等李自成说完以后，金星拱手说道：

"臣本碌碌，荷蒙倚信，得以备位阁臣之首，敬献犬马之劳。值此创业未就，国家多故，皇上又御驾东征，命臣率百官留守。臣敢不竭尽心力，使陛下无后顾之忧！幸有林泉兄弟与子宜、益三诸将军率领一万余守城人马，足可镇慑宵小，维持地方。至于中央各衙门大小臣工，臣已切切嘱咐，值此谣言纷纷之日，大家务必小心供职，无事不可外出。"

李自成点头使牛金星坐下，向李岩说道："林泉，孤只留下一万多人马给你，守卫幽州行在，虽然有子宜、益三与德齐做你的帮手，齐心协力，可以保幽州行在重地不会有意外之事，但终究是兵少将寡，使孤放心不下。倘若这行在重地一旦有了变故，我们东征大军将会退无所归，来北京举行登极大典也将成一句空话。林泉，镇守行在的事，责任重大，孤交到你的肩上，命子宜与益三做你的副手，你有何想法？"

李岩躬身回答："臣本碌碌，蒙陛下待以心腹，肩此重任，惶恐无似。但愿陛下东征顺利，早日凯旋，行在当能万无一失。目前北京城外虽有宵小混迹，谣言时起，四郊不靖，随时有煽乱揭帖，人心浮动，但只要陛下能东征奏捷，迅速凯旋，拱卫行在不难。臣所担心者是陛下东征未归，东虏乘机南犯，突入长城，直逼近畿。如果情况如此，臣只能尽力守城，以待陛下，胜败之数，非敢逆料。"

李自成沉默片刻，然后慢慢说道："孤知道，你与献策都担心东虏南犯，但以孤看来，东虏纵然南犯，也不会如此神速。倘若东虏越过长城，直逼行在城下，你将如何守城？"

"自来守城有两种守法,一是以坚城为依托,布阵城外,进行野战,而城上以大炮支援,此为上策。纵然无炮火支援,但战场就在近郊,守军无后顾之忧,且能获城中随时增援与接济之利,士气倍增,易获胜利,至少使强敌不能直薄城墙。所以守城之道,此为上策。"

李自成点头:"有道理,很有道理。"

李岩接着说:"正统十四年,土木堡之变,跟随英宗出塞的明朝大军崩溃,英宗被也先所俘。也先的蒙古大军挟英宗直薄北京城外,北京局势甚危。兵部尚书于谦与若干大臣,坚决反对南迁,亦不向也先求和,一部分人马守城,一部分驻军城外迎敌。在德胜门外与西直门外连挫敌人,迫使也先只好退兵。崇祯二年,东虏入犯,先破遵化,然后西来,直薄北京。当时明军三大营兵与各处援兵也是部分守城,部分在城外作战,使满洲兵不能攻城,只好转往别处。所以欲守北京,必须有力量在近郊野战,不能单独倚靠城墙。北京是一座大城,敌人处处可攻,万一一处失陷,全城随之崩解。北京内城九门,外城七门。臣仅有一万兵力,城内巡逻弹压,城墙守御,兵力已很不足,更无在城外与敌人野战之力。臣随时准备肝脑涂地,以报陛下。倘有不虞,臣不能分兵出城野战,只能依仗火炮,杀伤敌人,保卫城池,但望陛下迅速奏凯归来!"

李自成见李岩神色沉重,也明白留下一万人马实在太少,只好说道:

"孤到山海卫讨伐吴三桂,十数日定可回来,估计满洲纵然入犯,也不会如此之快。孤将行在的留守重任托付给你,不仅因为你身兼文武,胸富韬略,还因为你与丞相原系好友,可以和衷共济,遇事商量,人和难得。孤已手谕在保定的刘芳亮,火速抽调二三万精兵,星夜驰援行在,不可有误。"

这次召对，到此结束。喻上猷虽是兵政府尚书，但因中央规制尚在草创阶段，兵政府等于虚设，所以李自成没有向喻上猷问什么话，而喻也无话可奏。吴汝义和李友都是闯王起义的袍泽，又是亲信，李友的职责是帮助李岩守城，而吴汝义特别负责守卫紫禁城，还要继续清理宫中金银珠宝，运往西安，所以李自成没有询问他们什么话。大家叩头退出以后，王瑞芬随即进来了。

王瑞芬向博山炉中添了香，另一个宫女进来献茶，还有两个宫女将一盆永和宫暖房中培养的初开芍药花抬进来，放在一个雕花楠木几上。这武英殿西暖阁中有了茶香、花香、龙涎香、宫女们的脂粉香，原来的沉重气氛，开始有一点儿变了。

李自成向王瑞芬问道："费宫人还没来到？"

"奴婢差了四个宫女去寿宁宫接她前来，恐怕快要到了。"

"你去请窦娘娘也来！"

王瑞芬立刻奔回寝宫，将窦妃接来。窦美仪按照礼仪，跪下叩头。李自成命她在旁边的椅子坐下，说道：

"费珍娥今日出嫁，她的夫婿是孤的一员爱将。这婚事非同一般，所以在她出嫁之时，孤要召见一次，有话嘱咐，盼望她相夫立功，夫唱妇随，百年和好，荫及子孙。你原来同她相识，今日你是行在后宫之主，所以孤叫你出来，与她一见，也算送她出嫁。"

窦妃站起来说道："陛下对罗虎义属君臣，情同父子。为君的能如此关怀臣下婚事，自古少有。臣妾尚且深为感动，费珍娥在出嫁前蒙皇上亲切召见，受此雨露深恩，定会感激涕零。"

李自成见窦妃说这几句话时含着眼泪，确实出自真心，十分满意，而且更使他满意的是，窦妃随口对答，言语得体，不愧做过懿安皇后宫中的女官。他向窦妃含笑望了一眼，嘱咐说：

"为着罗虎愉快出征，你对费珍娥也嘱咐几句。"

"臣妾领旨!"

一个宫女进来,跪下说道:"启禀皇爷,费珍娥已经出了右顺门,马上就到!"

窦妃的脸色一喜,心中叹道:"小费在出嫁时受此殊遇,真是荣幸!"

费珍娥由几个宫女陪伴,出了右顺门,向武英门外的金水桥走来。她抬头向洞开的、有军校守卫的西华门望了一眼,三月十九日黎明时的种种情景,历历如在眼前,好像刚过去的一场噩梦。最使她难忘的是乾清宫的宫女头儿魏清慧和坤宁宫的吴婉容,此刻又猛然想到她们的投水尽节,不禁心中酸痛,暗暗说道:

"魏姐,吴姐,我们快要见面了!"

费珍娥进了武英门,在宫女姐妹的陪伴下向武英殿低头走去,心头突突乱跳,猜不到李自成召见她有何话说。北京城每年从春天到初夏,常有阴霾天气,常常刮风。好在今天的天气很好,阳光明媚,无风无沙,十分温暖。但在费珍娥的感觉中,处处是凄凉景象,处处触动她亡国之痛。

费珍娥一面猜想着李自成召见她有何话说,巴不得李自成临时后悔,要将她留在身边,另外挑选一个宫女赐给罗虎。然而她又想这是不可能的,木已成舟,今天她就要同罗虎成亲了。走完了长长的青石甬路,费珍娥从右侧登上了九级汉白玉台阶,上了庄严肃静的丹墀。等候在丹墀上的王瑞芬立刻迎来,紧紧地拉住她的手,满脸堆笑,小声说道:

"小费,恭贺你,今天是你的大喜日子!"

费珍娥没有做声,也没有笑容。她明白王瑞芬待她很好,是真正对她关心,但是她不明白,瑞芬原是田皇贵妃的贴身宫女、承乾宫的管家婆,深受皇家厚恩,亡国时竟然没有跟随魏清慧和吴婉容一起尽节,反而成了逆贼李自成的身边红人!她并不恨王

瑞芬,只是在心中叹道:

"唉,好姐姐,亡国后我才知道咱们不是一条路上的人!"

王瑞芬将别的宫女留在丹墀上,单独带着费珍娥走进武英殿,转入西暖阁,让费宫人暂且止步,她自己走进最里边的一间,向李自成躬身禀道:

"启禀皇爷,费珍娥奉诏来到。"

李自成轻声说:"叫她进来!"

王瑞芬将费珍娥带进暖阁的里边套间。费珍娥在李自成的面前大约三尺远的黄缎拜垫上跪下,叩了一个头。王瑞芬叫费珍娥给娘娘叩头。费氏在拜垫上偏转身子,向窦娘娘叩了一个头,又将身子转回,正对李自成,忍不住抬头看了一眼,随即又低下头去,等候口谕。她自从三月十九以来,只等待慷慨一死,所以此刻毫无畏惧,在心中暗暗想道:"这是我最后一次看见你这个亡我明朝、逼我帝后自尽的万恶贼首,可恨你没有将我留在你的身边!"

李自成含笑说道:"费珍娥,孤因你容貌出众,又有文才,在宫中有女秀才之称,所以特别施恩于你,处处另眼相看,你心中自然明白。由孤亲自为你择婿,钦赐婚配,今日你就要离开深宫,与孤的爱将、新封潼关伯罗虎将军拜堂成亲。罗虎才二十一岁,已是功勋卓著。他喜欢读书,文武兼备,治军有方,颇有古名将之风。日后必将是勋业彪炳,不难有公侯之望。常言道'夫荣妻贵',孤只望你能做他的贤内助,相夫立功,日后白首偕老,儿孙满堂,荫及后人,名垂青史。"李自成说完这几句话,见费珍娥没有做声,随即环顾左右宫女,又用眼色示意窦妃说话。

窦美仪说道:"珍娥,皇上日理万机,且又东征在即,今日在你出嫁之前,召你前来,谆谆面谕。一个宫人出嫁,蒙如此天恩圣眷,自古少有。你应该深体圣衷,相夫立功,上报皇恩。"

费珍娥仍不做声。两天来她风闻将要打仗,此刻知道李自成将要东征,猜想到必定是吴三桂在山海关"倡义讨贼",不禁心中一喜。

李自成向王瑞芬问道:"费珍娥的陪嫁之物,全都准备停当了么?"

王瑞芬跪下回道:"回皇上,窦娘娘担心寿宁宫的宫女们办事不周,命奴婢亲自去看看准备情形。珍娥到底年纪还小,只有十七岁,在宫中不习惯收拾东西。幸亏吴汝义将军从寿宁和坤宁宫挑选了四个宫女,作为珍娥的陪嫁婢女,以后就由罗府为她们择婿婚配。有一个年长的是坤宁宫的宫女,名叫李春兰,今年二十八岁,比较懂事,就命她做陪嫁婢女头儿,类似宫中的管家婆,费珍娥的一切陪嫁之物,包括金银、珠宝、各种首饰,都交她亲手经管。她带着奴婢将珍娥的嫁妆看了一遍,拾掇得井井有条。有一只小小的皮箱,除装着珍娥常用的文房四宝,几本字帖,还有尺子、剪刀,常用的小剪刀和裁剪衣服的一把雪亮的大剪刀。"她不觉莞尔一笑,加了一句:"真是陪嫁周全!"

李自成也觉有趣,笑着问道:"一把大剪刀?费珍娥,一出嫁就是伯爵夫人,剪裁衣服的事还用得着你自己动手?"

费珍娥的心中一惊,但是镇静如常,按照准备好的话立刻回答:"奴婢生长深宫,幼学古训,知道女子不论贫富,都要讲三从四德,四德是:德、言、容、工。奴婢日后纵然是伯爵夫人,仆婢成群,一呼百诺,也不能不讲究'女红'(同'工'字)二字,所以随嫁什物中带了大小剪子两把。"

李自成听了这话,十分满意,含笑望望窦妃。窦美仪几天来巴不得看见皇上又有了笑容,赶快对费珍娥说道:

"你果然知书明理,不辜负圣眷隆渥,钦赐婚配。你到潼关伯府,必能体贴夫君,孝顺婆母,多生贵子,福寿双全。"

李自成接了一句:"不久,等罗虎在东征中再立战功,孤对他另有封赏,也敕封你为诰命夫人。"

王瑞芬侍立一旁,赶快说道:"费珍娥谢恩,山呼!"

费珍娥叩头,但未山呼。

王瑞芬又提醒道:"山呼!"

费珍娥又未山呼,伏地不语。

窦美仪笑着向李自成小声说道:"因为是提到婚配之事,费珍娥有点害羞,只叩头,没有山呼。请陛下不要怪罪。"

李自成显得十分通情达理,轻轻一笑,又点一点头,向费珍娥说道:

"孤知道,你从七岁入宫之后,没有再见父母家人一面。等罗虎东征凯旋,差人到你的家乡,访查你的父母家人下落,接取他们来到北京,共享荣华富贵。"

王瑞芬在一旁说道:"费珍娥赶快谢恩!"

费珍娥按照宫中规矩,伏地叩头谢恩。她不觉浮出眼泪,在心中说:纵然父母仍在世上,今生也难再相见了!

李自成向王瑞芬说:"送她回寿宁宫,马上就要出宫了。传谕陪嫁的男女们,小心服侍!"

费珍娥向李自成叩头,又向窦美仪叩头,然后由王瑞芬送出武英殿,再由随来的四个宫女陪伴,返回寿宁宫去。当走过武英门外金水桥时,她略停片刻,再一次向西华门望一望,三月十九日黎明的情景,又一次出现眼前,不觉在心里叹道:

"整整二十天了!"

费珍娥回到寿宁宫以后,稍作休息,就有吴汝义安排的一群太监将她的陪嫁之物,送往在北池子为她准备的一处地方,她将在那里乘坐花轿,吹吹打打地抬往婆家。她不像民间女子出嫁,嫁妆里没有各种红漆家具,没有崭新的绣花绸缎被褥和枕头,也没有各种生活用具。费氏毕竟是孤身宫人，在北京并无娘家，亦无亲戚，所以凡此一切，都由伯爵府准备停当。她的嫁妆只有四件：两件是装着细软衣裙和金银等物的皮箱，一件是朱漆嵌螺描金镜奁，一件是装着文房四宝和女工用物的小箱，这小箱中有一件最令宫中女伴们称赞的是一把从坤宁宫找来的锋利剪刀，人们称赞她一出嫁就成了仆婢成群、一呼百诺的贵夫人，竟想着"三从四德"中的女工之事。

中午以前，费珍娥的嫁妆就由北池子临时行馆出发，鼓乐前导，兵丁护送，抬送到金鱼胡同东首的潼关伯府。经过之处，很多沿街士民，男女老少，站在街上观看。虽然她的嫁妆很少，不像富家大户的小姐出阁，上百样陪嫁什物，在鼓乐声中，熙熙攘攘，塞满长街，十分热闹，也令人艳羡。但是士民们都知道这是新皇帝钦赐婚配，而女婿是大顺朝的开国功臣，年方二十出头，已经封伯，前程似锦。有许多看热闹的妇女在心中叹道：

"这位费宫人，八字儿真是生得好，听说才十七岁，一出宫就掉进福窝里，享不尽荣华富贵！"

中午，费珍娥就在北池子的临时行馆中休息，除随她出宫的四个陪嫁宫女之外，还有吴汝义为潼关伯府安排的男女奴仆，一部分人临时来到这儿侍候。宅子外边有众多兵丁守卫，禁止闲人走近。厨师们虽然为费宫人安排了精致的午膳，但是她吃得极少，仅仅要了一小碗莲子银耳汤喝下肚去。从宫中带出来的四个宫女都在左右服侍，并不劝她多餐。大家明白，像她这样有身份的宫女，非一般粗使的宫女可比，本来就吃得很少，加上大家在被选进皇宫前自幼听说，民间嫁女，做新娘的在头一天就不吃饭，不喝水，免得到了新郎家中急于大小便，惹人笑话。然而她们并不知道，费珍娥之所以在午膳时饮食很少，除上述原因之外，更由于她心乱如麻，没有一刻不在想着，今夜她要为她的大行皇帝与皇后慷慨尽节，血溅洞房！

费珍娥和她的四个陪嫁宫女，自从七八岁时哭别了父母家人，进入皇宫，到如今有的在宫中整整关闭了十年，有的是十年以上。今天她们第一次离开了巍峨的皇宫，走出了禁卫森严的紫禁城。这四个宫女从此可以同父母家人见面，可以在民间择良婚配，所以她们在心中非常感激费珍娥。倘若不是因为珍娥平日对她们较有感情，不会挑选她们陪嫁，她们仍将关闭在深宫之中，日后命运难卜。由于她们怀着对费珍娥的感恩之情和耿耿忠心，所以她们轮流服侍在珍娥身边，不使由伯爵府来的女仆和丫环来打扰新娘的休息养神。

在北池子停留的时间不长，一到未时过后就开始由宫女们服侍，重新梳妆打扮，更换衣服，一切按照官宦之家的新嫁娘的要求打扮好，等待上轿。在这之前，她独自默坐，冷若冰霜，几乎没有同别人说过一句话。宫女们都没有结过婚，在深宫中也没有看见过结婚的事，此刻在费珍娥的身边都不免感到新奇、有趣。有一次当她们离开费珍娥身边时候，是那样心情快乐，在一起咬耳朵。那个年长的宫女悄悄地笑着说：

"珍娥真是不凡，逢着这么天大的喜事，竟然能冷静万分，不露出一丝笑容！"

第二个宫女说："你真是瞎说。姑娘出嫁，谁不害羞？谁不拿出个不搭理人的架子？我小时听家乡有句俗话：'你看她，怪得跟才来的一样！'新娘子才到婆家叫做'才来的'，总是不露笑脸。"

又一个宫女说："珍娥命好，身为亡国宫人，能够蒙新皇上钦赐婚配，与罗将军结为夫妇，心中一定喜不自胜，可是珍娥真是含蓄不露，两天来我从她的眼神中看不出与往日有什么不同！"

第一个年纪稍长的宫女又说："我知道她从三月十九以后，

心中埋藏着亡国之痛。其实,有很多朝中大臣都降了新朝,照旧做官。咱们身为女子,横竖是皇家奴婢,身不受辱就已经够万幸了,亡国不亡国,何必挂在心上?"她忽然一笑,脸色先红,又用更小的声音说了一句:"我看,今晚洞房花烛之后,明日她成了伯爵夫人,再也不会心怀着亡国之痛!"

听她说这话的宫女们同时悄悄地嫣然一笑。有一个宫女在她的手上轻轻地捏了一下。

费珍娥虽然只有十七岁的小小年纪,但是秉性刚烈,很有心思,在一般女子中十分少见。自从三月十九日之后,她再也没有笑容,也没有对任何女伴谈论过自己的心思。每次李自成在武英殿西暖阁召见她,在众宫女的眼中都是天大的荣幸,引起纷纷议论和暗暗羡慕。宫女们都认为费珍娥已经被新皇上看中,随时都会被"蒙恩召幸",一步登天。然而大家深感奇怪的是,费珍娥每次被李自成召见之后,在女伴面前从没有流露出春风得意的神情,也闭口不说出她自己有什么想法。女伴们也有在宫中读过几年书的,都在背后说:小费小小的年纪,却是个城府深沉的人儿,在女子中十分少有,日后必是一个贵人!

如今在北池子行馆中等待上花轿时候,她总是默默不语,既无笑容,也无悲容,使别人没法了解她的心情。其实,她的心中并没有半点平静,想的事情很多。她想到今生再也不能同父母见面了,不免感到悲哀,但是想得更多的是近来的、眼前的事,即将发生在洞房中的事。她也想到较远的一些往事,其中有两件事她想得最多,情景历历,好似发生在昨天一样……

一件事发生在三年以前。那时她还是乾清宫的宫女,有一次她去乾清宫服侍皇爷,已经不记得是送茶还是添香,崇祯皇帝正俯在御案上省阅文书,忽然抬起头来,向她打量一眼,紧握她的一只手,将她拉到怀中。这是她有生以来第一次遇到这样事情,完全出乎意外，登时她满脸通红，心中狂跳。忽然，崇祯将她搂在怀里，放在腿上。她浑身瘫软，不能自持，紧贴在崇祯胸前。但是忽然，崇祯将她推出怀抱，也放开了她的手，眼光又回到御案，回到文书上，似乎轻轻地叹息一声，没有再望她一眼。她回到乾清宫后边的房间中，倒在枕上，心中没法平静，而两颊仍在发热。管家婆魏清慧看见了她的这种异常神态，赶快追了进来，掩上房门，坐在床边，悄悄地问她遇到了什么事儿。因为魏清慧平日同亲姐姐一样对她，感情最好，她又是害羞，又是激动，将她在皇帝身边遇到的事情告诉清慧，声音打颤，满含着两眶眼泪。魏清慧叹了口气，悄悄说道：

"小费，难得你在皇上面前受此恩遇，倘若日后国运看好，流贼被堵挡在山西境内，京城平安无事，皇上必会赐恩于你，你就有鸿福降临了！"

作为宫女，在宫中长大，本来自幼就养成了忠君思想，何况她同众多宫女一样，认为崇祯是一个历代少有的勤于政事的好君主，国事都坏于贪赃怕死的文臣武将，所以在她们的忠君思想中融进了深深的对崇祯的同情。宫女们在深宫中除看见太监之外，从来没有机会同正常的男性接近。正当费珍娥到了懂得男女之事的年纪，被年轻的皇帝突然紧握住手，又紧紧地揽到怀中，放在腿上，这事对她的心灵产生了极大的震动，使她永远也不会忘记。在三月十九日黎明，有许多宫女在魏清慧和吴婉容的带领下奔出西华门，投水自尽，一是为着忠君，二是为着要保护自己的贞洁之身，那末费珍娥为着忠与贞两个字更加不惜一死，她决不许任何人再将她搂在怀中。

另一件历历在目的事儿是她同司礼监秉笔太监王承恩的一次见面。那时，李自成已经越过黄河，正在东来，后宫中虽然消息闭塞，又无处可以打听，但是都知道"贼兵"一日逼近一日，人人发愁。有一天，费珍娥去乾清宫呈送公主的仿书，刚走出日精门不远，遇见王承恩来乾清宫叩见皇上，她躲在路边，施礼说道：

"王公公万福！"

王承恩望望她，含笑点头。

费珍娥乘机大胆问道："公公，请问您，近日流贼的消息如何？"

王承恩说道："你住在深宫之中，何用知道流贼消息？"

"不，公公，正因为住在深宫之中，所以才应该知道消息，心中早有准备。"

王承恩觉得奇怪，看了看她，没再说话，走进日精门去。

她不怪王承恩不回答她的询问，按照宫中规矩，不责备她已经是够对她好了。她现在想到了这件往事，在心里暗暗地说：

"王公公，二十天前您已经随着崇祯皇爷走了。在几千个大小太监中，能够为大明尽节的只有您一个人。王公公，很快您会在阴间再看见我了！"

未时未过，四个陪嫁宫女和一个有经验的女仆，服侍费珍娥重新梳洗打扮，费了许多时间。出宫时穿的衣服全都换了，新换了凤冠霞帔，百褶石榴裙，红缎弓底凤鞋。打扮完毕以后，左右宫女们忍不住小声称赞："真美！她像是天女下凡！"费珍娥向铜镜中看了看，也看见自己被打扮得容貌更美，但想到自己正在一步步走向黄泉，心头一沉，眼光立刻从镜上移开。

申时二刻，大门外和院中鼓乐大作。一个年长的女仆用红缎蒙在费珍娥的头上，在她的身边说道：

"姑娘，请上轿！"

费珍娥从椅子上站起来，由两个陪嫁宫女在左右搀扶，走到堂前的天井院中，上了花轿。一个女仆用红线将轿门稀稀地缝了几针，于是花轿在鼓乐与鞭炮声中抬出大门转往东去。四个陪嫁宫女和两个贴身女仆分坐六乘四角结彩的青呢小轿，跟在花轿后边。最前边走的一队吹鼓手，是大顺军中的乐队，穿着大顺军的蓝色号衣。接着吹鼓手的是一队打着腰鼓，边跳边走的青年，也是大顺军特有的玩耍，都是延安府籍的青年士兵，有一些只有十五六岁。他们平时是兵，下操习武，逢年过节，或有什么吉庆大事，便奉命集合成队，打鼓跳舞助兴。打腰鼓的一队过后，接着一百名骑兵，由两名武将率领，一律盔甲整齐，马头上结着红绸绣球。接着是简单仪仗，民间俗称执事，有金瓜、钺斧、朝天镫之类，还有各色旗帜飘扬。接着是花轿。花轿后是几乘青呢小轿，抬着陪嫁的宫女和侍候新娘的两个贴身女仆。然后又是一百骑兵。从北池子走东安门大街到金鱼胡同东首的潼关伯府，虽然路途并不远，但因为要炫耀排场，所以这花轿行进很慢。在临时行馆中照料的其他人员，在花轿走后，赶快骑马从背街上奔往伯爵府了。

　　花轿经过的路上，一街两厢，男女老少，都站在门外观看。民间纷纷传说，新娘不但是一个美女，而且是文才出众，在宫中素有女秀才之称。妇女们一边看出嫁的排场，一边窃窃私语。有的妇女称赞这位姓费的宫人八字生得好，在兵荒马乱中能够嫁一位新朝的年轻功臣，一出嫁就是伯爵夫人，一辈子享不尽荣华富贵。但是更多的妇女在心中摇头，认为费宫人嫁给一个"流贼"头目，是一枝鲜花插在牛粪上，以后的日子难料。许多人有这样想法并不奇怪，这是因为，一则大顺军进了北京以后，暴露的问题很多，大大地失去人心；二则已经纷纷谣传，说吴三桂要兴兵前来，驱逐"流贼"，拥戴太子登极；还有谣传，郊外已经有人看见了吴三桂的揭帖，传谕家家户户速制白帽，准备好当关宁讨贼兵来到时为大行皇帝服丧。在大街两旁妇女们的悄悄议论中，忽然有一个好心的老妈妈叹了口气，小声说：

"自来新娘出嫁,都是哭着上轿,在轿中还要哭几里路。这费宫人自幼离开了父母,怕连父母的面孔都记不清了,坐在花轿中也哭么?娘家也没个送亲的人,真是可怜!"

另一个妇女说:"这新娘在北京没有父母,也没个娘家,所以新郎也没有行迎新之礼,就这么从临时行馆上轿,抬往婆家。至于哭么,当然她坐在轿中也哭。哪有姑娘坐花轿不哭之理!"

其实,费珍娥与一般姑娘出嫁时的心情完全不同,从行馆院中上花轿时没有哭,花轿走在东安门大街上时也没有哭。她甚至很少想到分别已经十年的父母和家人。她只是想着她正在一步步走向黄泉,快要跟魏清慧等姊妹们见面了。由于她只反反复复地想着今晚上就要慷慨而死,不想别的事,心中几乎麻木了。

由于历来民俗,轿门用红线缝了,而花轿与官轿不同,左右没有亮纱窗子,所以费珍娥看不见轿外情况。但是她知道花轿经过之处,一街两厢的士民都在观看,花轿前后都有众多的骑兵护卫,轿前还有鼓乐、仪仗。在她的几乎麻木的脑海中也想到这出嫁的场面十分阔绰,民间并不多见,可是这日子在她看来并不是她的喜庆日子,而是她为故君尽节的日子,只有她自己心中明白!

雄壮的腰鼓声一阵阵传到轿内。费珍娥从来没有听见过这种鼓声,从轿中也看不见打腰鼓的人。不过听得出来,这是一队人边打,边跳,边向前走。虽然她想着在喜庆时成队的人敲这种鼓声一定是李自成家乡一带的边塞之俗,不能登大雅之堂。但是此刻这鼓声却给她增添了为殉国帝后复仇的慷慨激情。一件往事又忽然浮上心头,她不觉心中一痛,眼眶中充满热泪。那是三月十九日天明之前,崇祯皇帝已经逼皇后上吊身死,突然来到寿宁宫。她同一群宫女跟随着公主跪在院中接驾。皇上同公主仅仅说了两句话,便挥剑向公主砍去。公主为护脖颈,将胳膊一抬,右臂被砍伤,倒在地上。她立刻扑倒在公主身上,舍命保公主不死。崇祯又举起宝剑,手臂颤抖,不再砍了,回头便走。如今已过去二十天了,仍记得清清楚楚。她并不认为崇祯行事残忍,而是将一切罪恶责任都卸在李自成身上。她在花轿中回想亡国时种种往事,心中充满了刻骨仇恨,遗憾的是她不能刺杀李自成,而只能刺杀李自成的一员爱将!

自从李自成在武英殿的西暖阁第一次召见费珍娥之后,李自成确实为费氏的美貌动心,只是他竭力用理智控制着情欲,不随便"召幸"费氏。以王瑞芬为首的,在李自成身边服侍的一群宫女,个个都明白新皇上已经看上了费珍娥,很快就会将珍娥"召幸",选在身边,封为贵人。费珍娥的心中更清楚,李自成已经看中了她,随时会将她召到寝宫去住。后来慈庆宫的窦美仪被李自成召到身边,被宫人们称为窦妃,费珍娥仍在等候着。自来做皇上的同时封两个以上的美女为妃的事例很多,李自成既要了窦美仪,再要费珍娥,并不为奇。因为听王瑞芬在她的耳边吹风,她不能不相信李自成必将会召她到寝宫居住,使她有机会得遂为崇祯帝、后复仇之愿。虽不幸生为女子,但她立志要轰轰烈烈而死。

往日,她女伴们都称赞她的一双手十分好看,又小又白,皮肤细嫩,真是古人所说的"纤纤玉手",而她自己对这双手也很喜欢。可是为了复仇的心愿,她反而恨自己不该生这一双小巧而柔软的手。

自从第一次被李自成召见之后,费珍娥就暗暗地练习她右手的握力。在没人注意时,她经常将右手用力地攥紧,然后松开,重复这一动作。如今在花轿中,听着阵阵的腰鼓声,轿前轿后杂沓的马蹄声,以及走在最前边的鼓乐声,她仍在反复地锻炼着右手的手劲。有时她在心中叹道:

"就在今晚,成也是死,不成也是死。倘若为故君复仇不遂,白白地送了性命,我也毫不后悔,将在尘世间留一个节烈之名,到阴间怀着一片忠心去叩见殉国的皇帝、皇后,并且毫无愧心地回到魏清慧、吴婉容众位在西华门外投水尽节的姐妹中间!"

花轿在热闹的鼓乐声、震耳的鞭炮声、欢快的人声中来到了金鱼胡同东首、坐北向南的、有一对石狮子的潼关伯府。但是花轿并未落地,抬进大门,抬进二门,抬过穿堂,然后落地。两个妇女立刻走来,从两边将轿门的红线扯断,掀开轿门,将新娘扶出。两个花枝招展的陪嫁宫女来到,接替那两个妇女搀扶新娘,走向通往第三进正院的一道门,门槛上放着一件马鞍,鞍上搭着红毡。旁边有一个妇女说道:"请新娘过鞍!"另一个妇女接着说道"岁岁平安!"费珍娥被左右搀扶着,跨过马鞍。她的心中冷静,对自己说道:

"跨进鬼门关了!"

在这内宅的正门之内不到一丈远,竖立着一块玲珑剔透的太湖石代替影壁。费珍娥被搀扶着绕过太湖石,从铺着红毡的甬路上往北走。虽是内宅,但毕竟是伯爵府,天井院落特别宽敞。过假山后,费珍娥沿着红毡往前走了一段路,才在天地桌前止步。她的头上蒙着红缎头巾,看不见院中情况,但是她听见当她进来时天井中站满了人,还有很多人从背后跟了进来,院里有一班鼓乐正在奏乐。当她在天地桌前停步以后,鼓乐停止了。接着,她在赞礼声中,同新郎同拜天地,互相对拜。还拜了什么,她机械地按照赞礼声行礼,但心中全然麻木,然后就记不清了。

伯爵府的正院是三进大院,另有左右偏院、群房后院、花园等等附属院落和房屋,占了金鱼胡同北边的半条胡同。第三进院落的北房是一座明三暗五的、带有卷棚的宏伟建筑,进了摆设豪华的堂屋,左右都有两间套房,而左手的里间套房作为费珍娥与罗虎的新婚洞房。

拜过天地之后,费珍娥在贺客拥挤中,由两个陪嫁的宫女搀扶，离开天地桌，进入堂屋，立刻就有两三个准备好的妇女向她的红缎头巾上抛撒麸子和红枣，意思是祝她有福和早生贵子。她没有在堂屋停留，被搀扶着向前走，进入洞房。在洞房中，虽有舒服的椅子，但是按照民间风俗，她被搀扶着上了脚踏板，坐在床沿。接着罗虎走来，揭掉她的红缎头巾，又按照古老礼俗，一双新人行了合卺之礼。费珍娥的脸孔上冷若冰霜，含着仇恨之意，但是谁也没有能够想到，也没有觉察出来。她当时脸色被脂粉掩盖，人们在热闹拥挤之中，匆匆忙忙地刚能看一眼她的容貌，便迅速被别人挤到旁边，所以谁也不曾觉察到她的脸色惨白。罗虎一则自己害羞，二则心中慌乱，所以饮交杯酒时并没有在新娘的脸上多看一眼，什么也没看清楚。随即罗虎退出内宅，往前院去照料宾客。费珍娥从床沿上下来，移坐在一把铺着红缎绣花椅垫的檀木椅子上，旁边是一张书桌，上放文房四宝。她的心中一动，想到了新郎罗虎。刚才行合卺之礼，她第二次看见罗虎。从她的真心说，她也认为罗虎长得很英俊，但可惜她自己的命不好，不幸遇到亡国，更不幸新郎是一个流贼头目！

　　陪嫁的四个宫女原来在寿宁宫都是宫女身份，如今她们成了费珍娥的贴身丫环。但她们很乐意服侍珍娥，对她奉献出自己的忠心。她们首先庆幸自己能够随珍娥出了深宫，当然随后必会使她们同父母和家人骨肉团圆，或者将她们择良婚配，临出嫁时多赏钱物。她们同另外由吴汝义拨到伯爵府的两个年长的、比较懂事的女仆一商量，不许再有人来闹洞房，看新娘，好使费珍娥清静休息。好在这是新皇上的钦赐婚配，而新娘又是伯爵夫人，一切都不同民间婚事，经她们一商量，赶快传下话去，果然洞房中就清静了。

　　晚膳时候，费珍娥本来什么也不想吃，总在想着今夜要死去的事。为着增加力气，她在女伴们的服侍下吃了一小碗银耳汤，又吃了两块点心。漱口以后，她又坐下不动，只是暗暗将右手攥紧，松开，再攥紧，再松开……

她注意到临窗的桌子上放着相当讲究的文房四宝。她特别注意到一只刻竹笔筒中插着十来支中楷、小楷和大楷笔。其中有一支狼毫大楷已经用过，洗净了，倒插在笔筒中。她想起来王瑞芬曾向她透露过消息，说这位罗虎将军不但为大顺皇帝在战场上立过大功，而且善于练兵，在练兵之余也喜欢读书和练字。看了这八仙桌上的文房四宝，她相信王瑞芬对她说的话都是真的。她又想起来罗虎的英俊面孔，她要在今夜刺杀罗虎的决心有点动摇了，不觉在心中问道：

"是夫婿呢还是仇人？"

她的眼光又落到那一个古朴的刻竹旧笔筒，看清楚刻工精美，却不失山野之风，显然是出自名家之手。因为公主喜欢写字，寿宁宫中也有各种笔筒，有象牙的，有宜兴朱砂陶瓷的，有粉彩草虫图官窑瓷的，有青花人物官窑瓷的，也有名家刻竹的。此刻看着罗虎所用的刻竹笔筒，她想起来三个月前崇祯皇爷赐给公主的刻竹笔筒，原是承乾宫田皇贵妃所用旧物，刻着一隐士扶杖听瀑，身后一童子抱琴相随。她仔细观看罗虎桌上的笔筒，使她大感新鲜。原来这笔筒上用浮雕刀法刻着一头正在走着的水牛，牛背上有一牧童；忽然一阵风将斗笠吹去，牧童欠身伸臂去抓斗笠，但未抓到。笔筒的另一边刻了两句诗：

偶被薰风吹笠去
牧童也有出头时

费珍娥心中明白，这只刻竹必是世家豪门旧物，被罗虎的部下抢劫到手，献给罗虎。忽又转念一想，罗虎是"贼首"李自成手下的重要头目，抢劫东西甚多，独看重这一古朴的刻竹旧笔筒，大概他是个牧童出身。她不由地想起来她的哥哥，也是牧童，如今不知死活。罗虎做牧童永远没有出头之日，跟着李自成做了贼，才有今日。想到这里，她要刺杀罗虎的念头突然动摇，暗中攥紧的右手松开了。但是过了片刻，她又想到为国尽忠的道理上，想到了身殉社稷的崇祯皇帝和皇后，想到了魏清慧等几十个投水尽节的宫中姐妹，紧咬着牙，在心中说：

"不行！我如果苟活人世，如何对得起皇上、皇后和众多在西华门外投水而死的姐妹！"

她又想到，近来在宫中也听到消息，关于李自成进北京以后如何军纪败坏，如何拷掠大官富商勒索钱财，都由怀念故主的太监们传到宫中。费珍娥虽然年纪不大，却有个善于用心，深沉不露的性格。她对听到的各种消息，闭口不谈，只是在心中咬牙切齿地说："果然是一群流贼！"近一两天又听说吴三桂不顾住在北京的父母和一家人已经成为人质，性命难保，却在山海卫兴师讨贼，恢复明朝，吓得李自成不敢举行登极，马上要出兵去对付吴兵，她在心中感到振奋，称赞吴三桂是明朝的一位大大的忠臣，料想李自成必败无疑。如今想着近日听到的种种消息，她对刺杀罗虎，斩断李自成一个羽翼，又铁了心了。

费珍娥虽然坐在洞房中冷若冰雪，但是她知道来赴酒宴的贺客很多，连牛丞相、宋军师、六政府的大臣们都来了。武将来得更多。不断地有两个年长的女仆将前边的情况告诉费珍娥身边的陪嫁宫女，由她们转告珍娥。珍娥始终不言不语，漠不关心，但是到了二更时候，她知道前边的酒宴将散，忽然担心，她今夜要刺杀的是一个只有二十一岁的虎将，而她自己是一个"手无缚鸡之力"的弱女子，万一刺杀不成，枉送了自己的性命。如何能够刺杀成功呢？她在心中嘀咕起来。

因为知道新郎伯爵爷就要回洞房，贴身丫环们赶快来侍候新娘卸妆，先取掉凤冠，又卸掉云肩霞帔，将弓底凤鞋换成了绣花便鞋。接着端来一盆温水，服侍她净了手脸，重新淡淡地施了脂粉。这时，那个年纪较长的，在寿宁宫中同费珍娥关系较密的宫女忽然看出来她的脸色苍白，心中诧异，在她的耳边悄悄说道：

"不要害怕，女儿家谁都有这一遭儿。过了今晚，你就是伯爵夫人啦。"

费珍娥的脸红了。她为临死保持贞洁之身，按照想好的主意，悄悄说道：

"李姐，我的天癸来了。"

被称做李姐的姑娘不觉一惊，红着脸说："今晚是入洞房的头一夜，真不凑巧！"停一停，她又小声说："别怕，上床时你自己告诉新郎一声，他会明白的。"

费珍娥摇摇头："我不好出口。"

李姐也为难，小声说："我们四个都人都是没有出阁的姑娘，也说不出口……好啦，我告诉张嫂子，请她告诉新郎！"

李姐将那位被称做张嫂子的女仆拉到屋外，小声嘀咕几句。费珍娥听见张嫂子用含笑的口吻小声说："真是无巧不成书，偏偏在好日子来天癸！新姑爷是员武将，正是二十出头年纪，等待入洞房如饥似渴，他看见新娘子又是如花似玉的美貌，干柴烈火，可想而知！可是偏遇着新娘子来了天癸，不宜房事，岂不令他生气？听说俺家乡也有过这样巧事，新郎不管三七二十一，硬是将新娘抱上床去……好吧，伯爷进来时候，我不怕他恼火，大胆地告他知道。"

李姐满脸通红，心头怦怦乱跳，回到珍娥身边，吞吞吐吐地悄声说道：

"您别怕，张嫂子会告诉新郎。"

李姐的话刚说完,忽听内宅门口有人高声报道:

"伯爵爷回到内宅!"

在屋中侍候的女仆们、丫环们一齐奔了出去,迎接伯爵。从东西厢房中也奔出一些女仆和丫环,都去天井中恭敬侍候。费珍娥心情紧张,暗暗地说:

"快到尽节的时候了!"

她听见天井中脚步声稠,有一个人的脚步很重,很乱。她不明白发生了什么事情,不禁心中狂跳,侧首向着房门。随即,众多人都留在堂屋外边,只两个女仆用力从左右搀扶罗虎,四个陪嫁宫女在左右和背后照料,将罗虎送进洞房。费珍娥恍然明白,刚才听到的沉重而零乱的脚步声,原来是罗虎在烂醉中被扶回内宅。在皇宫生活十年,她从来没有听到这样的脚步声,没有看见过这样酩酊大醉的人,如此情况,毕竟是一群"流贼"的习性未改!

罗虎本来不会喝酒,无奈今天前来向他祝贺的客人太多,多是他的长辈和上司,也有他的众多的同辈将领。都因为罗虎晋封伯爵,又加成亲,双喜临门,不断地向他劝酒。罗虎竭力推辞,只因酒量太小,喝得大醉。进了洞房,他只觉得天旋地转,没有看新娘一眼,被两个女仆搀扶着趔趄走到床边,倒在床上便睡。女仆和宫女一阵忙乱,替罗虎脱掉帽子,解开腰间束的丝绦,并且从丝绦上取下短剑,铿一声放到鸳帐外的高茶几上。然后,将他的靴子脱掉,又好不容易将他的蓝缎官袍脱掉,再将他的穿着内衣的魁梧身体在床上放好,盖上绣花红绫被。这一切,罗虎全然不知,真所谓烂醉如泥。

两个中年女仆都是从富家大户的女仆中挑选来的,比较懂事。照料罗虎在床上安歇之后,她们来到费珍娥的面前,请她也上床安歇。费珍娥说道:

"你们,"她又望一望陪嫁宫女,"还有你们,都忙碌了一天，快去睡吧。我再坐一阵，不用你们侍候。"

那个姓张的女仆说："回夫人，我们都是下人，夫人不睡，我们做奴仆的岂有先睡之理。我们已经商量好啦，今夜轮流坐在堂屋里值夜。伯爵爷何时酒醒，要茶要水，或是呕吐，我们随时侍候。"

费珍娥站起来，带她们来到外间，自己在一把椅子上坐下，让她们站在面前，小声说道：

"这里说话可以不惊动伯爷。你们都听我吩咐，不用你们值夜，赶快都去睡吧，我喜欢清静，越是清静越好。"

张嫂子又赔笑说："请夫人不要见怪。民间新婚，不管贫富，为着取个吉利，热热闹闹，都有众亲朋闹房的事。闹房之后，还有人守在窗外窃听床上动静，叫做听墙根儿。今日因夫人不许，已经没有了闹房的事，至于奴仆们听墙根儿，也是为花烛之夜助兴的古老风俗，请夫人就不要管了。"

张嫂子的话引起了费珍娥的十分重视，猛然醒悟，不觉在心中惊叫："还有这样事情！"她毕竟是一个与众不同的女子，略一沉思，小声说道：

"你们六个，都是我身边的人。她们四个，虽然大顺皇上将她们赐给我作陪嫁丫环，但我在心中压根儿没有把她们作丫环看待，仍然看她们是寿宁宫的姐妹们。只待伯爷东征回来，我就告诉伯爷，着人将她们的父母从家乡找来，使她们骨肉团圆，由父母领去，择良婚配。伯爷多多赏赐银钱，一家不愁吃穿。"

四个陪嫁的宫女登时眼眶中充满热泪。

费珍娥接着向两个女仆问道："听说你们是吴汝义将军从富家大户的奴仆中挑选来的，原来在主人家中是不是家生奴婢？"

"回夫人，我们都不是家生的。"

"如此更好。将来请伯爷赏赐你们住宅、田地，还可以赏赐你们的丈夫一官半职。你们在我出嫁时就来到我的身边服侍，只要有忠心，就是我的心腹之人。只要我潼关伯府有荣华富贵，你们两家奴随主贵，自然也有福可享。我虽然年幼，可是我说话算数！"

张嫂子打心眼儿里感动地说："夫人，我们会永感大德！"

费珍娥问："这内宅中有多少男女仆婢？"

张嫂子回答说："回夫人，吴将军因伯爷年轻，还忙于在通州处置军事，他昨日特意前来吩咐，这内宅中在晚上只许丫环女仆居住，不许男仆在内，连伯爷的亲兵亲将在夜间也不许擅入内宅。"

"我问的在内宅中的丫环和女仆共有多少？"

"连在内厨房的红案白案上的、管茶炉的、洗衣房的、做各种粗细活的，总共有三四十人。"

"单内宅就有这么多丫环女仆？"

"这是堂堂伯府，勋臣门第，内宅中这一点丫环仆女并不算多。前朝侯伯府中，男女大小奴仆，家生的和非家生的、抬轿的、喂养骡马的、赶车的、驾鹰的、喂鹌鹑的、管庄的、管采买的、管戏班的……嘎七麻搭，哪一府都养活着几百口子！再过两三年，天下太平了，咱们潼关伯府，前院后宅，不说护卫家丁，单奴仆也会有一两百人！不然，怎么像大顺朝开国功臣之家？"

费珍娥转向那个叫李春兰的年长宫女，吩咐她从皮箱中取出来二百两银子，放在她身边的茶几上。她望了一眼，向张嫂子和李春兰说道：

"姑娘们出嫁是终身大事，只有一次。在北京城中我没有一个娘家亲人，你们同我，名为主仆，其实如同我的亲人。这银子，赏你们每人十两，聊表我的心意。还有一百四十两，你们替我分赏内宅中众多仆婢，有的多赏，有的少一点，总要不漏一人。李姐，你此刻就当着我的面赏给她们，表表我的薄薄心意！"

李姐即刻照办了。

决计东征　801

张嫂子等两个女仆首先跪下,叩头谢赏,四个陪嫁宫女跟着也叩头谢赏。张嫂子谢了赏以后站起来说道:

"请夫人放心,我们一定会遵照夫人吩咐,将赏赐的事办好,然后领大家给夫人叩头谢恩。"

从远远的街巷中传来了打更声,恰是三更。

费珍娥说道:"此刻已经三更,不用叫大家前来谢赏,免得惊醒伯爷。我也要休息了。明天……"

大家忽然听见罗虎醒来,探身床边,向脚踏板上大口呕吐。两个女仆和四个陪嫁宫女赶快走进里间,侍候罗虎继续向脚踏板上呕吐,有的人为罗虎轻轻捶背,有的人侍候罗虎漱口,吐进痰盂,有的人拿来湿手巾替罗虎揩净嘴角,擦去床沿上呕吐的脏物,有的侍候罗虎重新在床上睡好,将他的头安放在绣花长枕头上。然后留下一个女仆和一个陪嫁的宫女清除呕吐在脚踏板和地上的秽物,其他人都回到外间,站在费珍娥的面前。张嫂子向费珍娥说道:

"请夫人放心,伯爷呕吐了很多,将窝在胃里的冷酒冷肴都吐了出来,这就好受了。让伯爷再安静地睡一阵,就会醒了。"

费珍娥没有做声。她在心中想道:他一醒来,我纵然立志为大明尽忠,不惜一死,也没有办法刺死他了!

罗虎刚才呕吐时候,曾经半睁开矇眬醉眼,看见几个女人在床边侍候,误将一位年纪较小的陪嫁宫女当成了费珍娥,以为新娘也在他身边服侍。他羞于向"新娘"多看,带着歉意,从嘴角流露一丝微笑。他实在太疲倦,太瞌睡,加之酒醉未醒,又倒在枕头上沉沉入睡。

当清除秽物的仆婢出去以后,费珍娥知道时间不能耽误,吩咐身边的全数仆婢们立刻退出,说道:

"张嫂子,李姐,你们去分赏银子吧。不要在这里惊动伯爷，我也要安安静静地休息了。将内宅的大门关好。大家劳累了两天，明天还有许多事做。分赏了银子后各自安歇，院中务要肃静无声，不许有人走动。我同伯爷喜结良缘，原是奉旨婚配，天作之合，与民间喜事不同。你们吩咐内宅仆婢，不许有听墙根儿的陋习。倘若我听见院中有人走动，窗外有人窃听，明日我惟你们二人是问！"

张嫂子和李春兰二人，此刻才完全明白，费珍娥虽然只有十七岁，却说话干脆利落，一板一眼，真是个极其厉害的人。她们同时连声回答："是，是。"带着仆婢们恭敬退出。张嫂子怯怯地问道：

"夫人，这堂屋门？……"

费珍娥说："我自己关门，快走吧！"

仆婢们走出堂屋以后，费珍娥亲自去将堂屋门轻轻关好，闩上两道闩。她回到洞房，先向床上看了看，见罗虎仍在沉睡，便略微放了心，坐回她刚才坐的地方，等待院中人静。她知道奴仆们为分赏银，一时还静不下来。她看出来罗虎一时不会睡醒，所以她静坐休息，等待下手时机。她忽而想到父母、哥哥、弟弟、妹妹，同村的一些族人，但面孔有些模糊了。她只觉一阵伤心：即使父母都还在世，也再不能同他们骨肉团圆了，他们也不会知道她这不幸的弱女子在亡国后会有今夜的血腥下场。她想着，二十天前身殉社稷的崇祯皇帝和皇后，右臂负了剑伤的公主，还有魏清慧和吴婉容等一大群投水自尽的宫人姐妹，还有近几个月来在深宫中的种种往事，又历历出现眼前。

后来，不知过了多久，庭院中确实听不见一点人声。费珍娥从椅子上站起来，面如土色，浑身轻轻打颤，向床边走去。她原来在小箱中准备了一把裁衣用的大剪刀，现在不必用了。她从床头茶几上拿起来罗虎的短剑，将雪亮的短剑从鲨鱼皮鞘中抽出，转对罗虎站定,正要走向床边,忽听罗虎叫道:"杀!杀!"费珍娥大惊,猛然退后两步,几乎跌倒,一大绺头发披散下来。过了片刻,罗虎没再说话,也没睁眼,只是发出轻微的鼾声。此时从胡同中传来了四更的锣声。费珍娥既害怕罗虎醒来,也害怕内宅中的仆婢醒来,认为绝不能再耽误了。可是临到她动手杀人,浑身颤栗得更加厉害,牙齿也不住打架。她一横心,将披散的头发放在嘴中,紧紧咬住,上了踏板,看准罗虎的喉咙猛力刺去,务要将喉咙割断。罗虎受刺,猛然睁开大眼,拼力挣扎,翘起上身,伸手欲捉刺客,无奈喉咙大半割断,鲜血和肺中余气全从伤口喷出。费珍娥怕他不死,迅速抽出短剑,拼力向他的胸口刺去。罗虎颓然倒下,鲜血又从胸前涌出。

费珍娥在迷乱中退回到窗前的方桌旁边,放下血污的短剑,拿起一支狼毫笔,但是来不及磨墨,重新来到床边,将笔头蘸饱鲜血,潦潦草草地在洞房的白墙上写下七言二句:

　　本欲屠龙翻刺虎
　　女儿有志报君王

她将血笔放到桌上,此时从远处传来了第一声鸡鸣,而院中也有人走动了。她必须赶快自尽。可是她感到浑身瘫软,手臂颤栗,不可能用短剑自尽。她在迷乱中从茶几上抓起罗虎束腰的紫色丝绦,搬个矮凳,举起颤抖的双手,将丝绦在洞房门上的雕花横木上绑好绳套,在心中哽咽说道:

"魏姐,吴姐,珍娥来了!"

早膳后没过片刻,吴汝义来到武英殿的西暖阁,向李自成禀奏了昨夜在潼关伯府所发生的惨事。李自成震惊异常,刚刚端起来的茶杯不觉落到案上。他问道：

"罗虎的伯府中人员很多，内宅中也有奴仆成群，夜间出了这样大事，竟没有人听见动静？"

吴汝义将他已经了解的情况向李自成详细奏明，然后叹口气，加上一句：

"陛下，真没想到，罗虎这样一员虎将会死在费珍娥之手！也令人不敢猜想，费珍娥只有十七岁的小小年纪，竟能使内宅中三十多口丫环仆女没有一个人稍有觉察！"

"你是什么时候知道的？"

"伯爵府内宅中的仆婢们直到天色大亮，听不见上房中有一点动静，觉着奇怪，隔着窗叫了几声，洞房中竟无回答，更觉奇怪。有人用舌尖舔破窗纸，看见罗虎死在床边。大家用刀拨开堂屋的两道门闩，进去一看，先看见费珍娥吊死在洞房的门楣上，后看见罗虎被刺死在床边，先割断喉咙，又在心窝刺了一刀。臣得到禀报，立刻飞马前去。汝侯刘爷和宋军师都离金鱼胡同较近，已经先在那里了。罗虎的亲兵亲将见主将被刺身亡，全体痛哭，要将费珍娥碎尸万段，祭奠罗虎。宋军师不许，说目前北京城人心浮动，对费珍娥应作宽大处置。因为东征事大，又很紧迫，宋军师随汝侯去首总将军府，商议罗虎驻扎在通州一营人马的善后事宜，叫臣进宫来向陛下禀奏。请陛下决定，罗虎与费珍娥的尸体如何处置？"

李自成想了片刻，说道："将罗虎好好装殓，暂将棺木停在城外僧寺，等孤东征回来，运回陕西安葬。费珍娥也算是一个烈女，可将她的尸体送到西直门外宫人斜那个地方，焚化之后，将她的骨灰同魏宫人等人的骨灰埋在一起。"

"遵旨！"

由于发生了费珍娥刺死罗虎的事件，李自成开始明白，攻破北京和夺取崇祯的江山容易，但真正得到天下人心，并不容易。他攻破北京之后，有许多明朝较有声望的文臣自尽，不愿投降，也是明证。他知道近日来北京和畿辅各地谣言纷纷，人心浮动，都说吴三桂不日要在山海卫起兵西来，将他赶出北京，拥立崇祯的太子登极，恢复大明。他也知道，北京和畿辅士民虽然表面上不敢反抗，暗中却等待着吴三桂西来，称吴三桂是明朝的大大忠臣。他在武英殿西暖阁恨恨地说：

"不管吴三桂是否已经同东房勾连，一定得先打败他，不使他举起来那个蛊惑人心的……大旗！"他本来很容易想到吴三桂要举起的大旗上一定是写着"剿闯复明"四个字，但是他在心中对自己说话也回避了这四个十分可憎的字。

这一天，他传谕丞相牛金星，取消了明日去孔庙行"释菜"之礼，召见了刘宗敏和李过，询问罗虎一营的善后事宜，知道已经派了别的得力将领接替罗虎，他也没有更多意见。

又过一天，到了四月十一日，罗虎和费珍娥的尸体都装殓，按他的口谕作了处置。

刘宗敏和李过都在这一天率大军离开北京，到了通州，而原在通州的驻军作为前锋，也在十一日拔营东征。吴汝义向李自成禀奏说罗营中很多将士得知主将被刺身亡后失声痛哭，纷纷用白布缝在帽子上为主将戴孝。李自成不觉流出热泪，深深叹气，悔不该对罗虎钦赐婚配，落此下场。

十一日整天，李自成忙于准备御驾东征的事，分批召见了许多大臣和武将，同时还要批阅一些从长安转来的特别重要的军情文书。到了晚上，他对满洲兵会乘他东征之机越过长城南犯，很是担忧，又将宋献策和李岩召进宫中，重新向他们询问应变之计。

宋献策说道："自从进入北京之后，许多文武大臣误以为大功告成，江南可传檄而定，独臣与副军师深怀殷忧，常惧怕从关中孤军远来,变出非常。臣等杞人之忧,早为陛下所洞察,未加深责,实为万幸。最近数日,臣等不避斧钺,苦谏东征非计。以臣愚见,崇祯亡国之后,我大顺朝的真正劲敌并非吴三桂,而是满洲新兴之敌,即崛起于辽东的建虏,又称东虏。既然朝廷决定讨伐吴三桂,且大军已动,忽然改计则动摇军心。目前补救之策,惟有一边大军东征,一边用太子与吴襄作诱饵,对吴三桂继续行招降之策,力求将干戈化为玉帛。万一非战不可,望陛下以三日为期,不可恋战。倘若三日不分胜负,便当托故罢兵,或步步为营退兵,或设伏以挫追兵,总之要赶快回京,不使满洲兵越长城断我归路。"

"你以前说可以差罗虎率五千精兵出一片石,奔赴姜女庙海边,焚毁吴三桂的粮船。今日罗虎已死,此计仍可行么?"

"倘若吴三桂的粮船仍泊在姜女庙海边,此计当然可行。罗虎死后,陛下仍有智勇兼备、威望素著的青年虎将若双喜、张鼐数人,均不亚于罗虎。然而军情不定,用计不可胶柱鼓瑟。吴三桂粮船抛锚于距山海关十里之姜女庙海边,今日是否移动?十日后是否移动,均系不明实情之事。故奇计虽好,未必时时可用。"

李自成想着宋献策的话很有道理,点点头,转向李岩问道:

"林泉,孤明日即启驾东征,留下你与子宜、益三、德齐共同镇守北京,你为主将,孤甚放心。我朝开国伊始,立脚未稳,不可遭遇挫折。卿博学多才,胸富韬略,今晚有何好的建议?"

李岩恭敬地欠身回答:"陛下如此垂问,愚臣惶恐无似。臣愿陛下随时采纳献策建言,务必心中时时想着东虏今日是我朝劲敌,不可被吴三桂拖住手脚。倘不能一战消灭吴逆,必须赶快脱离战场,速回北京,准备凭恃北京坚城,在近郊与东虏决战。只要东虏在北京近郊一战受挫,北方大局则不致糜烂,吴三桂虽在肘腋,也不足为祸。"

李自成仍然不相信满洲兵会来得如此之快，沉吟一下，又问道：

"近两三天孤接到一些军情塘报，知道河南、山东等地，民情不稳，处处可忧。你是河南人，有何安民良策？"

李岩说道："臣熟读荀子《议兵篇》，深感于荀子独重视'附民'二字。'附民'就是士民亲附，军民一心。目前河南、山东各地，所患者正在于百姓失望，与我离心……"

"这是以后的话，今日且不谈吧。"

宋献策和李岩叩头退出，在东华门上马，驰回军师府中。他们都看到东征必将失利，也看到倘若败出北京，影响所及，前途将不堪设想。但势已至此，他们无能为力，不觉相对叹息。宋献策悄悄说道：

"林泉，自从进了北京以后，皇上始而只考虑登极大典与不战而定江南，继而只考虑如何招降吴三桂；等知道吴三桂决不投降，便只想着东征一事。你我二人身为正副军师，在此成败关键时候，竟不能为庙算竭智尽忠，殊感惭愧！你想，如此悬军东征，如同孤注一掷，万一……"

李岩叹息说："孙子在《计篇》中说：'夫未战而庙算胜者，得算多也。未战而庙算不胜者，得算少也。多算胜，少算不胜，而况于无算乎？吾以此观之，胜负见矣！'献策，在西安出兵之前，我就担心会有今天！"

听见有脚步声音进来，宋献策一摆下巴，不谈这个问题了。

这天晚上，李自成又将吴汝义和李友召进宫中，将如何保卫紫禁城和中央各衙的事，对吴汝义又作了一番嘱咐。对如何保卫北京的事，向李友作了嘱咐。几天来经宋献策和李岩反复进言，李自成不能不对满洲兵的可能南犯，感到担忧。特别是罗虎的被刺身亡，给他的精神打击很大，使他开始明白，夺取崇祯的江山容易，收拾天下的人心很难。尽管他决计东征，以求侥幸打败吴三桂，使满洲不敢南犯，但是他口中不说，内心中不能不想到可能在山海卫城下受挫，影响安危大局。他特别对李友说道：

"益三，你是一员难得的战将，在战场上阅历丰富。孤不让你前去东征，将你留在北京，实因北京万分要紧，防守上不能有一毫差错。孤虽然命林泉为镇守北京主将，你同子宜都是他的副手，但林泉毕竟在战场上阅历较浅，虽有满腹经纶，却不能冲锋陷阵。万一北京有事，出城杀敌，非你不可。"

李友跪在地上说道："臣谨遵圣谕，不敢有误！"

"子宜，"李自成又向吴汝义说，"你一向办事细心，孤不必多嘱咐了。有一件事，你记着办好。窦妃自七岁入宫，至今十多年未同父母见面。孤昨日已经答应她，接她父母来京，使她同父母一见。孤出征之后，窦妃会将她父亲姓名，家乡地名，写在纸上，命宫女送给你，你务须办妥！"

"遵旨！"

李自成在心绪不安中又过了一夜。就在这天夜间，北京城外到处张贴吴三桂的告示，说他不日率领关宁铁骑来京，"驱逐闯贼，恢复神京，为先帝复仇"。很快，这消息传遍了京城。

早膳以后，李自成由李强和双喜保驾，离京东征。窦美仪率宫女们将他送到武英门外。牛金星率领留在北京的文武百官恭候在午门外，将他送出承天门，过了金水桥。大家跪在地上送行。王长顺也跪在地上，看见皇上向他投了一眼，他赶快说道：

"请陛下许小臣随驾东征！"

李自成说道："到山海卫必有一场苦战，你留在北京吧。"

王长顺想到了罗虎的死，忽然间热泪奔流。李自成避开了他的眼睛，轻声说：

"启驾！"

三声炮响，李自成启驾了。明朝的太子、永王、定王，还有吴襄，骑马跟在背后。太子和二王都用黑绸包着发髻，身穿暗绿绸袍，由将士抱着骑在马上。

出了齐化门以后，李自成因宋献策尚未来到，在东岳庙附近驻马等候，派人去催。很多士民拥挤道旁，观看太子和二王，有不少老年人落下眼泪。士兵们大声吆喝群众，扬鞭驱赶。李自成传令，可以让士民观看，只不许挤到身边。

等宋献策带着随从们策马来到，李自成的御营才继续东行。

明代紫禁城平面图

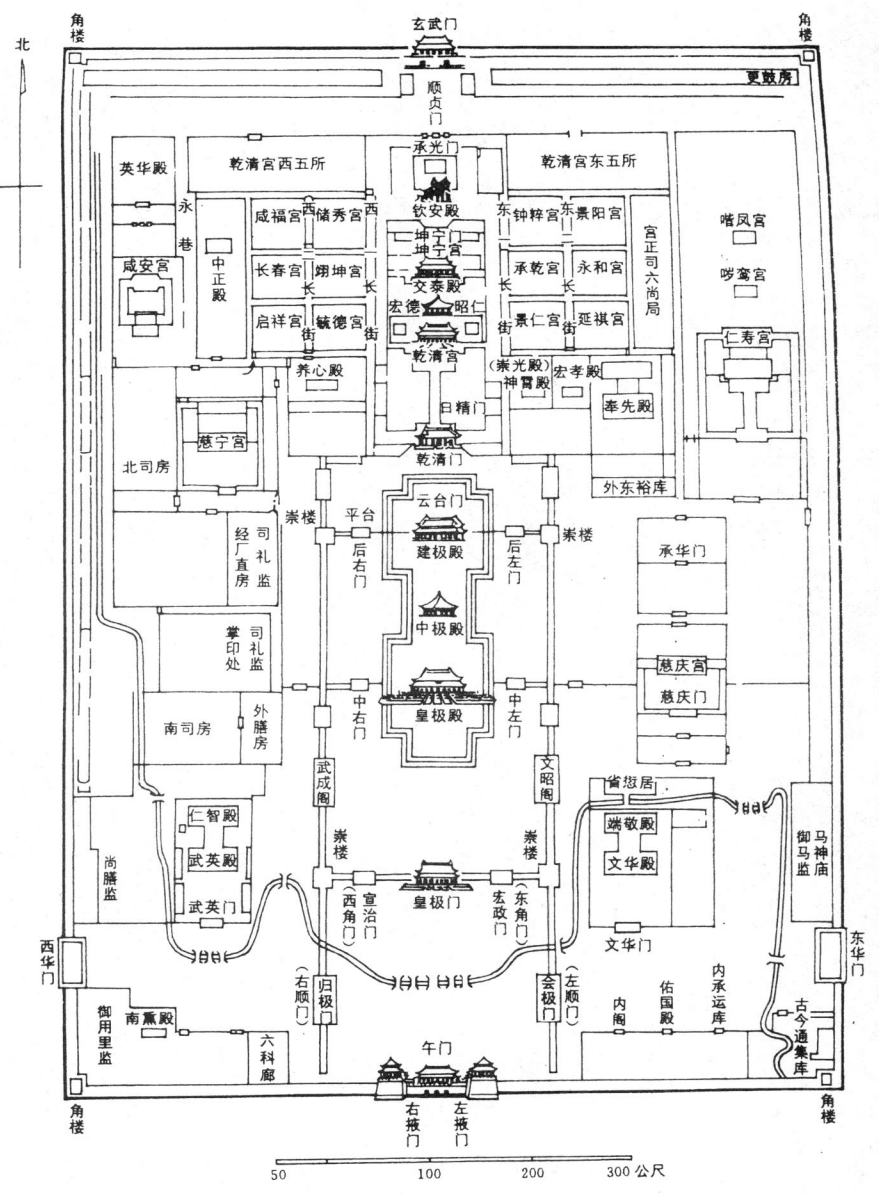